PERSUASÃO

COPYRIGHT © 2021 BY EDITORA LANDMARK LTDA. ADAPTAÇÃO PARA PORTUGUÊS DO BRASIL DE EDITORA LANDMARK.
COPYRIGHT © TRADUÇÃO PORTUGUESA DE PUBLICAÇÕES EUROPA-AMÉRICA
TODOS OS DIREITOS RESERVADOS PARA ESTA EDIÇÃO À EDITORA LANDMARK LTDA.

PRIMEIRA EDIÇÃO: JOHN MURRAY PUBLISHING COMPANY, ALBERMARBLE STREET, LONDRES: DEZEMBRO DE 1817.
ADAPTADO À NOVA ORTOGRAFIA DA LÍNGUA PORTUGUESA DE ACORDO COM O DECRETO N° 6.583, DE 29 DE SETEMBRO DE 2008.

DIRETOR EDITORIAL: FABIO PEDRO-CYRINO

TRADUÇÃO, ADAPTAÇÃO PARA PORTUGUÊS DO BRASIL E NOTAS: FABIO PEDRO-CYRINO
REVISÃO: FRANCISCO DE FREITAS

DIAGRAMAÇÃO E CAPA: ARQUÉTIPO DESIGN+COMUNICAÇÃO
IMPRESSÃO E ACABAMENTO: ASSOCIAÇÃO RELIGIOSA E GRÁFICA IMPRENSA DA FÉ

DADOS INTERNACIONAIS DE CATALOGAÇÃO NA PUBLICAÇÃO (CIP)
(CÂMARA BRASILEIRA DO LIVRO, CBL, SÃO PAULO, BRASIL)

AUSTEN, JANE, 1775-1817
PERSUASÃO / JANE AUSTEN ; {TRADUÇÃO, ADAPTAÇÃO PARA PORTUGUÊS DO BRASIL E NOTAS FABIO CYRINO} - - SÃO PAULO : EDITORA LANDMARK, 2012.

TÍTULO ORIGINAL: PERSUASION
EDIÇÃO BILÍNGUE : PORTUGUÊS / INGLÊS
ISBN 978-85-8070-017-6

1. ROMANCE INGLÊS I. TÍTULO.

12-00350   CDD: 823

ÍNDICES PARA CATÁLOGO SISTEMÁTICO:
1. ROMANCES : LITERATURA INGLESA   823

14ª REIMPRESSÃO: FEVEREIRO DE 2021

TEXTOS ORIGINAIS EM INGLÊS DE DOMÍNIO PÚBLICO.
RESERVADOS TODOS OS DIREITOS DESTA TRADUÇÃO E PRODUÇÃO.
NENHUMA PARTE DESTA OBRA PODERÁ SER REPRODUZIDA ATRAVÉS DE QUALQUER MÉTODO, NEM SER DISTRIBUÍDA E/OU ARMAZENADA EM SEU TODO OU EM PARTES ATRAVÉS DE MEIOS ELETRÔNICOS SEM PERMISSÃO EXPRESSA DA EDITORA LANDMARK LTDA, CONFORME LEI N° 9610, DE 19/02/1998.

EDITORA LANDMARK

RUA ALFREDO PUJOL, 285 - 12° ANDAR - SANTANA
02017-010 - SÃO PAULO - SP
TEL.: +55 (11) 2711-2566 / 2950-9095
E-MAIL: EDITORA@EDITORALANDMARK.COM.BR

WWW.EDITORALANDMARK.COM.BR

IMPRESSO NO BRASIL
PRINTED IN BRAZIL
2021

JANE AUSTEN

PERSUASÃO

EDIÇÃO BILÍNGUE PORTUGUÊS / INGLÊS

PERSUASION

SÃO PAULO, BRASIL
2021

JANE AUSTEN, escritora inglesa proeminente, nascida em 16 de dezembro de 1775, considerada geralmente como uma das figuras mais importantes da literatura inglesa ao lado de William Shakespeare, Charles Dickens e Oscar Wilde. Ela representa o exemplo de escritora cuja vida protegida e recatada em nada reduziu a estatura e o dramatismo de sua obra.

Nasceu na casa paroquial de Steventon, Hampshire, Inglaterra, tendo o pai sido sacerdote e vivido a maior parte de sua vida nesta região. Ela teve seis irmãos e uma irmã mais velha, Cassandra, com a qual era muito íntima. O único retrato conhecido de Jane Austen é um esboço feito por Cassandra, que se encontra hoje na Galeria Nacional de Arte (National Gallery), em Londres.

Em 1801, a família mudou-se para Bath. Com a morte do pai em 1805, Jane, sua irmã e a mãe mudaram-se para Chawton, onde seu irmão lhes tinha cedido uma propriedade. O "cottage" em Chawton, onde Jane Austen viveu, hoje abriga uma casa-museu. Jane Austen nunca se casou: teve uma ligação amorosa com Thomas Langlois Lefroy, entre dezembro de 1795 e janeiro de 1796, que não chegou a evoluir. Chegou a receber uma proposta de casamento de Harris Bigg-Wither, irmão mais novo de suas amigas Alethea e Catherine, em 2 de dezembro de 1802, mas mudou de opinião no dia seguinte ao do noivado.

Tendo-se estabelecido como romancista, continuou a viver em relativo isolamento, na mesma altura em que a doença a afetava profundamente. Até os dias de hoje, não se tem certeza das causas de sua morte: uma teoria recente afirma que Jane Austen pode ter sofrido de intoxicação por arsênico, em função de uma declaração registrada em uma de suas cartas: *"Estou consideravelmente melhor agora e estou recuperando um pouco minha aparência, que anda bastante ruim, preta, branca e de todas as cores erradas"*. A intoxicação por arsênico pode provocar uma pigmentação em que partes da pele ficam marrons, enquanto outras embranquecem. O arsênico era fácil de ser obtido na época, sendo usado para o tratamento do reumatismo, algo de que Jane Austen se queixava constantemente em suas cartas. Em busca de tratamento para sua enfermidade, viajou até Winchester, falecendo ali, aos 41 anos, em 18 de julho de 1817, e sendo sepultada na catedral da cidade.

A fama de Jane Austen perdura através dos seus seis melhores trabalhos: "Razão e Sensibilidade" (1811), "Orgulho e Preconceito" (1813), "Mansfield Park" (1814), "Emma" (1815), "The Elliots", mais tarde renomeado como "Persuasão" (1818) e "Susan", mais tarde renomeado como "A Abadia de Northanger" (1818), publicados postumamente. "Lady Susan" (escrito entre 1794 e 1805), "The Brothers" (iniciado em 1817, deixado incompleto e publicado em 1925 com o título "Sanditon") e "Os Watsons" (escrito por volta de 1804 e deixado inacabado; foi terminado por sua sobrinha Catherine Hubback e publicado na metade do século XIX, com o título "The Younger Sister") são outras de suas obras. Deixou ainda uma produção juvenília (organizada em 3 volumes), uma peça teatral, "Sir Charles Grandison, or The Happy Man: a Comedy in Six Acts" (escrita entre 1793 e 1800), poemas, registros epistolares e um esquema para um novo romance, intitulado "Projeto de um Romance".

CAPÍTULO I

Sir Walter Elliot, de Kellynch Hall, em Somersetshire, era um homem que para seu próprio divertimento nunca se valia de nenhum livro além dos Anais dos Baronetes; lá ele encontrava ocupação para as horas de ócio e consolação para as horas tristes; lá ele sentia estimulados o respeito e a admiração, ao contemplar o pouco que restava dos primeiros títulos nobiliárquicos; lá, quaisquer sensações desagradáveis provocadas por assuntos de natureza doméstica transformavam-se naturalmente em pena e desdém, assim que acabava de folhear a quase interminável lista de pares criados no último século; e lá, se todas as outras páginas não surtissem efeito, ele lia a sua própria história com um interesse que nunca diminuía. Esta era a página na qual o seu volume favorito estava sempre aberto:

ELLIOT DE KELLYNCH HALL

Walter Elliot, nascido em 1º de março de 1760, casado em 15 de julho de 1784 com Elizabeth, filha de James Stevenson, esquire de South Park, no condado de Gloucester; desta senhora (que faleceu em 1800) nasceram Elizabeth, em 1º de junho de 1785; Anne, em 9 de agosto de 1787; um filho natimorto em 5 de novembro de 1789; Mary, em 20 de novembro de 1791.

Foi precisamente assim que o parágrafo saíra originalmente das mãos do impressor, mas sir Walter tinha-o melhorado, acrescentando estas palavras, na informação sobre si e sobre sua família, depois da data de nascimento de Mary: "Casada em 16 de dezembro de 1810, com Charles, filho e herdeiro de Charles Musgrove, esquire de Uppercross, condado de Somerset", e introduzindo, com maior exatidão, o dia do mês em que perdera a mulher dele.

Depois, seguia-se a história da ascensão da antiga e respeitável família, nos termos habituais: como viera para Cheshire, como era mencionada em Dugdale, ocupando o alto cargo de xerife, representando a vila em três sessões parlamentares sucessivas; manifestações de lealdade, o título de baronete, no primeiro ano do reinado de Charles II, e todas as Marys e Elizabeths com quem tinham se casado; formando, ao todo, duas lindas páginas duodécimas e concluindo com o brasão de armas e a divisa: "Residência principal – Kellynch Hall – no condado de Somerset", e de novo as observações escritas com a letra de sir Walter ao final:

Provável herdeiro, William Walter Elliot, esquire, bisneto do segundo sir Walter.

Vaidade era o início e o fim da personalidade de sir Walter: vaidade pela sua própria pessoa e posição. Ele tinha sido extraordinariamente belo em sua juventude e, aos 54 anos, ainda era um homem muito atraente. Poucas mulheres se preocupavam mais com o seu aspecto do que ele; nem o criado pessoal de um lorde que tivesse acabado de receber este título se sentiria tão satisfeito com o lugar que ele ostentaria na sociedade. Ele considerava a bênção da beleza só inferior à bênção de ser baronete; e sir Walter Elliot, que possuía ambos os dons, era o objeto constante do seu mais caloroso respeito e devoção.

Ele sentia gratidão pela sua elegância e posição social, pois certamente lhes devia o fato de ter arranjado uma mulher de caráter muito superior ao que o seu próprio caráter merecia. Lady Elliot tinha sido uma excelente mulher, sensata e dócil, cujo discernimento e conduta, se lhes forem perdoadas as leves paixões juvenis que fez dela lady Elliot, nunca, mereceram a menor censura depois disso. Durante dezessete anos, ela minimizara, escondera ou desculpara os defeitos dele e promovera a sua verdadeira respeitabilidade e, embora ela mesma não fosse a pessoa mais feliz do mundo, acabou por encontrar nas suas obrigações, nos seus amigos e nas filhas a satisfação suficiente para que tivesse apego à vida e não se sentisse indiferente quando chegou a hora de os deixar. Três filhas, as duas mais velhas com dezesseis e quatorze anos, constituíam uma herança terrível para qualquer mãe deixar ou, melhor dizendo, confiar à autoridade e orientação de um pai presunçoso e tolo. Ela possuía, contudo, uma amiga muito íntima, uma mulher sensata e digna que ela convencera, com sua grande amizade, a viver perto de si, na aldeia de Kellynch; lady Elliot confiava, antes de qualquer coisa, na sua generosidade e nos seus bons conselhos para ajudar a manter os bons princípios e ensinamentos que ela transmitira com tanto empenho às filhas.

Essa amiga e sir Walter não se casaram, ao contrário do que as suas relações poderiam levar a supor. Treze anos tinham se passado desde a morte de lady Elliot, e ainda eram vizinhos e amigos íntimos: ele continuava viúvo, e ela, viúva.

O fato de lady Russell, uma mulher madura em idade e caráter e com uma situação econômica extremamente boa, não pensar em um segundo casamento não necessita de qualquer justificativa perante o público, o qual tende a ficar absurdamente mais descontente quando uma mulher volta a se casar do que quando ela não se casa; mas o fato de sir Walter continuar viúvo exige uma explicação. Sendo sir Walter, um bom pai (tendo sofrido uma ou duas desilusões com pretendentes muito pouco razoáveis), orgulhava-se de continuar solteiro pelo bem de suas queridas filhas. Por uma das filhas, a mais velha, ele teria desistido de qualquer coisa, desde que não estivesse muito tentado a fazê-la. Elizabeth tinha, aos dezesseis anos, sucedido a mãe em direitos e importância em tudo o que era possível, e, sendo muito bonita e muito parecida com o pai, sua influência sempre fora muito grande, o que fez com que se dessem muito bem, sempre. As duas outras filhas tinham menor importância. Mary adquirira alguma notoriedade artificial ao se tornar a senhora Charles Musgrove; mas Anne, com uma elegância de espírito e uma doçura de caráter que a colocavam em alta conta com qualquer pessoa de discernimento, não era ninguém aos olhos do pai, nem aos da irmã; a sua palavra não tinha qualquer peso; era sempre obrigada a ceder: era apenas Anne.

Para lady Russell, contudo, ela era a mais querida e estimada afilhada, a sua favorita e amiga. Lady Russell amava todas elas, mas era apenas através de Anne que ela imaginava que a mãe pudesse reviver.

Alguns anos antes, Anne Elliot tinha sido uma jovem muito bonita, mas cedo perdera o frescor; e, como mesmo no auge da sua beleza, o pai tinha visto muito pouco nela que fosse digno de admiração (tão diferentes dos dele eram os seus traços delicados e os seus suaves olhos escuros), agora, que ela estava murcha e magra, não podia haver nada nela que pudesse provocar a estima dele. Ele nunca tivera muita esperança, e agora não tinha nenhuma, ao ler o nome dela em qualquer outra página da sua obra preferida. Toda esperança de uma aliança de termos de igualdade residia em Elizabeth; pois Mary tinha-se apenas ligado a uma respeitável família rural antiga com uma grande fortuna e tinha, portanto, concedido toda a honra sem ter recebido nenhuma; Elizabeth faria, mais cedo ou mais tarde, um casamento vantajoso.

Acontece, algumas vezes, que uma mulher é mais bonita aos vinte e nove anos do que dez anos antes; e, falando de um modo geral, se não sofreu nem de doença nem de ansiedade, é uma idade em que pouco encanto se perdeu. Era o que se passava com Elizabeth, que ainda era a bela senhorita Elliot que começara a ser há treze anos antes; assim, poderíamos desculpar sir Walter por ele se esquecer da idade dela ou, de pelo menos, se considerar apenas meio tolo por julgar que ele mesmo e Elizabeth conservavam a mesma frescura de sempre, no meio da ruína da beleza de todos os outros, pois ele via claramente como o resto de sua família e de seus conhecidos estavam envelhecendo. Anne, magra, Mary, grosseira, todos os rostos da vizinhança pioravam; e há muito que o rápido aumento dos pés de galinha em torno dos olhos de lady Russell o entristecia.

Elizabeth não sentia exatamente a mesma satisfação pessoal que o pai. Há treze anos que era a senhora de Kellynch Hall, supervisionando e dando ordens com uma autoconfiança e decisão que nunca poderiam ter dado a ideia de ela ser mais nova do que realmente era. Durante treze anos tinha feito as honras da casa, repreendendo, tomando a dianteira ao dirigir-se para o coche e seguindo imediatamente atrás de lady Russell ao sair de todas as salas de visitas e de jantar do país. As geadas de treze invernos tinham-na visto abrir todos os bailes dignos de registro que uma pequena localidade conseguia dar; e, durante treze primaveras, as plantas tinham mostrado as suas flores quando ela viajava para Londres com o pai, para desfrutar, uma vez por ano, das diversões do grande mundo. Ela lembrava-se de tudo isso, tinha consciência de ter vinte e nove anos, o que lhe provocava alguma pena e apreensão. Sabia que ainda era muito bonita; mas sentia os anos perigosos se aproximarem, e gostaria de ter certeza de que um verdadeiro baronete pediria a sua mão dentro de um ano ou dois. A essa altura, talvez voltasse a pegar no livro dos livros com tanto prazer como nos anos da sua juventude; mas, naquele momento, ela não gostava dele. Deparar-se constantemente com a data do seu nascimento e não ver nenhum casamento à frente desta exceto o de uma irmã mais nova tornavam o livro um mal; e, mais de uma vez, depois de o pai o ter deixado aberto em cima da mesa a seu lado, ela tinha-o fechado e empurrado para longe, desviando os olhos.

Além disso, sofrera uma desilusão que aquele livro, especialmente a história da sua família, lhe fazia sempre recordar. O presumível herdeiro, o mesmo William Walter Elliot, esquire, cujos direitos tinham sido tão generosamente apoiados pelo pai, tinha-a desiludido.

Desde menina, desde que soubera que, se não tivesse irmãos, ele seria o futuro baronete, que tencionava casar-se com ele; e o pai sempre quisera que ela o fizesse. Eles não o tinham conhecido quando menino, mas, pouco depois da morte de lady Elliot, sir Walter esforçara-se por se aproximar dele e, embora os seus esforços não tivessem sido recebidos com calor, ele insistira em fazê-los, atribuindo a falta de entusiasmo à timidez da juventude; e, em uma das viagens de primavera a Londres, quando Elizabeth acabara de desabrochar, o senhor Elliot lhe foi apresentado forçosamente.

Ele era, àquela altura, muito jovem e iniciara recentemente os seus estudos de Direito. Elizabeth achara-o extremamente simpático, e todos os planos a favor dele tinham sido reforçados. Ele fora convidado a ir a Kellynch Hall; falaram nele e esperaram-no pelo resto do ano, mas ele nunca apareceu. Na primavera seguinte, encontraram-no de novo na cidade, acharam-no igualmente simpático, e foi mais uma vez encorajado, convidado e esperado e, novamente, não apareceu; as notícias seguintes foram que tinha se casado. Em vez de agir de acordo com a linha traçada para o herdeiro da casa de Elliot, ele comprara a independência unindo-se a uma mulher rica, de nascimento inferior.

Sir Walter ficara ofendido. Como chefe da família, achava que deveria ter sido consultado, especialmente depois de o ter acompanhado em público. "Porque eles devem ter sido vistos juntos", comentou ele, "uma vez no Tattersal e duas vezes na entrada da Câmara dos Comuns". O seu desagrado foi manifestado, mas, aparentemente, pouca importância lhe foi atribuída. O senhor Elliot não tentou apresentar quaisquer desculpas nem mostrou qualquer interesse em ser notado pela família; do mesmo modo, sir Walter considerou que ele não merecia fazer parte dela; todas as relações entre eles tinham cessado.

Ao fim de vários anos, essa embaraçosa história do senhor Elliot ainda provocava raiva em Elizabeth, que tinha gostado do homem por ele mesmo e ainda mais por ser o herdeiro do pai, cujo forte orgulho familiar via somente nele um partido adequado para a filha mais velha de sir Walter Elliot. Não havia, de A a Z, um baronete que os seus sentimentos reconhecessem tão facilmente como seu igual. No entanto, ele tinha agido tão miseravelmente que, embora usasse atualmente (no verão de 1814) uma fita de luto pela esposa, ela não pensava na hipótese dele merecer que ela voltasse a pensar nele. A vergonha do seu primeiro casamento talvez pudesse ser ultrapassada, pois não havia motivo para supor que o mesmo tivesse sido perpetuado através de quaisquer filhos, se ele não tivesse feito pior; mas ele fizera pior, conforme tinham sido informados pela habitual intromissão de amigos amáveis, e falara muito desrespeitosamente de todos eles, e com muito desdém do próprio sangue que lhe corria nas veias e do título que futuramente seria seu. Isso não podia ser perdoado.

Esses eram os sentimentos e as sensações de Elizabeth Elliot; essas eram as preocupações que a incomodavam, a agitação que perturbava a monotonia, a elegância, a prosperidade e o vazio da cena da sua vida – esses eram os sentimentos que conferiam interesse a uma longa e rotineira residência em uma pequena localidade, preenchendo o vazio que não podia ser ocupado com hábitos de serviço no estrangeiro nem com talentos ou feitos levados a cabo no país.

Mas, agora, outra ocupação ou preocupação da mente começava a ser adicionada a essas. O pai estava ficando aflito com a falta de dinheiro. Ela sabia que, quando ele agora pegava no registro de baronetes, era para afastar do pensamento as pesadas contas dos comerciantes e as desagradáveis insinuações do senhor Shepherd, seu procurador. O patrimônio de Kellynch era bom, mas não se igualava à concepção que sir Walter fazia da magnificência exigida ao seu dono. Enquanto lady Elliot fora viva, tinha havido método, moderação e economia, o que mantivera os gastos dentro dos rendimentos, mas, juntamente com ela, tinham morrido também todos esses bons princípios e, desde então, ele excedia-os constantemente. Não lhe tinha sido possível gastar menos; ele não tinha feito nada a não ser o que sir Walter Elliot era obrigado a fazer; mas, embora não tivesse qualquer culpa, ele não só estava se endividando terrivelmente como ouvia esse fato com tanta frequência que se tornara inútil escondê-lo, mesmo parcialmente, da filha. Chegara a fazer algumas alusões a esse fato na primavera anterior, na cidade; até tinha dito, "Será possível economizar? Ocorre-lhe algum artigo em que possamos poupar?", e Elizabeth, justiça lhe seja feita, tinha, no primeiro ardor de alarme feminino, começado a pensar seriamente no que poderia ser feito e propusera duas linhas de economia: cortar algumas ações de caridade desnecessárias e não remodelar a sala de visitas; a essas medidas ela acrescentou mais tarde a feliz ideia de não levar nenhum presente a Anne, como era costume fazer todos os anos. Mas essas medidas, por muito boas que fossem, mostraram-se insuficientes para a extensão do mal, cuja magnitude sir Walter se viu obrigado a confessar-lhe pouco depois. Elizabeth não tinha nada de maior eficácia a propor; sentiu-se, tal como o pai, maltratada e infeliz; e nenhum deles conseguiu imaginar meios de diminuir as despesas sem comprometer a sua dignidade nem sem se verem privados do conforto mínimo.

Sir Walter podia vender apenas uma pequena parte dos seus bens; mas, ainda que ele pudesse vender todas as suas terras, isso não teria feito qualquer diferença. Ele tinha concordado em hipotecar tanto quanto lhe fora possível, mas nunca concordaria em vender. Nunca faria recair tamanha vergonha sobre o seu nome. O patrimônio de Kellynch seria transmitido completo e integral, tal como o recebera.

Foi pedido aos seus dois amigos íntimos, o senhor Shepherd, que vivia na cidade vizinha onde o mercado se realizava, e lady Russell, que viessem aconselhá-los; e, tanto o pai como a filha, pareciam esperar que um ou outro tivesse uma ideia que fizesse desaparecer os seus problemas e reduzisse as despesas sem que isso acarretasse o sacrifício da satisfação dos seus prazeres ou do orgulho.

CAPÍTULO II

Senhor Shepherd, um advogado educado e cauteloso que, independentemente da sua opinião sobre sir Walter, preferia que a palavra fosse dita por qualquer outra pessoa, pediu desculpa e recusou-se a dar quaisquer conselhos, limitando-se a pedir autorização para fazer uma referência implícita à excelente opinião de lady Russell, cujo bom senso, ele sabia, aconselharia as medidas firmes que ele esperava ver finalmente adotadas.

Lady Russell foi particularmente solícita em relação ao assunto e pensou seriamente nele. Ela era uma mulher de capacidades mais sólidas do que rápidas, com grande dificuldade em chegar a uma decisão sobre esse caso, devido à contradição entre dois princípios fundamentais. Ela mesma era de uma integridade rígida, com um delicado sentido de honra, mas estava igualmente desejosa de poupar os sentimentos de sir Walter, preocupada com a boa reputação da família, tão aristocrática nas suas ideias sobre o que eles mereciam como qualquer pessoa sensata e honesta podia estar. Era uma mulher bondosa, caridosa, amável, capaz de amizades fortes, com uma conduta extremamente correta, severa nas suas noções de decoro e com maneiras que eram consideradas um padrão da boa educação. Ela possuía uma mente cultivada e era, de um modo geral, racional e coerente – tinha, porém, preconceitos no que dizia respeito à linhagem; atribuía grande valor à posição social e à importância, o que a tornava um pouco cega em relação aos defeitos dos que as possuíam. Ela mesma, viúva de um simples cavaleiro, atribuía à dignidade de baronete tudo o que ela merecia, e sir Walter, além dos seus direitos como velho conhecido, como vizinho atencioso, senhorio amável, marido da sua querida amiga, o pai de Anne e das suas irmãs, era, no seu entendimento e devido às suas dificuldades atuais, merecedor de bastante simpatia e consideração, simplesmente devido ao fato de ser sir Walter.

Tinham de economizar; disso não havia qualquer dúvida. Mas ela queria muito que isso acontecesse com o mínimo de sofrimento para ele e para Elizabeth. Fez planos de economia, fez cálculos exatos e fez o que ninguém mais pensara fazer: consultou Anne, que nunca era considerada pelos outros como tendo um interesse no caso. Consultou-a e foi, até certo ponto, influenciada por ela ao traçar o esquema de poupança que foi, por fim, submetido a sir Walter. Todas as correções de Anne se situavam do lado da honestidade, em oposição à importância. Ela queria medidas mais vigorosas, uma reforma mais completa, um pagamento da dívida mais rápido, um maior tom de indiferença por tudo o que não fosse justiça e igualdade.

"Se conseguirmos convencer seu pai a fazer tudo isso", disse lady Russell, passando os olhos pela folha de papel, "muito poderá ser feito. Se adotar essas normas, dentro de sete anos estará livre de dívidas; e espero que possamos convencê-lo, a ele e a Elizabeth, de que Kellynch possui uma respeitabilidade própria que não será afetada por essas reduções; e que, por ele agir como um homem de princípios, a verdadeira dignidade de sir Walter Elliot não ficará absolutamente em nada diminuída aos olhos das pessoas sensatas. O que ele fará, de fato, se não o que muitas das nossas famílias já fizeram... ou deveriam ter feito? O seu caso não é único; e é a singularidade que constitui a pior parte do nosso sofrimento, tal como sucede com a nossa conduta. Tenho grande esperança de que consigamos fazê-lo. Temos de ser severas e firmes... pois, afinal de contas, quem contrai dívidas tem de pagá-las; e, embora os sentimentos de um cavalheiro e chefe de família como o seu pai mereçam o maior respeito, mais respeito merece ainda o bom nome de um homem honesto".

Esse era o princípio que Anne queria que o pai seguisse e que os amigos lhe aconselhassem. Ela considerava uma obrigação essencial pagar as dívidas aos credores com a maior rapidez que as economias globais conseguissem levar a cabo, e achava que nenhum outro comportamento seria digno. Ela queria que isso fosse recomendado e considerado um dever. Ela atribuía grande valor à influência de lady Russell e, quanto ao elevado grau de sacrifício que a sua própria consciência exigia, sabia que talvez fosse tão difícil convencê-los a efetuar uma reforma completa como meia reforma. O que ela conhecia do pai e de Elizabeth levavam-na a pensar que o sacrifício de um par de cavalos seria tão doloroso quanto o de dois, e assim por diante, ao longo de toda a lista das suaves reduções de lady Russell.

Pouco importa qual teria sido a reação às exigências mais rígidas de Anne. As de lady Russell não tiveram qualquer êxito: essas eram tão impossíveis quanto insuportáveis. "O quê? Retirar todos os confortos da vida? Viagens, Londres, criados, cavalos, mesa... reduções e restrições em tudo. Deixar de viver sem sequer o decoro de um criado pessoal! Não, ele preferia abandonar imediatamente Kellynch Hall a permanecer em condições tão vergonhosas".

"Abandonar Kellynch Hall". O senhor Shepherd pegou-lhe imediatamente na palavra. Ele tinha um grande interesse na realidade das economias de sir Walter e estava perfeitamente convencido de que estas não poderiam ser feitas sem uma mudança de residência. "Uma vez que a ideia tivera início exatamente no local que devia ditar o comportamento, ele não sentia qualquer escrúpulo, disse, em confessar que a sua opinião era exatamente essa. Não lhe parecia que sir Walter pudesse alterar materialmente o seu estilo de vida em uma casa em que tinha de manter um tal caráter de hospitalidade e dignidade tradicionais. Em qualquer outro local, sir Walter poderia pensar e proceder como quisesse; e, qualquer que fosse o modo como ele dirigisse a sua casa, seria considerado um padrão de estilo de vida".

Sir Walter abandonaria Kellynch Hall; e, depois de mais alguns dias de dúvida e indecisão, a questão do local para onde ele iria ficou decidida, e o primeiro esboço dessa importante alteração foi traçado.

Havia três alternativas, Londres, Bath, ou outra casa no campo. Todos os desejos de Anne eram em favor desta última. A sua ambição era uma casa pequena na mesma região, onde ainda pudessem contar com a companhia de lady Russell, estar perto de Mary e ter, por vezes, o prazer de ver o relvado e os bosques de Kellynch. Mas a sorte habitual de Anne estava atenta e destinara-lhe algo muito diferente dos seus desejos. Ela não gostava de Bath e achava que Bath não lhe fazia bem; e Bath seria o seu lar.

A princípio, sir Walter pensara mais em Londres, mas o senhor Shepherd julgava que não era possível confiar nele em Londres, e fora suficientemente hábil para dissuadi-lo e fazê-lo optar por Bath. Era um local muito mais seguro para um cavalheiro com os seus problemas; ali, poderia ser importante com relativamente pouca despesa. Duas vantagens concretas de Bath sobre Londres tinham, obviamente, sido acentuadas; a distância de apenas oitenta quilômetros de Kellynch, o que era mais conveniente, e o fato de lady Russell passar sempre lá parte do inverno; e, para grande satisfação de lady Russell, cuja opinião sobre a projetada mudança fora, desde o início, a favor de Bath, sir Walter e Elizabeth foram levados a acreditar que, com a mudança, não perderiam importância nem deixariam de se divertir.

Lady Russell sentiu-se obrigada a opor-se aos desejos da sua querida Anne. Seria esperar muito que sir Walter passasse a viver em uma casa pequena na sua própria região. A própria Anne teria sentido uma humilhação maior do que antecipara, e a mesma teria sido terrível para os sentimentos de sir Walter. E, com respeito ao fato de Anne não gostar de Bath, ela considerava-o um preconceito e um erro, resultante, em primeiro lugar, da circunstância de ter andado lá na escola durante três anos, depois da morte da mãe, e, em segundo lugar, de ela não ter se sentido muito bem disposta no único inverno que lá passara com ela.

Lady Russell gostava de Bath e achava que era um bom lugar para todos eles; e, quanto à saúde da sua jovem amiga, todo o perigo seria evitado se ela passasse todos os meses quentes em sua companhia em Kellynch Lodge; e era, de fato, uma mudança que seria benéfica tanto para a saúde quanto para o espírito. Anne tinha estado muito pouco tempo longe de casa, tinha visto muito pouco. Ela não era uma pessoa muito alegre. Um pouco mais de convívio lhe faria muito bem. Ela queria que Anne fosse mais conhecida.

O fato de não ser aconselhável que sir Walter se instalasse em qualquer outra casa na mesma região foi certamente acentuado por uma parte, uma parte muito objetiva do esquema, que, felizmente, fora realçada no início. Ele não só teria de abandonar a casa mas também a veria nas mãos de outras pessoas; uma prova de coragem que tinha sido excessivamente dura para espíritos mais fortes do que o de sir Walter. Kellynch seria alugada. Isso era, porém, um segredo bem guardado que não era referido fora do seu próprio círculo.

Sir Walter não suportaria a humilhação de ser tornada pública a sua intenção de alugar a casa. O senhor Shepherd mencionara uma vez a palavra "anúncio", mas nunca mais ousou referir-se ao assunto; sir Walter rejeitou a ideia de ela ser oferecida sob qualquer forma; proibiu a menor alusão ao fato de ele ter essa intenção; e ele só a alugaria se tal lhe fosse espontaneamente solicitado por um candidato excepcional, estipulando ele as condições, e como grande favor.

Como surgem depressa razões para concordarmos com aquilo que nos agrada! Lady Russell tinha outra excelente razão para se sentir extremamente satisfeita por sir Walter e a sua família sairem da região. Elizabeth iniciara recentemente uma grande amizade que ela desejava ver interrompida. Era com uma filha do senhor Shepherd que tinha regressado para casa do pai após um casamento infeliz, sobrecarregada com dois filhos. Era uma mulher jovem e inteligente, que compreendia a arte de agradar; a arte de agradar, pelo menos, em Kellynch Hall; e que se insinuara tão bem junto da senhorita Elliot, que já lá estivera hospedada mais de uma vez, apesar de todos os conselhos de lady Russell, que considerava aquela amizade bastante despropositada.

Na realidade, lady Russell tinha muito pouca influência junto a Elizabeth, e parecia gostar dela, mais por querer do que por Elizabeth o merecer. Ela nunca recebera dela mais do que uma atenção superficial, nada para além de formalidades condescendentes, nunca tinha conseguido convencê-la a mudar de ideia. Sensível à injustiça e ao egoísmo dos preparativos que deixavam Anne de fora, ela tinha tentado, repetidas vezes, que Anne fosse incluída na visita a Londres, e, em muitas outras ocasiões, tentara dar a Elizabeth o benefício do seu melhor discernimento e experiência – mas sempre em vão. Elizabeth fazia como queria – e nunca se opusera tão decididamente a lady Russell como na escolha da senhora Clay, afastando-se da companhia de uma irmã tão boa e manifestando afeto e confiança por uma mulher que deveria ser apenas objeto de delicadeza distante.

Sob o ponto de vista da posição social, a senhora Clay era, na opinião de lady Russell, muito inferior, e, quanto ao caráter, ela a considerava uma companhia muito perigosa; e uma mudança que deixasse a senhora Clay para trás e colocasse ao alcance da senhorita Elliot uma variedade de companhias mais adequadas constituía, portanto, um objetivo primordial.

CAPÍTULO III

"Peço autorização para observar, sir Walter", disse o senhor Shepherd em uma manhã em Kellynch Hall, pousando o jornal, "que a conjuntura atual nos é muito favorável. A paz fará desembarcar os nossos oficiais da Marinha, ricos. Vão todos querer casa. Não podia haver melhor altura, sir Walter, para escolher inquilinos, inquilinos muito responsáveis. Fizeram-se muitas fortunas respeitáveis durante a guerra. Se um almirante rico nos aparecesse, sir Walter...".

"Ele seria um homem de sorte, Shepherd", respondeu sir Walter, "É tudo o que eu tenho a dizer. Para ele, Kellynch Hall seria um prêmio, o maior prêmio de todos, por mais prêmios que ele tivesse recebido antes, não é mesmo, Shepherd?".

O senhor Shepherd riu-se do dito espirituoso, como sabia que devia fazer, depois acrescentou:

"Atrevo-me a afirmar, sir Walter, que, em questões de negócios, é bom lidar com os cavalheiros da Marinha. Sei alguma coisa sobre os seus métodos de tratar de negócios, e devo dizer que eles têm ideias muito liberais e são ótimos inquilinos. Assim, sir Walter, o que eu gostaria de sugerir é que, em consequência da propagação de quaisquer rumores sobre as suas intenções... e devemos considerar isso uma possibilidade, pois sabemos como é difícil manter as ações e os desígnios de uma parte do mundo secretos da observação e da curiosidade da outra... a nobreza tem os seus inconvenientes; eu, John Shepherd, posso esconder todas questões de família porque ninguém vai achar que vale a pena perder tempo em me observar. Mas há olhares fixos em sir Walter Elliot, aos quais talvez seja muito difícil escapar; e, assim, atrevo-me a dizer que não ficaria muito surpreendido se, mesmo com toda a nossa cautela, qualquer rumor sobre a verdade viesse a transpirar. Com essa suposição, como direi, uma vez havendo, sem dúvida, pretendentes, penso que qualquer dos capitães da Marinha abastados mereceria ser considerado; e peço autorização para acrescentar que, a qualquer tempo, eu estaria aqui em duas horas, para lhe poupar o trabalho de responder".

Sir Walter limitou-se a acenar com a cabeça em sinal de concordância. Mas, pouco depois, levantando-se e começando a andar de um lado para o outro da sala, comentou, em um tom sarcástico:

"Suponho que muito poucos cavalheiros da Marinha não se sentiriam surpreendidos ao encontrarem-se em uma casa desta natureza".

"Sem dúvida, olhariam em volta e dariam graças à própria sorte", disse a senhora Clay, pois a senhora Clay estava presente; o pai tinha-a trazido consigo, uma vez que nada fazia tão bem à saúde da senhora Clay como um passeio até Kellynch, "mas concordo absolutamente com o meu pai e também acho que um oficial da Marinha seria um ótimo inquilino. Eu já conheci muitos; e, além da liberalidade, eles são muito arrumados e cuidadosos! Estes seus valiosos quadros, sir Walter, se decidisse deixá-los cá, estariam perfeitamente seguros. Tudo o que está dentro e à volta da casa seria extremamente bem cuidado! Os jardins e os bosques seriam tão bem tratados quanto são agora. Não tenha receio, senhorita Elliot, de que o seu belo jardim seja negligenciado".

"Quanto a isso", retorquiu friamente sir Walter, "supondo que me deixasse convencer a alugar a minha casa, certamente ainda não tomei uma decisão sobre os privilégios que o aluguel acarretará. Não estou particularmente interessado em beneficiar um inquilino. O parque estaria à sua disposição, claro, e poucos oficiais da Marinha, ou quaisquer outros homens, terão usufruído de tamanha extensão; mas as restrições que poderei impor quanto à utilização dos terrenos de recreio são outra coisa; não gosto da ideia de poderem andar sempre nos meus bosques, e aconselharia a senhorita Elliot a tomar precauções a respeito do seu jardim. Garanto-vos que me sinto muito pouco disposto a conceder um favor especial a um inquilino de Kellynch Hall, seja ele um marinheiro ou um soldado".

Após uma breve pausa, o senhor Shepherd atreveu-se a dizer:

"Em todos esses casos, existem costumes estabelecidos que tornam tudo mais claro e simples entre o senhorio e o inquilino. Os seus interesses, sir Walter, estão em boas mãos. Pode contar comigo para garantir que nenhum inquilino terá mais do que aquilo a que tem direito. Atrevo-me a dizer que John Shepherd será muito mais zeloso dos bens de sir Walter Elliot do que ele mesmo poderia ser".

Nesse momento, Anne falou:

"Acredito que a Marinha, que tanto tem feito por nós, possui, pelo menos, os mesmos direitos a todos os confortos e privilégios que uma casa pode dar do que qualquer outra categoria de homens. Temos todos de concordar em que os marinheiros trabalham muito para conseguir obter o seu conforto".

"Lá isso é verdade. Bem verdade o que a senhorita Anne diz", foi a resposta do senhor Shepherd, e, "Ó, com certeza", foi a de sua filha, mas o comentário que sir Walter fez, pouco depois, foi:

"Esta profissão tem a sua utilidade, mas eu lamentaria ver um amigo meu ingressar nela".

"Verdade?", foi a resposta, com um olhar de surpresa.

"Sim, há dois pontos em que ela me desagrada; tenho duas fortes objeções em relação a ela. Em primeiro lugar, por ser um meio de elevar pessoas de nascimento obscuro a lugares de imerecida distinção e de lhes conceder honras com que os seus pais ou avós nunca sonharam; e, em segundo lugar, porque destrói a juventude e a força de um homem; tenho reparado nisso toda a minha vida. Na Marinha, mais do que em qualquer outra carreira, um homem corre um maior risco de ser insultado pela promoção de alguém com cujo pai o seu não se teria dignado a falar, ou de se tornar, ele mesmo e prematuramente, objeto de repulsa. Um dia, na primavera passada, em Londres, vi-me na companhia de dois homens, exemplos flagrantes do que estou a dizer, lorde St. Ives, cujo pai, como todos sabemos, foi pároco de aldeia, sem ter sequer pão para comer; tive de ceder o meu lugar a lorde St. Ives, e a um certo almirante Baldwin, um personagem com o aspecto mais deplorável que se pode imaginar, com o rosto da cor do mogno, extremamente áspero e encarquilhado, todo ele cheio de sulcos e rugas, nove cabelos grisalhos em um lado e apenas um pouco de pó no topo. 'Por amor de Deus, quem é aquele velho?', perguntei eu a um amigo que estava próximo... sir Basil Morele... 'Velho!', exclamou sir Basil, 'É o almirante Baldwin. Que idade pensas que ele tem?' 'Sessenta', disse eu, 'ou talvez sessenta e dois'".

"Quarenta", respondeu sir Basil, "quarenta, não mais". Imaginem o meu espanto; não esquecerei facilmente o almirante Baldwin. Nunca vi um exemplo tão terrível do que uma vida passada no mar pode provocar; e, até certo ponto, passa-se o mesmo com todos eles; andam de um lado para o outro, expostos a todos os climas, a todas as intempéries, até se tornarem desagradáveis à vista. É uma pena que não sofram uma pancada na cabeça antes de atingirem a idade do almirante Baldwin".

"Sir Walter", exclamou a senhora Clay, "isso é ser muito severo. Tenha um pouco de misericórdia pelos pobres homens. Não nascemos todos para ser belos. É certo que o mar não contribui para a beleza; os marinheiros envelhecem prematuramente. Tenho-o observado; eles perdem muito cedo o ar de juventude. Mas não acontece o mesmo em muitas outras profissões, talvez com a maior parte delas? Os soldados no serviço ativo não têm melhor sorte; e mesmo nas profissões mais calmas há um esforço mental, se não físico, que raramente deixa o aspecto do homem sujeito apenas ao efeito natural do tempo. O advogado trabalha arduamente e preocupa-se; o médico tem de estar de pé a qualquer hora e tem de andar debaixo de todas as intempéries; e até o sacerdote...", ela fez uma pausa por um momento para refletir sobre o que poderia afetar o sacerdote, "...e até o sacerdote, sabe, tem de entrar em quartos infectados e expor a sua saúde e o seu aspecto a todos os danos de um ambiente contaminado. De fato, há muito que estou convencida de que, embora todas as profissões sejam necessárias e honrosas, só os que não são obrigados a exercer nenhuma profissão, os que podem ter uma vida regular, no campo, escolhendo os seus próprios horários, fazendo o que querem e vivendo dos seus rendimentos, sem o tormento de tentarem conseguir mais, só eles conservam a bênção da saúde e do bom aspecto durante o máximo de tempo possível; não conheço nenhuma outra categoria de homens que não perca qualquer coisa da sua beleza quando deixam de ser jovens".

Parecia que o senhor Shepherd, na sua ansiedade de assegurar que sir Walter aceitasse um oficial da Marinha como inquilino, tinha tido o dom da previsão; pois o primeiro pretendente à casa foi o almirante Croft, que ele conheceu pouco depois, ao assistir a uma sessão do Tribunal em Taunton; na realidade, ele recebera uma informação sobre o almirante Croft de um correspondente de Londres. Segundo o relatório que se apressou a fazer a Kellynch, o almirante Croft era oriundo de Somersetshire e, tendo adquirido uma bela fortuna, desejava instalar-se na sua região: ele tinha vindo a Taunton ver alguns dos locais anunciados nos arredores, os quais, contudo, não lhe tinham agradado; ao ouvir acidentalmente – (era tal como ele dissera, comentou o senhor Shepherd, os negócios de sir Walter não podiam ser mantidos secretos) – ao ouvir acidentalmente falar na possibilidade de Kellynch Hall vir a ser alugado e ao saber da sua (do senhor Shepherd) ligação com o proprietário, apresentara-se a ele para fazer algumas perguntas práticas e tinha, durante uma longa conversa, expressado uma inclinação pelo local, tanto quanto pode sentir um homem que o conhecesse apenas pela descrição; e dera, na descrição pormenorizada de si mesmo, todas as provas de vir a ser um bom inquilino, muito responsável.

"E quem é o almirante Croft?", foi a pergunta fria e desconfiada de sir Walter.

O senhor Shepherd respondeu que era de uma família nobre e mencionou uma localidade; e Anne, após a pequena pausa que se seguiu, acrescentou:

"Ele é contra-almirante. Esteve na batalha de Trafalgar e, desde então, tem estado nas Índias Ocidentais; foi destacado para lá, creio, há vários anos".

"Então, suponho", comentou sir Walter, "que o rosto dele é tão avermelhado como os canhões e as capas das librés dos meus criados".

O senhor Shepherd apressou-se a assegurar-lhe que o almirante Croft era um homem bem-parecido, robusto e alegre, um pouco estragado pelo tempo, é certo, mas não muito; e um perfeito cavalheiro em todas as suas ideias e comportamentos – não deveria levantar o menor problema quanto às condições – só queria uma casa confortável, e o mais depressa possível, e sabia que teria de pagar pelo conforto – sabia a quanto podia ascender a renda de uma casa mobiliada – não teria ficado surpreendido se senhor Walter tivesse pedido mais – tinha feito perguntas sobre os terrenos – certamente gostaria de caçar neles, mas não fazia grande questão – disse que por vezes pegava em uma espingarda, mas nunca matava – um verdadeiro cavalheiro.

O senhor Shepherd foi muito eloquente sobre o assunto, referindo toda a situação da família do almirante, o que o tornava particularmente atraente como inquilino. Era um homem casado e sem filhos; exatamente como seria desejável. Uma casa nunca era bem cuidada, observou o senhor Shepherd, sem uma senhora; ele não sabia se a mobília não correria o mesmo perigo quando não existia uma senhora como quando havia muitas crianças. Uma senhora, sem filhos, era a melhor forma de conservar o mobiliário em bom estado. Também tinha visto a senhora Croft, estava ela em Taunton com o almirante e mantivera-se presente durante quase todo o tempo em que tinham discutido o assunto.

"E pareceu ser uma senhora muito bem-falante, educada e inteligente", prosseguiu ele, "fez mais perguntas sobre a casa, sobre as condições e sobre os impostos do que o próprio almirante. E, além disso, sir Walter, descobri que ela tem algumas ligações familiares com esta região, tal como o marido; quero dizer que ela é irmã de um cavalheiro que viveu há alguns anos em Monkford. Meu Deus! Como é que ele se chamava? Neste momento, não me consigo recordar do nome, embora o tenha ouvido ultimamente. Penélope, minha querida, pode me ajudar a recordar o nome do cavalheiro que vivia em Monkford… o irmão da senhora Croft?"

Mas a senhora Clay estava tão entretida a conversar com a menina Elliot que não pareceu ouvir.

"Não faço a mínima ideia sobre quem está se referindo, Shepherd; não me lembro de nenhum cavalheiro vivendo em Monkford desde o tempo do velho governador Trent".

"Meu Deus! Que estranho! Um dia destes até vou me esquecer do meu próprio nome. Um nome que me é tão familiar; eu conhecia o homem tão bem de vista! Vi-o umas cem vezes; ele foi consultar-me uma vez, recordo-me, sobre a violação da sua propriedade por um dos vizinhos; um rendeiro assaltou-lhe o pomar… parede deitada abaixo… maçãs roubadas… apanhado em flagrante; e depois, contrariamente à minha opinião, fizeram um acordo amigável. É, realmente, muito estranho!"

Depois de esperar mais um momento:

"Está se referindo ao senhor Wentworth, suponho", Anne disse.

O senhor Shepherd era todo gratidão.

"É esse mesmo o nome! O senhor Wentworth, era esse o homem. Foi sacerdote de Monkford, sabe, sir Walter, há algum tempo, durante dois ou três anos. Chegou lá por volta de 1805, suponho. Certamente que se recorda dele".

"Wentworth? Ó! sim... o senhor Wentworth, o padre de Monkford. Iludiu-me com o termo cavalheiro. Eu pensei que estivesse falando de um homem de bens. Lembro-me de que o senhor Wentworth não era ninguém; sem relações, não tinha nada a ver com a família Strafford. Pergunto a mim mesmo como é que os nomes de muitos dos membros da nossa nobreza se tornam tão vulgares".

Ao compreender que esta ligação com os Croft não os beneficiava aos olhos de sir Walter, o senhor Shepherd não voltou a referi-la e insistiu, com todo o empenho, nas circunstâncias mais inquestionavelmente a seu favor; a idade, número e fortuna; a ideia que eles faziam de Kellynch Hall, e o enorme desejo de terem o privilégio de o alugar; fazendo parecer que, para eles, a felicidade consistia em serem inquilinos de sir Walter Elliot; um bom gosto extraordinário, seguramente, se soubessem o que sir Walter pensava a respeito das obrigações dos inquilinos.

Ele teve êxito, porém. E, embora sir Walter visse sempre com maus olhos qualquer pessoa que tencionasse habitar a casa, e os considerasse extremamente afortunados por terem sido autorizados a alugá-la por uma renda elevadíssima, deixou-se convencer e permitiu que o senhor Shepherd avançasse com o acordo, tendo-o autorizado a encontrar-se com o almirante Croft, que ainda estava em Taunton, e a marcar um dia para ele ver a casa.

Sir Walter não era muito sensato, mas tinha experiência do mundo suficiente para saber que não seria fácil encontrar um inquilino menos exigente, em todos os aspectos essenciais, do que o almirante Croft prometia ser. Até aí ele compreendia; e a posição do almirante, que era suficientemente elevada, mas não muito, servia de um pouco mais de consolação para a sua vaidade. "Aluguei a minha casa ao almirante Croft" soaria extremamente bem; muito melhor do que um simples senhor; um senhor (exceto, talvez, de uma meia dúzia no país) precisa sempre de uma explicação. Um almirante falava da sua própria importância e, ao mesmo tempo, não poderia fazer com que um baronete parecesse insignificante a seu lado. Em todas as negociações e conversas, sir Walter Elliot tinha de ter sempre a primazia.

Nada podia ser feito sem a opinião de Elizabeth; mas ela estava cada vez com mais vontade de mudar de casa e ficou satisfeita pelo assunto poder ser resolvido rapidamente graças a um inquilino que aparecera de repente; não pronunciou uma só palavra que suspendesse a decisão.

O senhor Shepherd recebeu plenos poderes para agir; e, assim que o assunto chegou ao fim, Anne, que fora a ouvinte mais atenta, saiu da sala para procurar o alívio do ar fresco para as suas faces coradas; e, enquanto passeava ao longo do seu bosque predileto, disse, com um suave suspiro: "Daqui a alguns meses, ele talvez ande passeando por aqui".

CAPÍTULO IV

Não era o senhor Wentworth, o antigo sacerdote de Monkford como as aparências poderiam levar a supor, mas sim um capitão Frederick Wentworth, seu irmão, que, tendo sido promovido a capitão em sequência a uma batalha próxima a São Domingos e não tendo sido imediatamente destacado, viera para Somersetshire no verão de 1806; e, como já não tinha os pais vivos, hospedara-se, durante meio ano, em Monkford. Ele era, àquela altura, um jovem esplêndido, muito inteligente, ativo e brilhante; e Anne era uma jovem extremamente bonita, meiga, modesta, com bom gosto e bons sentimentos. Metade da atração sentida por cada uma das partes teria bastado, pois ele não tinha nada que fazer e ela não tinha praticamente ninguém para amar, mas a confluência de tão abundantes qualidades não podia falhar. Foram-se conhecendo gradualmente e, depois de se conhecerem, apaixonaram-se rápida e profundamente. Seria difícil dizer quem vira maior perfeição no outro, ou qual deles se sentira mais feliz, se ela ao receber as suas declarações e propostas, ou se ele ao vê-las serem aceitas.

Seguiu-se um curto período de extasiante felicidade, um período mesmo muito curto. Os problemas não tardaram em surgir. Sir Walter, ao ser-lhe feito o pedido, sem na realidade negar a sua autorização nem dizer que nunca seria possível dá-la, manifestou o seu desacordo através de um enorme espanto, uma enorme frieza, um enorme silêncio e uma resolução declarada de não fazer nada pela filha. Ele achava que era uma união muito degradante; e lady Russell, embora com um orgulho mais comedido e desculpável, considerava-a extremamente infeliz.

Anne Elliot, com todas as vantagens que a classe, a beleza e a inteligência lhe conferiam, desperdiçar a vida aos dezenove anos; envolver-se aos dezenove anos em um noivado com um jovem que não tinha nada a recomendá-lo a não ser ele mesmo, e sem esperança de alguma vez ser rico; pelo contrário, correndo o risco de uma profissão incerta, e sem ligações que garantissem a sua promoção naquela profissão, seria, de fato, um desperdício em que lhe era doloroso pensar! Anne Elliot, tão jovem, conhecida de tão pouca gente, arrebatada por um desconhecido sem ligações nem fortuna; ou, melhor, mergulhada em um estado da mais penosa e preocupante dependência, que lhe destruiria a juventude! Isso não aconteceria, se ela conseguisse evitá-lo, através de uma interferência sincera de amizade e dos conselhos de alguém que tinha quase um amor e direitos de mãe.

O capitão Wentworth não possuía fortuna. Tinha tido sorte na sua profissão, mas gastara com prodigalidade o que ganhara facilmente, não guardara nada. Mas estava confiante de que em breve seria rico, cheio de vida e de entusiasmo, ele sabia que em breve teria um barco e que em breve seria colocado em um posto que o conduziria a tudo o que desejava. Sempre tivera sorte e sabia que continuaria a ter. Tal confiança, poderosa no seu entusiasmo e encantadora pelo modo como era expressa, deveria ter sido suficiente para Anne; mas lady Russell via a situação de um modo diferente. O temperamento otimista dele e a sua ousadia de espírito funcionavam de um modo muito diferente nela. Ela via-os como uma intensificação do mal. Só tornavam o caráter dele ainda mais perigoso. Ele era brilhante, obstinado. Lady Russell gostava pouco de ditos espirituosos e, para ela, tudo o que se aproximasse da imprudência era um horror. Ela censurava a união sob todos os pontos de vista.

Esses sentimentos produziram uma oposição que Anne não conseguiu combater. Jovem e meiga como era, talvez lhe fosse possível suportar a má vontade do pai, talvez conseguisse mesmo passar sem uma palavra ou olhar amável por parte da irmã, mas lady Russell, que ela sempre tinha amado e em quem sempre confiara, não podia, com opiniões tão firmes e modos tão suaves, aconselhá-la repetidamente em vão. Ela foi levada a acreditar que o noivado era um erro, imprudente, inadequado, com poucas probabilidades de ser bem sucedido, e ela não merecia que isso acontecesse. Mas não foi por mera precaução egoísta que ela agiu, pondo-lhe termo. Se não pensasse que agia para o bem dele, mais do que para seu próprio bem, ela não teria conseguido renunciar a ele. A ideia de ser prudente e altruísta e de ter em mente, principalmente, o bem dele, foi a sua principal consolação no desgosto da separação, uma separação definitiva; e foi necessária toda a consolação, pois teve de enfrentar a dor adicional de o ver completamente inconformado e intransigente, magoado com uma renúncia forçada. Em consequência, ele acabara por sair do país.

Tinham mediado alguns meses entre o início e o fim da sua ligação, mas o sofrimento de Anne durou mais que alguns meses. O seu afeto e o seu desgosto tinham, durante muito tempo, ensombrado todo o prazer da juventude; e os seus efeitos duradouros tinham sido uma perda prematura do frescor e da alegria.

Tinham-se passado mais de sete anos desde que essa pequena e triste história chegara ao fim; o tempo esmorecera muito, talvez quase todo o seu afeto por ele – mas ela tinha dependido muito só do tempo; não lhe fora dada qualquer ajuda sob a forma de mudança de lugar (exceto uma visita a Bath pouco depois do rompimento) nem qualquer novidade ou ampliação do círculo social. Não chegara ninguém ao círculo de Kellynch que se pudesse comparar a Frederick Wentworth, tal como ela o retinha na memória. Nos limites estreitos da sociedade que os rodeava, o seu espírito delicado e o seu gosto refinado não tinham conseguido encontrar um segundo afeto, a única cura completamente natural, feliz e suficiente na sua idade. Quando tinha cerca de vinte e dois anos, fora pedida em casamento pelo jovem que, pouco depois, encontrou uma mente mais dócil na sua irmã mais nova; lady Russell lamentou a recusa, pois Charles Musgrove era o filho mais velho de um homem cujas propriedades e importância só ficavam atrás das de sir Walter, e tinha um bom caráter e uma bela figura; e, embora lady Russell tivesse desejado algo mais quando Anne tinha dezenove anos, se regozijou ao vê-la aos vinte e dois tão respeitavelmente afastada do ambiente de parcialidade e injustiça da casa do pai e instalada permanentemente perto de si. Mas, nesse caso, Anne não se deixou levar pelos seus conselhos; e, embora lady Russell, segura como sempre da sua própria opinião, nunca tivesse se arrependido do passado, começou a sentir uma ansiedade que tocava as raias do desespero, de que Anne fosse tentada, por um homem de talento e meios, a entrar em um estado civil para o qual ela a considerava particularmente dotada, com a sua afetividade e hábitos domésticos.

Elas não conheciam a opinião uma da outra, quer a sua constância ou a sua transformação, sobre a única causa do comportamento de Anne, pois o assunto nunca era referido – mas Anne, aos vinte e sete anos, pensava de um modo muito diferente de como fora levada pensar aos dezenove. Não culpava lady Russell, não culpava a si mesma por ter seguido os conselhos dela; mas achava que, se uma jovem, em circunstâncias semelhantes, lhe viesse pedir conselhos, estes não lhe provocariam tamanho sofrimento imediato, com vista a um futuro feliz incerto. Estava convencida de que, embora tivesse sofrido todos os inconvenientes da censura em casa e toda a ansiedade própria da carreira dele, todos os prováveis receios, demoras e desilusões, teria sido mais feliz se tivesse mantido o noivado do que fora, sacrificando-o; e isso, acreditava ela, mesmo que eles tivessem sofrido a quantidade habitual, mais do que a quantidade habitual de preocupações e ansiedades, e sem ter em conta o resultado real do caso dele, o qual, afinal, acabara em prosperidade, mais cedo do que seria razoável esperar. As suas entusiásticas expectativas, toda a sua confiança tinham sido justificadas. O seu talento e entusiasmo pareceram prever e abrir o caminho da prosperidade. Ele tinha, pouco depois do fim do noivado, sido colocado; e tudo o que ele lhe dissera que sucederia aconteceu. Ele tinha-se distinguido e fora promovido e agora, devido a aprisionamentos sucessivos, já devia ter uma bela fortuna. Ela só podia basear-se em registros da Marinha e nos jornais, mas não duvidava de que ele fosse rico e, quanto à sua constância, ela não tinha motivos para supor que ele se tivesse casado.

Como Anne Elliot podia ter sido eloquente, como, pelo menos, os seus desejos eram eloquentes a favor de uma ligação afetuosa precoce e uma alegre confiança no futuro, em oposição àquela cautela muito ansiosa que parece insultar o esforço e não confiar na providência! Ela fora forçada a ser prudente na juventude e, à medida que envelhecia, aprendia o que era o romance: a sequência natural de um início nada natural.

Com todas essas circunstâncias, recordações e sentimentos, ela não suportava ouvir dizer que era provável que a irmã do capitão Wentworth viesse viver em Kellynch sem que a dor antiga se reavivasse; e foram necessários muitos passeios e muitos suspiros para acalmar a agitação provocada pela ideia. Ela disse muitas vezes a si mesma que era uma loucura, antes de ter conseguido se controlar o suficiente para conseguir ouvir calmamente a contínua discussão sobre os Croft e os seus negócios. Foi auxiliada, porém, pela completa indiferença e aparente desinteresse das únicas três pessoas do seu círculo de amigos que conheciam o segredo do passado, que quase pareciam negar qualquer recordação do episódio. Ela reconhecia a superioridade dos motivos de lady Russell em relação aos do pai e de Elizabeth; respeitava os seus sentimentos e a sua serenidade, mas, qualquer que fosse a sua origem, o ambiente geral de esquecimento era muito importante; e, no caso de o almirante Croft alugar realmente Kellynch Hall, ela regozijava-se com a convicção, por que sempre se sentira grata, de que o passado só era conhecido por essas três pessoas das suas relações, que ela sabia que nunca diriam uma palavra, e com a suposição de que, entre as dele, só o irmão com quem ele morava soubera alguma coisa sobre o seu curto noivado. Aquele irmão há muito tinha saído da região e, sendo um homem sensato e, além disso, solteiro à época, ela estava segura de que ele não tinha contado a ninguém.

A irmã, a senhora Croft, estivera fora da Inglaterra, a acompanhar o marido em um posto no estrangeiro, e sua própria irmã Mary estava no colégio quando tudo acontecera, e o orgulho de uns e a delicadeza de outros nunca tinham permitido que ela ficasse sabendo alguma coisa depois.

Com esses apoios, ela esperava que as relações entre ela mesma e os Croft, que certamente teriam lugar, uma vez que lady Russell ainda vivia em Kellynch e Mary estava apenas a cinco quilômetros de distância, não acarretassem quaisquer embaraços.

CAPÍTULO V

Na manhã marcada para a visita do almirante e da senhora Croft a Kellynch Hall, Anne achou muito natural dar o seu passeio diário até a casa de lady Russell e manter-se longe até a visita ser dada por terminada; depois, achou muito natural ter pena de ter perdido a oportunidade de os conhecer. O encontro das duas partes interessadas foi altamente satisfatório, e o assunto ficou imediatamente decidido. Ambas as senhoras estavam, à partida, interessadas em um acordo, e só viram boas maneiras uma na outra; e, quanto aos cavalheiros, houve uma tão grande cordialidade, uma generosidade tão confiante por parte do almirante, que sir Walter não pôde deixar de se sentir influenciado; além disso, a garantia do senhor Shepherd de que fora informado por terceiros de que o almirante era um modelo da boa educação tinha-o lisonjeado e suscitado nele o seu melhor e mais bem educado comportamento.

A casa, os terrenos e a mobília foram aprovados, os Croft foram aprovados, condições, prazos, tudo e todo mundo estavam corretos; e os empregados do senhor Shepherd começaram a trabalhar, sem lhes ter sido dada a indicação preliminar de que era possível que tivessem de alterar qualquer cláusula daquela escritura. Sir Walter, sem hesitação, disse que o almirante era o marinheiro mais bem-parecido que já conhecera e chegou mesmo a afirmar que, se ele tivesse sido penteado pelo seu próprio criado, não teria vergonha de ser visto com ele em qualquer lugar; e o almirante, com amável cordialidade, comentou para a mulher, ao regressarem pelo parque, "Sempre acreditei que chegaríamos a um acordo, minha querida, apesar do que nos disseram em Taunton. O baronete nunca descobrirá a pólvora, mas não parece ser má pessoa". Elogios recíprocos, que poderiam ser considerados equivalentes.

Os Croft deveriam tomar posse de Kellynch Hall no dia de são Miguel, e, uma vez que sir Walter pretendia mudar-se para Bath durante o mês anterior, não havia tempo a perder para fazer os preparativos.

Lady Russell, convencida de que não seria atribuída a Anne qualquer utilidade ou importância na escolha da casa que ocupariam, não tinha vontade de a ver partir tão cedo e queria que ficasse até ela mesma a levar a Bath depois do Natal; mas ela tinha já compromissos que a afastariam de Kellynch durante algumas semanas e não lhe foi possível fazer o convite que gostaria de lhe dirigir; e Anne, embora receasse o possível calor de setembro na branca luminosidade de Bath e lamentasse perder a doçura e a melancolia dos meses de outono no campo, não pensou que, afinal, quisesse ficar. Seria mais correto e mais sensato e, por conseguinte, algo que envolvesse menos sofrimento, ir com os outros.

Algo ocorreu, porém, que a fez agir de modo diferente. Mary, que andava com frequência adoentada e pensava constantemente nos seus próprios achaques, tinha o hábito de chamar Anne sempre que tinha algum problema; à época, ela sentia-se indisposta e, prevendo que não teria um dia de saúde em todo o outono, pediu-lhe, ou melhor, exigiu-lhe, pois não foi exatamente um pedido, que, em vez de ir para Bath, fosse para o chalé de Uppercross e lhe fizesse companhia enquanto precisasse dela.

"Eu não posso passar sem Anne", foi o argumento de Mary, ao que Elizabeth respondeu, "Então é melhor Anne ficar, pois ninguém vai quere-la em Bath".

Ser considerada um bem, embora em um estilo pouco apropriado, é melhor do que ser rejeitada como não servindo para nada; e Anne, satisfeita por poder ser útil, satisfeita por ter algo para fazer e seguramente nada triste por continuar no campo, no seu querido campo, concordou prontamente em ficar.

Esse convite de Mary pôs termo aos problemas de lady Russell, e, pouco depois, ficou decidido que Anne só iria para Bath quando lady Russell a levasse e, entretanto, ela ficaria dividida entre o chalé de Uppercross e a sua casa em Kellynch.

Até agora, tudo corria perfeitamente bem; mas lady Russell ficou indignada com uma parte do plano de Kellynch Hall quando lhe foi comunicada, e esta consistia no fato da senhora Clay ter sido convidada para ir para Bath com sir Walter e Elizabeth a fim de ajudar esta última nas suas tarefas. Lady Russell ficou extremamente aborrecida com esse procedimento; aborrecida, admirada e receosa – e a afronta que ele significava para Anne; o fato da senhora Clay ser considerada tão útil, enquanto Anne era posta de lado, constituía um insulto.

A própria Anne já estava habituada a essas desconsiderações, mas ela sentiu a imprudência da situação tanto como lady Russell. Com o seu poder de observação e conhecendo bem o caráter do pai, que ela frequentemente desejava não conhecer tão bem, tinha a percepção de que a convivência produziria efeitos gravíssimos para a sua família. Ela não acreditava que uma ideia dessas passasse atualmente pela cabeça do pai. A senhora Clay tinha sardas, um dente saliente e pulsos grossos sobre os quais ele fazia constantemente comentários desagradáveis na sua ausência; mas era jovem e certamente bonita, e a sua agudeza de espírito e os seus modos agradáveis constituíam atrativos infinitamente mais perigosos do que quaisquer dotes meramente físicos. Anne sentiu tanto a gravidade do perigo que não conseguiu deixar de chamar a atenção da irmã para ele. Ela tinha pouca esperança de êxito, mas não quis que Elizabeth, que, no caso de tal revés, seria mais digna de pena do que ela mesma, tivesse motivo para a censurar por não a ter avisado.

Ela falou, e pareceu apenas ofender. Elizabeth não conseguia imaginar como é que lhe podia ocorrer uma desconfiança tão absurda; e respondeu, indignada, que ambos estavam perfeitamente conscientes da posição que cada um deles ocupava.

"A senhora Clay", respondeu ela acaloradamente, "nunca se esquece de quem é; e, como eu conheço melhor os sentimentos dela do que você, posso lhe garantir que, a respeito do casamento, eles são particularmente respeitáveis; e que ela reprova toda a desigualdade de posição social e estatuto mais energicamente do que a maior parte das pessoas. Quanto a papai, não me parece que, ao fim de ele se ter mantido viúvo por nossa causa durante tantos anos, exista algum motivo para desconfiar dele agora. Se a senhora Clay fosse uma mulher muito bela, concordo que talvez fosse um erro tê-la tanto tempo comigo; não que haja alguma coisa no mundo, tenho certeza, que possa levar papai a fazer um casamento abaixo da sua condição social; mas ele talvez se sentisse infeliz. Mas a pobre senhora Clay, apesar de todas as suas qualidades, nunca poderá ser considerada toleravelmente bonita! Eu acho realmente que a estada da senhora Clay entre nós não causará quaisquer problemas. Quem a ouvisse haveria de pensar que você nunca escutou meu pai falando dos defeitos físicos dela, mas eu sei que você já o ouviu dezenas de vezes. Aqueles dentes dela e aquelas sardas. As sardas não me desagradam tanto como a ele; já vi rostos que não ficam desfigurados só com algumas, mas ele as detesta. Você já o deve ter ouvido comentar sobre as sardas da senhora Clay".

"Não existe praticamente defeito físico nenhum", respondeu Anne "que uns modos agradáveis não possam, gradualmente, fazer esquecer".

"Eu penso de maneira muito diferente", respondeu Elizabeth secamente, "alguns modos agradáveis podem realçar certos traços bonitos, mas nunca podem alterar um rosto feio. De qualquer modo, eu tenho, neste ponto, muito mais em jogo do que qualquer outra pessoa, por isso penso que é desnecessário que você me aconselhe".

Anne fizera-o; e sentia-se satisfeita por o assunto estar encerrado, e convencida de não ter sido absolutamente em vão. Elizabeth, embora não tivesse gostado da suspeita, talvez ficasse mais atenta.

A última viagem da carruagem e dos quatro cavalos foi para levar sir Walter, a senhorita Elliot e a senhora Clay para Bath. O grupo partiu muito bem disposto. Sir Walter ensaiou vênias condescendentes a todos os rendeiros e camponeses que tinham recebido discretamente instruções para se apresentarem, e Anne dirigiu-se a pé, em uma espécie de tranquilidade desolada, para a casa de lady Russell, onde passaria a primeira semana.

A amiga não estava mais alegre do que ela. Lady Russell sentia-se muito triste com a separação da família. A respeitabilidade deles era-lhe tão cara quanto a sua própria, e o hábito tornara preciosa a comunicação diária com eles. Era penoso olhar para os jardins desertos, e pior ainda imaginar as novas mãos para quem eles passariam; para fugir à solidão e à tristeza de uma aldeia tão modificada e para estar longe quando o almirante e a senhora Croft chegassem, ela decidira fazer a sua ausência de casa coincidir com a época em que teria de se separar de Anne. Assim, partiram juntas, e Anne ficou no chalé de Uppercross, a primeira etapa da viagem de lady Russell.

Uppercross era uma aldeia de tamanho médio que, alguns anos antes, possuíra, integralmente, o velho estilo inglês, contendo apenas duas casas de aspecto superior ao das casas dos pequenos proprietários e camponeses – a mansão sólida e antiquada do grande proprietário, com os seus muros altos, portões enormes e árvores antigas, e a casa compacta da paróquia circundada pelo jardim bem cuidado, com uma trepadeira e uma pereira à volta das janelas; mas, quando o filho do proprietário se casou, uma das casas de lavoura sofrera melhoramentos e transformara-se em um chalé para os noivos; e o chalé de Uppercross, com a sua varanda, as portas de vidro e outros adornos, tinha tantas probabilidades de atrair o olhar do viajante como o aspecto mais sólido e majestoso da Casa Grande, a cerca de meio quilômetro de distância dali.

Anne hospedara-se frequentemente ali. Ela conhecia os hábitos de Uppercross tão bem quanto os de Kellynch. As duas famílias encontravam-se tão frequentemente, tinham tanto o hábito de entrar e sair das casas uns dos outros a qualquer hora, que ela ficou um tanto surpreendida ao encontrar Mary sozinha, mas, quando encontrava-se só, era certo estar adoentada e deprimida. Embora fosse mais prendada do que a irmã mais velha, Mary não tinha a inteligência e o temperamento de Anne. Quando se sentia bem, feliz e rodeada de atenções, tinha um ótimo humor e uma excelente disposição; mas a mais leve indisposição deixava-a completamente abatida; não possuía quaisquer recursos para suportar a solidão e, tendo herdado um quinhão considerável do orgulho dos Elliot, tinha muita tendência a acrescentar a todos os outros sofrimentos a angústia de se sentir abandonada e desprezada. Fisicamente, era inferior às duas irmãs e, mesmo no auge do frescor, alcançara apenas a distinção de ser "uma jovem divertida". Estava agora deitada no sofá desbotado da bonita salinha de visitas, cuja mobília, outrora elegante, se estragara gradualmente sob a influência de dois verões e duas crianças; ao ver Anne, saudou-a com:

"Até que enfim chegou! Já estava pensando que nunca mais a veria. Estou tão doente que mal consigo falar. Não vi ninguém a manhã inteira".

"Lamento encontrá-la doente", respondeu Anne. "Na quinta-feira mandou-me dizer que estava bem!"

"Sim, eu disse que estava bem; digo sempre isso; mas, àquela altura, estava longe de me sentir bem; e acho que nunca me senti tão doente em toda a minha vida quanto nesta manhã: Tenho certeza de que não estou em condições de ficar sozinha. Imagine que, de repente, tive um ataque tão terrível que não consegui tocar a campainha! Então lady Russell não quis descer. Acredito que ela, durante todo este verão, não veio a esta casa mais de três vezes".

Anne deu a resposta apropriada e perguntou-lhe pelo marido. "Ó! Charles foi caçar. Não o vejo desde as sete horas. Insistiu em ir, mesmo sabendo como eu estava doente. Disse que não se demoraria muito; mas ainda não voltou e é quase uma hora. Garanto-lhe que não vi ninguém durante toda a manhã".

"Seus filhos não vieram lhe fazer companhia?"

"Sim, enquanto consegui suportar o barulho deles; mas são tão irrequietos que me fazem mais mal do que bem. O pequeno Charles não me obedece a nada que lhe digo, e

Walter está crescendo pelo mesmo caminho".

"Bem, agora vai ficar boa depressa", respondeu Anne, e um tom alegre. "Você sabe que, quando chego, fica sempre curada. Como vão os seus vizinhos da Casa Grande?"

"Não posso dar nenhuma notícia deles. Não vi nenhum deles hoje, exceto o senhor Musgrove, que parou e falou através da janela, mas sem descer do cavalo; e, embora eu lhe tivesse dito que estava muito doente, nenhum dos outros veio me visitar. Suponho que essa visita não fizesse parte dos planos das senhoritas Musgrove, e elas nunca os alteram".

"Talvez ainda as veja antes do fim da manhã. Ainda é cedo".

"Não estou interessada em vê-las, garanto-lhe. Elas conversam e riem demais para o meu gosto. Ó! Anne, eu estou tão doente! Foi muito pouco amável da sua parte não ter vindo na quinta-feira".

"Minha querida Mary, lembre-se de que mandou me dizer que se sentia muito bem! Escreveu uma carta muito alegre, dizendo que estava em perfeita saúde e que não tinha pressa em que eu viesse; e, sendo assim, deve saber que eu queria ficar junto de lady Russell até ao último momento; além disso, para além dos meus sentimentos em relação a ela, tenho andado realmente muito ocupada, tenho tido tanto o que fazer que não teria sido possível deixar Kellynch mais cedo".

"Minha cara! O que é que você teria para fazer?"

"Muita coisa, garanto-lhe. Mais do que me lembro de momento, mas posso lhe dizer algumas: estou fazendo uma cópia do catálogo dos livros e dos quadros de papai. Estive várias vezes no jardim com Mackenzie, tentando descobrir e a fazê-lo entender quais as plantas de Elizabeth que são para lady Russell. Tive as minhas coisas para organizar, livros e músicas para separar, todas as minhas malas para desfazer e voltar a fazer, por não ter compreendido na ocasião o que deveria ir às carroças. E tive de fazer uma coisa, bem mais triste, Mary: ir a quase todas as casas da paróquia, como uma espécie de despedida. Disseram-me que eles queriam que eu o fizesse. E todas essas coisas tomam muito tempo".

"Ó, bem!", e após uma pequena pausa, "Mas você ainda não me perguntou nada sobre o nosso jantar na casa dos Poole ontem".

"Então você foi lá. Não lhe perguntei porque supus que você tinha sido obrigada a desistir de ir à festa".

"Ó sim! Fui, sim. Ontem me senti muito bem; até esta manhã estava perfeitamente bem. Teria parecido estranho não ir".

"Fico muito satisfeita por saber que te sentias bem, e espero que tenha sido uma festa agradável".

"Nada de especial. Já se sabe de antemão o que será o jantar e quem lá vai estar. E é tão pouco confortável não ter a nossa própria carruagem. O senhor e a senhora Musgrove levaram-nos, e íamos apertadíssimos! Eles dois são enormes e ocupam tanto espaço. E o senhor Musgrove senta-se sempre à frente. E assim ia eu, muito apertada no banco de trás com Henrietta e Louisa. É possível que a minha doença de hoje seja devido a isso".

Um pouco mais de perseverança, de paciência e de alegria forçada por parte de Anne produziram quase uma cura em Mary. Ao fim de pouco tempo, ela conseguiu sentar-se ereta no sofá e começou a acalentar a esperança de poder levantar-se à hora do jantar. Depois, tendo-se esquecido de pensar na doença, dirigiu-se ao outro extremo da sala para arranjar um ramo de flores; em seguida comeu as carnes frias; e, por fim, sentiu-se suficientemente bem para propor um pequeno passeio.

"Aonde iremos?", perguntou quando estavam prontas. "Suponho que não queira ir à Casa Grande antes de elas virem visitá-la".

"Não tenho a mínima objeção a esse respeito", respondeu Anne. "Eu nunca pensaria em fazer cerimônia com pessoas que conheço tão bem quanto a senhora e as jovens Musgrove".

"Ó, mas elas tinham obrigação de lhe vir visitar o mais cedo possível. Elas deviam saber a atenção que lhe devem como minha irmã. No entanto, já agora, vamos conversar um pouco com elas e depois podemos desfrutar do nosso passeio".

Anne sempre considerara aquele estilo de relações altamente imprudente; mas tinha deixado de se opor, pois acreditava que, embora houvesse de ambos os lados motivos permanentes de ofensa, nenhuma das famílias poderia já passar sem a outra. Assim, dirigiram-se à sede, onde se sentaram durante meia hora na antiquada sala quadrada com um carpete pequeno e o chão brilhante, a que as filhas da casa estavam, a pouco e pouco, a dar um ar de confusão com um piano, uma harpa, floreiras e mesinhas colocadas por todo o lado. Ó, se os originais dos retratos que ornamentavam as paredes revestidas de madeira, se os cavalheiros trajados de veludo castanho e as senhoras de cetim azul pudessem ver o que se passava, se tivessem consciência de uma tal derrocada da ordem e da arrumação! Os próprios retratos pareciam ter os olhos muito abertos de espanto.

Os Musgrove, tal como as suas casas, encontravam-se em um estado de mudança, talvez de aperfeiçoamento. O pai e a mãe eram do velho estilo inglês, e os jovens, do novo. O senhor e a senhora Musgrove eram pessoas muito boas, amáveis e hospitaleiras, não muito instruídas e nada elegantes. Os filhos tinham mentes e modos mais modernos. A família era numerosa; mas os únicos filhos crescidos, com exceção de Charles, eram Henrietta e Louisa, jovens de dezenove e vinte anos que tinham trazido de um colégio de Exeter os dotes habituais e agora, tal como milhares de outras jovens, viviam uma vida elegante, feliz e alegre. As suas roupas eram requintadas, os seus rostos, bastante bonitos, a sua disposição alegre, os seus modos desembaraçados e agradáveis; eram apreciadas em casa e estimadas fora dela. Anne sempre as considerara entre as pessoas mais alegres que conhecia; mesmo assim, salva, como todos nós, por uma confortável sensação de superioridade que nos leva a não desejarmos trocar a nossa vida pela de outros, ela não teria trocado a sua mente mais elegante e culta por todas as diversões delas; e não lhes invejava nada, a não ser aquela aparente compreensão, aquele afeto mútuo bem-humorado que ela conhecera tão pouco com qualquer das suas irmãs.

Elas foram recebidas com grande cordialidade. Parecia correr tudo bem na família da Casa Grande, que era geralmente, como Anne bem sabia, quem menos censuras merecia. A meia hora de conversa transcorreu de um modo bastante agradável; e, no final, ela não ficou surpreendida com o fato de as duas senhoritas Musgrove as acompanharem no passeio, a convite de Mary.

CAPÍTULO VI

Anne não precisara dessa visita a Uppercross para saber que a mudança de um grupo de pessoas para outro, embora a uma distância de apenas cinco quilômetros, inclui muitas vezes uma mudança total nas conversas, opiniões e ideias. Ela nunca estivera lá hospedada sem que isso lhe viesse à mente, nem sem desejar que outros Elliot tivessem a mesma oportunidade de ver como eram ali desconhecidos e irrelevantes os assuntos que em Kellynch Hall eram considerados de tão grande interesse; no entanto, com toda esta experiência, ela achava que lhe era necessário aprender mais outra lição sobre a arte de conhecer a nossa própria insignificância fora do nosso círculo, pois, certamente, vindo como ela viera, extremamente preocupada com o assunto que tinha ocupado completamente as duas casas de Kellynch durante tantas semanas, ela esperara mais curiosidade e simpatia do que a que encontrou nos comentários do senhor e da senhora Musgrove, feitos em ocasiões diferentes, mas de conteúdo muito semelhante: "Então, senhorita Anne, sir Walter e a sua irmã foram-se embora; em que parte de Bath pensa que eles irão se instalar?", e isso dito sem que esperasse resposta, ou nas palavras adicionais das jovens. "Eu espero que nós passemos o inverno em Bath; mas lembre-se, papai, se formos, queremos ficar em um lugar bem localizado: nada de Queen Squares!", ou ainda no ansioso remate de Mary: "Não há dúvida de que ficarei muito bem aqui, quando todos vocês estiverem felizes em Bath!".

A única coisa que ela podia fazer era, no futuro, evitar tais desilusões e pensar, com maior gratidão, na extraordinária bênção de ter uma amiga tão verdadeira e compreensiva quanto lady Russell.

Os Musgrove tinham a sua própria caça para proteger e destruir; os seus próprios cavalos, cães e jornais para se entreterem, e as mulheres ocupavam-se todo o dia com todos os outros assuntos comuns do governo da casa, vizinhos, roupas, danças e música. Ela achava muito apropriado que todas as comunidades sociais ditassem os seus temas de conversa; e esperava, dentro em breve, ser um membro válido daquela para que fora transplantada. Com a perspectiva de passar pelo menos dois meses em Uppercross, era necessário que a sua imaginação, a sua memória e todas as suas ideias se revestissem o máximo possível de Uppercross.

Ela não receava esses dois meses. Mary era mais simpática e fraternal do que Elizabeth, e mais permeável à sua influência; e não havia nada no chalé que lhe provocasse desconforto. Ela se dava bem com o cunhado e encontrava nas crianças, que gostavam quase tanto dela como da mãe e a respeitavam muito mais, um objeto de interesse, divertimento e saudável exercício físico.

Charles Musgrove era educado e amável; em bom senso e temperamento, ele era indubitavelmente superior à mulher; mas não possuía quaisquer atrativos, poder de conversação ou graça que tornassem perigosa a recordação do passado em que tinham estado envolvidos; ao mesmo tempo, porém, Anne pensava, tal como lady Russell, que um casamento menos desigual talvez lhe tivesse sido muito benéfico; e que uma mulher verdadeiramente compreensiva talvez tivesse conferido mais energia à sua personalidade e mais utilidade, racionalidade e elegância aos seus hábitos e ocupações. Assim, ele não fazia nada com muito zelo, a não ser praticar desporto; desperdiçava o tempo, sem o benefício da leitura ou de qualquer outra coisa. Era uma pessoa muito bem-disposta, que não parecia afetada pelas depressões ocasionais da mulher; aturava-a com uma paciência que surpreendia Anne; e, de um modo geral, embora houvesse por vezes uma discordância (em que tomava mais parte do que desejava, pois ambos apelavam para ela), eles poderiam ser considerados um casal feliz. Estavam sempre em total concordância no desejo de terem mais dinheiro e na esperança de o receber como oferta do pai dele; mas aqui, como na maior parte das questões, ele tinha a superioridade, pois, enquanto Mary achava que era lamentável que o pai não lhes desse o dinheiro, ele respondia sempre que o pai tinha muitas outras coisas em que gastar o dinheiro, e o direito de gastá-lo como quisesse.

Quanto à educação dos filhos, a teoria dele era muito melhor do que a da mulher, e a prática não era tão má. "Eu podia educá-los muito bem, se não fosse a interferência de Mary". Era o que Anne o ouvia muitas vezes dizer, e achava que, em grande parte, ele tinha razão. Mas quando, por sua vez, ouvia a crítica de Mary: "Charles estraga as crianças e eu não consigo colocá-los em ordem". Ela não se sentia tentada a dizer: "É verdade".

Uma das circunstâncias menos agradáveis da sua estada ali era ser alvo da confiança de todas as partes e conhecer bem os segredos dos queixosos em ambas as casas. Sabendo que ela tinha influência sobre a irmã, era-lhe continuamente pedido que a exercesse, ou, pelo menos, eram-lhe feitas alusões nesse sentido, para além do que seria realista. "Gostaria que convencesse Mary a não se imaginar sempre doente", era o pedido de Charles. E, em um tom de infelicidade, Mary dizia: "Acho que Charles, mesmo que me visse morrer, pensaria que eu não tenho nada. Tenho certeza, Anne, de que, se quisesse, poderia convencê-lo de que estou realmente doente... muito pior do que eu própria estou disposta a admitir".

No que Mary dizia, "Detesto mandar as crianças para a Casa Grande, embora a avó esteja sempre ansiosa por vê-los; ela mima-os tanto e faz-lhes todas as vontades, dá-lhes tanta porcaria e guloseimas que eles, quando voltam, ficam doentes e insuportáveis o resto do dia". E a senhora Musgrove aproveitou a primeira oportunidade de se encontrar a sós com Anne para dizer: "Ó! Senhorita Anne, quem me dera que a senhora Charles tratasse um pouco as crianças como a menina faz. Com você, eles ficam muito diferentes! Mas a verdade é que, de um modo geral, são tão mimados! É uma pena que não consiga fazer com que a sua irmã os eduque melhor. São crianças bonitas e saudáveis, pobrezinhas, sem qualquer favor; mas a senhora Charles não sabe mais como educá-los! Meu Deus, como eles são irriquietos às vezes! Posso garantir-lhe, senhorita Anne, isso faz com que eu não queira que eles venham a nossa casa com tanta frequência como, de outro modo, gostaria. Creio que a senhora Charles não está muito satisfeita comigo por não os convidar mais vezes; mas a senhorita sabe como é desagradável estar com crianças que somos obrigados a repreender constantemente: 'não faça isso, não faça aquilo' e que só dando-lhes mais bolos do que eles devem comer é que conseguimos que se comportem toleravelmente".

Além disso, Mary disse-lhe ainda, "A senhora Musgrove pensa que todos os seus criados são tão bons que seria alta traição por isso em causa; mas eu tenho certeza, sem qualquer exagero, de que a criada de cima e a lavadeira, em vez de fazerem o trabalho delas, passam o dia a passear pela aldeia. Eu as encontro por todo lado; e é raro ir ao quarto das crianças sem dar com alguma delas. Se Jemina não fosse a pessoa mais fiel e disciplinada do mundo, elas a estragariam, pois ela me disse que estão sempre a convidá-la para ir passear com elas". E, por parte da senhora Musgrove, a conversa foi, "Eu tenho como norma nunca interferir na vida da minha nora, pois sei que isso não é correto; mas digo-lhe, senhorita Anne, porque talvez possa endireitar as coisas, que não tenho opinião muito boa sobre a ama das crianças da senhora Charles; ouço histórias estranhas sobre ela; anda sempre a passear; e, pelo que eu mesma vi, é uma senhora tão bem vestida que consegue estragar qualquer criada que esteja perto dela. A senhora Charles gosta muito dela, eu sei, mas estou a dizer-lhe isso para que se mantenha atenta; assim, se vir alguma coisa que não esteja bem, não deve coibir-se de o dizer".

Em outra ocasião, foi a queixa de Mary de que a senhora Musgrove se recusava a dar-lhe a precedência que lhe era devida quando jantavam na sede com outras famílias; e ela não via qualquer motivo para ser tão desconsiderada, a ponto de perder o seu lugar. E um dia, quando Anne passeava só com as jovens Musgrove, uma delas, depois de falar de posição social, pessoas de posição social e inveja de posição social, disse, "Não tenho qualquer escrúpulo em comentar com você o fato de algumas pessoas serem tolas a respeito do lugar que devem ocupar, porque todo mundo sabe como Anne dá pouca importância a essas coisas; mas eu gostaria que alguém dissesse a Mary que seria muito melhor se ela não fosse tão obstinada, especialmente que não quisesse ir sempre à frente da mamãe. Ninguém põe em dúvida que ela tenha o direito de precedência em relação à mamãe, mas seria mais simpático da sua parte não estar sempre a insistir nesse fato. Não que a mamãe se preocupe com isso, mas eu sei que muitas pessoas estão reparando".

Como Anne resolveria todos esses assuntos? Ela pouco podia fazer, além de escutar pacientemente, amenizar as queixas e desculpar uns frente aos outros; dar-lhes conselhos sobre a paciência necessária para conviverem com vizinhos tão próximos, realçando os conselhos que eram para o bem da sua irmã. Em todos os outros aspectos, a visita começou e prosseguiu muito bem.

A sua própria disposição melhorou com a mudança de local e de assunto, só por ter se afastado cinco quilômetros de Kellynch. Os chiliques de Mary diminuíram devido ao fato de ter uma companheira constante; e os contatos diários com a outra família constituíam até uma vantagem, desde que não houvesse neles superioridade afetada nem confidências, nem interrompessem o trabalho no chalé. Eram levados a cabo até o limite, pois elas encontravam-se todas as manhãs e raramente passavam uma noite longe umas das outras; mas ela achava que as coisas não correriam tão bem sem as respeitáveis figuras do senhor e da senhora Musgrove nos locais habituais, nem sem a conversa, o riso e as canções das duas filhas.

Ela tocava muito melhor do que qualquer das jovens Musgrove; mas, não tendo voz, não sabendo tocar harpa e não possuindo pais dedicados que a escutassem, deliciados, raramente lhe pediam que tocasse e, quando o faziam, ela sabia que era só por delicadeza ou para permitir que as outras descansassem. Ela sabia que, quando tocava, dava prazer apenas a si mesma; mas essa não era uma sensação nova: com exceção de um breve período da sua vida, desde os quatorze anos, desde que perdera a sua querida mãe, ela não conhecia a felicidade de ser escutada ou encorajada por uma apreciação justa ou um verdadeiro bom gosto. Na música, habituara-se a se sentir só no mundo; e a afetuosa parcialidade do senhor e da senhora Musgrove em relação à execução das filhas e a sua total indiferença pela de qualquer outra pessoa causavam-lhe muito mais satisfação por causa delas do que tristeza por si própria.

Por vezes, vinham juntar-se outras pessoas ao grupo reunido na Casa Grande. A vizinhança não era numerosa, mas os Musgrove eram visitados por todo mundo e davam mais jantares e tinham mais visitas, convidadas ou ocasionais, do que qualquer outra família. Eles eram muito mais conhecidos e estimados.

As garotas adoravam dançar, e as noites terminavam, ocasionalmente, com um pequeno baile improvisado. Havia uma família de primos a pouca distância de Uppercross, em circunstâncias menos abastadas, que dependiam dos Musgrove para todas as suas diversões; eles podiam aparecer a qualquer tempo, ajudar a tocar qualquer coisa ou dançar em qualquer lado; e Anne, que preferia o trabalho de músico a uma ocupação mais ativa, tocava músicas populares durante horas seguidas; uma amabilidade que, mais do que qualquer outra coisa, chamou a atenção do senhor e da senhora Musgrove para o seu talento musical e provocava frequentemente um elogio, "Muito bem, Anne! Muito bem! Meu Deus! Como esses seus dedinhos voam!"

Assim se passaram as primeiras três semanas. Chegou o dia de São Miguel, e o coração de Anne estava de novo em Kellynch. Uma casa amada entregue a outros; todos os preciosos aposentos e móveis, bosques e paisagens começavam a conhecer outros olhos, outros pés e outras mãos! No dia 29 de setembro, ela não conseguiu pensar praticamente em mais nada; à noite, Mary, quando estava a anotar o dia do mês, exclamou, "Deus do Céu! Não é hoje que os Croft chegariam a Kellynch? Ainda bem que não pensei nisso antes. Como esse pensamento me deprime!".

Os Croft instalaram-se com a eficiência típica da Marinha, e era necessário visitá-los. Mary deplorava junto a ela mesma tal obrigação. Ninguém fazia ideia de como ela sofreria. Adiaria a visita o máximo possível; mas não descansou até ter convencido Charles a levá-la lá pouco depois; e, quando voltou, estava muito bem-disposta e animada. Anne tinha ficado sinceramente satisfeita por não ter podido ir. Ela desejava, porém, conhecer os Croft, e ficou contente por estar em casa quando a visita foi retribuída. Eles vieram; o dono da casa não estava, mas sim as duas irmãs; e, como a senhora Croft ficou ao lado de Anne, enquanto o almirante se sentava junto de Mary e lhe conquistava a simpatia conversando bem-humoradamente sobre os seus filhos, ela tentou encontrar alguma semelhança com o irmão, se não no rosto, pelo menos na voz, na maneira de ser ou na expressão.

A senhora Croft, embora não fosse alta nem gorda, tinha uma figura proporcional e vigorosa que a tornava majestosa. Tinha olhos escuros brilhantes, bons dentes e um rosto simpático, embora a sua pele avermelhada e estragada pelos elementos, a consequência de ter estado no mar quase tanto como o marido, a fizessem parecer alguns anos mais velha do que os seus 38 anos. Os seus modos eram francos, simples e decididos, como uma pessoa que tem confiança em si própria e sabe o que há de fazer, sem qualquer vislumbre de grosseria ou de falta de bom humor. Anne reconheceu nela, de fato, sentimentos de grande consideração para consigo em tudo o que se relacionava a Kellynch; agradou-lhe particularmente, como verificara logo no primeiro meio minuto, no preciso momento em que lhe fora apresentada, o fato de não existir o mínimo indício da senhora Croft saber ou desconfiar de algo que a influenciasse de qualquer modo. Quanto a isso, ela sentia-se bastante à vontade e, consequentemente, cheia de força e coragem, quando por um momento, as palavras da senhora Croft a eletrizaram de repente:

"Creio que foi você, e não a sua irmã, que o meu irmão teve o prazer de conhecer quando esteve nesta região".

Anne esperava ter ultrapassado a idade de corar; mas, certamente, não tinha ultrapassado a idade da emoção.

"Talvez não saiba que ele se casou", acrescentou a senhora Croft.

Ela estava prestes a responder como devia e, quando as palavras seguintes da senhora Croft explicaram quem era o senhor Wentworth a quem ela se referia, sentiu-se satisfeita por não ter dito nada que não se pudesse aplicar a qualquer dos irmãos. Reconheceu imediatamente que era lógico que a senhora Croft estivesse pensando e falando de Edward e não de Frederick; e, envergonhada de seu esquecimento, concentrou-se em inquirir, com o devido interesse, sobre a situação atual do seu antigo vizinho.

O resto da visita decorreu com toda a tranquilidade; até que, quando estavam prestes a ir-se embora, ela ouviu o almirante dizer a Mary:

"Estamos à espera, para breve, da visita de um irmão da senhora Croft; suponho que o conhece de nome".

Foi interrompido pelas investidas entusiásticas dos rapazinhos, que se agarraram a ele como a um velho amigo, pedindo-lhe que não fosse embora; e, estando muito ocupado sugerindo que os levaria no bolso do casaco etc., para ter um momento para terminar a frase ou para se lembrar do que tinha começado a dizer, Anne tentou persuadir-se, o melhor que pôde, de que devia se tratar do mesmo irmão. Ela não conseguiu, porém, ter tanta certeza que lhe permitisse não ficar ansiosa por saber se alguma coisa tinha sido dita sobre o assunto na outra casa que os Croft tinham visitado anteriormente.

Os habitantes da Casa Grande deveriam passar o serão desse dia no chalé; e, uma vez que o ano já ia muito adiantado para essas visitas serem feitas a pé, já estavam à espera de ouvir a carruagem quando a senhorita Musgrove mais nova entrou. A primeira coisa que lhes veio à mente foi que ela vinha pedir desculpas, vinha dizer que teriam de passar o serão sozinhos; e Mary estava pronta para se sentir ofendida quando Louisa esclareceu as coisas dizendo que só tinha vindo a pé para deixar mais espaço para a harpa, que vinha na carruagem.

"Eu já lhes conto a razão", acrescentou ela. "Vim avisar que papai e mamãe estão muito abatidos esta noite, especialmente a mamãe; ela não deixa de pensar no pobre Richard! E concordamos que seria melhor ter a harpa, pois parece distraí-la mais do que o piano. Vou lhes dizer porque é que ela está abatida. Quando os Croft nos visitaram esta manhã (eles vieram cá mais tarde, não vieram?) eles comentaram que o irmão dela, o capitão Wentworth, acabou de regressar à Inglaterra, ou veio de licença, ou qualquer coisa, e vem visitá-los muito em breve; infelizmente, quando foram embora, a mamãe lembrou-se de que Wentworth, ou qualquer coisa semelhante, era o nome do capitão do pobre Richard, a certa altura, não sei quando nem onde, mas muito antes de ele morrer, pobre rapaz! E, depois de olhar para as cartas e para as coisas dele, ela viu que realmente assim era; e ela tem certeza absoluta de que é o mesmo homem e não consegue tirar isso da cabeça, não consegue deixar de pensar no pobre Richard. Assim, temos de parecer o mais alegres possível, para ela não pensar nessas coisas tristes".

As circunstâncias desse infeliz pedaço de história familiar eram que os Musgrove tinham tido a pouca sorte de ter um filho muito irresponsável, e a sorte de o perder antes de ele fazer vinte anos; ele fora enviado para o mar porque era estúpido e indisciplinado em terra; a família não gostava muito dele, embora gostasse tanto quanto ele merecia; raramente tinham notícias dele e raramente tinham saudades; a notícia da sua morte chegara a Uppercross dois anos antes.

Embora as irmãs fizessem tudo o que podiam por ele, chamando-o "pobre Richard", ele tinha sido, de fato, o Dick Musgrove teimoso, insensível e inútil que nunca tinha feito nada para, vivo ou morto, merecer mais do que o diminutivo do seu nome.

Passara vários anos no mar e tinha, durante as transferências a que todos os aspirantes da Marinha estão sujeitos, principalmente os aspirantes de que os capitães desejam verem-se livres, passado seis meses a bordo da fragata do capitão Frederick Wentworth, o Lacônia; e fôra do Lacônia que ele, sob influência do capitão, tinha escrito as únicas duas cartas que os pais receberam durante toda a sua ausência; isto é, as únicas duas cartas desinteressadas; todas as outras continham pedidos de dinheiro.

Ele elogiara o capitão em ambas as cartas; mas eles estavam tão pouco habituados a prestar atenção a esses assuntos, eram tão pouco observadores e interessavam-se tão pouco pelos nomes de homens ou de barcos que, na época, isso não os impressionara; e o fato da senhora Musgrove, nesse dia, ter-se lembrado subitamente do nome Wentworth como estando relacionado com o filho parecia uma daquelas extraordinárias explosões da mente que por vezes ocorrem.

Ela relera as cartas e vira que era o que supunha; e a leitura dessas cartas, após um intervalo tão longo, com o filho desaparecido para sempre e a gravidade dos seus defeitos esquecida, a afetara bastante e fizera com que sentisse uma dor maior do que a que sentira quando recebera a notícia da sua morte. O senhor Musgrove fora igualmente afetado, embora em menor grau; quando chegaram ao chalé, era evidente que precisavam, primeiro, falar novamente sobre o assunto, e, depois, de toda a consolação que companheiros alegres pudessem proporcionar.

Ouvi-los falar tanto no capitão Wentworth, repetindo tão frequentemente o seu nome, recordando os anos passados e, por fim, chegando à conclusão de que talvez fosse, provavelmente era, o mesmo capitão Wentworth que se lembravam de terem encontrado uma ou duas vezes, depois de regressarem de Clifton – um jovem muito bem-parecido, mas não podiam dizer se fora há sete ou há oito anos – constituía uma nova provação para os nervos de Anne. Ela sabia, porém, que tinha de se imunizar contra ela. Uma vez que ele era esperado na região, ela tinha de aprender a ser insensível nessas questões. E não só parecia que ele era esperado muito em breve como os Musgrove, gratos pela gentileza que ele manifestara para com o pobre Dick e com um enorme respeito pelo seu caráter, demonstrado pelo fato de o pobre Dick ter estado sob a sua tutela durante seis meses e se referir a ele com os maiores, se bem que mal escritos, elogios, como "um sujeito estupendo, mas muito exigente quanto à instrução", estavam ansiosos por o conhecerem assim que ele chegasse.

Essa decisão contribuiu para se sentirem mais reconfortados nessa noite.

CAPÍTULO VII

Alguns dias depois, souberam que o capitão Wentworth se encontrava em Kellynch, e o senhor Musgrove foi visitá-lo, tendo regressado cheio de calorosos elogios; ele convidara os Croft para jantarem em Uppercross no final da semana seguinte. O senhor Musgrove ficara muito decepcionado por não poder marcar uma data anterior. Estava ansioso por manifestar a sua gratidão e por ter o capitão Wentworth debaixo do seu próprio teto, recebendo-o com o que de melhor e mais forte tinha na adega. Mas era preciso esperar uma semana, só uma semana, na opinião de Anne, e depois, pensava ela, tinham de se encontrar; em breve ela começou a desejar sentir-se segura, mesmo que fosse só por uma semana.

O capitão Wentworth retribuiu logo a amabilidade do senhor Musgrove, e ela quase esteve lá nessa mesma hora! Ela e Mary estavam, de fato, de saída para a sede, onde, ela soube mais tarde, ter-se-ia inevitavelmente encontrado com ele, quando foram retidas pela chegada, carregado, do garoto mais velho, que estava sendo transportado para casa em consequência de uma queda. O estado da criança colocou a visita completamente fora de causa, mas, quando soube do que escapara, não conseguiu sentir-se indiferente, mesmo no meio da grande ansiedade que sentiu por causa do garoto.

Ele tinha deslocado a clavícula e machucara as costas, o que provocara suposições alarmantes. Foi uma tarde cheia de problemas, e Anne teve de fazer tudo ao mesmo tempo: mandar chamar o farmacêutico, procurar e informar o pai, apoiar a mãe, fazer o possível para que esta não ficasse histérica, controlar os criados, afastar o garoto mais novo, tratar do doente e acalmá-lo, além de enviar notícias, assim que se lembrou de o fazer, à outra casa, o que provocou uma grande afluência de visitantes curiosos e assustados, mais do que ajudantes verdadeiramente úteis.

O regresso do cunhado foi a primeira consolação – ele podia tomar conta da mulher melhor – e a segunda foi a chegada do farmacêutico. Até ele chegar e examinar o garoto, as preocupações eram vagas e, por isso, mais difíceis de suportar; eles desconfiavam de uma lesão grave, mas não sabiam onde; mas, pouco depois, a clavícula foi colocada no lugar e, embora o doutor Robinson apalpasse e voltasse a apalpar, esfregasse, assumisse um ar sério e falasse em voz baixa com o pai e com a tia, eles se sentiram otimistas e capazes de se afastarem para ir jantar em um estado de calma relativa; e foi então, imediatamente antes de irem embora, que as duas jovens tias conseguiram esquecer o estado do sobrinho para dar informações sobre a visita do capitão Wentworth – ficaram mais cinco minutos depois de o pai e a mãe terem partido, para tentarem transmitir como estavam absolutamente encantadas com ele, como achavam que era mais belo e infinitamente mais simpático do que qualquer indivíduo das suas relações. Como tinham ficado satisfeitas ao ouvir o pai convidá-lo para ficar para jantar, como ele lamentou não poder aceitar, e como elas ficaram de novo radiantes quando ele prometeu aceitar o convite insistente do papai e da mamãe para vir jantar no dia seguinte – logo no dia seguinte! E ele prometera de um modo tão simpático, como se apreciasse verdadeiramente o motivo do convite! Em resumo, o seu aspecto e os seus modos eram tão distintos que elas tinham ficado com a cabeça às voltas por causa dele. E afastaram-se a correr, cheias de alegria e amor, e aparentemente a pensar mais no capitão Wentworth do que no pequeno Charles.

A mesma história e o mesmo arrebatamento se repetiram quando as duas garotas voltaram com o pai, no lusco-fusco do entardecer, para saber notícias; e o senhor Musgrove, já menos preocupado com a saúde do seu herdeiro, acrescentou a sua confirmação e os seus elogios; ele esperava que não fosse necessário adiar o jantar oferecido ao capitão Wentworth e manifestou o seu pesar pelo fato da família do chalé não querer, provavelmente, sair de junto do filho para poder estar presente. "Ó, não! Deixar o pequeno, não!". Tanto o pai quanto a mãe estavam muito abalados para pensar nisso; e Anne, feliz por conseguir se esquivar, não pôde deixar de acrescentar os seus calorosos protestos.

Na verdade, Charles Musgrove manifestou posteriormente mais interesse: "a criança estava se recuperando tão bem, e ele queria tanto ser apresentado ao capitão Wentworth que talvez pudesse se juntar a eles ao anoitecer; ele não jantaria fora de casa, mas talvez fosse até lá a pé por meia hora". Mas a mulher opôs-se vigorosamente a essa ideia, dizendo: "Ó, não! Charles, eu não consigo suportar que você se ausente. Imagine se acontecer alguma coisa?".

O garoto passou bem a noite e continuou a melhorar no dia seguinte. Só o tempo diria se a coluna não tinha ficado afetada, mas o doutor Robinson não encontrou nada que justificasse maior preocupação e, em consequência, Charles Musgrove começou a achar que não havia necessidade de ficar em casa. O pequeno devia ficar deitado e entretido o mais calmamente possível; o que é que um pai fazia ali? Aquilo era um caso para mulheres; seria absurdo que ele, que não tinha nada que fazer em casa, ficasse ali fechado. O pai queria muito que ele conhecesse o capitão Wentworth e, não havendo motivo suficiente para não o fazer, ele devia ir; por fim, quando voltou da caça, declarou abertamente a sua intenção de se vestir imediatamente e de ir jantar à outra casa.

"Nada poderia estar melhor com o garoto", disse ele, "por isso eu disse ao meu pai que iria, e ele achou que eu faço muito bem. Com a sua irmã aqui contigo, não sinto quaisquer escrúpulos. Sei que você não gostaria de deixá-lo, mas deve compreender que eu não estou fazendo nada. Se acontecer alguma coisa, Anne me mandará chamar".

Os maridos e as esposas sabem geralmente quando é inútil qualquer tentativa de oposição. Mary compreendeu, pelo modo como Charles falou, que ele estava decidido a ir e que não valeria a pena insistir. Assim, ela não disse nada até ele sair da sala, mas, logo que ele o fez, comentou:

"Ele deixou-nos, eu e você, entregues aos nossos próprios meios, com esta pobre criança doente... e sem que ninguém venha até cá durante todo o serão! Eu sabia que isso aconteceria. A minha sorte é assim! Quando acontece uma coisa desagradável, os homens desaparecem sempre, e Charles é tal e qual os outros. Que falta de sensibilidade! Devo dizer que acho que é muita falta de sensibilidade da parte dele ir para longe do filho! Como é que ele sabe que o menino continuará bem e não vai ter uma recaída daqui a meia hora? Eu acho que Charles não devia ser tão insensível. Com que então ele vai divertir-se, e eu, só porque sou a mãe, não posso sair daqui; no entanto, eu sou a pessoa menos indicada para tomar conta da criança. O fato de eu ser a mãe é razão suficiente para que os meus sentimentos não sejam postos à prova. Não consigo aguentar. Você viu como fiquei histérica ontem".

"Mas isso foi apenas o efeito do susto, do choque. Não volte a ficar histérica. Eu acho que não temos nada com que nos afligir. Compreendi perfeitamente as instruções do senhor Robinson, e não tenho qualquer receio; e, na verdade, Mary, o comportamento do seu marido não me surpreende. Os homens não sabem tomar conta de doentes, isso não é trabalho para eles. Quem cuida de uma criança doente é sempre a mãe; são os seus próprios sentimentos que o exigem".

"Eu acho que gosto tanto do meu filho quanto qualquer outra mãe, mas não sei se tenho mais utilidade no quarto do doente do que Charles, pois não posso ficar continuamente censurando e repreendendo a pobre criança quando ela está doente; e você viu, esta manhã, quando eu lhe dizia que ficasse quieto, ele começava logo aos pontapés. Os meus nervos não suportam esse tipo de coisas".

"Mas você não se importaria de passar a noite longe do pobre rapaz?"

"Sim. Você vê que o pai dele não se importa, por que deveria de me importar? Jemina é tão cuidadosa! E, de hora em hora, ela poderia mandar-nos notícias sobre o estado dele. Eu acho realmente que Charles devia ter dito ao pai que iríamos todos. Não estou mais apreensiva a respeito do pequeno do que ele. Ontem fiquei muito alarmada, mas hoje o caso é muito diferente".

"Bem, se você acredita que não é muito tarde para avisar, suponho que deva ir, assim como o seu marido. Eu fico tomando conta do pequeno Charles. O senhor e a senhora Musgrove certamente não se sentirão ofendidos por eu ficar com ele".

"Está falando sério?", exclamou Mary, com os olhos brilhando de alegria. "Meu Deus! Isso é uma boa ideia, muito boa mesmo. Já agora vou, pois não estou fazendo nada em casa, não é verdade? Só me sinto perturbada. Você, que não tem sentimentos de mãe, é sem dúvida a pessoa mais adequada para ficar com ele. Você consegue obrigar o pequeno Charles a fazer qualquer coisa; ele lhe obedece sempre. Será muito melhor que deixá-lo só com Jemina. Ó! Vou, com certeza; estou certa de que tenho tanta obrigação de o fazer como Charles, pois eles querem muito que eu conheça o capitão Wentworth, e sei que não se importa de ficar sozinha. Uma ideia excelente a sua, Anne! Vou dizer a Charles e preparar-me imediatamente. Pode mandar-nos chamar, sabe? A qualquer o momento, se for preciso; mas acho que não vai acontecer nada que provoque qualquer alarme. Pode ter certeza de que eu não iria se não estivesse tão descansada a respeito do meu querido filho".

Um momento depois, ela batia à porta do quarto de vestir do marido. Anne subiu as escadas atrás dela e ainda ouviu toda a conversa, que começou com Mary dizendo, em um tom de grande contentamento:

"Eu vou com você, Charles, pois, tal como você, não estou fazendo nada em casa. Se me trancasse aqui para sempre com o garoto, não conseguiria convencê-lo a fazer nada de que ele não gostasse. Anne vai ficar. Ela se propôs a ficar em casa tomando conta dele. Foi a própria Anne quem sugeriu, por isso vou com você, o que será muito melhor, pois desde terça-feira que não janto na outra casa".

"Isso é muito amável da parte de Anne", foi a resposta do marido, "e fico muito contente por vires comigo, mas parece-me um pouco cruel deixá-la sozinha em casa, tomando conta do nosso filho doente".

Anne apareceu então para defender a sua própria causa e, uma vez que a sinceridade dos seus modos foi suficiente para o convencer, pelo menos naquilo em que lhe era agradável ser convencido, ele perdeu a relutância em deixá-la jantar sozinha, embora ainda pretendesse que ela fosse ter com eles mais tarde, quando o garoto estivesse dormindo, e insistiu com ela para que o deixasse mandar buscá-la; mas ela não se deixou persuadir; e, assim, Anne teve o prazer de os ver sair juntos muito bem-dispostos. Ela esperava que eles se divertissem, por mais estranho que fosse esse divertimento; quanto a si mesma, ficou com a maior sensação de conforto que lhe era possível sentir. Sabia que era muito necessária à criança; e que importância tinha se Frederick Wentworth estava apenas a quase um quilômetro de distância, sendo simpático para com os outros?

Ela gostaria de saber o que ele sentia a respeito de voltar a encontrá-la. Talvez indiferença, se era possível existir indiferença em tais circunstâncias. Ele devia sentir-se indiferente ou, então, não queria encontrar-se com ela. Se ele tivesse querido voltar a vê-la, não teria precisado esperar até àquele momento; teria feito o que ela acreditava que há muito teria feito no seu lugar, quando os acontecimentos cedo lhe concederam a independência, que era a única coisa que lhes faltara.

O cunhado e a irmã regressaram encantados com o novo conhecido e com a visita em geral. Tinha havido música, canções, conversa, riso, tudo extremamente agradável; o capitão Wentworth tinha modos encantadores, sem qualquer timidez nem reservas; pareciam ser todos velhos conhecidos, e ele viria caçar com Charles na manhã seguinte. Viria tomar o café da manhã, mas não no chalé, embora, a princípio, isso tivesse sido sugerido; mas, depois, tinham insistido com ele para que fosse antes à Casa Grande, e ele tivera receio de incomodar a senhora Charles Musgrove, por causa do garoto; e, assim, sem eles saberem bem o porquê, acabou por ser Charles a estar com ele para tomar o café da manhã em casa do pai.

Anne compreendeu. Ele queria evitar encontrar-se com ela. Ela soube que ele tinha perguntado por ela, de um modo vago, como se fosse um conhecimento casual, parecendo ter dito o mesmo que ela dissera, agindo, talvez, com o mesmo intuito de escapar à apresentação quando se encontrassem.

O movimento matinal do chalé sempre começava mais tarde do que na outra casa; e, nessa manhã, a diferença foi tão grande que Mary e Anne ainda estavam começando a tomar o café da manhã quando Charles entrou e disse que partiriam, que viera buscar os cães, que as irmãs vinham atrás com o capitão Wentworth. As irmãs vinham visitar Mary e o garoto, e o capitão pretendia também visitá-la durante alguns minutos, se não fosse inconveniente; e, embora Charles tivesse respondido que a criança não estava tão doente que a visita causasse algum inconveniente, o capitão Wentworth insistiu para que ele fosse à frente anunciar a visita.

Mary, muito satisfeita com a gentileza, ficou encantada por recebê-lo, enquanto Anne se sentiu inundada por mil emoções, das quais a mais reconfortante foi que a visita estaria terminada dentro em pouco.

E assim foi. Dois minutos depois do aviso de Charles, os outros apareceram; elas estavam na sala de visitas. Os seus olhos encontraram-se com os do capitão Wentworth; uma vênia, uma cortesia. Ela ouviu-lhe a voz – ele falava com Mary; disse as palavras corretas; disse algo às senhoritas Musgrove, o suficiente para indicar que tinham boas relações; a sala parecia cheia, cheia de pessoas e vozes, mas tudo terminou passados poucos minutos. Charles apareceu à janela, estava tudo pronto, o visitante tinha feito uma vênia e saído; as senhoritas Musgrove também foram embora, tendo decidido subitamente ir com os caçadores até ao extremo da aldeia, a sala ficou vazia, e Anne tentou terminar o café da manhã o melhor que pôde.

"Já passou! Já passou!", repetiu para si mesma, com uma gratidão nervosa. "O pior já passou".

Mary falava, mas ela não conseguia prestar atenção. Ela o vira. Tinham-se encontrado. Tinham voltado a estar na mesma sala!

Em breve, porém, começou a raciocinar para si própria e a tentar sentir menos oito anos, tinham-se passado quase oito anos desde que tinham desistido de tudo. Como era absurdo voltar a sentir a agitação que aquele espaço de tempo tinha banido para a distância e para o esquecimento! O que não teria acontecido em oito anos! Acontecimentos de todo o gênero, alterações, separações, mudanças – tudo, deve ter acontecido de tudo; e o esquecimento do passado – como isso era natural, como era certo também! Era quase um terço de sua vida.

Infelizmente, apesar de todo o seu raciocínio, ela descobriu que, para sentimentos fortes, oito anos podem não ser praticamente nada.

Agora, como é que ela poderia interpretar os sentimentos dele? Estaria querendo evitá-la? No momento seguinte, ela detestava a si mesma pela loucura que a levara a fazer a pergunta.

Quanto a outra pergunta, a qual talvez a sua sabedoria não conseguisse ter evitado, foi-lhe, pouco depois, poupada toda a incerteza; depois das senhoritas Musgrove terem voltado e terminado a visita ao chalé, recebeu espontaneamente a seguinte informação por parte de Mary:

"O capitão Wentworth não foi muito lisonjeiro a seu respeito, Anne, embora tenha sido muito gentil comigo. Quando se afastaram, Henrietta perguntou-lhe o que pensava de você, e ele respondeu que estava tão diferente que não a teria reconhecido".

Normalmente, Mary não possuía uma sensibilidade que a fizesse respeitar os sentimentos das irmãs; mas, desta vez, não fazia a mínima ideia de que estivesse a magoá-la.

"Tão diferente que não a reconheceria!" Anne ouviu, em silêncio, profundamente magoada. Não havia dúvida de que era verdade; e ela não podia se vingar porque ele não tinha mudado, e não para pior. Ela já o reconhecera para si própria e não podia mudar de opinião, ele que pensasse dela o que quisesse. Não; os anos que lhe tinham destruído a juventude e frescor tinham dado a ele um ar mais alegre, viril e franco, sem diminuir as qualidades físicas. Ela tinha visto o mesmo Frederick Wentworth.

"Tão diferente que ele não a reconhecera!" Essas eram as palavras que não deseja, mas que não a abandonava. Ainda que ela depois se regosijasse por ter as ouvido. Elas tinham uma sóbria tendência; elas tranquilazam a agitação; elas compunham e consequentemente a deixavam mais feliz.

Frederick Wentworth utilizara aquelas palavras, ou umas semelhantes, sem fazer ideia de que elas lhe seriam transmitidas. Ele achara-a muito mudada e, quando lhe perguntaram, dissera o que sentia. Não perdoara Anne Elliot; ela fora injusta para com ele, abandonara-o e desiludira-o; e, o que era pior, ao fazê-lo, tinha manifestado uma fraqueza de caráter que o seu temperamento decidido e confiante não conseguia tolerar. Ela renunciara a ele para fazer a vontade dos outros. Tinha-se deixado influenciar muito. Fora fraca e tímida.

Ele gostara muito dela e nunca, desde então, encontrara uma mulher que se lhe pudesse comparar; mas, com exceção de uma natural sensação de curiosidade, não desejava voltar a encontrá-la. O poder que ela exercera sobre ele tinha desaparecido para sempre.

O seu objetivo agora era casar. Era rico e, tendo regressado à terra, tencionava assentar assim que se sentisse devidamente tentado a fazê-lo; estava, na realidade, à procura, pronto para se apaixonar com toda a celeridade que a sua cabeça lúcida e o seu bom gosto permitissem. O seu coração estava à disposição de qualquer das senhoritas Musgrove, se elas soubessem conquistá-lo. Um coração à disposição de qualquer jovem agradável que lhe aparecesse, exceto Anne Elliot. Essa era a sua única exceção secreta quando disse à irmã, em resposta às suas conjecturas:

"Sim, aqui estou eu, Sophia, pronto para fazer um casamento idiota. Qualquer mulher entre os quinze e os trinta anos que me queira pode ficar comigo. Um pouco de beleza, meia dúzia de sorrisos e alguns elogios à Marinha, e sou um homem perdido. Não será isso suficiente para um marinheiro que não tem tido qualquer convivência com mulheres e não sabe, por isso, ser simpático?"

Ele disse-o, ela sabia, para que ela o contradissesse. Os seus olhos alegres e altivos refletiam a feliz convicção de que era, de fato, simpático, e Anne Elliot não estava longe dos seus pensamentos quando descreveu, mais seriamente, a mulher que gostaria de encontrar. "Um espírito forte e modos ternos" foi a lacônica descrição.

"Esta é a mulher que eu quero", disse ele. "Claro que toleraria algo um pouco inferior, mas não muito. Se for tolo, serei verdadeiramente tolo, pois tenho pensado no assunto mais do que a maior parte dos homens".

CAPÍTULO VIII

A partir desse ponto, o capitão Wentworth e Anne Elliot começaram a fazer parte do mesmo círculo. Pouco depois, jantavam os dois em casa do senhor Musgrove, pois a tia já não podia utilizar o estado do garoto como desculpa para não estar presente, e esse foi apenas o princípio de outros jantares e de outros encontros.

Esses encontros poriam à prova a possibilidade de recuperação de sentimentos antigos, tempos antigos viriam necessariamente à lembrança de ambos; era impossível não haver referência a eles, ele não conseguia evitar mencionar o ano do noivado nos pequenos relatos ou descrições decorrentes das conversas. A sua profissão predispunha-o, o seu temperamento induzia-o a falar; e "Isso foi em 1806"; "Isso aconteceu antes de eu ir para o mar em 1806" ocorreu no decurso do primeiro serão que passaram juntos; e, embora a sua voz não tivesse vacilado e ela não tivesse qualquer motivo para supor que ele, ao falar, tivesse olhado para ela, Anne sentiu que era completamente impossível, pelo que conhecia dele, que ele não se recordasse tão bem quanto ela. Tinha de haver uma associação de ideias imediata, embora ela estivesse longe de imaginar que fosse igualmente dolorosa.

Eles não conversavam um com o outro, não tinham qualquer contato exceto o que era ditado pelas normas da boa educação. Outrora, tinham significado tanto um para o outro! Agora, nada! Houve uma época em que, de todo o enorme grupo que enchia a sala de visitas de Uppercross, eles teriam sido os que mais dificuldades teriam em parar de conversar um com o outro. Com exceção, talvez, do almirante e da senhora Croft, que pareciam particularmente afeiçoados e felizes. Anne não via qualquer outra exceção, nem mesmo entre os pares casados. Não podia ter havido dois corações tão sinceros, nem gostos tão semelhantes, nem sentimentos tão em uníssono, ou rostos tão amados. Agora era como se fossem estranhos, não, pior do que estranhos, porque nunca se conheceriam. Seriam estranhos para sempre.

Quando ele falava, ela ouvia a sua voz e reconhecia a mesma maneira de pensar. No grupo, havia uma ignorância geral sobre todos os assuntos relacionados com a Marinha; e fizeram-lhe muitas perguntas, especialmente as duas senhoritas Musgrove, que pareciam não ter olhos se não para ele: sobre a vida a bordo, os regulamentos diários, a comida, os horários etc. E a surpresa delas perante os seus relatos, ao conhecerem a quantidade de acomodações e de comodidades que era possível existir, provocava nele uma troça amigável, que fez recordar a Anne o tempo em que ela também não sabia nada e em que também fora acusada de supor que os marinheiros a bordo não tinham alimentos ou, se tivessem, não tinham um cozinheiro para os preparar, nem criados para os servir, ou garfo e faca para usarem.

Foi despertada dos seus pensamentos por um murmúrio da senhora Musgrove, que, abalada por tristes recordações, não conseguiu conter-se:

"Ah! Senhorita Anne, se ao menos os Céus tivessem poupado o meu filho, a esta altura ele seria igual a você mesma". Anne dominou um sorriso e escutou atentamente, enquanto a senhora Musgrove desabafava um pouco, pelo que, durante alguns minutos, não conseguiu acompanhar a conversa.

Quando sua atenção seguiu o curso normal, ela viu que as senhoritas Musgrove tinham ido buscar a lista da Marinha (a sua própria lista da Marinha, a primeira que havia em Uppercross), e estavam sentadas e debruçadas sobre ela, com o objetivo de encontrarem os navios que o capitão Wentworth tinha comandado.

"O seu primeiro navio foi o Asp, recordo-me; vamos procurar o Asp".

"Não vai encontrá-lo aí. Estava muito velho, praticamente arruinado. Eu fui o último homem a comandá-lo. Não se encontrava exatamente em condições de prestar serviço. Foi declarado apto por um ou dois anos... e assim fui enviado para as Índias Ocidentais".

As garotas ficaram olhando, espantadas.

"O almirantado", prosseguiu ele, "entretém-se de vez em quando em enviar algumas centenas de homens para o mar em um navio que não tem condições de navegabilidade. Mas eles têm muita gente para sustentar; e, entre os milhares que tanto lhes faz que vão ao fundo como não, é impossível distinguir os que menos fazem falta".

"Ó! Ó", exclamou o almirante, "que disparates dizem esses jovens! No seu tempo, não havia corveta melhor que o Asp. Para uma corveta construída à maneira de antigamente, não havia outra igual. Teve muita sorte em consegui-la! Ele sabe que devia haver uns vinte homens melhores qualificados do que ele para se candidatarem para ela ao mesmo tempo. Com os poucos direitos que tinha, teve sorte em conseguir qualquer coisa tão depressa".

"Garanto-lhe que eu soube que tinha sorte, almirante", respondeu o capitão Wentworth em um tom sério. "Eu não podia estar mais satisfeito com a minha nomeação. Para mim, àquela altura, ir para o mar era um objetivo muito importante... muitíssimo importante. Eu queria estar ocupado com alguma coisa".

"Claro que queria. O que um jovem como você estava fazendo em terra durante meio ano seguido? Quando um homem não é casado, o que mais deseja é lançar-se ao mar o quanto antes".

"Mas, capitão Wentworth", exclamou Louisa, "deve ter ficado muito aborrecido quando chegou ao Asp e viu o traste velho que lhe tinham dado".

"Eu já sabia antes muito bem o que ele era", disse ele com um sorriso. "Não tinha mais para descobrir do que a menina teria a respeito do aspecto e da resistência de um velho casaco de peles, o qual, desde que se lembrava, tinha visto sendo emprestado à metade das pessoas suas conhecidas e que, finalmente, em um dia de muita chuva, lhe é emprestado. Ah!, para mim, foi um barco estupendo. Fez tudo o que eu queria. Eu sabia que ele o faria, sabia que ou iríamos juntos ao fundo ou ele me traria sorte; e nunca tive dois dias de tempestade durante todo o tempo em que naveguei nele; depois de ter capturado corsários suficientes para nos divertirmos, tive a sorte, na minha passagem por terra no outono seguinte, de obter a fragata francesa que eu queria. Trouxe-a para Plymouth; e aqui voltei a ter sorte. Ainda não estávamos há seis horas no Sound quando se levantou uma tempestade que durou quatro dias e quatro noites, e que teria desfeito o pobre Asp na metade desse tempo; claro que o contato com a Grande Nação não melhorou muito o nosso estado. Em vinte e quatro horas, eu teria sido apenas o corajoso capitão Wentworth, em um pequeno parágrafo em um canto dos jornais; e, tendo morrido em uma insignificante corveta, ninguém voltaria a pensar em mim". Anne estremeceu interiormente, mas as senhoritas Musgrove puderam demonstrar à vontade as suas exclamações sinceras de pena e de horror.

"E então, suponho", disse a senhora Musgrove em um tom de voz mais baixo, como se estivesse pensando em voz alta, "então foi para o Lacônia e aí conheceu o nosso pobre rapaz. Charles, meu querido (fazendo-lhe sinal para que se aproximasse) pergunte ao capitão onde é que ele conheceu o seu pobre irmão. Eu me esqueço sempre".

"Foi em Gibraltar, mãe. Dick ficou em terra em Gibraltar, doente, com uma recomendação do seu capitão anterior para o capitão Wentworth".

"Ó, mas, Charles, diga ao capitão Wentworth que não deve ter receio de mencionar o pobre Dick à minha frente, pois seria um prazer ouvir alguém tão seu amigo falar dele".

Charles, um tanto cético quanto às probabilidades de ser esse o caso, limitou-se a responder com um aceno de cabeça e afastou-se.

As garotas estavam agora à procura do Lacônia; e o capitão Wentworth não resistiu ao prazer de pegar no precioso livro, poupando-lhes esse trabalho, e de ler, em voz alta, a pequena referência ao nome e às características do navio, a sua situação atual na reserva, comentando que também ele fora um dos seus melhores amigos.

"Ah! Os dias em que comandei o Lacônia foram bem agradáveis! Como fiz dinheiro rapidamente com ele. Eu e um amigo fizemos uma viagem maravilhosa ao largo das Índias

Ocidentais. Pobre Harville, irmã! Você sabe como ele queria ganhar dinheiro, mais ainda do que eu. Ele era casado. Um sujeito excelente! Nunca me esquecerei de como se sentia feliz. E sentia-se feliz, em grande parte, por causa dela. Desejei tê-lo comigo no verão seguinte, quando tive a mesma sorte no Mediterrâneo".

"E eu tenho certeza, sir", disse a senhora Musgrove, "de que foi uma sorte para nós ter sido feito capitão do navio. Nós nunca nos esqueceremos do que fez".

A comoção fê-la falar em voz baixa, e o capitão Wentworth, tendo ouvido apenas uma parte da frase e não estando provavelmente a pensar em Dick Musgrove, ficou na expectativa, à espera de mais.

"O meu irmão", murmurou uma das garotas, "a mamãe está pensando no pobre Richard".

"Pobre rapaz", prosseguiu a senhora Musgrove. "Tinha se tornado tão bem comportado e um correspondente tão bom desde que estava sob sua tutela! Ah!, teria sido ótimo se ele nunca o tivesse deixado. Garanto-lhe, capitão Wentworth, que sentimos muito o fato dele tê-lo deixado".

Ao ouvir este discurso, houve, momentaneamente, uma expressão no rosto do capitão Wentworth, um certo lampejo nos seus olhos brilhantes e um franzir da sua boca atraente que convenceu Anne de que, em vez de partilhar os amáveis desejos da senhora Musgrove no que dizia respeito ao filho, ele tinha, provavelmente, ansiado por se ver livre dele; mas foi uma expressão de ironia tão fugaz que dificilmente seria detectada por quem não o conhecesse tão bem quanto ela; no momento seguinte, ele tinha se controlado perfeitamente, e a sua expressão era séria e, quase de imediato, ele dirigiu-se ao sofá em que ela e a senhora Musgrove estavam sentadas, sentou-se ao lado desta e começou a conversar com ela, em voz baixa, sobre o filho, e a comiseração e naturalidade com que o fez, demonstraram a maior consideração por tudo o que era real e natural nos sentimentos maternais.

Eles estavam sentados no mesmo sofá, pois a senhora Musgrove tinha-se chegado um pouco para o lado para ele se poder sentar, estavam separados apenas pela senhora Musgrove. Não era uma barreira nada insignificante. A senhora Musgrove tinha uma corpulência substancial, infinitamente mais própria, por natureza, para expressar boa disposição e bom humor do que ternura e sensibilidade, e, embora a agitação do corpo esguio e do rosto pensativo de Anne pudessem ser considerados como estando completamente encobertos, o capitão Wentworth é digno de admiração pelo autodomínio com que escutou os enormes e profundos suspiros por causa de um filho com quem ninguém se preocupara enquanto estava vivo.

O tamanho da sua pessoa e o sofrimento não têm necessariamente uma proporção direta. Uma figura corpulenta tem tanto direito a sofrer profundamente quanto a figura mais graciosa do mundo. Mas, quer seja justo ou não, há efeitos pouco lisonjeiros que a razão tenta, em vão, admitir, que o bom gosto não consegue tolerar e de que o ridículo se apodera.

O almirante, depois de ter dado duas ou três voltas à sala com as mãos atrás das costas, para desentorpecer as pernas, e de ter sido chamado à ordem pela mulher, dirigiu-se ao capitão Wentworth e, sem reparar que estava interrompendo, embrenhado apenas nos seus próprios pensamentos, disse:

"Se tivesse passado por Lisboa uma semana depois na primavera passada, Frederick, lhe teria sido pedido que trouxesses lady Mary Grierson e suas filhas".

"Sério? Ainda bem que não estava lá uma semana depois".

O almirante censurou-o pela sua falta de cavalheirismo. Ele defendeu-se, embora declarando que nunca admitiria, de bom grado, senhoras a bordo de um navio seu, exceto para um baile ou uma visita de algumas horas.

"Mas, tanto quanto me conheço", disse ele, "isso não é por falta de cavalheirismo para com elas. Resulta, sim, saber que é impossível, apesar de todos os esforços e de todos os sacrifícios, proporcionar o conforto que as mulheres merecem. Não é falta de cavalheirismo, almirante, achar que as mulheres merecem um nível de conforto elevado... É o que acontece comigo. Detesto ouvir falar de mulheres a bordo, ou de vê-las a bordo; e navio algum, sob o meu comando, transportará alguma vez um grupo de senhoras, se eu puder evitar".

Essas palavras levaram a irmã a intervir:

"Ó! Frederick. Não consigo acreditar nisso vindo de você. Que exagero de cortesia! As mulheres podem se sentir tão confortáveis a bordo como na melhor casa inglesa. Acho que tenho vivido mais tempo a bordo do que a maior parte das mulheres, e não conheço nada mais confortável do que as acomodações de um navio de guerra. Posso lhe dizer que não tenho nenhum conforto nem prazer em terra, nem mesmo em Kellynch Hall (com uma amável vênia a Anne), que não tenha tido sempre no maior dos navios em que tenho vivido, e já foram cinco no total".

"Isso não quer dizer nada", respondeu o irmão. "Você vivia com o seu marido e era a única mulher a bordo".

"Mas você mesmo trouxe a senhora Harville, a irmã, a prima e os três filhos de Portsmouth para Plymouth. Onde estava esse seu requintado e extraordinário cavalheirismo?"

"Misturado com a amizade, Sophia. Eu queria ajudar a mulher do meu irmão de armas tanto quanto possível, e, se Harville quisesse, lhe traria qualquer coisa até do fim do mundo. Mas não pense que achei que fosse uma boa ideia".

"Pode ter certeza de que elas se sentiram perfeitamente confortáveis".

"Isso não quer dizer que goste mais delas por isso. Tantas mulheres e crianças a bordo não têm o direito de se sentir confortáveis".

"Meu querido Frederick, você está dizendo bobagens. O que seria de nós, pobres mulheres de marinheiros, que muitas vezes queremos ser levadas para um porto ou outro, atrás dos nossos maridos, se todos pensassem o mesmo que você?"

"Os meus sentimentos, como vê, não impediram que eu levasse a senhora Harville e toda a sua família para Plymouth".

"Mas eu detesto ouvi-lo falar assim, como um cavalheiro requintado, e como se as mulheres fossem todas damas delicadas, em vez de seres racionais. Nenhuma de nós espera ter mar calmo todos os dias".

"Ah!, minha querida", disse o almirante, "quando ele se casar, a conversa será outra. Quando se casar, e se tivermos a sorte de vivermos outra guerra, vamos vê-lo fazer tudo o que você e eu e muitos outros têm feito. Vamos vê-lo ficar muito grato a quem quer que lhe traga a mulher".

"Sim, certamente que veremos".

"Agora tenho dito!", exclamou o capitão Wentworth. "Quando as pessoas casadas começam a atacar-me com: 'Ó, quando se casar vai mudar de ideia', a única coisa que eu posso dizer é: 'Não vou, não'; e depois eles repetem: 'Vai, sim', e não há nada a fazer".

Ele pôs-se de pé e afastou-se.

"A senhora, certamente, tem viajado muito", disse a senhora Musgrove à senhora Croft.

"Bastante, nos quinze anos que estou casada, embora muitas mulheres tenham viajado mais, atravessei o Atlântico quatro vezes e fui e vim uma vez às Índias Orientais; e apenas uma vez, além de ter estado em vários portos próximos da Inglaterra... Cork, Lisboa e Gibraltar. Mas nunca fui para além dos estreitos... e nunca estive nas Índias Ocidentais. Nós não chamamos Bermudas nem Bahamas às Índias Ocidentais, sabe?"

A senhora Musgrove não tinha uma só palavra de discordância a dizer, não podia acusar a si mesma de alguma vez lhes ter chamado do que quer que fosse.

"E posso garantir-lhe, minha senhora, que não há acomodações melhores que as de um navio de guerra; estou me referindo aos maiores, é claro. Em uma fragata, é óbvio que estamos mais confinados... embora qualquer mulher razoável possa sentir-se perfeitamente feliz em uma; e devo dizer que as horas mais felizes da minha vida foram passadas a bordo de um navio. Quando estávamos juntos, sabe, não temíamos nada. Felizmente, eu sempre gozei de excelente saúde e nunca me senti afetada pelos diferentes climas. Talvez me sentisse um pouco abalada durante as primeiras vinte e quatro horas no mar, mas, depois disso, nunca soube o que era enjoar. A única vez em que realmente sofri, de corpo e alma, a única vez em que me imaginei doente ou pensei no perigo foi durante o inverno que passei sozinha em Deal, quando o almirante... o capitão Croft... estava no mar do Norte. Eu vivia continuamente cheia de medo e sofria de todos os males imaginários devido ao fato de não ter nada que fazer e de não saber quando voltaria a ter notícias dele; mas, desde que pudéssemos estar juntos, eu não sofria de nada, nem nunca sentia o mínimo desconforto".

"Sim, com certeza. Sim, de fato, ó, sim, estou absolutamente de acordo com a senhora, senhora Croft" foi a resposta entusiástica da senhora Musgrove.

"Não há nada tão mau quanto uma separação. Estou absolutamente de acordo. Eu sei o que é isso, pois o senhor Musgrove assiste sempre às sessões do Tribunal, e eu fico tão satisfeita quando estas chegam ao fim e ele regressa são e salvo".

A noite terminou com um baile. Quando lhe foi proposto, Anne ofereceu os seus préstimos, como de costume, e, embora os seus olhos se enchessem por vezes de lágrimas enquanto estava ao piano, ficou muito satisfeita por estar ocupada e não desejou mais nada em troca a não ser passar despercebida.

Foi uma festa alegre, e ninguém pareceu estar mais bem-disposto que o capitão Wentworth. Ela achou que ele tinha todos os motivos para se sentir satisfeito, nomeadamente a atenção e a deferência gerais e, principalmente, a atenção de todas as jovens. Tinha sido, aparentemente, concedido às senhoritas Hayter, as garotas da família de primos já referida, a honra de se apaixonarem por ele; e, quanto a Henrietta e Louisa, estas pareciam estar tão completamente absortas por ele que só a permanente aparência de uma perfeita amizade entre elas conseguia fazer crer que não eram rivais declaradas. Quem se admiraria de ele ficar envaidecido com uma tão universal e ansiosa atenção?

Esses eram alguns dos pensamentos que perpassavam pela mente de Anne, enquanto os seus dedos trabalhavam mecânica, inconscientemente, durante meia hora seguida, sem se enganar. Uma vez ela sentiu que ele estava olhando para ela, observando o seu rosto transformado, tentando, talvez, ver nele os vestígios do rosto que outrora o encantara; e uma vez ela soube que ele devia ter falado nela – mal tivera consciência disso até ter ouvido a resposta, mas, a essa altura, teve certeza de que ele perguntara ao seu par se a senhorita

Elliot nunca dançava. A resposta foi: "Ó!, não, nunca, há muito que ela deixou de dançar. Ela prefere tocar. Nunca se cansa de tocar". Uma vez, ele falou-lhe. Ela tinha deixado o piano quando o baile terminou, e ele sentara-se a trautear uma ária de que desejava dar uma ideia à senhora Musgrove. Sem pensar, ela voltou a essa parte da sala; ele a viu-a, levantando-se imediatamente, disse com uma delicadeza estudada:

"Perdão, minha senhora, este é o seu lugar. E, embora ela tivesse se afastado logo com uma negativa firme, ele não voltou a sentar-se. Anne não queria que ele voltasse a olhá-la ou a falar-lhe assim. A sua delicadeza fria e a sua atitude cerimoniosa eram piores que a indiferença total.

CAPÍTULO IX

O capitão Wentworth viera instalar-se em Kellynch como se a casa fosse sua, para ficar o tempo que quisesse, pois o almirante dedicava-lhe tanta amizade fraternal quanto a mulher. À chegada, ele tencionara seguir muito em breve para Shropshire, para visitar o irmão instalado naquela região, mas os atrativos de Uppercross levaram-no a adiar essa visita. Havia tanta simpatia, lisonja e encanto no modo como era ali recebido; os velhos eram tão hospitaleiros e os jovens tão agradáveis que ele decidira ficar e esperar um pouco mais antes de ir conhecer todos os encantos e perfeições da mulher de Edward.

Ao fim de algum tempo, ele passou a ir a Uppercross quase todos os dias. Os Musgrove dificilmente estariam mais prontos a convidá-lo do que ele a aceitar, particularmente de manhã, quando não tinha companhia em casa, pois o almirante e a senhora Croft iam geralmente passear juntos, visitando os seus novos domínios, os relvados e os carneiros, e fazendo-o com uma lentidão insuportável para uma terceira pessoa; outras vezes saíam em um cabriolé recentemente adquirido.

Até então, tinha havido entre os Musgrove e os seus familiares uma única opinião sobre o capitão Wentworth. Esta era sempre a mesma, uma calorosa admiração em todos os aspectos. Mas, assim que esta intimidade se estabeleceu, surgiu entre eles um certo Charles Hayter que ficou muito perturbado com esta amizade e considerou o capitão Wentworth um intruso.

Charles Hayter era o primo mais velho e era um jovem simpático e agradável; antes do aparecimento do capitão Wentworth, tinha havido uma afeição bastante nítida entre ele e Henrietta. Ele tinha tomado ordens e, uma vez que o seu curato era próximo e não exigia que residisse nele, vivia em casa do pai, apenas a três quilômetros de Uppercross. Uma breve ausência tinha deixado a sua amada sem o privilégio das suas atenções nesse período crítico e, quando regressou, teve o desgosto de ver que a atitude dela tinha se alterado e de encontrar o capitão Wentworth.

A senhora Musgrove e a senhora Hayter eram irmãs. Tinham ambas dinheiro, mas os seus casamentos tinham ocasionado uma diferença significativa no lugar que passaram a ocupar na sociedade. O senhor Hayter possuía alguns bens, mas estes eram insignificantes quando comparados com os do senhor Musgrove e, enquanto os Musgrove estavam na primeira classe da sociedade, os jovens Hayter, devido ao estilo de vida inferior, reservado e pouco requintado dos pais e à sua própria instrução deficiente, não teriam pertencido a classe nenhuma se não fosse a sua ligação com Uppercross. O filho mais velho, que decidira tornar-se um estudioso e um cavalheiro, constituía uma exceção, e era muito superior a todos os outros em cultura e educação.

As duas famílias sempre se deram muito bem, não existindo, por parte de uns, qualquer orgulho nem, por parte dos outros, qualquer inveja; e as senhoritas Musgrove sentiam alguma superioridade apenas na medida em que esta lhes conferia o prazer de educar os primos. As atenções de Charles para com Henrietta tinham sido observadas pelos pais desta sem qualquer reprovação. "Seria um ótimo casamento; mas se Henrietta gostasse dele", e Henrietta parecia, de fato, gostar dele.

A própria Henrietta pensava que gostava, antes de o capitão Wentworth aparecer; mas, a partir daquela altura, o primo Charles fora esquecido.

Tanto quanto Anne podia observar, ainda estava em dúvida qual das duas irmãs o capitão Wentworth preferia. Henrietta era talvez a mais bonita; Louisa, a mais alegre, e agora ela não sabia se ele se sentiria mais atraído pela personalidade mais meiga, se pela mais alegre.

O senhor e a senhora Musgrove, quer por serem pouco observadores, quer por terem uma confiança total no discernimento das duas filhas e no de todos os jovens que se aproximavam delas, pareciam deixar tudo entregue ao acaso. Na Casa Grande não havia o menor indício de ansiedade ou preocupação da sua parte; mas, no chalé, as coisas eram diferentes; o jovem casal estava mais inclinado a especular e a admirar a situação; e ainda o capitão Wentworth não tinha visitado os Musgrove quatro ou cinco vezes e Charles Hayter tinha acabado de regressar, já Anne se via obrigada a escutar as opiniões do cunhado e da irmã sobre de qual das garotas ele gostava mais. Charles era a favor de Louisa, e Mary, de Henrietta, mas concordavam os dois que seria maravilhoso se ele casasse com uma delas.

Charles "nunca tinha conhecido um homem mais agradável em toda sua vida e, pelo que ouvira o próprio capitão Wentworth dizer, tinha certeza de que ganhara mais de vinte mil libras com a guerra. Isso já constituía uma boa fortuna; além disso, havia a possibilidade de ganhar mais em uma guerra futura, e ele estava seguro de que o capitão Wentworth era um homem que provavelmente se distinguiria entre os oficiais da Marinha. Ó! Seria um magnífico casamento para qualquer das duas irmãs".

"Não há dúvida de que seria", respondeu Mary. "Meu Deus! Se ele alcançasse grandes honras! Se fosse feito baronete! Lady Wentworth soa muito bem. Seria uma ótima coisa para Henrietta! Ela me precederia e Henrietta não deixaria de gostar disso. Sir Frederick e lady Wentworth! Mas seria um título novo, e eu nunca gostei muito de títulos novos".

Mary gostava de pensar que Henrietta era a preferida, por causa de Charles Hayter, a cujas pretensões ela desejava que fosse posto fim. Ela sentia-se superior em relação aos Hayter, e achava que seria uma infelicidade que a ligação existente entre as famílias fosse reatada; seria muito triste para ela e para os filhos.

"Sabe?", disse ela, "não consigo pensar nele como um bom partido para Henrietta; e, considerando as alianças que os Musgrove têm feito, ela não tem o direito de desperdiçar a sua vida. Acho que nenhuma jovem tem o direito de fazer uma escolha que possa ser desagradável e inconveniente para a parte principal da sua família, proporcionando relações indesejáveis aos que não estão habituados a elas. E, afinal, quem é Charles Hayter? Não passa de um padre de aldeia. Um partido muito pouco adequado para a senhorita Musgrove de Uppercross".

O marido, porém, não concordava com ela nesse ponto; pois, além de ter grande consideração pelo primo, Charles Hayter era o filho mais velho e via as coisas sob o ponto de vista de filho mais velho.

"Agora está dizendo bobagens, Mary", foi a sua resposta.

"Pode não ser um grande partido para Henrietta, mas Charles tem uma boa possibilidade, através dos Spicer, de obter alguma coisa do bispo daqui a um ano ou dois; e deve se lembrar de que ele é o filho mais velho; quando o meu tio morrer, ele vai receber uma boa herança. A propriedade de Winthrop tem mais de duzentos e cinquenta acres, além das terras perto de Taunton, que são as melhores terras da região. Devo dizer que, com exceção de Charles, qualquer deles seria um partido muito desigual para Henrietta e, de fato, não poderia haver casamento; ele é o único possível; é um sujeito bom, com um bom feitio e, quando Winthrop lhe for parar às mãos, ele fará dela um local diferente e viverá de um modo muito diferente; e, com aquela propriedade, ele nunca será um homem de desprezar; é uma boa propriedade livre. Não, não; Henrietta podia arranjar um marido pior que Charles Hayter; e, se ela ficar com ele, e Louisa se casar com o capitão Wentworth, ficarei muito satisfeito.

"Charles pode dizer o que quiser", exclamou Mary para Anne, assim que ele saiu da sala, "mas seria chocante se Henrietta casasse com Charles Hayter; uma coisa muito má para ela, e ainda pior para mim; assim, seria desejável que o capitão Wentworth a fizesse esquecê-lo completamente, e tenho poucas dúvidas de que não o tenha feito. Ela mal reparou em Charles Hayter ontem. Gostaria que tivesse estado lá para ver o comportamento dela. E quanto à questão do capitão Wentworth gostar tanto de Louisa quanto de Henrietta, é um disparate dizê-lo; porque ele gosta realmente mais de Henrietta. Mas Charles é tão teimoso! Gostaria que tivesse estado conosco ontem, pois poderia ter decidido quem tem razão, e tenho certeza de que pensaria que sou eu, a não ser que estivesse resolvida a estar contra mim".

Um jantar em casa do senhor Musgrove tinha sido a ocasião em que Anne deveria ter visto todas essas coisas; mas ela ficara em casa, com a dupla desculpa de uma dor de cabeça e de uma ligeira recaída do pequeno Charles. Ela só pensara em evitar o capitão Wentworth; mas o fato de ter escapado a ter servido de árbitro era uma vantagem adicional de uma noite sossegada.

Quanto à opinião do capitão Wentworth, ela achava mais importante que ele tivesse certeza dos seus sentimentos suficientemente cedo para não colocar em perigo a felicidade de qualquer das irmãs nem manchar a sua própria honra. Que decidisse se preferia Henrietta a Louisa ou Louisa a Henrietta. Qualquer delas seria, com toda a probabilidade, uma mulher afetuosa e de bom temperamento. A respeito de Charles Hayter, ela tinha a delicadeza de sentimentos que se sente magoada com a conduta leviana de uma jovem bem intencionada, e um coração que simpatizava com todo o sofrimento provocado por ela; mas se Henrietta tivesse chegado à conclusão de que se enganara quanto à natureza dos seus sentimentos, deveria comunicar essa alteração o mais depressa possível.

Charles Hayter tinha reparado em muita coisa no comportamento da prima que o perturbara e entristecera. Ela estimava-o muito para se mostrar tão distante que pudesse, em dois encontros, extinguir toda a esperança passada e fazê-lo sentir que só lhe restava manter-se afastado de Uppercross; mas houve uma alteração que se tornou alarmante quando ele concluiu que a causa provável era um homem como o capitão Wentworth. Ele estivera ausente apenas dois domingos e, quando se tinham separado, ele tinha-a deixado interessada, até mesmo tanto quanto ele, na perspectiva de deixar, em breve, o curato atual e obter, em vez desse, o de Uppercross. Parecera-lhe, na altura, que o que mais agradara a Henrietta era que o doutor Shirley, o reitor que, durante mais de quarenta anos, tinha cumprido zelosamente todos os deveres do seu ministério, mas que já estava muito debilitado para muitos deles, estava decidido a nomear um coadjutor; ele tornaria o curato o melhor possível, e prometera dá-lo a Charles Hayter. A vantagem de ter de vir apenas para Uppercross, em vez de ser obrigado a percorrer dez quilômetros para o lado oposto; de ter, em todos os aspectos, uma paróquia melhor; de ficar a serviço do prezado doutor Shirley e do prezado doutor Shirley ser substituído nas tarefas que já não podia levar a cabo sem se fatigar demais era muito importante, até mesmo para Louisa, mas tinha sido quase tudo para Henrietta. Quando ele voltou, o interesse pelo assunto tinha desaparecido. Louisa não pôde ouvir o seu relato de uma conversa que acabara de ter com o doutor Shirley; ela estava à janela a ver se via o capitão Wentworth; e até mesmo Henrietta, quanto muito, só estava meio atenta e parecia ter esquecido todas as dúvidas anteriores e preocupações da negociação.

"Bem, estou muito satisfeita, mas também sempre achei que ias conseguir; sempre pensei que o lugar seria seu. Nunca pensei que... sabe?, o doutor Shirley teria de ter um coadjutor, e ele tinha-te prometido. Ele vem aí, Louisa?"

Uma manhã, pouco depois do jantar na casa dos Musgrove em que Anne não estivera presente, o capitão Wentworth entrou na sala de visitas do chalé, em que ela se encontrava sozinha com o pequeno Charles, deitado no sofá.

A surpresa de se encontrar quase a sós com Anne Elliot retirou a compostura habitual aos seus modos. Estremeceu e apenas conseguiu dizer: "Pensei que as senhoritas Musgrove estivessem aqui... a senhora Musgrove disse-me que as encontraria aqui", antes de se dirigir à janela para se controlar e decidir como deveria proceder.

"Elas estão lá em cima com a minha irmã; descerão dentro de momentos, creio", tinha sido a resposta de Anne, em toda sua natural confusão, e, se o garoto não a tivesse chamado, a pedir-lhe qualquer coisa, ela teria saído da sala no momento seguinte e libertado o capitão Wentworth e a si mesma da embaraçosa situação.

Ele continuou à janela e, depois de dizer calma e educadamente "Espero que o menino esteja melhor", permaneceu em silêncio.

Ela foi obrigada a ajoelhar-se ao pé do sofá e ficar ali para fazer a vontade ao doente; e assim continuaram durante alguns minutos até que, para sua grande satisfação, ouviu uma pessoa atravessar o pequeno vestíbulo. Quando virou a cabeça, teve esperança de ver o dono da casa; mas era alguém que dificilmente tornaria a situação mais fácil – Charles Hayter, provavelmente não mais satisfeito de encontrar o capitão Wentworth do que o capitão ficara ao ver Anne.

Ela só tentou dizer: "Como está? Não querem sentar? As outras estarão aqui dentro em pouco".

O capitão Wentworth afastou-se da janela, aparentemente disposto a conversar; mas Charles Hayter pôs rapidamente termo às suas tentativas, sentando-se perto da mesa e pegando o jornal; o capitão Wentworth voltou para junto da janela.

No minuto seguinte, chegou mais uma personagem. O rapaz mais novo, uma criança espantosamente forte e irrequieta, com dois anos, tinha conseguido que alguém lhe abrisse a porta e surgiu entre eles, dirigindo-se ao sofá para ver o que estava ocorrendo e reclamar os seus direitos sobre qualquer guloseima que estivesse sendo distribuída.

Como não havia nada para comer, só lhe restava brincar; e, como a tia não o deixava brigar com o irmão doente, ele começou a se agarrar a ela enquanto esta estava ajoelhada, de tal modo que, ocupada como estava com o pequeno Charles, ela não podia sacudi-lo. Falou-lhe, ordenou, pediu e insistiu, mas em vão. Por alguns momentos, conseguiu que ele se afastasse um pouco, mas o menino ainda se divertiu uma vez mais subindo outra vez por cima de suas costas.

"Walter", disse ela, "desça imediatamente. Está sendo impertinente. Estou muito zangada com você".

"Walter", exclamou Charles Hayter, "por que não faz o que lhe mandam? Não ouviu sua tia? Venha aqui, Walter, venha até o primo Charles".

Mas Walter não se mexeu nem um pouco.

No momento seguinte, porém, ela sentiu-se livre dele; alguém estava tirando-o de cima dela, embora ele se tivesse inclinado tanto sobre a sua cabeça que as mãozinhas gorduchas lhe davam a volta ao pescoço, e ele foi resolutamente afastado, antes de ela ficar sabendo que fora o capitão Wentworth quem o fizera.

A emoção que sentiu ao descobri-lo deixou-a completamente sem fala. Ela nem sequer conseguiu agradecer-lhe. Só conseguiu ficar junto do pequeno Charles, sentindo-se muito perturbada. A amabilidade dele ao vir socorrê-la, a sua atitude, o silêncio em que tudo se passou, os pequenos pormenores, juntamente com a convicção que logo lhe ocorreu, pelo barulho que ele fazia propositadamente com a criança, de que ele tencionava evitar ouvir os seus agradecimentos e procurava mostrar que o que menos queria era conversar com ela, produziram um turbilhão de sensações confusas e dolorosas de que só conseguiu recompor-se quando Mary e as senhoritas Musgrove entraram, e ela pôde entregar a criança aos seus cuidados e sair da sala. Ela não podia ficar. Talvez fosse uma oportunidade para observar os amores e os ciúmes dos quatro; eles estavam agora todos juntos, mas ela não podia mesmo ficar. Era evidente que Charles Hayter não gostava nada do capitão Wentworth. Ela teve a impressão de o ter ouvido dizer, em um tom de voz irritado, depois da interferência do capitão Wentworth "Você deveria ter-me obedecido, Walter; eu lhe disse que não brigasse com sua tia", e compreendeu que ele lamentava que o capitão Wentworth tivesse feito o que ele mesmo deveria ter feito. Mas ela não estava interessada nos sentimentos de Charles Hayter nem nos de mais ninguém até conseguir ordenar os seus. Sentiu-se envergonhada, envergonhada por estar tão nervosa, de ter ficado tão perturbada com uma ninharia; mas essa era a realidade, e ela precisava de algum tempo de solidão e reflexão para se recompor.

CAPÍTULO X

Não poderia deixar de haver outras oportunidades para fazer as suas observações. Pouco depois, Anne encontrou-se vezes suficientes na companhia dos quatro para conseguir formar uma opinião: teve, contudo, a sensatez de não a manifestar em casa, pois sabia que não agradaria nem ao marido nem à mulher, uma vez que, embora achasse que Louisa era a preferida, tanto quanto ela podia julgar pela recordação e pela sua experiência, o capitão Wentworth não estava apaixonado por nenhuma delas. Elas estavam mais apaixonadas por ele; no entanto, isso não era amor. Era uma ligeira febre de admiração que, em alguns casos, talvez pudesse, talvez fosse mesmo, acabar em amor. Charles Hayter parecia ter-se apercebido de ter sido relegado para segundo plano e, no entanto, Henrietta dava, por vezes, a impressão de se sentir dividida entre os dois. Anne desejava poder dizer-lhes o que se passava e de lhes fazer notar os perigos a que se expunham. Ela não atribuía qualquer malícia a nenhum deles. E constituía para ela motivo de satisfação acreditar que o capitão

Wentworth não tinha a mínima noção do sofrimento que estava a provocar. Não havia nos seus modos qualquer ar de triunfo, nem de triunfo associado à pena. Ele, provavelmente, nunca tinha ouvido falar nas pretensões de Charles Hayter, nem nunca imaginara que existissem. Ele só procedera mal em aceitar as atenções (pois a palavra correta era aceitar) das duas jovens ao mesmo tempo.

Depois de uma breve luta, porém, Charles Hayter pareceu abandonar o campo. Passaram-se três dias sem que viesse a Uppercross, o que constituiu uma notável transformação. Ele tinha até recusado um convite para jantar; e, quando o senhor Musgrove o encontrou com uma pilha enorme de livros à sua frente, o senhor e a senhora Musgrove acharam que algo errado se passava e comentaram, com rostos graves, que ele se matava de estudar. Mary tinha esperança e fé em que ele tivesse recebido uma recusa definitiva por parte de Henrietta, e o marido vivia na esperança permanente de o ver no dia seguinte. Anne limitava-se a pensar que Charles Hayter era sensato.

Uma manhã, por volta dessa época, Charles Musgrove e o capitão Wentworth tinham ido caçar juntos, e as duas irmãs estavam sentadas a trabalhar tranquilamente, quando as irmãs da Casa Grande surgiram à janela.

Era um belo dia de novembro, e as senhoritas Musgrove atravessaram o jardim e pararam só para dizer que dariam um longo passeio e achavam, portanto, que Mary não gostaria de ir com elas; e, quando Mary respondeu imediatamente, com algum despeito por acharem que ela não gostava de dar passeios longos: "Ó sim, gostaria muito de ir com você, gosto muito de dar passeios longos", Anne ficou convencida, pelos olhares das duas garotas, de que era isso precisamente o que não desejavam; ela sentiu-se de novo admirada com o tipo de necessidade que os hábitos familiares pareciam produzir, de tudo ser comunicado, de tudo ser feito em conjunto, por mais indesejado e inconveniente que isso fosse. Ela tentou dissuadir Mary de ir, mas em vão; e, assim, achou melhor aceitar o convite muito mais cordial que as senhoritas Musgrove lhe fizeram para que também fosse, pois poderia ser útil para retornar com a irmã ou diminuir a sua influência em qualquer plano que elas tivessem em mente.

"Não consigo imaginar por que é que elas haviam de pensar que eu não gostaria de dar um passeio longo!", disse Mary, ao subir as escadas. "Todo mundo acha que eu não gosto de andar muito! E, no entanto, elas não teriam ficado satisfeitas se eu me tivesse recusado a acompanhá-las. Quando nos vêm convidar assim, de propósito, como podemos recusar?"

No momento em que elas sairiam, os cavalheiros regressaram. Tinham levado um cão novo que lhes estragara o desporto e os tinha feito voltar cedo. Por isso, tinham o tempo, a energia e a disposição exatas para um passeio, e juntaram-se a elas com prazer. Se tivesse previsto aquela companhia, Anne teria ficado em casa; mas, sentindo algum interesse e curiosidade, ela achou que era muito tarde para voltar atrás, e os seis seguiram na direção escolhida pelas senhoritas Musgrove, que, evidentemente, consideravam que o passeio estava sob sua orientação. A intenção de Anne era não atravessar o caminho de ninguém e, sempre que os trilhos estreitos através dos campos tornassem necessária a separação, manter-se junto do cunhado e da irmã. O prazer do passeio deveria provir do exercício e do dia, da visão dos últimos sorrisos do ano sobre as folhas acastanhadas e as sebes encarquilhadas e de repetir para si própria algumas das mil descrições poéticas do outono, aquela estação que exercia uma tão singular e inexaurível influência sobre os espíritos requintados e sensíveis, a estação que inspirava em todos os poetas que merecem ser lidos uma tentativa de descrição ou uns versos cheios de sentimento. Ela ocupou a mente o máximo possível com essas reflexões ou citações, mas, quando estava ao alcance da conversa do capitão Wentworth com qualquer das senhoritas Musgrove, era impossível não a ouvir, no entanto, ouviu muito pouco que tivesse interesse. Era apenas uma conversa animada como a de quaisquer jovens amigos. Ele conversava mais com Louisa do que com Henrietta. Louisa certamente se esforçava mais por atrair a sua atenção do que a irmã. Essa diferença pareceu aumentar, e houve uma frase de Louisa que a impressionou. Depois de um dos muitos louvores ao dia, que eram constantemente proferidos, o capitão Wentworth exclamou:

"Que tempo maravilhoso para o almirante e para a minha irmã! Eles tencionavam dar um longo passeio de carruagem esta manhã; talvez os consigamos avistar de algumas destas colinas. Falaram em vir para esta zona. Onde será que eles vão virar hoje? Ó isso acontece com muita frequência, garanto-lhe, mas a minha irmã não se importa... tanto lhe faz ser cuspida como não".

"Ah! Está exagerando, eu sei", exclamou Louisa, "mas, se isso fosse realmente verdade, no seu lugar eu faria o mesmo. Se eu amasse um homem, como ela ama o almirante, estaria sempre junto dele, nada nos separaria, e eu preferia que a carruagem se voltasse com ele do que ser conduzida em segurança por qualquer outra pessoa".

Isto foi dito com entusiasmo.

"Preferia?", exclamou ele, no mesmo tom. "Presto-lhe minhas homenagens!" e, durante algum tempo, fez-se silêncio entre eles.

Anne não conseguiu, de imediato, lembrar-se de uma nova citação. As doces cenas outonais teriam de ser postas de lado durante algum tempo – a não ser que lhe viesse à mente algum soneto cheio de analogias com o ano em declínio, com a felicidade em declínio e com imagens de juventude, esperança e primavera, tudo junto. Quando enveredaram, em fila, por outro caminho, ela conseguiu dizer, "Este não é um dos caminhos para Winthrop?", mas ninguém ouviu ou, pelo menos, pareceu ouvir.

Winthrop, porém, ou os seus arredores – pois os primos andavam, por vezes, a passear perto de casa – era realmente o seu destino, e, após outra meia milha de subida gradual por entre enormes cercados, em que as charruas em atividade e os sulcos recentemente abertos indicavam que o lavrador reagia contra o doce desânimo poético e tinha em vista o renascer da primavera, chegaram ao topo da enorme colina que separava Uppercross de Winthrop e avistaram esta última, no sopé da colina em frente.

Winthrop, sem beleza e sem dignidade, estendia-se à sua frente; uma casa baixa, sem qualquer característica especial e rodeada por celeiros e construções agrícolas.

Mary exclamou: "Deus do Céu! Aqui está Winthrop... não fazia a mínima ideia!... bem, acho que é melhor voltarmos para trás, estou extremamente cansada".

Henrietta, tímida e envergonhada, e não vendo o primo Charles Hayter a passar por nenhum atalho ou encostado a um portão, estava disposta a fazer o que Mary queria; mas "Não", disse Charles Musgrove. "Não, não!", exclamou Louisa em um tom ainda mais ansioso; e, chamando a irmã de parte, pareceram discutir acaloradamente o assunto.

Charles, entretanto, estava manifestando sua intenção de visitar a tia, já que se encontrava tão perto; e, muito evidentemente, embora um tanto receoso, a tentar convencer a mulher a ir também. Mas este foi um dos pontos em que a dama mostrou a sua resistência e, quando ele lhe fez ver a vantagem de descansar cerca de um quarto de hora em Winthrop, uma vez que se sentia tão cansada, ela respondeu resolutamente: "Ó, não, absolutamente não! Subir outra vez a colina me faria mais mal do que o bem que me faria sentar-me", e, pelo seu ar e atitude, era óbvio que não iria.

Após uma breve sucessão de debates e consultas do gênero, ficou acordado entre Charles e as irmãs que ele e Henrietta desceriam rapidamente até lá para fazerem uma curta visita de alguns minutos à tia e aos primos, enquanto o resto do grupo os aguardaria no topo da colina. Louisa pareceu ser a principal organizadora do plano; e, enquanto ela os acompanhava um pouco na descida da colina, ainda conversando com Henrietta, Mary aproveitou a oportunidade para olhar desdenhosamente em volta e dizer ao capitão Wentworth:

"É muito desagradável termos parentes destes! Mas garanto-lhe que, em toda a minha vida, não estive em casa deles mais de duas vezes".

A única resposta que recebeu foi um sorriso forçado de condescendência, seguido de um olhar desdenhoso que ele lhe lançou ao afastar-se e cujo significado Anne conhecia perfeitamente.

O cimo da colina em que ficaram era um local agradável; Louisa voltou, e Mary, tendo encontrado um lugar confortável para se sentar, no degrau de um valado, sentiu-se satisfeita enquanto teve todo mundo à sua volta; mas quando Louisa levou consigo o capitão Wentworth para procurar castanhas que tivessem ficado esquecidas em uma sebe próxima, e elas deixaram, a pouco e pouco, de os ver e ouvir, Mary deixou de estar contente; aborreceu-se com o local em que estava sentada – tinha certeza de que Louisa encontrara um melhor em qualquer lugar e nada pôde impedi-la de ir também procurar outro. Ela passou pelo mesmo portão – mas não conseguia vê-los. Anne encontrou um local agradável para si, em um talude seco e soalheiro, debaixo da sebe, onde sabia que eles se encontrariam de um modo ou de outro. Mary sentou-se durante algum tempo, mas não estava bem; tinha certeza de que Louisa encontrara um lugar melhor em qualquer outro local, e continuaria a procurá-la até a encontrar.

Anne, realmente muito cansada, ficou contente em poder se sentar; e, pouco depois, ouviu o capitão Wentworth e Louisa na sebe atrás dela, fazendo o caminho de regresso ao longo da espécie de túnel bravio que se formara no meio. Eles conversavam enquanto se aproximavam. Distinguiu primeiro a voz de Louisa. Ela parecia estar no meio de um animado discurso. O que Anne ouviu primeiro foi:

"E, assim, eu a fiz partir. Não podia suportar que ela não fizesse a visita por causa de um disparate daqueles. Eu alguma vez desistiria de fazer uma coisa que decidira fazer e que sabia estar certa por causa da atitude e da interferência de uma pessoa assim, ou de qualquer pessoa? Não, eu não me deixo ser tão facilmente persuadida. Quando me decido, está decidido. E Henrietta parecia ter decidido ir a Winthrop... e, no entanto, quase desistiu por causa de uma complacência sem sentido".

"Se não fosse Louisa, ela teria voltado para trás?"

"Teria, sim, quase me sinto embaraçada por ter de dizê-lo".

"Que sorte a dela, ter um espírito decidido como o seu por perto. Depois do que acabou de me dizer e que apenas confirmou o que eu próprio já observara na última vez que estive próximo dele, não preciso fingir que não compreendo o que está se passando. Vejo que o que estava em causa era mais do que uma visita matinal de cortesia à sua tia; e, se ela não tiver a determinação suficiente para resistir às interferências sem sentido em ninharias como estas, coitado dele, e dela também, quando se tratar de coisas realmente importantes, quando se virem perante circunstâncias que exijam coragem e força de espírito. A sua irmã é uma pessoa simpática, mas estou vendo que não tem a sua firmeza e determinação de caráter. Se dá valor à conduta e felicidade dela, infunda-lhe a maior firmeza de espírito que puder. Mas isto é, sem dúvida, o que sempre fez. O pior defeito de um caráter fraco e indeciso é que não se pode confiar na influência que exercemos sobre ele. Nunca se pode ter certeza de que uma boa impressão seja duradoura. Todo mundo pode alterá-la; quem quiser ser feliz tem de ser firme. Eis uma castanha", disse ele, apanhando uma de um ramo alto. "Tomemo-la como exemplo... uma bela castanha brilhante, que, com o dom da sua força original, sobreviveu a todas as tempestades do outono. Nem um buraquinho, nem um ponto fraco em toda ela. Enquanto muitas das suas irmãs caíram e foram pisadas", prosseguiu ele em um tom de solenidade divertida, "esta castanha ainda possui toda a felicidade que se supõe que uma castanha seja capaz de sentir", depois, voltando ao seu tom sério, "O meu primeiro desejo para todas as pessoas por quem me interesso é que sejam firmes. Para que Louisa Musgrove seja bela e feliz no outono da sua vida, é necessário que alimente com carinho todas as suas qualidades atuais".

Ele terminou e não recebeu qualquer resposta. Anne teria ficado surpreendida se Louisa tivesse conseguido responder com prontidão a um tal discurso – palavras com tanto interesse, ditas com tanta seriedade e calor. Conseguia imaginar o que Louisa estava sentindo. Quanto a ela mesma – receou mexer-se, com medo de que a vissem. Enquanto permanecesse onde estava, um arbusto de azevinho rasteiro protegia-a, e eles estavam a afastar-se. Antes de deixar de os poder ouvir, porém, Louisa voltou a falar:

"Mary é uma pessoa bastante boa em muitos aspectos", disse ela, "mas por vezes irrita-me imenso, com toda a sua tolice e orgulho, o orgulho dos Elliot. Ela tem muito do orgulho dos Elliot. Nós preferíamos que Charles tivesse se casado com Anne. Suponho que sabe que ele queria casar com Anne?"

Após uma breve pausa, o capitão Wentworth disse:

"Quer dizer que ela não aceitou?"

"Ó sim, certamente que sim".

"Quando que isso ocorreu?"

"Não sei exatamente, pois eu e Henrietta estávamos no colégio nessa altura, mas creio que foi cerca de um ano antes de ele ter se casado com Mary. Quem me dera que ela o tivesse aceitado. Pelo menos, teríamos gostado mais dela; e o papai e a mamãe sempre acharam que foi por culpa da grande amiga dela, lady Russell, que ela não aceitou. Eles pensam que Charles talvez não fosse suficientemente instruído e letrado para agradar a lady Russell e que, por isso, ela convenceu Anne a não aceitar".

Os sons estavam a afastar-se, e Anne deixou de os ouvir. As suas próprias emoções mantiveram-na pregada ao chão. Levou bastante tempo para recompor-se e conseguir mover-se. Não tivera a proverbial sorte de quem escuta o que não deve; não ouvira falar mal dela, mas ouvira muita coisa que lhe causava uma profunda dor. Ficou sabendo que o capitão Wentworth pensava do seu caráter; e tinham transparecido nele alguns sentimentos e uma certa curiosidade a respeito dela que lhe provocavam uma enorme agitação.

Assim que pôde, foi à procura de Mary, e, quando a encontrou, voltou com ela para o primeiro lugar em que tinham estado sentadas, junto do degrau; sentiu um certo alívio pelo fato de todo o grupo se ter novamente reunido pouco depois e de terem todos retomado o passeio. O seu espírito precisava da solidão e do silêncio que só se pode encontrar no meio de muita gente.

Charles e Henrietta voltaram, trazendo com eles Charles Hayter, como se poderia calcular. Anne não tentou compreender os pormenores do que se passara, e pareceu que estes não foram relatados nem mesmo ao capitão Wentworth; mas tinha havido um recuo por parte do cavalheiro e alguma concessão por parte da dama, e não restava qualquer dúvida de que eles se sentiam contentes por se encontrarem juntos de novo. Henrietta parecia um pouco envergonhada, mas muito satisfeita, e Charles Hayter, extremamente feliz, e, quase a partir do momento em que iniciaram o regresso a Uppercross, dedicaram-se exclusivamente um ao outro.

Tudo indicava agora que o capitão Wentworth escolhera Louisa; nada era mais evidente; e, quando era necessário o grupo dividir-se, e mesmo quando não era, eles seguiam lado a lado, quase com tanta frequência quanto os outros dois. Em um extenso prado em que havia muito espaço para todos eles, seguiram assim divididos – formando três grupos distintos; e Anne estava necessariamente incluída no grupo dos três que manifestavam menos alegria e menos amabilidades. Ela juntou-se a Charles e a Mary e, como se sentia bastante cansada, aceitou de bom grado o outro braço de Charles – mas Charles, embora muito bem-disposto quando se dirigia a ela, estava irritado com a mulher. Mary tinha-se mostrado pouco prestimosa e ia agora sofrer as consequências, as quais consistiam em ele deixar cair constantemente o braço para cortar os topos das urtigas da sebe com uma vara; e, quando Mary começou a queixar-se e a lamentar-se de ser maltratada, como de costume, por ir do lado da sebe, enquanto Anne nunca era incomodada no outro lado, ele deixou cair os braços de ambas, foi atrás de uma doninha que tinha visto de relance e não voltou a fazer-lhes companhia.

Este longo prado era contornado por uma estrada que o carreiro por onde seguiam cruzaria; e, quando o grupo chegou à cancela de saída, viram aproximar-se a carruagem que seguia na mesma direção e que ouviam há já algum tempo; era o cabriolé do almirante Croft. Ele e a mulher tinham dado o passeio planejado e estavam de regresso à casa. Quando tiveram conhecimento da longa caminhada que os jovens tinham feito, ofereceram amavelmente um lugar à senhora que estivesse particularmente cansada; isso poupar-lhe-ia uma milha inteira, e eles passariam por Uppercross. O convite foi dirigido a todas, e por todas recusado. As senhoritas Musgrove não estavam absolutamente nada cansadas, e Mary, ou se sentia ofendida por não ter sido convidada antes de qualquer das outras, ou aquilo que Louisa chamava o orgulho dos Elliot, não podia suportar ser o terceiro ocupante de um cabriolé de um só cavalo.

O grupo a pé já tinha atravessado a estrada e subia o talude em frente; o almirante estava a pôr o cavalo em movimento quando o capitão Wentworth atravessou rapidamente a sebe e disse qualquer coisa à irmã. As palavras poderão ser adivinhadas pelo efeito causado.

"Senhorita Elliot, tenho certeza de que a senhorita está cansada", exclamou a senhora Croft. "Dê-nos o prazer de a levarmos a casa. Há bastante espaço para três pessoas, garanto-lhe. Se fôssemos todos iguais a você, acho que nos podíamos sentar quatro. Venha, por favor".

Anne ainda estava na estrada e, embora tivesse instintivamente começado a recusar, não a deixaram prosseguir. A amável insistência do almirante veio juntar-se à da mulher; eles não aceitariam uma recusa; apertaram-se o máximo possível para arranjar espaço para ela a um canto, e o capitão Wentworth, sem dizer uma palavra, virou-se para ela e, em silêncio, obrigou-a a aceitar a sua ajuda para subir para a carruagem.

Sim, ele fizera-o. Ela estava dentro da carruagem e sentia que ele a colocara lá, que a vontade e as mãos dele o tinham feito, que estava ali devido ao fato de ele ter compreendido o seu cansaço e de ter decidido fazê-la descansar. Sentiu-se emocionada com os sentimentos dele a seu respeito que todas estas coisas tornavam evidentes. Essa pequena circunstância parecia o remate de tudo o que acontecera antes. Ela compreendia-o. Ele não conseguia perdoar-lhe – mas não podia ficar insensível. Embora condenando-a pelo passado, e recordando este com um ressentimento exacerbado e injusto, embora ela lhe fosse indiferente, embora ele estivesse a afeiçoar-se a outra, mesmo assim, ele não conseguia vê-la sofrer sem desejar aliviar-lhe o sofrimento. Era uma réstia dos antigos sentimentos; era, embora inconsciente, um impulso de amizade pura; era uma prova do seu coração generoso em que ela não conseguia pensar sem emoções, em que o prazer e a dor se misturavam de tal forma que ela não sabia qual era dominante.

Suas respostas à gentileza e aos comentários dos companheiros foram, a princípio, dadas sem pensar. Tinham já percorrido metade do caminho ao longo da estrada rural quando começou a escutar com atenção o que eles diziam. Viu que conversavam sobre "Frederick".

"Ele certamente pretende se casar com uma daquelas duas garotas, Sophy", dizia o almirante, "mas não sei qual. Acho que ele já anda atrás delas há tempo suficiente para se decidir. Ah, isto é resultado da paz. Se estivéssemos agora em guerra, há muito que ele teria tomado uma decisão. Nós, marinheiros, senhorita Elliot, não nos podemos dar ao luxo de ter namoros longos em tempo de guerra. Quantos dias decorreram, querida, entre o primeiro dia em que te vi e aquele em que nos encontramos nos nossos aposentos em North Yarmouth?".

"É melhor não falarmos nisso, querido", respondeu a senhora Croft em um tom alegre, porque, se a senhorita Elliot soubesse com que rapidez nos entendemos, ela nunca acreditaria que pudéssemos ter sido felizes juntos. Mas eu já conhecia a sua reputação há muito tempo".

"Bem, e eu tinha ouvido dizer que era uma jovem muito bonita; de que é que havíamos de ficar à espera? Não gosto de andar muito tempo com essas coisas pendentes. Quem me dera que Frederick se decidisse e trouxesse uma dessas jovens para Kellynch. Assim, elas teriam sempre companhia. E são ambas jovens muito simpáticas; mal distingo uma da outra".

"São, de fato, garotas alegres e simples", disse a senhora Croft em um tom de elogio mais comedido, o qual levou Anne a desconfiar de que ela, mais observadora, talvez não considerasse nenhuma das garotas dignas do seu irmão, "e é uma família muito respeitável, Frederick não se poderia ligar a gente melhor. Meu querido almirante, o poste! Vamos com certeza bater nele".

Mas dando, ela mesma, calmamente, uma melhor direção às rédeas, evitaram o perigo; e, depois disso, uma vez, estendendo criteriosamente a mão, evitou que caíssem em uma valeta e não chocassem com uma carroça de estrume; e Anne, divertida com o estilo de condução de ambos, que ela imaginou retratar o modo como os seus negócios eram conduzidos, viu-se depositada por eles, em segurança, no chalé.

CAPÍTULO XI

Aproximava-se a altura do regresso de lady Russell; o dia estava já marcado e Anne, decidida a ir reunir-se a ela assim que ela estivesse instalada, sentia-se ansiosa por ir para Kellynch, e começava a pensar em como a mudança afetaria sua tranquilidade.

Ela viveria na mesma aldeia que o capitão Wentworth, a menos de meia milha dele;

eles teriam de frequentar a mesma igreja, e teria de haver relações sociais entre as duas famílias. Isso era um contra; mas, por outro lado, ele passava tanto tempo em Uppercross que quase se poderia considerar que, ao sair de lá, ela estava a afastar-se e não a aproximar-se dele. E, feitas as contas, ela achava que, no que dizia respeito a essa interessante questão, ficava a ganhar, o mesmo sucedendo quanto à mudança de companhia, ao trocar a pobre Mary por lady Russell.

Ela desejava que fosse possível evitar ver o capitão Wentworth no Solar. Aquelas salas tinham presenciado encontros anteriores cuja recordação seria muito dolorosa para ela; mas causava-lhe ainda maior ansiedade a possibilidade de lady Russell e o capitão Wentworth se encontrarem. Eles não gostavam um do outro, e nada de proveitoso resultaria da renovação do seu conhecimento; e lady Russell, se os visse juntos, talvez pensasse que ele estava muito seguro de si, e ela muito pouco.

Essas questões constituíam a sua principal preocupação quando pensava que deixaria Uppercross, onde achava que estivera já tempo suficiente. O fato de ter sido útil ao pequeno Charles conferiria sempre alguma doçura à recordação da visita de dois meses, mas ele estava restabelecendo-se rapidamente, e não havia qualquer outro motivo que a prendesse ali.

A estada, porém, teve um final diferente, como ela nunca imaginaria. O capitão Wentworth, depois de não ter sido visto em Uppercross nem dado notícias durante dois dias, voltou a aparecer e justificou-se, relatando o que o mantivera ausente.

Uma carta do seu amigo, o capitão Harville, que lhe chegara finalmente às mãos, dera-lhe conta de que o capitão se instalara com a família em Lyme, para aí passar o Natal; e eles estavam, por conseguinte, sem o saberem, a menos de trinta quilômetros um do outro. O capitão Harville nunca mais gozara de boa saúde desde que fora gravemente ferido dois anos antes, e o capitão Wentworth estava tão ansioso por voltar a vê-lo que decidira ir imediatamente a Lyme. Estivera lá vinte e quatro horas. A absolvição foi completa, a sua amizade foi calorosamente homenageada, e foi despertada uma enorme curiosidade a respeito do amigo; e a sua descrição das belas paisagens em redor de Lyme foi escutada com tanto interesse que o resultado foi um enorme desejo de conhecerem Lyme e um projeto de um passeio até lá.

Os jovens estavam ansiosos por conhecer Lyme. O capitão Wentworth falou em voltar lá outra vez; ficava apenas a vinte e oito quilômetros de Uppercross; embora estivessem em novembro, o tempo não estava mau; e, em resumo, Louisa, que era a mais ansiosa dos ansiosos, tinha decidido ir; além do prazer de fazer o que queria, ela estava agora fortalecida com a ideia de que era meritório não ceder e, assim, rebateu todas as razões do pai e da mãe para adiarem o passeio até ao verão; deste modo, decidiram ir a Lyme – Charles, Mary, Anne, Henrietta, Louisa e o capitão Wentworth.

O primeiro plano, bastante insensato, era irem de manhã e voltarem à noite, mas o senhor Musgrove não concordou com ele, por causa dos cavalos; e, pensando racionalmente, um dia de meados de novembro não deixaria muito tempo para ver um novo local, depois de deduzidas sete horas para ir e vir, como a natureza do terreno exigia. Deste modo, eles passariam lá a noite e só deveriam voltar no dia seguinte, à hora do jantar. Isto foi considerado uma alteração considerável; e, embora todos tivessem se reunido na Casa Grande a uma hora muito matutina e tivessem partido pontualmente, passava muito do meio-dia quando as duas carruagens, a do senhor Musgrove com as quatro senhoras e o cabriolé de Charles, em que este levava o capitão Wentworth, desciam a longa colina para Lyme e entravam na rua, ainda mais íngreme, da cidade em si; era evidente que só teriam tempo de ver muito rapidamente todo o redor antes que a luz e o calor do sol desaparecessem.

Depois de terem encontrado alojamento e encomendado o jantar em uma das hospedarias, o passo seguinte era, inquestionavelmente, dirigirem-se imediatamente ao mar. Era muito tarde no ano para quaisquer diversões ou espetáculos que Lyme, como local público, pudesse oferecer: as casas para alugar estavam fechadas, os hóspedes tinham-se ido quase todos embora, já poucas famílias restavam para além das ali residentes. E, como não havia nada para admirar nos edifícios em si, os olhos dos viajantes espraiaram-se pela magnífica localização da cidade, pela rua principal, que parecia correr apressadamente para a água, pelo caminho até ao Cobb, que rodeava a pequena e agradável baía, que na época alta se animava com barracas e banhistas, pelo Cobb em si, as suas maravilhas e novos melhoramentos, com a bela linha de rochedos a alongar-se para o leste da cidade; e só um estrangeiro muito estranho não veria os encantos dos arredores próximos de Lyme e não teria vontade de os conhecer melhor. As paisagens de Charmouth, com os seus belos parques e longas extensões de terreno e, ainda mais, a encantadora e tranquila baía rodeada de rochedos escuros, onde os fragmentos de rochas no meio da areia fazem dela o melhor local para ver a maré encher, para ficar sentado em contemplação; os bosques da alegre aldeia de Up Lyme, com inúmeras variedades de árvores, e, sobretudo, Pinny, com os seus abismos verdejantes no meio de rochas românticas, em que as árvores da floresta e os pomares de luxuriante exuberância afirmam que muitas gerações se devem ter sucedido desde que a primeira queda parcial do rochedo preparou a terra para esta maravilhosa e encantadora paisagem, que se compara favoravelmente com paisagens semelhantes da famosa ilha de Wight; estes locais têm de ser visitados e revisitados, para se poder compreender o valor de Lyme.

O grupo de Uppercross desceu a rua, passando pelas casas agora desertas e de aspecto melancólico, e, continuando a descer, encontrou-se pouco depois à beira-mar; ali, demorou-se um pouco, como todos os que são dignos de contemplar o mar se devem demorar a contemplá-lo quando voltam a vê-lo; seguiram depois em direção ao Cobb, igualmente um objetivo em si, devido ao relato do capitão Wentworth; pois os Harville tinham-se instalado em uma pequena casa próxima da base do velho molhe, de data desconhecida. O capitão Wentworth foi visitar o amigo, tendo os outros prosseguido o passeio e ele ficado de ir ter com eles ao Cobb.

Não se tinham ainda cansado de se maravilhar e de admirar, e nem sequer Louisa parecera achar que se tinham separado do capitão Wentworth há muito tempo, quando o viram vir ter com eles, acompanhado por três pessoas que já conheciam bem de nome: o capitão e a senhora Harville e o capitão Benwick, que estava hospedado em casa deles.

O capitão Benwick tinha, há algum tempo, sido primeiro-tenente do Lavonia, e a descrição que o capitão Wentworth fizera dele quando regressara de Lyme, os calorosos elogios que lhe fizera como um excelente jovem e oficial que ele sempre prezara, tinham granjeado a estima de todos os ouvintes; aquela descrição fora seguida de um breve histórico de sua vida privada, o que o tornou muitíssimo interessante aos olhos das senhoras. Ele tinha estado noivo da irmã do capitão Harville e agora chorava a sua morte. Eles tinham ficado um ano ou dois à espera de fortuna e promoção. A fortuna chegou, uma vez que, como tenente, a sua porcentagem do dinheiro resultante da venda das presas marítimas era elevada; a promoção veio também, finalmente; mas Fanny Harville não chegou a sabê-lo. Morrera no ano anterior, enquanto ele estava no mar. O capitão Wentworth achava que era impossível um homem gostar mais de uma mulher do que o pobre Benwick gostara de Fanny Harville, ou sofrer mais com a terrível situação. Ele considerava que a sua maneira de ser era das que mais sofrem, aliando sentimentos muito fortes a modos calmos, sérios e retraídos, um gosto pela leitura e ocupações sedentárias. Para completar o interesse da história, a amizade entre ele e os Harville parecia, se é que isso era possível, ter aumentado com o acontecimento que pôs termo a todas as perspectivas de parentesco, e o capitão Benwick vivia agora com eles. O capitão Harville alugara a casa por meio ano. Os seus gostos, saúde e rendimentos levaram-no a escolher uma casa barata junto do mar; e a magnificência da região e o sossego de Lyme no inverno pareciam adaptar-se exatamente ao estado de espírito do capitão Benwick. A simpatia e a estima que sentiam pelo capitão Benwick era enorme.

"E, no entanto", disse Anne para si própria enquanto avançavam para cumprimentar o grupo, "talvez o seu coração não esteja mais pesaroso que o meu. Não acredito que tenha perdido a esperança para sempre. Ele é mais novo que eu; mais novo em sentimentos se não, de fato, mais novo na idade. Há de ganhar ânimo e ser feliz com outra".

Eles encontraram-se todos e foram apresentados. O capitão Harville era um homem alto e moreno, com um aspecto sensato e bondoso; coxeava um pouco. E, devido às feições vincadas e à falta de saúde, parecia muito mais velho que o capitão Wentworh. O capitão Benwick parecia ser, e era, o mais novo dos três, e era também, em comparação com qualquer dos outros, um homem pequeno. Tinha um rosto agradável e um ar melancólico, como se esperava que tivesse, e não participou na conversa.

O capitão Harville, embora não tivesse os modos elegantes do capitão, era um perfeito cavalheiro, sem afetação, sincero e obsequioso. A senhora Harville, um pouco menos polida que o marido, parecia, porém, ter os mesmos bons sentimentos, e nada podia ser mais agradável que o desejo de ambos de considerarem todo o grupo como seus amigos, por serem amigos do capitão Wentworth, nem mais hospitaleiro do que a sua insistência para que prometessem jantar com eles. O jantar já encomendado na hospedaria foi, porém, finalmente, embora a contra-gosto, aceite como desculpa; mas eles pareceram quase magoados por o capitão Wentworth ter trazido o grupo a Lyme sem pensar que o mais natural era que jantassem em casa deles.

Havia, em tudo isto, uma tão grande amizade pelo capitão Wentworth e um encanto tão fascinante nesta hospitalidade tão invulgar, tão diferente do estilo habitual de troca de convites e dos jantares de formalidades e exibicionismo, que Anne sentiu que o seu estado de espírito não se beneficiaria se conhecesse mais dos seus amigos oficiais. "Estes podiam ter sido todos meus amigos", foi o seu pensamento; e teve de lutar contra uma enorme tendência para se sentir deprimida.

Depois de deixarem o Cobb, foram todos a casa dos seus novos amigos e encontraram uns aposentos tão pequenos que só os que convidam do fundo do coração consideram capazes de acomodar tanta gente. Por um momento, Anne ficou admirada; mas foi só um momento, e esse espanto em breve se dissipou no meio de sensações mais agradáveis quando reparou nos esforços engenhosos do capitão Harville e no belo trabalho que ele fizera para tirar o maior partido possível do pouco espaço existente, para suprir as deficiências do mobiliário da casa alugada e para proteger as portas e as janelas contra as prováveis tempestades de inverno. Anne sorriu perante a diversidade da decoração dos aposentos, em que as peças de mobiliário essenciais colocadas com indiferença pelo proprietário contrastavam com algumas peças de madeiras raras, magnificamente trabalhadas, e com interessantes e valiosos objetos de todos os países distantes que o capitão Harville visitara; estava tudo relacionado com a sua profissão, com os frutos do seu trabalho e com a influência deste nos seus hábitos, e a imagem de tranquilidade e felicidade familiar que refletia provocou em Anne uma sensação semelhante à de prazer.

O capitão Harville não lia muito; mas ele arranjara um excelente local e fizera umas prateleiras muito bonitas para uma razoável coleção de livros bem encadernados pertencentes ao capitão Benwick. O fato de coxear impedia-o de fazer muito exercício físico, mas um espírito engenhoso e prático parecia mantê-lo constantemente ocupado dentro de casa. Ele desenhava, envernizava, fazia trabalhos de carpintaria, colava; fazia brinquedos para as crianças, inventava lançadeiras e cavilhas aperfeiçoadas; e, quando tudo o mais estava feito, sentava-se em um canto fazendo uma enorme rede de pesca.

Quando saíram da casa, Anne pensou que deixara uma grande felicidade atrás de si; e Louisa, que caminhava a seu lado, desatou a tecer elogios exaltados à Marinha – à sua amabilidade, à sua fraternidade, à sua franqueza, à sua retidão – afirmando que estava convencida de que os homens da Marinha tinham mais valor e entusiasmo do que quaisquer homens da Inglaterra; só eles sabiam viver, e só eles mereciam ser respeitados e amados.

Regressaram à hospedaria para se vestirem e jantarem; e os preparativos tinham sido tão bem feitos que não faltava nada; apesar de estarem "completamente fora da temporada" e de não haver "qualquer movimento em Lyme" e "de não esperarem companhia"; coisas pelas quais os donos da hospedaria pediram muitas e profusas desculpas.

Por esta altura, Anne já se sentia mais à vontade na companhia do capitão Wentworth do que a princípio imaginara ser possível, e estar sentada à mesma mesa que ele, trocando as amabilidades habituais (nunca passavam disso) já não a perturbava.

As noites estavam muito escuras para as senhoras se voltarem a encontrar antes do dia seguinte, mas o capitão Harville tinha prometido vir visitá-los ao serão; e ele veio e trouxe o amigo, com o que eles não contavam, pois tinham concordado que o capitão Benwick tinha todo o jeito de se sentir oprimido com a presença de tantos desconhecidos. No entanto, ele aventurara-se a estar no meio deles, embora o seu estado de espírito não parecesse enquadrar-se na alegria geral do grupo.

Enquanto os capitães Wentworth e Harville conduziam a conversa em um lado da sala e recordavam os tempos antigos, contando histórias suficientes para ocupar e divertir os outros, Anne ficou um pouco à parte com o capitão Benwick; um generoso impulso levou-a a entabular conversa com ele. Ele era tímido e dado ao isolamento; mas a atraente suavidade do rosto de Anne e os seus modos meigos em breve começaram a fazer efeito; e Anne foi bem recompensada pelo seu esforço. Ele era obviamente um jovem com gosto pela leitura, principalmente poesia; além de ficar convencida de lhe ter proporcionado, pelo menos durante um serão, o prazer de discutir assuntos pelos quais os seus companheiros habituais não tinham o mínimo interesse, ela tinha esperança de lhe ser verdadeiramente útil, dando-lhe sugestões, surgidas naturalmente no decorrer da conversa, sobre a obrigação e o benefício de lutarmos contra o sofrimento. Pois, embora fosse tímido, ele não parecia ser reservado; parecia, pelo contrário, sentir-se satisfeito por poder libertar os seus sentimentos do retraimento habitual; eles conversaram sobre poesia, sobre a riqueza da época contemporânea, comparavam sucintamente opiniões sobre os melhores poetas, tentando decidir qual era preferível, se *Marmion*[1], se *The Lady of the Lake*[2], a que gênero literário pertenciam *Giaour*[3] e *The Bride of Abydos*[4] e, além disso, como se pronunciava Giaour; ele mostrou conhecer intimamente as mais belas canções de um poeta e todas as apaixonantes descrições de agonia desesperada do outro; repetiu, com enorme sentimento, os versos que descreviam um coração despedaçado e uma

---

[1] Poema em seis cantos de autoria de sir Walter Scott (Edimburgo, 15 agosto 1771 – 21 setembro 1832).
[2] Poema de sir Walter Scott (Edimburgo, 15 agosto 1771 – 21 setembro 1832).
[3] Poema de lorde Byron [George Gordon Byron, 6º Barão Byron (Londres, 22 janeiro 1788 – Missolonghi, 19 abril 1824)].
[4] Poema de lorde Byron [George Gordon Byron, 6º Barão Byron (Londres, 22 janeiro 1788 – Missolonghi, 19 abril 1824)].

mente destruída pelo sofrimento, e ele parecia tanto desejar ser compreendido que ela se atreveu a recomendar-lhe que não lesse só poesia, e a dizer que pensava que a poesia tinha o infortúnio de raramente ser apreciada com segurança por aqueles que mais gostavam dela; e que os seres dotados de sentimentos fortes, que eram os únicos que a apreciavam verdadeiramente, eram precisamente os que deviam saboreá-la com cuidado.

Uma vez que esta alusão ao seu caso não pareceu fazê-lo sofrer e ele deu a ideia de, pelo contrário, ter ficado satisfeito, ela atreveu-se a prosseguir com a conversa; e, sentindo que o seu espírito mais amadurecido no sucedido lhe concedia esse direito, atreveu-se a recomendar a inclusão de mais prosa nas suas leituras quotidianas; quando lhe foi pedido que exemplificasse, ela referiu as obras dos nossos melhores moralistas, as coleções das mais belas cartas, as memórias de personalidades experimentadas e de valor que lhe ocorreram no momento como sendo obras destinadas a elevar e fortalecer a mente de acordo com os mais elevados princípios e os melhores exemplos de resistência moral e religiosa.

O capitão Benwick escutou atentamente e pareceu grato pelo interesse que estava implícito; e, embora tivesse abanado a cabeça e suspirado, manifestando a sua dúvida quanto à eficácia de qualquer livro no alívio de uma dor como a sua, anotou os nomes dos livros recomendados por ela e prometeu procurá-los e lê-los.

Quando o serão terminou, Anne não pôde deixar de achar divertida a ideia de ter vindo a Lyme para pregar paciência e resignação a um jovem que nunca tinha visto antes: mas, refletindo mais seriamente, também não conseguiu deixar de temer que, tal como muitos outros grandes moralistas e pregadores, ela tivesse sido eloquente a um ponto em que a sua conduta dificilmente suportaria um exame minucioso.

CAPÍTULO XII

Anne e Henrietta foram as primeiras do grupo a se levantar na manhã seguinte e resolveram passear até ao mar antes do café da manhã. Foram até à areia e ficaram vendo a maré a encher, trazida por uma brisa de sudeste, com toda a imponência que uma praia tão plana permitia. Elas elogiaram a manhã; louvaram o mar; compartilharam o mesmo deleite com a brisa fresca e ficaram em silêncio, até que Henrietta começou subitamente a conversar:

"Ó! sim... estou absolutamente convencida de que, com pouquíssimas exceções, o ar marinho é sempre saudável. Não há dúvida nenhuma de que fez muito bem ao doutor Shirley depois da sua doença, fez na primavera passada um ano. Ele mesmo diz que a estada de um mês em Lyme lhe fez melhor do que todos os medicamentos que tomou; e que estar perto do mar o faz sentir jovem outra vez. Assim, não posso deixar de pensar que é uma pena que ele não viva sempre à beira-mar. Eu acho que ele deveria deixar Uppercross de vez e fixar-se em Lyme. Você não acha, Anne? Não concorda comigo que é o melhor que ele poderia fazer, tanto para ele quanto para a senhora Shirley? Ela tem primos aqui, sabe? E muitas pessoas conhecidas, o que seria uma distração para ela, e tenho certeza de que ela gostaria de viver em um local em que pudesse obter rapidamente assistência médica, no caso de ele sofrer outro ataque. Na verdade, eu penso que é muito triste que excelentes pessoas como o doutor e a senhora Shirley, que praticaram o bem durante toda a sua vida, desperdicem os seus últimos dias em um lugar como Uppercross, em que, com exceção da nossa família, parecem estar isolados de todo o mundo. Eu gostaria muito que os seus amigos lhe sugerissem isso. Acho que eles deveriam fazê-lo. Quanto à obtenção de uma dispensa eclesiástica, com a sua idade e caráter, isso não seria difícil. A minha única dúvida é se alguma coisa o convenceria a deixar a sua paróquia. Ele é tão severo e escrupuloso no cumprimento das suas obrigações! Não acha, Anne, que ele está sendo excessivamente escrupuloso? Não acha que é um erro um clérigo sacrificar sua saúde por causa das suas obrigações, quando estas podem perfeitamente ser desempenhadas por outra pessoa? E Lyme fica apenas a vinte e oito quilômetros de distância... ele estaria suficientemente perto para poder ouvir quaisquer queixas, se essas existissem".

Durante este discurso, Anne sorriu várias vezes para si própria e falou sobre o assunto, tão disposta a interessar-se pelos sentimentos de uma jovem como estivera em relação aos de um jovem, embora, neste caso, o mérito fosse menor, mas que podia ela fazer além de concordar, de um modo geral? Ela disse tudo o que era razoável e apropriado sobre o assunto; concordou, como devia, que o doutor Shirley tinha direito a descansar; compreendia como era boa ideia ele ter um jovem ativo e respeitável como coadjutor residente, e teve ainda a delicadeza de aludir às vantagens de um tal coadjutor residente ser casado.

"Gostaria muito", disse Henrietta, muito satisfeita com a sua companheira, "gostaria muito que lady Russell vivesse em Uppercross e fosse amiga do doutor Shirley. Sempre ouvi dizer que lady Russell é uma mulher que exerce grande influência sobre todo mundo! Eu sempre a considerei capaz de convencer uma pessoa a fazer qualquer coisa! Eu tenho medo dela, como já lhe disse antes, tenho mesmo medo dela porque ela é tão inteligente; mas eu a respeito muito e gostaria de tê-la como vizinha em Uppercross".

Anne achou graça no modo como Henrietta se mostrou grata, bem como, ao desenrolar dos acontecimentos e ao fato dos novos interesses dos objetivos de Henrietta terem colocado a sua amiga nas boas graças de um membro da família Musgrove; ela só teve tempo, porém, para uma resposta vaga e para exprimir o desejo de que houvesse uma mulher assim vivendo em Uppercross, quando todos os temas de conversa pararam subitamente ao verem Louisa e o capitão Wentworth se aproximando deles.

Eles tinham ido dar um passeio antes do café da manhã estar pronto; mas Louisa recordou-se logo a seguir de que tinha de procurar algo em uma loja e os convidou para irem com ela à cidade. Todos se colocaram à sua disposição.

Quando chegaram aos degraus que subiam da praia, um cavalheiro que nesse mesmo momento se preparava para descer deu delicadamente um passo atrás e parou para os deixar passar. Eles subiram e passaram por ele; ao passarem, o rosto de Anne atraiu-lhe a atenção e ele fitou-a com um olhar de interesse e admiração a que ela não pôde ficar insensível. Ela estava com um ótimo aspecto; o vento fresco, batendo-lhe no rosto, tinha restituído a frescura da juventude às suas feições regulares e muito atraentes e despertara a vivacidade do seu olhar. Era evidente que o cavalheiro (um verdadeiro cavalheiro nos seus modos) a admirou muito. O capitão Wentworth olhou imediatamente para ela de um modo que demonstrava que ele tinha reparado. Ele lhe lançou um olhar momentâneo, um olhar perspicaz que parecia dizer, "Este homem ficou impressionado com você e, até mesmo eu, neste momento, vejo algo de novo em Anne Elliot".

Depois de terem acompanhado Louisa em suas compras e de terem passeado mais um pouco, regressaram à hospedaria; e Anne, quando mais tarde se dirigia apressadamente do quarto para a sala de jantar, quase trombou com o mesmo cavalheiro, quando este saía de um apartamento ao lado. Ela já calculara que ele fosse um forasteiro como eles, e decidira que um empregado bem-parecido que, no regresso, tinham visto passeando perto das duas hospedarias, devia ser o seu criado. O fato de tanto este homem quanto o seu amo estarem de luto reforçara essa ideia. Estava agora confirmado que ele estava hospedado na mesma hospedaria que eles, e este segundo encontro, embora muito breve, demonstrou de novo, pelo olhar do cavalheiro, que ele a considerava muito bela e, pela prontidão e correção das suas desculpas, que era um homem de muito boas-maneiras. Parecia ter por volta de trinta anos e, embora não fosse belo, tinha um aspecto simpático. Anne pensou que gostaria de saber quem ele era.

Tinham quase terminado o café da manhã quando o som de uma carruagem (praticamente a primeira que ouviam desde que tinham chegado a Lyme) fez metade do grupo ir à janela. Era uma carruagem de cavalheiro – um cabriolé – mas que só veio dos estábulos até à porta da frente. "Deve ser alguém indo embora". Era conduzida por um criado de luto.

A palavra cabriolé fez Charles pôr-se de pé em um salto para o comparar com o seu; o criado de luto despertou a curiosidade de Anne, e os seis estavam já todos reunidos à janela quando o dono do cabriolé saiu da hospedaria no meio das vênias e cortesias do pessoal, tomou o seu lugar e partiu.

"Ah!", exclamou imediatamente o capitão Wentworth olhando de soslaio para Anne, "é o homem por que passamos".

As senhoritas Musgrove concordaram; e, depois de terem ficado todos, com simpatia, de vê-lo subir a colina até o perderem de vista, voltaram para a mesa do café da manhã. O empregado de mesa entrou na sala pouco depois.

"Por favor", disse imediatamente o capitão Wentworth, "sabe nos dizer quem é o cavalheiro que acabou de partir?"

"Sei, sim, é o senhor Elliot; um cavalheiro de grande fortuna; chegou ontem à noite, vindo de Sidmouth... suponho que devem ter ouvido a carruagem, sir, quando estavam jantando... e seguiu agora na direção de Crewkherne, com destino a Bath e Londres".

"Elliot!", Antes da frase acabar, apesar da rapidez com que o empregado a disse, muitos tinham se entreolhado e muitos tinham repetido o nome.

"Deus do Céu!", exclamou Mary. "Deve ser o nosso primo... deve ser mesmo o nosso senhor Elliot, deve ser ele! Charles, Anne, não acham? Está de luto, tal como o nosso senhor Elliot deve estar. Que extraordinário! Na mesma hospedaria que nós! Anne, não achas que deve ser o nosso senhor Elliot, o herdeiro do nosso pai? Por favor", voltando-se para o empregado, "não ouviu, não ouviu o criado dele dizer que ele pertencia à família de Kellynch?"

"Não, minha senhora, ele não se referiu a nenhuma família em particular, mas disse que o amo era um cavalheiro muito rico e que um dia seria baronete".

"Estão vendo?", exclamou Mary, em êxtase. "Exatamente o que eu disse! Herdeiro de sir Walter Elliot. Eu tinha certeza de que, se fosse realmente ele, viria a saber. Podem estar certos de que esta é uma circunstância que os seus criados fazem questão de proclamar onde quer que ele vá. Mas, Anne, imagina só como é extraordinário! Quem me dera ter olhado melhor para ele. Quem me dera que tivéssemos sabido a tempo quem ele era, para que pudéssemos ser apresentados. Que pena não termos sido apresentados! Acha que ele tinha o ar dos Elliot? Eu mal olhei para ele. Estava olhando para os cavalos; mas penso que tinha um pouco o ar dos Elliot. Por que não reparei no brasão? Ó, o capote do criado caía por cima do painel e tapava o brasão; foi isso; caso contrário, tenho certeza de que teria reparado nele, assim como na libré; se o criado não estivesse de luto, eu o teria reconhecido pela libré".

"Considerando todas essas extraordinárias circunstâncias", disse o capitão Wentworth, "devemos considerar que foi intenção do destino não ser apresentada ao seu primo".

Quando conseguiu atrair a atenção de Mary, Anne tentou calmamente convencê-la de que as relações entre o pai e o senhor Elliot não eram, há anos, tão boas que fosse desejável tentarem ser-lhe apresentadas.

Ao mesmo tempo, porém, ela sentiu uma satisfação íntima por ter visto o primo e por saber que o futuro dono de Kellynch era indubitavelmente um cavalheiro com ar sensato. Ela não tinha qualquer intenção de mencionar que se tinha encontrado com ele uma segunda vez; felizmente, Mary não prestara muita atenção quando passara por ele durante o seu passeio matinal, mas ela teria ficado muito aborrecida se soubesse que Anne se tinha esbarrado contra ele no corredor e recebido as suas delicadas desculpas, enquanto ela nunca estivera perto dele; não, aquele breve encontro entre primos permaneceria um segredo absoluto.

"Claro", disse Mary "que vais dizer que vimos o senhor Elliot na próxima vez que escreveres para Bath. Penso que papai deveria sabê-lo; por favor, conte tudo a respeito dele".

Anne evitou uma resposta direta, mas essa era exatamente uma circunstância que ela achava que não só era desnecessário comunicar como nem devia ser referida. A ofensa que há muitos anos fora feita ao pai, ela sabia; do quinhão que coubera a Elizabeth, só desconfiava, e não havia dúvida de que ambos se irritavam com a mera referência ao senhor Elliot. Mary nunca escrevia para Bath; o penoso trabalho de manter uma correspondência irregular e pouco satisfatória com Elizabeth recaía sobre Anne.

Tinham terminado o café da manhã há pouco tempo quando o capitão e a senhora Harville apareceram, acompanhados pelo capitão Benwick, com quem tinham combinado dar um último passeio em Lyme. Eles tencionavam partir para Uppercross antes da uma hora e, entretanto, estariam juntos e ao ar livre o máximo de tempo possível.

Anne viu que o capitão Benwick se aproximou dela assim que se encontraram todos na rua. A conversa da noite anterior não o dissuadira de voltar a procurar a sua companhia; e eles caminharam juntos durante algum tempo, conversando como antes, de Walter Scott e de lorde Byron, continuando incapazes, tão incapazes quanto quaisquer outros dois leitores, de ter a mesma opinião sobre os méritos de qualquer deles, até que algo provocou uma alteração quase geral no grupo e, em vez do capitão Benwick, ela teve o capitão Harville a seu lado.

"A senhorita Elliot", disse ele, falando em voz baixa, "cometeu uma bela ação fazendo aquele pobre homem falar tanto. Quem me dera que ele tivesse a sua companhia mais vezes. Muito mau para ele, eu sei, ser fechado como é; mas o que podemos fazer? Não nos podemos separar".

"Não", disse Anne, "acredito que seja impossível, mas, com o decorrer do tempo, talvez; nós sabemos como o tempo atua em todos os casos de sofrimento, e deve ter em mente, capitão Harville, que o desgosto do seu amigo pode ser considerado relativamente recente. Foi só no verão passado, creio eu".

"Sim, é verdade", com um profundo suspiro, "foi só em junho".

"E ele talvez não tenha tido logo conhecimento".

"Só o soube na primeira semana de agosto, quando chegou a casa vindo do Cabo. Acabava de tomar conta do Grappler. Eu estava em Plymouth, ansioso por ter notícias dele, mas o Grappler tinha ordens para ir para Portsmouth. As notícias deviam segui-lo até lá, mas quem iria lhes dar? Eu não, não tinha coragem. Ninguém conseguia fazê-lo a não ser aquele bom companheiro", (e apontou para o capitão Wentworth). "O Lacônia tinha chegado a Plymouth na semana anterior, não havia perigo de ser enviado de novo para o mar. Quanto ao resto, ele resolvera arriscar-se... pediu uma licença e, sem aguardar pela resposta, viajou noite e dia até chegar a Portsmouth e, assim que lá chegou, dirigiu-se para o Grappler a remo e não saiu de junto do pobre rapaz durante uma semana; foi o que fez; ninguém mais conseguiria salvar o pobre James. Pode imaginar, senhorita Elliot, como ele é querido para nós!"

Anne conseguia, na realidade, imaginá-lo perfeitamente, e disse-o, em tantas palavras quantas as suas emoções lhe permitiram ou as dele eram capazes de escutar, pois ele pareceu muito comovido para continuar conversando sobre o assunto; quando falou de novo, foi sobre uma coisa totalmente diferente.

O fato da senhora Harville ter manifestado a opinião de que, quando chegassem a casa, o marido já teria andado bastante, determinou a direção do grupo no que seria o seu último passeio; acompanhá-los-iam até à porta, depois retornariam e partiriam; segundo os seus cálculos, tinham exatamente tempo para isso; mas, quando se aproximaram do Cobb, sentiram todos o desejo de passear mais uma vez ao longo deste, estavam tão interessados e Louisa tornou-se tão obstinada que chegaram à conclusão de que um atraso de um quarto de hora não faria qualquer diferença. Assim, depois de todas as amáveis despedidas e de toda a amável troca de convites e promessas que se pode imaginar, separaram-se do capitão e da senhora Harville à porta destes e, ainda acompanhados pelo capitão Benwick, que parecia querer ficar junto deles até ao fim, foram despedir-se devidamente do Cobb.

Anne viu que o capitão Benwick se aproximou novamente dela. A paisagem não pôde deixar de lhe recordar os "mares azul-escuros", de lorde Byron, e ela prestou-lhe, de boa vontade, toda a sua atenção enquanto foi possível lhe prestar. Em breve, porém, esta seria atraída para outra direção.

Ventava muito para que a parte do novo Cobb fosse agradável para as senhoras, e eles concordaram em descer os degraus para a parte inferior; prepararam-se todos para descer os degraus íngremes, lenta e cuidadosamente, à exceção de Louisa, que queria saltar, ajudada pelo capitão Wentworth. Em todos os seus passeios, ele tinha de ajudá-la a saltar dos taludes; achava a sensação deliciosa. Desta vez, dada a dureza do solo, ele mostrou-se mais relutante, mas acabou por fazê-lo; ela desceu sã e salva e, imediatamente, para mostrar como gostara, subiu os degraus correndo para voltar a saltar. Ele aconselhou-a a não o fazer, pois o embate era muito grande; mas foi em vão que ele falou e argumentou; ela sorriu e disse: "Estou decidida, vou saltar"; ele ergueu as mãos; ela precipitou-se um segundo antes do tempo, caiu no chão do Cobb inferior, de onde a levantaram inanimada. Não havia qualquer ferimento, sangue ou lesão visível; mas tinha os olhos fechados, não respirava, e o rosto tinha a palidez da morte. Foi um momento de horror para todos os que a rodeavam!

O capitão Wentworth, que a tinha levantado, estava de joelhos com ela nos braços, olhando-a com um rosto tão pálido quanto o dela, em um silêncio de agonia. "Ela está morta, está morta!", gritou Mary, agarrando-se ao marido e contribuindo, juntamente com o seu próprio horror, para que ele se mantivesse imóvel; e, um minuto depois, Henrietta, vencida pela mesma convicção, perdeu também os sentidos, e teria caído se o capitão Benwick e Anne não a tivessem segurado.

"Não há ninguém que me ajude?", foram as primeiras palavras soltadas pelo capitão Wentworth, em um tom de desespero, como se a sua força se tivesse esgotado.

"Ajude-o", exclamou Anne, "por amor de Deus, ajude-o. Consigo segurá-la sozinha.

Deixe-me, vá ter com ele. Esfregue as mãos dela, friccione-lhe as têmporas; aqui estão os meus sais... tome-os, tome-os".

O capitão Benwick obedeceu, enquanto Charles, ao mesmo tempo, se desvencilhava da mulher. Aproximaram-se ambos dele; Louisa foi levantada e apoiada com mais firmeza; fizeram tudo o que Anne dissera, mas em vão; o capitão Wentworth encostou-se, cambaleante, à parede, para se apoiar, exclamando em tom de agonia:

"Ó, meu Deus! O pai e a mãe dela!"

"Um médico!", disse Anne.

Essa palavra pareceu despertá-lo de imediato, e disse: "verdade, é verdade, um médico imediatamente". E estava a afastar-se rapidamente quando Anne sugeriu ansiosamente:

"O capitão Benwick, não seria melhor ir o capitão Benwick? Ele sabe onde encontrar um médico".

Todos os que estavam em condições de pensar acharam que era a melhor ideia e, um minuto depois (foi tudo feito em movimentos rápidos), o capitão Benwick tinha confiado a pobre figura, que parecia um cadáver, aos cuidados do irmão, partindo rapidamente para a cidade.

Quanto ao infeliz grupo que ficara, não era possível dizer qual dos três que se encontravam na posse de todas as suas faculdades sofria mais: o capitão Wentworth, Anne ou Charles, que, na realidade, era um irmão muito afetuoso e estava inclinado por cima de Louisa soluçando amargamente, só conseguindo tirar os olhos de uma irmã para ver a outra sem sentidos, ou presenciar a agitação histérica da mulher, pedindo-lhe uma ajuda que ele não podia dar.

Anne, tratando Henrietta com toda a firmeza, zelo e preocupação que o instinto lhe aconselhava, tentava ainda, regularmente, confortar os outros, acalmar Mary, animar Charles e acalmar os sentimentos do capitão Wentworth. Ambos pareciam aguardar as suas instruções.

"Anne, Anne", exclamou Charles, "que vamos fazer a seguir? Por amor de Deus, que vamos fazer?"

Os olhos do capitão Wentworth também se voltaram para ela.

"Não seria melhor levá-la para a hospedaria? Sim, tenho certeza, levem-na com cuidado para a hospedaria".

"Sim, sim, para a hospedaria", repetiu o capitão Wentworth, relativamente controlado e ansioso por fazer qualquer coisa. "Eu a levo. Musgrove, tome conta dos outros".

Nesta altura, já o relato do acidente se tinha espalhado entre os trabalhadores e barqueiros à volta do Cobb, e tinham-se juntado muitos à sua volta, para serem úteis, se necessário; de qualquer modo, para gozarem o espetáculo de uma jovem morta; não, duas jovens mortas, pois a realidade era duas vezes melhor do que o primeiro relato. Henrietta foi confiada a algumas das pessoas com melhor aspecto, pois, embora tivesse recuperado parcialmente os sentidos, ela não conseguia se mover; e, assim, com Anne a seu lado e Charles a tomar conta da mulher, puseram-se a caminho, pisando de novo o chão por que pouco tempo antes, muito pouco tempo antes, tinham passado tão cheios de alegria.

Ainda não tinham saído do Cobb quando os Harville vieram ao seu encontro. Tinham visto o capitão Benwick passar correndo pela sua casa, com uma expressão que mostrava que algo errado se passava; e eles tinham saído imediatamente, informando-se e orientando-se à medida que se dirigiam ao local. Embora impressionado, o capitão Harville trazia com ele sensatez e calma que puderam ser imediatamente úteis; e um olhar entre ele e a mulher decidiu o que seria feito. Ela devia ser levada para casa deles – deviam ir todos para casa deles – e esperar pela chegada do médico ali. Ele não prestou atenção a quaisquer escrúpulos: foi obedecido; ficavam todos debaixo do seu teto; Louisa, de acordo com instruções da senhora Harville, foi levada para cima e colocada na sua própria cama; e a todos que deles precisavam, o marido prestou apoio, serviu refrescos e deu sedativos.

Louisa tinha aberto os olhos uma vez, mas voltou a fechá-los pouco depois, sem ter recuperado a consciência. Isto já fora, contudo, uma prova de vida útil para a irmã; e a agitação da esperança e do medo evitou que Henrietta voltasse a perder os sentidos, embora se sentisse totalmente incapaz de estar no mesmo quarto que Louisa. Também Mary estava ficando mais calma.

O médico chegou mais cedo do que parecia possível. Enquanto ele a examinava, sentiram-se dominados pelo terror; mas ele não se mostrou desanimado; a cabeça tinha sofrido uma pancada grande, mas ele já vira recuperações de pancadas mais graves; não estava absolutamente nada desanimado; ele falava em um tom satisfeito.

O fato de ele não considerar o caso desesperador, de ele não ter dito que tudo terminaria dentro de poucas horas excedeu, a princípio, a esperança da maior parte deles; pode, pois, imaginar-se a felicidade que sentiram, a sua alegria, silenciosa e profunda, depois de dirigirem a Deus algumas fervorosas exclamações de gratidão.

Anne teve certeza de que nunca se esqueceria do tom, da expressão com que o capitão Wentworth disse "Graças a Deus", nem como, mais tarde, ele ficou sentado, debruçado sobre a mesa, com os braços cruzados e a cabeça escondida, como se sentisse dominado pelas várias sensações da alma e tentando acalmá-las através da oração e pela meditação.

Os membros de Louisa estavam intactos. Só a cabeça ficara magoada.

Era agora necessário que o grupo decidisse o que devia fazer quanto à situação. Já conseguiam falar uns com os outros e trocar opiniões. Não havia dúvida de que Louisa tinha de permanecer onde estava, por mais que custasse aos seus amigos envolver os Harville no problema. Era impossível transportá-la para outro local. Os Harville silenciaram todos os escrúpulos e, tanto quanto lhes foi possível, toda a gratidão. Eles tinham previsto tudo e feito todos os preparativos antes de os outros terem começado a pensar. O capitão Benwick teria de ceder o quarto e dormir noutro local – e ficou tudo decidido. Eles só estavam preocupados com o fato da casa não poder alojar mais pessoas; e, no entanto, se "pusessem as crianças no quarto da criada ou armassem um burro em qualquer lado", conseguiriam arranjar lugar para mais dois ou três, supondo que eles quisessem ficar; embora, com respeito a tratar da senhorita Musgrove, podiam deixá-la, sem a mínima preocupação, entregue aos cuidados da senhora Harville. A senhora Harville era uma enfermeira com muita experiência; e a sua ama, que há muito vivia com ela e viajara com ela para todo o lado, também o era. As duas eram suficientes para tomar conta dela, de dia e de noite. Tudo isto foi dito com uma franqueza e sinceridade irresistíveis.

Charles, Henrietta e o capitão Wentworth trocavam opiniões e, durante algum tempo, foi apenas uma troca de palavras de perplexidade e terror: "Uppercross, a necessidade de alguém ir a Uppercross – a notícia que tinha de ser transmitida – como deveria ser dada ao senhor e à senhora Musgrove – a manhã já ia avançada – há uma hora que eles deveriam ter partido – a impossibilidade de chegarem a uma hora razoável". A princípio, a única coisa que conseguiam fazer era soltar exclamações desse gênero; mas, após algum tempo, o capitão Wentworth, fazendo um esforço, disse:

"Temos de decidir, e sem perder um minuto. Todos os minutos são preciosos. Alguém deve partir para Uppercross imediatamente. Musgrove, ou você ou eu, um de nós deve ir".

Charles concordou; mas declarou sua intenção em não sair dali. Ele tentaria incomodar o capitão e a senhora Harville o menos possível, mas, quanto a deixar a irmã naquele estado, isso ele não devia, nem queria, fazer. Isso ficou decidido; e Henrietta, a princípio, afirmou o mesmo. Em breve, porém, ela foi persuadida a mudar de ideia. De que servia ela ficar? Ela, que não conseguia entrar no quarto de Louisa, nem olhar para ela sem sofrer tanto que ela mesma precisava que a socorressem! Ela foi forçada a admitir que não ficaria fazendo nada; no entanto, continuou a se mostrar relutante em partir, até que, ao se lembrar, comovida, do pai e da mãe, desistiu, concordou, ficou ansiosa por chegar à casa.

O plano tinha chegado a esse ponto quando Anne, saindo do quarto de Louisa, não pôde deixar de ouvir o que se seguiu, pois a porta da sala estava aberta.

"Então está decidido, Musgrove", exclamou o capitão Wentworth, "você fica, e eu acompanho sua irmã a casa. Mas quanto ao resto... quanto aos outros. Se ficar alguém para ajudar a senhora Harville, penso que só pode ser uma pessoa. A senhora Charles Musgrove vai querer, sem dúvida, voltar para junto dos filhos; mas, se Anne quiser ficar, não há pessoa mais indicada nem mais capaz que Anne".

Ela parou por um momento para se recuperar da emoção de ouvir falar assim a seu respeito. Os outros dois concordaram calorosamente com o que ele dissera, e depois ela entrou na sala.

"Você ficará, tenho certeza de que não se importa de ficar tomando conta dela", exclamou ele voltando-se para ela e falando com um ardor e, ao mesmo tempo, uma ternura que quase pareceu fazer reviver o passado. Ela corou intensamente; e ele caiu em si e afastou-se. Ela disse que estava disposta a ficar, que o faria com todo o prazer. Era nisso que estivera pensando, desejando que lhe permitissem fazê-lo. Uma cama no chão do quarto de Louisa seria suficiente para ela, se a senhora Harville estivesse de acordo.

Mais uma coisa, e tudo parecia resolvido. Embora fosse desejável que o senhor e a senhora Musgrove se sentissem, de antemão, um tanto alarmados com a demora, o tempo que os cavalos de Uppercross levariam para fazer a viagem de regresso seria um terrível prolongamento da expectativa; e o capitão Wentworth propôs, e Charles Musgrove concordou, que seria muito melhor que ele alugasse uma caleche na hospedaria e deixasse a carruagem e os cavalos do senhor Musgrove, os quais seguiriam para casa bem cedo na manhã seguinte, o que teria a vantagem de levar notícias sobre como Louisa passara a noite.

O capitão Wentworth apressou-se a fazer todos os preparativos que lhe diziam respeito, devendo ser seguido, pouco depois, pelas duas senhoras. Quando Mary teve conhecimento do plano, porém, foi o fim de toda tranquilidade que este trouxera. Ela mostrou-se tão infeliz e foi tão veemente, queixou-se tanto da injustiça de ter de partir, enquanto Anne ficava – Anne, que não era nada a Louisa, enquanto ela era sua cunhada e tinha mais direito de ficar no lugar de Henrietta! Por que não haveria ela de ser tão útil como Anne? E ir para casa sem Charles, sem o marido! Não, era muita crueldade! Em resumo, ela disse mais do que o marido conseguiu suportar e, quando ele cedeu, nenhum dos outros pôde se opor. Não havia nada a fazer: a troca de Mary por Anne era inevitável.

Anne nunca se sentira tão relutante em ceder às exigências ciumentas e injustas de Mary; mas teve de ser, e eles partiram para a cidade, Charles tomando conta da irmã, e o capitão Benwick acompanhando-a. Enquanto caminhavam apressadamente, ela recordou, por um momento, as pequenas circunstâncias que os mesmos locais tinham presenciado naquela manhã. Ali escutara os planos de Henrietta para a partida do doutor Shirley de Uppercross; mais à frente, vira o senhor Elliot pela primeira vez; parecia-lhe que a única coisa a que conseguia dedicar mais de um momento era a Louisa e aos que estavam envolvidos no seu bem-estar.

O capitão Benwick mostrava-se bastante atencioso para com ela; e, unidos como todos pareciam estar, pela angústia do dia, ela sentiu uma simpatia crescente em relação a ele, bem como prazer em pensar que a mesma talvez resultasse na continuação das suas relações.

O capitão Wentworth aguardava-as, com uma caleche tirada por duas parelhas que, para maior conveniência, estava parada na parte mais baixa da rua; mas a surpresa e o aborrecimento que ele evidenciou com a substituição de uma irmã pela outra, a mudança operada no seu rosto – o espanto – as expressões que surgiam e eram dominadas enquanto escutava o relato de Charles provocaram em Anne uma reação dolorosa; ou, pelo menos, convenceram-na de que ela era apreciada apenas na medida em que podia ser útil a Louisa.

Tentou mostrar-se calma e ser justa. Sem querer imitar os sentimentos de Emma para com o seu Henry, ela teria, por causa dele, tratado de Louisa com um zelo acima do exigido pela simples amizade, e esperava que ele não fosse, por muito tempo, tão injusto que supusesse que ela se recusaria, desnecessariamente, a ajudar uma amiga.

Entretanto, ela sentou-se na carruagem. Ele ajudou as duas a subir e colocou-se no meio delas; e, desse modo, nessa circunstância cheia de espanto e emoções para Anne, ela deixou Lyme. Como decorreria a longa viagem; como esta afetaia os modos de ambos; como seria a conversa entre eles, eram coisas que ela não podia prever. Foi tudo muito natural, porém. Ele ocupou-se de Henrietta, voltando-se sempre para ela; e quando falou, fê-lo sempre com o objetivo de acalentar as suas esperanças e de a animar. De um modo geral, a sua voz e os seus gestos eram calmos, de um modo muito estudado. O seu objetivo principal parecia ser poupar qualquer agitação a Henrietta. Apenas uma vez, quando ela se queixava do infeliz e malfadado último passeio ao Cobb, lamentando que se tivessem lembrado de o dar, ele desabafou, como se sentisse completamente dominado pela emoção:

"Não fale nisso, não fale nisso", exclamou ele. "Ó, meu Deus! Se eu não tivesse cedido no momento fatal! Se eu tivesse agido como devia! Mas ela é tão impaciente e obstinada! Querida, doce Louisa!"

Anne perguntou a si mesma se algum momento lhe viera à ideia pôr em causa a legitimidade da sua opinião anterior a respeito da felicidade e da vantagem da firmeza de caráter; e se não lhe ocorrera que, tal como todas as outras qualidades morais, esta devia ter as suas proporções e limites. Ela pensou que ele não poderia deixar de pensar que, por vezes, um temperamento maleável concorria tanto para a felicidade como uma personalidade obstinada.

Avançaram rapidamente. Anne ficou surpreendida ao reconhecer tão cedo as colinas e os objetos que lhe eram familiares. A velocidade a que seguiam, aumentada pelo receio do que aconteceria à chegada, fazia a estrada parecer metade do caminho do dia anterior. Estava já a anoitecer, porém, quando chegaram aos arredores de Uppercross, há algum tempo que se fizera um silêncio total entre eles; Henrietta recostara-se a um canto, com o rosto coberto por um xale, dando aos outros a esperança de ter chorado até adormecer. Quando subiam a última colina, o capitão Wentworth dirigiu-se subitamente a Anne. Em uma voz baixa e cautelosa, disse:

"Tenho estado a pensar na melhor maneira de agirmos. Ela não deve aparecer primeiro. Não o suportaria. Tenho estado a pensar se não seria melhor Anne ficar com ela na carruagem enquanto eu vou dar a notícia ao senhor e à senhora Musgrove. Acha que é um bom plano?"

Ela concordou; ele ficou satisfeito e não disse mais nada. Mas a recordação daquele apelo causou-lhe prazer – era uma prova de amizade, de deferência perante a opinião dela, um grande prazer; e, ainda que tenha sido uma espécie de prova de despedida, isso não diminuiu o seu valor. Depois da infeliz notícia ter sido comunicada em Uppercross e de se ter certificado de que o pai e a mãe estavam tão refeitos do choque quanto era possível esperar, e de que a filha se sentia melhor por estar junto deles, ele anunciou a sua intenção de regressar a Lyme na mesma carruagem; e, depois de os cavalos terem comido a ração, ele partiu.

CAPÍTULO XIII

O resto da estada de Anne em Uppercross, que consistiu apenas em dois dias, foi passado inteiramente na Casa Grande, e ela teve a satisfação de se saber extremamente útil ali, tanto como companhia quanto no apoio a todos os preparativos para o futuro, os quais, no perturbado estado de espírito do senhor e da senhora Musgrove, teriam constituído para estes grandes dificuldades.

Tiveram notícias de Lyme na manhã seguinte. Louisa estava mais ou menos na mesma. Não tinham surgido quaisquer sintomas mais graves. Charles chegou algumas horas depois com notícias mais recentes e mais pormenorizadas. Estava razoavelmente animado. Não se podia esperar uma cura rápida, mas estava tudo a correr tão bem quanto a natureza do caso permitia. Falando dos Harville, ele não conseguia encontrar palavras para traduzir a sua bondade, principalmente os cuidados da senhora Harville como enfermeira. Ela não deixava Mary fazer nada. Na noite anterior, ela tinha-os convencido, a ele e a Mary, a irem cedo para a hospedaria. Mary ficara outra vez histérica nessa manhã. Quando ele veio embora, ela saía a dar um passeio com o capitão Benwick, e ele esperava que o passeio lhe fizesse bem. Ele quase desejava que tivessem conseguido convencê-la a voltar para casa na noite anterior; mas a verdade era que a senhora Harville não deixava nada para mais ninguém fazer.

Charles deveria voltar a Lyme nessa mesma tarde, e o pai, a princípio, pretendia ir com ele, mas as senhoras não consentiram. Só multiplicaria os problemas dos outros e aumentaria a sua própria angústia; foi feito um plano muito melhor e agiram de acordo com ele. Mandaram vir uma carruagem de Crewkherne, e Charles levou com ele uma pessoa muito mais útil, a velha ama da família, que, depois de ter criado todas as crianças e visto a mais nova, o mimado Harry, ser enviado para o colégio a seguir aos irmãos, vivia agora no quarto vazio das crianças remendando meias e fazendo curativos em todas as feridas e lesões que chegavam perto dela; ela ficou, por conseguinte, extremamente satisfeita por poder ajudar a tratar da querida senhorita Louisa. A senhora Musgrove já tinha tido a vaga ideia de mandar Sarah para lá; mas, sem Anne, o assunto não teria sido decidido nem considerado praticável tão cedo.

No dia seguinte, ficaram devendo a Charles Hayter notícias pormenorizadas de Louisa, que era essencial terem todos os dias. Ele resolvera ir a Lyme, e o seu relato era animador. Os períodos de lucidez e consciência pareciam cada vez mais frequentes. Todos os relatos concordavam em que o capitão Wentworth parecia ter-se instalado em Lyme.

Anne devia deixá-los na manhã seguinte, um acontecimento que todos temiam. Que fariam eles sem ela? Nem sequer conseguiam confortar-se uns aos outros! E disseram tantas coisas desse gênero que Anne achou que o melhor que tinha a fazer era comunicar-lhes a sua opinião pessoal e convencê-los a todos a irem imediatamente para Lyme. Teve pouca dificuldade em fazê-lo; em breve ficou decidido que iriam, iriam no dia seguinte, instalar-se-iam na hospedaria ou alugariam uma casa, conforme fosse mais conveniente, e ficariam lá até Louisa poder viajar. Eles aliviariam os incômodos causados às boas pessoas com quem ela estava; pelo menos, ajudariam a senhora Harville a tomar conta dos filhos; e, em suma, mostraram-se tão satisfeitos com a decisão que Anne ficou radiante com o que fizera e achou que a melhor maneira de passar a última manhã em Uppercross era ajudando-os a fazer os preparativos e vê-los partir de manhã cedo, embora, em consequência disso, ficasse sozinha na casa deserta.

Ela foi a última e, com exceção dos rapazinhos do chalé, foi mesmo a última, a única que ficou de tudo o que enchera e animara ambas as casas, de tudo o que fizera de Uppercross uma casa alegre. Que diferença alguns dias tinham realmente feito!

Se Louisa se restabelecesse, tudo voltaria a correr bem. Recuperar-se-ia mais do que a felicidade anterior. Não podia haver qualquer dúvida, na sua mente não havia nenhuma, daquilo que se seguiria ao restabelecimento. Daí a alguns meses, a sala agora deserta, ocupada por ela, silenciosa e pensativa, poderia estar de novo cheia de tudo o que era feliz e alegre, tudo o que era vivo e luminoso no amor correspondido, tudo o que era diferente de Anne Elliot!

Uma hora de completa inatividade para pensamentos como esses, em um dia sombrio de novembro, com uma chuva miudinha espessa que mal deixava distinguir os poucos objetos que se viam da janela foi o suficiente para que lhe fosse extremamente grato ouvir o som da carruagem de lady Russell; no entanto, apesar de desejar partir, ela não conseguia deixar a Casa Grande, nem despedir-se, com um olhar, do chalé, com a sua varanda negra, a escorrer, desconfortável, nem olhar, através dos vidros embaciados, para as últimas casas humildes da aldeia, sem sentir uma enorme tristeza. Tinham ocorrido em Uppercross cenas que tornavam essa terra preciosa. Ela representava muitas sensações de dor, outrora intensa, agora suavizada; e alguns momentos de sentimentos ternos, alguns vislumbres de amizade e reconciliação que ela nunca voltaria a encontrar e que nunca deixariam de lhe ser caros. Ela deixou tudo para trás; tudo exceto a recordação de que tais coisas tinham acontecido.

Anne não ia a Kellynch desde que deixara a casa de lady Russell em setembro. Não fora necessário, e, nas poucas ocasiões em que lhe teria sido possível ir ao Solar, ela arranjara meios de se esquivar. O primeiro regresso foi para voltar a ocupar o seu lugar no moderno e elegante apartamento do Lodge e para alegrar os olhos da sua dona.

A alegria de lady Russell ao voltar a encontrá-la continha alguma ansiedade. Ela sabia quem frequentara Uppercross. Mas, felizmente, Anne, ou estava mais bonita e um pouco mais cheia, ou lady Russell imaginava que estava; e Anne, ao receber os seus elogios, divertiu-se a relacioná-los com a admiração silenciosa do primo e a fazer votos para que lhe tivesse sido concedida uma segunda primavera de juventude e beleza.

Pouco depois de terem começado a conversar, ela apercebeu-se de uma alteração nos seus pensamentos. Os assuntos que mais lhe tinham ocupado o coração quando saíra de Kellynch e que achara que tinham sido menosprezados e que fora obrigada a abafar quando estava com os Musgrove tinham agora um interesse secundário. Ultimamente, ela até se esquecera do pai, da irmã e de Bath. Essas preocupações tinham desaparecido, suplantadas pelas de Uppercross, e, quando lady Russell referiu os seus antigos desejos e temores, falou da satisfação com a casa em Camden Place que tinham alugado e de como lamentava que a senhora Clay ainda estivesse com eles, Anne ter-se-ia sentido envergonhada se tivesse de admitir que estava a pensar mais em Lyme, em Louisa Musgrove e em todos os seus conhecidos que lá se encontravam; e como estava muito mais interessada na casa e na amizade dos Harville e do capitão Benwick do que na casa do seu próprio pai em Camden Place, ou na amizade da irmã com a senhora Clay. Ela teve mesmo de fazer um esforço para responder a lady Russell com algo semelhante a interesse por estes assuntos, os quais, por natureza, deveriam estar em primeiro lugar.

Surgiu um ligeiro embaraço, de início, quando conversaram sobre outro assunto. Elas não podiam deixar de falar do acidente em Lyme. Ainda não tinham decorrido cinco minutos após a chegada de lady Russell no dia anterior e já lhe fora feito um relato completo do sucedido, mas era impossível não voltar a falar nele; ela teve de fazer perguntas, lastimar a imprudência, lamentar o resultado, e o nome do capitão Wentworth foi referido por ambas. Anne teve consciência de não o fazer tão bem quanto lady Russell. Só conseguiu dizer o nome e olhar lady Russell nos olhos quando adotou o expediente de lhe contar resumidamente o que pensava da relação de afeto entre ele e Louisa. Depois de ter contado isso, deixou de se sentir perturbada com o nome dele.

Lady Russell limitou-se a escutar calmamente e a desejar-lhes felicidades; mas, no seu íntimo, ela sentiu um prazer indignado, um desdém grato em relação ao homem que, aos vinte e três anos, parecera compreender o valor de Anne Elliot e, oito anos depois, se deixara encantar por alguém como Louisa Musgrove.

Os primeiros três ou quatro dias passaram-se muito tranquilamente, sem quaisquer circunstâncias dignas de referência a não ser a receção de um ou dois bilhetes provenientes de Lyme que chegaram até Anne, sem ela saber como, e que traziam notícias das melhoras de Louisa. No fim desse período, a delicadeza de lady Russell não lhe permitiu descansar mais, e as ameaças, embora mais esbatidas, de reviver o passado, surgiram em um tom decidido: "Tenho de ir visitar a senhora Croft, tenho mesmo de visitá-la muito em breve. Anne, sente-se com coragem para ir comigo fazer uma visita àquela casa? Isso será um desafio para nós duas".

Anne não se esquivou, pelo contrário, ela estava sendo sincera quando respondeu:

"Eu penso que, de nós duas, é provável que seja a senhora quem vai sofrer mais; os seus sentimentos estão menos reconciliados com a mudança do que os meus. Como fiquei perto, habituei-me à ideia".

Ela podia ter falado mais sobre o assunto; na realidade, tinha uma ótima opinião sobre os Croft e pensava que o pai tivera muita sorte em tê-los como inquilinos; além disso, eles não só constituíam um bom exemplo para a paróquia como prestariam mais atenção e auxílio aos pobres. Por tudo isso, por mais que lamentasse e tivesse vergonha de ter sido necessário mudarem-se, ela não conseguia, com toda a honestidade, deixar de pensar que os que tinham partido não mereciam ficar e que Kellynch Hall estava em melhores mãos do que quando estivera entregue aos dos seus proprietários. Estas convicções causavam-lhe, sem dúvida, um enorme sofrimento, mas impediam-na de sentir a mágoa que lady Russell sofreria quando voltasse a entrar na casa e atravessasse os bem conhecidos aposentos.

Nesses momentos, Anne não conseguia dizer para si própria: "Estas salas deviam pertencer só a nós. Ó, como o seu destino é degradante! Como estão ocupados por quem não é digno deles! Uma família antiga ser assim afastada! Desconhecidos ocupando o seu lugar!". Isso não acontecia, exceto quando pensava na mãe e se lembrava de quando ela presidia a tudo; só então soltava um suspiro.

A senhora Croft tratava-a sempre com uma amabilidade que lhe dava o prazer de imaginar que ela lhe tinha amizade, e, nesta ocasião, ao recebê-la naquela casa, houve uma atenção especial.

O triste acidente de Lyme logo se tornou o tópico dominante; e, ao comparar as últimas notícias sobre a doente, notaram que tinham sido escritas à mesma hora do dia anterior e que o capitão Wentworth estivera em Kellynch na véspera (a primeira vez desde o acidente), tinha trazido a Anne a carta cuja procedência ela não conseguira descobrir, ficara algumas horas e regressara de novo a Lyme – e sem a intenção de voltar a sair de lá. Ela ficou sabendo que ele tinha perguntado particularmente por ela, tinha expressado a esperança de que a senhorita Elliot estivesse recuperando os seus esforços, tinha-se referido aos seus esforços como enormes. Isso foi muito agradável e proporcionou-lhe mais prazer do que qualquer outra coisa poderia ter feito.

Quanto à triste catástrofe em si, duas mulheres equilibradas e sensatas, cuja opinião se baseava em fatos conhecidos, só podiam encará-la de uma forma, e foi decidido que tinha sido a consequência de muita leviandade e muita imprudência, que os seus efeitos eram muito alarmantes e que era assustador pensar que, durante muito tempo, ainda haveria dúvidas sobre o restabelecimento da senhorita Musgrove e que provavelmente ela sofreria, no futuro, os efeitos do traumatismo. O almirante rematou o assunto, exclamando:

"Sim, um caso muito triste. Uma moda nova, essa de um jovem cortejar uma jovem e partir a cabeça da amada, não é verdade, senhorita Elliot? Isso é realmente de dar um nó na cabeça!".

Os modos do almirante Croft não eram exatamente de molde a agradar a lady Russell, mas encantavam Anne. A bondade do seu coração e a simplicidade do seu caráter eram irresistíveis.

"Agora, isto pode ser muito desagradável para si", disse ele, despertando subitamente de um breve devaneio, "encontrar-nos aqui. Devo dizer que não tinha pensado nisso antes, mas deve ser muito desagradável. Mas, agora, não faça cerimônia. Se quiser, percorra todos os aposentos da casa".

"Em outra ocasião, sir, obrigada, agora não".

"Bem, sempre que quiser. Pode entrar pelo bosque em qualquer tempo. E é ali que guardamos os nossos guarda-chuvas, pendurados atrás da porta. Um bom lugar, não acha? Mas", (caindo em si) "talvez não ache que seja um bom lugar, pois os vossos eram sempre guardados dentro do armário. Sempre assim, acho eu. Os hábitos de uma pessoa podem ser tão bons quanto os de outra, mas todos nós gostamos mais dos nossos. Por isso, decida por si própria se é melhor dar uma volta pela casa ou não".

Anne, vendo que não parecia mal recusar, fê-lo com gratidão.

"Para além disso, fizemos muito poucas alterações!", prosseguiu o almirante, depois de pensar um momento. "Muito poucas. Em Uppercross, nós lhe falamos sobre a porta da lavanderia. Isso foi um grande melhoramento. O que muito me espanta é que possa haver uma família no mundo que consiga suportar, durante tanto tempo, o incômodo de ela abrir como fazia! Diga, por favor, ao seu pai o que fizemos, e que o doutor Shepherd pensa que é o melhor melhoramento que esta casa alguma vez sofreu. Na realidade, é justo dizer que as poucas alterações que fizemos foram para muito melhor. A minha mulher é quem merece os louros, porém. Eu fiz pouco mais do que mandar tirar os espelhos grandes do meu quarto de vestir, que era do seu pai. Um homem muito bom e um verdadeiro cavalheiro, tenho certeza, mas eu penso, senhorita Elliot", (com um ar pensativo), "que ele deve ser um homem um tanto vaidoso para a sua idade. Tantos espelhos! Ó, meu Deus! Não era possível fugir da minha própria imagem. Por isso, pedi a Sophy que me desse uma ajuda e o mudamos para outro quarto; agora me sinto bastante confortável, com meu pequeno espelho de barbear em um canto e outra coisa enorme de que nunca me aproximo".

Anne achou graça, mesmo contra a sua vontade, e não conseguiu encontrar resposta; o almirante, receando não ter sido suficientemente delicado, retomou o assunto, dizendo:

"Na próxima vez que escrever ao seu pai, senhorita Elliot, dê-lhe, por favor, cumprimentos meus e da senhora Croft, e diga-lhe que estamos muito confortavelmente instalados e que não encontramos defeito nenhum na casa. É verdade que a chaminé da saleta do café da manhã deita um pouco de fumo, mas isso é só quando o vento sopra de norte, o que, quando muito, só acontece três vezes em cada inverno. E, de um modo geral, já entramos na maior parte das casas dos arredores e podemos afirmar que não existe nenhuma melhor do que esta. Por favor diga-lhe isto, com os meus cumprimentos. Ele vai gostar de ouvir".

Lady Russell e a senhora Croft gostaram muito uma da outra, mas as relações que essa visita iniciou estavam destinadas a não ter seguimento imediato, pois, quando a visita foi retribuída, os Croft participaram que se ausentariam por algumas semanas, para visitar os seus familiares no norte da região, e provavelmente não regressariam antes de lady Russell seguir para Bath.

Assim terminou todo o perigo de Anne se encontrar com o capitão Wentworth em Kellynch Hall, ou de o ver na companhia da sua amiga. Estava correndo tudo bem, e ela sorriu ao pensar na ansiedade que desperdiçara com o assunto.

CAPÍTULO XIV

Embora Charles e Mary tivessem ficado em Lyme, após a ida do senhor e da senhora Musgrove para lá; muito mais tempo do que Anne imaginava que a presença deles fosse desejada, eles foram os primeiros da família a voltar para casa, e, assim que lhes foi possível, dirigiram-se a casa de lady Russell. Quando vieram embora, Louisa já se sentava, mas a sua cabeça, embora lúcida, estava extremamente fraca, e os seus nervos, muito sensíveis; e, embora se pudesse dizer que, de um modo geral, a recuperação decorria muito bem, ainda era impossível dizer quando estaria em condições de suportar a viagem de regresso a casa; e os pais, que tinham de voltar a tempo de receber os filhos mais novos para as férias de Natal, acalentavam poucas esperanças de a trazerem com eles.

Tinham alugado uma casa para todos. A senhora Musgrove saía com os filhos da senhora Harville o mais que podia, e eram enviadas de Uppercross todas as provisões possíveis para aliviar o incômodo causado aos Harville, ao mesmo tempo que os Harville queriam que fossem jantar com eles todos os dias; enfim, parecia haver um esforço de parte a parte para demonstrar quem era mais generoso e hospitaleiro.

Mary tivera os seus achaques, mas o fato de ter ficado tanto tempo tornava evidente que ela encontrara mais motivos de diversão do que de sofrimento. Charles Hayter tinha ido a Lyme com mais frequência do que lhe agradava, quando jantavam em casa dos Harville só havia uma criada servindo à mesa e, a princípio, a senhora Harville dera sempre a precedência à senhora Musgrove; mas, ao saber de quem ela era filha, a senhora Harville apresentara umas desculpas tão amáveis, e tinha havido tanto para fazer todos os dias, tinha havido tantos passeios da sua casa até à dos Harville, ela fora buscar tantos livros à biblioteca e trocara-os tantas vezes, que o prato da balança certamente pendera muito a favor de Lyme. Tinham-na também levado a Charmouth, tomara banho, fora à igreja, e havia muito mais gente para observar na igreja de Lyme do que na de Uppercross – e tudo isto, aliado à sensação de se saber muito útil, tinha contribuído para que aquela quinzena fosse realmente agradável.

Anne perguntou pelo capitão Benwick. Uma sombra perpassou de imediato pelo rosto de Mary. Charles riu-se.

"Ó! O capitão Benwick está muito bem, creio eu, mas ele é um jovem muito estranho. Não sei o que se passou com ele. Convidamo-lo a vir passar um dia ou dois conosco; Charles comprometeu-se a levá-lo a caçar, e ele pareceu encantado; pela minha parte, pensei que estava tudo decidido; quando, de repente, na terça-feira à noite, ele deu umas desculpas meio esquisitas, "que nunca caçava", "que não o tínhamos compreendido bem", que tinha prometido isto, tinha prometido aquilo, e a conclusão, fiquei sabendo, era que não pretendia vir. Suponho que ele teve medo de se aborrecer aqui; mas juro que eu achava que uma vinda ao chalé era suficientemente animada para um homem com o coração despedaçado como o capitão Benwick".

Charles voltou a rir e disse: "Então, Mary, você sabe muito bem o que realmente se passou. Foi tudo culpa sua", (voltando-se para Anne). "Ele pensava que, se viesse conosco, a encontraria por perto; ele imaginava que vivíamos todos em Uppercross; e, quando descobriu que lady Russell vivia a cinco quilômetros de distância, faltou-lhe o ânimo e não teve coragem para vir. Foram esses os fatos, dou a minha palavra de honra, Mary sabe que são".

Mas Mary não cedeu de bom grado, quer por considerar que o capitão Benwick tinha direito, por nascimento ou posição, a estar apaixonado por uma Elliot, quer por não querer acreditar que Anne fosse uma atração maior em Uppercross do que ela mesma. A boa vontade de Anne, porém, não fora diminuída pelo que ouvira. Reconheceu que se sentia lisonjeada e continuou fazendo perguntas.

"Ó!, ele fala de você", exclamou Charles "em tais termos...", Mary interrompeu-o: "Pois deixa-me que lhe diga, Charles, que não o ouvi falar em Anne mais de uma vez durante todo o tempo em que lá estive. Digo-lhe, Anne, que ele nunca fala em você".

"Não", admitiu Charles. "Não sei se ele alguma vez o fez, de um modo geral; mas, no entanto, é muito óbvio que ele a admira muito. Ele tem a cabeça cheia de livros que está lendo e que foram recomendados por você, e quer conversar com você sobre eles; ele descobriu qualquer coisa em um deles que ele pensa: 'Ó!, não consigo me lembrar, mas era algo muito bonito, ouvi-o falar com Henrietta sobre isso; e depois teceu os maiores elogios à "senhorita Elliot!" Agora, Mary, digo-lhe que fui eu próprio que o ouvi, você estava na outra sala: "Elegância, doçura, beleza. Ó, os encantos da senhorita Elliot não têm fim".

"Pois eu tenho certeza", exclamou Mary acaloradamente, "de que, se o fez, isso não abona muito a seu favor. A senhorita Harville só morreu em junho. Não merece muito a pena conquistar um coração assim, não é verdade, lady Russell? Tenho certeza de que concorda comigo".

"Antes de decidir, preciso de conhecer o capitão Benwick", disse lady Russell, sorrindo.

"E é provável que isso aconteça muito em breve, posso garantir-lhe, minha senhora", disse Charles. "Embora ele não tenha tido coragem para vir conosco e partir logo em seguida para vos fazer uma visita formal, um dia desses ele virá sozinho a Kellynch, pode contar com isso. Eu lhe disse a que distância ficava e qual era a estrada, e lhe disse que merecia bem a pena visitar a igreja, pois ele gosta desse tipo de coisa. Eu pensei que isso seria uma boa desculpa, e ele escutou com toda a atenção; e, pela sua reação, estou certo de que ele virá visitá-la em breve. Por isso, desde já a aviso, lady Russell".

"Qualquer conhecido de Anne será sempre bem-vindo em minha casa", foi a resposta amável de lady Russell.

"Ó!, quanto a ser conhecido de Anne", disse Mary, "eu acho que ele é mais meu conhecido, uma vez que o vi todos os dias durante uma quinzena".

"Bem, então, como conhecido de ambas, terei muito prazer em conhecer o capitão Benwick".

"Não o vai achar nada simpático, garanto-lhe, minha senhora. Ele é um dos jovens mais sensaborões que jamais existiram. Passeou comigo algumas vezes de uma ponta a outra do areal, sem dizer uma palavra. Não é um jovem nada bem educado. Tenho certeza de que não vai gostar dele".

"Nisso, as nossas opiniões diferem, Mary", disse Anne. "Penso que lady Russell vai gostar dele. Eu acho que lady Russell gostará tanto do seu espírito que muito em breve deixará de notar quaisquer deficiências nos seus modos".

"Também acho, Anne", disse Charles. "Estou certo de que lady Russell irá gostar dele. É exatamente o tipo de pessoa que agrada a lady Russell. Deem-lhe um livro, que ele passará o dia lendo".

"Sim, isso é verdade", disse Mary com ar de troça. "Ele fica sentado lendo o livro e nem dá por uma pessoa que fala com ele, nem quando se deixa cair uma tesoura, nem quando acontece qualquer outra coisa. Acha que lady Russell gostaria disso?"

Lady Russell não pôde conter o riso. "Palavra de honra", disse ela "que, considerando-me uma pessoa decidida e prática, nunca me passaria pela cabeça que a minha opinião sobre alguém pudesse ocasionar tamanha diferença de conjecturas. Sinto realmente curiosidade em ver a pessoa que provoca opiniões tão contrárias".

"Espero que o convençam a nos visitar. E, Mary, quando o fizer, pode ter certeza de que ouvirá minha opinião; mas estou decidida a não julgá-lo de antemão".

"Não vai gostar dele, posso assegurar-lhe".

Lady Russell começou a falar noutra coisa. Mary conversou animadamente sobre o seu encontro, ou melhor, sobre como, espantosamente, não se tinha encontrado com o senhor Elliot.

"Esse é um homem", disse lady Russell "que não tenho qualquer desejo de conhecer. A sua recusa em ficar em termos cordiais como o chefe da sua família provocou-me uma opinião muito desfavorável a seu respeito".

Essa declaração refreou o entusiasmo de Mary e fê-la interromper a sua descrição do aspecto de Elliot. Quanto ao capitão Wentworth, embora Anne não tivesse feito quaisquer perguntas, foram dadas voluntariamente informações suficientes. A sua disposição tinha melhorado muito ultimamente; e ele era agora uma pessoa muito diferente do que fora na primeira semana. Ele não visitara Louisa; estava tão receoso de que um encontro tivesse consequências graves para ela que não insistira em vê-la; pelo contrário, parecia ter um plano para se ausentar entre uma semana e dez dias, até a cabeça dela ficar mais forte. Ele falara em ir a Plymouth por uma semana e queria convencer o capitão Benwick a ir com ele; mas, conforme Charles afirmara, o capitão Benwick parecia muito mais disposto a vir a Kellynch.

Não se pode duvidar de que, a partir dessa altura, tanto lady Russell quanto Anne pensavam ocasionalmente no capitão Benwick. Lady Russell não conseguia ouvir a campainha da porta sem pensar que seria ele; e Anne também não conseguia voltar de um passeio solitário na propriedade do pai, de qualquer visita de caridade na aldeia, sem perguntar a si mesma se o veria ou teria notícias dele. Mas o capitão Benwick não veio. Talvez se sentisse menos inclinado a fazê-lo do que Charles imaginara, ou então era muito tímido; e, depois de lhe conceder uma semana de tolerância, lady Russell decidiu que ele não era merecedor do interesse que estava começando a suscitar.

Os Musgrove regressaram a tempo de receber os seus felizes rapazes e garotas, vindos do colégio, e trouxeram com eles os filhos pequenos da senhora Harville, o que fez aumentar o barulho em Uppercross e diminuir o de Lyme. Henrietta continuou junto de Louisa; mas o resto da família encontrava-se já novamente na sua residência habitual.

Lady Russell e Anne foram cumprimentá-los uma vez, e Anne não conseguiu deixar de sentir que Uppercross estava de novo cheia de vida. Embora nem Henrietta, nem Louisa, nem Charles Hayter, nem o capitão Wentworth lá estivessem, a sala apresentava um forte contraste com o estado em que a vira pela última vez.

A senhora Musgrove encontrava-se rodeada pelos pequeninos Harville, a quem ela protegia cuidadosamente da tirania das duas crianças do chalé, que tinham vindo expressamente para brincar com eles. A um lado, havia uma mesa, ocupada por algumas garotas que tagarelavam e cortavam papel de seda e papel dourado; noutro, havia tripeças com tabuleiros cheios de empadas, perto das quais rapazes turbulentos se divertiam ruidosamente; o conjunto era completado por uma lareira crepitante que parecia decidida a fazer-se ouvir, apesar de todo o barulho dos outros. Charles e Mary também chegaram, claro, durante a sua visita; e o senhor Musgrove fez questão de cumprimentar lady Russell e sentou-se junto dela durante dez minutos, falando em voz muito alta, mas, devido ao barulho das crianças ao seu colo, geralmente em vão. Era um belo quadro de família.

Anne, julgando pelo seu próprio temperamento, teria considerado aquele furacão doméstico um péssimo restaurador dos nervos, que deviam estar tão abalados com a doença de Louisa; mas a senhora Musgrove, que chamou Anne para junto de si para lhe agradecer repetidamente, com extrema cordialidade, as suas atenções para com eles, concluiu uma breve recapitulação do que ela mesma sofrera, comentando, ao mesmo tempo em que lançava um olhar feliz em redor, que, depois de tudo por que passara, nada lhe fazia tão bem quanto um pouco de alegria tranquila em casa.

Louisa restabelecia-se rapidamente. A mãe pensava até que ela talvez pudesse vir para casa antes de os irmãos regressarem do colégio. Os Harville tinham prometido vir com ela e passar algum tempo em Uppercross, quando ela voltasse. O capitão Wentworth ausentara-se, de momento, para visitar o irmão em Shropshire.

"Espero lembrar-me, no futuro", disse Lady Russell assim que se sentaram na carruagem, "de não visitar Uppercross nos feriados do Natal".

Todo mundo tem os seus gostos no que diz respeito aos ruídos, assim como em relação a outras coisas; e os sons são inofensivos ou extremamente perturbadores devido mais à sua natureza do que à sua intensidade. Quando lady Russell, não muito tempo depois, chegou a Bath em uma tarde de chuva e percorreu as ruas desde Old Bridge a Camden Place, no meio do barulho das outras carruagens, do rolar surdo das carroças e carretas, dos gritos dos pregões dos jornaleiros, dos padeiros e dos leiteiros, e do incessante martelar das galochas, não se queixou. Não, esses eram barulhos que pertenciam aos prazeres do inverno; o seu estado de espírito melhorava sob tal influência; e, tal como a senhora Musgrove, ela sentia, embora não o dissesse, que, depois de uma longa permanência no campo, nada lhe fazia tão bem quanto um pouco de alegria tranquila.

Anne não partilhava desses sentimentos. Ela persistia na sua firme, embora muito silenciosa, aversão a Bath; avistou vagamente as fileiras de edifícios, esfumando-se na chuva, sem qualquer vontade de as ver melhor; achou o avanço ao longo das ruas não só desagradável como muito rápido; pois quem ficaria contente de a ver quando chegasse? E recordou, com saudade, o rebuliço de Uppercross e da solidão de Kellynch.

A última carta de Elizabeth tinha-lhe dado uma notícia de algum interesse. O senhor Elliot encontrava-se em Bath. Fizera uma visita a Camden Place; fizera uma segunda, uma terceira visita; fora particularmente atencioso; se Elizabeth e o pai não se enganavam, ele esforçava-se tanto por estabelecer uma ligação e por proclamar o valor do parentesco como anteriormente se empenhara em manifestar indiferença. Se isso fosse verdade, era maravilhoso; e lady Russell sentia uma agradável curiosidade e perplexidade em relação ao senhor Elliot, retratando-se da opinião que há tão pouco tempo expressara a Mary, de que ele era um homem "que não tinha qualquer desejo de conhecer". Ela tinha um grande desejo de o conhecer. Se ele queria realmente reconciliar-se, como um ramo submisso, então deviam perdoar-lhe por se ter separado da árvore paterna.

Anne não se sentia tão entusiasmada com essa circunstância; mas sentia que gostaria de voltar a ver o senhor Elliot, o que não acontecia com muitas outras pessoas de Bath.

Elas pôs-se a caminho de Camden Place e lady Russell seguiu depois para a sua residência, em River Street.

CAPÍTULO XV

Sir Walter tinha alugado uma casa muito boa em Camden Place, um local elegante e digno, como convinha a um homem importante, e tanto ele como Elizabeth se sentiam muito satisfeitos ali. Anne entrou nela com grande desânimo, antecipando um cativeiro de muitos meses e dizendo ansiosamente para si própria: "Ó, quando vou voltar a sair daqui?" Uma certa cordialidade inesperada no modo como foi recebida fê-la sentir-se melhor. O pai e a irmã ficaram satisfeitos por a verem, para lhe mostrarem a casa e as mobílias, e trataram-na com amabilidade. O fato de passarem a ser quatro à mesa de jantar foi considerado uma vantagem.

A senhora Clay foi simpática e mostrou-se muito sorridente; mas a simpatia e os sorrisos eram habituais nela. Anne sempre achara que, à sua chegada, ela fingiria o que era apropriado; mas a amabilidade dos outros foi inesperada. Eles estavam obviamente muito bem-dispostos, e, pouco depois, ela ficou sabendo o porquê. Eles não estavam interessados em ouvi-la. Depois de estarem à espera de ouvir que a falta deles era muito sentida na região da qual tinham vivido, o que Anne não lhes pôde dizer, limitaram-se a fazer apenas algumas perguntas antes de dominarem a conversa. Uppercross não tinha interesse nenhum, e Kellynch, muito pouco; Bath era tudo.

Tiveram o prazer de lhe garantir que Bath satisfazia as suas expectativas em todos os aspectos. A casa era indubitavelmente a melhor de Camden Place; as suas salas de visitas eram superiores a todas as outras que tinham visto ou de que tinham ouvido falar; e essa superioridade residia também no estilo da decoração e no bom gosto da mobília. Todo mundo queria ser-lhes apresentado. Todos queriam visitá-los. Eles tinham se esquivado a muitas apresentações e, mesmo assim, estavam sempre recebendo cartões de visita de pessoas de quem nunca tinham ouvido falar.

Eram esses os motivos do regozijo! Deveria Anne sentir-se admirada por o pai e a irmã se sentirem tão felizes? Ela podia não se admirar, mas devia suspirar por o pai não se aperceber de quanto descera com a mudança, por ele não lamentar ter-se afastado das obrigações e perdido a dignidade de um proprietário residente nas suas terras; por encontrar tantos motivos de vaidade na mesquinhez de uma cidade; não conseguiu deixar de suspirar, sorrir, e, enquanto Elizabeth abria as portas e passava, radiante, de um salão para o outro, gabando o seu tamanho, de se admirar com o fato de esta mulher, que tinha sido senhora de Kellynch Hall, conseguir sentir orgulho daquele espaço entre quatro paredes que distavam uns dez metros umas das outras.

Mas não era só isso que os fazia felizes. Tinham também o senhor Elliot. Anne teve de ouvir falar muito do senhor Elliot. Não só fora perdoado como estavam encantados com ele. Ele encontrava-se em Bath há duas semanas (passara por Bath em novembro, no caminho para Londres; nessa altura, soubera que sir Walter estava ali instalado, mas, como só lá passara vinte e quatro horas, não tivera tempo para os cumprimentar); mas agora estava há duas semanas em Bath, e o seu primeiro cuidado, ao chegar, fora deixar o seu cartão em Camden Place, tendo, logo a seguir, feito frequentes tentativas para se encontrarem; quando se encontraram, tivera uma conduta tão franca e apresentara tão prontamente desculpas pelo passado, tanto empenho em voltar a ser recebido como parente, que o bom entendimento anterior fora completamente restabelecido.

Não tinham encontrado um único defeito nele. Ele tinha explicado o que parecera ser desinteresse da sua parte. Fora provocado por um mal-entendido; ele nunca tencionara ignorá-los; receara, sim, estar sendo ignorado, mas desconhecia o motivo; e a delicadeza obrigara-o a se manter silencioso. Mostrara-se vivamente indignado quando foi sugerido que ele se tinha referido à família ou aos seus pergaminhos de um modo pouco respeitoso ou indiferente. Ele, que sempre se gabara de ser um Elliot e cujos sentimentos em relação a esse parentesco eram muito rígidos para agradar ao tom antifeudal de hoje em dia! Estava, na realidade, espantado! Mas o seu caráter e o seu comportamento em geral desmentiam-no. Sir Walter podia falar com todos os que o conheciam; e certamente que os esforços que fizera, nessa primeira oportunidade de reconciliação para recuperar o estatuto de parente e presumível herdeiro, eram uma prova evidente da sua opinião sobre o assunto.

As circunstâncias do seu casamento também eram de molde a admitir muitas atenuantes. Este era um assunto sobre o qual ele não quisera falar; mas um amigo íntimo seu, um tal Coronel Wallis, um homem eminentemente respeitável, um perfeito cavalheiro (e de boa aparência, acrescentou sir Walter) que vivia com bastante luxo em Malborough Buildings e que, a seu próprio pedido, lhes tinha sido apresentado pelo senhor Elliot, mencionara uma ou duas coisas sobre o casamento que provocara uma grande diferença em relação à má impressão que tinham sobre o mesmo.

O coronel Wallis conhecia o senhor Elliot há muito tempo, conhecera bem a mulher dele e compreendera perfeitamente toda a história. Ela certamente não era uma mulher de boa família, mas era instruída, prendada, rica e completamente apaixonada pelo seu amigo. Tinha sido esse o encanto. Ela aproximara-se dele. Sem essa atração, todo o seu dinheiro não teria sido suficiente para tentar Elliot. Além disso, assegurou ele a sir Elliot, ela era uma mulher muito bonita. Tudo isso amenizava a situação. Uma mulher muito bonita, com uma grande fortuna e apaixonada por ele! Sir Walter pareceu admitir que tudo isso constituía uma desculpa perfeita, e Elizabeth, embora não visse as circunstâncias sob uma luz tão favorável, concordou que era um grande atenuante.

O senhor Elliot visitara-os repetidas vezes, jantara com eles uma vez, obviamente encantado com a honra de ter sido convidado, pois eles, de um modo geral, não ofereciam jantares; encantado, em suma, com todas as provas de atenção por parte dos primos e sentindo-se extremamente feliz por estar em relações íntimas com Camden Place.

Anne ouviu, mas sem conseguir compreender bem. Sabia que tinha de fazer concessões, enormes concessões, às opiniões dos que falavam. Sem dúvida que havia exagero naquilo que ouvia. Tudo o que soava a extravagante e irracional na reconciliação podia ter origem apenas na linguagem dos relatores. Mesmo assim, porém, ela tinha a sensação de existir algo mais do que era imediatamente aparente no desejo do senhor Elliot de, ao fim de tantos anos, querer ser bem recebido por eles. Sob um ponto de vista mundano, ele não tinha nada a ganhar com o fato de estar de boas relações com sir Walter, nem arriscava nada se continuasse em desacordo com ele. Com toda a probabilidade, ele era o mais rico dos dois, e a propriedade de Kellynch certamente seria sua no futuro, assim como o título. Um homem sensato! E ele parecera ser um homem muito sensato. Qual seria o seu objetivo? Ela só conseguia imaginar uma solução; era, talvez, por causa de Elizabeth. Talvez no passado ele tivesse gostado realmente dela, embora as conveniências e o acaso o tivessem arrastado para um caminho diferente, e, agora que ele podia dar-se ao luxo de fazer o que lhe agradava, talvez tencionasse fazer-lhe a corte. Elizabeth era certamente muito bonita, com modos elegantes e bem educados, e o senhor Elliot talvez nunca se tivesse apercebido do seu caráter, uma vez que só a vira em público e ele mesmo era, nessa altura, muito jovem. Como ele, agora mais velho e mais perspicaz, ver o temperamento e a inteligência dela era outra questão, bastante mais preocupante. Muito sinceramente, se o seu objetivo era, na verdade, Elizabeth, ela desejava que ele não fosse muito amável nem muito observador; e, pelos olhares que as duas trocavam quando se falava das visitas frequentes do senhor Elliot, parecia óbvio que Elizabeth julgava que era e que a sua amiga, a senhora Clay, encorajava a ideia.

Anne referiu tê-lo visto de relance em Lyme, mas não lhe prestaram muita atenção. "Ó!, sim, talvez fosse o senhor Elliot. Eles não sabiam. Talvez fosse ele". Recusavam-se a ouvi-la descrevê-lo. Eles próprios, principalmente sir Walter, o descreviam. Ele fez jus ao seu ar de cavalheiro, ao aspecto elegante e moderno, ao rosto bem delineado, aos seus olhos sensatos, mas, ao mesmo tempo, lamentava que tivesse o queixo tão saliente, um defeito que o tempo parecia ter acentuado; também não podia afirmar que, em dez anos, todos os seus traços não se tivessem alterado para pior. O senhor Elliot parecia pensar que ele (sir Walter) estava exatamente como quando se tinham separado pela última vez; mas sir Walter não pudera retribuir-lhe cabalmente o elogio, o que o embaraçara. Ele não tinha, porém, motivo de queixa. O senhor Elliot era mais bem-parecido que a maior parte dos homens, e ele não tinha qualquer objeção a ser visto em qualquer parte na sua companhia.

Senhor Elliot e os seus amigos de Malborough Buildings conversaram durante toda a noite. "O coronel Wallis mostrara-se tão impaciente em lhes ser apresentado! E o senhor Elliot, tão ansioso por que o fosse". E havia uma senhora Wallis, de quem, de momento, apenas tinham ouvido falar, pois ela esperava o nascimento de um filho; mas o senhor Elliot referia-se a ela como "uma mulher encantadora, bem digna de Camden Place", e, assim que se restabelecesse, conhecê-la-iam. Sir Walter tinha a senhora Wallis em grande consideração, dizia-se que ela era uma mulher extremamente bonita. Ele ansiava por conhecê--la. Tinha esperança de que ela o compensasse das muitas caras feias com que se cruzava continuamente na rua. O pior de Bath era a quantidade de mulheres feias que lá havia. Ele não queria dizer que não houvesse mulheres bonitas, mas o número das menos atraentes era desproporcionalmente maior. Ele tinha reparado com frequência, quando passeava, que a um rosto bonito se seguiam trinta ou trinta e cinco rostos medonhos; e uma vez, quando entrara em uma loja em Bond Street, contara oitenta e sete mulheres a passar, uma atrás de outra, sem que houvesse um rosto tolerável entre elas. Tinha sido uma manhã fria, com uma geada glacial, que dificilmente uma mulher em mil conseguiria enfrentar. Mas, mesmo assim, havia certamente uma grande quantidade de mulheres feias em Bath; e, quanto aos homens, esses eram infinitamente piores. As ruas estavam cheias de espantalhos! Pelo efeito que um homem de aspecto decente produzia, era óbvio que as mulheres não estavam muito habituadas a ver homens de aspecto tolerável. Ele nunca fora a lado nenhum de braço dado com o coronel Wallis (que tinha uma bela figura militar, embora fosse ruivo), sem notar que os olhos de todas as mulheres convergiam para ele, que os olhos de todas elas se fixavam no coronel Wallis. Que modesto, sir Walter! Ele não conseguiu fugir, porém. A filha e a senhora Clay aliaram-se a sugerir que o companheiro do coronel Wallis talvez tivesse uma figura tão atraente quanto o coronel Wallis, e certamente não era ruivo.

"Como está Mary?", perguntou sir Walter, muito bem-disposto.

"A última vez que a vi, ela tinha o nariz vermelho, mas espero que isso não aconteça todos os dias".

"Ó! Não, isso deve ter sido acidental. De um modo geral, ela tem estado de boa saúde e com muito bom aspecto desde o dia de São Miguel".

"Se eu achasse que isso não a tentaria a sair com ventos cortantes que lhe estragariam a pele, enviar-lhe-ia uma peliça e um chapéu novos".

Anne estava pensando se atreveria a sugerir que um vestido ou uma touca não teria provavelmente a mesma má utilização, quando batidas na porta suspenderam tudo. Bateram à porta, e tão tarde! Eram dez horas. Seria o senhor Elliot? Eles sabiam que ele deveria jantar em Lansdown Crescent. Era possível que ele passasse por ali no caminho para casa, para saber como estavam. Eles não conseguiam pensar em mais ninguém. A senhora Clay pensou decididamente que era o toque do senhor Elliot. A senhora Clay teve razão. Com todo o cerimonial que um único mordomo e um único lacaio permitiam, o senhor Elliot foi introduzido na sala.

Era o mesmo, exatamente o mesmo homem, diferente apenas no vestuário. Anne recuou um pouco, enquanto os outros recebiam os seus cumprimentos, e a irmã, as suas desculpas por ter aparecido a uma hora tão invulgar, mas ele "não conseguia estar tão perto sem desejar certificar-se de que nem ela nem a sua amiga se tinham constipado no dia anterior" etc., etc., o que foi feito muito educadamente e recebido o mais delicadamente possível; mas seguiu-se a vez dela. "Sir Walter falou na filha mais nova; senhor Elliot, permita-me que lhe apresente a minha filha mais nova", (não era ocasião para se recordar de Mary), e Anne, sorridente e corada, deixou o senhor Elliot ver as suas bonitas feições, as quais ele de modo algum esquecera, e viu imediatamente, achando graça ao seu ligeiro sobressalto de surpresa, que, na altura, ele não soubera quem ela era. Ele parecia completamente espantado, mas mais satisfeito do que espantado; os seus olhos brilharam de alegria e, com grande regozijo, congratulou-se pelo parentesco, aludiu ao passado e pediu que o considerasse já como conhecido. Ele era tão bem-parecido como lhe parecera em Lyme, o seu rosto melhorava quando falava, e os seus modos eram exatamente o que deveriam ser, tão educados, tão naturais e tão particularmente agradáveis, que ela só os podia comparar, em excelência, aos de uma outra pessoa. Não eram os mesmos, mas eram, talvez, igualmente primorosos.

Ele sentou-se junto deles, e a conversa melhorou com a sua participação. Não havia qualquer dúvida de que era um homem sensato. Bastaram dez minutos para provar isso. O seu tom, as suas expressões, a sua escolha de assunto, o fato de ele saber quando parar – tudo era função de uma mente sensata e perspicaz. Assim que pôde, ele começou a conversar sobre Lyme, desejando comparar opiniões a respeito daquele local, mas querendo particularmente falar sobre a circunstância de terem estado alojados ao mesmo tempo na mesma hospedaria, relatar a sua própria viagem, conhecer algo sobre ela e lamentar ter perdido uma tal oportunidade de a cumprimentar. Ela fez-lhe um breve relato do seu grupo e do que a levara a Lyme. À medida que escutava, ele sentia cada vez mais pena. Passara a noite sozinho na sala ao lado da deles; ouvira continuamente vozes e risos; pensara que devia ser um grupo de pessoas agradabilíssimo; desejou poder juntar-se a eles; mas, certamente, nunca desconfiara de que tinha o mínimo direito de se apresentar. Se ao menos tivesse perguntado quem eles eram, o nome Musgrove ter-lhe-ia dito o suficiente. Bem, isso lhe serviria de emenda e deveria curá-lo do hábito absurdo de nunca fazer perguntas em uma hospedaria, hábito que adotara ainda muito jovem, baseado no princípio de que era muito indelicado ser curioso.

"As ideias de um jovem de vinte e um anos", disse ele, "sobre as maneiras que deve ter para se tornar um modelo de distinção são mais absurdas, creio eu, que as de qualquer outro grupo do mundo. A loucura dos meios que ele muitas vezes utiliza só é igualada pela loucura do seu objetivo".

Mas ele sabia que não devia estar falando a sós com Anne; e, passado pouco tempo, ele estava conversando com os outros, só voltando a referir-se a Lyme de vez em quando.

As suas perguntas, porém, acabaram por conduzir a uma descrição do acontecimento em que ela estivera envolvida pouco depois de ele ter partido. Quando ela se referiu a "um acidente", ele quis saber pormenores. Quando ele fez perguntas, sir Walter e Elizabeth começaram também a fazer perguntas; mas era impossível não sentir a diferença na maneira como eles o fizeram. No desejo de compreender realmente o que se passara e no grau de interesse pelo que ela sofrera ao presenciá-lo, ela só podia comparar o senhor Elliot a lady Russell.

Ele ficou uma hora com eles. Só quando o elegante relógio em cima da lareira bateu às onze horas com o seu tinir de prata e se começou a ouvir ao longe o guarda noturno dizendo o mesmo é que o senhor Elliot, ou qualquer um deles, pareceu ter a noção de que ele estivera lá tanto tempo.

Anne não imaginara possível que a sua primeira noite em Camden Place corresse tão bem!

CAPÍTULO XVI

Havia uma questão de que Anne, ao regressar para junto da família, gostaria muito de se certificar, ainda mais do que se o senhor Elliot estava apaixonado por Elizabeth, e essa era de que o pai não estava apaixonado pela senhora Clay; e ela estava em casa há apenas algumas horas, quando começou a se sentir inquieta a esse respeito. Quando desceu para o café da manhã na manhã seguinte, soube que aquela senhora, fingindo decoro, manifestara a intenção de os deixar. Ela podia imaginar a senhora Clay dizendo que "agora que a senhorita Anne chegou, imaginei que já não precisam da minha companhia", pois Elizabeth respondia, em uma espécie de murmúrio: "Isso não constitui motivo nenhum, garanto-lhe que, para mim, isso não é razão. Ela não significa nada para mim, comparada com você". E chegou a tempo de ouvir o pai dizer: "Minha querida senhora, isso não pode ser. A senhora ainda não viu nada de Bath. Tem estado aqui apenas para nos ajudar. Não deve fugir de nós agora. Tem de ficar para conhecer a senhora Wallis, a bela senhora Wallis. Eu sei que, para o seu espírito delicado, a contemplação da beleza é um verdadeiro prazer".

Falou em um tom e com um ar tão sério que Anne não ficou surpreendida ao ver a senhora Clay lançar-lhe um olhar furtivo, bem como a Elizabeth. O seu rosto talvez exprimisse alguma cautela, mas o elogio a um espírito delicado não pareceu despertar qualquer preocupação na irmã. A senhora não pôde resistir às súplicas dos dois e prometeu ficar.

No decorrer dessa mesma manhã, Anne e o pai encontraram-se, por acaso, a sós, e ele começou a elogiá-la pela sua aparência melhorada; achava-a menos magra de corpo e de cara; a pele, a cútis, estava muito melhor, mais clara, mais fresca. Andava usando alguma coisa especial? "Não, nada". "Só Gowland", supôs ele. "Não, absolutamente nada". "Ah!", ele mostrou-se surpreendido e acrescentou, "Certamente, o melhor que tem a fazer é continuar como está; não pode aperfeiçoar o que já está bem; se não, eu lhe recomendo o Gowland, a utilização constante de Gowland nos meses da primavera. A senhora Clay tem usado, recomendada por mim, e vê como lhe tem feito bem. Vê como lhe fez desaparecer as sardas".

Se Elizabeth tivesse ouvido isso! Esse elogio pessoal talvez a tivesse perturbado, principalmente porque não parecia a Anne que as sardas tivessem diminuido absolutamente nada. Mas tudo tem a sua oportunidade. Os malefícios do casamento seriam muito menores se Elizabeth também se casasse. Quanto a si mesma, ela teria sempre a casa de lady Russell à sua disposição.

A mente calma e os modos educados de lady Russell foram postos à prova nessa altura, nas suas relações com Camden Place. Ver a senhora Clay em tão boas graças e Anne tão ignorada constituía para ela uma provocação permanente; e, quando estava longe, isso a aborrecia tanto quanto uma pessoa que está em Bath e que toma as águas, recebe todas as publicações novas e tem um vasto círculo de conhecimentos, tem tempo para se aborrecer.

Quando conheceu o senhor Elliot, tornou-se mais tolerante, ou mais indiferente, em relação aos outros. Os modos dele constituíram uma recomendação imediata e, ao conversar com ele, viu que o interior estava tão de acordo com a superfície que, a princípio, como contou a Anne, esteve quase prestes a exclamar: "Será este o senhor Elliot?" Ela não conseguia imaginar um homem mais simpático ou digno de apreço. Ele reunia todas as qualidades: compreensão, opiniões corretas, conhecimento do mundo e um coração afetuoso. Possuía fortes sentimentos em relação a laços familiares e à honra da família, sem orgulho nem fraqueza; vivia com a prodigalidade de um homem de fortuna, sem ostentação; julgava por si próprio a respeito de tudo o que era essencial, sem desafiar a opinião pública em qualquer questão de decoro mundano. Era firme, observador, moderado, sincero; nunca, imaginando-se forte, se deixava dominar pelo entusiasmo ou pelo egoísmo; tinha, no entanto, uma sensibilidade delicada para tudo o que era agradável e delicado, e dava valor a todas as alegrias da vida doméstica, coisas que personalidades dadas a entusiasmos fictícios e agitações violentas raramente possuem. Ela tinha certeza de que ele não fora feliz no casamento. O coronel Wallis dissera-o, e lady Russell viu-o; mas não tinha sido um infortúnio que lhe tivesse azedado o espírito, nem (começou ela pouco depois a desconfiar) que o impedisse de pensar em uma segunda escolha. A sua satisfação em relação ao senhor Elliot excedia a aversão que sentia pela senhora Clay.

Há alguns anos que Anne percebera que ela e a sua excelente amiga podiam, às vezes, ter opiniões diferentes; e, assim, não ficou surpreendida por lady Russell não ver, no enorme desejo de reconciliação do senhor Elliot, nada de suspeito ou incoerente, nada que tivesse outros motivos para além dos que eram óbvios. Do ponto de vista de lady Russell, era perfeitamente natural que o senhor Elliot, em uma fase mais amadurecida da sua vida, achasse desejável estar em boas relações com o chefe da sua família, fato esse que merecia toda a aprovação das pessoas sensatas; era o processo mais simples do mundo de uma mente naturalmente lúcida, que só errara no auge da juventude. Anne, porém, limitou-se a esboçar um sorriso; e, por fim, referiu-se a Elizabeth. Lady Russell ouviu, olhou e deu apenas uma resposta cautelosa: "Elizabeth! Muito bem. O tempo dirá".

Era uma referência ao futuro, ao qual Anne, depois de pensar um pouco, sentiu que tinha de se submeter. De momento, não podia ter certeza de nada. Naquela casa, Elizabeth estava em primeiro lugar; e ela estava tão habituada a atrair as atenções gerais como "senhorita Elliot" que quaisquer atenções para com outras pessoas pareciam quase impossíveis. Era preciso lembrar também que o senhor Elliot só tinha enviuvado há sete meses. Uma ligeira demora da sua parte era perfeitamente desculpável. Na realidade, Anne nunca conseguia ver o fumo à volta do chapéu dele sem recear que talvez fosse ela quem não merecia desculpa, ao atribuir-lhe tais fantasias; pois, embora o casamento dele não tivesse sido muito feliz, durara tantos anos que ela não conseguia compreender um restabelecimento tão rápido do desgosto provocado pela sua dissolução.

Qualquer que fosse o desfecho, o senhor Elliot era, sem dúvida, a pessoa mais agradável que conheciam em Bath; ela não via ninguém que se lhe comparasse; e dava-lhe um enorme prazer conversar com ele de vez em quando sobre Lyme, que ele desejava, tanto quanto ela, voltar a ver e conhecer melhor. Recordaram muitas vezes os pormenores do seu primeiro encontro. Ele deu-lhe a entender que a tinha olhado com muito interesse. Ela sabia-o bem; e ela recordava também o olhar de outra pessoa. As suas maneiras de pensar nem sempre coincidiam. Ela viu que ele atribuía mais valor do que ela à posição e relações sociais.

Não foi apenas por tolerância, devia ser por gosto próprio que ele se associou com empenho ao interesse do pai e da irmã sobre um assunto que ela considerava indigno da atenção deles. Em uma manhã, o jornal de Bath anunciou a chegada da viúva viscondessa de Dalrymple e da filha, a senhorita Carteret; e, durante muitos dias, toda a tranquilidade do apartamento de Camden Place desapareceu; pois os Dalrymple (infelizmente, na opinião de Anne) eram primos dos Elliot; e a preocupação era com o modo como lhes seriam condignamente apresentados.

Anne nunca tinha visto o pai e a irmã em contato com a nobreza e teve de reconhecer que se sentiu desiludida. Esperara mais da noção elevada que eles tinham da sua posição social, e viu-se reduzida a formular um desejo que nunca previra – um desejo de que eles tivessem mais orgulho; as palavras "as nossas primas lady Dalrymple e a senhorita Carteret" e "as nossas primas, as Dalrymple" soavam nos seus ouvidos durante todo o dia.

Sir Walter tinha-se encontrado uma vez na companhia do falecido visconde, mas nunca vira o resto da família, e as dificuldades da situação deviam-se ao fato de ter havido uma suspensão de cartas cerimoniosas desde a morte do visconde, quando, em consequência de uma grave doença de sir Walter ao mesmo tempo, se verificara uma infeliz omissão em Kellynch. Não fora enviada para a Irlanda nenhuma carta de condolências. A negligência voltara-se contra o prevaricador, pois, quando a pobre lady Elliot morreu, nenhuma carta foi recebida em Kellynch e, consequentemente, havia motivo suficiente para supor que as Dalrymple consideravam as relações cortadas. A questão agora era corrigir esse preocupante contratempo e serem admitidos de novo como primos; essa era uma questão que, embora com uma atitude mais racional, nem lady Russell nem o senhor Elliot consideravam insignificante. "As relações familiares devem ser sempre preservadas, tal como se deve sempre procurar boas companhias", diziam eles. Lady Dalrymple tinha alugado uma casa por três meses em Laura Place e viveria em grande estilo.

Ela estivera em Bath no ano anterior, e lady Russell ouvira falar dela como sendo uma mulher encantadora. Seria muito desejável que reatassem relações, se tal pudesse ser feito sem qualquer perda de compostura por parte dos Elliot.

Sir Walter, porém, decidiu escolher os seus próprios meios e, por fim, escreveu uma bela carta dirigida à sua ilustre prima, cheia de explicações, lamentações e súplicas. Nem lady Russell nem o senhor Elliot aprovaram a carta; mas ela teve o efeito pretendido, que foi três linhas rabiscadas pela viscondessa. Ela sentia-se muito honrada e gostaria muito de os conhecer. Terminada a aflição, começava a doçura. Eles visitaram Laura Place, receberam os cartões de visita da viscondessa de Dalrymple e da ilustre senhorita Carteret, os quais foram colocados em locais bem visíveis, e falavam para todo mundo das "primas de Laura Place" e das "nossas primas, lady Dalrymple e a senhorita Carteret".

Anne sentia-se envergonhada. Se, ao menos, lady Dalrymple e a filha fossem muito simpáticas, mesmo assim ela teria sentido vergonha da agitação que elas tinham provocado; mas elas não passavam de duas nulidades. Não possuíam qualquer superioridade de maneiras, talentos ou inteligência. Lady Dalrymple adquirira o epíteto de "uma mulher encantadora" porque tinha um sorriso e uma resposta educada para todo mundo. A senhorita Carteret, com ainda menos para dizer, era tão feia e tão desajeitada que, se não fosse quem era, nunca seria tolerada em Camden Place, se não fosse por seu nascimento.

Lady Russell confessou que tinha esperado algo melhor; mas, mesmo assim, "era um conhecimento valioso", e, quando Anne se atreveu a emitir a sua opinião sobre elas ao senhor Elliot, ele concordou que elas, em si, eram nulidades, mas continuava pensando que tinham o seu valor como ligação familiar, como boa companhia e ainda como pessoas que reuniam uma boa companhia à sua volta. Anne sorriu e disse: "A minha ideia de boa companhia, senhor Elliot, é a companhia de pessoas inteligentes, bem informadas, que têm muito sobre que conversar; é isso que eu chamo boa companhia".

"Está enganada", disse ele suavemente, "isso não é boa companhia, é ótima. Boa companhia exige apenas nascimento, educação e boas-maneiras, e nem sequer é muito exigente quanto à educação. Linhagem e boas-maneiras é o essencial; mas uma certa instrução não é, de modo algum, uma coisa perigosa em companhia; pelo contrário, até é uma vantagem. A minha prima Anne abana a cabeça. Ela não está satisfeita. É difícil de contentar. A minha cara prima", (sentando-se a seu lado) "tem mais direito de ser exigente do que qualquer mulher que eu conheço; mas será isso aconselhável? Será que isso a fará feliz? Não será mais sensato aceitar a companhia dessas boas senhoras de Laura Place e usufruir o quanto possível de todas as vantagens do parentesco? Pode ter certeza de que elas frequentarão a melhor sociedade de Bath e, como nobreza é nobreza, o fato de se saber que são parentes delas será útil para colocar a sua família, a nossa família quero dizer, naquele nível de consideração que todos desejamos".

"Sim", suspirou Anne, "na realidade, saberão que somos parentes delas!" Depois, dominando-se e não querendo que ele respondesse, acrescentou: "Eu realmente penso que houve muita preocupação em estabelecer relações. Suponho", (sorrindo) "que tenho mais orgulho do que qualquer um de vocês; mas confesso que me aborrece que nos tenhamos mostrado tão ansiosos em ver reconhecido o parentesco, o qual lhes é, sem dúvida, perfeitamente indiferente".

"Perdoe-me, minha querida prima, mas está sendo injusta para com os seus direitos. Em Londres, talvez, com o seu atual estilo de vida tranquilo, talvez fosse como diz; mas em Bath, sir Walter Elliot e a sua família serão sempre dignos de ser conhecidos, serão sempre aceitos como conhecidos importantes".

"Bem", disse Anne, "certamente que me sinto orgulhosa, muito orgulhosa para apreciar um acolhimento que depende exclusivamente de posição social".

"Adoro a sua indignação", disse ele, "ela é muito natural. Mas, já que estão aqui em Bath, o objetivo deverá ser instalarem-se com toda a honra e dignidade a que sir Walter Elliot tem direito. Diz que é orgulhosa; eu sei que me chamam orgulhoso, e não gostaria de ser de outro modo, pois o nosso orgulho, se analisarmos bem as coisas, tem o mesmo objetivo, não tenho qualquer dúvida, embora possam ser de um tipo um pouco diferente. Em um ponto, tenho certeza, minha querida prima", prosseguiu ele, em um tom de voz mais baixo, embora não estivesse mais ninguém na sala, "em um ponto, tenho certeza de que estamos de acordo. Ambos sentimos que, se o seu pai aumentar o seu círculo de conhecimentos entre os seus iguais ou superiores, isso poderá servir para desviar os seus pensamentos dos que lhe são inferiores".

Enquanto falava, ele olhava para o lugar em que a senhora Clay se sentara havia pouco tempo, uma indicação suficiente do que ele queria dizer; e, embora Anne não acreditasse que tivessem o mesmo tipo de orgulho, ficou satisfeita por ele não gostar da senhora Clay; e a sua consciência admitiu que o desejo dele de aumentar o círculo social do seu pai era mais do que desculpável se visasse derrotá-la.

CAPÍTULO XVII

Enquanto sir Walter e Elizabeth tentavam assiduamente cair nas boas graças de Laura Place, Anne reatava um relacionamento de natureza muito diferente.

Ela tinha visitado a sua antiga preceptora, e soubera por ela que se encontrava em Bath uma antiga colega que tinha dois fortes motivos para que a recordasse: a sua bondade passada e o seu sofrimento atual. A senhorita Hamilton, agora senhora Smith, tinha sido bondosa para com ela em um dos períodos da sua vida em que mais precisara. Anne fora para o colégio sentindo-se muito infeliz, chorando a morte da mãe muito amada, ressentindo-

-se do afastamento de casa e sofrendo como uma jovem de quatorze anos, sensível e pouco alegre, sofre nessas circunstâncias ; e a senhorita Hamilton, três anos mais velha do que ela, mas que, por não ter familiares próximos nem um lar definitivo, tinha ficado mais um ano no colégio, tinha sido útil e bondosa para ela, de um modo que minorara consideravelmente a sua infelicidade e, por esse motivo, ela nunca poderia recordá-la com indiferença.

A senhorita Hamilton deixara o colégio e casara pouco depois, ao que se dizia, com um homem de fortuna; e isso era tudo o que Anne soubera dela, até que, agora, a preceptora lhe revelou a sua situação de uma forma mais segura mas muito diferente. Ela estava viúva e pobre. O marido tinha sido extravagante; quando morrera, dois anos antes, ele tinha deixado os seus negócios terrivelmente emaranhados. Ela tivera de lutar contra todo o tipo de dificuldades e, para além desses desgostos, sofria de uma grave febre reumática que acabara por atacar-lhe as pernas e a deixara aleijada. Ela viera para Bath por causa disso e estava agora instalada em uma casa alugada perto das termas quentes, a viver de um modo muito humilde, sem poder sequer ter o conforto de uma criada e, obviamente, quase excluída da sociedade.

A amiga comum garantiu que a senhora Smith ficaria muito satisfeita com a visita da senhorita Elliot e, assim, Anne não perdeu tempo em ir vê-la. Não disse nada em casa sobre o que ouvira nem o que tencionava fazer. Isso não suscitaria grande interesse. Limitou-se a consultar lady Russell, e esta a compreendeu perfeitamente e teve o maior prazer em levá-la tão perto da morada da senhora Smith nos Westgate Buildings quanto Anne quis.

A visita foi feita, o relacionamento reatado e a amizade de uma pela outra, mais do que reacendida. Os primeiros dez minutos tiveram o seu quê de embaraço e emoção. Tinham-se passado doze anos desde que se tinham separado, e cada uma delas era um tanto diferente do que a outra imaginara. Doze anos tinham transformado Anne de uma jovem sem formas, calada e a desabrochar, em uma elegante mulher de vinte e sete anos, de baixa estatura, com toda a beleza exceto o viço da juventude e com modos conscientemente corretos e invariavelmente meigos; e doze anos tinham transformado a bonita e crescida senhorita Hamilton, com todo o fulgor da saúde e confiança na sua superioridade, em uma viúva pobre, enferma e indefesa, recebendo a visita da sua antiga protegida como um favor; mas tudo o que era penoso no encontro depressa se desvaneceu, deixando apenas o interesse e o encanto de recordar amizades antigas e de falar sobre os velhos tempos.

Anne encontrou na senhora Smith o bom senso e os modos agradáveis com os quais ela quase se atrevera a contar, e uma vontade de conversar e ser alegre para além da sua expectativa. Nem a dissipação do passado – e ela tinha tido uma vida muito mundana – nem as restrições do presente; nem a doença nem a dor pareciam ter-lhe endurecido o coração e feito perder a jovialidade.

Durante a segunda visita, ela falou com muita franqueza, e o espanto de Anne aumentou. Não conseguia imaginar uma situação mais triste do que a da senhora Smith. Ela gostara muito do marido – e enterrara-o. Habituara-se à afluência – e esta terminara. Não tinha filhos que voltassem a prender à vida e à felicidade, nem familiares que a auxiliassem a pôr em ordem os seus negócios confusos, não tinha saúde que tornasse todo o resto suportável. Os seus aposentos estavam limitados a uma sala barulhenta e um quarto escuro atrás, e ela não conseguia mover-se de um aposento para o outro sem ajuda; havia só uma criada na casa para lhe dar essa ajuda, e ela só saía para ir para as termas. No entanto, apesar de tudo isso, Anne tinha motivo para acreditar que ela tinha apenas momentos de desânimo e depressão, e horas de ocupação e alegria. Como podia isso ser? Ela prestou atenção – observou – refletiu – e decidiu finalmente que não se tratava simplesmente de um caso de coragem e resignação. Um espírito submisso talvez fosse paciente, uma inteligência sólida poderia encontrar soluções, mas ali havia qualquer coisa mais; havia aquela elasticidade de espírito, aquela disposição para se deixar confortar, o poder de transformar rapidamente o mal em bem, de encontrar ocupações que a distraíssem, que só podia provir da natureza. Era o mais precioso dom do Céu, e Anne via a sua amiga como um daqueles casos que, devido a um desígnio misericordioso, parece destinado a contrabalançar quase todas as outras deficiências.

Houvera uma altura, disse-lhe a senhora Smith, em que quase desanimara. Agora já não se podia considerar uma inválida, comparada com o seu estado quando chegara a Bath. Nessa altura, ela tinha sido realmente digna de dó, pois apanhara uma constipação durante a viagem e, mal se instalara nos seus aposentos, ficara de cama, sofrendo constantemente de dores violentas; e tudo isso no meio de desconhecidos – com necessidade absoluta de uma enfermeira permanente, e sem dinheiro, de momento, para quaisquer despesas imprevistas. Ela tinha resistido, porém, e podia dizer com toda a sinceridade que a provação lhe tinha feito bem. Saber que estava em boas mãos fizera-a sentir-se melhor. Tinha visto muito do mundo para esperar uma amizade súbita e desinteressada em qualquer lado, mas a doença provara-lhe que a sua senhoria tinha um bom caráter e não a trataria mal; e ela tivera sorte, sobretudo, com a enfermeira, irmã da senhoria, enfermeira de profissão, que, quando desempregada, tinha sempre um lar naquela casa, e, por acaso, se encontrava, nessa altura, livre para tratar dela. "E ela", disse a senhora Smith, "além de me tratar muito bem, tem sido um conhecimento precioso. Assim que consegui usar as mãos, ela ensinou-me a tricotar, o que tem constituído para mim uma grande distração; ensinou-me a fazer estas caixinhas, alfineteiras e estojos para cartões de visita que me vê sempre fazendo e que me proporcionam um meio de fazer um pouco de bem a uma ou duas famílias pobres desta região. Devido à sua profissão, claro, ela conhece muita gente que pode comprar, e ela vende as minhas coisas. Dirige-se sempre às pessoas na altura certa. Todo mundo é generoso, sabe, quando acabou de se libertar de dores violentas ou está recuperando a bênção da saúde, e a enfermeira Rooke sabe perfeitamente quando deve falar. Ela é uma mulher perspicaz, inteligente e sensata. Gosta de observar a natureza humana e possui um fundo de bom senso e sentido crítico que a tornam infinitamente superior, como companhia, a milhares que, tendo recebido a melhor educação do mundo, não sabem nada que valha a pena escutar. Pode chamar-lhe má língua, se quiser; mas quando a enfermeira Rooke tem meia hora livre para passar comigo, é certo que tem algo interessante e útil para contar, algo que nos faz conhecer melhor os outros seres humanos. Todos gostam de ouvir o que se passa, de estar atualizados quanto às últimas modas fúteis e tolas. Para mim, que vivo sozinha, garanto-te que a conversa dela é um verdadeiro prazer".

Anne, longe de querer pôr em causa esse prazer, respondeu: "Posso bem acreditar. As mulheres da classe dela têm ótimas oportunidades e, se forem inteligentes, vale a pena escutá-las. Elas estão habituadas a presenciar tantas variações da natureza humana! E não conhecem bem apenas as suas loucuras; pois, ocasionalmente, elas conseguem vê-la sob os seus aspectos mais interessantes e comoventes. Quantos casos de amor ardente, desinteressado, altruísta, de heroísmo, coragem, paciência, resignação não desfilarão perante elas... de todos os conflitos e todos os sacrifícios que mais nos enobrecem? Um quarto de um doente pode, muitas vezes, ensinar mais do que muitos livros".

"Sim", disse a senhora Smith em um tom de dúvida, "às vezes pode ser que assim seja, mas eu receio que as suas lições não tenham frequentemente o estilo eloquente que descreve. De vez em quando, a natureza humana pode ser grandiosa em alturas difíceis, mas, de um modo geral, em um quarto de um doente, são as suas fraquezas e não as suas forças que emergem; é do egoísmo e da impaciência que se ouve falar, e não de generosidade e de coragem. Há tão pouca amizade no mundo, e, infelizmente", concluiu ela em uma voz baixa e trêmula, "há tantos que se esquecem de pensar a sério até ser muito tarde".

Anne viu como ela se sentia infeliz. O marido não tinha sido o que devia, e a mulher fora levada para o meio daquele setor da humanidade que a tinha feito pensar pior do mundo do que esperava que este merecesse. Foi, porém, apenas uma emoção passageira da senhora Smith; ela sacudiu-a e, pouco depois, acrescentou em um tom diferente:

"Eu não penso que o emprego que a minha amiga, a senhora Rooke, tem neste momento me vá fornecer exemplos interessantes e edificantes. Ela está apenas a tratar da senhora Wallis de Malborough Buildings; creio que esta não passa de uma mulher moderna, bonita, tola e cara, e claro que não vai ter nada para contar a não ser sobre rendas e roupas elegantes. Mas tenciono fazer lucro com a senhora Wallis. Ela tem muito dinheiro, e eu tenciono fazê-la comprar as coisas caras que tenho entre mãos".

Anne visitou várias vezes a sua amiga antes da existência desta ser conhecida em Camden Place. Por fim, tornou-se necessário falar dela. Sir Walter, Elizabeth e a senhora Clay regressaram uma manhã de Laura Place com um convite repentino de lady Dalrymple para esse serão, e Anne já se tinha comprometido a passá-lo em Westgate Buildings. Não lamentou ter uma desculpa. Ela tinha certeza de que eles só tinham sido convidados porque lady Dalrymple, retida em casa com uma constipação, ficara satisfeita por poder utilizar o parentesco que lhe tinha sido imposto, e ela recusou o convite com grande satisfação: "Ela estava comprometida a passar a noite com uma antiga colega do colégio". Eles não se interessavam muito pelo que tinha a ver com Anne, mas, mesmo assim, houve perguntas suficientes para ter de explicar quem era essa antiga colega; Elizabeth mostrou-se desdenhosa, e sir Walter, severo.

"Westgate Buildings", disse ele, "e quem é que a senhorita Anne Elliot vai visitar em Westgate Buildings? Uma senhora Smith. Uma senhora Smith viúva. E quem era o marido dela? Um dos cinco mil senhores Smith, cujos nomes se encontram por todo o lado? E que atrativo tem ela? É velha e enferma. Palavra de honra, senhorita Anne Elliot, que a menina tem um gosto extraordinário! Tudo o que enoja as outras pessoas, companhias de baixo nível, aposentos miseráveis, ar viciado e relações desagradáveis é convidativo para si. Mas certamente que essa velha senhora pode esperar até amanhã. Ela não se encontra tão perto do fim que pense não chegar até amanhã. Que idade tem ela? Quarenta anos?".

"Não, senhor, ela tem trinta e um anos; mas acho que não posso adiar o meu compromisso; porque é a única noite, nos dias mais próximos, que convém tanto a mim como a ela. Ela vai para as termas quentes amanhã e, durante o resto da semana, o senhor sabe que estamos ocupados".

"Mas você acredita que Lady Russell saiba desse relacionamento?", perguntou Elizabeth.

"Ela não vê nada de mal nele", respondeu Anne, "pelo contrário, aprova-o e, geralmente, leva-me lá, quando vou visitar a senhora Smith".

"Os habitantes de Westgate Buildings devem ter ficado muito surpreendidos ao verem uma carruagem parar junto do passeio!", comentou sir Walter. "A viúva de sir Henry Russell, é verdade, não tem títulos que distingam o seu brasão; mas, mesmo assim, é uma bela equipagem, e, sem dúvida, bem digna de transportar a senhorita Elliot. Uma senhora Smith viúva, alojada em Westgate Buildings! Uma pobre viúva, que mal consegue sobreviver, entre trinta e quarenta anos... uma simples senhora Smith, uma senhora Smith comum, escolhida entre todo mundo e todos os nomes do mundo, para amiga da senhorita Anne Elliot, e ser por ela preferida aos seus próprios familiares pertencentes à nobreza de Inglaterra e da Irlanda! Senhora Smith, que nome!".

A senhora Clay, que estivera presente enquanto tudo isso se passava, achou agora aconselhável sair da sala, e Anne podia ter dito muita coisa e desejou dizer alguma coisa, em defesa dos direitos da sua amiga, não muito diferentes dos deles, mas o respeito que tinha pelo pai impediu-a de o fazer. Não deu resposta. Ela deixou que ele se recordasse, por si próprio, de que a senhora Smith não era a única viúva em Bath, entre trinta e quarenta anos, com pouco dinheiro e sem qualquer sobrenome nobre.

Anne manteve o seu compromisso; os outros mantiveram os deles, e claro que, na manhã seguinte, ela ficou sabendo que tinham passado uma noite deliciosa. Ela fora a única do grupo que estivera ausente; pois sir Walter e Elizabeth tinham estado às ordens de sua senhoria e tinham ficado encarregados por ela de trazer outras pessoas, e eles tinham-se dado ao incômodo de convidar lady Russell e o senhor Elliot; o senhor Elliot tinha feito questão de deixar o coronel Wallis cedo, e lady Russell tinha alterado todos os seus compromissos da noite para fazer companhia a lady Dalrymple. Anne ouviu de lady Russell toda a história do que se passara naquele serão. Para ela, o mais interessante foi a sua amiga e o senhor Elliot terem falado muito dela, terem desejado que ela estivesse presente, lamentado que não estivesse e, ao mesmo tempo, elogiado o motivo da sua ausência. As suas bondosas visitas a uma antiga colega, doente e diminuída, pareciam ter encantado o senhor Elliot. Ele achava que ela uma jovem extraordinária; pelo seu temperamento, modos, inteligência, era um modelo de perfeição feminina. Ele conseguia até mesmo ultrapassar lady Russell na afirmação dos seus méritos; e Anne não conseguia escutar o que a amiga lhe dizia, não lhe era possível saber se era tida em tão elevada consideração por um homem sensato sem experimentar as agradáveis sensações que a sua amiga pretendia provocar.

Lady Russell estava já perfeitamente segura da sua opinião em relação ao senhor Elliot. Ela estava tão convencida de que ele pretendia conquistar Anne quanto de merecê-la; e começava a calcular o número de semanas que lhe faltavam para se libertar das últimas restrições da viuvez, quando ficaria livre para exercer os seus poderes de sedução. Ela não queria comunicar a Anne metade da certeza que tinha sobre o assunto e arriscava-se apenas a fazer algumas insinuações sobre o que aconteceria no futuro, sobre um possível afeto por parte dele, sobre como essa aliança seria desejável, se esse afeto fosse real e correspondido. Anne escutou-a e não emitiu qualquer exclamação peremptória. Limitou-se a sorrir, a corar e a abanar ligeiramente a cabeça.

"Eu não sou casamenteira, como bem sabe", disse lady Russell, "pois conheço muito bem a incerteza de todos os acontecimentos e projetos humanos. Só quero dizer que, se daqui a algum tempo o senhor Elliot lhe fizer a corte e você estiver disposta a aceitá-lo, penso que haveria todas as possibilidades de serem felizes juntos. Uma união que todos considerariam extremamente apropriada, mas que eu penso que seria uma união muito feliz".

"O senhor Elliot é um homem extremamente simpático e, em muitos aspectos, tenho muita consideração por ele", disse Anne, "mas não estaríamos bem um para o outro".

Lady Russell não comentou essas palavras, limitando-se a dizer: "Confesso que gostaria de poder considerar-lhe a futura senhora de Kellynch, a futura lady Elliot... que me seria extremamente grato vê-la, no futuro, ocupar o lugar de sua querida mãe, sucedendo-

-lhe em todos os direitos, em toda a popularidade, bem como em todas as virtudes. Você é tal e qual sua mãe no aspecto e no temperamento e, se me é permitido imaginar como ela era, em posição, em nome, no lar, presidindo e abençoando o mesmo local, e só superior a ela pelo fato de ser mais estimada! Minha querida Anne, isso me daria mais alegria do que geralmente se sente em minha idade".

Anne viu-se obrigada a voltar-se, levantar-se e dirigir-se a uma mesa distante, e, inclinando-se para fingir que estava ocupada, tentou dominar as sensações que essa imagem provocava. Durante alguns momentos, a sua imaginação e o seu coração sentiram-se seduzidos. A ideia de se tornar o que a mãe fora; de voltar a Kellynch, de lhe chamar novamente o seu lar, o seu lar para sempre, possuía um encanto a que ela não conseguia, de imediato, resistir. Lady Russell não disse mais nada, disposta a deixar que o assunto seguisse o seu curso normal; ela acreditava que, se o senhor Elliot pudesse, nesse momento, pleitearia a sua causa... Em suma, ela acreditava no que Anne não acreditava. Essa mesma imagem do senhor Elliot a defender a sua causa devolveu a compostura a Anne. O encanto de Kellynch e de "lady Elliot" desvaneceu-se completamente. Ela nunca poderia aceitá-lo. E não era só porque os seus sentimentos se opunham a que ela se casasse com qualquer homem a não ser um; o seu raciocínio, após uma séria ponderação das possibilidades de tal acontecimento, também era contra o senhor Elliot.

Embora se conhecessem apenas há um mês, ela achava que já o conhecia bem. Que ele era um homem sensato, simpático, bem-falante, que emitia opiniões sólidas e parecia julgar com correção e como homem de princípios – isso era bastante óbvio. Ele, certamente, sabia o que estava certo, e ela não conseguia identificar um só princípio moral que ele transgredisse claramente; mas, mesmo assim, ela hesitaria em colocar as mãos no fogo pela sua conduta. Ela desconfiava do passado, se não do presente. Os nomes de antigos companheiros que eram ocasionalmente mencionados, as alusões a ocupações e hábitos passados sugeriam suspeitas que não abonavam a favor do que ele fora. Ela via que houvera maus hábitos; que viajar ao domingo tinha sido uma coisa habitual; que houvera um período na sua vida (e, provavelmente, não fora um período curto) em que ele fora, pelo menos, indiferente a todos os assuntos sérios; e, embora a sua maneira de pensar pudesse agora ser diferente, quem poderia garantir a veracidade dos sentimentos sinceros de um homem esperto e cauteloso que amadurecera o suficiente para apreciar um caráter leal? Como se poderia ter certeza de que a sua alma estava verdadeiramente purificada?

O senhor Elliot era racional, discreto, educado, mas não era franco. Nunca havia uma explosão de sentimentos, nenhuma indignação ou deleite acalorados perante o mal ou o bem dos outros. Para ela, isso era decididamente um defeito. As suas primeiras impressões eram imutáveis. Ela gostava, acima de tudo, de pessoas francas, sinceras e impulsivas. O ardor e o entusiasmo ainda a cativavam. Ela achava que podia confiar mais na sinceridade dos que por vezes diziam uma coisa imprudente e precipitada do que na daqueles que nunca perdiam a presença de espírito ou cuja língua nunca tinha um deslize.

O senhor Elliot era muito simpático em relação a todos. Eram várias as maneiras de ser em casa do pai dela, e ele agradava a todas elas. Ele suportava tudo com a maior complacência, dava-se muito bem com todo mundo. Ele lhe falara da senhora Clay com alguma franqueza; parecera que vira claramente o que a senhora Clay pretendia, que a desprezava; no entanto, a senhora Clay achava-o tão simpático quanto todo mundo.

Lady Russell via menos ou mais do que a sua jovem amiga, pois não via nada que provocasse desconfiança. Ela não conseguia imaginar um homem mais ideal do que o senhor

Elliot; nem sensação alguma lhe era mais agradável do que a esperança de o ver receber a mão da sua querida Anne na igreja de Kellynch, no outono seguinte.

CAPÍTULO XVIII

Era o início de fevereiro; e Anne, encontrando-se já há um mês em Bath, estava ansiosa por ter notícias de Uppercross e de Lyme. Ela queria saber muito mais do que Mary lhe comunicava. Há três semanas que não tinha notícias. A única coisa que sabia era que Henrietta estava de novo em casa; e que Louisa, embora considerada em rápida convalescença, ainda se encontrava em Lyme; e, em um serão, ela pensava muito neles quando uma carta de Mary, muito mais espessa do que de costume, lhe foi entregue, com os cumprimentos do almirante e da senhora Croft, o que lhe causou grande surpresa e prazer.

Os Croft deviam estar em Bath! Uma circunstância que lhe interessava. Eles eram pessoas de quem ela muito naturalmente gostava.

"Que se passa?", exclamou sir Walter. "Os Croft chegaram a Bath? Os Croft que alugaram Kellynch? Que foi que eles te trouxeram?"

"Uma carta do chalé de Uppercross".

"Ó! Essas cartas são passaportes muito convenientes. Asseguram uma apresentação. De qualquer modo, eu visitaria o almirante Croft. Eu conheço as minhas obrigações para com o meu inquilino".

Anne não conseguiu prestar mais atenção; nem sequer poderia dizer se o rosto do pobre almirante escapara aos comentários do pai; a carta absorveu-a. Tinha sido começada alguns dias antes.

1º de fevereiro

Minha querida Anne,

Não lhe peço desculpa pelo meu silêncio porque sei como as pessoas se interessam pouco por cartas quando se encontram em um lugar como Bath. Deve se sentir muito feliz para se importar com Uppercross, que, como você bem sabe, tem muito pouco sobre o qual se possa escrever. Tivemos um Natal muito aborrecido; o senhor e a senhora Musgrove não deram um único jantar durante as férias. Eu não considero os Hayter como gente importante. As férias, porém, chegaram finalmente ao fim: acho que as crianças nunca tiveram umas férias tão compridas. Eu, certamente, não tive. Foram todos embora ontem, com exceção dos meninos Harville; ficará surpreendida quando souber que eles ainda não foram para casa. A senhora Harville deve ser uma mãe estranha, para estar tanto tempo separada deles. Eu não compreendo. Na minha opinião, não são crianças nada simpáticas; mas a senhora Musgrove parece gostar tanto deles, se não mais, do que dos netos. Que tempo terrível temos tido! O mau tempo talvez não se faça sentir em Bath, com suas ruas bem pavimentadas; mas no campo traz consequências desagradáveis. Não recebi uma única visita desde a segunda semana de janeiro, a não ser a de Charles Hayter, que tem aparecido muito mais vezes do que é desejado. Aqui para nós, acho que foi pena Henrietta não ter ficado em Lyme tanto tempo como Louisa; isso a teria mantido um pouco afastada dele. A carruagem partiu hoje, para trazer Louisa e os Harville amanhã. Contudo, só fomos convidados para jantar com eles depois de amanhã, pois a senhora Musgrove receia que ela se sinta fatigada da viagem, o que não é muito provável, tendo em conta os cuidados que terão com ela; seria muito mais conveniente para mim jantar lá amanhã. Ainda bem que acha o senhor Elliot tão simpático; também gostaria de conhecê-lo; mas eu tenho o meu azar habitual, encontro-me sempre longe quando qualquer coisa boa acontece; sou sempre a última da família a ser convidada. Faz muito tempo que a senhora Clay encontra-se junto de Elizabeth! Ela não tenciona ir embora? Mas, mesmo que o quarto ficasse livre, nós talvez não fôssemos convidados. Diga-me o que pensa disso. Não estou contando com que os meus filhos sejam convidados. Posso muito bem deixá-los na Casa Grande durante um mês ou seis semanas. Ouvi dizer agora mesmo que os Croft vão para Bath dentro de pouco tempo; eles acham que o almirante sofre um pouco de gota. Charles ouviu dizer por acaso; eles não tiveram a delicadeza de nos comunicar nem de se oferecerem para levar qualquer coisa. Acho que, como vizinhos, eles não têm melhorado absolutamente nada. Nunca os vemos, e isso é realmente um caso de flagrante falta de atenção. Charles associa-se aos meus cumprimentos.

Sua afeiçoada,

Mary M.

Lamento comunicar que me encontro longe de estar bem; Jemina acabou de me informar que o açougueiro lhe disse que andam muitas anginas por aí. Claro que também as vou apanhar; e as minhas anginas, você sabe, são piores do que as de qualquer outra pessoa.

Assim terminava a primeira parte, que foi posteriormente colocada em um sobrescrito contendo outra de tamanho quase idêntico.

Mantive a minha carta aberta para lhe poder dizer como Louisa suportou a viagem, e agora sinto-me extremamente satisfeita por tê-lo feito, pois tenho muito a acrescentar. Em primeiro lugar, recebi ontem um bilhete da senhora Croft, oferecendo-se para lhe levar qualquer coisa; um bilhete muito simpático e amável, dirigido a mim, como deve ser; poderei, assim, alongar a minha carta tanto quanto quiser. O almirante não parece muito doente, e espero sinceramente que Bath lhe seja tão benéfica quanto ele pretende. Ficarei muito satisfeita em vê-los de volta. A nossa vizinhança não pode dispensar uma família tão agradável. Mas agora, a respeito de Louisa, tenho algo a lhe dizer que certamente vai lhe causar admiração. Ela e os Harville chegaram na terça-feira, após uma boa viagem, e à noite fomos saber como ela estava, e ficamos surpreendidos por não vermos o capitão Benwick, pois ele também tinha sido convidado, juntamente com os Harville, e qual acha que foi o motivo? Nem mais nem menos o fato dele estar apaixonado por Louisa e preferir não vir a Uppercross antes de ter uma resposta do senhor Musgrove; pois ficou tudo acordado entre os dois antes de ela ir embora, e ele escrevera ao pai dela por intermédio do capitão Harville. É verdade, dou-lhe minha palavra de honra. Não está espantada? Eu, pelo menos, ficarei surpreendida se me disser que alguma vez imaginou uma coisa dessas, pois eu nunca o fiz. A senhora Musgrove afirma solenemente que não sabia nada do assunto. Estamos todos muito satisfeitos, porém; pois, embora não seja a mesma coisa que ela casar com o capitão Wentworth, é infinitamente melhor do que Charles Hayter; e o senhor Musgrove já respondeu dando o seu consentimento, e o capitão Benwick é esperado hoje. A senhora Harville diz que o marido sofre muito por causa da irmã, mas, no entanto, gostam ambos muito de Louisa. Na verdade, eu e a senhora Harville concordamos que gostamos mais dela por termos tomado conta dela. Charles pergunta o que dirá o capitão Wentworth; mas, se você lembra bem, eu nunca o achei afeiçoado a Louisa; nunca vi nada disso. E isso é o fim, como vê, da suposição de que o capitão Benwick era seu admirador. É incompreensível como Charles pode ter imaginado uma coisa dessas. Espero que agora ele seja mais simpático. Certamente não é um grande partido para Louisa Musgrove; mas é um milhão de vezes melhor do que casar com um dos Hayter.

Mary não precisava recear que a irmã estivesse de qualquer modo preparada para a notícia. Ela nunca ficara mais espantada na vida. O capitão Benwick e Louisa Musgrove! Era muito espantoso para poder acreditar; e foi com grande esforço que ela conseguiu continuar na sala, mantendo um ar calmo, e responder às perguntas do momento. Felizmente para ela, não houve muitas. Sir Walter queria saber se os Croft viajavam em uma carruagem de quatro cavalos e se era provável que estivessem instalados em uma parte de Bath em que pudessem ser visitados por ele e pela senhorita Elliot. Para além disso, sentia pouca curiosidade.

"Como está Mary?", disse Elizabeth, e, sem esperar por uma resposta, acrescentou, "E que trouxe os Croft a Bath?"

"Vieram por causa do almirante. Pensam que ele tem gota".

"Com gota e decrépito?", disse sir Walter. "Pobre velho".

"Eles conhecem alguém aqui?", perguntou Elizabeth.

"Não sei; mas não me parece que, com a idade do almirante Croft, e com a sua profissão, ele não conheça muita gente em um local destes".

"Desconfio", disse sir Walter friamente, "que o almirante Croft seja mais conhecido em Bath como inquilino de Kellynch Hall. Elizabeth, acha que poderemos apresentá-lo e à mulher em Laura Place?"

"Ó não, penso que não. Relacionados como nós estamos, com lady Dalrymple, devemos ter muito cuidado em não embaraçá-la com conhecimentos que ela possa não aprovar. Se não tivéssemos relações de parentesco, isso não seria importante; mas, como primos, ela teria escrúpulos em recusar qualquer proposta nossa. É melhor deixarmos que os Croft encontrem o seu próprio nível. Há vários homens de aspecto estranho por aí, que, segundo me dizem, são marinheiros. Os Croft se relacionarão com eles".

Esse foi o interesse que sir Walter e Elizabeth manifestaram quanto à carta; depois da senhora Clay ter pago o seu tributo de um pouco mais de atenção, com uma pergunta sobre a senhora Charles Musgrove e os seus belos rapazinhos, Anne ficou livre.

Já no seu quarto, tentou compreender a situação. Charles bem podia interrogar-se sobre o que o capitão Wentworth sentiria! Talvez ele tivesse abandonado o campo, tivesse desistido de Louisa, tivesse deixado de a amar, tivesse descoberto que não a amava. Ela não conseguia suportar a ideia de traição ou leviandade, ou de algo semelhante a má vontade entre ele e o amigo. Não podia suportar a ideia de que uma amizade como a deles pudesse ser destruída injustamente.

O capitão Benwick e Louisa Musgrove! A alegre e faladora Louisa Musgrove e o capitão Benwick, triste, pensativo, sensível e amante da leitura, pareciam, cada um deles, ser tudo o que não se adequava ao outro. As suas mentalidades eram tão diferentes! Onde teria estado a atração? A resposta surgiu-lhe pouco depois. Fora a situação. Tinham estado juntos durante várias semanas; tinham vivido no mesmo grupo familiar; desde que Henrietta partira, eles passaram a contar quase exclusivamente um com o outro, e Louisa, convalescente, estava bastante atraente, e o capitão Benwick não era inconsolável. Esse era um ponto de que Anne não conseguira deixar de duvidar antes e, em vez de chegar à mesma conclusão que Mary a respeito do atual curso de acontecimentos, estes serviram apenas para confirmar a ideia de que ele tinha sentido algum assomo de ternura para com ela. Ela não tencionava, porém, lisonjear a sua vaidade mais do que Mary teria permitido. Estava convencida de que qualquer mulher toleravelmente agradável que o tivesse escutado e parecesse sentir algo por ele teria recebido a mesma atenção. Ele tinha um coração afetuoso. Ele precisava amar alguém.

Ela não via qualquer motivo para que não fossem felizes: para começar, Louisa possuía um grande entusiasmo pela Marinha, e em breve ficariam muito parecidos. Ele tornar--se-ia mais alegre, e ela aprenderia a gostar de Scott e de Lorde Byron; não, isso provavelmente já tinha acontecido; claro que se tinham apaixonado através da poesia. A ideia de Louisa Musgrove transformada em uma pessoa de gostos literários e meditações sentimentais era divertida, mas ela não duvidava de que assim fosse. Era possível que o dia em Lyme, a queda do Cobb, tivesse afetado a sua saúde, os seus nervos, a sua coragem, a sua personalidade, até ao fim da sua vida, tanto quanto parecia ter afetado o seu destino.

A conclusão final era que, se a mulher que tinha sido sensível aos méritos do capitão Wentworth podia preferir outro homem, não havia nada no noivado que pudesse provocar um espanto duradouro; e, se o capitão Wentworth não perdera um amigo, não havia nada a lamentar. Não, não era o pesar que fazia o coração de Anne bater contra a sua vontade e lhe fazia corar o rosto quando pensava que o capitão Wentworth estava livre. Ela sentia vergonha de investigar alguns dos seus sentimentos. Estes pareciam-se muito com a alegria, uma alegria louca!

Ela ansiava por ver os Croft, mas, quando o encontro se realizou, era evidente que eles ainda não tinham ouvido quaisquer rumores sobre o assunto. A visita de cerimônia foi feita e retribuída, e Louisa Musgrove foi referida, bem como o capitão Benwick, sem sequer um esboço de sorriso.

Os Croft tinham alugado uma casa em Gay Street, o que foi inteiramente do agrado de sir Walter. Ele não se sentiu absolutamente nada envergonhado por os conhecer e, na realidade, falava muito mais do almirante do que o almirante pensava ou mesmo falava dele.

Os Croft conheciam tantas pessoas em Bath quanto desejavam, e consideravam as suas relações com os Elliot uma mera formalidade que não lhes provocaria qualquer prazer. Tinham trazido do campo o hábito de andarem sempre juntos. Ele recebera ordens para andar a pé, a fim de evitar a gota, e a senhora Croft parecia partilhar tudo com ele, fartando-se de andar, para que ele melhorasse. Anne via-os em todo o lado para onde ia. Lady Russell levava-a passear na carruagem quase todas as manhãs, e ela pensava sempre neles e via-os sempre. Conhecendo os sentimentos deles como ela conhecia, eles forma-vam, a seus olhos, um atraente quadro de felicidade. Ela ficava sempre olhando para eles o mais demoradamente que conseguia; ficava encantada imaginando que sabia do que eles conversavam enquanto caminhavam sozinhos e felizes; ou igualmente encantada ao ver o almirante apertar vigorosamente a mão quando encontrava um velho amigo, e observar a vivacidade da conversa quando encontrava ocasionalmente um pequeno grupo da Marinha. A senhora Croft parecia tão inteligente e atenta quanto qualquer dos oficiais à sua volta.

Anne estava muito ocupada com lady Russell para andar muito a pé; mas em uma manhã, cerca de uma semana ou dez dias depois da chegada dos Croft, deixou a amiga, ou melhor, a carruagem da amiga, na parte inferior da cidade e voltou sozinha para Camden Place; ao subir Milsom Street, teve a boa sorte de encontrar o almirante. Ele estava sozinho, junto da vitrine de uma loja de estampas, com as mãos atrás das costas, olhando atentamente para um quadro, e ela não só podia ter passado por ele sem que ele a visse como, inclusive, viu-se obrigada a tocar-lhe e a dirigir-lhe a palavra para atrair a sua atenção. Quando, porém, ele finalmente reparou nela e a cumprimentou, isso foi feito com a sua franqueza e bom humor habituais. "Ah! É a menina? Obrigado, obrigado. Isso é tratar-me como amigo. Aqui estou eu, como vê, olhando para um quadro. Nunca consigo passar por esta loja sem parar. Que coisa esta fingindo ser um barco. Olhe bem. Já alguma vez viu algo parecido? Que pessoas estranhas os pintores devem ser, para pensar que alguém arriscaria a vida em uma casca de noz daquelas. E, no entanto, aqui estão dois cavalheiros dentro dele, perfeitamente à vontade e olhando ao redor para os rochedos e montanhas, como se não fossem afundar no momento seguinte, que é sem dúvida o que vai acontecer. Gostaria de saber onde aquele barco foi construído". Ele riu com vontade. "Agora, aonde vai? Posso acompanhá-la ou ir com você a algum lugar? Posso ser útil em alguma coisa?"

"Não, obrigada, a não ser que me queira dar o prazer da sua companhia durante o pequeno percurso em que seguimos pela mesma rua. Eu vou para casa".

"Irei sim, com todo o gosto, e até mais longe. Sim, sim, vamos dar um agradável passeio juntos; e tenho uma coisa para lhe contar enquanto formos andando. Tome o meu braço; assim mesmo; não me sinto bem se não tiver uma senhora apoiada em mim. Meu Deus! Que barco!", disse ele, lançando um último olhar ao quadro, antes de começarem a andar.

"Disse que tinha algo para me contar, sir?"

"Tenho, sim. Daqui a pouco. Mas vem ali um amigo meu, o capitão Brigden; mas vou só dizer-lhe 'Como está?' quando passarmos por ele. Não vou parar. 'Como está?' Brigden ficou de olhos arregalados por me ver acompanhado por alguém que não é a minha mulher. Ela, coitada, ficou presa por causa de uma perna. Tem uma bolha do tamanho de uma moeda de três xelins em um dos calcanhares. Se olhar para o outro lado da rua, verá o almirante Brand, que vem aí com o irmão. Uns sujeitos miseráveis, os dois. Ainda bem que eles não vêm deste lado do caminho. Sophy não os suporta. Eles pregaram-me uma vez uma partida miserável... levaram-me alguns dos meus melhores homens. Eu ainda lhe contarei a história em outra ocasião. Ali vem o velho sir Archibald com o neto. Repare, ele viu-nos; fez o gesto de lhe beijar a mão; pensa que é a minha mulher. Ah! A paz chegou muito cedo para aquele aspirante. Pobre sir Archibald! Gosta de Bath, senhorita Elliot? Nós gostamos muito. Estamos sempre encontrando amigos; as ruas estão cheias deles todas as manhãs; temos sempre muito o que conversar; depois afastamo-nos deles, fechamo-nos em casa, puxamos as cadeiras e sentimo-nos tão bem quanto em Kellynch, ou quanto nos sentíamos antigamente em North Yarmouth e Deal. Não gostamos tanto da casa aqui, garanto-lhe, por ela nos lembrar a primeira que tivemos em North Yarmouth. O vento sopra através de um dos armários da mesma maneira".

Depois de andarem mais um pouco, Anne atreveu-se a insistir de novo no que ele tinha a lhe dizer. Ela tivera esperança de que a curiosidade seria satisfeita logo que saíssem de Milsom Street, mas o almirante tinha decidido não começar antes de chegarem à zona mais ampla e tranquila de Belmont e, como ela não era, de fato, a senhora Croft, tinha de lhe fazer a vontade. Assim que começaram a subir Belmont, ele começou:

"Bem, agora vai ouvir uma coisa que a vai surpreender. Mas primeiro diga-me o nome da jovem de que lhe vou falar, a jovem que conhece, com a qual nos temos preocupado tanto. A senhorita Musgrove, a quem tudo isso aconteceu. O nome dela de batismo... esqueço-me sempre do nome dela de batismo".

Anne tivera vergonha de mostrar que compreendera tão depressa como realmente compreendeu; mas agora podia sugerir, com segurança, o nome "Louisa".

"Sim, sim, senhorita Louisa Musgrove, é esse o nome. Quem me dera que as jovens não tivessem tantos nomes bonitos. Se fossem todas Sophy, ou algo semelhante, eu nunca me esqueceria. Bem, esta senhorita Louisa, pensávamos nós, ia casar-se com Frederick. Ele cortejou-a durante semanas seguidas. A única coisa que perguntávamos a nós próprios era de que é que eles estavam à espera, até o acidente de Lyme acontecer; nessa altura, era óbvio que tinham de esperar até o cérebro dela se restabelecer. Mas, mesmo assim, passava-se qualquer coisa estranha. Em vez de ficar em Lyme, ele partiu para Plymouth, depois foi visitar Edward. Quando voltamos de Minehead, ele tinha ido para casa de Edward e lá está desde essa altura. Não o vemos desde novembro. Nem mesmo Sophy consegue compreender. Mas, agora, o assunto deu uma reviravolta muito estranha; pois esta jovem, a mesma senhorita Musgrove, em vez de se ir casar com Frederick, vai casar-se com James Benwick. A menina conhece James Benwick".

"Sim, conheço o capitão Benwick, embora não muito bem".

"Bem, ela vai se casar com ele. Provavelmente, já se casaram, pois não sei o que tanto eles esperam".

"Eu achei o capitão Benwick um jovem muito simpático", disse Anne, "e creio que possui um excelente caráter".

"Ó, sim, sim, não há nada a dizer contra James Benwick. Ele é apenas capitão, é verdade, promovido no verão passado, e esta não é uma boa época para progredir, mas, que eu saiba, não tem nenhum outro defeito. Um sujeito excelente, de bom coração, garanto-lhe; um oficial muito ativo e zeloso, mais do que se poderia pensar, pois os seus modos suaves são muito enganadores".

"Na realidade, engana-se, sir. Os modos do capitão Benwick nunca me levariam a pensar que lhe faltava energia. Eu os achei particularmente amáveis, e posso garantir que, de um modo geral, eles agradarão a todo mundo".

"Bem, bem, as senhoras são os melhores juízes, mas, para mim, James Benwick é um tanto tímido demais; e, embora muito provavelmente estejamos sendo parciais, não consigo deixar de pensar que Frederick tem modos mais agradáveis do que ele. Há algo em Frederick de que gostamos mais".

Anne ficou atrapalhada. Ela tencionara apenas contrariar a ideia de que a energia e a gentileza eram incompatíveis e não retratar os modos do capitão Benwick como se fossem os melhores possíveis, e, após uma ligeira hesitação, começou a dizer: "Eu não estava comparando os dois amigos", mas o almirante interrompeu-a:

"E isso é realmente verdade. Não é apenas um mexerico. Foi o próprio Frederick que nos contou. A irmã recebeu ontem uma carta dele em que nos fala do assunto; ele acabara de saber através de uma carta de Harville, escrita no mesmo local, em Uppercross. Imagino que estejam todos em Uppercross".

Esta foi uma oportunidade a que Anne não conseguiu resistir, pelo que disse: "Eu espero, senhor almirante, que não haja nada no estilo da carta que vos preocupe, a si e à senhora Croft. No outono passado, parecia, realmente, existir uma relação amorosa entre ele e Louisa Musgrove; mas faço votos para que a mesma tenha morrido para ambas as partes, e sem violência. Espero que essa carta não reflita o humor de um homem atraiçoado".

"Absolutamente nada, absolutamente nada; do princípio ao fim, não existe uma única praga ou lamento".

Anne baixou a cabeça para esconder um sorriso.

"Não, não; Frederick não é homem de queixas nem de lamúrias; é muito corajoso para isso. Se a jovem gosta mais de outro homem, é justo que fique com ele".

"Sem dúvida. Mas o que eu quero dizer é que espero que não haja nada no estilo da carta do capitão Wentworth que o leve a supor que ele se considere traído pelo amigo, que se possa deduzir isso, compreende, sem ser afirmado explicitamente. Eu teria muita pena se uma amizade como a que existia entre ele e o capitão Benwick fosse destruída, ou, até mesmo, apenas prejudicada, por uma circunstância dessa natureza".

"Sim, sim, eu a compreendo. Mas na carta não existe absolutamente nada dessa natureza. Ele não faz a mínima acusação a Benwick; nem sequer diz 'Estou admirado, tenho motivo para estar admirado'. Não, pelo seu modo de escrever, não se imaginaria que ele alguma vez tivesse querido essa senhorita... como é que ela se chama? (para si mesmo). Ele fez, muito generosamente, votos para que sejam felizes, e creio que não existe o mínimo rancor nisso".

Anne não ficou plenamente convencida do que o almirante pretendia dizer, mas não valia a pena insistir mais. Limitou-se, assim, aos comentários normais ou a escutar em silêncio, e o almirante levou a sua opinião avante.

"Pobre Frederick!", disse ele, por fim. "Agora tem de começar tudo de novo com outra pessoa. Eu acho que temos de o trazer para Bath. Sophy tem de lhe escrever a pedir-lhe que venha. Aqui há bastante garotas bonitas, tenho certeza. Não valeria a pena voltar para Uppercross, pois aquela outra senhorita Musgrove, segundo soube, está prometida ao primo, o jovem cura. Não acha, senhorita Elliot, que é melhor tentar trazê-lo para Bath?"

CAPÍTULO XIX

Enquanto o almirante Croft passeava com Anne e manifestava o seu desejo de trazer o capitão Wentworth para Bath, o capitão Wentworth já se encontrava a caminho. Chegou antes da senhora Croft ter escrito; na vez seguinte em que Anne saiu, ela o viu.

O senhor Elliot acompanhava as suas duas primas e a senhora Clay. Estavam na Milsom Street. Começou a chover, não muito, mas o suficiente para que as senhoras desejassem abrigar-se e o bastante para que a senhorita Elliot desejasse ser levada para casa na carruagem de lady Dalrymple, que se via a uma curta distância; assim, ela, Anne e a senhora Clay viraram para a Molland, enquanto o senhor Elliot entrou na casa de lady Dalrymple, para pedir auxílio.

Ele se reuniu a eles pouco depois, com êxito, claro; lady Dalrymple teria muito gosto em levá-los em casa, e os chamaria dentro de alguns minutos.

A carruagem de sua senhoria era uma caleche e não levava mais de quatro pessoas confortavelmente. A senhorita Carteret estava com a mãe; como consequência, não era razoável esperar acomodação para as três senhoras de Camden Place. Não havia qualquer dúvida quanto à senhorita Elliot. Fosse quem fosse que devesse sofrer desconforto, ela não deveria sofrer nenhum, mas a questão de cortesia entre as outras duas levou algum tempo a decidir. Chovia muito pouco, e Anne era sincera ao dizer que preferia ir a pé com o senhor Elliot. Mas a chuva também era pouca para a senhora Clay; ela nem a sentiria, e as suas botas eram tão grossas, muito mais grossas que as de Anne – e, em suma, a sua amabilidade tornava-a tão ansiosa por ir a pé com o senhor Elliot como Anne, e a questão foi discutida entre elas com uma generosidade tão delicada e tão firme que os outros se viram obrigados a decidir por elas. A senhorita Elliot insistiu que a senhora Clay já estava um pouco constipada, e o senhor Elliot decidiu, quando lhe foi perguntada a opinião, que as botas da sua prima Anne eram as mais resistentes.

Foi, assim, decidido que a senhora Clay faria parte do grupo que iria na carruagem; e tinham chegado a este ponto quando Anne, que estava sentada junto da janela, viu, decidida e distintamente, o capitão Wentworth descer a rua.

O seu sobressalto foi perceptível apenas para si própria; mas sentiu de imediato que era a maior, a mais irresponsável e mais absurda tola do mundo! Durante alguns minutos, não viu nada à sua frente. Estava tudo confuso. Sentia-se perdida; e, quando conseguiu dominar-se, viu que os outros ainda estavam à espera da carruagem e que o senhor Elliot (sempre atencioso) tinha partido para a Union Street para levar um recado à senhora Clay.

Sentiu um grande desejo de ir até à porta da rua; queria ver se estava chovendo. Por que desconfiava de outro motivo? O capitão Wentworth já devia ter passado. Levantou-se, decidida a ir; metade dela não seria sempre mais sensata que a outra, nem desconfiaria sempre que a outra era pior do que realmente era. Veria se chovia.

Voltou para trás, porém, no momento seguinte, quando o próprio capitão Wentworth entrou, no meio de um grupo de senhoras e cavalheiros, evidentemente seus conhecidos, a quem ele devia ter-se juntado um pouco abaixo da Milsom Street. Ao vê-la, ficou mais obviamente enleado e confuso do que ela alguma vez reparara; ficou muito corado. Pela primeira vez desde que tinham voltado a se encontrar, ela sentiu que era ela quem evidenciava menos emoção. Tivera a vantagem de ter tido alguns momentos para se preparar. Todos os poderosos, ofuscantes e desconcertantes efeitos da enorme surpresa já se tinham desvanecido. Mesmo assim, porém, sentiu-se dominada pela emoção! Era um misto de agitação, dor, prazer, algo entre a alegria e a tristeza.

Ele falou-lhe, depois afastou-se. Os seus modos denotavam embaraço. Ela não podia chamar-lhe frieza ou afeto, nem qualquer outra coisa a não ser embaraço.

Depois de um pequeno intervalo, porém, ele dirigiu-se a ela e voltou a lhe falar. Trocaram perguntas sobre assuntos habituais; nenhum deles, provavelmente, prestou muita atenção ao que ouviu, e Anne continuou a ter a sensação de que ele se sentia muito menos à vontade do que anteriormente. Devido ao fato de estarem juntos tantas vezes, eles tinham aprendido a falar um com o outro com indiferença e calma aparentes; mas agora ele não conseguia fazê-lo. O tempo tinha-o modificado, ou Louisa tinha-o modificado. Parecia ter consciência de que algo se passava. Ele estava com muito bom aspecto, não parecendo sofrer de qualquer mal físico ou moral; falou de Uppercross e até mesmo de Louisa, e teve mesmo um ar momentâneo de malícia ao falar dela; mas o capitão Wentworth estava embaraçado, pouco à vontade e incapaz de fingir o contrário.

Anne não ficou surpreendida, mas sentiu-se magoada ao ver que Elizabeth o ignorava. Ela reparou que ele vira Elizabeth e que Elizabeth o vira e que, no íntimo, ambos tinham se reconhecido. Estava convencida de que ele desejava e esperava ser reconhecido como um conhecimento antigo, e sentiu-se magoada ao ver a irmã voltar-lhe as costas com frieza.

A carruagem de lady Dalrymple, cuja demora impacientava Elizabeth, aproximou-se; o criado veio anunciá-la. Estava começando a chover de novo, e houve uma demora, um alvoroço e uma troca de palavras para que todos os que estavam na loja soubessem que lady Dalrymple vinha buscar a senhorita Elliot. Por fim, a senhorita Elliot e a sua amiga, acompanhada apenas pelos criados (pois o primo ainda não voltara), afastaram-se; o capitão Wentworth ficou a observá-las, depois virou-se outra vez para Anne e, pela sua atitude, mais do que por palavras, ofereceu-lhe os seus préstimos.

"Estou muito agradecida", foi a resposta dela, "mas eu não vou com elas. A carruagem não pode acomodar tanta gente. Vou a pé. Prefiro caminhar".

"Mas está chovendo".

"Ó! Muito pouco. Nada que me incomode".

Após uma breve pausa, ele disse: "Embora só tenha chegado ontem, já me equipei devidamente para Bath, como vê" (apontando para um guarda-chuva novo). "Gostaria que fizesse uso dele, se está decidida a ir a pé, embora eu pense que seria mais prudente deixar-me arranjar-lhe uma carruagem".

Ela agradeceu-lhe muito, mas recusou tudo, reafirmando a sua convicção de que a chuva passaria dentro em pouco, e acrescentou: "Só estou à espera do senhor Elliot. Estou certa de que ele deve estar a chegar".

Mal acabara de dizer essas palavras quando o senhor Elliot entrou. O capitão Wentworth lembrava-se perfeitamente dele. Não havia qualquer diferença entre ele e o homem que parara no cimo dos degraus em Lyme, admirando Anne quando ela passou por ele, exceto no ar e nos modos de parente e amigo privilegiado. Ele entrou com um ar ansioso, parecendo não ver e não pensar em nada a não ser nela, pediu desculpas pela demora, lamentou tê-la feito esperar sozinha e mostrou-se impaciente por acompanhá-la, antes que a chuva aumentasse; e, no minuto seguinte, saíram juntos, de braço dado, e, ao afastar-se, ela apenas teve tempo de lançar um olhar meigo e embaraçado e de dizer: "Um muito bom dia!", sendo que ela tinha tido tempo para isso, assim que passou por ali.

Assim que eles se afastaram, as senhoras do grupo do capitão Wentworth começaram a falar deles.

"O senhor Elliot não desgosta da prima, segundo me parece".

"Ó!, não, isso é bastante óbvio. É possível adivinhar o que vai acontecer ali. Ele está sempre ao pé deles; vive praticamente com a família, creio. Que homem tão atraente!"

"Sim, e a senhorita Atkinson, que jantou com ele uma vez em casa dos Wallisse, diz que ele é o homem mais simpático que ela já conheceu".

"Penso que Anne Elliot é bonita; muito bonita mesmo, quando se olha bem para ela. Bem sei que essa não é a opinião geral, mas confesso que a admiro mais do que à irmã".

"Ó! Eu também".

"E eu também. Não há qualquer comparação. Mas os homens são todos loucos pela senhorita Elliot. Anne é muito delicada para eles".

Anne ter-se-ia sentido particularmente grata ao primo se este a tivesse acompanhado até Camden Place sem dizer uma palavra. Ela nunca sentira tanta dificuldade em escutá-lo, embora a sua solicitude e atenção fossem inexcedíveis, e embora os assuntos fossem os que lhe eram mais interessantes – elogios calorosos e justos a lady Russell e insinuações muito bem observadas em relação à senhora Clay. Mas agora ela só conseguia pensar no capitão Wentworth. Não conseguia compreender os seus sentimentos atuais, se ele estava sofrendo muito com a desilusão ou não; e, até chegar a uma conclusão, não conseguiria ter sossego.

Esperava, com o tempo, recuperar o bom senso e o juízo; mas, infelizmente, tinha de confessar a si mesma que ainda não possuía qualquer bom senso.

Outra questão muito importante para ela era saber quanto tempo ele tencionava ficar em Bath; ele não o mencionara, ou ela não conseguia recordar. Ele podia estar apenas de passagem. Mas era mais provável que tivesse vindo para ficar. Nesse caso, uma vez que todo mundo em Bath se encontrava, lady Russell, com toda a probabilidade, os veria em algum lugar. Ela se lembraria dele? Como se passariam as coisas?

Ela já se vira na obrigação de dizer a lady Russell que Louisa Musgrove casaria com o capitão Benwick. Fora-lhe penoso ver a surpresa de lady Russell; e agora, se por acaso ela se encontrasse na companhia do capitão Wentworth, o seu conhecimento imperfeito do assunto poderia funcionar como mais um preconceito contra ele.

Na manhã seguinte, Anne saiu com a amiga e, durante a primeira hora, tentou incessantemente, de um modo receoso, ver se o via, mas em vão; finalmente, ao voltarem na Pulteney Street, ela avistou-o no passeio do lado direito, a uma distância que lhe permitia ver a maior parte da rua. Havia muitos outros homens à volta dele, muitos grupos que caminhavam na mesma direção, mas não havia dúvida de que era ele. Ela olhou instintivamente para lady Russell; mas não devido à ideia louca de que esta o fosse reconhecer tão depressa quanto ela. Não, não era de supor que lady Russell o visse até estarem quase na frente dele. De vez em quando, porém, ela fitava-a com ansiedade; e, quando se aproximou o momento em que devia referir-se a ele, embora sem se atrever a voltar a olhar (pois o seu rosto estava muito perturbado), teve plena consciência de que os olhos de lady Russell se voltaram exatamente na direção dele, de que ela estava a observá-lo atentamente. Ela compreendia perfeitamente o tipo de atração que ele devia constituir para lady Russell, a dificuldade que ela teria em desviar a vista, o espanto que devia sentir por terem passado por ele oito ou nove anos em climas distantes e no serviço ativo, sem que ele tivesse perdido a elegância.

Por fim, lady Russell inclinou a cabeça para trás. Agora, o que ela diria sobre dele?"

"Deve estar se perguntando", disse ela "para o que estive tanto tempo olhando; mas estava à procura de umas cortinas que lady Alicia e a senhora Frankland me falaram ontem à noite. Elas descreveram as cortinas da janela de uma das casas deste lado, desta zona da rua, como sendo as mais bonitas de Bath, mas não conseguiam recordar-se do número exato, e eu tenho tentado descobrir qual delas seria; mas confesso que não consigo ver quaisquer cortinas que correspondam à descrição feita por elas".

Anne suspirou, corou e sorriu de pena e desdém, tanto por si mesma quanto pela amiga. O que mais a aborrecia era que, com toda aquela preocupação e cautela, perdera o momento exato de reparar se ele as vira. Passaram-se um dia ou dois sem que nada acontecesse. O teatro e os salões que ele provavelmente frequentava não eram suficientemente distintos para os Elliot, cujas distrações se limitavam à elegante estupidez de festas privadas, com as quais se encontravam cada vez mais ocupados; e Anne, cansada de uma tal estagnação, aborrecida por não saber de nada e imaginando-se forte porque a sua força não fora posta à prova, aguardava com impaciência a noite do concerto. Era um concerto a favor de uma pessoa protegida de lady Dalrymple. Claro que eles tinham de ir. Esperava-se que fosse um bom concerto, e o capitão Wentworth gostava muito de música. E imaginava que ficaria satisfeita se conseguisse conversar durante alguns minutos com ele; sentia-se com coragem para lhe dirigir a palavra, se a oportunidade surgisse. Elizabeth tinha-lhe voltado as costas, lady Russell não o vira; sentiu os nervos mais fortes devido a essas circunstâncias; ela achava que lhe devia atenção.

Tinha prometido à senhora Smith passar o serão com ela; mas, em uma rápida e curta visita, desculpara-se e adiara o serão, com uma promessa mais firme de uma visita mais demorada no dia seguinte. A senhora Smith concordou, bem-humorada.

"Com certeza", disse ela, "mas, quando vier, vai contar-me tudo. Quem faz parte do seu grupo?"

Anne nomeou-os a todos. A senhora Smith não respondeu; mas, quando ela ia sair, disse com uma expressão meio séria, meio brincando: "Bem, desejo de todo o coração que o concerto corresponda aos seus desejos; e, se puder vir amanhã, não falte, pois começo a ter o pressentimento de que não vou receber muito mais visitas suas".

Anne ficou surpreendida e atrapalhada, mas, depois de permanecer um momento na expectativa, viu-se obrigada, se bem que isso a contrariasse, a afastar-se rapidamente.

CAPÍTULO XX

Sir Walter, as suas duas filhas e a senhora Clay foram os primeiros do grupo a chegar aos salões naquela noite; e, como tinham de esperar por lady Dalrymple, ocuparam os seus lugares junto a uma das lareiras da sala octogonal. Mas, mal tinham acabado de se instalar, a porta abriu-se e o capitão Wentworth entrou sozinho. Anne era quem estava mais próxima dele e, dando alguns passos em frente, falou-lhe de imediato. Ele estava preparado para se limitar a fazer uma vênia e seguir em frente, mas o meigo "Como está?" dela levou-o a desviar-se da sua linha reta e a aproximar-se e retribuir-lhe o cumprimento, apesar da presença intimidadora do pai e da irmã atrás dela. O fato de eles se encontrarem atrás dela era um auxílio para Anne; ela não via os seus olhares e sentia-se disposta a fazer tudo o que considerava correto.

Enquanto conversavam, chegou-lhe aos ouvidos o som de murmúrios entre o pai e a irmã. Não conseguia distinguir as palavras, mas adivinhou o assunto; e, quando o capitão Wentworth fez uma vênia cerimoniosa, ela compreendeu que o pai se tinha dignado a fazer-lhe um sinal de reconhecimento; e, ao olhar de soslaio, foi mesmo a tempo de ver a própria Elizabeth fazer uma pequena cortesia. Esta, embora tardia, relutante e indelicada, foi, porém, melhor do que nada; a sua disposição melhorou.

Depois de falarem sobre o tempo, Bath e o concerto, a conversa começou a esmorecer e, por fim, ela ficou à espera de que ele se afastasse a qualquer momento; mas ele não o fez; não parecia ter pressa de se afastar dela; e, de repente, com renovada vivacidade, com um pequeno sorriso e alguma animação, ele disse:

"Mal a tenho visto desde aquele dia em Lyme. Receio que tenha sofrido com o choque, sobretudo por ter dominado os nervos àquela altura".

Ela garantiu-lhe que não tinha.

"Foi uma ocasião assustadora", disse ele, "um dia assustador!" E ele passou a mão pelos olhos, como se a recordação fosse muito penosa; mas, no instante seguinte, ele sorria de novo e dizia: "Aquele dia produziu alguns efeitos, porém. Teve algumas consequências que devem ser consideradas o oposto de assustadoras. Quando teve a presença de espírito de sugerir que Benwick era a pessoa mais apropriada para ir chamar um médico, com certeza a menina não fazia a menor ideia de que ele seria uma das pessoas mais empenhadas no restabelecimento dela".

"Certamente que não fazia ideia. Mas parece... espero que seja um casamento feliz. Ambos possuem bons princípios e bom feitio".

"Sim", disse ele, sem a olhar bem de frente, "mas acho que as semelhanças terminam aí. Desejo de todo o coração que sejam felizes, e alegro-me por terem as circunstâncias a seu favor. Não têm de enfrentar quaisquer dificuldades em casa, não existe qualquer oposição, capricho ou demora. Os Musgrove estão a ter um comportamento igual a si próprios, muito decente e gênero, unicamente ansiosos, com verdadeiros corações de pais, por promover o conforto da filha. Tudo isso concorrerá muito, muitíssimo para a sua felicidade; talvez mais do que..."

Fez uma pausa. Pareceu ocorrer-lhe uma recordação súbita, a qual lhe transmitiu parte da emoção que estava a enrubescer o rosto de Anne e a fazê-la olhar para o chão. Depois de pigarrear, porém, ele prosseguiu:

"Confesso que penso que existe uma disparidade, uma enorme disparidade, e em uma questão tão essencial como a mentalidade. Considero Louisa Musgrove uma jovem muito meiga e simpática, e nada estúpida; mas Benwick é mais do que isso. Ele é um homem inteligente e culto... e confesso que fiquei algo surpreendido ao tomar conhecimento de que se apaixonara. Se tivesse sido o efeito da gratidão, se ele tivesse aprendido a amá-la porque acreditava que ela o preferia, teria sido outra coisa. Mas não tenho motivo para supor que tenha sido esse o caso. Parece, pelo contrário, ter sido um sentimento perfeitamente espontâneo da parte dele, e isso surpreende-me. Um homem como ele, na sua situação! Com o coração ferido, quase destroçado! Fanny Harville era uma criatura superior; e o seu amor por ela era verdadeiramente amor. Um homem não se refaz facilmente de uma tal dedicação por uma mulher assim! Ele não deve, não pode, fazê-lo".

Quer por ter consciência de que o seu amigo se recompusera, quer por qualquer outra razão, ele não disse mais nada; e Anne, que, apesar da voz emocionada com que a última parte tinha sido proferida, apesar de todos os ruídos da sala, do som de alguém batendo descuidadamente com a porta, do sussurro incessante das pessoas a andarem de um lado para o outro, tinha ouvido distintamente todas as palavras, ficara impressionada, satisfeita, confusa, e começava a respirar aceleradamente e a sentir centenas de emoções ao mesmo tempo. Era-lhe impossível falar em tal assunto; e, no entanto, após uma pausa, sentindo necessidade de falar e não tendo o menor desejo de mudar completamente de assunto, limitou-se a fazer um pequeno desvio, dizendo:

"Esteve bastante tempo em Lyme, creio eu?"

"Cerca de uma quinzena. Não podia partir antes de ter certeza de que Louisa se encontrava bem. Estava muito preocupado com o acidente para poder ficar descansado. A culpa fora minha... unicamente minha. Se eu não fosse fraco, ela não teria sido tão obstinada. A região à volta de Lyme é muito bonita. Passeei bastante a pé e a cavalo, e quanto mais vi, mais coisas encontrei dignas de serem admiradas".

"Eu gostaria muito de voltar a ver Lyme", disse Anne.

"A sério! Eu julgaria que nada em Lyme poderia inspirar tal sentimento. O horror e o sofrimento em que se viu envolvida... a tensão do espírito, o desgaste... eu imaginaria que as suas últimas impressões de Lyme lhe provocariam uma aversão profunda".

"As últimas horas foram certamente muito dolorosas", respondeu Anne. "Mas, quando a dor desaparece, a recordação torna-se um prazer. Não se gosta menos de um local por se ter sofrido nele, a não ser que tenha sido tudo sofrimento, nada a não ser sofrimento... o que não foi o caso em Lyme. A ansiedade e o sofrimento foram só nas últimas duas horas; antes disso, foi muito agradável. Tanta coisa nova e tanta beleza! Eu tenho viajado tão pouco que acho qualquer local novo interessante... mas em Lyme há uma verdadeira beleza; e, no seu conjunto (corando ligeiramente com algumas recordações), as minhas impressões sobre a terra são muito agradáveis".

Mal ela tinha acabado de falar, a porta da entrada abriu-se e o grupo por que esperavam apareceu. "lady Dalrymple, lady Dalrymple" foi a jubilosa exclamação, e, com todo o entusiasmo compatível com uma ansiosa elegância, sir Walter e as suas duas senhoras avançaram para a cumprimentar. Lady Dalrymple e a senhorita Carteret, acompanhadas pelo senhor Elliot e pelo coronel Wallis, que chegara quase nesse mesmo instante, entraram na sala. Os outros juntaram-se a eles, em um grupo em que Anne se viu necessariamente incluída. Ela foi separada do capitão Wentworth. A sua conversa tão interessante, quase interessante demais, ficou interrompida por algum tempo; mas isso constituiu apenas uma pequena penitência em comparação com a felicidade que provocara! Nos últimos dez minutos, ficara sabendo mais sobre os sentimentos dele a respeito de Louisa, mais sobre todos os seus sentimentos, do que se atrevia a pensar! E, com uma tumultuosa sensação de felicidade, dedicou-se às exigências da festa, às amabilidades necessárias de momento. Sentia-se bem-disposta com todos. Ela pensara em coisas que a levavam a ser cortês e amável com todo mundo, e a ter pena de todos, por serem menos felizes do que ela.

Essas deliciosas emoções diminuíram um pouco quando, ao afastar-se do grupo para se juntar novamente ao capitão Wentworth, viu que ele se retirara. Ainda foi a tempo de o ver entrar na sala do concerto. Ele fora-se embora – simplesmente desaparecera; por um momento, sentiu-se triste. Mas "voltariam a encontrar-se. Ele a procuraria, a encontraria muito antes de o serão terminar – e, de momento, talvez fosse bom estarem separados. Ela precisava de um pouco de tempo para se recompor".

Com a chegada de lady Russell, pouco depois, o grupo ficou completo, e tudo o que faltava era reunirem-se e entrarem na sala do concerto, assumindo o ar mais importante que conseguissem, provocando o maior número de murmúrios e perturbando o maior número de pessoas possível.

Tanto Elizabeth quanto Anne Elliot se sentiam muito, muito felizes quando entraram na sala. Elizabeth, de braço dado com a senhorita Carteret e olhando para as costas largas da viúva viscondessa de Dalrymple à sua frente, não tinha mais nada a desejar que não parecesse estar ao seu alcance; e Anne – mas seria um insulto à natureza da felicidade de Anne compará-la com a da irmã; enquanto a de uma era tudo vaidade egoísta, a da outra era afeto generoso.

Anne não viu, não reparou na magnificência da sala. A sua felicidade era interior. Os seus olhos brilhavam, as faces estavam luminosas, mas ela não sabia. Pensava apenas na última meia hora e, enquanto se dirigiam aos seus lugares, veio-lhe tudo rapidamente à memória. A sua escolha de assuntos, as suas expressões e, ainda mais, os seus modos e aparência tinham sido tais que poderiam lhes dar uma só interpretação. A sua opinião sobre a inferioridade de Louisa Musgrove, uma opinião que parecera desejoso de expressar, o seu espanto com o capitão Benwick, os seus sentimentos a respeito de um primeiro e forte afeto – frases que começara e não conseguira terminar – o desviar dos olhos, o olhar expressivo – tudo isso indicava que o coração dele se voltava de novo para ela; que a raiva, o ressentimento e o desejo de a evitar tinham desaparecido e tinham sido substituídos não apenas pela amizade e consideração, mas pela ternura do passado; sim, alguma ternura do passado. Ela não podia imaginar que a sua mudança significasse menos do que isso. Ele certamente a amava.

Esses eram os pensamentos, com as visões inerentes, que a ocupavam e entusiasmavam muito para lhe deixarem qualquer poder de observação; e ela atravessou a sala sem o ver sequer de relance, sem sequer tentar avistá-lo. Depois de os lugares terem sido distribuídos e de estarem todos sentados, ela olhou em volta para ver se ele estava na mesma parte da sala; mas não estava, o seu olhar não conseguia alcançá-lo; o concerto estava começando, e, durante algum tempo, ela teve de se contentar com uma felicidade mais modesta.

O grupo foi dividido e colocado em dois bancos contíguos; Anne estava entre os que se sentaram no da frente; e o senhor Elliot tinha manobrado tão bem, com a ajuda do seu amigo, o coronel Wallis, que conseguira sentar-se ao lado dela. A senhorita Elliot, rodeada pelos primos, e o principal objeto da galantaria do coronel Wallis, estava bastante satisfeita.

O espírito de Anne sentia-se extremamente receptivo ao entretenimento da noite; havia bastante com que se ocupar: compartilhava os sentimentos dos meigos, a alegria dos joviais, prestava atenção aos eruditos, tinha paciência para com os enfadonhos; e nunca gostara tanto de um concerto, pelo menos durante a primeira parte. Perto do fim, no intervalo que se seguiu a uma canção italiana, ela explicou as palavras da canção ao senhor Elliot. Tinham só um programa para os dois.

"Este", disse ela "é mais ou menos o sentido, ou, por outra, o significado das palavras, pois certamente não se pode falar de sentido de uma canção italiana... mas é mais ou menos o significado, tal como eu o entendo, pois não conheço a língua. Eu não sei italiano".

"Sim, sim, estou mesmo a ver que não sabe. Vejo que não sabe nada sobre o assunto. Só sabe o suficiente para traduzir estas linhas de italiano invertidas, transpostas e resumidas para um inglês claro, compreensível e elegante. Não precisa dizer mais nada sobre a sua ignorância. Aqui está a prova".

"Não vou contrariar uma tão grande delicadeza, mas não gostaria de ser examinada por um verdadeiro entendido".

"Eu não tive o prazer de visitar Camden Place durante tanto tempo", respondeu ele, " sem aprender algo sobre a senhorita Anne Elliot; e considero-a muito modesta para que o mundo se aperceba de metade dos seus talentos, e muito talentosa para que a sua modéstia seja natural em qualquer outra mulher".

"Que vergonha!, que vergonha! Isso é muito lisonjeiro. Esqueci-me do que vamos ter a seguir", disse ela, voltando a olhar para o programa.

"Talvez", disse o senhor Elliot em voz baixa, "eu conheça o seu caráter há mais tempo do que imagina".

"A sério? Como? Só o pode ter conhecido depois de eu ter vindo para Bath, a não ser que antes tenha ouvido a minha família falar de mim".

"Eu ouvi falar sobre você muito antes de ter chegado a Bath. Pessoas que a conheceram intimamente descreveram-na. Há muitos anos que conheço o seu caráter. A sua pessoa, a sua índole, os seus talentos, os seus modos… foi-me tudo descrito, e mantive tudo presente na memória".

O senhor Elliot não ficou decepcionado com o interesse que esperava despertar. Ninguém consegue resistir ao encanto de tal mistério. Ter sido descrita há tanto tempo, por pessoas anônimas, a alguém que se conheceu recentemente é irresistível; e Anne ficou cheia de curiosidade. Interrogou-se a si mesma, perguntou-lhe ansiosamente – mas em vão. Ele ficou encantado por ela lhe perguntar, mas não revelou nada.

"Não, não; noutra altura, talvez, mas agora não". Nesse momento, ele não referiria nomes: mas isso acontecera realmente. Tinha-lhe sido feita, há muitos anos, uma descrição da senhorita Anne Elliot que inspirara nele a noção do seu elevado mérito e despertara grande curiosidade em conhecê-la.

Anne não pensaria que alguém pudesse falar-lhe tão vividamente por muitos anos, quanto o senhor Wentworth de Monkford, o irmão do capitão Wentworth. Ele poderia estar acompanhando senhor Elliot, mas ela não ousou perguntar-lhe sobre isso.

"O nome de Anne Elliot", disse ele "há muito que me desperta grande interesse. Há muito que ele fascina a minha imaginação; e, se me atrevesse a tal, exprimiria o desejo de que o nome nunca mudasse".

Pareceu-lhe que estas foram as palavras dele; mas, mal acabara de as ouvir, a sua atenção foi atraída por outros sons imediatamente atrás de si, que fizeram que tudo o mais parecesse trivial. O pai e lady Dalrymple estavam conversando.

"Um homem atraente", disse sir Walter, "um homem muito atraente".

"Um jovem esplêndido, de fato!", disse lady Dalrymple. "Com melhor aparência do que se é habitual ver em Bath. Irlandês, ouso dizer".

"Não, por acaso até sei o nome dele. Conheço-o de vista. Wentworth, o capitão Wentworth, da Marinha. A irmã é casada com o meu inquilino de Somersetshire… os Croft, que alugaram Kellynch".

Antes de sir Walter ter chegado a esse ponto, os olhos de Anne tinham seguido a direção certa e avistaram o capitão Wentworth a uma pequena distância, no meio de um grupo de homens. Quando os seus olhos o viram, os dele pareceram desviar-se dela. Foi essa a impressão que teve. Pareceu-lhe que olhara um pouco tarde demais e, enquanto se atreveu a fitá-lo, ele não voltou a olhar. Mas o espetáculo ia recomeçar, e ela foi forçada a fingir que prestava atenção à orquestra, e a olhar para frente.

Quando conseguiu voltar a olhar, ele tinha se afastado. Mesmo que quisesse fazê-lo, ele não poderia aproximar-se mais dela, pois ela estava cercada de gente e inacessível; mas ela gostaria de ter encontrado o seu olhar.

As palavras do senhor Elliot tinham-na incomodado. Já não lhe apetecia falar com ele. Desejava que ele não se encontrasse tão perto dela.

A primeira parte terminara. Agora ela tinha esperança de que alguma alteração benéfica ocorresse; após um período de silêncio, alguns membros do grupo decidiram ir à procura de chá. Anne foi uma das poucas pessoas que preferiu não se mover dali. Continuou sentada, tal como lady Russell, mas teve o prazer de se ver livre do senhor Elliot; não tinha intenção, quaisquer que fossem os seus sentimentos em relação a lady Russell, de evitar conversar com o capitão Wentworth, se este lhe desse essa oportunidade. Pela expressão do rosto de lady Russell, estava convencida de que ela também o vira.

Mas ele não veio. Por várias vezes, Anne imaginou vê-lo ao longe, mas ele nunca se aproximou. O desejado intervalo chegou ao fim sem qualquer resultado. Os outros regressaram, a sala voltou a encher-se, os lugares foram reclamados e ocupados, e seguir-se-ia outra hora de prazer ou de castigo, outra hora de música para deliciar ou provocar bocejos, conforme prevalecesse o gosto real ou afetado de cada um. Para Anne, ela continha principalmente a perspectiva de uma hora de agitação. Não podia sair tranquilamente da sala sem voltar a ver o capitão Wentworth, sem trocar com ele um olhar amigável.

Quando o grupo se sentou de novo, houve muitas alterações, cujo resultado lhe foi favorável. O coronel Wallis não quis sentar-se, e o senhor Elliot foi convidado por Elizabeth e pela senhorita Carteret, de uma forma que não podia ser recusada, a sentar-se no meio delas; e, com mais algumas mudanças e uma pequena maquinação da sua parte, Anne conseguiu colocar-se muito mais perto do extremo do banco do que estivera antes, muito mais ao alcance de quem passasse. Não conseguiu fazê-lo sem se comparar à senhorita Larolles, a inimitável senhorita Larolles – mas fê-lo, mesmo assim, e sem conseguir um resultado muito mais feliz; embora, devido à retirada prematura dos seus vizinhos mais próximos, o que pareceu uma boa sorte, ela se encontrasse no extremo do banco antes do fim do concerto.

Essa era a sua situação, com um lugar vago a seu lado, quando voltou a ver o capitão Wentworth. Viu-o não muito longe. Ele também a viu; no entanto, ele tinha um ar grave e parecia indeciso, e só muito lentamente se aproximou dela o suficiente para poder falar-lhe. Ela achou que se devia passar algo. A mudança era indubitável. A diferença entre o seu ar de agora e o que tivera na sala octogonal era enorme. Que seria? Pensou no pai, em lady Russell. Teria havido olhares desagradáveis? Ele começou por falar sobre o concerto em um tom reservado; parecia mais o capitão Wentworth de Uppercross; declarou-se desiludido, esperara ouvir cantar melhor; e, em suma, tinha de confessar que não teria pena quando acabasse. Anne respondeu e tomou tão bem a defesa do espetáculo, manifestando, ao mesmo tempo e de um modo tão agradável, consideração pelos sentimentos dele, que o rosto do capitão Wentworth se desanuviou, e ele respondeu quase com um sorriso. Conversaram durante mais alguns minutos; ele continuava bem-disposto; até olhou para o banco, como se procurasse um lugar para se sentar; nesse preciso momento, um toque no ombro de Anne obrigou-a a voltar-se. Era o senhor Elliot. Este pediu desculpa, mas queria pedir-lhe que explicasse o texto italiano. A senhorita Carteret estava ansiosa por ter uma ideia do que se cantaria a seguir. Anne não podia recusar; mas nunca se sacrificara à delicadeza com um espírito tão atormentado.

Demorou, inevitavelmente, alguns minutos, embora o menos possível; e, quando ficou de novo senhora de si, quando pôde voltar-se e olhar como fizera antes, viu-se abordada pelo capitão Wentworth, que, com uma atitude reservada, se despedia apressadamente. "Ele queria dar-lhe boa-noite. estava indo embora, tinha de voltar para casa o mais depressa possível".

"Acha que não vale a pena esperar para ouvir esta canção?", perguntou Anne, subitamente assaltada por uma ideia que a tornou ainda mais desejosa de o encorajar.

"Não!", respondeu ele em um tom enfático, "não há nada por aqui que faça com que valha a pena eu ficar", e afastou-se imediatamente.

Ciúmes do senhor Elliot? Era o único motivo compreensível. O capitão Wentworth ciumento do seu afeto! Ter-lhe-ia sido possível acreditar nisso uma semana antes... três horas antes? Por um momento, sentiu uma enorme felicidade. Mas, infelizmente, os pensamentos que se lhe seguiram foram muito diferentes. Como aplacaria aqueles ciúmes? Como conseguiria fazer-lhe ver a verdade? Como, com todas as desvantagens próprias das suas respectivas situações, saberia ele alguma vez quais eram os verdadeiros sentimentos dela? Sentia-se infeliz ao pensar nas atenções do senhor Elliot. O mal provocado por elas era incalculável.

CAPÍTULO XXI

Na manhã seguinte, Anne recordou-se com satisfação da sua promessa de visitar a senhora Smith; isso significa que estaria ausente de casa à hora em que era mais provável que o senhor Elliot aparecesse; o seu principal objetivo era evitá-lo. Ela sentia bastante boa vontade para com ele. Apesar do dano que suas atenções tinham causado, devia-lhe gratidão e estima, talvez mesmo compaixão. Ela não conseguia deixar de pensar nas extraordinárias circunstâncias em que se tinham conhecido; no direito que ele parecia ter de a interessar, tanto pela situação de ambos quanto pelos próprios sentimentos dele e pela boa impressão que ela logo de início despertara nele. Era tudo muito extraordinário. Lisonjeiro mas doloroso. Havia muito a lamentar. Nem valia a pena pensar no que ela poderia sentir se não existisse o capitão Wentworth. E quer a conclusão da atual incerteza fosse favorável ou desfavorável, o seu amor seria dele para sempre. Ela acreditava que a sua união não a afastaria mais dos outros homens do que uma separação definitiva.

Nunca devem ter atravessado as ruas de Bath reflexões mais belas sobre o amor agitado e a fidelidade eterna do que aquelas a que Anne se entregou ao ir de Camden Place para Westgate Buildings. Eram quase suficientes para purificarem e perfumarem o ar ao longo de todo o trajeto.

Estava certa de ser bem recebida; e a amiga pareceu-lhe particularmente grata por ter vindo. Parecia que não a esperava, embora o encontro estivesse marcado.

Ela pediu imediatamente um relato do concerto; e as recordações que Anne tinha deste eram suficientemente felizes para lhe animarem o rosto e para que ela tivesse prazer em falar nele. Tudo o que ela podia contar, fê-lo com prazer; mas o tudo era pouco para quem lá estivera, e insuficiente para uma inquiridora como a senhora Smith, que, através da curta narração de uma lavadeira e de um empregado, já tinha ouvido muito mais sobre o êxito geral e sobre o que acontecera ao serão do que Anne conseguia relatar. A senhora Smith conhecia todo mundo importante ou notória pelo nome em Bath.

"Os pequenos Durand estiveram lá, suponho", disse ela. "Com as bocas abertas para apanharem a música, como pardais que ainda não deixaram o ninho, a serem alimentados. Eles nunca perdem um concerto".

"Sim. Não os vi pessoalmente, mas ouvi senhor Elliot dizer que estavam na sala".

"Os Ibbotson estavam lá? E as duas novas beldades, com o oficial irlandês alto que se diz que vai casar com uma delas?"

"Não sei... acho que não estavam".

"A velha lady Mary Maclean? Não preciso perguntar por ela. Ela nunca falta, eu sei; deve tê-la visto. Ela devia encontrar-se no seu círculo, pois, se estava ao pé de lady Dalrymple, estava nos lugares de honra; ao redor da orquestra, claro".

"Não, isso era o que eu receava. Ter-me-ia sido muito desagradável sob todos os aspectos. Mas, felizmente, lady Dalrymple prefere sempre ficar longe; e nós estávamos em um lugar excelente... pelo menos para ouvir. Não devo dizer para ver, porque parece que vi muito pouco".

"Ó!, viu o suficiente para se divertir... compreendo isso perfeitamente bem. Existe uma espécie de prazer privado até mesmo em uma multidão, e esse a menina teve. Vocês já eram um grupo grande, não precisavam mais nada".

"Mas eu devia ter olhado mais ao redor", disse Anne, consciente, enquanto falava, de que não deixara de olhar ao redor; o objetivo é que fora limitado.

"Não, não, a menina tinha uma ocupação melhor. Não precisa me dizer que passou um agradável serão. Vejo-o nos seus olhos. Vejo perfeitamente como é que as horas passaram... que teve sempre algo agradável para ouvir. Nos intervalos do concerto, foi conversa".

Anne sorriu e perguntou: "Vê isso nos meus olhos?"

"Vejo, sim. O seu rosto diz-me claramente que na noite passada esteve junto da pessoa que considera a mais simpática do mundo, a pessoa que atualmente lhe interessa mais do que todo o mundo junto".

O rubor espalhou-se pelo rosto de Anne. Não conseguiu dizer nada.

"E, sendo assim", prosseguiu a senhora Smith, após uma pequena pausa, "espero que acredite que aprecio muito a sua gentileza em vir visitar-me nesta manhã. É realmente muito amável da sua parte vir visitar-me quando coisas mais agradáveis para fazer exigem tanto de seu tempo".

Anne não ouviu nada disso. Ainda se sentia espantada e confusa com a perspicácia da amiga, e não conseguia imaginar como qualquer notícia sobre o capitão Wentworth poderia ter chegado até ela. Após um breve silêncio, disse:

"Diga-me, por favor", disse a senhora Smith, "o senhor Elliot sabe que nos conhecemos? Ele sabe que estou em Bath?"

"O senhor Elliot?", repetiu Anne, erguendo os olhos, surpreendida. Uma reflexão momentânea fê-la ver o erro em que incorrera. Percebeu-o imediatamente e, recuperando a coragem com uma sensação de segurança, acrescentou pouco depois, mais calmamente: "Conhece o senhor Elliot?"

"Conheci-o bastante bem", respondeu a senhora Smith, em um tom grave, "mas há muito tempo. Há muito tempo que não nos vemos".

"Eu não sabia nada disso. Nunca me falou sobre isso antes. Se eu soubesse, teria tido o prazer de lhe falar em si".

"Para confessar a verdade", disse a senhora Smith, assumindo o seu ar habitualmente alegre, "esse é exatamente um prazer que quero que tenha. Quero que fale sobre mim ao senhor Elliot. Quero que se interesse por mim junto dele. Ele pode prestar-me um serviço essencial; e, se tiver a bondade, minha querida senhorita Elliot, de tomar isso a seu cargo, certamente que ele o fará".

"Terei muito prazer; espero que não duvide de que estou disposta a ser-lhe útil no que for preciso", respondeu Anne, "mas desconfio de que me considera como tendo mais direitos sobre o senhor Elliot... um maior direito de o influenciar do que é, realmente, o caso. Tenho certeza de que, de algum modo, adquiriu essa noção. Deve considerar-me apenas como uma conhecida do senhor Elliot. Se, à luz dessa situação, houver alguma coisa que julgue que, como prima, eu lhe possa pedir, suplico-lhe que não hesite em fazer uso dos meus préstimos".

A senhora Smith lançou-lhe um olhar penetrante e depois disse, com um sorriso:

"Estou vendo que fui um pouco prematura, peço-lhe desculpa. Eu devia ter aguardado a comunicação oficial. Mas agora, minha querida senhorita Elliot, como velha amiga, dê-me alguma indicação de quando poderei falar. Na próxima semana? Certamente que na próxima semana ser-me-á permitido pensar que está tudo resolvido e poderei fazer os meus planos egoístas sob a proteção da boa sorte do senhor Elliot".

"Não", respondeu Anne, "não na próxima semana, nem na seguinte ou na outra. Garanto-lhe que nada do que está pensando vai ficar resolvido em qualquer semana. Eu não me vou casar com o senhor Elliot. Gostaria de saber por que é que pensa que vou?"

A senhora Smith voltou a olhá-la, fitou-a atentamente, abanou a cabeça e exclamou:

"Quem me dera compreendê-la! Quem me dera saber onde quer chegar! Calculo que não tenha intenção de ser cruel, quando chegar o momento certo. Até essa altura, sabe bem, nós, mulheres, nunca tencionamos aceitar ninguém. É uma coisa habitual entre nós rejeitar todos os homens... até eles se declararem. Por que é que a menina havia de ser cruel? Deixe-me argumentar a favor do meu... não lhe posso chamar amigo atual... mas do meu antigo amigo. Onde irá encontrar melhor partido? Onde espera conhecer um homem mais cavalheiro, mais amável? Deixe-me recomendar o senhor Elliot. Tenho certeza de que só ouve o coronel Wallis falar bem dele; e quem poderá conhecê-lo melhor do que o coronel Wallis?"

"Minha querida senhora Smith, a mulher do senhor Elliot morreu há pouco mais de seis meses. Ele não deveria estar cortejando ninguém".

"Ó!, se essas forem as suas únicas objeções", exclamou a senhora Smith, "gracejando, o senhor Elliot está salvo, e não me preocuparei mais com ele. Não se esqueça de mim quando se casar, é tudo. Faça-lhe saber que sou sua amiga, e então ele considerará pequeno o incômodo necessário para me ajudar, como é muito natural que aconteça agora, com tantos negócios e compromissos... muito natural, talvez. Noventa e nove por cento das pessoas fariam o mesmo. Claro que ele não pode ter noção de como o assunto é importante para mim. Bem, minha querida senhorita Elliot, desejo-lhe muitas felicidades. O senhor Elliot é bastante inteligente para compreender o seu valor. A sua paz não vai naufragar como a minha. Está em segurança, tanto em assuntos mundanos como em relação ao seu caráter. Ele não se deixará desencaminhar, não será levado à ruína pelos outros".

"Não", disse Anne, "posso bem acreditar tudo isso do meu primo. Ele parece ter um temperamento calmo e firme, nada influenciável por impressões perigosas. Respeito-o muito. Pelo que tenho observado, não tenho motivo para pensar de outro modo. Mas não o conheço há muito tempo; e ele não é homem que se conheça intimamente em tão pouco tempo. Será que esta maneira de falar dele, senhora Smith, a convence de que ele não significa nada para mim? Certamente que o faço com muita calma. E dou-lhe minha palavra de que ele não representa nada para mim. Se alguma vez me pedir em casamento... o que duvido que ele tenha pensado fazer... eu não aceitarei, garanto-lhe que não aceitarei. Garanto-lhe que o senhor Elliot não tem qualquer responsabilidade no prazer que o concerto me proporcionou ontem à noite... não o senhor Elliot; não é o senhor Elliot que..."

Ela fez uma pausa e corou, arrependida de ter dito tanto; mas dizer menos teria sido insuficiente. A senhora Smith não acreditaria tão facilmente na falta de êxito do senhor Elliot se não existisse outra pessoa. Desse modo, ficou imediatamente convencida e fingiu não se aperceber de mais nada; e Anne, ansiosa por desviar a atenção, quis saber por que é que a senhora Smith imaginara que ela se casaria com o senhor Elliot, onde é que ela fora buscar essa ideia, a quem a podia ter ouvido.

"Por favor, diga-me como é que isso lhe veio à cabeça".

"A primeira vez que me veio à ideia", respondeu a senhora Smith, "foi quando soube que passavam tanto tempo juntos, e achei que era a coisa mais natural do mundo que os seus parentes e amigos o desejassem; e pode estar certa de que todos os seus conhecidos são da mesma opinião. Mas só ouvi falar nisso há dois dias".

"E o assunto foi mesmo falado?"

"Reparou na mulher que lhe abriu a porta quando me veio visitar ontem?"

"Não. Não era a senhora Speed, como de costume, ou a criada? Não reparei bem".

"Era a minha amiga, a senhora Rooke... a enfermeira Rooke, que, a propósito, tinha grande curiosidade em vê-la e ficou encantada por poder abrir-lhe a porta. Ela chegou de Malborough Buildings no domingo, e foi ela quem me disse que a menina se casaria com o senhor Elliot. Ela ouvira dizê-lo à própria senhora Wallis, que não parecia ser uma má fonte de informação. Fez-me companhia durante uma hora na segunda-feira à noite e contou-me a história toda".

"A história toda", repetiu Anne, rindo-se. "Ela não pode ter contado uma história muito longa, penso eu, sobre um pequeno parágrafo de uma notícia sem qualquer fundamento".

A senhora Smith nada disse.

"Mas", prosseguiu Anne, "embora não seja verdade que eu exerça qualquer poder sobre o senhor Elliot, sentir-me-ei extremamente feliz em lhe poder ser útil de qualquer maneira ao meu alcance. Quer que lhe diga que está em Bath? Quer que lhe leve alguma mensagem?"

"Não, não, obrigada. Não, de modo algum. No entusiasmo do momento e sob uma impressão falsa, eu podia, talvez, tentar interessá-la por certas circunstâncias. Mas agora não, obrigada, não quero incomodá-la com nada".

"Creio que disse ter conhecido o senhor Elliot há muitos anos!?"

"Conheci".

"Não antes de ele se casar, suponho?"

"Sim; ele não era casado quando o conheci".

"E conheciam-se muito bem?"

"Intimamente".

"Sim? Então, por favor, conte-me como ele era àquela altura. Tenho grande curiosidade em saber como era o senhor Elliot quando novo. Era como está agora?"

"Eu não vejo o senhor Elliot há três anos", foi a resposta da senhora Smith, pronunciada em um tom tão grave que foi impossível continuar falando no assunto; e Anne sentiu que não tinha conseguido nada a não ser uma curiosidade maior. Ficaram ambas em silêncio; a senhora Smith ficou pensativa. Por fim, disse:

"Desculpe, minha querida senhorita Elliot", exclamou, no seu habitual tom de cordialidade, "peço-lhe desculpas pelas respostas lacônicas que lhe tenho dado, mas não sei bem o que devo fazer. Tenho hesitado e refletido sobre isso. Há muitas coisas a tomar em consideração. Detesto ser inoportuna, provocar más impressões, causar problemas. Até mesmo a superfície macia de um laço familiar deve ser preservada, ainda que não exista nada de duradouro por debaixo. No entanto, já decidi; penso que tenho razão. Acho que devo informá-la sobre o verdadeiro caráter do senhor Elliot. Embora acredite plenamente que, atualmente, não tenha a menor intenção de o aceitar, nunca se sabe o que poderá acontecer. Os seus sentimentos em relação a ele podem, em qualquer altura, alterarem-se. Assim, ouça a verdade agora, enquanto não tem preconceitos. O senhor Elliot é um homem sem coração nem consciência, um ser calculista e frio que só pensa em si próprio e que, para seu interesse e comodidade, seria capaz de qualquer crueldade ou traição que possam ser levadas a cabo sem arriscar o seu bom nome. Ele não tem qualquer consideração pelos outros. É capaz de negligenciar e abandonar, sem a menor hesitação, aqueles de cuja ruína foi a causa principal, incapaz do mínimo sentimento de justiça e compaixão. Ó!, possui um coração de pedra, oco e negro".

O ar admirado de Anne, a sua exclamação de espanto fê-la fazer uma pausa e, em um tom mais calmo, acrescentou, "As minhas expressões espantam-na. Tem de desculpar uma mulher ofendida e zangada. Mas vou tentar conter-me. Não o vou insultar. Vou só tentar dizer-lhe o que descobri sobre ele. Os fatos falarão por si. Ele foi amigo íntimo do meu querido marido, que confiava e gostava dele; a amizade existia desde antes do nosso casamento. Eu vi que eles eram amigos muito íntimos; eu também gostava muito do senhor Elliot e tinha uma ótima opinião sobre ele. Aos dezenove anos, sabe, não se pensa muito a sério, mas o senhor Elliot pareceu-me ser tão bom quanto os outros, e muito mais simpático do que a maior parte dos outros, e nós estávamos quase sempre juntos. Vivíamos principalmente na cidade, com muito luxo. Nessa altura, era ele quem se achava em circunstâncias inferiores, era ele o pobre; tinha uns aposentos em Temple, e isso era o máximo que podia fazer para manter a sua aparência de cavalheiro. Ele podia instalar-se em nossa casa sempre que quisesse, era sempre bem-vindo, era como um irmão. O meu pobre Charles, o melhor e mais generoso homem do mundo, era capaz de dividir com ele o seu último vintém; e eu sei que tinha sempre a bolsa aberta para ele e que o ajudou muitas vezes".

"Essa deve ter sido a época da vida do senhor Elliot", disse Anne "que sempre suscitou a minha curiosidade. Deve ter sido na mesma época em que o meu pai e a minha irmã o conheceram. Eu própria nunca o conheci, só ouvi falar dele, mas houve algo na sua conduta para com o meu pai e a minha irmã, e depois nas circunstâncias do seu casamento, que eu não consigo conciliar com o presente. Tudo parecia anunciar um homem diferente".

"Eu sei tudo isso, eu sei tudo isso", exclamou a senhora Smith. "Ele tinha sido apresentado a sir Walter e à sua irmã antes de eu o conhecer, mas ouvia-o falar constantemente deles. Sei que ele foi convidado e encorajado, e sei também que preferiu não ir. Posso informá-la, talvez, sobre fatos com que nem sequer sonha; e, quanto ao casamento dele, eu soube tudo a esse respeito, na altura. Sabia todos os prós e contras, era a amiga a quem ele confiava as suas esperanças e os seus planos, e, embora não conhecesse a sua mulher antes, pois a sua situação social inferior tornava impossível tal fato, soube tudo sobre a sua vida depois, ou, pelo menos até aos últimos dois anos da sua vida, e posso responder a todas as perguntas que desejar fazer sobre ela".

"Não", disse Anne, "não tenho nenhuma pergunta em particular a fazer sobre ela. Sempre soube que não eram um casal feliz. Mas eu gostaria de conhecer o motivo por que, nessa altura, desprezou as relações com o meu pai. O meu pai estava disposto a recebê-lo muito generosamente no seio da família. Por que é que o senhor Elliot se esquivou?"

"O senhor Elliot, nessa época, tinha apenas um objetivo em vista: fazer fortuna, e através de um processo mais rápido do que o exercício da advocacia. Estava decidido a fazê-lo por meio de um casamento. Estava, pelo menos, decidido a não estragar as suas perspectivas com um casamento imprudente; e eu sei que ele acreditava, claro que não sei se acertadamente ou não, que o seu pai e irmã, como todas as suas amabilidades e convites, tinham em mente um casamento do herdeiro com a jovem; e um casamento desses não correspondia de todo às suas ideias de riqueza e independência. Foi por esse motivo que ele se esquivou, garanto-lhe. Ele contou-me a história toda. Não escondia nada de mim. Foi curioso que, tendo acabado de me separar de si em Bath, a primeira pessoa que conheci quando casei tenha sido o seu primo; e que eu tenha continuado a ouvir falar constantemente de seu pai e de sua irmã. Ele descrevia uma senhorita Elliot, e eu pensava muito afetuosamente na outra".

"Talvez", exclamou Anne, assaltada por uma ideia súbita, tenha falado algumas vezes de mim ao senhor Elliot.

"Certamente que o fiz, muito frequentemente. Eu costumava gabar a minha Anne Elliot e garantir que ela era muito diferente da…"

Conteve-se a tempo.

"Isso explica algo que o senhor Elliot disse ontem à noite", exclamou Anne. "Isso explica tudo. Fiquei sabendo que ele já ouvira falar de mim. Eu não conseguia compreender como. Que imaginação desenfreada possuímos quando se trata de nós mesmos! Como facilmente nos enganamos! Mas, desculpe; interrompi-a. O senhor Elliot casou-se, então, apenas por dinheiro? Foi essa circunstância, provavelmente, que lhe abriu os olhos a respeito do seu caráter?"

Aqui, a senhora Smith hesitou um pouco. "Ó! Essas coisas são muito vulgares. Quando se vive no mundo, é tão vulgar um homem ou uma mulher casarem-se por dinheiro que isso não nos choca como deveria. Eu era muito nova, associava-me apenas a jovens, e formávamos um grupo alegre, irresponsável, sem quaisquer regras rígidas de conduta. Só pensávamos em nos divertir. Agora penso de um modo diferente; o tempo, a doença e a dor modificaram a minha maneira de pensar, mas, nessa época, confesso que não via nada de repreensível no que o senhor Elliot estava a fazer. A obrigação de cada um de nós era fazer o melhor que pudesse para si próprio".

"Mas ela não era uma mulher muito inferior?"

"Era, e eu levantei objeções, mas ele não me prestou atenção. Tudo o que ele queria era dinheiro, dinheiro. O pai dela era negociante de gado, o avô tinha sido açougueiro, mas isso não tinha importância. Ela era uma mulher agradável, tivera uma educação decente, uns primos tinham-na aperfeiçoado. Conhecera o senhor Elliot por acaso e apaixonara-se por ele. Da parte do senhor Elliot não houve quaisquer dificuldades ou escrúpulos a respeito do nascimento dela. A sua única preocupação antes de se comprometer foi certificar-se do montante real da sua fortuna. Pode acreditar que, seja qual for a estima que o senhor Elliot tenha agora pela sua posição social, quando ele era jovem, esta não tinha qualquer valor para ele. A oportunidade de herdar Kellynch Hall era alguma coisa, mas a honra da família não tinha a menor importância para ele. Ouvi-o muitas vezes dizer que, se os títulos de baronete fossem vendáveis, qualquer pessoa poderia ter o seu por cinquenta libras, incluindo o brasão, as armas, o nome e a libré; mas não vou repetir sequer metade do que costumava ouvi-lo dizer sobre o assunto. Não seria justo. No entanto, precisa de ter uma prova, por que o que é tudo isso a não ser afirmações? Mas terá uma prova".

"Mas, minha querida senhora Smith, eu não quero nada", exclamou Anne. "Até agora, não disse nada que contradissesse o que o senhor Elliot parecia ser há alguns anos. Tudo isso, de fato, confirma o que costumávamos ouvir dizer. Tenho mais curiosidade em saber a razão por que ele está tão diferente agora".

"Mas faça-me a vontade; tenha a bondade de chamar Mary; não, tenho certeza de que terá a bondade ainda maior de ir pessoalmente ao meu quarto buscar a caixa com embutidos que está na prateleira superior do armário".

Anne, vendo que a amiga estava decidida, fez o que lhe foi pedido. Depois de trazer a caixa e de a colocar à sua frente, a senhora Smith abriu-a, suspirando, e disse:

"Está cheia de papéis pertencentes a ele e ao meu marido, uma pequena parte dos que tive de examinar quando o perdi. A carta de que estou à procura foi escrita pelo senhor Elliot a ele antes do nosso casamento e ficou guardada, sabe-se lá porquê. Mas ele era descuidado e pouco metódico com as suas coisas, como muitos outros homens; e, quando tive de examinar os seus papéis, encontrei-a no meio de outras ainda mais triviais, escritas por diferentes pessoas espalhadas por aqui e ali, enquanto muitas cartas e memorandos importantes tinham sido destruídos. Aqui está. Não a quis queimar porque, estando já muito pouco satisfeita com o senhor Elliot, decidi guardar todos os documentos sobre a nossa intimidade anterior. Tenho agora outro motivo de satisfação, pois posso lhe mostrar".

Esta era a carta, endereçada a Charles Smith, Esquire, em Tunbridge Wells, e datada de Londres, em julho de 1803 próximo passado:

Caro Smith,
Recebi a sua carta. A sua bondade quase me oprime. Gostaria que a natureza tivesse feito corações como o seu em maior número, mas já vivi vinte e três anos no mundo e não encontrei outro igual. De momento, creia, não preciso dos seus préstimos, pois estou de novo abonado. Dê-me os parabéns: livrei-me de sir Walter e da menina. Eles voltaram para Kellynch e quase me fizeram prometer visitá-los neste verão, mas a minha primeira visita a Kellynch será com um perito que me dirá como poderei leiloá-la de um modo mais lucrativo. O baronete, porém, poderá voltar a casar; é suficientemente tolo para isso. Se o fizer, então me deixarão em paz, o que será uma boa compensação para aquilo que perco. Ele está pior do que no ano passado.

Quem me dera ter um nome que não fosse Elliot. Estou farto dele. O nome Walter posso não usar, graças a Deus! E desejo que nunca mais volte a insultar-me com o meu W. do meio, pois tenciono, até ao fim da vida, ser apenas o seu

William Elliot.

Anne não conseguiu ler a carta sem corar, e a senhora Smith, ao ver a vermelhidão do seu rosto, disse:

"Eu sei que a linguagem é extremamente desrespeitosa. Embora me tenha esquecido dos termos exatos, retenho uma impressão nítida do significado geral. Mas mostra-lhe o homem. Repare nas declarações que faz ao meu pobre marido. Poderiam ser mais explícitas?"

Anne não conseguiu refazer-se imediatamente do choque e do desgosto de ver tais palavras aplicadas ao seu pai. Foi obrigada a recordar-se de que a leitura da carta constituía uma violação das leis da honra, que ninguém deveria ser julgado ou conhecido por tais testemunhos, que nenhuma correspondência privada deveria ser lida por outros olhos, antes de recuperar a calma suficiente para restituir a carta sobre a qual estivera refletindo, e dizer:

"Obrigada. Isto constitui, sem dúvida, prova suficiente, prova de tudo o que me disse. Mas por que é que ele se aproximou de nós agora?"

"Também posso explicar isso", exclamou a senhora Smith, sorrindo.

"Pode, realmente?"

"Posso. Mostrei-lhe o senhor Elliot, tal como ele era há doze anos, e vou mostrar-lhe como ele é agora. Não posso apresentar uma prova escrita, mas posso oferecer-lhe um testemunho oral tão autêntico como desejaria o que ele pretende agora e o que anda fazendo. Ele agora não está sendo hipócrita. Quer, realmente, casar-se com você. As suas atuais atenções para com a sua família são muito sinceras. Digo-lhe qual é a minha fonte segura: o amigo dele, o coronel Wallis".

"O coronel Wallis! Você é conhecida dele?"

"Não. A informação não chegou até mim por uma via tão direta. Fez um desvio ou dois, mas nada de importância. O riacho está tão puro quanto na sua origem; o pouco lixo que vai recolhendo nas curvas desaparece facilmente. O senhor Elliot fala sem reservas com o coronel Wallis sobre a opinião que faz de si. Eu imagino o coronel Wallis como sendo uma pessoa sensata, cautelosa e perspicaz, mas ele tem uma mulher bonita e muito tola, a quem conta coisas que não devia, e repete-lhe tudo o que ouve. Ela, na alegria transbordante da convalescença, repete tudo à enfermeira; e a enfermeira, que sabe que a conheço, conta-me tudo, naturalmente. Na segunda-feira à noite, a minha boa amiga, a senhora Rooke, confidenciou-me assim os segredos dos Malborough Buildings. Por isso, quando me referia a toda essa história, eu não estava romanceando tanto quanto supôs".

"Minha querida senhora Smith, a sua fonte de informação não está completa. Isso não pode ser. O fato de o senhor Elliot ter pretensões a meu respeito não explica os esforços que ele fez com vista a uma reconciliação com o meu pai. Tudo isso se passou antes de eu vir para Bath. Quando cheguei, encontrei-os em termos extremamente amigáveis".

"Eu sei que assim foi; sei isso perfeitamente, mas..."

"Na realidade, senhora Smith, não devemos estar à espera de obter informações fidedignas por essa via. Não pode restar muita verdade em fatos ou opiniões que passam de boca em boca, sendo mal interpretados pela tolice de alguns e pela ignorância de outros".

"Mas escute o que tenho para lhe dizer. Em breve poderá julgar o crédito que essas informações merecem, ouvindo alguns pormenores que poderá confirmar ou contradize-las imediatamente. Ninguém supunha que a menina fosse o seu primeiro objetivo. Ele tinha-a, de fato, visto antes de chegar a Bath e tinha-a admirado, mas sem saber quem era. Pelo menos, é o que diz a minha informante. Isso é verdade? Ele viu-a no verão ou no outono passado, 'algures na costa ocidental', para usar as suas próprias palavras, sem saber quem era?"

"Sem dúvida. Até aí, é verdade. Em Lyme, eu estava por acaso em Lyme".

"Bem", prosseguiu a senhora Smith em um tom triunfante, "reconheça à minha amiga o crédito devido pela confirmação do primeiro ponto. Então ele a viu em Lyme e gostou tanto de si que ficou extremamente satisfeito quando voltou a vê-la em Camden Place, como senhorita Anne Elliot, e, a partir desse momento, não tenho qualquer dúvida, ele teve um motivo duplo para as suas visitas. Mas havia outro, anterior, que passarei a explicar. Se houver alguma coisa na minha história que saiba ser falsa ou improvável, por favor interrompa-me. O meu relatório diz que a amiga da sua irmã, a senhora que está em vossa casa e sobre a qual já a ouvi falar, veio para Bath com a senhorita Elliot e sir Walter há muito tempo, em setembro, ou seja, quando eles vieram, e tem permanecido cá desde então; que ela é uma mulher bonita, insinuante e esperta, pobre e astuta e que, pela sua condição e modos, dá a impressão geral, entre os conhecidos de sir Walter, de que tenciona ser lady Elliot, constituindo grande surpresa o fato da senhorita Elliot estar aparentemente cega perante esse perigo".

Aqui, a senhora Smith fez uma pequena pausa; mas Anne não tinha nada a dizer, e ela prosseguiu:

"Era assim que aqueles que conheciam a família viam o assunto, muito antes do seu regresso para junto dela; e o coronel Wallis observava o seu pai o suficiente para se aperceber disso, embora nessa altura ele não fosse visita de Camden Place; a sua estima pelo senhor Elliot levava-o a observar com interesse tudo o que ali se passava; e, quando o senhor Elliot veio passar alguns dias a Bath, como fez pouco antes do Natal, o coronel Wallis comunicou-lhe o aparente estado das coisas e os rumores que começavam a surgir. Agora, deve compreender que o tempo operara uma mudança muito sensível, na opinião do senhor Elliot, quanto ao valor do título de baronete. Ele era um homem completamente diferente em todas as questões de linhagem e parentesco. Uma vez que há muito possuía mais dinheiro do que poderia gastar, e não sendo avarento nem esbanjador, ele começara gradualmente a identificar a sua felicidade com o título de que é herdeiro. Eu achei que isso estava começando a acontecer antes das nossas relações terem cessado, mas agora tenho certeza. Ele não suporta a ideia de não vir a ser sir William. Pode imaginar que as notícias que o seu amigo lhe deu não fossem muito agradáveis, e pode imaginar o efeito que elas produziram; a decisão de voltar para Bath o mais depressa possível, de se instalar aqui por algum tempo, com vista a renovar o antigo relacionamento e readquirir uma situação no seio da família que lhe proporcionasse os meios de avaliar o grau de perigo e de enredar a dama, se necessário. Os dois amigos concordaram que era a única coisa a fazer, e o coronel Wallis propôs auxiliá-lo em tudo o que pudesse. Ele lhes seria apresentado, a senhora Wallis lhes seria apresentada, e iriam todos ser apresentados. O senhor Elliot regressou, pediu desculpas e foi desculpado, como sabe, e readmitido no seio da família; e, aí, o seu objetivo constante, o seu único objetivo (até a sua chegada acrescentar outro motivo), era observar sir Elliot e a senhora Clay. Ele não perdeu uma única oportunidade de estar com eles, atravessava-lhes no caminho e visitava-os constantemente... mas não preciso entrar em pormenores sobre o assunto. Pode imaginar o que um homem astucioso faria; e, com essa orientação, talvez se recorde do que o tem visto fazer".

"Sim", disse Anne, "não está me contando nada que não esteja de acordo com o que eu sei ou possa imaginar. Há sempre algo de ofensivo nos pormenores da astúcia. As manobras do egoísmo e da duplicidade são sempre revoltantes, mas não ouvi nada que realmente me surpreenda. Sei que aqueles que ficariam chocados com essa descrição do senhor Elliot teriam dificuldade em acreditar; mas eu nunca me senti satisfeita. Sempre julguei que devia existir outro motivo para a sua conduta, para além do que ele aparentava. Gostaria de conhecer a sua opinião atual sobre as probabilidades de o acontecimento que ele teme ocorrer, se considera que o perigo está diminuindo ou não".

"Está diminuindo, acredito eu", respondeu a senhora Smith. "Ele pensa que a senhora Clay tem medo dele, que ela se apercebeu de que ele conhece as suas intenções e não se atreve a agir conforme faria na sua ausência. Mas, uma vez que ele terá de se ausentar uma vez por outra, não sei como é que alguma vez se sentirá seguro enquanto ela mantiver a sua atual influência. A senhora Wallis teve uma ideia divertida, segundo me disse a enfermeira, que é incluir no contrato nupcial, quando a menina e o senhor Elliot se casarem, uma cláusula segundo a qual o seu pai não poderá se casar com a senhora Clay. Um plano digno da inteligência da senhora Wallis, mas a minha sensata enfermeira Rooke viu logo como era absurdo. 'Mas certamente, minha senhora', disse ela, 'isso não o impediria de se casar com qualquer outra pessoa.' E, na verdade, eu não penso que a enfermeira, no seu íntimo, seja muito contra um segundo casamento de sir Walter. Sabe?, consta que ela gosta de favorecer casamentos, e quem poderá dizer se ela não se imagina a tratar da futura lady Elliot, através da recomendação da senhora Wallis?"

"Fico muito satisfeita em saber tudo isso", disse Anne, após um momento de reflexão. "Em alguns aspectos, ser-me-á mais penoso estar perto dele, mas saberei melhor como agir. A minha linha de conduta será mais direta. O senhor Elliot é obviamente um homem mundano, calculista e artificial que nunca teve outros princípios a guiá-lo a não ser o egoísmo".

Mas a conversa sobre o senhor Elliot ainda não tinha chegado ao fim. A senhora Smith desviara-se da sua primeira diretriz, e Anne tinha-se esquecido, no interesse das suas preocupações familiares, do que fora, a princípio, insinuado contra ele; mas a sua atenção foi agora chamada para a explicação dessas primeiras insinuações, e ela escutou uma narração, a qual, se não justificava plenamente o extraordinário azedume da senhora Smith, demonstrava como ele se mostrara insensível no seu comportamento para com ela, manifestando muita falta de justiça e compaixão.

Ela ficou sabendo que a intimidade entre eles tinha prosseguido após o casamento do senhor Elliot, tinham continuado a andar juntos como antes, e o senhor Elliot tinha induzido o amigo a efetuar despesas muito para além das suas posses. A senhora Smith não queria atribuir quaisquer culpas a si mesma e teve o cuidado de não responsabilizar o marido, mas Anne percebeu que os seus rendimentos nunca tinham estado de acordo com o seu estilo de vida e que, desde o início, houvera muita extravagância geral e conjunta. Pela descrição da mulher, Anne concluiu que o senhor Smith tinha sido um homem afetuoso, de temperamento dócil, hábitos descuidados e fraca inteligência, muito mais simpático do que seu amigo e muito diferente dele, deixando-se levar por ele e sendo, provavelmente, desprezado por ele. O senhor Elliot, que o casamento elevara a grande riqueza, pretendia satisfazer todos os prazeres e vaidades possíveis que não o comprometessem, pois, apesar da vida que levava, tornara-se um homem prudente. Começando a ver-se rico, tal como o seu amigo deveria descobrir que estava pobre, não pareceu sentir a mínima preocupação pela situação financeira do amigo, mas, pelo contrário, sugerira e encorajara despesas que só poderiam terminar em ruína. E assim, os Smith ficaram realmente arruinados.

O marido morrera mesmo a tempo de lhe ser poupado o conhecimento total da situação. Eles já tinham experimentado embaraços suficientes para porem à prova a amizade dos seus amigos e para demonstrar que era preferível não testar a do senhor Elliot; mas foi só depois da sua morte que o estado deplorável dos seus negócios foi totalmente conhecido. Com uma confiança na estima do senhor Elliot mais honrosa para os seus sentimentos do que para a sua inteligência, o senhor Smith nomeara-o seu executor testamentário; mas o senhor Elliot não aceitou, e as dificuldades e problemas que esta recusa lançou sobre ela, para além do inevitável sofrimento causado pela viuvez, tinham sido de tal ordem que não podiam ser relatados sem uma enorme angústia, nem escutados sem a correspondente indignação.

Anne leu algumas cartas dele dessa época, respostas a um pedido urgente da senhora Smith, e todas elas transmitiam a mesma resolução firme de não se envolver em problemas infrutíferos, e, sob uma delicadeza fria, transparecia a mesma dura indiferença a todos os males que a mesma pudesse fazer recair sobre ela. Era um caso terrível de ingratidão e desumanidade, e Anne sentiu que, em alguns momentos, nenhum crime flagrante poderia ter sido pior. Teve muito para escutar; todos os pormenores de cenas tristes do passado, todas as minúcias de desgraças sucessivas a que conversas anteriores tinham meramente aludido foram agora contadas com uma complacência natural. Anne compreendia perfeitamente o intenso alívio da amiga e sentiu ainda mais admiração pela compostura do estado de espírito habitual da amiga.

Havia uma circunstância na história dos seus agravos que era particularmente irritante. Ela tinha razão para acreditar que uma propriedade que o marido possuía nas Índias Ocidentais, que há muitos anos estava sob uma espécie de hipoteca como pagamento dos seus próprios encargos, poderia ser resgatada se fossem tomadas as medidas apropriadas; e essa propriedade, embora não fosse grande, seria suficiente para a tornar relativamente rica. Mas não havia ninguém para tratar do assunto. O senhor Elliot recusara-se a fazer qualquer coisa, e ela mesma não podia fazer nada, por causa da incapacidade, quer de se mover, devido ao seu estado de fraqueza física, quer de contratar outra pessoa devido à falta de dinheiro. Ela não possuía familiares que a ajudassem sequer com os seus conselhos, e não tinha dinheiro para pagar assistência jurídica. Isso veio agravar cruelmente a sua situação financeira. Saber que podia estar em melhores circunstâncias, recear que a demora pudesse enfraquecer os seus direitos quando bastava um pequeno esforço, feito como devia ser, tudo isso era difícil de suportar!

Fora nesse ponto que ela tivera a esperança de conseguir os bons ofícios de Anne junto do senhor Elliot. Anteriormente, perante a perspectiva do seu casamento, ela receara perder a amiga; mas quando lhe asseguraram que ele não fizera qualquer tentativa nesse sentido, uma vez que nem sequer sabia que ela estava em Bath, veio-lhe imediatamente à ideia que algo poderia ser feito a seu favor graças à influência da mulher que ele amava; ela preparara-se imediatamente para interessar os sentimentos de Anne pelo assunto, tanto quanto lhe permitia o cuidado necessário para não afetar o carácter do senhor Elliot; o desmentido de Anne do suposto noivado alterara tudo; e, embora isso tenha afastado dela a nova esperança de conseguir alcançar o objetivo que maior ansiedade lhe causava, deixava-lhe, pelo menos, a consolação de conseguir contar a história à sua maneira.

Depois de ter escutado a descrição minuciosa do carácter do senhor Elliot, Anne não conseguiu deixar de expressar alguma surpresa pelo fato da senhora Smith ter falado tão favoravelmente dele no início da sua conversa. Ela parecera recomendá-lo e elogiá-lo.

"Minha querida", foi a resposta da senhora Smith, "não havia nada a fazer. Eu considerei o seu casamento como certo, embora ele não tivesse ainda feito o pedido oficial e, se ele fosse o seu marido, eu não podia ter dito a verdade sobre ele. O meu coração sangrava por você enquanto eu falava de felicidade. Mas, no entanto, ele é sensato, é amável, e, com uma mulher como Anne, não era uma situação absolutamente desesperada. Ele foi muito cruel para a primeira mulher. Foram muito infelizes. Mas ela era muito ignorante e irrefletida para lhe merecer respeito, e ele nunca a tinha amado. Eu tinha esperança de que, com Anne, as coisas fossem diferentes".

Anne reconheceu, no seu íntimo, que houvera a possibilidade de a convencerem a casar com ele, e estremeceu ao pensar na infelicidade que se seguiria. Era possível que lady Russell a tivesse convencido! E, partindo dessa suposição, qual das duas seria mais infeliz quando, tarde demais, o tempo tudo revelasse?

Era muito desejável que lady Russell não continuasse enganada; e uma das últimas resoluções desse importante encontro, que durou a maior parte da manhã, foi que Anne tinha toda a liberdade de comunicar à amiga tudo o que estava relacionado com a senhora Smith e que envolvesse a conduta dele.

CAPÍTULO XXII

Anne foi para casa meditar em tudo o que ouvira. Em uma questão, sentiu-se aliviada por ter conhecido melhor o senhor Elliot. Já não lhe devia qualquer espécie de ternura. Ele era, ao contrário do capitão Wentworth, um intruso pouco desejado; ela refletia, com sensações categóricas, resolutas, sobre os malefícios das duas atenções na noite anterior, o dano irreparável que ele podia ter provocado. A pena que sentira dele desaparecera por completo. Mas esse era o único motivo de alívio. Em todos os outros aspectos, olhando em volta ou perscrutando o futuro, ela viu mais causas para receio e apreensão. Estava preocupada com a desilusão e a dor que lady Russell sentiria, as mortificações suspensas sobre as cabeças do pai e da irmã, e sentiu a angústia de prever muitos malefícios, sem saber como evitá-los. Sentiu-se muito grata por o conhecer bem. Nunca achara que tinha direito a uma recompensa por não ter desprezado uma velha amiga como a senhora Smith, mas aqui estava uma verdadeira recompensa! A senhora Smith conseguira contar-lhe o que ninguém mais poderia saber. Se as revelações pudessem ser divulgadas por toda a família! Mas essa era uma ideia louca. Ela precisava falar com lady Russell, contar-lhe, pedir-lhe conselhos; e, tendo feito o mais que podia, esperar os acontecimentos com a maior calma possível; e, afinal de contas, onde lhe faltava maior tranquilidade era naquele recanto da mente que não podia abrir a lady Russell, naquele fluxo de ansiedades e receios que tinha de guardar só para si.

Quando chegou a casa, soube que, conforme tencionara, tinha evitado encontrar-se com o senhor Elliot; ele viera fazer-lhe uma visita matinal; mas, mal acabara de se congratular, sentindo-se segura até ao dia seguinte, ouviu dizer que ele voltaria ao anoitecer.

"Não tinha a menor intenção de o convidar", disse Elizabeth com uma indiferença afetada, "mas ele deu tanto a entender que queria ser convidado; pelo menos, é o que a senhora Clay diz".

"É verdade. Nunca vi ninguém mostrar tanto empenho em ser convidado. Pobre homem! Tive realmente pena dele, pois a sua irmã, senhorita Anne, tem o coração empedernido e parece apostada em ser cruel".

"Ó!", exclamou Elizabeth. "Já estou muito habituada ao jogo deles para me deixar logo vencer pelas alusões de um cavalheiro. No entanto, quando vi como ele lamentava profundamente não ter encontrado o meu pai esta manhã, cedi imediatamente, pois não perderia a oportunidade de o aproximar de sir Walter. Eles lucram tanto com a companhia um do outro! Comportam-se ambos de um modo tão amável! O senhor Elliot demonstra tanto respeito!"

"É encantador", exclamou a senhora Clay, não se atrevendo, contudo, a voltar o olhar para Anne. "Exatamente como pai e filho! Minha querida senhorita Elliot, não posso dizer pai e filho?"

"Ó! Eu não levanto obstáculos às palavras de ninguém. Se é essa a sua opinião...! Mas juro que ainda não reparei que as suas atenções fossem para além das dos outros homens".

"Minha querida senhorita Elliot!", exclamou a senhora Clay erguendo as mãos e os olhos e afundando o resto do seu espanto em um silêncio conveniente.

"Bem, minha querida Penélope, não precisa ficar tão alarmada por causa dele. Eu convidei-o, como sabe, despedi-me dele com um sorriso. Quando soube que, na realidade, ele vai passar todo o dia de amanhã com os seus amigos de Thornberry Park, tive pena dele".

Anne admirou a boa representação da amiga, que era capaz de manifestar tanto prazer na antecipação e na própria chegada da pessoa cuja presença devia, de fato, estar a interferir com o seu principal objetivo. Era impossível que a senhora Clay não sentisse senão ódio pelo senhor Elliot; e, no entanto, ela conseguia assumir o ar mais obsequioso e plácido do mundo e parecia contentar-se com o reduzido privilégio de se dedicar a sir Walter apenas metade do que, de outro modo, faria.

Para Anne, foi muito penoso ver o senhor Elliot entrar na sala; custou-lhe ainda mais quando ele se aproximou dela e lhe falou. Já antes ela costumava sentir que ele não era completamente sincero, mas agora ela via insinceridade em tudo. A sua deferência atenciosa para com o pai, contrastada com a linguagem anterior, era odiosa; e quando pensava na maneira cruel como ele se comportara para com a senhora Smith, tornava-se difícil suportar os seus sorrisos e amabilidades atuais, ou a expressão dos seus bons sentimentos artificiais.

Ela tencionava evitar qualquer alteração no seu comportamento que provocasse um protesto por parte dele. Ela queria muito evitar quaisquer perguntas ou causar escândalo; mas decidira mostrar-se tão fria quanto a sua relação de parentesco permitia, e recuar, o mais suavemente possível, os poucos passos de intimidade desnecessária que lhe fora gradualmente concedendo. Assim, ela mostrou-se mais reservada e mais distante do que fora na noite anterior.

Ele quis voltar a espicaçar a sua curiosidade acerca de como e quando ele poderia ter ouvido elogiá-la anteriormente; e desejava muito que ela lhe perguntasse; mas o encanto tinha-se quebrado; ele descobriu que, para estimular a vaidade da sua modesta prima, eram necessários o calor e a animação de uma sala pública; percebeu, pelo menos, com as tentativas a que se aventurou no meio das solicitações muito imperiosas dos outros, que não era possível fazê-lo nesse momento. Ele mal sabia que era um assunto que agia, agora, exatamente contra os seus interesses, pois dirigia os pensamentos dela para as partes menos desculpáveis da sua conduta.

Ela sentiu alguma satisfação em saber que ele realmente se ausentaria de Bath na manhã seguinte, saindo cedo, e que estaria fora durante quase dois dias. Ele foi convidado de novo para vir a Camden Place na noite do seu regresso; mas, desde quinta-feira até sábado, a sua ausência era certa. Já era bastante desagradável ter uma senhora Clay constantemente à sua frente; mas ter um hipócrita ainda maior no grupo parecia ser a destruição de tudo o que se assemelhava à tranquilidade e ao conforto. Era muito humilhante pensar no engano constante em que o pai e Elizabeth viviam; considerar as várias fontes de mortificação que lhes estavam preparadas! O egoísmo da senhora Clay não era tão complicado nem revoltante como o dele; e Anne teria transigido imediatamente com respeito ao casamento, com todos os seus inconvenientes, para se libertar das sutilezas do senhor Elliot, ao tentar impedi-lo.

Na sexta-feira de manhã, ela tencionava visitar lady Russell cedo, a fim de proceder à necessária comunicação; e teria saído imediatamente logo após o café da manhã se a senhora Clay não fosse também sair com o obsequioso objetivo de poupar incômodos à irmã, pelo que decidiu esperar até já não correr o perigo de se encontrar em tal companhia. Assim, despediu-se da senhora Clay e aguardou um pouco antes de começar a falar em passar a manhã em Rivers Street.

"Muito bem", disse Elizabeth, "não tenho nada a enviar-lhe senão saudades. Ó! Já agora, leva aquele livro enfadonho que ela insistiu em me emprestar, para fingir que já o li. Eu não posso passar a vida perdendo tempo com todos os novos poemas e documentos da nação que aparecem. Lady Russell aborrece-me com todas as suas novas publicações. Não precisas lhe dizer, mas achei que o vestido dela na outra noite era horroroso. Eu costumava pensar que ela tinha algum gosto para se vestir, mas tive vergonha dela no concerto. Tinha um ar tão formal e artificial! E senta-se tão direita na cadeira! As minhas saudades, claro".

"E as minhas", acrescentou sir Walter. "Os meus melhores cumprimentos. E podes dizer-lhe que tenciono visitá-la em breve. Transmite-lhe uma mensagem delicada. Mas só vou deixar o cartão de visita. As visitas matinais nunca são oportunas para uma mulher da idade dela que se arruma tão pouco. Se ela usasse ruge, não precisaria recear que a vissem; mas, na última vez que a visitei, vi que mandou baixar as persianas imediatamente".

Enquanto o pai falava, bateram à porta. Quem seria? Anne, recordando-se das anteriores visitas inesperadas do senhor Elliot, julgaria que ser ele, se não soubesse que ele se encontrava a doze quilômetros de distância. Após o período de expectativa habitual, ouviram-se os sons de passos habituais, e o senhor e a senhora Musgrove foram introduzidos na sala.

A emoção mais forte provocada pelo seu aparecimento foi a surpresa; mas Anne ficou verdadeiramente satisfeita de os ver, e os outros não ficaram tão aborrecidos que não conseguissem pôr um ar decente de boas-vindas. Mas assim que ficou claro que estes, os seus familiares mais próximos, não tinham vindo com a intenção de se instalarem naquela casa, sir Walter e Elizabeth conseguiram ser mais cordiais e fazer muito bem as honras da casa. Tinham vindo passar uns dias em Bath com a senhora Musgrove, estavam hospedados no Veado Branco. Isso foi comunicado imediatamente; mas só depois de sir Walter e Elizabeth conduzirem Mary para a outra sala de visitas, para se deliciarem com a sua admiração, é que Anne conseguiu extrair de Charles a razão exata da sua vinda, ou uma explicação para alguns sorrisos de Mary que pareciam sugerir um objetivo especial, bem como para o aparente mistério acerca de quem fazia parte do seu grupo.

Ficou então sabendo que o mesmo era formado pela senhora Musgrove, Henrietta e o capitão Harville, além de eles dois. Ele fez-lhe uma descrição simples e inteligível do que acontecera; uma narrativa em que ela viu muito do procedimento característico dos Musgrove. O plano recebera o seu primeiro impulso com o fato de o capitão Harville precisar vir a Bath em uma viagem de negócios. Ele começara a falar nisso há uma semana; e, como não tinha nada que fazer, uma vez que a época da caça tinha terminado, Charles propusera-se a vir com ele; a senhora Harville parecera gostar muito da ideia, que era vantajosa para o marido; mas Mary não podia suportar a ideia de ficar sozinha e mostrou-se tão infeliz por causa disso que, durante um dia ou dois, a viagem pareceu ficar suspensa, ou posta de lado. Mas, nessa altura, o plano foi adotado pelo pai e pela mãe. A mãe tinha alguns velhos amigos em Bath que desejava visitar; pensou-se que seria uma boa oportunidade para Henrietta comprar o enxoval para si e para a irmã; e, em resumo, acabara por se formar um grupo dirigido pela mãe, pelo que tudo se tornara simples e confortável para o capitão Harville; e ele e Mary foram incluídos, com vantagens para todos. Tinham chegado já tarde na noite anterior. A senhora Harville, os filhos e o capitão Benwick tinham ficado em Uppercross com o senhor Musgrove e Louisa.

A única surpresa de Anne foi que o assunto já estivesse suficientemente adiantado para se falar no enxoval de Henrietta: ela imaginara que existiam dificuldades materiais que impediriam que o casamento se realizasse em breve; mas soube por Charles que, muito recentemente (desde a última carta que Mary lhe escrevera), um amigo pedira a Charles Hayter que tomasse conta de um lugar destinado a um jovem que só poderia ocupá-lo daí a muitos anos; e que, em vista desse rendimento atual e quase com a certeza de algo mais sólido muito antes do fim do prazo em questão, as duas famílias tinham consentido em satisfazer os desejos dos jovens, e o seu casamento deveria realizar-se dentro de alguns meses, tão brevemente quanto o de Louisa. "E é realmente um bom cargo", acrescentou Charles, "apenas a vinte oito quilómetros de Uppercross e em uma linda região, uma belíssima parte de Dorsetshire. No centro de algumas das mais belas coitadas do reino, rodeado por três grandes proprietários, qual deles o mais cuidadoso e zeloso; e para dois deles, pelo menos, Charles Hayter pode obter uma recomendação especial. Não que ele lhes dê o merecido valor, comentou ele, "Charles não gosta muito da caça. É o seu pior defeito".

"Fico muito contente", exclamou Anne, "particularmente contente, por iso ter acontecido; e que duas irmãs, ambas merecedoras e que foram sempre tão amigas, não vejam as agradáveis perspetivas de uma diminuir as da outra; e que gozem de igual prosperidade e conforto. Espero que os seus pais se sintam muito felizes em relação a ambas".

"Ó!, sim. O meu pai não se importaria se os cavalheiros fossem mais ricos, mas não encontra nenhum outro defeito neles. Compreendes que gastar assim dinheiro – casar duas filhas ao mesmo tempo – não pode ser muito agradável, e ele vai ter de poupar em muitas coisas. No entanto, não quero dizer que elas não tenham esse direito. É justo que recebam os seus dotes como filhas; e certamente que, para mim, ele sempre foi sido um pai muito generoso e liberal. Mary não aprova muito o casamento de Henrietta. Nunca o fez, sabes. Mas ela não está sendo justa com ele, nem considera Winthrop como ele merece. Eu não consigo fazê-la compreender o valor da propriedade. É um casamento muito bom, nos tempos que correm; e eu sempre gostei de Charles Hayter, não vou mudar de opinião agora".

"Pais excelentes como o senhor e a senhora Musgrove", exclamou Anne, "devem sentir-se felizes com o casamento das filhas. Tenho certeza de que tudo farão para que elas sejam felizes. Que sorte para as jovens encontrarem-se em tais mãos! Os seus pais parecem totalmente isentos daqueles sentimentos ambiciosos que têm conduzido a tantos desvarios e infortúnios, tanto de jovens como de velhos! Espero que Louisa já se encontre completamente restabelecida".

Ele respondeu em um modo um tanto hesitante: "Sim, creio que sim... bastante restabelecida; mas ela está mudada: já não corre nem salta de um lado para o outro; não ri nem dança; está muito diferente. Se, por acaso, fechamos a porta com um pouco mais de força, ela estremece e torce-se como uma salamandra na água; e Benwick senta-se a seu lado, lendo versos ou falando-lhe em voz baixa o dia todo.

Anne não conseguiu deixar de rir. "Isso não é muito do seu gosto, eu sei", disse ela. "Mas acredito que ele seja um jovem excelente".

"Certamente que é. Ninguém duvida; e espero que não penses que eu sou tão mesquinho que queira que todos os homens possuam os mesmos objetivos e prazeres que eu. Eu gosto muito de Benwick; e, quando se consegue que ele fale, ele tem muito para dizer. A leitura não lhe fez mal nenhum, pois, além de ler, ele também lutou. É um sujeito corajoso. Fiquei conhecendo-o melhor na segunda-feira passada do que em todo o tempo até então. Fizemos uma famosa investida de caça às ratazanas toda a manhã, no celeiro grande do meu pai, e ele fez a sua parte tão bem que passei a gostar mais dele".

Nessa altura, foram interrompidos pela necessidade absoluta de Charles se juntar aos outros para admirar os espelhos e as porcelanas; mas Anne tinha ouvido o suficiente para conhecer a atual situação em Uppercross e para se alegrar com a sua felicidade; e, embora suspirasse, esse suspiro não continha qualquer má vontade ou inveja. Certamente que gostaria de partilhar a sua ventura, se pudesse, mas não desejava diminuir a deles.

A visita decorreu muito bem. Mary encontrava-se muito bem-disposta, encantada com a alegria e a mudança; e estava tão satisfeita com a viagem na carruagem da sogra com quatro cavalos e com o fato de estar completamente independente de Camden Place, que se encontrava exatamente com a disposição certa para admirar tudo quanto devia e para se aperceber imediatamente de todas as vantagens da casa quando estas lhe foram descritas em pormenor. Não tinha nada a pedir ao pai nem à irmã, e considerou-se mais importante perante os seus belos salões.

Elizabeth esteve, por um breve espaço de tempo, bastante preocupada. Ela achava que devia convidar a senhora Musgrove e todo o seu grupo para jantar com eles, mas não conseguia suportar que aqueles que tinham sido sempre tão inferiores aos Elliot de Kellynch presenciassem a diferença no estilo de vida e a redução de criados que um jantar denunciaria. Era uma luta entre a cortesia e a vaidade; mas a vaidade levou a melhor, e Elizabeth voltou a sentir-se feliz. Estas foram as suas reflexões interiores: "Noções antiquadas... hospitalidade provinciana... nós não oferecemos jantares... poucas pessoas em Bath o fazem... lady Alicia nunca o faz; nem sequer convidou a família da irmã, embora estivessem aqui um mês; acho que seria muito inconveniente para a senhora Musgrove... ficaria muito longe do seu caminho. Tenho certeza de que ela prefere não vir... não pode se sentir à vontade conosco. Convidá-los-ei a todos para um serão; isso será muito melhor... será uma novidade e um prazer. Eles nunca viram dois salões assim. Ficarão encantados por virem amanhã à noite. Será uma reunião normal... pequena, mas muito elegante". E isso satisfez Elizabeth; e, quando o convite foi feito aos dois presentes e estendido aos ausentes, Mary também ficou completamente satisfeita. Foi manifestado particular interesse em que conhecesse o senhor Elliot e que fosse apresentada a lady Dalrymple e à senhorita Carteret, que, felizmente, já tinham sido convidadas; e não lhe podia ter sido concedida uma atenção mais gratificante. A senhorita Elliot teria a honra de visitar a senhora Musgrove no decurso da manhã, e Anne saiu com Charles e Mary para visitar Henrietta imediatamente.

O plano de conversar com lady Russell teve de ser adiado. Passaram os três em Rivers Street por alguns minutos; mas Anne convenceu-se de que o adiamento por um dia da comunicação desejada não teria consequências maiores, e apressou-se a dirigir-se ao Veado

Branco, para voltar a ver as amigas e companheiras do outono anterior, com uma ansiedade e ternura que inúmeras recordações ajudavam a fomentar.

Encontrou a senhora Musgrove e a filha em casa, sozinhas, e Anne foi recebida calorosamente por ambas. Henrietta, com as perspectivas do seu futuro recentemente melhoradas e a sua felicidade presente, estava cheia de atenções e cuidados para com todos aqueles de quem nunca gostara antes; e a afeição pela senhora Musgrove tinha sido ganha pela sua utilidade quando se encontravam em dificuldades. Anne foi convidada para vir todos os dias e a qualquer hora ou, por outra, reclamaram-na como fazendo parte da família; e, em troca, começou, como era seu hábito, a prestar-lhes pequenos serviços e a ajudá-las; quando Charles as deixou, ficou ouvindo a senhora Musgrove contando a história de Louisa, e Henrietta contando a sua própria história, dando sua opinião e recomendando lojas; nos intervalos, ajudava Mary em tudo o que esta lhe pedia, desde mudar uma fita até acertar-lhe as contas, desde procurar-lhe as chaves e pôr as bugigangas em ordem, até tentar convencê-la de que ninguém a queria ofender; o que Mary não conseguia deixar de imaginar durante alguns momentos, embora estivesse distraída à janela observando a entrada da sala das termas.

Era de se esperar uma manhã de enorme confusão. Um grupo grande em um hotel provoca sempre uma cena de burburinho e agitação. De cinco em cinco minutos, aparecia um bilhete, um embrulho. Anne ainda não estava lá há meia hora quando a sala de jantar, espaçosa como era, parecia já quase repleta. Um grupo de velhos amigos estava sentado em redor da senhora Musgrove, e Charles voltou com os capitães Harville e Wentworth. O aparecimento deste último não podia deixar de constituir a surpresa do momento. Ela nem se lembrara de que a chegada dos amigos comuns os voltaria a aproximar. O seu último encontro tinha sido extremamente importante, na medida em que ficara conhecendo os sentimentos dele; ela adquirira uma deliciosa convicção, mas receou, pela sua aparência, que ele mantivesse a mesma ideia infeliz que o levara a sair apressadamente da sala do concerto. Ele não parecia querer aproximar-se dela o suficiente para conversarem.

Ela tentou manter-se calma e deixar que as coisas seguissem o seu rumo; esforçou-se por não se esquecer deste argumento, cheio de confiança racional: "Certamente, se existir um afeto constante de ambos os lados, os nossos corações acabarão por se entender dentro de pouco tempo. Não somos crianças para nos irritarmos caprichosamente, deixando-nos enganar por inadvertências sucessivas e brincando levianamente com a nossa própria felicidade". Alguns minutos depois, porém, ela sentiu que estarem juntos na presente circunstância apenas os poderia expor a inadvertências e mal-entendidos do tipo mais prejudicial.

"Anne", exclamou Mary, ainda à janela, "está ali a senhora Clay, tenho certeza, debaixo das colunas, acompanhada por um cavalheiro. Vi-os virar a esquina, vindos de Bath Street. Pareciam estar muito interessados na conversa. Quem é ele? Venha aqui, diga-me. Deus do Céu! Eu lembro-me. É o senhor Elliot em pessoa".

"Não", exclamou Anne rapidamente, "não pode ser o senhor Elliot. Ele deveria sair de Bath esta manhã e só regressar amanhã".

Enquanto falava, sentiu o capitão Wentworth a fitá-la, e a consciência desse fato aborreceu-a e embaraçou-a, e ela arrependeu-se de ter falado tanto, embora de uma forma tão simples.

Mary, magoada por poderem pensar que ela não conhecia o seu próprio primo, começou a falar calorosamente sobre os traços de família e a protestar ainda mais vigorosamente que era o senhor Elliot, voltando a chamar Anne para que fosse ver com os seus próprios olhos; mas Anne não tencionava mover-se, e tentou mostrar-se indiferente e desinteressada. Voltou a sentir-se aborrecida, porém, ao aperceber-se dos sorrisos e olhares maliciosos trocados entre duas ou três senhoras visitantes, como se julgassem na posse de um segredo. Era evidente que o boato a seu respeito se tinha espalhado; e sucedeu-se uma breve pausa, que pareceu garantir que o mesmo se espalharia ainda mais.

"Venha aqui, Anne", exclamou Mary, "venha ver. Se não vier depressa, já não vem a tempo. Eles estão se despedindo, estão apertando as mãos. Ele está se afastando. Não conhece o senhor Elliot, com franqueza! Você parece ter se esquecido completamente de Lyme".

Para tranquilizar Mary e talvez para disfarçar o seu próprio embaraço, Anne dirigiu-se lentamente à janela. Chegou mesmo a tempo de se certificar de que era realmente o senhor Elliot (algo em que não acreditara) antes de ele desaparecer por um lado, ao mesmo tempo que a senhora Clay se afastava rapidamente por outro; e, dominando a surpresa que não podia deixar de sentir ao ver duas pessoas de interesses tão totalmente opostos parecerem conversar tão amigavelmente, ela disse calmamente: "Sim, sem dúvida que é o senhor Elliot. Suponho que ele deve ter alterado a hora da partida, ou eu posso ter-me enganado, não sei". E ela voltou para a sua cadeira, recomposta, com a confortável esperança de se ter saído bem.

Os visitantes despediram-se, e Charles, depois de os acompanhar delicadamente à porta, fez-lhes uma careta, insultando-os por terem vindo, e começou a falar:

"Bem, mãe, fiz uma coisa por si de que vai gostar. Fui ao teatro e comprei um camarote para amanhã à noite. Não sou um bom rapaz? Eu sei como gosta de teatro; e existe espaço para todos nós. Comporta nove pessoas. E convidei o capitão Wentworth. Tenho certeza de que Anne não se importará em nos acompanhar. Todos nós gostamos de teatro. Não fiz bem, mãe?"

A senhora Musgrove ia começar a exprimir, bem-humorada, a sua perfeita concordância com a ida ao teatro, se Henrietta e todos os outros quisessem ir, quando Mary a interrompeu, exclamando ansiosamente:

"Deus do Céu, Charles! Como podes pensar em uma coisa dessas? Comprar um camarote para amanhã à noite! Esqueceste-te de que fomos convidados para Camden Place amanhã à noite? E que fomos convidados muito especialmente para conhecermos lady Dalrymple e a filha, e o senhor Elliot, os nossos parentes mais importantes, de propósito para lhes sermos apresentados? Como te pudeste esquecer?"

"Ah! Ah!", respondeu Charles, "o que é uma reunião ao anoitecer? Não merece que nos lembremos dela. Eu acho que o seu pai, se quisesse ver-nos, podia convidar-nos para jantar. Você pode fazer o que quiser, mas eu vou ao teatro".

"Ó! Charles, será horrível se o fizer! Prometeu ir!"

"Não, não prometi. Só esbocei um sorriso, curvei-me e disse a palavra 'feliz'. Não fiz qualquer promessa".

"Mas tem de ir, Charles. Seria imperdoável faltar. Fomos convidados de propósito para sermos apresentados. Houve sempre uma grande ligação entre os Dalrymple e nós. Nunca aconteceu nada de parte a parte que não fosse comunicado imediatamente. Somos familiares muito próximos, sabe?, e o senhor Elliot também... que devia particularmente conhecer! O senhor Elliot merece toda a atenção. Pense bem, o herdeiro, o futuro representante da família".

"Não me fale em herdeiros e representantes", exclamou Charles. "Eu não sou daqueles que desprezam o poder reinante para se curvarem perante o sol-nascente. Se eu não vou por atenção ao seu pai, acho escandaloso ir por causa do seu herdeiro". Essa expressão desrespeitosa deu vida a Anne, que viu que o capitão Wentworth estava muito atento, olhando e escutando com toda a concentração, e que as últimas palavras desviaram os seus olhos perscrutadores de Charles para si mesma.

Charles e Mary continuavam a falar no mesmo estilo; ele, meio sério, meio a brincar, mantendo o plano de ir ao teatro; e ela, invariavelmente séria, opondo-se a ele calorosamente, não se esquecendo de deixar claro que, embora estivesse decidida a ir a Camden Place, se julgaria muito desconsiderada se fossem ao teatro sem ela. A senhora Musgrove interrompeu.

"É melhor adiares, Charles. Charles, é melhor voltares lá e alterares o camarote para terça-feira. Seria uma pena ficarmos divididos, e perderíamos também a companhia da senhorita Anne, se há uma reunião em casa do pai; e eu tenho certeza de que nem eu nem Henrietta apreciaríamos a peça se a senhorita Anne não fosse conosco".

Anne sentiu-se verdadeiramente grata por tanta gentileza; e ainda mais pela oportunidade que lhe proporcionou de dizer com firmeza:

"Se dependesse apenas da minha vontade, minha senhora, a reunião em minha casa não constituiria o menor impedimento, a não ser por causa de Mary. Esse tipo de reunião não me dá qualquer prazer, e sentir-me-ia muito feliz por poder trocá-la por uma peça, sobretudo na sua companhia. Mas talvez seja melhor não o fazer". Ela tinha falado; mas, quando acabou, tremia, consciente de que suas palavras eram escutadas e não se atrevendo a observar o efeito destas.

Pouco depois, todos concordaram que terça-feira seria o dia indicado. Apenas Charles se aproveitou da ocasião para provocar a mulher, insistindo em que iria ao teatro no dia seguinte, mesmo que mais ninguém fosse.

O capitão Wentworth levantou-se do lugar e foi até à lareira; provavelmente para se afastar pouco depois e se aproximar, de um modo menos óbvio, de Anne.

"Ainda não se encontra em Bath há tempo suficiente", disse ele "para apreciar os saraus locais".

"Ó, não! O seu caráter habitual não me interessa. Eu não sou um jogador de cartas".

"Antigamente não gostava, eu sei. Não gostava de cartas; mas o tempo muda tanta coisa..."

"Não estou tão mudada", exclamou Anne, calando-se imediatamente, com receio de ser mal interpretada. Depois de esperar alguns momentos, ele disse, como se as palavras resultassem dos seus sentimentos: "É realmente muito tempo! Oito anos e meio é muito tempo!"

Se ele teria dito mais alguma coisa era uma questão que ficaria entregue à imaginação de Anne para que refletisse em uma hora mais tranquila; pois, enquanto ainda escutava o som das suas palavras, foi despertada para outros assuntos por Henrietta, ansiosa por aproveitar aquele intervalo para saírem e incitando os companheiros a não perderem tempo, antes que aparecesse mais alguém.

Viram-se obrigados a mover-se. Anne disse que estava pronta e tentou parecê-lo; mas sentia que, se Henrietta soubesse com que pena e relutância ela se levantou da cadeira e saiu da sala, ela teria encontrado, nos seus próprios sentimentos pelo primo e na certeza do seu afeto, razão para ter pena dela.

Os seus preparativos, porém, tiveram de ser suspensos. Ouviu-se um barulho alarmante; apareceram outras visitas, e a porta foi aberta de par em par para sir Walter e a senhorita Elliot, cuja entrada pareceu gelar todo mundo. Anne sentiu uma opressão imediata e, para onde quer que olhasse, via sintomas idênticos. O bem-estar, a liberdade, a alegria da sala desapareceram, substituídos por uma compostura fria, um silêncio voluntário ou conversas insípidas, condizentes com a elegância gélida do pai e da irmã. Que mortificação sentir que assim era!

O seu olhar ansioso ficou satisfeito em um ponto. Ambos deram sinal de reconhecer o capitão Wentworth, Elizabeth mais graciosamente do que antes. Ela até se dirigiu uma vez a ele, olhou para ele mais de uma vez. Elizabeth estava, de fato, refletindo sobre um ponto importante. O que se seguiu explicou-o. Depois de perder alguns minutos dizendo as futilidades necessárias, ela começou a fazer o convite que incluiria os demais Musgrove. "Amanhã à noite, para conhecer alguns amigos. Nada de muito formal". Foi tudo dito com muita gentileza, e os cartões "A senhorita Elliot recebe em casa" que mandara fazer para si própria foram colocados em cima da mesa com um sorriso cortês que os abrangeu a todos, e um sorriso e um cartão dirigidos especialmente ao capitão Wentworth. A verdade era que Elizabeth estava já há tempo suficiente em Bath para compreender a importância de um homem com um ar e um aspecto como os dele. O passado já não contava. O presente era que o capitão Wentworth ficaria muito bem na sua sala de visitas. Depois de o cartão ter sido entregue, sir Walter e Elizabeth levantaram-se e desapareceram.

A interrupção fora curta, mas de efeito, grave; e, quando a porta se fechou atrás deles, o à-vontade e a animação voltaram à maior parte dos que ficaram, mas não a Anne. Ela só conseguia pensar no convite que tinha presenciado com tamanho espanto; e no modo como ele fora recebido, um ar de significado dúbio, mais de surpresa do que de prazer, mais de delicado agradecimento do que de aceitação. Ela conhecia-o; viu o desdém nos seus olhos, e não se atrevia a acreditar que ele decidira aceitar esta oferta como expiação pela insolência do passado. A sua animação desapareceu. Depois de eles saírem, ele ficou com o cartão na mão como se refletisse sobre ele.

"Imaginem, Elizabeth incluindo todo mundo!", murmurou Mary de um modo bem audível. "Não admira que o capitão Wentworth esteja encantado! Repare como ele não larga o cartão".

Anne encontrou-lhe o olhar, viu o seu rosto corar e a boca formar, momentaneamente, uma expressão de desprezo, e voltou-se para não ver nem ouvir mais nada que a atormentasse.

O grupo separou-se. Os cavalheiros tinham as suas próprias ocupações, as senhoras foram tratar dos seus assuntos e não voltaram a encontrar-se enquanto Anne esteve na sua companhia. Foi-lhe pedido insistentemente que voltasse para almoçar e passasse com eles o resto do dia; mas a sua disposição tinha sido posta tanto à prova que, de momento, ela se sentia incapaz de se mover e só tinha vontade de ficar em casa, onde sabia poder guardar o silêncio que quisesse.

Prometendo passar com eles toda a manhã do dia seguinte, encerrou as fadigas da presente com um passeio cansativo até Camden Place, onde passou quase todo o serão a escutar os afadigados preparativos de Elizabeth e da senhora Clay para a reunião do dia seguinte, a frequente enumeração das pessoas convidadas, os pormenores, constantemente relatados, de todos os embelezamentos que a tornariam a mais elegante do seu gênero em Bath, ao mesmo tempo que se atormentava em segredo com a incessante dúvida sobre se o capitão Wentworth viria ou não. Elas estavam seguras de que ele viria, mas, para ela, era uma interrogação insistente que não conseguia acalmar por mais de cinco minutos. De um modo geral, pensava que ele não viria, porque, de um modo geral, pensava que ele devia vir; mas era um caso que ela não conseguia conceber como um mero ato de dever ou cortesia, com tanta segurança que pudesse inevitavelmente desafiar as sugestões de sentimentos bem opostos.

Apenas despertou das meditações sombrias dessa agitação inquieta para dizer à senhora Clay que ela fora vista com o senhor Elliot três horas depois da que se supunham ter ele saído de Bath; como esperara em vão que ela mesma se referisse ao encontro, decidiu mencioná-lo e, enquanto falava, pareceu-lhe ver uma expressão de culpa no rosto da senhora Clay. Foi uma sombra passageira, desapareceu em um instante, mas Anne julgou perceber que ela, devido quer a uma complicação dos estratagemas mútuos quer à autoridade dominadora dele, fora obrigada a escutar, possivelmente durante meia hora, os seus sermões e restrições a respeito dos seus desígnios sobre sir Walter. Ela exclamou, porém, com uma imitação tolerável de naturalidade:

"Ó! Sim, é verdade. Imagine, senhorita Elliot, para grande surpresa minha, encontrei o senhor Elliot em Bath Street! Nunca me senti mais admirada. Ele voltou atrás e foi comigo até à Pump Yard. Houve qualquer coisa que o impediu de partir para Thornberry, mas não me lembro o quê, pois eu estava com pressa e não podia prestar-lhe muita atenção, e só posso afirmar que ele estava decidido a não atrasar o regresso. Ele queria saber a que horas poderia vir amanhã. Só falava em amanhã. É evidente que eu também só penso nisso desde que cheguei a casa e tive conhecimento de todo o seu plano e tudo o que aconteceu, senão não me teria esquecido tão completamente de que o tinha visto".

CAPÍTULO XXIII

Tinha-se passado apenas um dia desde a conversa de Anne com a senhora Smith; mas um assunto de maior interesse tinha surgido, e a conduta do senhor Elliot afetava-a tão pouco agora, exceto pelos seus efeitos em um determinado sentido, que lhe pareceu normal, na manhã seguinte, adiar a visita exploratória a Rivers Street. Ela prometera estar com os Musgrove desde o café da manhã até ao almoço. Empenhara a sua palavra, e o caráter do senhor Elliot, tal como a cabeça da sultana Sherazade, viveria mais um dia.

Mas ela não conseguiu chegar pontualmente ao seu encontro; o tempo estava desagradável, e Anne ficara aborrecida com a chuva por causa da amiga e aborreceu-se ainda por causa de si própria, antes de conseguir pôr-se a caminho. Quando chegou ao Veado Branco e se dirigiu ao apartamento certo, descobriu que nem chegara a tempo nem fora a primeira a chegar. O grupo que chegara antes de si era composto pela senhora Musgrove, que conversava com a senhora Croft, pelo capitão Harville com o capitão Wentworth, e ouviu imediatamente que Mary e Henrietta, muito impacientes para conseguirem esperar, tinham saído assim que parara de chover mas voltariam dentro em breve, e a senhora Musgrove tinha recebido instruções categóricas para a manterem ali até que elas regressarem. Restou-lhe obedecer, sentar-se, exteriormente tranquila, e sentiu-se mergulhar imediatamente em toda a agitação com que não contara antes do fim da manhã. Não houve qualquer demora ou perda de tempo. Sentiu-se de imediato profundamente feliz em tal infelicidade, ou na infelicidade de tal felicidade. Dois minutos depois de ela entrar na sala, o capitão Wentworth disse:

"Podíamos escrever a carta de que estávamos falando, Harville, se me dessem o que preciso".

Os apetrechos estavam à mão, em uma escrivaninha separada; ele dirigiu-se a ela e, quase voltando as costas a todos eles, ficou absorto na escrita. A senhora Musgrove contava à senhora Croft a história do noivado da filha mais velha, e fazia-o naquele inconveniente tom de voz que, embora fingisse ser um murmúrio, se ouvia perfeitamente. Anne sentiu que não tomava parte na conversa e, no entanto, como o capitão Harville parecia pensativo e com pouca vontade de conversar, ela não conseguiu deixar de ouvir alguns pormenores desagradáveis, tais como "o senhor Musgrove e o meu irmão Hayter encontraram-se muitas vezes para conversar sobre o assunto; o que o meu irmão Hayter tinha dito um dia, o que o senhor Musgrove propusera no seguinte, e o que ocorrera à minha irmã Hayter, e o que os jovens tinham querido, e aquilo com que eu, a princípio, disse que nunca concordaria, mas mais tarde fui persuadida a concordar", e muito mais coisas no mesmo estilo de comunicação aberta, minúcias que, mesmo com gosto e delicadeza, a senhora Musgrove nunca poderia dar, poderia ser altamente interessante para as partes mais interessadas. A senhora Croft participava com muito humor, e, quando falava, fazia-o com grande sensatez. Anne tinha esperança de que todos os cavalheiros estivessem muito entretidos para ouvir a conversa.

"E assim, minha senhora, considerando todas essas coisas", disse a senhora Musgrove no seu potente murmúrio, "e embora pudéssemos desejar que as coisas se passassem de modo diferente, não achamos que fosse justo manter-nos de parte por mais tempo. Charles Hayter estava entusiasmadíssimo, e Henrietta estava quase na mesma; e, por isso, pensamos que seria melhor que se casassem imediatamente e se arranjassem o melhor que pudessem, como tantos outros fizeram antes deles. De qualquer modo, disse eu, será melhor do que um noivado longo".

"Era isso precisamente o que eu ia dizer", exclamou a senhora Croft. "Acho preferível os jovens casarem-se imediatamente com um rendimento pequeno e terem de lutar juntos contra algumas dificuldades a verem-se envolvidos em um noivado longo. Eu sempre achei que um mútuo..."

"Ó!, minha querida senhora Croft", exclamou a senhora Musgrove, incapaz de deixá-la terminar a frase, "não existe nada tão abominável para os jovens como um noivado comprido. Sempre detestei isso para os meus filhos. Está tudo muito bem, costumo eu dizer, que os jovens se tornem noivos, desde que tenham certeza de que poderão casar passados seis meses, ou mesmo doze, mas agora, um noivado longo..."

"Claro, querida senhora", disse a senhora Croft, "ou um noivado incerto, um noivado que pode ser longo. Para já, sem se saber se na altura haverá condições para o casamento, parece-me muito desaconselhável e insensato e acho que todos os pais devem evitá-lo o mais que puderem".

Anne encontrou nessas palavras um interesse inesperado. Sentiu que se aplicavam a si mesma, sentiu-se percorrida por um estremecimento nervoso, e, ao mesmo tempo que os seus olhos se voltavam instintivamente para a escrivaninha distante, a pena do capitão Wentworth deixou de se mover; ele ergueu a cabeça, fez uma pausa, escutou e olhou em volta no instante seguinte para lhe lançar um olhar fugaz e consciente.

As duas senhoras continuaram conversando, reiterando as mesmas verdades conhecidas e a reforçá-las com exemplos dos efeitos adversos de procedimentos contrários que tinham observado, mas Anne não ouviu nada distintamente, era apenas um zumbido aos seus ouvidos, a sua mente era um turbilhão.

O capitão Harville, que, na verdade, não tinha ouvido nada, levantou-se e dirigiu-se a uma janela; ao ver que Anne parecia estar olhando para ele, embora o fitasse apenas por distração, percebeu pouco a pouco que ele a convidava para se juntar a ele. Ele a olhava com um sorriso e um pequeno movimento de cabeça que pareciam querer dizer: "Venha comigo, tenho algo para lhe dizer"; e a amabilidade simples dos seus modos, que denotava os sentimentos de um conhecimento mais antigo do que de fato era, reforçou o convite. Ela se levantou e se dirigiu a ele. A janela junto da qual ele se encontrava estava situada no extremo da sala oposto ao local em que as senhoras estavam sentadas e, embora estivesse mais próxima da escrivaninha do capitão Wentworth, não estava muito perto desta. O rosto do capitão Harville readquiriu a expressão séria e pensativa que lhe era habitual.

"Olhe aqui", disse ele, desembrulhando um pacote que tinha na mão e mostrando uma pequena miniatura pintada , "sabe quem é?"

"Com certeza, é o capitão Benwick".

"Sim, e também pode adivinhar a quem se destina. Mas", acrescentou em uma voz grave "não foi feita para ela. Senhorita Elliot, recorda-se de passearmos em Lyme e de nos afligirmos por causa dele? Mal pensava eu então... mas não importa. Esta miniatura foi feita no Cabo. Ele conheceu um jovem e inteligente artista alemão e, para cumprir uma promessa feita à minha pobre irmã, pousou para ele, e trazia o retrato para ela. E agora fui encarregado de o mandar emoldurar para outra! Pediu-me a mim! Mas a quem mais havia ele de se dirigir? Espero poder fazê-lo bem. Na verdade, estou satisfeito por passá-lo a outra pessoa. Ele vai encarregar-se do assunto – olhou na direção do capitão Wentworth – ele está a escrever sobre isso neste momento. E, com lábios trêmulos, resumiu o seu pensamento, acrescentou: "Pobre Fanny! Ela não o teria esquecido tão depressa!"

"Não", respondeu Anne, em uma voz baixa e sentida. "Isso eu acredito".

"Não era de sua natureza. Ela adorava-o".

"Isso não estaria na natureza de qualquer mulher que amasse verdadeiramente".

O capitão Harville sorriu, como se quisesse dizer: "Diz isso do seu sexo?" E ela respondeu, sorrindo também: "Digo. Nós certamente não vos esquecemos tão depressa como vocês nos esquecem. Isso é talvez o nosso destino, e não o nosso mérito. Não conseguimos evitá-lo. Nós vivemos em casa, sossegadas, confinadas, e os nossos sentimentos perseguem-nos. Os homens são obrigados a ter uma atividade. Têm sempre uma profissão, interesses, negócios de um tipo ou de outro, para os levar imediatamente de volta para o mundo, e a ocupação e a alteração constantes depressa diminuem qualquer depressão".

"Mesmo admitindo que seja verdadeira a sua afirmação de que as ocupações mundanas dos homens conseguem tudo, o que eu, porém, acho que não admito, isso não se aplica a Benwick. Ele não teve de exercer nenhuma atividade. A paz colocou-o em terra nesse preciso momento, e ele tem vivido conosco, no nosso pequeno círculo familiar, desde então".

"É verdade", disse Anne , "muito verdade, não me lembrava; mas que poderemos dizer agora, capitão Harville? Se a mudança não foi provocada por circunstâncias exteriores, então deve ter-lhe vindo do íntimo, deve ter sido a natureza, a natureza do homem, que agiu no caso do capitão Benwick".

"Não, não, não é a natureza do homem. Eu não vou concordar que esteja mais na natureza do homem do que na da mulher ser inconstante e esquecer os que amam ou amaram. Acredito no contrário. Eu acredito em uma verdadeira analogia entre a nossa estrutura física e mental; e, como o nosso corpo é mais forte, os nossos sentimentos também o são, capazes de suportar as mais rudes privações e de sobreviver a terríveis tempestades".

"Os seus sentimentos podem ser mais fortes", respondeu Anne, "mas o mesmo espírito de analogia permite-me assegurar que os nossos são mais delicados. O homem é mais robusto que a mulher, mas não vive mais tempo; o que explica exatamente o meu ponto de vista em relação aos afetos. Não, seria muito duro para vocês se fosse de outra maneira. Vocês tendem a lutar contra dificuldades, privações e perigos suficientes. Estão sempre trabalhando e labutando, expostos a todos os riscos e privações. Abandonam tudo: lar, país e amigos. Não podem chamar de seus ao tempo, à saúde ou à vida. Seria realmente muito duro", concluiu ela com voz trêmula "se a tudo isso fossem adicionados sentimentos femininos".

"Nós nunca havemos de chegar a um acordo nesse ponto", começou o capitão Harville a dizer quando um ligeiro ruído atraiu a atenção dos dois para a parte da sala em que o capitão Wentworth se encontrava e que estivera, até então, perfeitamente silenciosa. Fora simplesmente a pena que caíra, mas Anne estremeceu ao ver que ele estava mais próximo do que supusera e sentiu-se meio inclinada a desconfiar de que a pena caíra porque ele se distraíra com eles, tentando ouvir o que diziam; ela achava, porém, que ele não poderia ter ouvido.

"Acabou a carta?", perguntou o capitão Harville.

"Ainda não, faltam ainda algumas linhas. Devo ter terminado dentro de cinco minutos".

"Pela minha parte, não há pressa. Estarei pronto quando quiseres. Estou muito bem aqui", (sorrindo para Anne), "bem provido e com tudo o que desejo. Não tenho pressa de qualquer sinal. Bem, senhorita Elliot", prosseguiu ele baixando a voz, "como eu estava dizendo, suponho que nunca vamos estar de acordo a esse respeito. Provavelmente, nenhum homem ou mulher estaria. Mas deixe-me fazer-lhe notar que todas as histórias estão contra si... todas as histórias, em prosa e em verso. Se eu tivesse uma memória como a de Benwick, conseguiria, neste momento, apresentar-lhe cinquenta citações a favor do meu argumento, e acho que nunca abri um livro na minha vida que não tivesse algo a dizer sobre a inconstância das mulheres. Todas as canções e provérbios falam da volubilidade da mulher. Mas talvez me diga que foram todos escritos por homens".

"Talvez diga. Sim, sim, por favor, nada de referências a exemplos em livros. Os homens têm todas as vantagens sobre nós, ao contarem as suas histórias. Eles têm usufruído de muito mais instrução; a pena tem estado nas suas mãos. Eu não vou permitir que os livros provem nada".

"Mas como vamos provar alguma coisa?"

"Nunca o faremos. Jamais poderemos provar alguma coisa sobre esse ponto. É uma diferença de opinião que não admite prova. Ambos começamos provavelmente com uma ligeira parcialidade a favor do nosso sexo e, com base nessa parcialidade, construímos todas as circunstâncias a seu favor que ocorreram dentro do nosso círculo; muitas dessas circunstâncias, talvez os casos que mais nos impressionam, podem ser exatamente os que não conseguem ser apresentados sem trairmos uma confidência ou, nalgum aspecto, dizermos o que não deveria ser dito".

"Ah!", exclamou o capitão Harville em um tom de forte emoção, "se eu pudesse, ao menos, fazê-la compreender o que um homem sofre quando vê, pela última vez, a mulher e os filhos e ficar olhando para o barco em que os mandou embora até o perder de vista e depois se virar e diz: 'Só Deus sabe se voltaremos a nos encontrar'. E, depois, se eu pudesse transmitir-lhe a felicidade da sua alma quando volta a vê-los; quando, ao regressar de uma ausência de talvez doze meses, é obrigado a parar noutro porto, ele calcula a rapidez com que será possível trazê-los até ali, finge enganar-se, dizendo: 'Eles só podem chegar aqui em tal dia', mas sempre com a esperança de que cheguem doze horas mais cedo; e, ao vê-los chegar, finalmente, como se o céu lhes tivesse dado asas, muitas horas antes... Se eu lhe pudesse explicar tudo isso e tudo o que um homem pode suportar ou fazer, e se orgulha de fazer, por aqueles tesouros da sua existência! Refiro-me apenas aos homens que têm coração!" E, emocionado, ele apertava o próprio.

"Ó!", exclamou Anne entusiasticamente, "eu espero ser justa para com tudo o que sente e para com aqueles que se parecem com você. Deus me defenda de menosprezar os sentimentos afetuosos e fiéis de quaisquer dos meus semelhantes. Seria merecedora do mais completo desprezo se me atrevesse a supor que o verdadeiro afeto e a constância são apanágio apenas das mulheres. Não, eu acredito que vocês são capazes de tudo que é grandioso e bom em nossa vida matrimonial. Acredito que são capazes de fazer qualquer esforço importante e qualquer sacrifício pessoal desde que... se me permite a expressão, desde que tenham um objetivo. Quero dizer, enquanto a mulher que amarem estiver viva e viva para vocês. O privilégio que reclamo para o meu sexo... não é muito invejável, não precisa cobiçá-lo... É o de amar mais tempo, quando a existência ou a esperança já desapareceram".

Ela não conseguiria dizer, de imediato, outra frase; sentia-se muito emocionada e a sua respiração estava muito ofegante.

"Você tem uma boa alma", exclamou o capitão Harville colocando-lhe a mão afetuosamente no braço. "Não é possível discutir com você. E, quando penso em Benwick, fico sem palavras..."

Os outros solicitaram sua atenção. A senhora Croft estava se despedindo.

"Agora, Frederick, creio que nos vamos embora", disse ela. Eu vou para casa, e você tem um encontro com o seu amigo. Esta noite teremos o prazer de nos encontrar todos em sua casa (voltando-se para Anne). "Recebemos o cartão da sua irmã ontem, e creio que Frederick também recebeu um, embora eu não o tenha visto... e você não tem nenhum compromisso, Frederick, como nós?"

O capitão Wentworth dobrava apressadamente a carta, e não podia ou não queria dar uma resposta decisiva.

"Sim", disse ele, "é verdade; separamo-nos aqui; mas eu e Harville depressa nos encontraremos com você, isto é, Harville, se estiver pronto, eu estarei daqui a meio minuto. Eu sei que não se incomoda em ter de ir embora. Estarei ao seu dispor daqui a meio minuto".

A senhora Croft despediu-se, e o capitão Wentworth, depois de ter selado a carta com grande rapidez, estava realmente pronto e tinha até um ar apressado, agitado, que denotava impaciência em ir-se embora. Anne não sabia o que pensar. O capitão Harville despediu-se muito amavelmente: "Bom dia, bem haja!", mas ele não disse nada, nem sequer olhou para ela. Saiu da sala sem a olhar!

Ela só teve tempo, contudo, de se aproximar da escrivaninha onde ele estivera a escrever, quando se ouviram passos; a porta abriu-se; era ele. Ele pediu desculpas, mas tinha-se esquecido das luvas, e atravessou imediatamente a sala até à escrivaninha e, colocando-se de costas para a senhora Musgrove, tirou uma carta debaixo do papel espalhado, colocou-a em frente a Anne, fitando-a por um momento com um olhar brilhante de súplica, pegou rapidamente as luvas e voltou a sair da sala, quase antes da senhora Musgrove ter reparado que ele ali estava; tudo se passou em um instante.

A agitação que apenas um instante provocou em Anne foi quase inexprimível. A carta, endereçada, em uma letra quase ilegível, a "senhorita A. E.", era obviamente a que ele dobrara com tanta pressa. Enquanto estava, supostamente, a escrever ao capitão Benwick, ele escrevera-lhe também a ela. Tudo o que o mundo podia fazer por ela dependia do conteúdo daquela carta! Tudo era possível, e era preferível desafiar tudo a continuar na expectativa. A senhora Musgrove tinha algumas coisas a preparar na mesa; ela devia confiar na sua proteção e, deixando-se cair na cadeira que ele ocupara, sucedeu-lhe no mesmo lugar onde se debruçara a escrever, e os seus olhos devoraram as seguintes palavras:

"Já não consigo mais permanecer em silêncio. Tenho de lhe falar pelos meios ao meu alcance. Anne trespassa-me a alma. Sinto-me entre a agonia e a esperança. Não me diga que é muito tarde, que sentimentos tão preciosos morreram para sempre. Declaro-me novamente a si com um coração que é ainda mais seu do que quando o despedaçou há oito anos e meio. Não diga que o homem esquece mais depressa que a mulher, que o amor dele morre mais cedo. Eu não amei ninguém se não a si. Posso ter sido injusto, posso ter sido fraco e rancoroso, mas nunca inconstante. Vim a Bath unicamente por sua causa. Os meus pensamentos e planos são todos para si. Não reparou nisso? Não se apercebeu dos meus desejos? Se eu tivesse conseguido ler os seus sentimentos, como creio que deve ter decifrado os meus, não teria esperado estes dez dias. Mal consigo escrever. A todo momento ouço algo que me emociona. Anne baixa a voz, mas eu consigo ouvir os tons dessa voz, mesmo quando os outros não conseguem. Criatura muito boa, muito pura! Faz-nos, de fato, justiça, ao acreditar que os homens são capazes de um verdadeiro afeto e uma verdadeira constância. Creia que esta é fervorosa e firme em F. W."

"Tenho de ir, inseguro quanto ao meu futuro; mas voltarei, ou seguirei o seu grupo, logo que possível. Uma paLavra, um olhar será o suficiente para decidir se irei a casa do seu pai esta noite, ou nunca".

Depois da leitura dessa carta, era impossível recompor-se rapidamente. Ao fim de meia hora de solidão e meditação, talvez se tivesse sentido mais calma; mas os dez minutos que decorreram até ser interrompida, juntamente com a necessidade de se conter, não podiam ser suficientes para a acalmar. Pelo contrário, cada momento trazia uma nova onda de agitação. Era uma felicidade esmagadora. E, antes de ter ultrapassado a primeira fase de intensa emoção, chegaram Charles, Mary e Henrietta.

A necessidade absoluta de não parecer diferente do habitual produziu uma luta interior imediata; mas, ao fim de algum tempo, já não conseguia fazê-lo. Começou a não compreender uma única palavra do que eles diziam e foi obrigada a alegar que estava indisposta e a pedir desculpas. Eles viram então que ela parecia muito doente – ficaram chocados e preocupados e recusaram-se a sair dali sem ela. Isto foi terrível! Se ao menos eles fossem embora e a deixassem sossegada, sozinha naquela sala, isso teria constituído a sua cura; mas tê-los todos de pé à sua volta incomodava-a, e, por fim, desesperada, disse que iria para casa.

"Com certeza, minha querida", exclamou a senhora Musgrove, "vá já para casa e trate-se, para estar bem logo à noite. Quem me dera que Sarah estivesse aqui para a tratar, mas eu não sou boa enfermeira. Charles vai mandar vir uma carruagem. Ela não deve ir a pé".

Mas ela não queria uma carruagem. Seria pior que tudo! A ideia de perder a possibilidade de dizer duas palavras ao capitão Wentworth no decurso do seu passeio calmo e solitário pela cidade – tinha quase certeza de que o encontrar-se – era insuportável. Assim, protestou energicamente contra a carruagem; e a senhora Musgrove, que pensava apenas em um tipo de doença, tendo-se certificado, com alguma ansiedade, de que neste caso não houvera queda; de que Anne não tinha, recentemente, escorregado e batido com a cabeça; convencendo-se, finalmente, de que não houvera qualquer queda, despediu-se dela bem-disposta e disse que esperava encontrá-la melhor à noite. Ansiosa por não descurar qualquer possível precaução, Anne fez um esforço e disse:

"Receio, minha senhora, que não esteja tudo bem esclarecido. Peço-lhe que tenha a bondade de dizer aos outros cavalheiros que esperamos ver todo o grupo esta noite. Receio que tenha havido algum engano e gostaria que garantisse particularmente ao capitão Harville e ao capitão Wentworth que esperamos vê-los, a ambos, esta noite".

"Ó, minha querida, está tudo bem claro, dou-lhe a minha palavra. O capitão Harville não pensa se não em ir".

"Acha que sim? Mas eu tenho medo, e teria tanta pena! Promete que lhes fala nisso quando os voltar a ver? Certamente que os vai ver outra vez esta manhã. Promete?"

"Com certeza, se quiser que o faça. Charles, se vires o capitão Harville em qualquer lado, lembra-te de lhe transmitir a mensagem de Anne. Mas, na verdade, minha querida, não precisa se preocupar. O capitão Harville considera a noite comprometida, garanto-o; e o mesmo se passa com o capitão Wentworth, creio".

Anne não podia fazer mais nada; mas o seu coração profetizava-lhe qualquer mal-entendido que estragaria a perfeição da sua felicidade. Mas isso não duraria muito, porém. Mesmo que ele próprio não fosse a Camden Place, ela poderia enviar-lhe, pelo capitão Harville, uma frase inteligível. Ocorreu ainda outro contratempo. Charles, na sua bondade e verdadeiramente preocupado com ela, quis acompanhá-la até e casa; não era possível evitá-lo. Isso era quase cruel! Mas ela não podia mostrar-se ingrata por muito tempo; ele estava a sacrificar um compromisso em um armeiro para lhe ser prestativo e, assim, ela partiu com ele, sem outro sentimento aparente além da gratidão.

Estavam na Union Street quando um passo mais apressado atrás deles, um som familiar, lhe deu dois momentos de preparação para o aparecimento do capitão Wentworth. Este aproximou-se deles; mas, indeciso se deveria seguir com eles ou prosseguir sozinho, não disse nada, limitou-se a olhar. Anne conseguiu dominar-se o suficiente para receber aquele olhar sem constrangimento. As faces que tinham estado pálidas coraram, e os movimentos que tinham sido hesitantes tornaram-se decididos. Ele caminhou ao lado dela. Subitamente, tomado por um pensamento, Charles disse:

"Capitão Wentworth, em que direção vai? Só até Gay Street ou mais para cima na cidade?"

"Nem sei bem", foi a resposta do capitão Wentworth, surpreendido.

"Vai até Belmont? Perto de Camden Place? Porque, se vai, não terei escrúpulos em lhe pedir que tome o meu lugar e acompanhe Anne até em casa. Ela está cansada esta manhã e não deve ir tão longe sem companhia. E eu devia estar na loja daquele sujeito no mercado. Ele prometeu mostrar-me uma arma estupenda que vai enviar para fora; disse que a manteria desempacotada até o último momento, só para eu vê-la; e, se eu não retornar agora, não terei a mínima possibilidade. Pela descrição dele, é muito semelhante à arma de dois canos que levei um dia à caça nos arredores de Winthrop".

Não podia haver objeção. Em público, só podia haver uma alegria comedida, uma amável aquiescência; sorrisos contidos e uma excelente disposição que disfarçavam a enorme felicidade interior. Meio minuto depois, Charles encontrava-se de novo ao fundo da Union Street, e os outros dois prosseguiram o caminho juntos; e, pouco depois, tinham trocado palavras suficientes para decidirem dirigir-se para a calçada relativamente mais calma e retirada, onde a possibilidade de conversarem tornaria esta hora uma verdadeira dádiva celestial, preparando-a para a imortalidade que as mais felizes recordações das suas vidas futuras lhe pudessem conceder. Ali trocaram eles de novo aquelas juras e promessas que outrora pareceram assegurar-lhes tudo, mas que tinham sido seguidas de tantos, tantos anos de separação e indiferença. Ali regressaram eles ao passado, mais intensamente felizes, talvez, na sua nova união, do que quando esta fora projetada pela primeira vez; mais meigos, mais experimentados, mais seguros do conhecimento do caráter, da sinceridade e do afeto um do outro; mais capazes de agir, com mais motivo para agir. E ali, enquanto subiam lentamente a colina, alheios aos grupos que os rodeavam, não vendo nem os políticos que por ali vagueavam, nem as governantas azafamadas, nem as garotas que namoravam, nem amas nem crianças, puderam entregar-se às recordações e principalmente às explicações do que precedera imediatamente o momento presente, as quais tinham um interesse tão intenso e tão infindável. Relembraram todas as pequenas ocorrências da última semana; e as do dia anterior e desse dia pareciam não ter fim.

Ela não se tinha enganado a respeito dele. Os ciúmes do senhor Elliot tinham funcionado como peso retardador, a dúvida, o tormento. Estes tinham começado assim que se encontraram pela primeira vez em Bath; tinham voltado, após uma breve interrupção, para estragar o concerto; e tinham-no influenciado em tudo o que ele dissera e fizera, ou deixara de dizer ou fazer durante as últimas vinte e quatro horas. Eles tinham cedido, pouco a pouco, perante a esperança que os olhares dela, as suas palavras ou ações ocasionalmente encorajavam; tinham sido finalmente vencidos pelos sentimentos e palavras que tinham chegado até ele enquanto ela falava com o capitão Harville e, em um impulso irresistível, ele resolvera agarrar uma folha de papel e declarar os seus sentimentos.

Aquilo que tinha escrito, não havia nada a alterar ou desdizer. Ele insistia que não amara ninguém a não ser ela. Ela nunca fora suplantada. Ele achava que nunca vira ninguém igual a ela. Isso era obrigado a admitir – que fora constante inconscientemente, ou, por outra, sem tencionar sê-lo; fizera por esquecê-la e achava que o fizera. Imaginara-se indiferente, quando só estava zangado; e tinha sido injusto para com as suas qualidades porque sofrera por causa delas. Agora, considerava o caráter dela como a própria perfeição, mantendo o mais encantador equilíbrio entre a coragem e a ternura; mas era obrigado a reconhecer que só em Uppercross é que aprendera a fazer-lhe justiça, e só em Lyme começara a conhecer-se a si próprio. Em Lyme, recebera lições de vários tipos. A admiração momentânea do senhor Elliot tinha-o, pelo menos, despertado, e as cenas no Cobb e em casa do capitão Harville tinham demonstrado bem a sua superioridade.

Sobre as tentativas anteriores de se afeiçoar a Louisa Musgrove, tentativas provocadas pelo orgulho ferido, ele afirmou que sentira que tal era impossível; não amara, não podia amar Louisa; embora, antes daquele dia, antes do tempo livre para reflexão que se lhe seguiu, ele não tivesse compreendido a excelente perfeição do seu espírito, com o qual o de Louisa não se podia comparar; ou a enorme e inigualável influência que ele exercia sobre o seu. Ali, ele aprendera a distinguir entre a firmeza de princípios e a teimosia obstinada, entre a ousadia da imprudência e a resolução de uma alma serena. Ali, ele vira tudo para exaltar, na sua estima, a mulher que perdera, e ali começara a lamentar o seu orgulho, a tolice, a loucura do ressentimento que o impedira de tentar recuperá-la quando ela surgira no seu caminho.

A partir dessa altura, o seu castigo tornara-se severo. Assim que se libertara do horror e do remorso que acompanharam os primeiros dias após o acidente de Louisa, assim que começou a sentir-se vivo de novo, começou a sentir que, embora estivesse vivo, não era livre.

"Descobri", disse ele "que Harville me considerava um homem comprometido! Nem Harville nem a mulher tinham a menor dúvida sobre o nosso afeto mútuo. Fiquei admirado e chocado. Até certo ponto, eu podia negá-lo imediatamente, mas, quando comecei a refletir que outros pudessem pensar o mesmo – a família dela, talvez ela mesma, deixei de me sentir à vontade. Eu era dela; pela honra, se ela quisesse. Eu fora leviano. Não tinha pensado a sério no assunto antes. Não tinha pensado que a excessiva intimidade da minha parte teria forçosamente consequências nocivas em muitos aspectos; e que eu não tinha o direito de estar tentando ver a qual das garotas me poderia afeiçoar, com o risco de provocar rumores desagradáveis, mesmo que não houvesse outros efeitos prejudiciais. Tinha agido muito mal, e havia que sofrer as consequências".

Em resumo, ele soubera muito tarde que se metera em problemas; e que, precisamente quando se compenetrara de que não gostava de Louisa, devia considerar-se comprometido com ela, se os sentimentos dela por ele fossem o que os Harville supunham. Isso decidiu-o a sair de Lyme e aguardar o restabelecimento total dela noutro local. Ele faria, de boa vontade, enfraquecer, por quaisquer meios leais, os sentimentos ou especulações a seu respeito que pudessem existir; e, assim, foi para casa do irmão, tencionando, após algum tempo, regressar a Kellynch e agir conforme as circunstâncias o exigissem.

"Passei seis semanas com Edward", disse ele "e vi-o feliz. Foi o único prazer que encontrei. Eu não merecia nada. Ele perguntou muito particularmente por você; até perguntou se estava mudada, não desconfiando de que, aos meus olhos, você nunca mudaria".

Anne sorriu e não disse nada. Era um erro muito agradável para o poder censurar. Significa alguma coisa para uma mulher assegurarem-lhe que, aos vinte e oito anos, não perdeu o encanto da juventude; mas o valor desse elogio aumentou imenso para Anne ao compará-lo com palavras anteriores e sentindo que este era o resultado e não a causa do renascimento do seu caloroso afeto.

Ele tinha ficado em Shropshire, lamentando a cegueira do seu orgulho e os erros dos seus cálculos, até se ver, de repente, livre de Louisa, pela espantosa e feliz notícia do seu noivado com Benwick.

"Com isso", disse ele "terminou o pior período da minha situação; pois agora eu podia colocar-me no caminho da felicidade, podia esforçar-me, podia fazer qualquer coisa. Mas esperar tanto tempo inativo, e esperar apenas o pior, tinha sido terrível. Passados cinco minutos, disse: 'Estarei em Bath na quarta-feira.' E estive. Seria imperdoável pensar que valia a pena vir? E chegar com alguma esperança? Seria possível que mantivesses os sentimentos do passado, como eu fizera? Havia uma coisa que me dava coragem. Eu nunca poderia duvidar de que tivesses sido amada e pretendida por outros, mas eu sabia com certeza que tinhas recusado pelo menos um homem com perspectivas melhores do que as minhas; e não conseguia deixar de pensar com frequência: 'Foi por minha causa?'"

Havia muito a ser dito sobre o seu primeiro encontro em Milsom Street, e sobre o concerto, ainda mais. Essa noite pareceu ser feita de momentos extraordinários. O momento em que ela entrou na sala octogonal e falou com ele, o momento em que o senhor Elliot apareceu e a levou consigo, e um ou dois momentos subsequentes, marcados pelo regresso da esperança ou pelo desânimo crescente, foram discutidos energicamente.

"Vê-la", exclamou ele, "no meio daqueles que não podiam desejar-me felicidade, ver o seu primo próximo de você, conversando e sorrindo, e sentir todas as horríveis vantagens e conveniências desse casamento! Considerá-lo como desejo certo de todas as pessoas com possibilidades de lhe influenciar! Pensar que poderosos apoios ele tinha, mesmo que os seus sentimentos fossem de relutância ou indiferença! Não seria tudo isso suficiente para fazer de mim o tolo que eu aparentava ser? Como podia olhar ao redor sem angústia? A amiga sentada atrás de você, a recordação do que acontecera, o conhecimento da sua influência, o efeito indelével e permanente do que a persuasão tinha sido feita... não estava tudo isso contra mim?"

"Você deveria ter notado a diferença", respondeu Anne. "Não deveria ter duvidado de mim agora; a situação era tão diferente; a minha idade era tão diferente. Se eu errei ao ceder uma vez à persuasão, lembre-se de que foi uma persuasão exercida pensada na segurança, não no risco. Quando cedi, pensei que cumpria o meu dever; mas agora não estava nenhum dever em causa. Se casasse com um homem que me era indiferente, teria corrido todos os riscos e violado todos os deveres".

"Eu talvez devesse ter raciocinado assim", respondeu ele, "mas não consegui. Não consegui me beneficiar com o conhecimento sobre o seu caráter que adquirira recentemente. Não podia fazê-lo entrar em cena; eu estava submerso, soterrado, perdido nos sentimentos que me tinham atormentado ano após ano. Só podia pensar em você como a mulher que tinha cedido, que tinha desistido de mim, que tinha sido influenciada por alguém que não fora eu. Eu a vi com a pessoa que a tinha aconselhado naquele ano de infelicidade. Eu não tinha motivos para pensar que ela agora gozasse de menos autoridade. Além disso, havia a força do hábito".

"Julgava", disse Anne, "que a minha atitude diante de você poderia ter lhe poupado muitos desses pensamentos".

"Não! Não! A sua atitude poderia ser apenas a de estar à vontade com a ideia de que o seu noivado com outro homem lhe conferiria. Deixei-a com essa convicção; e, no entanto, eu estava decidido a voltar a vê-la. A minha disposição melhorou de manhã, e senti que ainda tinha um motivo para continuar aqui".

Anne chegou, finalmente, em casa, mais feliz do que alguém naquela casa conseguiria imaginar. Toda a surpresa e expectativa, todas as impressões dolorosas da manhã se tinham dissipado com essa conversa, e voltou a entrar em casa tão feliz que foi obrigada a procurar controlar-se imaginando preocupações súbitas com a impossibilidade de aquilo durar para sempre. Um intervalo de meditação, séria e agradecida, era o melhor remédio para todos os perigos de tão grande felicidade; e ela foi para o quarto e sentiu-se mais firme e intrépida ao dar graças à sua ventura.

Chegou a noite, os salões foram iluminados, os convidados reuniram-se. Não passava de uma reunião para jogar cartas, não passava de uma mistura dos que nunca se tinham encontrado com os que se encontravam com muito frequência – um sarau vulgar, muito numeroso para ser íntimo, muito pequeno para haver variedade; mas, para Anne, nunca um serão tinha sido tão curto. Resplandecente de felicidade e encantadora, e mais admirada por todos do que imaginava ou se preocupava, sentia-se bem-disposta e tolerante para com todo mundo à sua volta. O senhor Elliot estava lá; ela evitou-o, mas teve pena dele.

Quanto aos Wallis; divertia-a compreender as suas manobras. Lady Dalrymple e a senhorita Carteret em breve seriam primas distantes dela. Não se aborreceu com a senhora Clay, e teve de corar com os modos do pai e da irmã em público. Com os Musgrove, foi uma conversa alegre perfeitamente à vontade; com o capitão Harville, trocou palavras afetuosas, como entre irmãos; com lady Russell, tentou entabular uma conversa que um delicioso pensamento interrompeu; com o almirante e a senhora Croft manteve uma cordialidade especial e um interesse fervoroso, que o mesmo pensamento tentou disfarçar – e com o capitão Wentworth havia constantemente alguns momentos de conversa, sempre à esperança de mais, e sempre com o conhecimento de que ele estava ali.

Foi em um desses breves encontros, em que ambos fingiam admirar umas magníficas plantas de estufa, que ela disse:

"Tenho pensado no passado e, tentando julgar imparcialmente o que esteve certo e o que esteve errado, quero dizer, a respeito de mim mesma; sou obrigada a acreditar que tive razão, por muito que tenha sofrido por causa disso, que tive razão em me deixar guiar por uma amiga de quem vais gostar mais do que agora gostas. Para mim, ela era como minha mãe. Não me interpretes mal, porém. Não estou dizendo que não errei ao seguir os seus conselhos. Foi, talvez, um daqueles casos em que o conselho é bom ou mau, segundo o desenrolar dos acontecimentos; quanto a mim, certamente que, mesmo em uma circunstância vagamente semelhante, nunca daria tais conselhos. Mas quero dizer que tive razão em seguir os dela, e que, se tivesse procedido de outro modo, eu teria sofrido mais com a continuação do noivado do que sofri renunciando a ele, porque teria sofrido na minha consciência. Tanto quanto tal sentimento é permitido na natureza humana, eu não tenho agora nada a censurar a mim mesma; e, se não estou enganada, um forte sentido de dever não é um mau quinhão no dote de uma mulher".

Ele olhou para ela, olhou para lady Russell e, voltando a olhar para ela, respondeu, com fria deliberação:

"Ainda não. Mas existe esperança de, a seu tempo, ela ser perdoada. Espero dar-me bem com ela em breve. Mas também tenho estado a pensar no passado, e veio-me à mente uma pergunta... se não teria havido uma pessoa que foi mais minha inimiga do que aquela senhora. Eu mesmo. Diz-me se, quando regressei à Inglaterra em 1808, com alguns milhares de libras, e fui colocado no Lavonia, se àquela altura te tivesse escrito, terias respondido à minha carta? Em suma, terias reatado o noivado àquela altura?"

"Se teria!", foi a resposta dela; mas a entoação foi bem expressiva.

"Bom Deus!", exclamou ele, "você o teria feito! Não foi que eu não tivesse pensado nisso, nem o desejasse como a única coisa que pudesse coroar todos os meus outros êxitos. Mas fui orgulhoso, muito orgulhoso para voltar a declarar-me. Não te compreendi. Fechei os olhos e não quis compreender-te nem fazer-te justiça. Esta é uma recordação que deveria levar-me a perdoar todo mundo mais depressa do que a mim mesmo. Teria evitado seis anos de separação e sofrimento. É também uma espécie de dor a que não estou acostumado. Estou habituado ao prazer de me julgar merecedor de todos os bens de que usufruía. Avaliava-me pelos trabalhos honrosos e recompensas merecidas. Como outros grandes homens que sofreram reveses" acrescentou, sorrindo, "terei de habituar-me a sujeitar o meu espírito à minha sorte. Tenho de me habituar à ideia de ser mais feliz do que mereço".

CAPÍTULO XXIV

Quem poderá duvidar do que se seguiu? Quando dois jovens decidem casar-se, têm certeza de que, pela perseverança, conseguirão o seu objetivo, quer sejam pobres ou imprudentes, ou mesmo, em última análise, pouco adequados ao bem-estar futuro um do outro; e, se esses casais têm êxito, como poderiam um capitão Wentworth e uma Anne Elliot, com a vantagem de possuírem maturidade de espírito, consciência dos seus direitos e uma fortuna que lhes conferiria a independência deixar de derrubar toda a oposição? Eles poderiam, de fato, ter aniquilado uma oposição muito maior do que a que enfrentaram, pois pouco havia para os aborrecer, para além da falta de amabilidade e de carinho. Sir Walter não levantou qualquer objeção, e Elizabeth limitou-se a mostrar-se fria e indiferente. O capitão Wentworth, com vinte cinco mil libras e com um posto tão elevado que o mérito e a atividade lhe tinham granjeado, era já alguém. Era agora considerado digno de cortejar a filha de um baronete tolo e perdulário que não tivera bom senso nem princípios suficientes para se manter na situação em que a Providência o colocara e que atualmente só podia dar à filha uma pequena parte das dez mil libras que lhe pertenceriam no futuro.

Sir Walter, de fato, embora não sentisse afeto por Anne, nem a sua vaidade se sentisse lisonjeada de modo a estar realmente feliz com o acontecimento, encontrava-se muito longe de pensar que ela fazia um mau casamento. Pelo contrário, quando conheceu melhor o capitão Wentworth, quando o viu muitas vezes à luz do dia e o observou bem, ficou muito bem impressionado com os seus dotes físicos e achou que a superioridade da sua aparência podia bem contrabalançar a superioridade da posição social dela; e tudo isso, apoiado pelo seu nome bem sonante, permitiu finalmente a sir Walter preparar a pena para, muito graciosamente, inserir o casamento no livro de honra.

A única pessoa entre eles cuja oposição poderia provocar grande ansiedade era lady Russell. Anne sabia que lady Russell sofreria algum desgosto ao compreender a situação e renunciar ao senhor Elliot, e teria de fazer um esforço para conhecer bem o capitão Wentworth e fazer-lhe justiça. Isso, porém, era o que lady Russell agora tinha de fazer. Ela devia aprender a sentir que se enganara a respeito dos dois; que se deixara influenciar injustamente pela aparência de ambos; que, só porque os modos do capitão Wentworth não lhe agradavam, fora muito precipitada em julgar que eles denotavam um caráter de perigosa impetuosidade e que, porque a sobriedade, a correção, a delicadeza e a suavidade dos modos do senhor Elliot lhe tinham agradado, ela tivera muita pressa em considerá-los como sinal evidente de uma mente bem formada. À lady Russel não restava outra hipótese se não considerar que estivera completamente errada e preparar-se para mudar as suas opiniões.

Existe em algumas pessoas uma enorme rapidez de percepção, um discernimento que nenhuma experiência pode igualar, e lady Russel fora menos dotada nessa área do que a sua jovem amiga. Mas ela era uma mulher boa e, se o seu segundo objetivo era ser sensata e um bom juiz, o primeiro era ver Anne feliz. Ela amava mais Anne do que as suas próprias capacidades, e, quando o constrangimento inicial se dissipou, teve pouca dificuldade em se afeiçoar, como uma mãe, ao homem que garantia a felicidade da sua filha.

De toda a família, Mary foi provavelmente quem mais se regozijou com o acontecimento. Era honroso para ela ter uma irmã casada, e ela podia sentir-se lisonjeada por ter contribuído para a união, ao ter tido Anne consigo no outono; e, como a sua irmã tinha de ser melhor do que as irmãs do marido, era muito agradável que o capitão Wentworth fosse mais rico que o capitão Benwick ou Charles Hayter. Talvez tivesse ainda de sofrer um pouco quando voltassem a se encontrar, ao ver Anne readquirir os direitos de mais velha e ser dona de uma bonita carruagem; mas ela tinha à sua frente um futuro que constituía uma boa consolação. Anne não tinha a perspectiva de vir a possuir Kellynch Hall, nem propriedades rurais, nem a chefia de uma família; e, se conseguissem evitar que o capitão Wentworth fosse feito baronete, ela não trocaria a sua situação pela de Anne.

Seria também bom para a irmã mais velha que esta estivesse satisfeita com a sua situação, pois não era muito provável que a mesma se alterasse. Ela em breve sofreu a mortificação de ver o senhor Elliot retirar-se; e ninguém, com as necessárias condições, se apresentou para fazer renascer as esperanças infundadas que tinham morrido com ele.

A notícia do noivado da prima Anne atingira inesperadamente o senhor Elliot. Ela estragou o seu melhor plano de felicidade doméstica, a sua maior esperança de manter sir Walter viúvo com a vigilância que os direitos de genro lhe teriam concedido. Mas, embora vencido e desiludido, ele podia ainda fazer alguma coisa pelo seu próprio interesse e prazer. Deixou Bath pouco depois; e, quando a senhora Clay também partiu de Bath passado pouco tempo e se soube que ela se instalara em Londres sob a sua proteção, tornou-se evidente como ele estivera fazendo um jogo duplo e como estava decidido a evitar ser desertado por uma mulher astuciosa, pelo menos.

Os sentimentos da senhora Clay tinham-se sobreposto ao seu interesse e ela sacrificara, por um jovem, a possibilidade de prosseguir com os estratagemas para conseguir sir Walter. Mas, além de sentimentos, ela tem capacidades, e mantém-se agora a dúvida se será a astúcia dele, se a dela, que levará a melhor; se, depois de impedir que ela se torne mulher de sir Walter, ele não se deixará lisonjear e adular até acabar por fazer dela a mulher de sir William.

Sem dúvida que sir Walter e Elizabeth ficaram chocados e magoados com a perda da companheira, ao descobrirem como ela os tinha enganado. Naturalmente, tinham as suas imponentes primas a quem recorrer para conforto; mas há muito que sentiam que lisonjear e seguir os outros sem, em troca, ser lisonjeado e seguido não é mais do que meio prazer.

Anne, satisfeita, desde muito cedo, com a intenção de lady Russell de gostar, como devia, do capitão Wentworth, não conhecia nenhuma outra sombra na felicidade das suas expectativas para além do que provinha da consciência de não ter parentes que um homem de bom senso pudesse apreciar. Nesse ponto, ela sentia vivamente a sua inferioridade. A desproporção das suas fortunas não tinha importância, não lhe causava o menor desgosto; mas o fato de não ter uma família que o recebesse e estimasse devidamente, nada de respeitabilidade, harmonia e boa vontade para oferecer em troca das calorosas e sinceras boas-vindas com que foi recebida pelos irmãos dele era motivo para uma dor tão aguda quanto Anne podia sentir, em circunstâncias que eram, em tudo o mais, muito felizes. Ela só tinha duas amigas no mundo para acrescentar à lista dele, lady Russell e a senhora Smith. Ele estava, porém, na melhor disposição de se afeiçoar a elas. Apesar de todas as suas ofensas, ele agora estimava lady Russell do fundo do seu coração. Embora não se sentisse na obrigação de dizer que achava que ela estivera certa em separá-los, ele estava disposto a fazer-lhe, em quase tudo, os maiores elogios; e, quanto à senhora Smith, ela tinha direitos de várias ordens a recomendá-la rápida e permanentemente.

Os bons serviços que prestara recentemente a Anne teriam, em si, sido suficientes; e o seu casamento, em vez de a fazer perder uma amizade, assegurou-lhe duas. Ela foi a primeira visita da sua vida de casados, e o capitão Wentworth colocou-a no bom caminho para recuperar a propriedade do marido nas Índias Ocidentais, escrevendo e agindo por ela e ajudando-a a ultrapassar as pequenas dificuldades do caso, com a atividade e diligência de um homem intrépido e um amigo decidido, recompensando-a plenamente pelos serviços que ela prestara, ou tencionava prestar, à sua mulher.

O prazer de viver da senhora Smith não foi prejudicado com a melhoria de rendimentos, com alguma melhoria de saúde, com a companhia frequente de amigos assim, pois a sua boa disposição e alegria nunca a abandonaram; e, enquanto conservasse esses bens fundamentais, ela podia até desafiar um maior quinhão de riquezas deste mundo. Ela poderia ser extraordinariamente rica e perfeitamente saudável e, mesmo assim, ser feliz. A sua fonte de felicidade residia na alegria do seu espírito, tal como a da sua amiga Anne residia no calor do seu coração. Anne era a encarnação da ternura, e encontrara a sua justa compensação no afeto do capitão Wentworth. Só a profissão dele poderia fazer que os amigos dela desejassem que esse amor fosse menor, só o receio de uma guerra poderia ensombrar o seu brilho. Anne orgulhava-se de ser mulher de um marinheiro, mas tinha de pagar o tributo de uma preocupação contínua por ele pertencer à profissão que, se é possível, se distingue mais pelas suas virtudes domésticas do que pelo prestígio nacional.

FIM

PERSUASION

CHAPTER I

Sir Walter Elliot, of Kellynch Hall, in Somersetshire, was a man who, for his own amusement, never took up any book but the Baronetage; there he found occupation for an idle hour, and consolation in a distressed one; there his faculties were roused into admiration and respect, by contemplating the limited remnant of the earliest patents; there any unwelcome sensations, arising from domestic affairs changed naturally into pity and contempt as he turned over the almost endless creations of the last century; and there, if every other leaf were powerless, he could read his own history with an interest which never failed. This was the page at which the favourite volume always opened:

ELLIOT OF KELLYNCH HALL
Walter Elliot, born March 1st, 1760, married, July 15, 1784, Elizabeth, daughter of James Stevenson, Esq. of South Park, in the county of Gloucester, by which lady (who died 1800) he has issue Elizabeth, born June 1st, 1785; Anne, born August 9, 1787; a still-born son, November 5, 1789; Mary, born November 20, 1791.

Precisely such had the paragraph originally stood from the printer's hands; but Sir Walter had improved it by adding, for the information of himself and his family, these words, after the date of Mary's birth: "Married, December 16, 1810, Charles, son and heir of Charles Musgrove, Esq. of Uppercross, in the county of Somerset," and by inserting most accurately the day of the month on which he had lost his wife.

Then followed the history and rise of the ancient and respectable family, in the usual terms; how it had been first settled in Cheshire; how mentioned in Dugdale, serving the office of high sheriff, representing a borough in three successive parliaments, exertions of loyalty, and dignity of baronet, in the first year of Charles II, with all the Marys and Elizabeths they had married; forming altogether two handsome duodecimo pages, and concluding with the arms and motto: "Principal seat, Kellynch Hall, in the county of Somerset," and Sir Walter's handwriting again in this finale:

Heir presumptive, William Walter Elliot, Esq., great grandson of the second Sir Walter.

Vanity was the beginning and the end of Sir Walter Elliot's character; vanity of person and of situation. He had been remarkably handsome in his youth; and, at fifty-four, was still a very fine man. Few women could think more of their personal appearance than he did, nor could the valet of any new made lord be more delighted with the place he held in society. He considered the blessing of beauty as inferior only to the blessing of a baronetcy; and the Sir Walter Elliot, who united these gifts, was the constant object of his warmest respect and devotion.

His good looks and his rank had one fair claim on his attachment; since to them he must have owed a wife of very superior character to any thing deserved by his own. Lady Elliot had been an excellent woman, sensible and amiable; whose judgement and conduct, if they might be pardoned the youthful infatuation which made her Lady Elliot, had never required indulgence afterwards. She had humoured, or softened, or concealed his failings, and promoted his real respectability for seventeen years; and though not the very happiest being in the world herself, had found enough in her duties, her friends, and her children, to attach her to life, and make it no matter of indifference to her when she was called on to quit them. Three girls, the two eldest sixteen and fourteen, was an awful legacy for a mother to bequeath, an awful charge rather, to confide to the authority and guidance of a conceited, silly father. She had, however, one very intimate friend, a sensible, deserving woman, who had been brought, by strong attachment to herself, to settle close by her, in the village of Kellynch; and on her kindness and advice, Lady Elliot mainly relied for the best help and maintenance of the good principles and instruction which she had been anxiously giving her daughters.

This friend, and Sir Walter, did not marry, whatever might have been anticipated on that head by their acquaintance. Thirteen years had passed away since Lady Elliot's death, and they were still near neighbours and intimate friends, and one remained a widower, the other a widow.

That Lady Russell, of steady age and character, and extremely well provided for, should have no thought of a second marriage, needs no apology to the public, which is rather apt to be unreasonably discontented when a woman does marry again, than when she does not; but Sir Walter's continuing in singleness requires explanation. Be it known then, that Sir Walter, like a good father, (having met with one or two private disappointments in very unreasonable applications), prided himself on remaining single for his dear daughters' sake. For one daughter, his eldest, he would really have given up any thing, which he had not been very much tempted to do. Elizabeth had succeeded, at sixteen, to all that was possible, of her mother's rights and consequence; and being very handsome, and very like himself, her influence had always been great, and they had gone on together most happily. His two other children were of very inferior value. Mary had acquired a little artificial importance, by becoming Mrs Charles Musgrove; but Anne, with an elegance of mind and sweetness of character, which must have placed her high with any people of real understanding, was nobody with either father or sister; her word had no weight, her convenience was always to give way: she was only Anne.

To Lady Russell, indeed, she was a most dear and highly valued god-daughter, favourite, and friend. Lady Russell loved them all; but it was only in Anne that she could fancy the mother to revive again.

A few years before, Anne Elliot had been a very pretty girl, but her bloom had vanished early; and as even in its height, her father had found little to admire in her, (so totally different were her delicate features and mild dark eyes from his own), there could be nothing in them, now that she was faded and thin, to excite his esteem. He had never indulged much hope, he had now none, of ever reading her name in any other page of his favourite work. All equality of alliance must rest with Elizabeth, for Mary had merely connected herself with an old country family of respectability and large fortune, and had therefore given all the honour and received none: Elizabeth would, one day or other, marry suitably.

It sometimes happens that a woman is handsomer at twenty-nine than she was ten years before; and, generally speaking, if there has been neither ill health nor anxiety, it is a time of life at which scarcely any charm is lost. It was so with Elizabeth, still the same handsome Miss Elliot that she had begun to be thirteen years ago, and Sir Walter might be excused, therefore, in forgetting her age, or, at least, be deemed only half a fool, for thinking himself and Elizabeth as blooming as ever, amidst the wreck of the good looks of everybody else; for he could plainly see how old all the rest of his family and acquaintance were growing. Anne haggard, Mary coarse, every face in the neighbourhood worsting, and the rapid increase of the crow's foot about Lady Russell's temples had long been a distress to him.

Elizabeth did not quite equal her father in personal contentment. Thirteen years had seen her mistress of Kellynch Hall, presiding and directing with a self-possession and decision which could never have given the idea of her being younger than she was. For thirteen years had she been doing the honours, and laying down the domestic law at home, and leading the way to the chaise and four, and walking immediately after Lady Russell out of all the drawing-rooms and dining-rooms in the country. Thirteen winters' revolving frosts had seen her opening every ball of credit which a scanty neighbourhood afforded, and thirteen springs shewn their blossoms, as she travelled up to London with her father, for a few weeks' annual enjoyment of the great world. She had the remembrance of all this, she had the consciousness of being nine-and-twenty to give her some regrets and some apprehensions; she was fully satisfied of being still quite as handsome as ever, but she felt her approach to the years of danger, and would have rejoiced to be certain of being properly solicited by baronet-blood within the next twelvemonth or two. Then might she again take up the book of books with as much enjoyment as in her early youth, but now she liked it not. Always to be presented with the date of her own birth and see no marriage follow but that of a youngest sister, made the book an evil; and more than once, when her father had left it open on the table near her, had she closed it, with averted eyes, and pushed it away.

She had had a disappointment, moreover, which that book, and especially the history of her own family, must ever present the remembrance of. The heir presumptive, the very William Walter Elliot, Esq., whose rights had been so generously supported by her father, had disappointed her.

She had, while a very young girl, as soon as she had known him to be, in the event of her having no brother, the future baronet, meant to marry him, and her father had always meant that she should. He had not been known to them as a boy; but soon after Lady Elliot's death, Sir Walter had sought the acquaintance, and though his overtures had not been met with any warmth, he had persevered in seeking it, making allowance for the modest drawing-back of youth; and, in one of their spring excursions to London, when Elizabeth was in her first bloom, Mr Elliot had been forced into the introduction.

He was at that time a very young man, just engaged in the study of the law; and Elizabeth found him extremely agreeable, and every plan in his favour was confirmed. He was invited to Kellynch Hall; he was talked of and expected all the rest of the year; but he never came. The following spring he was seen again in town, found equally agreeable, again encouraged, invited, and expected, and again he did not come; and the next tidings were that he was married. Instead of pushing his fortune in the line marked out for the heir of the house of Elliot, he had purchased independence by uniting himself to a rich woman of inferior birth.

Sir Walter has resented it. As the head of the house, he felt that he ought to have been consulted, especially after taking the young man so publicly by the hand; "For they must have been seen together," he observed, "once at Tattersall's, and twice in the lobby of the House of Commons." His disapprobation was expressed, but apparently very little regarded. Mr Elliot had attempted no apology, and shewn himself as unsolicitous of being longer noticed by the family, as Sir Walter considered him unworthy of it: all acquaintance between them had ceased.

This very awkward history of Mr Elliot was still, after an interval of several years, felt with anger by Elizabeth, who had liked the man for himself, and still more for being her father's heir, and whose strong family pride could see only in him a proper match for Sir Walter Elliot's eldest daughter. There was not a baronet from A to Z whom her feelings could have so willingly acknowledged as an equal. Yet so miserably had he conducted himself, that though she was at this present time (the summer of 1814) wearing black ribbons for his wife, she could not admit him to be worth thinking of again. The disgrace of his first marriage might, perhaps, as there was no reason to suppose it perpetuated by offspring, have been got over, had he not done worse; but he had, as by the accustomary intervention of kind friends, they had been informed, spoken most disrespectfully of them all, most slightingly and contemptuously of the very blood he belonged to, and the honours which were hereafter to be his own. This could not be pardoned.

Such were Elizabeth Elliot's sentiments and sensations; such the cares to alloy, the agitations to vary, the sameness and the elegance, the prosperity and the nothingness of her scene of life; such the feelings to give interest to a long, uneventful residence in one country circle, to fill the vacancies which there were no habits of utility abroad, no talents or accomplishments for home, to occupy.

But now, another occupation and solicitude of mind was beginning to be added to these. Her father was growing distressed for money. She knew, that when he now took up the Baronetage, it was to drive the heavy bills of his tradespeople, and the unwelcome hints of Mr Shepherd, his agent, from his thoughts. The Kellynch property was good, but not equal to Sir Walter's apprehension of the state required in its possessor. While Lady Elliot lived, there had been method, moderation, and economy, which had just kept him within his income; but with her had died all such right-mindedness, and from that period he had been constantly exceeding it. It had not been possible for him to spend less; he had done nothing but what Sir Walter Elliot was imperiously called on to do; but blameless as he was, he was not only growing dreadfully in debt, but was hearing of it so often, that it became vain to attempt concealing it longer, even partially, from his daughter. He had given her some hints of it the last spring in town; he had gone so far even as to say, "Can we retrench? Does it occur to you that there is any one article in which we can retrench?" and Elizabeth, to do her justice, had, in the first ardour of female alarm, set seriously to think what could be done, and had finally proposed these two branches of economy, to cut off some unnecessary charities, and to refrain from new furnishing the drawing-room; to which expedients she afterwards added the happy thought of their taking no present down to Anne, as had been the usual yearly custom. But these measures, however good in themselves, were insufficient for the real extent of the evil, the whole of which Sir Walter found himself obliged to confess to her soon afterwards. Elizabeth had nothing to propose of deeper efficacy. She felt herself ill-used and unfortunate, as did her father; and they were neither of them able to devise any means of lessening their expenses without compromising their dignity, or relinquishing their comforts in a way not to be borne.

There was only a small part of his estate that Sir Walter could dispose of; but had every acre been alienable, it would have made no difference. He had condescended to mortgage as far as he had the power, but he would never condescend to sell. No; he would never disgrace his name so far. The Kellynch estate should be transmitted whole and entire, as he had received it.

Their two confidential friends, Mr Shepherd, who lived in the neighbouring market town, and Lady Russell, were called to advise them; and both father and daughter seemed to expect that something should be struck out by one or the other to remove their embarrassments and reduce their expenditure, without involving the loss of any indulgence of taste or pride.

CHAPTER II

Mr Shepherd, a civil, cautious lawyer, who, whatever might be his hold or his views on Sir Walter, would rather have the disagreeable prompted by anybody else, excused himself from offering the slightest hint, and only begged leave to recommend an implicit reference to the excellent judgement of Lady Russell, from whose known good sense he fully expected to have just such resolute measures advised as he meant to see finally adopted.

Lady Russell was most anxiously zealous on the subject, and gave it much serious consideration. She was a woman rather of sound than of quick abilities, whose difficulties in coming to any decision in this instance were great, from the opposition of two leading principles. She was of strict integrity herself, with a delicate sense of honour; but she was as desirous of saving Sir Walter's feelings, as solicitous for the credit of the family, as aristocratic in her ideas of what was due to them, as anybody of sense and honesty could well be. She was a benevolent, charitable, good woman, and capable of strong attachments, most correct in her conduct, strict in her notions of decorum, and with manners that were held a standard of good-breeding. She had a cultivated mind, and was, generally speaking, rational and consistent; but she had prejudices on the side of ancestry; she had a value for rank and consequence, which blinded her a little to the faults of those who possessed them. Herself the widow of only a knight, she gave the dignity of a baronet all its due; and Sir Walter, independent of his claims as an old acquaintance, an attentive neighbour, an obliging landlord, the husband of her very dear friend, the father of Anne and her sisters, was, as being Sir Walter, in her apprehension, entitled to a great deal of compassion and consideration under his present difficulties.

They must retrench; that did not admit of a doubt. But she was very anxious to have it done with the least possible pain to him and Elizabeth. She drew up plans of economy, she made exact calculations, and she did what nobody else thought of doing: she consulted Anne, who never seemed considered by the others as having any interest in the question. She consulted, and in a degree was influenced by her in marking out the scheme of retrenchment which was at last submitted to Sir Walter. Every emendation of Anne's had been on the side of honesty against importance. She wanted more vigorous measures, a more complete reformation, a quicker release from debt, a much higher tone of indifference for everything but justice and equity.

"If we can persuade your father to all this," said Lady Russell, looking over her paper, "much may be done. If he will adopt these regulations, in seven years he will be clear; and I hope we may be able to convince him and Elizabeth, that Kellynch Hall has a respectability in itself which cannot be affected by these reductions; and that the true dignity of Sir Walter Elliot will be very far from lessened in the eyes of sensible people, by acting like a man of principle. What will he be doing, in fact, but what very many of our first families have done, or ought to do? There will be nothing singular in his case; and it is singularity which often makes the worst part of our suffering, as it always does of our conduct. I have great hope of prevailing. We must be serious and decided; for after all, the person who has contracted debts must pay them; and though a great deal is due to the feelings of the gentleman, and the head of a house, like your father, there is still more due to the character of an honest man."

This was the principle on which Anne wanted her father to be proceeding, his friends to be urging him. She considered it as an act of indispensable duty to clear away the claims of creditors with all the expedition which the most comprehensive retrenchments could secure, and saw no dignity in anything short of it. She wanted it to be prescribed, and felt as a duty. She rated Lady Russell's influence highly; and as to the severe degree of self-denial which her own conscience prompted, she believed there might be little more difficulty in persuading them to a complete, than to half a reformation. Her knowledge of her father and Elizabeth inclined her to think that the sacrifice of one pair of horses would be hardly less painful than of both, and so on, through the whole list of Lady Russell's too gentle reductions.

How Anne's more rigid equisitions might have been taken is of little consequence. Lady Russell's had no success at all: could not be put up with, were not to be borne. "What! every comfort of life knocked off! Journeys, London, servants, horses, table... contractions and restrictions every where! To live no longer with the decencies even of a private gentleman! No, he would sooner quit Kellynch Hall at once, than remain in it on such disgraceful terms."

"Quit Kellynch Hall." The hint was immediately taken up by Mr Shepherd, whose interest was involved in the reality of Sir Walter's retrenching, and who was perfectly persuaded that nothing would be done without a change of abode. "Since the idea had been started in the very quarter which ought to dictate, he had no scruple," he said, "in confessing his judgement to be entirely on that side. It did not appear to him that Sir Walter could materially alter his style of living in a house which had such a character of hospitality and ancient dignity to support. In any other place Sir Walter might judge for himself; and would be looked up to, as regulating the modes of life in whatever way he might choose to model his household."

Sir Walter would quit Kellynch Hall; and after a very few days more of doubt and indecision, the great question of whither he should go was settled, and the first outline of this important change made out.

There had been three alternatives, London, Bath, or another house in the country. All Anne's wishes had been for the latter. A small house in their own neighbourhood, where they might still have Lady Russell's society, still be near Mary, and still have the pleasure of sometimes seeing the lawns and groves of Kellynch, was the object of her ambition. But the usual fate of Anne attended her, in having something very opposite from her inclination fixed on. She disliked Bath, and did not think it agreed with her; and Bath was to be her home.

Sir Walter had at first thought more of London; but Mr Shepherd felt that he could not be trusted in London, and had been skilful enough to dissuade him from it, and make Bath preferred. It was a much safer place for a gentleman in his predicament: he might there be important at comparatively little expense. Two material advantages of Bath over London had of course been given all their weight: its more convenient distance from Kellynch, only fifty miles, and Lady Russell's spending some part of every winter there; and to the very great satisfaction of Lady Russell, whose first views on the projected change had been for Bath, Sir Walter and Elizabeth were induced to believe that they should lose neither consequence nor enjoyment by settling there.

Lady Russell felt obliged to oppose her dear Anne's known wishes. It would be too much to expect Sir Walter to descend into a small house in his own neighbourhood. Anne herself would have found the mortifications of it more than she foresaw, and to Sir Walter's feelings they must have been dreadful. And with regard to Anne's dislike of Bath, she considered it as a prejudice and mistake arising, first, from the circumstance of her having been three years at school there, after her mother's death; and secondly, from her happening to be not in perfectly good spirits the only winter which she had afterwards spent there with herself.

Lady Russell was fond of Bath, in short, and disposed to think it must suit them all; and as to her young friend's health, by passing all the warm months with her at Kellynch Lodge, every danger would be avoided; and it was in fact, a change which must do both health and spirits good. Anne had been too little from home, too little seen. Her spirits were not high. A larger society would improve them. She wanted her to be more known.

The undesirableness of any other house in the same neighbourhood for Sir Walter was certainly much strengthened by one part, and a very material part of the scheme, which had been happily engrafted on the beginning. He was not only to quit his home, but to see it in the hands of others; a trial of fortitude, which stronger heads than Sir Walter's have found too much. Kellynch Hall was to be let. This, however, was a profound secret, not to be breathed beyond their own circle.

Sir Walter could not have borne the degradation of being known to design letting his house. Mr Shepherd had once mentioned the word "advertise," but never dared approach it again. Sir Walter spurned the idea of its being offered in any manner; forbad the slightest hint being dropped of his having such an intention; and it was only on the supposition of his being spontaneously solicited by some most unexceptionable applicant, on his own terms, and as a great favour, that he would let it at all.

How quick come the reasons for approving what we like! Lady Russell had another excellent one at hand, for being extremely glad that Sir Walter and his family were to remove from the country. Elizabeth had been lately forming an intimacy, which she wished to see interrupted. It was with the daughter of Mr Shepherd, who had returned, after an unprosperous marriage, to her father's house, with the additional burden of two children. She was a clever young woman, who understood the art of pleasing; the art of pleasing, at least, at Kellynch Hall; and who had made herself so acceptable to Miss Elliot, as to have been already staying there more than once, in spite of all that Lady Russell, who thought it a friendship quite out of place, could hint of caution and reserve.

Lady Russell, indeed, had scarcely any influence with Elizabeth, and seemed to love her, rather because she would love her, than because Elizabeth deserved it. She had never received from her more than outward attention, nothing beyond the observances of complaisance; had never succeeded in any point which she wanted to carry, against previous inclination. She had been repeatedly very earnest in trying to get Anne included in the visit to London, sensibly open to all the injustice and all the discredit of the selfish arrangements which shut her out, and on many lesser occasions had endeavoured to give Elizabeth the advantage of her own better judgement and experience; but always in vain: Elizabeth would go her own way; and never had she pursued it in more decided opposition to Lady Russell than in this selection of Mrs Clay; turning from the society of so deserving a sister, to bestow her affection and confidence on one who ought to have been nothing to her but the object of distant civility.

From situation, Mrs Clay was, in Lady Russell's estimate, a very unequal, and in her character she believed a very dangerous companion; and a removal that would leave Mrs Clay behind, and bring a choice of more suitable intimates within Miss Elliot's reach, was therefore an object of first-rate importance.

CHAPTER III

"I must take leave to observe, Sir Walter," said Mr Shepherd one morning at Kellynch Hall, as he laid down the newspaper, "that the present juncture is much in our favour. This peace will be turning all our rich naval officers ashore. They will be all wanting a home. Could not be a better time, Sir Walter, for having a choice of tenants, very responsible tenants. Many a noble fortune has been made during the war. If a rich admiral were to come in our way, Sir Walter..."

"He would be a very lucky man, Shepherd," replied Sir Walter; "that's all I have to remark. A prize indeed would Kellynch Hall be to him; rather the greatest prize of all, let him have taken ever so many before; hey, Shepherd?"

Mr Shepherd laughed, as he knew he must, at this wit, and then added:

"I presume to observe, Sir Walter, that, in the way of business, gentlemen of the navy are well to deal with. I have had a little knowledge of their methods of doing business; and I am free to confess that they have very liberal notions, and are as likely to make desirable tenants as any set of people one should meet with. Therefore, Sir Walter, what I would take leave to suggest is, that if in consequence of any rumours getting abroad of your intention; which must be contemplated as a possible thing, because we know how difficult it is to keep the actions and designs of one part of the world from the notice and curiosity of the other; consequence has its tax; I, John Shepherd, might conceal any family-matters that I chose, for nobody would think it worth their while to observe me; but Sir Walter Elliot has eyes upon him which it may be very difficult to elude; and therefore, thus much I venture upon, that it will not greatly surprise me if, with all our caution, some rumour of the truth should get abroad; in the supposition of which, as I was going to observe, since applications will unquestionably follow, I should think any from our wealthy naval commanders particularly worth attending to; and beg leave to add, that two hours will bring me over at any time, to save you the trouble of replying."

Sir Walter only nodded. But soon afterwards, rising and pacing the room, he observed sarcastically:

"There are few among the gentlemen of the navy, I imagine, who would not be surprised to find themselves in a house of this description."

"They would look around them, no doubt, and bless their good fortune," said Mrs Clay, for Mrs Clay was present: her father had driven her over, nothing being of so much use to Mrs Clay's health as a drive to Kellynch: "but I quite agree with my father in thinking a sailor might be a very desirable tenant. I have known a good deal of the profession; and besides their liberality, they are so neat and careful in all their ways! These valuable pictures of yours, Sir Walter, if you chose to leave them, would be perfectly safe. Everything in and about the house would be taken such excellent care of! The gardens and shrubberies would be kept in almost as high order as they are now. You need not be afraid, Miss Elliot, of your own sweet flower gardens being neglected."

"As to all that," rejoined Sir Walter coolly, "supposing I were induced to let my house, I have by no means made up my mind as to the privileges to be annexed to it. I am not particularly disposed to favour a tenant. The park would be open to him of course, and few navy officers, or men of any other description, can have had such a range; but what restrictions I might impose on the use of the pleasure-grounds, is another thing. I am not fond of the idea of my shrubberies being always approachable; and I should recommend Miss Elliot to be on her guard with respect to her flower garden. I am very little disposed to grant a tenant of Kellynch Hall any extraordinary favour, I assure you, be he sailor or soldier."

After a short pause, Mr Shepherd presumed to say:

"In all these cases, there are established usages which make everything plain and easy between landlord and tenant. Your interest, Sir Walter, is in pretty safe hands. Depend upon me for taking care that no tenant has more than his just rights. I venture to hint, that Sir Walter Elliot cannot be half so jealous for his own, as John Shepherd will be for him."

Here Anne spoke:

"The navy, I think, who have done so much for us, have at least an equal claim with any other set of men, for all the comforts and all the privileges which any home can give. Sailors work hard enough for their comforts, we must all allow."

"Very true, very true. What Miss Anne says, is very true," was Mr Shepherd's rejoinder, and "Oh! certainly," was his daughter's; but Sir Walter's remark was, soon afterwards:

"The profession has its utility, but I should be sorry to see any friend of mine belonging to it."

"Indeed!" was the reply, and with a look of surprise.

"Yes; it is in two points offensive to me; I have two strong grounds of objection to it. First, as being the means of bringing persons of obscure birth into undue distinction, and raising men to honours which their fathers and grandfathers never dreamt of; and secondly, as it cuts up a man's youth and vigour most horribly; a sailor grows old sooner than any other man. I have observed it all my life. A man is in greater danger in the navy of being insulted by the rise of one whose father, his father might have disdained to speak to, and of becoming prematurely an object of disgust himself, than in any other line. One day last spring, in town, I was in company with two men, striking instances of what I am talking of; Lord St Ives, whose father we all know to have been a country curate, without bread to eat; I was to give place to Lord St Ives, and a certain Admiral Baldwin, the most deplorable-looking personage you can imagine; his face the colour of mahogany, rough and rugged to the last degree; all lines and wrinkles, nine grey hairs of a side, and nothing but a dab of powder at top. 'In the name of heaven, who is that old fellow?' said I to a friend of mine who was standing near, (Sir Basil Morley). 'Old fellow!' cried Sir Basil, 'it is Admiral Baldwin. What do you take his age to be?' 'Sixty,' said I, 'or perhaps sixty-two.'

'Forty,' replied Sir Basil, 'forty, and no more.' Picture to yourselves my amazement; I shall not easily forget Admiral Baldwin. I never saw quite so wretched an example of what a sea-faring life can do; but to a degree, I know it is the same with them all: they are all knocked about, and exposed to every climate, and every weather, till they are not fit to be seen. It is a pity they are not knocked on the head at once, before they reach Admiral Baldwin's age."

"Nay, Sir Walter," cried Mrs Clay, "this is being severe indeed. Have a little mercy on the poor men. We are not all born to be handsome. The sea is no beautifier, certainly; sailors do grow old betimes; I have observed it; they soon lose the look of youth. But then, is not it the same with many other professions, perhaps most other? Soldiers, in active service, are not at all better off: and even in the quieter professions, there is a toil and a labour of the mind, if not of the body, which seldom leaves a man's looks to the natural effect of time. The lawyer plods, quite care-worn; the physician is up at all hours, and travelling in all weather; and even the clergyman..." she stopt a moment to consider what might do for the clergyman; "... and even the clergyman, you know is obliged to go into infected rooms, and expose his health and looks to all the injury of a poisonous atmosphere. In fact, as I have long been convinced, though every profession is necessary and honourable in its turn, it is only the lot of those who are not obliged to follow any, who can live in a regular way, in the country, choosing their own hours, following their own pursuits, and living on their own property, without the torment of trying for more; it is only their lot, I say, to hold the blessings of health and a good appearance to the utmost: I know no other set of men but what lose something of their personableness when they cease to be quite young."

It seemed as if Mr Shepherd, in this anxiety to bespeak Sir Walter's good will towards a naval officer as tenant, had been gifted with foresight; for the very first application for the house was from an Admiral Croft, with whom he shortly afterwards fell into company in attending the quarter sessions at Taunton; and indeed, he had received a hint of the Admiral from a London correspondent. By the report which he hastened over to Kellynch to make, Admiral Croft was a native of Somersetshire, who having acquired a very handsome fortune, was wishing to settle in his own country, and had come down to Taunton in order to look at some advertised places in that immediate neighbourhood, which, however, had not suited him; that accidentally hearing – (it was just as he had foretold, Mr Shepherd observed, Sir Walter's concerns could not be kept a secret) – accidentally hearing of the possibility of Kellynch Hall being to let, and understanding his (Mr Shepherd's) connection with the owner, he had introduced himself to him in order to make particular inquiries, and had, in the course of a pretty long conference, expressed as strong an inclination for the place as a man who knew it only by description could feel; and given Mr Shepherd, in his explicit account of himself, every proof of his being a most responsible, eligible tenant.

"And who is Admiral Croft?" was Sir Walter's cold suspicious inquiry.

Mr Shepherd answered for his being of a gentleman's family, and mentioned a place; and Anne, after the little pause which followed, added:

"He is a rear admiral of the white. He was in the Trafalgar action, and has been in the East Indies since; he was stationed there, I believe, several years."

"Then I take it for granted," observed Sir Walter, "that his face is about as orange as the cuffs and capes of my livery."

Mr Shepherd hastened to assure him, that Admiral Croft was a very hale, hearty, well-looking man, a little weather-beaten, to be sure, but not much, and quite the gentleman in all his notions and behaviour; not likely to make the smallest difficulty about terms, only wanted a comfortable home, and to get into it as soon as possible; knew he must pay for his convenience; knew what rent a ready-furnished house of that consequence might fetch; should not have been surprised if Sir Walter had asked more; had inquired about the manor; would be glad of the deputation, certainly, but made no great point of it; said he sometimes took out a gun, but never killed; quite the gentleman.

Mr Shepherd was eloquent on the subject; pointing out all the circumstances of the Admiral's family, which made him peculiarly desirable as a tenant. He was a married man, and without children; the very state to be wished for. A house was never taken good care of, Mr Shepherd observed, without a lady: he did not know, whether furniture might not be in danger of suffering as much where there was no lady, as where there were many children. A lady, without a family, was the very best preserver of furniture in the world. He had seen Mrs Croft, too; she was at Taunton with the admiral, and had been present almost all the time they were talking the matter over.

"And a very well-spoken, genteel, shrewd lady, she seemed to be," continued he; "asked more questions about the house, and terms, and taxes, than the Admiral himself, and seemed more conversant with business; and moreover, Sir Walter, I found she was not quite unconnected in this country, any more than her husband; that is to say, she is sister to a gentleman who did live amongst us once; she told me so herself: sister to the gentleman who lived a few years back at Monkford. Bless me! what was his name? At this moment I cannot recollect his name, though I have heard it so lately. Penelope, my dear, can you help me to the name of the gentleman who lived at Monkford: Mrs Croft's brother?"

But Mrs Clay was talking so eagerly with Miss Elliot, that she did not hear the appeal.

"I have no conception whom you can mean, Shepherd; I remember no gentleman resident at Monkford since the time of old Governor Trent."

"Bless me! how very odd! I shall forget my own name soon, I suppose. A name that I am so very well acquainted with; knew the gentleman so well by sight; seen him a hundred times; came to consult me once, I remember, about a trespass of one of his neighbours; farmer's man breaking into his orchard; wall torn down; apples stolen; caught in the fact; and afterwards, contrary to my judgement, submitted to an amicable compromise. Very odd indeed!"

After waiting another moment:

"You mean Mr Wentworth, I suppose?" said Anne.

Mr Shepherd was all gratitude.

"Wentworth was the very name! Mr Wentworth was the very man. He had the curacy of Monkford, you know, Sir Walter, some time back, for two or three years. Came there about the year 1805, I take it. You remember him, I am sure."

"Wentworth? Oh! ay... Mr Wentworth, the curate of Monkford. You misled me by the term gentleman. I thought you were speaking of some man of property: Mr Wentworth was nobody, I remember; quite unconnected; nothing to do with the Strafford family. One wonders how the names of many of our nobility become so common."

As Mr Shepherd perceived that this connexion of the Crofts did them no service with Sir Walter, he mentioned it no more; returning, with all his zeal, to dwell on the circumstances more indisputably in their favour; their age, and number, and fortune; the high idea they had formed of Kellynch Hall, and extreme solicitude for the advantage of renting it; making it appear as if they ranked nothing beyond the happiness of being the tenants of Sir Walter Elliot: an extraordinary taste, certainly, could they have been supposed in the secret of Sir Walter's estimate of the dues of a tenant.

It succeeded, however; and though Sir Walter must ever look with an evil eye on anyone intending to inhabit that house, and think them infinitely too well off in being permitted to rent it on the highest terms, he was talked into allowing Mr Shepherd to proceed in the treaty, and authorising him to wait on Admiral Croft, who still remained at Taunton, and fix a day for the house being seen.

Sir Walter was not very wise; but still he had experience enough of the world to feel, that a more unobjectionable tenant, in all essentials, than Admiral Croft bid fair to be, could hardly offer. So far went his understanding; and his vanity supplied a little additional soothing, in the Admiral's situation in life, which was just high enough, and not too high. "I have let my house to Admiral Croft," would sound extremely well; very much better than to any mere Mr; a Mr (save, perhaps, some half dozen in the nation,) always needs a note of explanation. An admiral speaks his own consequence, and, at the same time, can never make a baronet look small. In all their dealings and intercourse, Sir Walter Elliot must ever have the precedence.

Nothing could be done without a reference to Elizabeth: but her inclination was growing so strong for a removal, that she was happy to have it fixed and expedited by a tenant at hand; and not a word to suspend decision was uttered by her.

Mr Shepherd was completely empowered to act; and no sooner had such an end been reached, than Anne, who had been a most attentive listener to the whole, left the room, to seek the comfort of cool air for her flushed cheeks; and as she walked along a favourite grove, said, with a gentle sigh, "A few months more, and he, perhaps, may be walking here."

CHAPTER IV

He was not Mr Wentworth, the former curate of Monkford, however suspicious appearances may be, but a Captain Frederick Wentworth, his brother, who being made commander in consequence of the action off St Domingo, and not immediately employed, had come into Somersetshire, in the summer of 1806; and having no parent living, found a home for half a year at Monkford. He was, at that time, a remarkably fine young man, with a great deal of intelligence, spirit, and brilliancy; and Anne an extremely pretty girl, with gentleness, modesty, taste, and feeling. Half the sum of attraction, on either side, might have been enough, for he had nothing to do, and she had hardly anybody to love; but the encounter of such lavish recommendations could not fail. They were gradually acquainted, and when acquainted, rapidly and deeply in love. It would be difficult to say which had seen highest perfection in the other, or which had been the happiest: she, in receiving his declarations and proposals, or he in having them accepted.

A short period of exquisite felicity followed, and but a short one. Troubles soon arose. Sir Walter, on being applied to, without actually withholding his consent, or saying it should never be, gave it all the negative of great astonishment, great coldness, great silence, and a professed resolution of doing nothing for his daughter. He thought it a very degrading alliance; and Lady Russell, though with more tempered and pardonable pride, received it as a most unfortunate one.

Anne Elliot, with all her claims of birth, beauty, and mind, to throw herself away at nineteen; involve herself at nineteen in an engagement with a young man, who had nothing but himself to recommend him, and no hopes of attaining affluence, but in the chances of a most uncertain profession, and no connexions to secure even his farther rise in the profession, would be, indeed, a throwing away, which she grieved to think of! Anne Elliot, so young; known to so few, to be snatched off by a stranger without alliance or fortune; or rather sunk by him into a state of most wearing, anxious, youth-killing dependence! It must not be, if by any fair interference of friendship, any representations from one who had almost a mother's love, and mother's rights, it would be prevented.

Captain Wentworth had no fortune. He had been lucky in his profession; but spending freely, what had come freely, had realized nothing. But he was confident that he should soon be rich: full of life and ardour, he knew that he should soon have a ship, and soon be on a station that would lead to everything he wanted. He had always been lucky; he knew he should be so still. Such confidence, powerful in its own warmth, and bewitching in the wit which often expressed it, must have been enough for Anne; but Lady Russell saw it very differently. His sanguine temper, and fearlessness of mind, operated very differently on her. She saw in it but an aggravation of the evil. It only added a dangerous character to himself. He was brilliant, he was headstrong. Lady Russell had little taste for wit, and of anything approaching to imprudence a horror. She deprecated the connexion in every light.

Such opposition, as these feelings produced, was more than Anne could combat. Young and gentle as she was, it might yet have been possible to withstand her father's ill-will, though unsoftened by one kind word or look on the part of her sister; but Lady Russell, whom she had always loved and relied on, could not, with such steadiness of opinion, and such tenderness of manner, be continually advising her in vain. She was persuaded to believe the engagement a wrong thing: indiscreet, improper, hardly capable of success, and not deserving it. But it was not a merely selfish caution, under which she acted, in putting an end to it. Had she not imagined herself consulting his good, even more than her own, she could hardly have given him up. The belief of being prudent, and self-denying, principally for his advantage, was her chief consolation, under the misery of a parting, a final parting; and every consolation was required, for she had to encounter all the additional pain of opinions, on his side, totally unconvinced and unbending, and of his feeling himself ill used by so forced a relinquishment. He had left the country in consequence.

A few months had seen the beginning and the end of their acquaintance; but not with a few months ended Anne's share of suffering from it. Her attachment and regrets had, for a long time, clouded every enjoyment of youth, and an early loss of bloom and spirits had been their lasting effect.

More than seven years were gone since this little history of sorrowful interest had reached its close; and time had softened down much, perhaps nearly all of peculiar attachment to him, but she had been too dependent on time alone; no aid had been given in change of place (except in one visit to Bath soon after the rupture), or in any novelty or enlargement of society. No one had ever come within the Kellynch circle, who could bear a comparison with Frederick Wentworth, as he stood in her memory. No second attachment, the only thoroughly natural, happy, and sufficient cure, at her time of life, had been possible to the nice tone of her mind, the fastidiousness of her taste, in the small limits of the society around them. She had been solicited, when about two-and-twenty, to change her name, by the young man, who not long afterwards found a more willing mind in her younger sister; and Lady Russell had lamented her refusal; for Charles Musgrove was the eldest son of a man, whose landed property and general importance were second in that country, only to Sir Walter's, and of good character and appearance; and however Lady Russell might have asked yet for something more, while Anne was nineteen, she would have rejoiced to see her at twenty-two so respectably removed from the partialities and injustice of her father's house, and settled so permanently near herself. But in this case, Anne had left nothing for advice to do; and though Lady Russell, as satisfied as ever with her own discretion, never wished the past undone, she began now to have the anxiety which borders on hopelessness for Anne's being tempted, by some man of talents and independence, to enter a state for which she held her to be peculiarly fitted by her warm affections and domestic habits.

They knew not each other's opinion, either its constancy or its change, on the one leading point of Anne's conduct, for the subject was never alluded to; but Anne, at seven-and-twenty, thought very differently from what she had been made to think at nineteen. She did not blame Lady Russell, she did not blame herself for having been guided by her; but she felt that were any young person, in similar circumstances, to apply to her for counsel, they would never receive any of such certain immediate wretchedness, such uncertain future good. She was persuaded that under every disadvantage of disapprobation at home, and every anxiety attending his profession, all their probable fears, delays, and disappointments, she should yet have been a happier woman in maintaining the engagement, than she had been in the sacrifice of it; and this, she fully believed, had the usual share, had even more than the usual share of all such solicitudes and suspense been theirs, without reference to the actual results of their case, which, as it happened, would have bestowed earlier prosperity than could be reasonably calculated on. All his sanguine expectations, all his confidence had been justified. His genius and ardour had seemed to foresee and to command his prosperous path. He had, very soon after their engagement ceased, got employ: and all that he had told her would follow, had taken place. He had distinguished himself, and early gained the other step in rank, and must now, by successive captures, have made a handsome fortune. She had only navy lists and newspapers for her authority, but she could not doubt his being rich; and, in favour of his constancy, she had no reason to believe him married.

How eloquent could Anne Elliot have been! how eloquent, at least, were her wishes on the side of early warm attachment, and a cheerful confidence in futurity, against that over-anxious caution which seems to insult exertion and distrust Providence! She had been forced into prudence in her youth, she learned romance as she grew older: the natural sequel of an unnatural beginning.

With all these circumstances, recollections and feelings, she could not hear that Captain Wentworth's sister was likely to live at Kellynch without a revival of former pain; and many a stroll, and many a sigh, were necessary to dispel the agitation of the idea. She often told herself it was folly, before she could harden her nerves sufficiently to feel the continual discussion of the Crofts and their business no evil. She was assisted, however, by that perfect indifference and apparent unconsciousness, among the only three of her own friends in the secret of the past, which seemed almost to deny any recollection of it. She could do justice to the superiority of Lady Russell's motives in this, over those of her father and Elizabeth; she could honour all the better feelings of her calmness; but the general air of oblivion among them was highly important from whatever it sprung; and in the event of Admiral Croft's really taking Kellynch Hall, she rejoiced anew over the conviction which had always been most grateful to her, of the past being known to those three only among her connexions, by whom no syllable, she believed, would ever be whispered, and in the trust that among his, the brother only with whom he had been residing, had received any information of their short-lived engagement. That brother had been long removed from the country and being a sensible man, and, moreover, a single man at the time, she had a fond dependence on no human creature's having heard of it from him.

The sister, Mrs Croft, had then been out of England, accompanying her husband on a foreign station, and her own sister, Mary, had been at school while it all occurred; and never admitted by the pride of some, and the delicacy of others, to the smallest knowledge of it afterwards.

With these supports, she hoped that the acquaintance between herself and the Crofts, which, with Lady Russell, still resident in Kellynch, and Mary fixed only three miles off, must be anticipated, need not involve any particular awkwardness.

CHAPTER V

On the morning appointed for Admiral and Mrs Croft's seeing Kellynch Hall, Anne found it most natural to take her almost daily walk to Lady Russell's, and keep out of the way till all was over; when she found it most natural to be sorry that she had missed the opportunity of seeing them. This meeting of the two parties proved highly satisfactory, and decided the whole business at once. Each lady was previously well disposed for an agreement, and saw nothing, therefore, but good manners in the other; and with regard to the gentlemen, there was such an hearty good humour, such an open, trusting liberality on the Admiral's side, as could not but influence Sir Walter, who had besides been flattered into his very best and most polished behaviour by Mr Shepherd's assurances of his being known, by report, to the Admiral, as a model of good breeding.

The house and grounds, and furniture, were approved, the Crofts were approved, terms, time, every thing, and every body, was right; and Mr Shepherd's clerks were set to work, without there having been a single preliminary difference to modify of all that "This indenture sheweth." Sir Walter, without hesitation, declared the Admiral to be the best-looking sailor he had ever met with, and went so far as to say, that if his own man might have had the arranging of his hair, he should not be ashamed of being seen with him any where; and the Admiral, with sympathetic cordiality, observed to his wife as they drove back through the park, "I thought we should soon come to a deal, my dear, in spite of what they told us at Taunton. The Baronet will never set the Thames on fire, but there seems to be no harm in him." reciprocal compliments, which would have been esteemed about equal.

The Crofts were to have possession at Michaelmas; and as Sir Walter proposed removing to Bath in the course of the preceding month, there was no time to be lost in making every dependent arrangement.

Lady Russell, convinced that Anne would not be allowed to be of any use, or any importance, in the choice of the house which they were going to secure, was very unwilling to have her hurried away so soon, and wanted to make it possible for her to stay behind till she might convey her to Bath herself after Christmas; but having engagements of her own which must take her from Kellynch for several weeks, she was unable to give the full invitation she wished, and Anne though dreading the possible heats of September in all the white glare of Bath, and grieving to forego all the influence so sweet and so sad of the autumnal months in the country, did not think that, everything considered, she wished to remain. It would be most right, and most wise, and, therefore must involve least suffering to go with the others.

Something occurred, however, to give her a different duty. Mary, often a little unwell, and always thinking a great deal of her own complaints, and always in the habit of claiming Anne when anything was the matter, was indisposed; and foreseeing that she should not have a day's health all the autumn, entreated, or rather required her, for it was hardly entreaty, to come to Uppercross Cottage, and bear her company as long as she should want her, instead of going to Bath.

"I cannot possibly do without Anne," was Mary's reasoning; and Elizabeth's reply was, "Then I am sure Anne had better stay, for nobody will want her in Bath."

To be claimed as a good, though in an improper style, is at least better than being rejected as no good at all; and Anne, glad to be thought of some use, glad to have anything marked out as a duty, and certainly not sorry to have the scene of it in the country, and her own dear country, readily agreed to stay.

This invitation of Mary's removed all Lady Russell's difficulties, and it was consequently soon settled that Anne should not go to Bath till Lady Russell took her, and that all the intervening time should be divided between Uppercross Cottage and Kellynch Lodge.

So far all was perfectly right; but Lady Russell was almost startled by the wrong of one part of the Kellynch Hall plan, when it burst on her, which was, Mrs Clay's being engaged to go to Bath with Sir Walter and Elizabeth, as a most important and valuable assistant to the latter in all the business before her. Lady Russell was extremely sorry that such a measure should have been resorted to at all, wondered, grieved, and feared; and the affront it contained to Anne, in Mrs Clay's being of so much use, while Anne could be of none, was a very sore aggravation.

Anne herself was become hardened to such affronts; but she felt the imprudence of the arrangement quite as keenly as Lady Russell. With a great deal of quiet observation, and a knowledge, which she often wished less, of her father's character, she was sensible that results the most serious to his family from the intimacy were more than possible. She did not imagine that her father had at present an idea of the kind. Mrs Clay had freckles, and a projecting tooth, and a clumsy wrist, which he was continually making severe remarks upon, in her absence; but she was young, and certainly altogether well-looking, and possessed, in an acute mind and assiduous pleasing manners, infinitely more dangerous attractions than any merely personal might have been. Anne was so impressed by the degree of their danger, that she could not excuse herself from trying to make it perceptible to her sister. She had little hope of success; but Elizabeth, who in the event of such a reverse would be so much more to be pitied than herself, should never, she thought, have reason to reproach her for giving no warning.

She spoke, and seemed only to offend. Elizabeth could not conceive how such an absurd suspicion should occur to her, and indignantly answered for each party's perfectly knowing their situation.

"Mrs Clay," said she, warmly, "never forgets who she is; and as I am rather better acquainted with her sentiments than you can be, I can assure you, that upon the subject of marriage they are particularly nice, and that she reprobates all inequality of condition and rank more strongly than most people. And as to my father, I really should not have thought that he, who has kept himself single so long for our sakes, need be suspected now. If Mrs Clay were a very beautiful woman, I grant you, it might be wrong to have her so much with me; not that anything in the world, I am sure, would induce my father to make a degrading match, but he might be rendered unhappy. But poor Mrs Clay who, with all her merits, can never have been reckoned tolerably pretty, I really think poor Mrs Clay may be staying here in perfect safety. One would imagine you had never heard my father speak of her personal misfortunes, though I know you must fifty times. That tooth of her's and those freckles. Freckles do not disgust me so very much as they do him. I have known a face not materially disfigured by a few, but he abominates them. You must have heard him notice Mrs Clay's freckles."

"There is hardly any personal defect," replied Anne, "which an agree-able manner might not gradually reconcile one to."

"I think very differently," answered Elizabeth, shortly; "an agreeable manner may set off handsome features, but can never alter plain ones. However, at any rate, as I have a great deal more at stake on this point than anybody else can have, I think it rather unnecessary in you to be advising me."

Anne had done; glad that it was over, and not absolutely hopeless of doing good. Elizabeth, though resenting the suspicion, might yet be made observant by it.

The last office of the four carriage-horses was to draw Sir Walter, Miss Elliot, and Mrs Clay to Bath. The party drove off in very good spirits; Sir Walter prepared with condescending bows for all the afflicted tenantry and cottagers who might have had a hint to show themselves, and Anne walked up at the same time, in a sort of desolate tranquillity, to the Lodge, where she was to spend the first week.

Her friend was not in better spirits than herself. Lady Russell felt this break-up of the family exceedingly. Their respectability was as dear to her as her own, and a daily intercourse had become precious by habit. It was painful to look upon their deserted grounds, and still worse to anticipate the new hands they were to fall into; and to escape the solitariness and the melancholy of so altered a village, and be out of the way when Admiral and Mrs Croft first arrived, she had determined to make her own absence from home begin when she must give up Anne. Accordingly their removal was made together, and Anne was set down at Uppercross Cottage, in the first stage of Lady Russell's journey.

Uppercross was a moderate-sized village, which a few years back had been completely in the old English style, containing only two houses superior in appearance to those of the yeomen and labourers; the mansion of the squire, with its high walls, great gates, and old trees, substantial and unmodernized, and the compact, tight parsonage, enclosed in its own neat garden, with a vine and a pear-tree trained round its casements; but upon the marriage of the young 'squire, it had received the improvement of a farm-house elevated into a cottage, for his residence, and Uppercross Cottage, with its veranda, French windows, and other prettiness, was quite as likely to catch the traveller's eye as the more consistent and considerable aspect and premises of the Great House, about a quarter of a mile farther on.

Here Anne had often been staying. She knew the ways of Uppercross as well as those of Kellynch. The two families were so continually meeting, so much in the habit of running in and out of each other's house at all hours, that it was rather a surprise to her to find Mary alone; but being alone, her being unwell and out of spirits was almost a matter of course. Though better endowed than the elder sister, Mary had not Anne's understanding nor temper. While well, and happy, and properly attended to, she had great good humour and excellent spirits; but any indisposition sunk her completely. She had no resources for solitude; and inheriting a considerable share of the Elliot self-importance, was very prone to add to every other distress that of fancying herself neglected and ill-used. In person, she was inferior to both sisters, and had, even in her bloom, only reached the dignity of being "a fine girl." She was now lying on the faded sofa of the pretty little drawing-room, the once elegant furniture of which had been gradually growing shabby, under the influence of four summers and two children; and, on Anne's appearing, greeted her with:

"So, you are come at last! I began to think I should never see you. I am so ill I can hardly speak. I have not seen a creature the whole morning!"

"I am sorry to find you unwell," replied Anne. "You sent me such a good account of yourself on Thursday!"

"Yes, I made the best of it; I always do: but I was very far from well at the time; and I do not think I ever was so ill in my life as I have been all this morning: very unfit to be left alone, I am sure. Suppose I were to be seized of a sudden in some dreadful way, and not able to ring the bell! So, Lady Russell would not get out. I do not think she has been in this house three times this summer."

Anne said what was proper, and enquired after her husband. "Oh! Charles is out shooting. I have not seen him since seven o'clock. He would go, though I told him how ill I was. He said he should not stay out long; but he has never come back, and now it is almost one. I assure you, I have not seen a soul this whole long morning."

"You have had your little boys with you?"

"Yes, as long as I could bear their noise; but they are so unmanageable that they do me more harm than good. Little Charles does not mind a word I say, and Walter is growing quite as bad."

"Well, you will soon be better now," replied Anne, cheerfully. "You know I always cure you when I come. How are your neighbours at the Great House?"

"I can give you no account of them. I have not seen one of them today, except Mr Musgrove, who just stopped and spoke through the window, but without getting off his horse; and though I told him how ill I was, not one of them have been near me. It did not happen to suit the Miss Musgroves, I suppose, and they never put themselves out of their way."

"You will see them yet, perhaps, before the morning is gone. It is early."

"I never want them, I assure you. They talk and laugh a great deal too much for me. Oh! Anne, I am so very unwell! It was quite unkind of you not to come on Thursday."

"My dear Mary, recollect what a comfortable account you sent me of yourself! You wrote in the cheerfullest manner, and said you were perfectly well, and in no hurry for me; and that being the case, you must be aware that my wish would be to remain with Lady Russell to the last: and besides what I felt on her account, I have really been so busy, have had so much to do, that I could not very conveniently have left Kellynch sooner."

"Dear me! what can you possibly have to do?"

"A great many things, I assure you. More than I can recollect in a moment; but I can tell you some. I have been making a duplicate of the catalogue of my father's books and pictures. I have been several times in the garden with Mackenzie, trying to understand, and make him understand, which of Elizabeth's plants are for Lady Russell. I have had all my own little concerns to arrange, books and music to divide, and all my trunks to repack, from not having understood in time what was intended as to the waggons: and one thing I have had to do, Mary, of a more trying nature: going to almost every house in the parish, as a sort of take-leave. I was told that they wished it. But all these things took up a great deal of time."

"Oh! well!" and after a moment's pause, "but you have never asked me one word about our dinner at the Pooles yesterday."

"Did you go then? I have made no enquiries, because I concluded you must have been obliged to give up the party."

"Oh yes! I went. I was very well yesterday; nothing at all the matter with me till this morning. It would have been strange if I had not gone."

"I am very glad you were well enough, and I hope you had a pleasant party."

"Nothing remarkable. One always knows beforehand what the dinner will be, and who will be there; and it is so very uncomfortable not having a carriage of one's own. Mr and Mrs Musgrove took me, and we were so crowded! They are both so very large, and take up so much room; and Mr Musgrove always sits forward. So, there was I, crowded into the back seat with Henrietta and Louise; and I think it very likely that my illness today may be owing to it."

A little further perseverance in patience and forced cheerfulness on Anne's side produced nearly a cure on Mary's. She could soon sit upright on the sofa, and began to hope she might be able to leave it by dinner-time. Then, forgetting to think of it, she was at the other end of the room, beautifying a nosegay; then, she ate her cold meat; and then she was well enough to propose a little walk.

"Where shall we go?" said she, when they were ready. "I suppose you will not like to call at the Great House before they have been to see you?"

"I have not the smallest objection on that account," replied Anne. "I should never think of standing on such ceremony with people I know so well as Mrs and the Miss Musgroves."

"Oh! but they ought to call upon you as soon as possible. They ought to feel what is due to you as my sister. However, we may as well go and sit with them a little while, and when we have that over, we can enjoy our walk."

Anne had always thought such a style of intercourse highly imprudent; but she had ceased to endeavour to check it, from believing that, though there were on each side continual subjects of offence, neither family could now do without it. To the Great House accordingly they went, to sit the full half hour in the old-fashioned square parlour, with a small carpet and shining floor, to which the present daughters of the house were gradually giving the proper air of confusion by a grand piano-forte and a harp, flower-stands and little tables placed in every direction. Oh! could the originals of the portraits against the wainscot, could the gentlemen in brown velvet and the ladies in blue satin have seen what was going on, have been conscious of such an overthrow of all order and neatness! The portraits themselves seemed to be staring in astonishment.

The Musgroves, like their houses, were in a state of alteration, perhaps of improvement. The father and mother were in the old English style, and the young people in the new. Mr and Mrs Musgrove were a very good sort of people; friendly and hospitable, not much educated, and not at all elegant. Their children had more modern minds and manners. There was a numerous family; but the only two grown up, excepting Charles, were Henrietta and Louisa, young ladies of nineteen and twenty, who had brought from school at Exeter all the usual stock of accomplishments, and were now like thousands of other young ladies, living to be fashionable, happy, and merry. Their dress had every advantage, their faces were rather pretty, their spirits extremely good, their manner unembarrassed and pleasant; they were of consequence at home, and favourites abroad. Anne always contemplated them as some of the happiest creatures of her acquaintance; but still, saved as we all are, by some comfortable feeling of superiority from wishing for the possibility of exchange, she would not have given up her own more elegant and cultivated mind for all their enjoyments; and envied them nothing but that seemingly perfect good understanding and agreement together, that good-humoured mutual affection, of which she had known so little herself with either of her sisters.

They were received with great cordiality. Nothing seemed amiss on the side of the Great House family, which was generally, as Anne very well knew, the least to blame. The half hour was chatted away pleasantly enough; and she was not at all surprised at the end of it, to have their walking party joined by both the Miss Musgroves, at Mary's particular invitation.

CHAPTER VI

Anne had not wanted this visit to Uppercross, to learn that a removal from one set of people to another, though at a distance of only three miles, will often include a total change of conversation, opinion, and idea. She had never been staying there before, without being struck by it, or without wishing that other Elliots could have her advantage in seeing how unknown, or unconsidered there, were the affairs which at Kellynch Hall were treated as of such general publicity and pervading interest; yet, with all this experience, she believed she must now submit to feel that another lesson, in the art of knowing our own nothingness beyond our own circle, was become necessary for her; for certainly, coming as she did, with a heart full of the subject which had been completely occupying both houses in Kellynch for many weeks, she had expected rather more curiosity and sympathy than she found in the separate but very similar remark of Mr and Mrs Musgrove: "So, Miss Anne, Sir Walter and your sister are gone; and what part of Bath do you think they will settle in?" and this, without much waiting for an answer; or in the young ladies' addition of, "I hope we shall be in Bath in the winter; but remember, papa, if we do go, we must be in a good situation: none of your Queen Squares for us!" or in the anxious supplement from Mary, of: "Upon my word, I shall be pretty well off, when you are all gone away to be happy at Bath!"

She could only resolve to avoid such self-delusion in future, and think with heightened gratitude of the extraordinary blessing of having one such truly sympathising friend as Lady Russell.

The Mr Musgroves had their own game to guard, and to destroy, their own horses, dogs, and newspapers to engage them, and the females were fully occupied in all the other common subjects of housekeeping, neighbours, dress, dancing, and music. She acknowledged it to be very fitting, that every little social commonwealth should dictate its own matters of discourse; and hoped, ere long, to become a not unworthy member of the one she was now transplanted into. With the prospect of spending at least two months at Uppercross, it was highly incumbent on her to clothe her imagination, her memory, and all her ideas in as much of Uppercross as possible.

She had no dread of these two months. Mary was not so repulsive and unsisterly as Elizabeth, nor so inaccessible to all influence of hers; neither was there anything among the other component parts of the cottage inimical to comfort. She was always on friendly terms with her brother-in-law; and in the children, who loved her nearly as well, and respected her a great deal more than their mother, she had an object of interest, amusement, and wholesome exertion.

Charles Musgrove was civil and agreeable; in sense and temper he was undoubtedly superior to his wife, but not of powers, or conversation, or grace, to make the past, as they were connected together, at all a dangerous contemplation; though, at the same time, Anne could believe, with Lady Russell, that a more equal match might have greatly improved him; and that a woman of real understanding might have given more consequence to his character, and more usefulness, rationality, and elegance to his habits and pursuits. As it was, he did nothing with much zeal, but sport; and his time was otherwise trifled away, without benefit from books or anything else. He had very good spirits, which never seemed much affected by his wife's occasional lowness, bore with her unreasonableness sometimes to Anne's admiration, and upon the whole, though there was very often a little disagreement (in which she had sometimes more share than she wished, being appealed to by both parties), they might pass for a happy couple. They were always perfectly agreed in the want of more money, and a strong inclination for a handsome present from his father; but here, as on most topics, he had the superiority, for while Mary thought it a great shame that such a present was not made, he always contended for his father's having many other uses for his money, and a right to spend it as he liked.

As to the management of their children, his theory was much better than his wife's, and his practice not so bad. "I could manage them very well, if it were not for Mary's interference," was what Anne often heard him say, and had a good deal of faith in; but when listening in turn to Mary's reproach of "Charles spoils the children so that I cannot get them into any order," she never had the smallest temptation to say, "Very true."

One of the least agreeable circumstances of her residence there was her being treated with too much confidence by all parties, and being too much in the secret of the complaints of each house. Known to have some influence with her sister, she was continually requested, or at least receiving hints to exert it, beyond what was practicable. "I wish you could persuade Mary not to be always fancying herself ill," was Charles's language; and, in an unhappy mood, thus spoke Mary: "I do believe if Charles were to see me dying, he would not think there was anything the matter with me. I am sure, Anne, if you would, you might persuade him that I really am very ill... a great deal worse than I ever own."

Mary's declaration was, "I hate sending the children to the Great House, though their grandmamma is always wanting to see them, for she humours and indulges them to such a degree, and gives them so much trash and sweet things, that they are sure to come back sick and cross for the rest of the day." And Mrs Musgrove took the first opportunity of being alone with Anne, to say, "Oh! Miss Anne, I cannot help wishing Mrs Charles had a little of your method with those children. They are quite different creatures with you! But to be sure, in general they are so spoilt! It is a pity you cannot put your sister in the way of managing them. They are as fine healthy children as ever were seen, poor little dears! without partiality; but Mrs Charles knows no more how they should be treated! Bless me! how troublesome they are sometimes. I assure you, Miss Anne, it prevents my wishing to see them at our house so often as I otherwise should. I believe Mrs Charles is not quite pleased with my not inviting them oftener; but you know it is very bad to have children with one that one is obligated to be checking every moment; "don't do this," and "don't do that;" or that one can only keep in tolerable order by more cake than is good for them."

She had this communication, moreover, from Mary. "Mrs Musgrove thinks all her servants so steady, that it would be high treason to call it in question; but I am sure, without exaggeration, that her upper house-maid and laundry-maid, instead of being in their business, are gadding about the village, all day long. I meet them wherever I go; and I declare, I never go twice into my nursery without seeing something of them. If Jemima were not the trustiest, steadiest creature in the world, it would be enough to spoil her; for she tells me, they are always tempting her to take a walk with them." And on Mrs Musgrove's side, it was, "I make a rule of never interfering in any of my daughter-in-law's concerns, for I know it would not do; but I shall tell you, Miss Anne, because you may be able to set things to rights, that I have no very good opinion of Mrs Charles's nursery-maid: I hear strange stories of her; she is always upon the gad; and from my own knowledge, I can declare, she is such a fine-dressing lady, that she is enough to ruin any servants she comes near. Mrs Charles quite swears by her, I know; but I just give you this hint, that you may be upon the watch; because, if you see anything amiss, you need not be afraid of mentioning it."

Again, it was Mary's complaint, that Mrs Musgrove was very apt not to give her the precedence that was her due, when they dined at the Great House with other families; and she did not see any reason why she was to be considered so much at home as to lose her place. And one day when Anne was walking with only the Musgroves, one of them after talking of rank, people of rank, and jealousy of rank, said, "I have no scruple of observing to you, how nonsensical some persons are about their place, because all the world knows how easy and indifferent you are about it; but I wish anybody could give Mary a hint that it would be a great deal better if she were not so very tenacious, especially if she would not be always putting herself forward to take place of mamma. Nobody doubts her right to have precedence of mamma, but it would be more becoming in her not to be always insisting on it. It is not that mamma cares about it the least in the world, but I know it is taken notice of by many persons."

How was Anne to set all these matters to rights? She could do little more than listen patiently, soften every grievance, and excuse each to the other; give them all hints of the forbearance necessary between such near neighbours, and make those hints broadest which were meant for her sister's benefit.

In all other respects, her visit began and proceeded very well. Her own spirits improved by change of place and subject, by being removed three miles from Kellynch; Mary's ailments lessened by having a constant companion, and their daily intercourse with the other family, since there was neither superior affection, confidence, nor employment in the cottage, to be interrupted by it, was rather an advantage. It was certainly carried nearly as far as possible, for they met every morning, and hardly ever spent an evening asunder; but she believed they should not have done so well without the sight of Mr and Mrs Musgrove's respectable forms in the usual places, or without the talking, laughing, and singing of their daughters.

She played a great deal better than either of the Miss Musgroves, but having no voice, no knowledge of the harp, and no fond parents, to sit by and fancy themselves delighted, her performance was little thought of, only out of civility, or to refresh the others, as she was well aware. She knew that when she played she was giving pleasure only to herself; but this was no new sensation. Excepting one short period of her life, she had never, since the age of fourteen, never since the loss of her dear mother, known the happiness of being listened to, or encouraged by any just appreciation or real taste. In music she had been always used to feel alone in the world; and Mr and Mrs Musgrove's fond partiality for their own daughters' performance, and total indifference to any other person's, gave her much more pleasure for their sakes, than mortification for her own.

The party at the Great House was sometimes increased by other company. The neighbourhood was not large, but the Musgroves were visited by everybody, and had more dinner-parties, and more callers, more visitors by invitation and by chance, than any other family. There were more completely popular.

The girls were wild for dancing; and the evenings ended, occasionally, in an unpremeditated little ball. There was a family of cousins within a walk of Uppercross, in less affluent circumstances, who depended on the Musgroves for all their pleasures: they would come at any time, and help play at anything, or dance anywhere; and Anne, very much preferring the office of musician to a more active post, played country dances to them by the hour together; a kindness which always recommended her musical powers to the notice of Mr and Mrs Musgrove more than anything else, and often drew this compliment: "Well done, Miss Anne! very well done indeed! Lord bless me! how those little fingers of yours fly about!"

So passed the first three weeks. Michaelmas came; and now Anne's heart must be in Kellynch again. A beloved home made over to others; all the precious rooms and furniture, groves, and prospects, beginning to own other eyes and other limbs! She could not think of much else on the 29th of September; and she had this sympathetic touch in the evening from Mary, who, on having occasion to note down the day of the month, exclaimed, "Dear me, is not this the day the Crofts were to come to Kellynch? I am glad I did not think of it before. How low it makes me!"

The Crofts took possession with true naval alertness, and were to be visited. Mary deplored the necessity for herself. "Nobody knew how much she should suffer. She should put it off as long as she could;" but was not easy till she had talked Charles into driving her over on an early day, and was in a very animated, comfortable state of imaginary agitation, when she came back. Anne had very sincerely rejoiced in there being no means of her going. She wished, however to see the Crofts, and was glad to be within when the visit was returned. They came: the master of the house was not at home, but the two sisters were together; and as it chanced that Mrs Croft fell to the share of Anne, while the Admiral sat by Mary, and made himself very agreeable by his good-humoured notice of her little boys, she was well able to watch for a likeness, and if it failed her in the features, to catch it in the voice, or in the turn of sentiment and expression.

Mrs Croft, though neither tall nor fat, had a squareness, uprightness, and vigour of form, which gave importance to her person. She had bright dark eyes, good teeth, and altogether an agreeable face; though her reddened and weather-beaten complexion, the consequence of her having been almost as much at sea as her husband, made her seem to have lived some years longer in the world than her real eight-and-thirty. Her manners were open, easy, and decided, like one who had no distrust of herself, and no doubts of what to do; without any approach to coarseness, however, or any want of good humour. Anne gave her credit, indeed, for feelings of great consideration towards herself, in all that related to Kellynch, and it pleased her: especially, as she had satisfied herself in the very first half minute, in the instant even of introduction, that there was not the smallest symptom of any knowledge or suspicion on Mrs Croft's side, to give a bias of any sort. She was quite easy on that head, and consequently full of strength and courage, till for a moment electrified by Mrs Croft's suddenly saying:

"It was you, and not your sister, I find, that my brother had the pleasure of being acquainted with, when he was in this country."

Anne hoped she had outlived the age of blushing; but the age of emotion she certainly had not.

"Perhaps you may not have heard that he is married?" added Mrs Croft.

She could now answer as she ought; and was happy to feel, when Mrs Croft's next words explained it to be Mr Wentworth of whom she spoke, that she had said nothing which might not do for either brother. She immediately felt how reasonable it was, that Mrs Croft should be thinking and speaking of Edward, and not of Frederick; and with shame at her own forgetfulness applied herself to the knowledge of their former neighbour's present state with proper interest.

The rest was all tranquillity; till, just as they were moving, she heard the Admiral say to Mary:

"We are expecting a brother of Mrs Croft's here soon; I dare say you know him by name."

He was cut short by the eager attacks of the little boys, clinging to him like an old friend, and declaring he should not go; and being too much engrossed by proposals of carrying them away in his coat pockets, &c., to have another moment for finishing or recollecting what he had begun, Anne was left to persuade herself, as well as she could, that the same brother must still be in question. She could not, however, reach such a degree of certainty, as not to be anxious to hear whether anything had been said on the subject at the other house, where the Crofts had previously been calling.

The folks of the Great House were to spend the evening of this day at the Cottage; and it being now too late in the year for such visits to be made on foot, the coach was beginning to be listened for, when the youngest Miss Musgrove walked in. That she was coming to apologize, and that they should have to spend the evening by themselves, was the first black idea; and Mary was quite ready to be affronted, when Louisa made all right by saying, that she only came on foot, to leave more room for the harp, which was bringing in the carriage.

"And I will tell you our reason," she added, "and all about it. I am come on to give you notice, that papa and mamma are out of spirits this evening, especially mamma; she is thinking so much of poor Richard! And we agreed it would be best to have the harp, for it seems to amuse her more than the piano-forte. I will tell you why she is out of spirits. When the Crofts called this morning, (they called here afterwards, did not they?), they happened to say, that her brother, Captain Wentworth, is just returned to England, or paid off, or something, and is coming to see them almost directly; and most unluckily it came into mamma's head, when they were gone, that Wentworth, or something very like it, was the name of poor Richard's captain at one time; I do not know when or where, but a great while before he died, poor fellow! And upon looking over his letters and things, she found it was so, and is perfectly sure that this must be the very man, and her head is quite full of it, and of poor Richard! So we must be as merry as we can, that she may not be dwelling upon such gloomy things."

The real circumstances of this pathetic piece of family history were, that the Musgroves had had the ill fortune of a very troublesome, hopeless son; and the good fortune to lose him before he reached his twentieth year; that he had been sent to sea because he was stupid and unmanageable on shore; that he had been very little cared for at any time by his family, though quite as much as he deserved; seldom heard of, and scarcely at all regretted, when the intelligence of his death abroad had worked its way to Uppercross, two years before.

He had, in fact, though his sisters were now doing all they could for him, by calling him "poor Richard," been nothing better than a thick-headed, unfeeling, unprofitable Dick Musgrove, who had never done anything to entitle himself to more than the abbreviation of his name, living or dead.

He had been several years at sea, and had, in the course of those removals to which all midshipmen are liable, and especially such midshipmen as every captain wishes to get rid of, been six months on board Captain Frederick Wentworth's frigate, the Laconia; and from the Laconia he had, under the influence of his captain, written the only two letters which his father and mother had ever received from him during the whole of his absence; that is to say, the only two disinterested letters; all the rest had been mere applications for money.

In each letter he had spoken well of his captain; but yet, so little were they in the habit of attending to such matters, so unobservant and incurious were they as to the names of men or ships, that it had made scarcely any impression at the time; and that Mrs Musgrove should have been suddenly struck, this very day, with a recollection of the name of Wentworth, as connected with her son, seemed one of those extraordinary bursts of mind which do sometimes occur.

She had gone to her letters, and found it all as she supposed; and the re-perusal of these letters, after so long an interval, her poor son gone for ever, and all the strength of his faults forgotten, had affected her spirits exceedingly,

and thrown her into greater grief for him than she had know on first hearing of his death. Mr Musgrove was, in a lesser degree, affected likewise; and when they reached the cottage, they were evidently in want, first, of being listened to anew on this subject, and afterwards, of all the relief which cheerful companions could give them.

To hear them talking so much of Captain Wentworth, repeating his name so often, puzzling over past years, and at last ascertaining that it might, that it probably would, turn out to be the very same Captain Wentworth whom they recollected meeting, once or twice, after their coming back from Clifton – a very fine young man – but they could not say whether it was seven or eight years ago, was a new sort of trial to Anne's nerves. She found, however, that it was one to which she must inure herself. Since he actually was expected in the country, she must teach herself to be insensible on such points. And not only did it appear that he was expected, and speedily, but the Musgroves, in their warm gratitude for the kindness he had shewn poor Dick, and very high respect for his character, stamped as it was by poor Dick's having been six months under his care, and mentioning him in strong, though not perfectly well-spelt praise, as "a fine dashing felow, only two perticular about the schoolmaster," were bent on introducing themselves, and seeking his acquaintance, as soon as they could hear of his arrival.

The resolution of doing so helped to form the comfort of their evening.

CHAPTER VII

A very few days more, and Captain Wentworth was known to be at Kellynch, and Mr Musgrove had called on him, and come back warm in his praise, and he was engaged with the Crofts to dine at Uppercross, by the end of another week. It had been a great disappointment to Mr Musgrove to find that no earlier day could be fixed, so impatient was he to shew his gratitude, by seeing Captain Wentworth under his own roof, and welcoming him to all that was strongest and best in his cellars. But a week must pass; only a week, in Anne's reckoning, and then, she supposed, they must meet; and soon she began to wish that she could feel secure even for a week.

Captain Wentworth made a very early return to Mr Musgrove's civility, and she was all but calling there in the same half hour. She and Mary were actually setting forward for the Great House, where, as she afterwards learnt, they must inevitably have found him, when they were stopped by the eldest boy's being at that moment brought home in consequence of a bad fall. The child's situation put the visit entirely aside; but she could not hear of her escape with indifference, even in the midst of the serious anxiety which they afterwards felt on his account.

His collar-bone was found to be dislocated, and such injury received in the back, as roused the most alarming ideas. It was an afternoon of distress, and Anne had every thing to do at once; the apothecary to send for, the father to have pursued and informed, the mother to support and keep from hysterics, the servants to control, the youngest child to banish, and the poor suffering one to attend and soothe; besides sending, as soon as she recollected it, proper notice to the other house, which brought her an accession rather of frightened, enquiring companions, than of very useful assistants.

Her brother's return was the first comfort; he could take best care of his wife; and the second blessing was the arrival of the apothecary. Till he came and had examined the child, their apprehensions were the worse for being vague; they suspected great injury, but knew not where; but now the collar-bone was soon replaced, and though Mr Robinson felt and felt, and rubbed, and looked grave, and spoke low words both to the father and the aunt, still they were all to hope the best, and to be able to part and eat their dinner in tolerable ease of mind; and then it was, just before they parted, that the two young aunts were able so far to digress from their nephew's state, as to give the information of Captain Wentworth's visit; staying five minutes behind their father and mother, to endeavour to express how perfectly delighted they were with him, how much handsomer, how infinitely more agreeable they thought him than any individual among their male acquaintance, who had been at all a favourite before. How glad they had been to hear papa invite him to stay dinner, how sorry when he said it was quite out of his power, and how glad again when he had promised in reply to papa and mamma's farther pressing invitations to come and dine with them on the morrow – actually on the morrow; and he had promised it in so pleasant a manner, as if he felt all the motive of their attention just as he ought. And in short, he had looked and said everything with such exquisite grace, that they could assure them all, their heads were both turned by him; and off they ran, quite as full of glee as of love, and apparently more full of Captain Wentworth than of little Charles.

The same story and the same raptures were repeated, when the two girls came with their father, through the gloom of the evening, to make enquiries; and Mr Musgrove, no longer under the first uneasiness about his heir, could add his confirmation and praise, and hope there would be now no occasion for putting Captain Wentworth off, and only be sorry to think that the cottage party, probably, would not like to leave the little boy, to give him the meeting. "Oh no; as to leaving the little boy," both father and mother were in much too strong and recent alarm to bear the thought; and Anne, in the joy of the escape, could not help adding her warm protestations to theirs.

Charles Musgrove, indeed, after-wards, shewed more of inclination; "the child was going on so well, and he wished so much to be introduced to Captain Wentworth, that, perhaps, he might join them in the evening; he would not dine from home, but he might walk in for half an hour." But in this he was eagerly opposed by his wife, with "Oh! no, indeed, Charles, I cannot bear to have you go away. Only think what if anything should happen?"

The child had a good night, and was going on well the next day. It must be a work of time to ascertain that no injury had been done to the spine; but Mr Robinson found nothing to increase alarm, and Charles Musgrove began, consequently, to feel no necessity for longer confinement. The child was to be kept in bed and amused as quietly as possible; but what was there for a father to do? This was quite a female case, and it would be highly absurd in him, who could be of no use at home, to shut himself up. His father very much wished him to meet Captain Wentworth, and there being no sufficient reason against it, he ought to go; and it ended in his making a bold, public declaration, when he came in from shooting, of his meaning to dress directly, and dine at the other house.

"Nothing can be going on better than the child," said he; "so I told my father, just now, that I would come, and he thought me quite right. Your sister being with you, my love, I have no scruple at all. You would not like to leave him yourself, but you see I can be of no use. Anne will send for me if anything is the matter."

Husbands and wives generally understand when opposition will be vain. Mary knew, from Charles's manner of speaking, that he was quite determined on going, and that it would be of no use to teaze him. She said nothing, therefore, till he was out of the room, but as soon as there was only Anne to hear:

"So you and I are to be left to shift by ourselves, with this poor sick child; and not a creature coming near us all the evening! I knew how it would be. This is always my luck. If there is anything disagreeable going on men are always sure to get out of it, and Charles is as bad as any of them. Very unfeeling! I must say it is very unfeeling of him to be running away from his poor little boy. Talks of his being going on so well! How does he know that he is going on well, or that there may not be a sudden change half an hour hence? I did not think Charles would have been so unfeeling. So here he is to go away and enjoy himself, and because I am the poor mother, I am not to be allowed to stir; and yet, I am sure, I am more unfit than anybody else to be about the child. My being the mother is the very reason why my feelings should not be tried. I am not at all equal to it. You saw how hysterical I was yesterday."

"But that was only the effect of the suddenness of your alarm, of the shock. You will not be hysterical again. I dare say we shall have nothing to distress us. I perfectly understand Mr Robinson's directions, and have no fears; and indeed, Mary, I cannot wonder at your husband. Nursing does not belong to a man; it is not his province. A sick child is always the mother's property: her own feelings generally make it so."

"I hope I am as fond of my child as any mother, but I do not know that I am of any more use in the sick-room than Charles, for I cannot be always scolding and teazing the poor child when it is ill; and you saw, this morning, that if I told him to keep quiet, he was sure to begin kicking about. I have not nerves for the sort of thing."

"But, could you be comfortable yourself, to be spending the whole evening away from the poor boy?"

"Yes; you see his papa can, and why should not I? Jemima is so careful; and she could send us word every hour how he was. I really think Charles might as well have told his father we would all come. I am not more alarmed about little Charles now than he is. I was dreadfully alarmed yesterday, but the case is very different today."

"Well, if you do not think it too late to give notice for yourself, suppose you were to go, as well as your husband. Leave little Charles to my care. Mr and Mrs Musgrove cannot think it wrong while I remain with him."

"Are you serious?" cried Mary, her eyes brightening. "Dear me! that's a very good thought, very good, indeed. To be sure, I may just as well go as not, for I am of no use at home, am I? And it only harasses me. You, who have not a mother's feelings, are a great deal the properest person. You can make little Charles do anything; he always minds you at a word. It will be a great deal better than leaving him only with Jemima. Oh! I shall certainly go; I am sure I ought if I can, quite as much as Charles, for they want me excessively to be acquainted with Captain Wentworth, and I know you do not mind being left alone. An excellent thought of yours, indeed, Anne. I will go and tell Charles, and get ready directly. You can send for us, you know, at a moment's notice, if anything is the matter; but I dare say there will be nothing to alarm you. I should not go, you may be sure, if I did not feel quite at ease about my dear child."

The next moment she was tapping at her husband's dressing-room door, and as Anne followed her up stairs, she was in time for the whole conversation, which began with Mary's saying, in a tone of great exultation:

"I mean to go with you, Charles, for I am of no more use at home than you are. If I were to shut myself up for ever with the child, I should not be able to persuade him to do anything he did not like. Anne will stay; Anne undertakes to stay at home and take care of him. It is Anne's own proposal, and so I shall go with you, which will be a great deal better, for I have not dined at the other house since Tuesday."

"This is very kind of Anne," was her husband's answer, "and I should be very glad to have you go; but it seems rather hard that she should be left at home by herself, to nurse our sick child."

Anne was now at hand to take up her own cause, and the sincerity of her manner being soon sufficient to convince him, where conviction was at least very agreeable, he had no farther scruples as to her being left to dine alone, though he still wanted her to join them in the evening, when the child might be at rest for the night, and kindly urged her to let him come and fetch her, but she was quite unpersuadable; and this being the case, she had ere long the pleasure of seeing them set off together in high spirits. They were gone, she hoped, to be happy, however oddly constructed such happiness might seem; as for herself, she was left with as many sensations of comfort, as were, perhaps, ever likely to be hers. She knew herself to be of the first utility to the child; and what was it to her if Frederick Wentworth were only half a mile distant, making himself agreeable to others?

She would have liked to know how he felt as to a meeting. Perhaps indifferent, if indifference could exist under such circumstances. He must be either indifferent or unwilling. Had he wished ever to see her again, he need not have waited till this time; he would have done what she could not but believe that in his place she should have done long ago, when events had been early giving him the independence which alone had been wanting.

Her brother and sister came back delighted with their new acquaintance, and their visit in general. There had been music, singing, talking, laughing, all that was most agreeable; charming manners in Captain Wentworth, no shyness or reserve; they seemed all to know each other perfectly, and he was coming the very next morning to shoot with Charles. He was to come to breakfast, but not at the Cottage, though that had been proposed at first; but then he had been pressed to come to the Great House instead, and he seemed afraid of being in Mrs Charles Musgrove's way, on account of the child, and therefore, somehow, they hardly knew how, it ended in Charles's being to meet him to breakfast at his father's.

Anne understood it. He wished to avoid seeing her. He had inquired after her, she found, slightly, as might suit a former slight acquaintance, seeming to acknowledge such as she had acknowledged, actuated, perhaps, by the same view of escaping introduction when they were to meet.

The morning hours of the Cottage were always later than those of the other house, and on the morrow the difference was so great that Mary and Anne were not more than beginning breakfast when Charles came in to say that they were just setting off, that he was come for his dogs, that his sisters were following with Captain Wentworth; his sisters meaning to visit Mary and the child, and Captain Wentworth proposing also to wait on her for a few minutes if not inconvenient; and though Charles had answered for the child's being in no such state as could make it inconvenient, Captain Wentworth would not be satisfied without his running on to give notice.

Mary, very much gratified by this attention, was delighted to receive him, while a thousand feelings rushed on Anne, of which this was the most consoling, that it would soon be over. And it was soon over.

In two minutes after Charles's preparation, the others appeared; they were in the drawing-room. Her eye half met Captain Wentworth's, a bow, a curtsey passed; she heard his voice; he talked to Mary, said all that was right, said something to the Miss Musgroves, enough to mark an easy footing; the room seemed full, full of persons and voices, but a few minutes ended it. Charles shewed himself at the window, all was ready, their visitor had bowed and was gone, the Miss Musgroves were gone too, suddenly resolving to walk to the end of the village with the sportsmen: the room was cleared, and Anne might finish her breakfast as she could.

"It is over! it is over!" she repeated to herself again and again, in nervous gratitude. "The worst is over!"

Mary talked, but she could not attend. She had seen him. They had met. They had been once more in the same room.

Soon, however, she began to reason with herself, and try to be feeling less.

Eight years, almost eight years had passed, since all had been given up. How absurd to be resuming the agitation which such an interval had banished into distance and indistinctness! What might not eight years do? Events of every description, changes, alienations, removals – all, all must be comprised in it, and oblivion of the past – how natural, how certain too! It included nearly a third part of her own life.

Alas! with all her reasoning, she found, that to retentive feelings eight years may be little more than nothing.

Now, how were his sentiments to be read? Was this like wishing to avoid her? And the next moment she was hating herself for the folly which asked the question.

On one other question which perhaps her utmost wisdom might not have prevented, she was soon spared all suspense; for, after the Miss Musgroves had returned and finished their visit at the Cottage she had this spontaneous information from Mary:

"Captain Wentworth is not very gallant by you, Anne, though he was so attentive to me. Henrietta asked him what he thought of you, when they went away, and he said, 'You were so altered he should not have known you again.'"

Mary had no feelings to make her respect her sister's in a common way, but she was perfectly unsuspicious of being inflicting any peculiar wound.

"Altered beyond his knowledge." Anne fully submitted, in silent, deep mortification. Doubtless it was so, and she could take no revenge, for he was not altered, or not for the worse. She had already acknowledged it to herself, and she could not think differently, let him think of her as he would. No: the years which had destroyed her youth and bloom had only given him a more glowing, manly, open look, in no respect lessening his personal advantages. She had seen the same Frederick Wentworth.

"So altered that he should not have known her again!" These were words which could not but dwell with her. Yet she soon began to rejoice that she had heard them. They were of sobering tendency; they allayed agitation; they composed, and consequently must make her happier.

Frederick Wentworth had used such words, or something like them, but without an idea that they would be carried round to her. He had thought her wretchedly altered, and in the first moment of appeal, had spoken as he felt. He had not forgiven Anne Elliot. She had used him ill, deserted and disappointed him; and worse, she had shewn a feebleness of character in doing so, which his own decided, confident temper could not endure. She had given him up to oblige others. It had been the effect of over-persuasion. It had been weakness and timidity.

He had been most warmly attached to her, and had never seen a woman since whom he thought her equal; but, except from some natural sensation of curiosity, he had no desire of meeting her again. Her power with him was gone for ever.

It was now his object to marry. He was rich, and being turned on shore, fully intended to settle as soon as he could be properly tempted; actually looking round, ready to fall in love with all the speed which a clear head and a quick taste could allow. He had a heart for either of the Miss Musgroves, if they could catch it; a heart, in short, for any pleasing young woman who came in his way, excepting Anne Elliot. This was his only secret exception, when he said to his sister, in answer to her suppositions:

"Yes, here I am, Sophia, quite ready to make a foolish match. Anybody between fifteen and thirty may have me for asking. A little beauty, and a few smiles, and a few compliments to the navy, and I am a lost man. Should not this be enough for a sailor, who has had no society among women to make him nice?"

He said it, she knew, to be contradicted. His bright proud eye spoke the conviction that he was nice; and Anne Elliot was not out of his thoughts, when he more seriously described the woman he should wish to meet with. "A strong mind, with sweetness of manner," made the first and the last of the description.

"That is the woman I want," said he. "Something a little inferior I shall of course put up with, but it must not be much. If I am a fool, I shall be a fool indeed, for I have thought on the subject more than most men."

CHAPTER VIII

From this time Captain Wentworth and Anne Elliot were repeatedly in the same circle. They were soon dining in company together at Mr Musgrove's, for the little boy's state could no longer supply his aunt with a pretence for absenting herself; and this was but the beginning of other dinings and other meetings.

Whether former feelings were to be renewed must be brought to the proof; former times must undoubtedly be brought to the recollection of each; they could not but be reverted to; the year of their engagement could not but be named by him, in the little narratives or descriptions which conversation called forth. His profession qualified him, his disposition lead him, to talk; and "That was in the year six;" "That happened before I went to sea in the year six," occurred in the course of the first evening they spent together: and though his voice did not falter, and though she had no reason to suppose his eye wandering towards her while he spoke, Anne felt the utter impossibility, from her knowledge of his mind, that he could be unvisited by remembrance any more than herself. There must be the same immediate association of thought, though she was very far from conceiving it to be of equal pain.

They had no conversation together, no intercourse but what the commonest civility required. Once so much to each other! Now nothing! There had been a time, when of all the large party now filling the drawing-room at Uppercross, they would have found it most difficult to cease to speak to one another. With the exception, perhaps, of Admiral and Mrs Croft, who seemed particularly attached and happy, (Anne could allow no other exceptions even among the married couples), there could have been no two hearts so open, no tastes so similar, no feelings so in unison, no countenances so beloved. Now they were as strangers; nay, worse than strangers, for they could never become acquainted. It was a perpetual estrangement.

When he talked, she heard the same voice, and discerned the same mind. There was a very general ignorance of all naval matters throughout the party; and he was very much questioned, and especially by the two Miss Musgroves, who seemed hardly to have any eyes but for him, as to the manner of living on board, daily regulations, food, hours, &c., and their surprise at his accounts, at learning the degree of accommodation and arrangement which was practicable, drew from him some pleasant ridicule, which reminded Anne of the early days when she too had been ignorant, and she too had been accused of supposing sailors to be living on board without anything to eat, or any cook to dress it if there were, or any servant to wait, or any knife and fork to use.

From thus listening and thinking, she was roused by a whisper of Mrs Musgrove's who, overcome by fond regrets, could not help saying:

"Ah! Miss Anne, if it had pleased Heaven to spare my poor son, I dare say he would have been just such another by this time." Anne suppressed a smile, and listened kindly, while Mrs Musgrove relieved her heart a little more; and for a few minutes, therefore, could not keep pace with the conversation of the others.

When she could let her attention take its natural course again, she found the Miss Musgroves just fetching the Navy List (their own navy list, the first that had ever been at Uppercross), and sitting down together to pore over it, with the professed view of finding out the ships that Captain Wentworth had commanded.

"Your first was the Asp, I remember; we will look for the Asp."

"You will not find her there. Quite worn out and broken up. I was the last man who commanded her. Hardly fit for service then. Reported fit for home service for a year or two, and so I was sent off to the West Indies."

The girls looked all amazement.

"The Admiralty," he continued, "entertain themselves now and then, with sending a few hundred men to sea, in a ship not fit to be employed. But they have a great many to provide for; and among the thousands that may just as well go to the bottom as not, it is impossible for them to distinguish the very set who may be least missed."

"Phoo! phoo!" cried the Admiral, "what stuff these young fellows talk! Never was a better sloop than the Asp in her day. For an old built sloop, you would not see her equal. Lucky fellow to get her! He knows there must have been twenty better men than himself applying for her at the same time. Lucky fellow to get anything so soon, with no more interest than his."

"I felt my luck, Admiral, I assure you;" replied Captain Wentworth, seriously. "I was as well satisfied with my appointment as you can desire. It was a great object with me at that time to be at sea; a very great object, I wanted to be doing something."

"To be sure you did. What should a young fellow like you do ashore for half a year together? If a man had not a wife, he soon wants to be afloat again."

"But, Captain Wentworth," cried Louisa, "how vexed you must have been when you came to the Asp, to see what an old thing they had given you."

"I knew pretty well what she was before that day;" said he, smiling. "I had no more discoveries to make than you would have as to the fashion and strength of any old pelisse, which you had seen lent about among half your acquaintance ever since you could remember, and which at last, on some very wet day, is lent to yourself. Ah! she was a dear old Asp to me. She did all that I wanted. I knew she would. I knew that we should either go to the bottom together, or that she would be the making of me; and I never had two days of foul weather all the time I was at sea in her; and after taking privateers enough to be very entertaining, I had the good luck in my passage home the next autumn, to fall in with the very French frigate I wanted. I brought her into Plymouth; and here another instance of luck. We had not been six hours in the Sound, when a gale came on, which lasted four days and nights, and which would have done for poor old Asp in half the time; our touch with the Great Nation not having much improved our condition. Four-and-twenty hours later, and I should only have been a gallant Captain Wentworth, in a small paragraph at one corner of the newspapers; and being lost in only a sloop, nobody would have thought about me." Anne's shudderings were to herself alone; but the Miss Musgroves could be as open as they were sincere, in their exclamations of pity and horror.

"And so then, I suppose," said Mrs Musgrove, in a low voice, as if thinking aloud, "so then he went away to the Laconia, and there he met with our poor boy. Charles, my dear," (beckoning him to her), "do ask Captain Wentworth where it was he first met with your poor brother. I always forgot."

"It was at Gibraltar, mother, I know. Dick had been left ill at Gibraltar, with a recommendation from his former captain to Captain Wentworth."

"Oh! but, Charles, tell Captain Wentworth, he need not be afraid of mentioning poor Dick before me, for it would be rather a pleasure to hear him talked of by such a good friend."

Charles, being somewhat more mindful of the probabilities of the case, only nodded in reply, and walked away.

The girls were now hunting for the Laconia; and Captain Wentworth could not deny himself the pleasure of taking the precious volume into his own hands to save them the trouble, and once more read aloud the little statement of her name and rate, and present non-commissioned class, observing over it that she too had been one of the best friends man ever had.

"Ah! those were pleasant days when I had the Laconia! How fast I made money in her. A friend of mine and I had such a lovely cruise together off the Western Islands. Poor Harville, sister! You know how much he wanted money: worse than myself. He had a wife. Excellent fellow. I shall never forget his happiness. He felt it all, so much for her sake. I wished for him again the next summer, when I had still the same luck in the Mediterranean."

"And I am sure, Sir." said Mrs Musgrove, "it was a lucky day for us, when you were put captain into that ship. We shall never forget what you did."

Her feelings made her speak low; and Captain Wentworth, hearing only in part, and probably not having Dick Musgrove at all near his thoughts, looked rather in suspense, and as if waiting for more.

"My brother," whispered one of the girls; "mamma is thinking of poor Richard."

"Poor dear fellow!" continued Mrs Musgrove; "he was grown so steady, and such an excellent correspondent, while he was under your care! Ah! it would have been a happy thing, if he had never left you. I assure you, Captain Wentworth, we are very sorry he ever left you."

There was a momentary expression in Captain Wentworth's face at this speech, a certain glance of his bright eye, and curl of his handsome mouth, which convinced Anne, that instead of sharing in Mrs Musgrove's kind wishes, as to her son, he had probably been at some pains to get rid of him; but it was too transient an indulgence of self-amusement to be detected by any who understood him less than herself; in another moment he was perfectly collected and serious, and almost instantly afterwards coming up to the sofa, on which she and Mrs Musgrove were sitting, took a place by the latter, and entered into conversation with her, in a low voice, about her son, doing it with so much sympathy and natural grace, as shewed the kindest consideration for all that was real and unabsurd in the parent's feelings.

They were actually on the same sofa, for Mrs Musgrove had most readily made room for him; they were divided only by Mrs Musgrove. It was no insignificant barrier, indeed. Mrs Musgrove was of a comfortable, substantial size, infinitely more fitted by nature to express good cheer and good humour, than tenderness and sentiment; and while the agitations of Anne's slender form, and pensive face, may be considered as very completely screened, Captain Wentworth should be allowed some credit for the self-command with which he attended to her large fat sighings over the destiny of a son, whom alive nobody had cared for.

Personal size and mental sorrow have certainly no necessary proportions. A large bulky figure has as good a right to be in deep affliction, as the most graceful set of limbs in the world. But, fair or not fair, there are unbecoming conjunctions, which reason will patronize in vain – which taste cannot tolerate – which ridicule will seize.

The Admiral, after taking two or three refreshing turns about the room with his hands behind him, being called to order by his wife, now came up to Captain Wentworth, and without any observation of what he might be interrupting, thinking only of his own thoughts, began with:

"If you had been a week later at Lisbon, last spring, Frederick, you would have been asked to give a passage to Lady Mary Grierson and her daughters."

"Should I? I am glad I was not a week later then."

The Admiral abused him for his want of gallantry. He defended himself; though professing that he would never willingly admit any ladies on board a ship of his, excepting for a ball, or a visit, which a few hours might comprehend.

"But, if I know myself," said he, "this is from no want of gallantry towards them. It is rather from feeling how impossible it is, with all one's efforts, and all one's sacrifices, to make the accommodations on board such as women ought to have. There can be no want of gallantry, Admiral, in rating the claims of women to every personal comfort high, and this is what I do. I hate to hear of women on board, or to see them on board; and no ship under my command shall ever convey a family of ladies anywhere, if I can help it."

This brought his sister upon him.

"Oh! Frederick! But I cannot believe it of you. All idle refinement! Women may be as comfortable on board, as in the best house in England. I believe I have lived as much on board as most women, and I know nothing superior to the accommodations of a man-of-war. I declare I have not a comfort or an indulgence about me, even at Kellynch Hall," (with a kind bow to Anne), "beyond what I always had in most of the ships I have lived in; and they have been five altogether."

"Nothing to the purpose," replied her brother. "You were living with your husband, and were the only woman on board."

"But you, yourself, brought Mrs Harville, her sister, her cousin, and three children, round from Portsmouth to Plymouth. Where was this superfine, extraordinary sort of gallantry of yours then?"

"All merged in my friendship, Sophia. I would assist any brother officer's wife that I could, and I would bring anything of Harville's from the world's end, if he wanted it. But do not imagine that I did not feel it an evil in itself."

"Depend upon it, they were all perfectly comfortable."

"I might not like them the better for that perhaps. Such a number of women and children have no right to be comfortable on board."

"My dear Frederick, you are talking quite idly. Pray, what would become of us poor sailors' wives, who often want to be conveyed to one port or another, after our husbands, if everybody had your feelings?"

"My feelings, you see, did not prevent my taking Mrs Harville and all her family to Plymouth."

"But I hate to hear you talking so like a fine gentleman, and as if women were all fine ladies, instead of rational creatures. We none of us expect to be in smooth water all our days."

"Ah! my dear," said the Admiral, "when he had got a wife, he will sing a different tune. When he is married, if we have the good luck to live to another war, we shall see him do as you and I, and a great many others, have done. We shall have him very thankful to anybody that will bring him his wife."

"Ay, that we shall."

"Now I have done," cried Captain Wentworth. "When once married people begin to attack me with, 'Oh! you will think very differently, when you are married.' I can only say, 'No, I shall not;' and then they say again, 'Yes, you will,' and there is an end of it."

He got up and moved away.

"What a great traveller you must have been, ma'am!" said Mrs Musgrove to Mrs Croft.

"Pretty well, ma'am in the fifteen years of my marriage; though many women have done more. I have crossed the Atlantic four times, and have been once to the East Indies, and back again, and only once; besides being in different places about home: Cork, and Lisbon, and Gibraltar. But I never went beyond the Streights, and never was in the West Indies. We do not call Bermuda or Bahama, you know, the West Indies."

Mrs Musgrove had not a word to say in dissent; she could not accuse herself of having ever called them anything in the whole course of her life.

"And I do assure you, ma'am," pursued Mrs Croft, "that nothing can exceed the accommodations of a man-of-war; I speak, you know, of the higher rates. When you come to a frigate, of course, you are more confined; though any reasonable woman may be perfectly happy in one of them; and I can safely say, that the happiest part of my life has been spent on board a ship. While we were together, you know, there was nothing to be feared. Thank God! I have always been blessed with excellent health, and no climate disagrees with me. A little disordered always the first twenty-four hours of going to sea, but never knew what sickness was afterwards. The only time I ever really suffered in body or mind, the only time that I ever fancied myself unwell, or had any ideas of danger, was the winter that I passed by myself at Deal, when the Admiral (Captain Croft then) was in the North Seas. I lived in perpetual fright at that time, and had all manner of imaginary complaints from not knowing what to do with myself, or when I should hear from him next; but as long as we could be together, nothing ever ailed me, and I never met with the smallest inconvenience."

"Aye, to be sure. Yes, indeed, oh yes! I am quite of your opinion, Mrs Croft," was Mrs Musgrove's hearty answer.

"There is nothing so bad as a separation. I am quite of your opinion. I know what it is, for Mr Musgrove always attends the assizes, and I am so glad when they are over, and he is safe back again."

The evening ended with dancing. On its being proposed, Anne offered her services, as usual; and though her eyes would sometimes fill with tears as she sat at the instrument, she was extremely glad to be employed, and desired nothing in return but to be unobserved.

It was a merry, joyous party, and no one seemed in higher spirits than Captain Wentworth. She felt that he had every thing to elevate him which general attention and deference, and especially the attention of all the young women, could do. The Miss Hayters, the females of the family of cousins already mentioned, were apparently admitted to the honour of being in love with him; and as for Henrietta and Louisa, they both seemed so entirely occupied by him, that nothing but the continued appearance of the most perfect good-will between themselves could have made it credible that they were not decided rivals. If he were a little spoilt by such universal, such eager admiration, who could wonder?

These were some of the thoughts which occupied Anne, while her fingers were mechanically at work, proceeding for half an hour together, equally without error, and without consciousness. Once she felt that he was looking at herself, observing her altered features, perhaps, trying to trace in them the ruins of the face which had once charmed him; and once she knew that he must have spoken of her; she was hardly aware of it, till she heard the answer; but then she was sure of his having asked his partner whether Miss Elliot never danced? The answer was, "Oh, no; never; she has quite given up dancing. She had rather play. She is never tired of playing." Once, too, he spoke to her. She had left the instrument on the dancing being over, and he had sat down to try to make out an air which he wished to give the Miss Musgroves an idea of. Unintentionally she returned to that part of the room; he saw her, and, instantly rising, said, with studied politeness:

"I beg your pardon, madam, this is your seat;" and though she immediately drew back with a decided negative, he was not to be induced to sit down again. Anne did not wish for more of such looks and speeches. His cold politeness, his ceremonious grace, were worse than anything.

CHAPTER IX

Captain Wentworth was come to Kellynch as to a home, to stay as long as he liked, being as thoroughly the object of the Admiral's fraternal kindness as of his wife's. He had intended, on first arriving, to proceed very soon into Shropshire, and visit the brother settled in that country, but the attractions of Uppercross induced him to put this off. There was so much of friendli-ness, and of flattery, and of everything most bewitching in his reception there; the old were so hospitable, the young so agreeable, that he could not but resolve to remain where he was, and take all the charms and perfections of Edward's wife upon credit a little longer.

It was soon Uppercross with him almost every day. The Musgroves could hardly be more ready to invite than he to come, particularly in the morning, when he had no companion at home, for the Admiral and Mrs Croft were generally out of doors together, interesting themselves in their new possessions, their grass, and their sheep, and dawdling about in a way not endurable to a third person, or driving out in a gig, lately added to their establishment.

Hitherto there had been but one opinion of Captain Wentworth among the Musgroves and their dependencies. It was unvarying, warm admiration everywhere; but this intimate footing was not more than established, when a certain Charles Hayter returned among them, to be a good deal disturbed by it, and to think Captain Wentworth very much in the way.

Charles Hayter was the eldest of all the cousins, and a very amiable, pleasing young man, between whom and Henrietta there had been a considerable appearance of attachment previous to Captain Wentworth's introduction. He was in orders; and having a curacy in the neighbourhood, where residence was not required, lived at his father's house, only two miles from Uppercross. A short absence from home had left his fair one unguarded by his attentions at this critical period, and when he came back he had the pain of finding very altered manners, and of seeing Captain Wentworth.

Mrs Musgrove and Mrs Hayter were sisters. They had each had money, but their marriages had made a material difference in their degree of consequence. Mr Hayter had some property of his own, but it was insignificant compared with Mr Musgrove's; and while the Musgroves were in the first class of society in the country, the young Hayters would, from their parents' inferior, retired, and unpolished way of living, and their own defective education, have been hardly in any class at all, but for their connexion with Uppercross, this eldest son of course excepted, who had chosen to be a scholar and a gentleman, and who was very superior in cultivation and manners to all the rest.

The two families had always been on excellent terms, there being no pride on one side, and no envy on the other, and only such a consciousness of superiority in the Miss Musgroves, as made them pleased to improve their cousins. Charles's attentions to Henrietta had been observed by her father and mother without any disapprobation. "It would not be a great match for her; but if Henrietta liked him," and Henrietta did seem to like him.

Henrietta fully thought so herself, before Captain Wentworth came; but from that time Cousin Charles had been very much forgotten.

Which of the two sisters was preferred by Captain Wentworth was as yet quite doubtful, as far as Anne's observation reached. Henrietta was perhaps the prettiest, Louisa had the higher spirits; and she knew not now, whether the more gentle or the more lively character were most likely to attract him.

Mr and Mrs Musgrove, either from seeing little, or from an entire confidence in the discretion of both their daughters, and of all the young men who came near them, seemed to leave everything to take its chance. There was not the smallest appearance of solicitude or remark about them in the Mansion-house; but it was different at the Cottage: the young couple there were more disposed to speculate and wonder; and Captain Wentworth had not been above four or five times in the Miss Musgroves' company, and Charles Hayter had but just reappeared, when Anne had to listen to the opinions of her brother and sister, as to which was the one liked best. Charles gave it for Louisa, Mary for Henrietta, but quite agreeing that to have him marry either could be extremely delightful.

Charles "had never seen a pleasanter man in his life; and from what he had once heard Captain Wentworth himself say, was very sure that he had not made less than twenty thousand pounds by the war. Here was a fortune at once; besides which, there would be the chance of what might be done in any future war; and he was sure Captain Wentworth was as likely a man to distinguish himself as any officer in the navy. Oh! it would be a capital match for either of his sisters."

"Upon my word it would," replied Mary. "Dear me! If he should rise to any very great honours! If he should ever be made a baronet! 'Lady Wentworth' sounds very well. That would be a noble thing, indeed, for Henrietta! She would take place of me then, and Henrietta would not dislike that. Sir Frederick and Lady Wentworth! It would be but a new creation, however, and I never think much of your new creations."

It suited Mary best to think Henrietta the one preferred on the very account of Charles Hayter, whose pretensions she wished to see put an end to. She looked down very decidedly upon the Hayters, and thought it would be quite a misfortune to have the existing connection between the families renewed, very sad for herself and her children.

"You know," said she, "I cannot think him at all a fit match for Henrietta; and considering the alliances which the Musgroves have made, she has no right to throw herself away. I do not think any young woman has a right to make a choice that may be disagreeable and inconvenient to the principal part of her family, and be giving bad connections to those who have not been used to them. And, pray, who is Charles Hayter? Nothing but a country curate. A most improper match for Miss Musgrove of Uppercross."

Her husband, however, would not agree with her here; for besides having a regard for his cousin, Charles Hayter was an eldest son, and he saw things as an eldest son himself.

"Now you are talking nonsense, Mary," was therefore his answer.

"It would not be a great match for Henrietta, but Charles has a very fair chance, through the Spicers, of getting something from the Bishop in the course of a year or two; and you will please to remember, that he is the eldest son; whenever my uncle dies, he steps into very pretty property. The estate at Winthrop is not less than two hundred and fifty acres, besides the farm near Taunton, which is some of the best land in the country. I grant you, that any of them but Charles would be a very shocking match for Henrietta, and indeed it could not be; he is the only one that could be possible; but he is a very good-natured, good sort of a fellow; and whenever Winthrop comes into his hands, he will make a different sort of place of it, and live in a very different sort of way; and with that property, he will never be a contemptible man; good, freehold property. No, no; Henrietta might do worse than marry Charles Hayter; and if she has him, and Louisa can get Captain Wentworth, I shall be very well satisfied."

"Charles may say what he pleases," cried Mary to Anne, as soon as he was out of the room, "but it would be shocking to have Henrietta marry Charles Hayter; a very bad thing for her, and still worse for me; and therefore it is very much to be wished that Captain Wentworth may soon put him quite out of her head, and I have very little doubt that he has. She took hardly any notice of Charles Hayter yesterday. I wish you had been there to see her behaviour. And as to Captain Wentworth's liking Louisa as well as Henrietta, it is nonsense to say so; for he certainly does like Henrietta a great deal the best. But Charles is so positive! I wish you had been with us yesterday, for then you might have decided between us; and I am sure you would have thought as I did, unless you had been determined to give it against me."

A dinner at Mr Musgrove's had been the occasion when all these things should have been seen by Anne; but she had staid at home, under the mixed plea of a headache of her own, and some return of indisposition in little Charles. She had thought only of avoiding Captain Wentworth; but an escape from being appealed to as umpire was now added to the advantages of a quiet evening.

As to Captain Wentworth's views, she deemed it of more consequence that he should know his own mind early enough not to be endangering the happiness of either sister, or impeaching his own honour, than that he should prefer Henrietta to Louisa, or Louisa to Henrietta. Either of them would, in all probability, make him an affectionate, good-humoured wife. With regard to Charles Hayter, she had delicacy which must be pained by any lightness of conduct in a well-meaning young woman, and a heart to sympathize in any of the sufferings it occasioned; but if Henrietta found herself mistaken in the nature of her feelings, the alternation could not be understood too soon.

Charles Hayter had met with much to disquiet and mortify him in his cousin's behaviour. She had too old a regard for him to be so wholly estranged as might in two meetings extinguish every past hope, and leave him nothing to do but to keep away from Uppercross: but there was such a change as became very alarming, when such a man as Captain Wentworth was to be regarded as the probable cause. He had been absent only two Sundays, and when they parted, had left her interested, even to the height of his wishes, in his prospect of soon quitting his present curacy, and obtaining that of Uppercross instead. It had then seemed the object nearest her heart, that Dr Shirley, the rector, who for more than forty years had been zealously discharging all the duties of his office, but was now growing too infirm for many of them, should be quite fixed on engaging a curate; should make his curacy quite as good as he could afford, and should give Charles Hayter the promise of it. The advantage of his having to come only to Uppercross, instead of going six miles another way; of his having, in every respect, a better curacy; of his belonging to their dear Dr Shirley, and of dear, good Dr Shirley's being relieved from the duty which he could no longer get through without most injurious fatigue, had been a great deal, even to Louisa, but had been almost everything to Henrietta. When he came back, alas! the zeal of the business was gone by. Louisa could not listen at all to his account of a conversation which he had just held with Dr Shirley: she was at a window, looking out for Captain Wentworth; and even Henrietta had at best only a divided attention to give, and seemed to have forgotten all the former doubt and solicitude of the negotiation.

"Well, I am very glad indeed: but I always thought you would have it; I always thought you sure. It did not appear to me that... in short, you know, Dr Shirley must have a curate, and you had secured his promise. Is he coming, Louisa?"

One morning, very soon after the dinner at the Musgroves, at which Anne had not been present, Captain Wentworth walked into the drawing-room at the Cottage, where were only herself and the little invalid Charles, who was lying on the sofa.

. The surprise of finding himself almost alone with Anne Elliot, deprived his manners of their usual composure: he started, and could only say, "I thought the Miss Musgroves had been here: Mrs Musgrove told me I should find them here," before he walked to the window to recollect himself, and feel how he ought to behave.

"They are up stairs with my sister: they will be down in a few moments, I dare say," had been Anne's reply, in all the confusion that was natural; and if the child had not called her to come and do something for him, she would have been out of the room the next moment, and released Captain Wentworth as well as herself.

He continued at the window; and after calmly and politely saying, "I hope the little boy is better," was silent.

She was obliged to kneel down by the sofa, and remain there to satisfy her patient; and thus they continued a few minutes, when, to her very great satisfaction, she heard some other person crossing the little vestibule. She hoped, on turning her head, to see the master of the house; but it proved to be one much less calculated for making matters easy – Charles Hayter, probably not at all better pleased by the sight of Captain Wentworth than Captain Wentworth had been by the sight of Anne.

She only attempted to say, "How do you do? Will you not sit down? The others will be here presently."

Captain Wentworth, however, came from his window, apparently not ill-disposed for conversation; but Charles Hayter soon put an end to his attempts by seating himself near the table, and taking up the newspaper; and Captain Wentworth returned to his window.

Another minute brought another addition. The younger boy, a remarkable stout, forward child, of two years old, having got the door opened for him by some one without, made his determined appearance among them, and went straight to the sofa to see what was going on, and put in his claim to anything good that might be giving away.

There being nothing to eat, he could only have some play; and as his aunt would not let him tease his sick brother, he began to fasten himself upon her, as she knelt, in such a way that, busy as she was about Charles, she could not shake him off. She spoke to him, ordered, entreated, and insisted in vain. Once she did contrive to push him away, but the boy had the greater pleasure in getting upon her back again directly.

"Walter," said she, "get down this moment. You are extremely troublesome. I am very angry with you."

"Walter," cried Charles Hayter, "why do you not do as you are bid? Do not you hear your aunt speak? Come to me, Walter, come to cousin Charles."

But not a bit did Walter stir.

In another moment, however, she found herself in the state of being released from him; some one was taking him from her, though he had bent down her head so much, that his little sturdy hands were unfastened from around her neck, and he was resolutely borne away, before she knew that Captain Wentworth had done it.

Her sensations on the discovery made her perfectly speechless. She could not even thank him. She could only hang over little Charles, with most disordered feelings. His kindness in stepping forward to her relief, the manner, the silence in which it had passed, the little particulars of the circumstance, with the conviction soon forced on her by the noise he was studiously making with the child, that he meant to avoid hearing her thanks, and rather sought to testify that her conversation was the last of his wants, produced such a confusion of varying, but very painful agitation, as she could not recover from, till enabled by the entrance of Mary and the Miss Musgroves to make over her little patient to their cares, and leave the room. She could not stay. It might have been an opportunity of watching the loves and jealousies of the four— they were now altogether; but she could stay for none of it. It was evident that Charles Hayter was not well inclined towards Captain Wentworth. She had a strong impression of his having said, in a vext tone of voice, after Captain Wentworth's interference, "You ought to have minded me, Walter; I told you not to teaze your aunt;" and could comprehend his regretting that Captain Wentworth should do what he ought to have done himself. But neither Charles Hayter's feelings, nor anybody's feelings, could interest her, till she had a little better arranged her own. She was ashamed of herself, quite ashamed of being so nervous, so overcome by such a trifle; but so it was, and it required a long application of solitude and reflection to recover her.

CHAPTER X

Other opportunities of making her observations could not fail to occur. Anne had soon been in company with all the four together often enough to have an opinion, though too wise to acknowledge as much at home, where she knew it would have satisfied neither husband nor wife; for while she considered Louisa to be rather the favourite, she could not but think, as far as she might dare to judge from memory and experience, that Captain Wentworth was not in love with either. They were more in love with him; yet there it was not love. It was a little fever of admiration; but it might, probably must, end in love with some. Charles Hayter seemed aware of being slighted, and yet Henrietta had sometimes the air of being divided between them. Anne longed for the power of representing to them all what they were about, and of pointing out some of the evils they were exposing themselves to. She did not attribute guile to any. It was the highest satisfaction to her to believe Captain Wentworth not in the least aware of the pain he was occasioning. There was no triumph, no pitiful triumph in his manner. He had, probably, never heard, and never thought of any claims of Charles Hayter. He was only wrong in accepting the attentions (for accepting must be the word) of two young women at once.

After a short struggle, however, Charles Hayter seemed to quit the field. Three days had passed without his coming once to Uppercross; a most decided change. He had even refused one regular invitation to dinner; and having been found on the occasion by Mr Musgrove with some large books before him, Mr and Mrs Musgrove were sure all could not be right, and talked, with grave faces, of his studying himself to death. It was Mary's hope and belief that he had received a positive dismissal from Henrietta, and her husband lived under the constant dependence of seeing him tomorrow. Anne could only feel that Charles Hayter was wise.

One morning, about this time Charles Musgrove and Captain Wentworth being gone a-shooting together, as the sisters in the Cottage were sitting quietly at work, they were visited at the window by the sisters from the Mansion-house.

It was a very fine November day, and the Miss Musgroves came through the little grounds, and stopped for no other purpose than to say, that they were going to take a long walk, and therefore concluded Mary could not like to go with them; and when Mary immediately replied, with some jealousy at not being supposed a good walker, "Oh, yes, I should like to join you very much, I am very fond of a long walk;" Anne felt persuaded, by the looks of the two girls, that it was precisely what they did not wish, and admired again the sort of necessity which the family habits seemed to produce, of everything being to be communicated, and everything being to be done together, however undesired and inconvenient. She tried to dissuade Mary from going, but in vain; and that being the case, thought it best to accept the Miss Musgroves' much more cordial invitation to herself to go likewise, as she might be useful in turning back with her sister, and lessening the interference in any plan of their own.

"I cannot imagine why they should suppose I should not like a long walk," said Mary, as she went up stairs. "Everybody is always supposing that I am not a good walker; and yet they would not have been pleased, if we had refused to join them. When people come in this manner on purpose to ask us, how can one say no?"

Just as they were setting off, the gentlemen returned. They had taken out a young dog, who had spoilt their sport, and sent them back early. Their time and strength, and spirits, were, therefore, exactly ready for this walk, and they entered into it with pleasure. Could Anne have foreseen such a junction, she would have staid at home; but, from some feelings of interest and curiosity, she fancied now that it was too late to retract, and the whole six set forward together in the direction chosen by the Miss Musgroves, who evidently considered the walk as under their guidance. Anne's object was, not to be in the way of anybody; and where the narrow paths across the fields made many separations necessary, to keep with her brother and sister. Her pleasure in the walk must arise from the exercise and the day, from the view of the last smiles of the year upon the tawny leaves, and withered hedges, and from repeating to herself some few of the thousand poetical descriptions extant of autumn, that season of peculiar and inexhaustible influence on the mind of taste and tenderness, that season which had drawn from every poet, worthy of being read, some attempt at description, or some lines of feeling. She occupied her mind as much as possible in such like musings and quotations; but it was not possible, that when within reach of Captain Wentworth's conversation with either of the Miss Musgroves, she should not try to hear it; yet she caught little very remarkable. It was mere lively chat, such as any young persons, on an intimate footing, might fall into. He was more engaged with Louisa than with Henrietta. Louisa certainly put more forward for his notice than her sister. This distinction appeared to increase, and there was one speech of Louisa's which struck her. After one of the many praises of the day, which were continually bursting forth, Captain Wentworth added:

"What glorious weather for the Admiral and my sister! They meant to take a long drive this morning; perhaps we may hail them from some of these hills. They talked of coming into this side of the country. I wonder whereabouts they will upset today. Oh! it does happen very often, I assure you; but my sister makes nothing of it; she would as lieve be tossed out as not."

"Ah! You make the most of it, I know," cried Louisa, "but if it were really so, I should do just the same in her place. If I loved a man, as she loves the Admiral, I would always be with him, nothing should ever separate us, and I would rather be overturned by him, than driven safely by anybody else."

It was spoken with enthusiasm.

"Had you?" cried he, catching the same tone; "I honour you!" And there was silence between them for a little while.

Anne could not immediately fall into a quotation again. The sweet scenes of autumn were for a while put by, unless some tender sonnet, fraught with the apt analogy of the declining year, with declining happiness, and the images of youth and hope, and spring, all gone together, blessed her memory. She roused herself to say, as they struck by order into another path, "Is not this one of the ways to Winthrop?" But nobody heard, or, at least, nobody answered her.

Winthrop, however, or its environs – for young men are, sometimes to be met with, strolling about near home – was their destination; and after another half mile of gradual ascent through large enclosures, where the ploughs at work, and the fresh made path spoke the farmer counteracting the sweets of poetical despondence, and meaning to have spring again, they gained the summit of the most considerable hill, which parted Uppercross and Winthrop, and soon commanded a full view of the latter, at the foot of the hill on the other side.

Winthrop, without beauty and without dignity, was stretched before them an indifferent house, standing low, and hemmed in by the barns and buildings of a farm-yard.

Mary exclaimed, "Bless me! here is Winthrop. I declare I had no idea! Well now, I think we had better turn back; I am excessively tired."

Henrietta, conscious and asham-ed, and seeing no cousin Charles walking along any path, or leaning against any gate, was ready to do as Mary wished; but "No!" said Charles Musgrove, and "No, no!" cried Louisa more eagerly, and taking her sister aside, seemed to be arguing the matter warmly.

Charles, in the meanwhile, was very decidedly declaring his resolution of calling on his aunt, now that he was so near; and very evidently, though more fearfully, trying to induce his wife to go too. But this was one of the points on which the lady shewed her strength; and when he recommended the advantage of resting herself a quarter of an hour at Winthrop, as she felt so tired, she resolutely answered, "Oh! no, indeed! walking up that hill again would do her more harm than any sitting down could do her good;" and, in short, her look and manner declared, that go she would not.

After a little succession of these sort of debates and consultations, it was settled between Charles and his two sisters, that he and Henrietta should just run down for a few minutes, to see their aunt and cousins, while the rest of the party waited for them at the top of the hill. Louisa seemed the principal arranger of the plan; and, as she went a little way with them, down the hill, still talking to Henrietta, Mary took the opportunity of looking scornfully around her, and saying to Captain Wentworth:

"It is very unpleasant, having such connexions! But, I assure you, I have never been in the house above twice in my life."

She received no other answer, than an artificial, assenting smile, followed by a contemptuous glance, as he turned away, which Anne perfectly knew the meaning of.

The brow of the hill, where they remained, was a cheerful spot: Louisa returned; and Mary, finding a comfortable seat for herself on the step of a stile, was very well satisfied so long as the others all stood about her; but when Louisa drew Captain Wentworth away, to try for a gleaning of nuts in an adjoining hedge-row, and they were gone by degrees quite out of sight and sound, Mary was happy no longer; she quarrelled with her own seat, was sure Louisa had got a much better somewhere, and nothing could prevent her from going to look for a better also. She turned through the same gate, but could not see them. Anne found a nice seat for her, on a dry sunny bank, under the hedge-row, in which she had no doubt of their still being, in some spot or other. Mary sat down for a moment, but it would not do; she was sure Louisa had found a better seat somewhere else, and she would go on till she overtook her.

Anne, really tired herself, was glad to sit down; and she very soon heard Captain Wentworth and Louisa in the hedge-row, behind her, as if making their way back along the rough, wild sort of channel, down the centre. They were speaking as they drew near. Louisa's voice was the first distinguished. She seemed to be in the middle of some eager speech. What Anne first heard was;

"And so, I made her go. I could not bear that she should be frightened from the visit by such nonsense. What! would I be turned back from doing a thing that I had determined to do, and that I knew to be right, by the airs and interference of such a person, or of any person I may say? No, I have no idea of being so easily persuaded. When I have made up my mind, I have made it; and Henrietta seemed entirely to have made up hers to call at Winthrop today; and yet, she was as near giving it up, out of nonsensical complaisance!"

"She would have turned back then, but for you?"

"She would indeed. I am almost ashamed to say it."

"Happy for her, to have such a mind as yours at hand! After the hints you gave just now, which did but confirm my own observations, the last time I was in company with him, I need not affect to have no comprehension of what is going on. I see that more than a mere dutiful morning visit to your aunt was in question; and woe betide him, and her too, when it comes to things of consequence, when they are placed in circumstances requiring fortitude and strength of mind, if she have not resolution enough to resist idle interference in such a trifle as this. Your sister is an amiable creature; but yours is the character of decision and firmness, I see. If you value her conduct or happiness, infuse as much of your own spirit into her as you can. But this, no doubt, you have been always doing. It is the worst evil of too yielding and indecisive a character, that no influence over it can be depended on. You are never sure of a good impression being durable; everybody may sway it. Let those who would be happy be firm. Here is a nut," said he, catching one down from an upper bough, "to exemplify: a beautiful glossy nut, which, blessed with original strength, has outlived all the storms of autumn. Not a puncture, not a weak spot anywhere. This nut," he continued, with playful solemnity, "while so many of his brethren have fallen and been trodden under foot, is still in possession of all the happiness that a hazel nut can be supposed capable of." Then returning to his former earnest tone "My first wish for all whom I am interested in, is that they should be firm. If Louisa Musgrove would be beautiful and happy in her November of life, she will cherish all her present powers of mind."

He had done, and was unanswered. It would have surprised Anne if Louisa could have readily answered such a speech: words of such interest, spoken with such serious warmth! She could imagine what Louisa was feeling. For herself, she feared to move, lest she should be seen. While she remained, a bush of low rambling holly protected her, and they were moving on. Before they were beyond her hearing, however, Louisa spoke again:

"Mary is good-natured enough in many respects," said she; "but she does sometimes provoke me excessively, by her nonsense and pride, the Elliot pride. She has a great deal too much of the Elliot pride. We do so wish that Charles had married Anne instead. I suppose you know he wanted to marry Anne?"

After a moment's pause, Captain Wentworth said: "Do you mean that she refused him?"

"Oh! yes; certainly."

"When did that happen?"

"I do not exactly know, for Henrietta and I were at school at the time; but I believe about a year before he married Mary. I wish she had accepted him. We should all have liked her a great deal better; and papa and mamma always think it was her great friend Lady Russell's doing, that she did not. They think Charles might not be learned and bookish enough to please Lady Russell, and that therefore, she persuaded Anne to refuse him."

The sounds were retreating, and Anne distinguished no more. Her own emotions still kept her fixed. She had much to recover from, before she could move. The listener's proverbial fate was not absolutely hers; she had heard no evil of herself, but she had heard a great deal of very painful import. She saw how her own character was considered by Captain Wentworth, and there had been just that degree of feeling and curiosity about her in his manner which must give her extreme agitation.

As soon as she could, she went after Mary, and having found, and walked back with her to their former station, by the stile, felt some comfort in their whole party being immediately afterwards collected, and once more in motion together. Her spirits wanted the solitude and silence which only numbers could give.

Charles and Henrietta returned, bringing, as may be conjectured, Charles Hayter with them. The minutiae of the business Anne could not attempt to understand; even Captain Wentworth did not seem admitted to perfect confidence here; but that there had been a withdrawing on the gentleman's side, and a relenting on the lady's, and that they were now very glad to be together again, did not admit a doubt. Henrietta looked a little ashamed, but very well pleased; Charles Hayter exceedingly happy: and they were devoted to each other almost from the first instant of their all setting forward for Uppercross.

Everything now marked out Louisa for Captain Wentworth; nothing could be plainer; and where many divisions were necessary, or even where they were not, they walked side by side nearly as much as the other two. In a long strip of meadow land, where there was ample space for all, they were thus divided, forming three distinct parties; and to that party of the three which boasted least animation, and least complaisance, Anne necessarily belonged. She joined Charles and Mary, and was tired enough to be very glad of Charles's other arm; but Charles, though in very good humour with her, was out of temper with his wife. Mary had shewn herself disobliging to him, and was now to reap the consequence, which consequence was his dropping her arm almost every moment to cut off the heads of some nettles in the hedge with his switch; and when Mary began to complain of it, and lament her being ill-used, according to custom, in being on the hedge side, while Anne was never incommoded on the other, he dropped the arms of both to hunt after a weasel which he had a momentary glance of, and they could hardly get him along at all.

This long meadow bordered a lane, which their footpath, at the end of it was to cross, and when the party had all reached the gate of exit, the carriage advancing in the same direction, which had been some time heard, was just coming up, and proved to be Admiral Croft's gig. He and his wife had taken their intended drive, and were returning home. Upon hearing how long a walk the young people had engaged in, they kindly offered a seat to any lady who might be particularly tired; it would save her a full mile, and they were going through Uppercross. The invitation was general, and generally declined. The Miss Musgroves were not at all tired, and Mary was either offended, by not being asked before any of the others, or what Louisa called the Elliot pride could not endure to make a third in a one horse chaise.

The walking party had crossed the lane, and were surmounting an opposite stile, and the Admiral was putting his horse in motion again, when Captain Wentworth cleared the hedge in a moment to say something to his sister. The something might be guessed by its effects.

"Miss Elliot, I am sure you are tired," cried Mrs Croft. "Do let us have the pleasure of taking you home. Here is excellent room for three, I assure you. If we were all like you, I believe we might sit four. You must, indeed, you must."

Anne was still in the lane; and though instinctively beginning to decline, she was not allowed to proceed. The Admiral's kind urgency came in support of his wife's; they would not be refused; they compressed themselves into the smallest possible space to leave her a corner, and Captain Wentworth, without saying a word, turned to her, and quietly obliged her to be assisted into the carriage.

Yes; he had done it. She was in the carriage, and felt that he had placed her there, that his will and his hands had done it, that she owed it to his perception of her fatigue, and his resolution to give her rest. She was very much affected by the view of his disposition towards her, which all these things made apparent. This little circumstance seemed the completion of all that had gone before. She understood him. He could not forgive her, but he could not be unfeeling. Though condemning her for the past, and considering it with high and unjust resentment, though perfectly careless of her, and though becoming attached to another, still he could not see her suffer, without the desire of giving her relief. It was a remainder of former sentiment; it was an impulse of pure, though unacknowledged friendship; it was a proof of his own warm and amiable heart, which she could not contemplate without emotions so compounded of pleasure and pain, that she knew not which prevailed.

Her answers to the kindness and the remarks of her companions were at first unconsciously given. They had travelled half their way along the rough lane, before she was quite awake to what they said. She then found them talking of "Frederick."

"He certainly means to have one or other of those two girls, Sophy," said the Admiral; "but there is no saying which. He has been running after them, too, long enough, one would think, to make up his mind. Ay, this comes of the peace. If it were war now, he would have settled it long ago. We sailors, Miss Elliot, cannot afford to make long courtships in time of war. How many days was it, my dear, between the first time of my seeing you and our sitting down together in our lodgings at North Yarmouth?"

"We had better not talk about it, my dear," replied Mrs Croft, pleasantly; "for if Miss Elliot were to hear how soon we came to an understanding, she would never be persuaded that we could be happy together. I had known you by character, however, long before."

"Well, and I had heard of you as a very pretty girl, and what were we to wait for besides? I do not like having such things so long in hand. I wish Frederick would spread a little more canvass, and bring us home one of these young ladies to Kellynch. Then there would always be company for them. And very nice young ladies they both are; I hardly know one from the other."

"Very good humoured, unaffected girls, indeed," said Mrs Croft, in a tone of calmer praise, such as made Anne suspect that her keener powers might not consider either of them as quite worthy of her brother; "and a very respectable family. One could not be connected with better people. My dear Admiral, that post! we shall certainly take that post."

But by coolly giving the reins a better direction herself they happily passed the danger; and by once afterwards judiciously putting out her hand they neither fell into a rut, nor ran foul of a dung-cart; and Anne, with some amusement at their style of driving, which she imagined no bad representation of the general guidance of their affairs, found herself safely deposited by them at the Cottage.

CHAPTER XI

The time now approached for Lady Russell's return: the day was even fixed; and Anne, being engaged to join her as soon as she was resettled, was looking forward to an early removal to Kellynch, and beginning to think how her own comfort was likely to be affected by it.

It would place her in the same village with Captain Wentworth, within half a mile of him; they would have to frequent the same church, and there must be intercourse between the two families. This was against her; but on the other hand, he spent so much of his time at Uppercross, that in removing thence she might be considered rather as leaving him behind, than as going towards him; and, upon the whole, she believed she must, on this interesting question, be the gainer, almost as certainly as in her change of domestic society, in leaving poor Mary for Lady Russell.

She wished it might be possible for her to avoid ever seeing Captain Wentworth at the Hall: those rooms had witnessed former meetings which would be brought too painfully before her; but she was yet more anxious for the possibility of Lady Russell and Captain Wentworth never meeting anywhere. They did not like each other, and no renewal of acquaintance now could do any good; and were Lady Russell to see them together, she might think that he had too much self-possession, and she too little.

These points formed her chief solicitude in anticipating her removal from Uppercross, where she felt she had been stationed quite long enough. Her usefulness to little Charles would always give some sweetness to the memory of her two months' visit there, but he was gaining strength apace, and she had nothing else to stay for.

The conclusion of her visit, however, was diversified in a way which she had not at all imagined. Captain Wentworth, after being unseen and unheard of at Uppercross for two whole days, appeared again among them to justify himself by a relation of what had kept him away.

A letter from his friend, Captain Harville, having found him out at last, had brought intelligence of Captain Harville's being settled with his family at Lyme for the winter; of their being therefore, quite unknowingly, within twenty miles of each other. Captain Harville had never been in good health since a severe wound which he received two years before, and Captain Wentworth's anxiety to see him had determined him to go immediately to Lyme. He had been there for four-and-twenty hours. His acquittal was complete, his friendship warmly honoured, a lively interest excited for his friend, and his description of the fine country about Lyme so feelingly attended to by the party, that an earnest desire to see Lyme themselves, and a project for going thither was the consequence.

The young people were all wild to see Lyme. Captain Wentworth talked of going there again himself, it was only seventeen miles from Uppercross; though November, the weather was by no means bad; and, in short, Louisa, who was the most eager of the eager, having formed the resolution to go, and besides the pleasure of doing as she liked, being now armed with the idea of merit in maintaining her own way, bore down all the wishes of her father and mother for putting it off till summer; and to Lyme they were to go – Charles, Mary, Anne, Henrietta, Louisa, and Captain Wentworth.

The first heedless scheme had been to go in the morning and return at night; but to this Mr Musgrove, for the sake of his horses, would not consent; and when it came to be rationally considered, a day in the middle of November would not leave much time for seeing a new place, after deducting seven hours, as the nature of the country required, for going and returning. They were, consequently, to stay the night there, and not to be expected back till the next day's dinner. This was felt to be a considerable amendment; and though they all met at the Great House at rather an early breakfast hour, and set off very punctually, it was so much past noon before the two carriages, Mr Musgrove's coach containing the four ladies, and Charles's curricle, in which he drove Captain Wentworth, were descending the long hill into Lyme, and entering upon the still steeper street of the town itself, that it was very evident they would not have more than time for looking about them, before the light and warmth of the day were gone.

After securing accommodations, and ordering a dinner at one of the inns, the next thing to be done was unquestionably to walk directly down to the sea. They were come too late in the year for any amusement or variety which Lyme, as a public place, might offer. The rooms were shut up, the lodgers almost all gone, scarcely any family but of the residents left; and, as there is nothing to admire in the buildings themselves, the remarkable situation of the town, the principal street almost hurrying into the water, the walk to the Cobb, skirting round the pleasant little bay, which, in the season, is animated with bathing machines and company; the Cobb itself, its old wonders and new improvements, with the very beautiful line of cliffs stretching out to the east of the town, are what the stranger's eye will seek; and a very strange stranger it must be, who does not see charms in the immediate environs of Lyme, to make him wish to know it better. The scenes in its neighbourhood, Charmouth, with its high grounds and extensive sweeps of country, and still more, its sweet, retired bay, backed by dark cliffs, where fragments of low rock among the sands, make it the happiest spot for watching the flow of the tide, for sitting in unwearied contemplation; the woody varieties of the cheerful village of Up Lyme; and, above all, Pinny, with its green chasms between romantic rocks, where the scattered forest trees and orchards of luxuriant growth, declare that many a generation must have passed away since the first partial falling of the cliff prepared the ground for such a state, where a scene so wonderful and so lovely is exhibited, as may more than equal any of the resembling scenes of the far-famed Isle of Wight: these places must be visited, and visited again, to make the worth of Lyme understood.

The party from Uppercross passing down by the now deserted and melancholy looking rooms, and still descending, soon found themselves on the sea-shore; and lingering only, as all must linger and gaze on a first return to the sea, who ever deserved to look on it at all, proceeded towards the Cobb, equally their object in itself and on Captain Wentworth's account: for in a small house, near the foot of an old pier of unknown date, were the Harvilles settled. Captain Wentworth turned in to call on his friend; the others walked on, and he was to join them on the Cobb.

They were by no means tired of wondering and admiring; and not even Louisa seemed to feel that they had parted with Captain Wentworth long, when they saw him coming after them, with three companions, all well known already, by description, to be Captain and Mrs Harville, and a Captain Benwick, who was staying with them.

Captain Benwick had some time ago been first lieutenant of the Laconia; and the account which Captain Wentworth had given of him, on his return from Lyme before, his warm praise of him as an excellent young man and an officer, whom he had always valued highly, which must have stamped him well in the esteem of every listener, had been followed by a little history of his private life, which rendered him perfectly interesting in the eyes of all the ladies. He had been engaged to Captain Harville's sister, and was now mourning her loss. They had been a year or two waiting for fortune and promotion. Fortune came, his prize-money as lieutenant being great; promotion, too, came at last; but Fanny Harville did not live to know it. She had died the preceding summer while he was at sea. Captain Wentworth believed it impossible for man to be more attached to woman than poor Benwick had been to Fanny Harville, or to be more deeply afflicted under the dreadful change. He considered his disposition as of the sort which must suffer heavily, uniting very strong feelings with quiet, serious, and retiring manners, and a decided taste for reading, and sedentary pursuits. To finish the interest of the story, the friendship between him and the Harvilles seemed, if possible, augmented by the event which closed all their views of alliance, and Captain Benwick was now living with them entirely. Captain Harville had taken his present house for half a year; his taste, and his health, and his fortune, all directing him to a residence inexpensive, and by the sea; and the grandeur of the country, and the retirement of Lyme in the winter, appeared exactly adapted to Captain Benwick's state of mind. The sympathy and good-will excited towards Captain Benwick was very great.

"And yet," said Anne to herself, as they now moved forward to meet the party, "he has not, perhaps, a more sorrowing heart than I have. I cannot believe his prospects so blighted for ever. He is younger than I am; younger in feeling, if not in fact; younger as a man. He will rally again, and be happy with another."

They all met, and were introduced. Captain Harville was a tall, dark man, with a sensible, benevolent countenance; a little lame; and from strong features and want of health, looking much older than Captain Wentworth. Captain Benwick looked, and was, the youngest of the three, and, compared with either of them, a little man. He had a pleasing face and a melancholy air, just as he ought to have, and drew back from conversation.

Captain Harville, though not equalling Captain Wentworth in manners, was a perfect gentleman, unaffected, warm, and obliging. Mrs Harville, a degree less polished than her husband, seemed, however, to have the same good feelings; and nothing could be more pleasant than their desire of considering the whole party as friends of their own, because the friends of Captain Wentworth, or more kindly hospitable than their entreaties for their all promising to dine with them. The dinner, already ordered at the inn, was at last, though unwillingly, accepted as an excuse; but they seemed almost hurt that Captain Wentworth should have brought any such party to Lyme, without considering it as a thing of course that they should dine with them.

There was so much attachment to Captain Wentworth in all this, and such a bewitching charm in a degree of hospitality so uncommon, so unlike the usual style of give-and-take invitations, and dinners of formality and display, that Anne felt her spirits not likely to be benefited by an increasing acquaintance among his brother-officers. "These would have been all my friends," was her thought; and she had to struggle against a great tendency to lowness.

On quitting the Cobb, they all went in-doors with their new friends, and found rooms so small as none but those who invite from the heart could think capable of accommodating so many. Anne had a moment's astonishment on the subject herself; but it was soon lost in the pleasanter feelings which sprang from the sight of all the ingenious contrivances and nice arrangements of Captain Harville, to turn the actual space to the best account, to supply the deficiencies of lodging-house furniture, and defend the windows and doors against the winter storms to be expected. The varieties in the fitting-up of the rooms, where the common necessaries provided by the owner, in the common indifferent plight, were contrasted with some few articles of a rare species of wood, excellently worked up, and with something curious and valuable from all the distant countries Captain Harville had visited, were more than amusing to Anne; connected as it all was with his profession, the fruit of its labours, the effect of its influence on his habits, the picture of repose and domestic happiness it presented, made it to her a something more, or less, than gratification.

Captain Harville was no reader; but he had contrived excellent accommodations, and fashioned very pretty shelves, for a tolerable collection of well-bound volumes, the property of Captain Benwick. His lameness prevented him from taking much exercise; but a mind of usefulness and ingenuity seemed to furnish him with constant employment within. He drew, he varnished, he carpentered, he glued; he made toys for the children; he fashioned new netting-needles and pins with improvements; and if everything else was done, sat down to his large fishing-net at one corner of the room.

Anne thought she left great happiness behind her when they quitted the house; and Louisa, by whom she found herself walking, burst forth into raptures of admiration and delight on the character of the navy; their friendliness, their brotherliness, their openness, their uprightness; protesting that she was convinced of sailors having more worth and warmth than any other set of men in England; that they only knew how to live, and they only deserved to be respected and loved.

They went back to dress and dine; and so well had the scheme answered already, that nothing was found amiss; though its being "so entirely out of season," and the "no thoroughfare of Lyme," and the "no expectation of company," had brought many apologies from the heads of the inn.

Anne found herself by this time growing so much more hardened to being in Captain Wentworth's company than she had at first imagined could ever be, that the sitting down to the same table with him now, and the interchange of the common civilities attending on it (they never got beyond), was become a mere nothing.

The nights were too dark for the ladies to meet again till the morrow, but Captain Harville had promised them a visit in the evening; and he came, bringing his friend also, which was more than had been expected, it having been agreed that Captain Benwick had all the appearance of being oppressed by the presence of so many strangers. He ventured among them again, however, though his spirits certainly did not seem fit for the mirth of the party in general.

While Captains Wentworth and Harville led the talk on one side of the room, and by recurring to former days, supplied anecdotes in abundance to occupy and entertain the others, it fell to Anne's lot to be placed rather apart with Captain Benwick; and a very good impulse of her nature obliged her to begin an acquaintance with him. He was shy, and disposed to abstraction; but the engaging mildness of her countenance, and gentleness of her manners, soon had their effect; and Anne was well repaid the first trouble of exertion. He was evidently a young man of considerable taste in reading, though principally in poetry; and besides the persuasion of having given him at least an evening's indulgence in the discussion of subjects, which his usual companions had probably no concern in, she had the hope of being of real use to him in some suggestions as to the duty and benefit of struggling against affliction, which had naturally grown out of their conversation. For, though shy, he did not seem reserved; it had rather the appearance of feelings glad to burst their usual restraints; and having talked of poetry, the richness of the present age, and gone through a brief comparison of opinion as to the first-rate poets, trying to ascertain whether Marmion or The Lady of the Lake were to be preferred, and how ranked the Giaour and The Bride of Abydos; and moreover, how the Giaour was to be pronounced, he showed himself so intimately acquainted with all the tenderest songs of the one poet, and all the impassioned descriptions of hopeless agony of the other; he repeated, with such tremulous feeling, the various lines which imaged a broken heart, or a mind destroyed by wretchedness, and looked so entirely as if he meant to be understood, that she ventured to hope he did not always read only poetry, and to say, that she thought it was the misfortune of poetry to be seldom safely enjoyed by those who enjoyed it completely; and that the strong feelings which alone could estimate it truly were the very feelings which ought to taste it but sparingly.

His looks shewing him not pained, but pleased with this allusion to his situation, she was emboldened to go on; and feeling in herself the right of seniority of mind, she ventured to recommend a larger allowance of prose in his daily study; and on being requested to particularize, mentioned such works of our best moralists, such collections of the finest letters, such memoirs of characters of worth and suffering, as occurred to her at the moment as calculated to rouse and fortify the mind by the highest precepts, and the strongest examples of moral and religious endurances.

Captain Benwick listened attentively, and seemed grateful for the interest implied; and though with a shake of the head, and sighs which declared his little faith in the efficacy of any books on grief like his, noted down the names of those she recommended, and promised to procure and read them.

When the evening was over, Anne could not but be amused at the idea of her coming to Lyme to preach patience and resignation to a young man whom she had never seen before; nor could she help fearing, on more serious reflection, that, like many other great moralists and preachers, she had been eloquent on a point in which her own conduct would ill bear examination.

CHAPTER XII

Anne and Henrietta, finding themselves the earliest of the party the next morning, agreed to stroll down to the sea before breakfast. They went to the sands, to watch the flowing of the tide, which a fine south-easterly breeze was bringing in with all the grandeur which so flat a shore admitted. They praised the morning; gloried in the sea; sympathized in the delight of the fresh-feeling breeze and were silent; till Henrietta suddenly began again with

"Oh! yes, I am quite convinced that, with very few exceptions, the sea-air always does good. There can be no doubt of its having been of the greatest service to Dr Shirley, after his illness, last spring twelve-month. He declares himself, that coming to Lyme for a month, did him more good than all the medicine he took; and, that being by the sea, always makes him feel young again. Now, I cannot help thinking it a pity that he does not live entirely by the sea. I do think he had better leave Uppercross entirely, and fix at Lyme. Do not you, Anne? Do not you agree with me, that it is the best thing he could do, both for himself and Mrs Shirley? She has cousins here, you know, and many acquaintance, which would make it cheerful for her, and I am sure she would be glad to get to a place where she could have medical attendance at hand, in case of his having another seizure. Indeed I think it quite melancholy to have such excellent people as Dr and Mrs Shirley, who have been doing good all their lives, wearing out their last days in a place like Uppercross, where, excepting our family, they seem shut out from all the world. I wish his friends would propose it to him. I really think they ought. And, as to procuring a dispensation, there could be no difficulty at his time of life, and with his character. My only doubt is, whether anything could persuade him to leave his parish. He is so very strict and scrupulous in his notions; over-scrupulous I must say. Do not you think, Anne, it is being over-scrupulous? Do not you think it is quite a mistaken point of conscience, when a clergyman sacrifices his health for the sake of duties, which may be just as well performed by another person? And at Lyme too, only seventeen miles off, he would be near enough to hear, if people thought there was anything to complain of."

Anne smiled more than once to herself during this speech, and entered into the subject, as ready to do good by entering into the feelings of a young lady as of a young man, though here it was good of a lower standard, for what could be offered but general acquiescence? She said all that was reasonable and proper on the business; felt the claims of Dr Shirley to repose as she ought; saw how very desirable it was that he should have some active, respectable young man, as a resident curate, and was even courteous enough to hint at the advantage of such resident curate's being married.

"I wish," said Henrietta, very well pleased with her companion, "I wish Lady Russell lived at Uppercross, and were intimate with Dr Shirley. I have always heard of Lady Russell as a woman of the greatest influence with everybody! I always look upon her as able to persuade a person to anything! I am afraid of her, as I have told you before, quite afraid of her, because she is so very clever; but I respect her amazingly, and wish we had such a neighbour at Uppercross."

Anne was amused by Henrietta's manner of being grateful, and amused also that the course of events and the new interests of Henrietta's views should have placed her friend at all in favour with any of the Musgrove family; she had only time, however, for a general answer, and a wish that such another woman were at Uppercross, before all subjects suddenly ceased, on seeing Louisa and Captain Wentworth coming towards them.

They came also for a stroll till breakfast was likely to be ready; but Louisa recollecting, immediately afterwards that she had something to procure at a shop, invited them all to go back with her into the town. They were all at her disposal.

When they came to the steps, leading upwards from the beach, a gentleman, at the same moment preparing to come down, politely drew back, and stopped to give them way. They ascended and passed him; and as they passed, Anne's face caught his eye, and he looked at her with a degree of earnest admiration, which she could not be insensible of. She was looking remarkably well; her very regular, very pretty features, having the bloom and freshness of youth restored by the fine wind which had been blowing on her complexion, and by the animation of eye which it had also produced. It was evident that the gentleman, (completely a gentleman in manner) admired her exceedingly. Captain Wentworth looked round at her instantly in a way which shewed his noticing of it. He gave her a momentary glance, a glance of brightness, which seemed to say, "That man is struck with you, and even I, at this moment, see something like Anne Elliot again."

After attending Louisa through her business, and loitering about a little longer, they returned to the inn; and Anne, in passing afterwards quickly from her own chamber to their dining-room, had nearly run against the very same gentleman, as he came out of an adjoining apartment. She had before conjectured him to be a stranger like themselves, and determined that a well-looking groom, who was strolling about near the two inns as they came back, should be his servant. Both master and man being in mourning assisted the idea. It was now proved that he belonged to the same inn as themselves; and this second meeting, short as it was, also proved again by the gentleman's looks, that he thought hers very lovely, and by the readiness and propriety of his apologies, that he was a man of exceedingly good manners. He see med about thirty, and though not handsome, had an agreeable person. Anne felt that she should like to know who he was.

They had nearly done breakfast, when the sound of a carriage, (almost the first they had heard since entering Lyme) drew half the party to the window. It was a gentleman's carriage, a curricle, but only coming round from the stable-yard to the front door; somebody must be going away. It was driven by a servant in mourning.

The word curricle made Charles Musgrove jump up that he might compare it with his own; the servant in mourning roused Anne's curiosity, and the whole six were collected to look, by the time the owner of the curricle was to be seen issuing from the door amidst the bows and civilities of the household, and taking his seat, to drive off.

"Ah!" cried Captain Wentworth, instantly, and with half a glance at Anne, "it is the very man we passed."

The Miss Musgroves agreed to it; and having all kindly watched him as far up the hill as they could, they returned to the breakfast table. The waiter came into the room soon afterwards.

"Pray," said Captain Wentworth, immediately, "can you tell us the name of the gentleman who is just gone away?"

"Yes, Sir, a Mr Elliot, a gentleman of large fortune, came in last night from Sidmouth. Dare say you heard the carriage, sir, while you were at dinner; and going on now for Crewkherne, in his way to Bath and London."

"Elliot!" Many had looked on each other, and many had repeated the name, before all this had been got through, even by the smart rapidity of a waiter.

"Bless me!" cried Mary; "it must be our cousin; it must be our Mr Elliot, it must, indeed! Charles, Anne, must not it? In mourning, you see, just as our Mr Elliot must be. How very extraordinary! In the very same inn with us! Anne, must not it be our Mr Elliot? my father's next heir? Pray sir," turning to the waiter, "did not you hear, did not his servant say whether he belonged to the Kellynch family?"

"No, ma'am, he did not mention no particular family; but he said his master was a very rich gentleman, and would be a baronight some day."

"There! you see!" cried Mary in an ecstasy, "just as I said! Heir to Sir Walter Elliot! I was sure that would come out, if it was so. Depend upon it, that is a circumstance which his servants take care to publish, wherever he goes. But, Anne, only conceive how extraordinary! I wish I had looked at him more. I wish we had been aware in time, who it was, that he might have been introduced to us. What a pity that we should not have been introduced to each other! Do you think he had the Elliot countenance? I hardly looked at him, I was looking at the horses; but I think he had something of the Elliot countenance, I wonder the arms did not strike me! Oh! the great-coat was hanging over the panel, and hid the arms, so it did; otherwise, I am sure, I should have observed them, and the livery too; if the servant had not been in mourning, one should have known him by the livery."

"Putting all these very extraordinary circumstances together," said Captain Wentworth, "we must consider it to be the arrangement of Providence, that you should not be introduced to your cousin."

When she could command Mary's attention, Anne quietly tried to convince her that their father and Mr Elliot had not, for many years, been on such terms as to make the power of attempting an introduction at all desirable.

At the same time, however, it was a secret gratification to herself to have seen her cousin, and to know that the future owner of Kellynch was undoubtedly a gentleman, and had an air of good sense. She would not, upon any account, mention her having met with him the second time; luckily Mary did not much attend to their having passed close by him in their earlier walk, but she would have felt quite ill-used by Anne's having actually run against him in the passage, and received his very polite excuses, while she had never been near him at all; no, that cousinly little interview must remain a perfect secret.

"Of course," said Mary, "you will mention our seeing Mr Elliot, the next time you write to Bath. I think my father certainly ought to hear of it; do mention all about him."

Anne avoided a direct reply, but it was just the circumstance which she considered as not merely unnecessary to be communicated, but as what ought to be suppressed. The offence which had been given her father, many years back, she knew; Elizabeth's particular share in it she suspected; and that Mr Elliot's idea always produced irritation in both was beyond a doubt. Mary never wrote to Bath herself; all the toil of keeping up a slow and unsatisfactory correspondence with Elizabeth fell on Anne.

Breakfast had not been long over, when they were joined by Captain and Mrs Harville and Captain Benwick; with whom they had appointed to take their last walk about Lyme. They ought to be setting off for Uppercross by one, and in the mean while were to be all together, and out of doors as long as they could.

Anne found Captain Benwick getting near her, as soon as they were all fairly in the street. Their conversation the preceding evening did not disincline him to seek her again; and they walked together some time, talking as before of Mr Scott and Lord Byron, and still as unable as before, and as unable as any other two readers, to think exactly alike of the merits of either, till something occasioned an almost general change amongst their party, and instead of Captain Benwick, she had Captain Harville by her side.

"Miss Elliot," said he, speaking rather low, "you have done a good deed in making that poor fellow talk so much. I wish he could have such company oftener. It is bad for him, I know, to be shut up as he is; but what can we do? We cannot part."

"No," said Anne, "that I can easily believe to be impossible; but in time, perhaps – we know what time does in every case of affliction, and you must remember, Captain Harville, that your friend may yet be called a young mourner – only last summer, I understand."

"Ay, true enough," (with a deep sigh) "only June."

"And not known to him, perhaps, so soon."

"Not till the first week of August, when he came home from the Cape, just made into the Grappler. I was at Plymouth dreading to hear of him; he sent in letters, but the Grappler was under orders for Portsmouth. There the news must follow him, but who was to tell it? not I. I would as soon have been run up to the yard-arm. Nobody could do it, but that good fellow" (pointing to Captain Wentworth.) "The Laconia had come into Plymouth the week before; no danger of her being sent to sea again. He stood his chance for the rest; wrote up for leave of absence, but without waiting the return, travelled night and day till he got to Portsmouth, rowed off to the Grappler that instant, and never left the poor fellow for a week. That's what he did, and nobody else could have saved poor James. You may think, Miss Elliot, whether he is dear to us!"

Anne did think on the question with perfect decision, and said as much in reply as her own feeling could accomplish, or as his seemed able to bear, for he was too much affected to renew the subject, and when he spoke again, it was of something totally different.

Mrs Harville's giving it as her opinion that her husband would have quite walking enough by the time he reached home, determined the direction of all the party in what was to be their last walk; they would accompany them to their door, and then return and set off themselves. By all their calculations there was just time for this; but as they drew near the Cobb, there was such a general wish to walk along it once more, all were so inclined, and Louisa soon grew so determined, that the difference of a quarter of an hour, it was found, would be no difference at all; so with all the kind leave-taking, and all the kind interchange of invitations and promises which may be imagined, they parted from Captain and Mrs Harville at their own door, and still accompanied by Captain Benwick, who seemed to cling to them to the last, proceeded to make the proper adieus to the Cobb.

Anne found Captain Benwick again drawing near her. Lord Byron's "dark blue seas" could not fail of being brought forward by their present view, and she gladly gave him all her attention as long as attention was possible. It was soon drawn, perforce another way.

There was too much wind to make the high part of the new Cobb pleasant for the ladies, and they agreed to get down the steps to the lower, and all were contented to pass quietly and carefully down the steep flight, excepting Louisa; she must be jumped down them by Captain Wentworth. In all their walks, he had had to jump her from the stiles; the sensation was delightful to her. The hardness of the pavement for her feet, made him less willing upon the present occasion; he did it, however. She was safely down, and instantly, to show her enjoyment, ran up the steps to be jumped down again. He advised her against it, thought the jar too great; but no, he reasoned and talked in vain, she smiled and said, "I'm determined I will:" he put out his hands; she was too precipitate by half a second, she fell on the pavement on the Lower Cobb, and was taken up lifeless! There was no wound, no blood, no visible bruise; but her eyes were closed, she breathed not, her face was like death. The horror of the moment to all who stood around!

Captain Wentworth, who had caught her up, knelt with her in his arms, looking on her with a face as pallid as her own, in an agony of silence. "She is dead! she is dead!" screamed Mary, catching hold of her husband, and contributing with his own horror to make him immoveable; and in another moment, Henrietta, sinking under the conviction, lost her senses too, and would have fallen on the steps, but for Captain Benwick and Anne, who caught and supported her between them.

"Is there no one to help me?" were the first words which burst from Captain Wentworth, in a tone of despair, and as if all his own strength were gone.

"Go to him, go to him," cried Anne, "for heaven's sake go to him. I can support her myself. Leave me, and go to him. Rub her hands, rub her temples; here are salts; take them, take them."

Captain Benwick obeyed, and Charles at the same moment, disengaging himself from his wife, they were both with him; and Louisa was raised up and supported more firmly between them, and everything was done that Anne had prompted, but in vain; while Captain Wentworth, staggering against the wall for his support, exclaimed in the bitterest agony:

"Oh God! Her father and mother!"

"A surgeon!" said Anne.

He caught the word; it seemed to rouse him at once, and saying only:

"True, true, a surgeon this instant," was darting away, when Anne eagerly suggested:

"Captain Benwick, would not it be better for Captain Benwick? He knows where a surgeon is to be found."

Every one capable of thinking felt the advantage of the idea, and in a moment (it was all done in rapid moments) Captain Benwick had resigned the poor corpse-like figure entirely to the brother's care, and was off for the town with the utmost rapidity.

As to the wretched party left behind, it could scarcely be said which of the three, who were completely rational, was suffering most: Captain Wentworth, Anne, or Charles, who, really a very affectionate brother, hung over Louisa with sobs of grief, and could only turn his eyes from one sister, to see the other in a state as insensible, or to witness the hysterical agitations of his wife, calling on him for help which he could not give.

Anne, attending with all the strength and zeal, and thought, which instinct supplied, to Henrietta, still tried, at intervals, to suggest comfort to the others, tried to quiet Mary, to animate Charles, to assuage the feelings of Captain Wentworth. Both seemed to look to her for directions.

"Anne, Anne," cried Charles, "What is to be done next? What, in heaven's name, is to be done next?"

Captain Wentworth's eyes were also turned towards her.

"Had not she better be carried to the inn? Yes, I am sure: carry her gently to the inn."

"Yes, yes, to the inn," repeated Captain Wentworth, comparatively collected, and eager to be doing something. "I will carry her myself. Musgrove, take care of the others."

By this time the report of the accident had spread among the workmen and boatmen about the Cobb, and many were collected near them, to be useful if wanted, at any rate, to enjoy the sight of a dead young lady, nay, two dead young ladies, for it proved twice as fine as the first report. To some of the best-looking of these good people Henrietta was consigned, for, though partially revived, she was quite helpless; and in this manner, Anne walking by her side, and Charles attending to his wife, they set forward, treading back with feelings unutterable, the ground, which so lately, so very lately, and so light of heart, they had passed along.

They were not off the Cobb, before the Harvilles met them. Captain Benwick had been seen flying by their house, with a countenance which showed something to be wrong; and they had set off immediately, informed and directed as they passed, towards the spot. Shocked as Captain Harville was, he brought senses and nerves that could be instantly useful; and a look between him and his wife decided what was to be done. She must be taken to their house; all must go to their house; and await the surgeon's arrival there. They would not listen to scruples: he was obeyed; they were all beneath his roof; and while Louisa, under Mrs Harville's direction, was conveyed up stairs, and given possession of her own bed, assistance, cordials, restoratives were supplied by her husband to all who needed them.

Louisa had once opened her eyes, but soon closed them again, without apparent consciousness. This had been a proof of life, however, of service to her sister; and Henrietta, though perfectly incapable of being in the same room with Louisa, was kept, by the agitation of hope and fear, from a return of her own insensibility. Mary, too, was growing calmer.

The surgeon was with them almost before it had seemed possible. They were sick with horror, while he examined; but he was not hopeless. The head had received a severe contusion, but he had seen greater injuries recovered from: he was by no means hopeless; he spoke cheerfully.

That he did not regard it as a desperate case, that he did not say a few hours must end it, was at first felt, beyond the hope of most; and the ecstasy of such a reprieve, the rejoicing, deep and silent, after a few fervent ejaculations of gratitude to Heaven had been offered, may be conceived.

The tone, the look, with which "Thank God!" was uttered by Captain Wentworth, Anne was sure could never be forgotten by her; nor the sight of him afterwards, as he sat near a table, leaning over it with folded arms and face concealed, as if overpowered by the various feelings of his soul, and trying by prayer and reflection to calm them.

Louisa's limbs had escaped. There was no injury but to the head.

It now became necessary for the party to consider what was best to be done, as to their general situation. They were now able to speak to each other and consult. That Louisa must remain where she was, however distressing to her friends to be involving the Harvilles in such trouble, did not admit a doubt. Her removal was impossible. The Harvilles silenced all scruples; and, as much as they could, all gratitude. They had looked forward and arranged everything before the others began to reflect. Captain Benwick must give up his room to them, and get another bed elsewhere; and the whole was settled. They were only concerned that the house could accommodate no more; and yet perhaps, by "putting the children away in the maid's room, or swinging a cot somewhere," they could hardly bear to think of not finding room for two or three besides, supposing they might wish to stay; though, with regard to any attendance on Miss Musgrove, there need not be the least uneasiness in leaving her to Mrs Harville's care entirely. Mrs Harville was a very experienced nurse, and her nursery-maid, who had lived with her long, and gone about with her everywhere, was just such another. Between these two, she could want no possible attendance by day or night. And all this was said with a truth and sincerity of feeling irresistible.

Charles, Henrietta, and Captain Wentworth were the three in consultation, and for a little while it was only an interchange of perplexity and terror. "Uppercross, the necessity of some one's going to Uppercross; the news to be conveyed; how it could be broken to Mr and Mrs Musgrove; the lateness of the morning; an hour already gone since they ought to have been off; the impossibility of being in tolerable time." At first, they were capable of nothing more to the purpose than such exclamations; but, after a while, Captain Wentworth, exerting himself, said:

"We must be decided, and without the loss of another minute. Every minute is valuable. Some one must resolve on being off for Uppercross instantly. Musgrove, either you or I must go."

Charles agreed, but declared his resolution of not going away. He would be as little incumbrance as possible to Captain and Mrs Harville; but as to leaving his sister in such a state, he neither ought, nor would. So far it was decided; and Henrietta at first declared the same. She, however, was soon persuaded to think differently. The usefulness of her staying! She who had not been able to remain in Louisa's room, or to look at her, without sufferings which made her worse than helpless! She was forced to acknowledge that she could do no good, yet was still unwilling to be away, till, touched by the thought of her father and mother, she gave it up; she consented, she was anxious to be at home.

The plan had reached this point, when Anne, coming quietly down from Louisa's room, could not but hear what followed, for the parlour door was open.

"Then it is settled, Musgrove," cried Captain Wentworth, "that you stay, and that I take care of your sister home.

But as to the rest, as to the others, if one stays to assist Mrs Harville, I think it need be only one. Mrs Charles Musgrove will, of course, wish to get back to her children; but if Anne will stay, no one so proper, so capable as Anne."

She paused a moment to recover from the emotion of hearing herself so spoken of. The other two warmly agreed with what he said, and she then appeared.

"You will stay, I am sure; you will stay and nurse her;" cried he, turning to her and speaking with a glow, and yet a gentleness, which seemed almost restoring the past. She coloured deeply, and he recollected himself and moved away. She expressed herself most willing, ready, happy to remain. "It was what she had been thinking of, and wishing to be allowed to do. A bed on the floor in Louisa's room would be sufficient for her, if Mrs Harville would but think so."

One thing more, and all seemed arranged. Though it was rather desirable that Mr and Mrs Musgrove should be previously alarmed by some share of delay; yet the time required by the Uppercross horses to take them back, would be a dreadful extension of suspense; and Captain Wentworth proposed, and Charles Musgrove agreed, that it would be much better for him to take a chaise from the inn, and leave Mr Musgrove's carriage and horses to be sent home the next morning early, when there would be the farther advantage of sending an account of Louisa's night.

Captain Wentworth now hurried off to get everything ready on his part, and to be soon followed by the two ladies. When the plan was made known to Mary, however, there was an end of all peace in it. She was so wretched and so vehement, complained so much of injustice in being expected to go away instead of Anne; Anne, who was nothing to Louisa, while she was her sister, and had the best right to stay in Henrietta's stead! Why was not she to be as useful as Anne? And to go home without Charles, too, without her husband! No, it was too unkind. And in short, she said more than her husband could long withstand, and as none of the others could oppose when he gave way, there was no help for it; the change of Mary for Anne was inevitable.

Anne had never submitted more reluctantly to the jealous and ill-judging claims of Mary; but so it must be, and they set off for the town, Charles taking care of his sister, and Captain Benwick attending to her. She gave a moment's recollection, as they hurried along, to the little circumstances which the same spots had witnessed earlier in the morning. There she had listened to Henrietta's schemes for Dr Shirley's leaving Uppercross; farther on, she had first seen Mr Elliot; a moment seemed all that could now be given to any one but Louisa, or those who were wrapt up in her welfare.

Captain Benwick was most considerately attentive to her; and, united as they all seemed by the distress of the day, she felt an increasing degree of good-will towards him, and a pleasure even in thinking that it might, perhaps, be the occasion of continuing their acquaintance.

Captain Wentworth was on the watch for them, and a chaise and four in waiting, stationed for their convenience in the lowest part of the street; but his evident surprise and vexation at the substitution of one sister for the other, the change in his countenance, the astonishment, the expressions begun and suppressed, with which Charles was listened to, made but a mortifying reception of Anne; or must at least convince her that she was valued only as she could be useful to Louisa.

She endeavoured to be composed, and to be just. Without emulating the feelings of an Emma towards her Henry, she would have attended on Louisa with a zeal above the common claims of regard, for his sake; and she hoped he would not long be so unjust as to suppose she would shrink unnecessarily from the office of a friend.

In the mean while she was in the carriage. He had handed them both in, and placed himself between them; and in this manner, under these circumstances, full of astonishment and emotion to Anne, she quitted Lyme. How the long stage would pass; how it was to affect their manners; what was to be their sort of intercourse, she could not foresee. It was all quite natural, however. He was devoted to Henrietta; always turning towards her; and when he spoke at all, always with the view of supporting her hopes and raising her spirits. In general, his voice and manner were studiously calm. To spare Henrietta from agitation seemed the governing principle. Once only, when she had been grieving over the last ill-judged, ill-fated walk to the Cobb, bitterly lamenting that it ever had been thought of, he burst forth, as if wholly overcome:

"Don't talk of it, don't talk of it," he cried. "Oh God! that I had not given way to her at the fatal moment! Had I done as I ought! But so eager and so resolute! Dear, sweet Louisa!"

Anne wondered whether it ever occurred to him now, to question the justness of his own previous opinion as to the universal felicity and advantage of firmness of character; and whether it might not strike him that, like all other qualities of the mind, it should have its proportions and limits. She thought it could scarcely escape him to feel that a persuadable temper might sometimes be as much in favour of happiness as a very resolute character.

They got on fast. Anne was astonished to recognise the same hills and the same objects so soon. Their actual speed, heightened by some dread of the conclusion, made the road appear but half as long as on the day before. It was growing quite dusk, however, before they were in the neighbourhood of Uppercross, and there had been total silence among them for some time, Henrietta leaning back in the corner, with a shawl over her face, giving the hope of her having cried herself to sleep; when, as they were going up their last hill, Anne found herself all at once addressed by Captain Wentworth. In a low, cautious voice, he said:

"I have been considering what we had best do. She must not appear at first. She could not stand it. I have been thinking whether you had not better remain in the carriage with her, while I go in and break it to Mr and Mrs Musgrove. Do you think this is a good plan?"

She did: he was satisfied, and said no more. But the remembrance of the appeal remained a pleasure to her, as a proof of friendship, and of deference for her judgement, a great pleasure; and when it became a sort of parting proof, its value did not lessen.

When the distressing communication at Uppercross was over, and he had seen the father and mother quite as composed as could be hoped, and the daughter all the better for being with them, he announced his intention of returning in the same carriage to Lyme; and when the horses were baited, he was off.

CHAPTER XIII

The remainder of Anne's time at Uppercross, comprehending only two days, was spent entirely at the Mansion House; and she had the satisfaction of knowing herself extremely useful there, both as an immediate companion, and as assisting in all those arrangements for the future, which, in Mr and Mrs Musgrove's distressed state of spirits, would have been difficulties.

They had an early account from Lyme the next morning. Louisa was much the same. No symptoms worse than before had appeared. Charles came a few hours afterwards, to bring a later and more particular account. He was tolerably cheerful. A speedy cure must not be hoped, but everything was going on as well as the nature of the case admitted. In speaking of the Harvilles, he seemed unable to satisfy his own sense of their kindness, especially of Mrs Harville's exertions as a nurse. "She really left nothing for Mary to do. He and Mary had been persuaded to go early to their inn last night. Mary had been hysterical again this morning. When he came away, she was going to walk out with Captain Benwick, which, he hoped, would do her good. He almost wished she had been prevailed on to come home the day before; but the truth was, that Mrs Harville left nothing for anybody to do."

Charles was to return to Lyme the same afternoon, and his father had at first half a mind to go with him, but the ladies could not consent. It would be going only to multiply trouble to the others, and increase his own distress; and a much better scheme followed and was acted upon. A chaise was sent for from Crewkherne, and Charles conveyed back a far more useful person in the old nursery-maid of the family, one who having brought up all the children, and seen the very last, the lingering and long-petted Master Harry, sent to school after his brothers, was now living in her deserted nursery to mend stockings and dress all the blains and bruises she could get near her, and who, consequently, was only too happy in being allowed to go and help nurse dear Miss Louisa. Vague wishes of getting Sarah thither, had occurred before to Mrs Musgrove and Henrietta; but without Anne, it would hardly have been resolved on, and found practicable so soon.

They were indebted, the next day, to Charles Hayter, for all the minute knowledge of Louisa, which it was so essential to obtain every twenty-four hours. He made it his business to go to Lyme, and his account was still encouraging. The intervals of sense and consciousness were believed to be stronger. Every report agreed in Captain Wentworth's appearing fixed in Lyme.

Anne was to leave them on the morrow, an event which they all dreaded. "What should they do without her? They were wretched comforters for one another." And so much was said in this way, that Anne thought she could not do better than impart among them the general inclination to which she was privy, and persuaded them all to go to Lyme at once. She had little difficulty; it was soon determined that they would go; go tomorrow, fix themselves at the inn, or get into lodgings, as it suited, and there remain till dear Louisa could be moved. They must be taking off some trouble from the good people she was with; they might at least relieve Mrs Harville from the care of her own children; and in short, they were so happy in the decision, that Anne was delighted with what she had done, and felt that she could not spend her last morning at Uppercross better than in assisting their preparations, and sending them off at an early hour, though her being left to the solitary range of the house was the consequence.

She was the last, excepting the little boys at the cottage, she was the very last, the only remaining one of all that had filled and animated both houses, of all that had given Uppercross its cheerful character. A few days had made a change indeed!

If Louisa recovered, it would all be well again. More than former happiness would be restored. There could not be a doubt, to her mind there was none, of what would follow her recovery. A few months hence, and the room now so deserted, occupied but by her silent, pensive self, might be filled again with all that was happy and gay, all that was glowing and bright in prosperous love, all that was most unlike Anne Elliot!

An hour's complete leisure for such reflections as these, on a dark November day, a small thick rain almost blotting out the very few objects ever to be discerned from the windows, was enough to make the sound of Lady Russell's carriage exceedingly welcome; and yet, though desirous to be gone, she could not quit the Mansion House, or look an adieu to the Cottage, with its black, dripping and comfortless veranda, or even notice through the misty glasses the last humble tenements of the village, without a saddened heart. Scenes had passed in Uppercross which made it precious. It stood the record of many sensations of pain, once severe, but now softened; and of some instances of relenting feeling, some breathings of friendship and reconciliation, which could never be looked for again, and which could never cease to be dear. She left it all behind her, all but the recollection that such things had been.

Anne had never entered Kellynch since her quitting Lady Russell's house in September. It had not been necessary, and the few occasions of its being possible for her to go to the Hall she had contrived to evade and escape from. Her first return was to resume her place in the modern and elegant apartments of the Lodge, and to gladden the eyes of its mistress.

There was some anxiety mixed with Lady Russell's joy in meeting her. She knew who had been frequenting Uppercross. But happily, either Anne was improved in plumpness and looks, or Lady Russell fancied her so; and Anne, in receiving her compliments on the occasion, had the amusement of connecting them with the silent admiration of her cousin, and of hoping that she was to be blessed with a second spring of youth and beauty.

When they came to converse, she was soon sensible of some mental change. The subjects of which her heart had been full on leaving Kellynch, and which she had felt slighted, and been compelled to smother among the Musgroves, were now become but of secondary interest. She had lately lost sight even of her father and sister and Bath. Their concerns had been sunk under those of Uppercross; and when Lady Russell reverted to their former hopes and fears, and spoke her satisfaction in the house in Camden Place, which had been taken, and her regret that Mrs Clay should still be with them, Anne would have been ashamed to have it known how much more she was thinking of Lyme and Louisa Musgrove, and all her acquaintance there; how much more interesting to her was the home and the friendship of the Harvilles and Captain Benwick, than her own father's house in Camden Place, or her own sister's intimacy with Mrs Clay. She was actually forced to exert herself to meet Lady Russell with anything like the appearance of equal solicitude, on topics which had by nature the first claim on her.

There was a little awkwardness at first in their discourse on another subject. They must speak of the accident at Lyme. Lady Russell had not been arrived five minutes the day before, when a full account of the whole had burst on her; but still it must be talked of, she must make enquiries, she must regret the imprudence, lament the result, and Captain Wentworth's name must be mentioned by both. Anne was conscious of not doing it so well as Lady Russell. She could not speak the name, and look straight forward to Lady Russell's eye, till she had adopted the expedient of telling her briefly what she thought of the attachment between him and Louisa. When this was told, his name distressed her no longer.

Lady Russell had only to listen composedly, and wish them happy, but internally her heart revelled in angry pleasure, in pleased contempt, that the man who at twenty-three had seemed to understand somewhat of the value of an Anne Elliot, should, eight years afterwards, be charmed by a Louisa Musgrove.

The first three or four days passed most quietly, with no circumstance to mark them excepting the receipt of a note or two from Lyme, which found their way to Anne, she could not tell how, and brought a rather improving account of Louisa. At the end of that period, Lady Russell's politeness could repose no longer, and the fainter self-threatenings of the past became in a decided tone, "I must call on Mrs Croft; I really must call upon her soon. Anne, have you courage to go with me, and pay a visit in that house? It will be some trial to us both."

Anne did not shrink from it; on the contrary, she truly felt as she said, in observing:

"I think you are very likely to suffer the most of the two; your feelings are less reconciled to the change than mine. By remaining in the neighbourhood, I am become inured to it."

She could have said more on the subject; for she had in fact so high an opinion of the Crofts, and considered her father so very fortunate in his tenants, felt the parish to be so sure of a good example, and the poor of the best attention and relief, that however sorry and ashamed for the necessity of the removal, she could not but in conscience feel that they were gone who deserved not to stay, and that Kellynch Hall had passed into better hands than its owners'. These convictions must unquestionably have their own pain, and severe was its kind; but they precluded that pain which Lady Russell would suffer in entering the house again, and returning through the well-known apartments.

In such moments Anne had no power of saying to herself, "These rooms ought to belong only to us. Oh, how fallen in their destination! How unworthily occupied! An ancient family to be so driven away! Strangers filling their place!" No, except when she thought of her mother, and remembered where she had been used to sit and preside, she had no sigh of that description to heave.

Mrs Croft always met her with a kindness which gave her the pleasure of fancying herself a favourite, and on the present occasion, receiving her in that house, there was particular attention.

The sad accident at Lyme was soon the prevailing topic, and on comparing their latest accounts of the invalid, it appeared that each lady dated her intelligence from the same hour of yestermorn; that Captain Wentworth had been in Kellynch yesterday (the first time since the accident), had brought Anne the last note, which she had not been able to trace the exact steps of; had staid a few hours and then returned again to Lyme, and without any present intention of quitting it any more. He had enquired after her, she found, particularly; had expressed his hope of Miss Elliot's not being the worse for her exertions, and had spoken of those exertions as great. This was handsome, and gave her more pleasure than almost anything else could have done.

As to the sad catastrophe itself, it could be canvassed only in one style by a couple of steady, sensible women, whose judgements had to work zon ascertained events; and it was perfectly decided that it had been the consequence of much thoughtlessness and much imprudence; that its effects were most alarming, and that it was frightful to think, how long Miss Musgrove's recovery might yet be doubtful, and how liable she would still remain to suffer from the concussion hereafter! The Admiral wound it up summarily by exclaiming:

"Ay, a very bad business indeed. A new sort of way this, for a young fellow to be making love, by breaking his mistress's head, is not it, Miss Elliot? This is breaking a head and giving a plaster, truly!"

Admiral Croft's manners were not quite of the tone to suit Lady Russell, but they delighted Anne. His goodness of heart and simplicity of character were irresistible.

"Now, this must be very bad for you," said he, suddenly rousing from a little reverie, "to be coming and finding us here. I had not recollected it before, I declare, but it must be very bad. But now, do not stand upon ceremony. Get up and go over all the rooms in the house if you like it."

"Another time, Sir, I thank you, not now."

"Well, whenever it suits you. You can slip in from the shrubberyat any time; and there you will find we keep our umbrellas hanging up by that door. A good place is not it? But," (checking himself), "you will not think it a good place, for yours were always kept in the butler's room. Ay, so it always is, I believe. One man's ways may be as good as another's, but we all like our own best. And so you must judge for yourself, whether it would be better for you to go about the house or not."

Anne, finding she might decline it, did so, very gratefully.

"We have made very few changes either," continued the Admiral, after thinking a moment. "Very few. We told you about the laundry-door, at Uppercross. That has been a very great improvement. The wonder was, how any family upon earth could bear with the inconvenience of its opening as it did, so long! You will tell Sir Walter what we have done, and that Mr Shepherd thinks it the greatest improvement the house ever had. Indeed, I must do ourselves the justice to say, that the few alterations we have made have been all very much for the better. My wife should have the credit of them, however. I have done very little besides sending away some of the large looking-glasses from my dressing-room, which was your father's. A very good man, and very much the gentleman I am sure: but I should think, Miss Elliot," (looking with serious reflection), "I should think he must be rather a dressy man for his time of life. Such a number of looking-glasses! oh Lord! there was no getting away from one's self. So I got Sophy to lend me a hand, and we soon shifted their quarters; and now I am quite snug, with my little shaving glass in one corner, and another great thing that I never go near."

Anne, amused in spite of herself, was rather distressed for an answer, and the Admiral, fearing he might not have been civil enough, took up the subject again, to say:

"The next time you write to your good father, Miss Elliot, pray give him my compliments and Mrs Croft's, and say that we are settled here quite to our liking, and have no fault at all to find with the place. The breakfast-room chimney smokes a little, I grant you, but it is only when the wind is due north and blows hard, which may not happen three times a winter. And take it altogether, now that we have been into most of the houses hereabouts and can judge, there is not one that we like better than this. Pray say so, with my compliments. He will be glad to hear it."

Lady Russell and Mrs Croft were very well pleased with each other: but the acquaintance which this visit began was fated not to proceed far at present; for when it was returned, the Crofts announced themselves to be going away for a few weeks, to visit their connexions in the north of the county, and probably might not be at home again before Lady Russell would be removing to Bath.

So ended all danger to Anne of meeting Captain Wentworth at Kellynch Hall, or of seeing him in company with her friend. Everything was safe enough, and she smiled over the many anxious feelings she had wasted on the subject.

CHAPTER XIV

Though Charles and Mary had remained at Lyme much longer after Mr and Mrs Musgrove's going than Anne conceived they could have been at all wanted, they were yet the first of the family to be at home again; and as soon as possible after their return to Uppercross they drove over to the Lodge.

They had left Louisa beginning to sit up; but her head, though clear, was exceedingly weak, and her nerves susceptible to the highest extreme of tenderness; and though she might be pronounced to be altogether doing very well, it was still impossible to say when she might be able to bear the removal home; and her father and mother, who must return in time to receive their younger children for the Christmas holidays, had hardly a hope of being allowed to bring her with them.

They had been all in lodgings together. Mrs Musgrove had got Mrs Harville's children away as much as she could, every possible supply from Uppercross had been furnished, to lighten the inconvenience to the Harvilles, while the Harvilles had been wanting them to come to dinner every day; and in short, it seemed to have been only a struggle on each side as to which should be most disinterested and hospitable.

Mary had had her evils; but upon the whole, as was evident by her staying so long, she had found more to enjoy than to suffer. Charles Hayter had been at Lyme oftener than suited her; and when they dined with the Harvilles there had been only a maid-servant to wait, and at first Mrs Harville had always given Mrs Musgrove precedence; but then, she had received so very handsome an apology from her on finding out whose daughter she was, and there had been so much going on every day, there had been so many walks between their lodgings and the Harvilles, and she had got books from the library, and changed them so often, that the balance had certainly been much in favour of Lyme. She had been taken to Charmouth too, and she had bathed, and she had gone to church, and there were a great many more people to look at in the church at Lyme than at Uppercross; and all this, joined to the sense of being so very useful, had made really an agreeable fortnight.

Anne enquired after Captain Benwick, Mary's face was clouded directly. Charles laughed.

"Oh! Captain Benwick is very well, I believe, but he is a very odd young man. I do not know what he would be at. We asked him to come home with us for a day or two: Charles undertook to give him some shooting, and he seemed quite delighted, and, for my part, I thought it was all settled; when behold! on Tuesday night, he made a very awkward sort of excuse; 'he never shot' and he had 'been quite misunderstood,' and he had promised this and he had promised that, and the end of it was, I found, that he did not mean to come. I suppose he was afraid of finding it dull; but upon my word I should have thought we were lively enough at the Cottage for such a heart-broken man as Captain Benwick."

Charles laughed again and said, "Now Mary, you know very well how it really was. It was all your doing," (turning to Anne.) "He fancied that if he went with us, he should find you close by: he fancied everybody to be living in Uppercross; and when he discovered that Lady Russell lived three miles off, his heart failed him, and he had not courage to come. That is the fact, upon my honour, Mary knows it is."

But Mary did not give into it very graciously, whether from not considering Captain Benwick entitled by birth and situation to be in love with an Elliot, or from not wanting to believe Anne a greater attraction to Uppercross than herself, must be left to be guessed. Anne's good-will, however, was not to be lessened by what she heard. She boldly acknowledged herself flattered, and continued her enquiries.

"Oh! he talks of you," cried Charles, "in such terms...", Mary interrupted him. "I declare, Charles, I never heard him mention Anne twice all the time I was there. I declare, Anne, he never talks of you at all."

"No," admitted Charles, "I do not know that he ever does, in a general way; but however, it is a very clear thing that he admires you exceedingly. His head is full of some books that he is reading upon your recommendation, and he wants to talk to you about them; he has found out something or other in one of them which he thinks: oh! I cannot pretend to remember it, but it was something very fine; I overheard him telling Henrietta all about it; and then 'Miss Elliot' was spoken of in the highest terms! Now Mary, I declare it was so, I heard it myself, and you were in the other room. 'Elegance, sweetness, beauty.' Oh! there was no end of Miss Elliot's charms."

"And I am sure," cried Mary, warmly, "it was a very little to his credit, if he did. Miss Harville only died last June. Such a heart is very little worth having; is it, Lady Russell? I am sure you will agree with me."

"I must see Captain Benwick before I decide," said Lady Russell, smiling.

"And that you are very likely to do very soon, I can tell you, ma'am," said Charles. "Though he had not nerves for coming away with us, and setting off again afterwards to pay a formal visit here, he will make his way over to Kellynch one day by himself, you may depend on it. I told him the distance and the road, and I told him of the church's being so very well worth seeing; for as he has a taste for those sort of things, I thought that would be a good excuse, and he listened with all his understanding and soul; and I am sure from his manner that you will have him calling here soon. So, I give you notice, Lady Russell."

"Any acquaintance of Anne's will always be welcome to me," was Lady Russell's kind answer.

"Oh! as to being Anne's acquaintance," said Mary, "I think he is rather my acquaintance, for I have been seeing him every day this last fortnight."

"Well, as your joint acquaintance, then, I shall be very happy to see Captain Benwick."

"You will not find anything very agreeable in him, I assure you, ma'am. He is one of the dullest young men that ever lived. He has walked with me, sometimes, from one end of the sands to the other, without saying a word. He is not at all a well-bred young man. I am sure you will not like him."

"There we differ, Mary," said Anne. "I think Lady Russell would like him. I think she would be so much pleased with his mind, that she would very soon see no deficiency in his manner."

"So do I, Anne," said Charles. "I am sure Lady Russell would like him. He is just Lady Russell's sort. Give him a book, and he will read all day long."

"Yes, that he will!" exclaimed Mary, tauntingly. "He will sit poring over his book, and not know when a person speaks to him, or when one drop's one's scissors, or anything that happens. Do you think Lady Russell would like that?"

Lady Russell could not help laughing. "Upon my word," said she, "I should not have supposed that my opinion of any one could have admitted of such difference of conjecture, steady and matter of fact as I may call myself. I have really a curiosity to see the person who can give occasion to such directly opposite notions. I wish he may be induced to call here. And when he does, Mary, you may depend upon hearing my opinion; but I am determined not to judge him beforehand."

"You will not like him, I will answer for it."

Lady Russell began talking of something else. Mary spoke with animation of their meeting with, or rather missing, Mr Elliot so extraordinarily.

"He is a man," said Lady Russell, "whom I have no wish to see. His declining to be on cordial terms with the head of his family, has left a very strong impression in his disfavour with me."

This decision checked Mary's eagerness, and stopped her short in the midst of the Elliot countenance.

With regard to Captain Wentworth, though Anne hazarded no enquiries, there was voluntary communication sufficient. His spirits had been greatly recovering lately as might be expected. As Louisa improved, he had improved, and he was now quite a different creature from what he had been the first week. He had not seen Louisa; and was so extremely fearful of any ill consequence to her from an interview, that he did not press for it at all; and, on the contrary, seemed to have a plan of going away for a week or ten days, till her head was stronger. He had talked of going down to Plymouth for a week, and wanted to persuade Captain Benwick to go with him; but, as Charles maintained to the last, Captain Benwick seemed much more disposed to ride over to Kellynch.

There can be no doubt that Lady Russell and Anne were both occasionally thinking of Captain Benwick, from this time. Lady Russell could not hear the door-bell without feeling that it might be his herald; nor could Anne return from any stroll of solitary indulgence in her father's grounds, or any visit of charity in the village, without wondering whether she might see him or hear of him. Captain Benwick came not, however. He was either less disposed for it than Charles had imagined, or he was too shy; and after giving him a week's indulgence, Lady Russell determined him to be unworthy of the interest which he had been beginning to excite.

The Musgroves came back to receive their happy boys and girls from school, bringing with them Mrs Harville's little children, to improve the noise of Uppercross, and lessen that of Lyme. Henrietta remained with Louisa; but all the rest of the family were again in their usual quarters.

Lady Russell and Anne paid their compliments to them once, when Anne could not but feel that Uppercross was already quite alive again. Though neither Henrietta, nor Louisa, nor Charles Hayter, nor Captain Wentworth were there, the room presented as strong a contrast as could be wished to the last state she had seen it in.

Immediately surrounding Mrs Musgrove were the little Harvilles, whom she was sedulously guarding from the tyranny of the two children from the Cottage, expressly arrived to amuse them. On one side was a table occupied by some chattering girls, cutting up silk and gold paper; and on the other were tressels and trays, bending under the weight of brawn and cold pies, where riotous boys were holding high revel; the whole completed by a roaring Christmas fire, which seemed determined to be heard, in spite of all the noise of the others. Charles and Mary also came in, of course, during their visit, and Mr Musgrove made a point of paying his respects to Lady Russell, and sat down close to her for ten minutes, talking with a very raised voice, but from the clamour of the children on his knees, generally in vain. It was a fine family-piece.

Anne, judging from her own temperament, would have deemed such a domestic hurricane a bad restorative of the nerves, which Louisa's illness must have so greatly shaken. But Mrs Musgrove, who got Anne near her on purpose to thank her most cordially, again and again, for all her attentions to them, concluded a short recapitulation of what she had suffered herself by observing, with a happy glance round the room, that after all she had gone through, nothing was so likely to do her good as a little quiet cheerfulness at home.

Louisa was now recovering apace. Her mother could even think of her being able to join their party at home, before her brothers and sisters went to school again. The Harvilles had promised to come with her and stay at Uppercross, whenever she returned. Captain Wentworth was gone, for the present, to see his brother in Shropshire.

"I hope I shall remember, in future," said Lady Russell, as soon as they were reseated in the carriage, "not to call at Uppercross in the Christmas holidays."

Everybody has their taste in noises as well as in other matters; and sounds are quite innoxious, or most distressing, by their sort rather than their quantity. When Lady Russell not long afterwards, was entering Bath on a wet afternoon, and driving through the long course of streets from the Old Bridge to Camden Place, amidst the dash of other carriages, the heavy rumble of carts and drays, the bawling of newspapermen, muffin-men and milkmen, and the ceaseless clink of pattens, she made no complaint. No, these were noises which belonged to the winter pleasures; her spirits rose under their influence; and like Mrs Musgrove, she was feeling, though not saying, that after being long in the country, nothing could be so good for her as a little quiet cheerfulness.

Anne did not share these feelings. She persisted in a very determined, though very silent disinclination for Bath; caught the first dim view of the extensive buildings, smoking in rain, without any wish of seeing them better; felt their progress through the streets to be, however disagreeable, yet too rapid; for who would be glad to see her when she arrived? And looked back, with fond regret, to the bustles of Uppercross and the seclusion of Kellynch.

Elizabeth's last letter had communicated a piece of news of some interest. Mr Elliot was in Bath. He had called in Camden Place; had called a second time, a third; had been pointedly attentive. If Elizabeth and her father did not deceive themselves, had been taking much pains to seek the acquaintance, and proclaim the value of the connection, as he had formerly taken pains to shew neglect. This was very wonderful if it were true; and Lady Russell was in a state of very agreeable curiosity and perplexity about Mr Elliot, already recanting the sentiment she had so lately expressed to Mary, of his being "a man whom she had no wish to see." She had a great wish to see him. If he really sought to reconcile himself like a dutiful branch, he must be forgiven for having dismembered himself from the paternal tree.

Anne was not animated to an equal pitch by the circumstance, but she felt that she would rather see Mr Elliot again than not, which was more than she could say for many other persons in Bath.

She was put down in Camden Place; and Lady Russell then drove to her own lodgings, in Rivers Street.

CHAPTER XV

Sir Walter had taken a very good house in Camden Place, a lofty dignified situation, such as becomes a man of consequence; and both he and Elizabeth were settled there, much to their satisfaction.

Anne entered it with a sinking heart, anticipating an imprisonment of many months, and anxiously saying to herself, "Oh! when shall I leave you again?" A degree of unexpected cordiality, however, in the welcome she received, did her good. Her father and sister were glad to see her, for the sake of shewing her the house and furniture, and met her with kindness. Her making a fourth, when they sat down to dinner, was noticed as an advantage.

Mrs Clay was very pleasant, and very smiling, but her courtesies and smiles were more a matter of course. Anne had always felt that she would pretend what was proper on her arrival, but the complaisance of the others was unlooked for. They were evidently in excellent spirits, and she was soon to listen to the causes. They had no inclination to listen to her. After laying out for some compliments of being deeply regretted in their old neighbourhood, which Anne could not pay, they had only a few faint enquiries to make, before the talk must be all their own. Uppercross excited no interest, Kellynch very little: it was all Bath.

They had the pleasure of assuring her that Bath more than answered their expectations in every respect. Their house was undoubtedly the best in Camden Place; their drawing-rooms had many decided advantages over all the others which they had either seen or heard of, and the superiority was not less in the style of the fitting-up, or the taste of the furniture. Their acquaintance was exceedingly sought after. Everybody was wanting to visit them. They had drawn back from many introductions, and still were perpetually having cards left by people of whom they knew nothing.

Here were funds of enjoyment. Could Anne wonder that her father and sister were happy? She might not wonder, but she must sigh that her father should feel no degradation in his change, should see nothing to regret in the duties and dignity of the resident landholder, should find so much to be vain of in the littlenesses of a town; and she must sigh, and smile, and wonder too, as Elizabeth threw open the folding-doors and walked with exultation from one drawing-room to the other, boasting of their space; at the possibility of that woman, who had been mistress of Kellynch Hall, finding extent to be proud of between two walls, perhaps thirty feet asunder.

But this was not all which they had to make them happy. They had Mr Elliot too. Anne had a great deal to hear of Mr Elliot. He was not only pardoned, they were delighted with him. He had been in Bath about a fortnight; (he had passed through Bath in November, in his way to London, when the intelligence of Sir Walter's being settled there had of course reached him, though only twenty-four hours in the place, but he had not been able to avail himself of it;) but he had now been a fortnight in Bath, and his first object on arriving, had been to leave his card in Camden Place, following it up by such assiduous endeavours to meet, and when they did meet, by such great openness of conduct, such readiness to apologize for the past, such solicitude to be received as a relation again, that their former good understanding was completely re-established.

They had not a fault to find in him. He had explained away all the appearance of neglect on his own side. It had originated in misapprehension entirely. He had never had an idea of throwing himself off; he had feared that he was thrown off, but knew not why, and delicacy had kept him silent. Upon the hint of having spoken disrespectfully or carelessly of the family and the family honours, he was quite indignant. He, who had ever boasted of being an Elliot, and whose feelings, as to connection, were only too strict to suit the unfeudal tone of the present day. He was astonished, indeed, but his character and general conduct must refute it. He could refer Sir Walter to all who knew him; and certainly, the pains he had been taking on this, the first opportunity of reconciliation, to be restored to the footing of a relation and heir-presumptive, was a strong proof of his opinions on the subject.

The circumstances of his marriage, too, were found to admit of much extenuation. This was an article not to be entered on by himself; but a very intimate friend of his, a Colonel Wallis, a highly respectable man, perfectly the gentleman, (and not an ill-looking man, Sir Walter added), who was living in very good style in Marlborough Buildings, and had, at his own particular request, been admitted to their acquaintance through Mr Elliot, had mentioned one or two things relative to the marriage, which made a material difference in the discredit of it.

Colonel Wallis had known Mr Elliot long, had been well acquainted also with his wife, had perfectly understood the whole story. She was certainly not a woman of family, but well educated, accomplished, rich, and excessively in love with his friend. There had been the charm. She had sought him. Without that attraction, not all her money would have tempted Elliot, and Sir Walter was, moreover, assured of her having been a very fine woman. Here was a great deal to soften the business. A very fine woman with a large fortune, in love with him! Sir Walter seemed to admit it as complete apology; and though Elizabeth could not see the circumstance in quite so favourable a light, she allowed it be a great extenuation.

Mr Elliot had called repeatedly, had dined with them once, evidently delighted by the distinction of being asked, for they gave no dinners in general; delighted, in short, by every proof of cousinly notice, and placing his whole happiness in being on intimate terms in Camden Place.

Anne listened, but without quite understanding it. Allowances, large allowances, she knew, must be made for the ideas of those who spoke. She heard it all under embellishment. All that sounded extravagant or irrational in the progress of the reconciliation might have no origin but in the language of the relators. Still, however, she had the sensation of there being something more than immediately appeared, in Mr Elliot's wishing, after an interval of so many years, to be well received by them. In a worldly view, he had nothing to gain by being on terms with Sir Walter; nothing to risk by a state of variance. In all probability he was already the richer of the two, and the Kellynch estate would as surely be his hereafter as the title. A sensible man, and he had looked like a very sensible man, why should it be an object to him? She could only offer one solution; it was, perhaps, for Elizabeth's sake. There might really have been a liking formerly, though convenience and accident had drawn him a different way; and now that he could afford to please himself, he might mean to pay his addresses to her. Elizabeth was certainly very handsome, with well-bred, elegant manners, and her character might never have been penetrated by Mr Elliot, knowing her but in public, and when very young himself. How her temper and understanding might bear the investigation of his present keener time of life was another concern and rather a fearful one. Most earnestly did she wish that he might not be too nice, or too observant if Elizabeth were his object; and that Elizabeth was disposed to believe herself so, and that her friend Mrs Clay was encouraging the idea, seemed apparent by a glance or two between them, while Mr Elliot's frequent visits were talked of.

Anne mentioned the glimpses she had had of him at Lyme, but without being much attended to. "Oh! yes, perhaps, it had been Mr Elliot. They did not know. It might be him, perhaps." They could not listen to her description of him. They were describing him themselves; Sir Walter especially. He did justice to his very gentleman-like appearance, his air of elegance and fashion, his good shaped face, his sensible eye; but, at the same time, "must lament his being very much under-hung, a defect which time seemed to have increased; nor could he pretend to say that ten years had not altered almost every feature for the worse. Mr Elliot appeared to think that he (Sir Walter) was looking exactly as he had done when they last parted;" but Sir Walter had "not been able to return the compliment entirely, which had embarrassed him. He did not mean to complain, however. Mr Elliot was better to look at than most men, and he had no objection to being seen with him anywhere."

Mr Elliot, and his friends in Marlborough Buildings, were talked of the whole evening. "Colonel Wallis had been so impatient to be introduced to them! and Mr Elliot so anxious that he should!" and there was a Mrs Wallis, at present known only to them by description, as she was in daily expectation of her confinement; but Mr Elliot spoke of her as "a most charming woman, quite worthy of being known in Camden Place," and as soon as she recovered they were to be acquainted. Sir Walter thought much of Mrs Wallis; she was said to be an excessively pretty woman, beautiful. "He longed to see her. He hoped she might make some amends for the many very plain faces he was continually passing in the streets. The worst of Bath was the number of its plain women. He did not mean to say that there were no pretty women, but the number of the plain was out of all proportion. He had frequently observed, as he walked, that one handsome face would be followed by thirty, or five-and-thirty frights; and once, as he had stood in a shop on Bond Street, he had counted eighty-seven women go by, one after another, without there being a tolerable face among them. It had been a frosty morning, to be sure, a sharp frost, which hardly one woman in a thousand could stand the test of. But still, there certainly were a dreadful multitude of ugly women in Bath; and as for the men! they were infinitely worse. Such scarecrows as the streets were full of! It was evident how little the women were used to the sight of anything tolerable, by the effect which a man of decent appearance produced. He had never walked anywhere arm-in-arm with Colonel Wallis (who was a fine military figure, though sandy-haired) without observing that every woman's eye was upon him; every woman's eye was sure to be upon Colonel Wallis." Modest Sir Walter! He was not allowed to escape, however. His daughter and Mrs

Clay united in hinting that Colonel Wallis's companion might have as good a figure as Colonel Wallis, and certainly was not sandy-haired.

"How is Mary looking?" said Sir Walter, in the height of his good humour.

"The last time I saw her she had a red nose, but I hope that may not happen every day."

"Oh! no, that must have been quite accidental. In general she has been in very good health and very good looks since Michaelmas."

"If I thought it would not tempt her to go out in sharp winds, and grow coarse, I would send her a new hat and pelisse."

Anne was considering whether she should venture to suggest that a gown, or a cap, would not be liable to any such misuse, when a knock at the door suspended everything. "A knock at the door! and so late! It was ten o'clock. Could it be Mr Elliot? They knew he was to dine in Lansdown Crescent. It was possible that he might stop in his way home to ask them how they did. They could think of no one else. Mrs Clay decidedly thought it Mr Elliot's knock." Mrs Clay was right. With all the state which a butler and foot-boy could give, Mr Elliot was ushered into the room.

It was the same, the very same man, with no difference but of dress. Anne drew a little back, while the others received his compliments, and her sister his apologies for calling at so unusual an hour, but "he could not be so near without wishing to know that neither she nor her friend had taken cold the day before," &c. &c; which was all as politely done, and as politely taken, as possible, but her part must follow this. Sir Walter talked of his youngest daughter; "Mr Elliot must give him leave to present him to his youngest daughter" (there was no occasion for remembering Mary); and Anne, smiling and blushing, very becomingly shewed to Mr Elliot the pretty features which he had by no means forgotten, and instantly saw, with amusement at his little start of surprise, that he had not been at all aware of who she was. He looked completely astonished, but not more astonished than pleased; his eyes brightened! and with the most perfect alacrity he welcomed the relationship, alluded to the past, and entreated to be received as an acquaintance already. He was quite as good-looking as he had appeared at Lyme, his countenance improved by speaking, and his manners were so exactly what they ought to be, so polished, so easy, so particularly agreeable, that she could compare them in excellence to only one person's manners. They were not the same, but they were, perhaps, equally good.

He sat down with them, and improved their conversation very much. There could be no doubt of his being a sensible man. Ten minutes were enough to certify that. His tone, his expressions, his choice of subject, his knowing where to stop; it was all the operation of a sensible, discerning mind. As soon as he could, he began to talk to her of Lyme, wanting to compare opinions respecting the place, but especially wanting to speak of the circumstance of their happening to be guests in the same inn at the same time; to give his own route, understand something of hers, and regret that he should have lost such an opportunity of paying his respects to her. She gave him a short account of her party and business at Lyme. His regret increased as he listened. He had spent his whole solitary evening in the room adjoining theirs; had heard voices, mirth continually; thought they must be a most delightful set of people, longed to be with them, but certainly without the smallest suspicion of his possessing the shadow of a right to introduce himself. If he had but asked who the party were! The name of Musgrove would have told him enough. "Well, it would serve to cure him of an absurd practice of never asking a question at an inn, which he had adopted, when quite a young man, on the principal of its being very ungenteel to be curious.

"The notions of a young man of one or two and twenty," said he, "as to what is necessary in manners to make him quite the thing, are more absurd, I believe, than those of any other set of beings in the world. The folly of the means they often employ is only to be equalled by the folly of what they have in view."

But he must not be addressing his reflections to Anne alone: he knew it; he was soon diffused again among the others, and it was only at intervals that he could return to Lyme.

His enquiries, however, produced at length an account of the scene she had been engaged in there, soon after his leaving the place. Having alluded to "an accident," he must hear the whole. When he questioned, Sir Walter and Elizabeth began to question also, but the difference in their manner of doing it could not be unfelt. She could only compare Mr Elliot to Lady Russell, in the wish of really comprehending what had passed, and in the degree of concern for what she must have suffered in witnessing it.

He staid an hour with them. The elegant little clock on the mantel-piece had struck "eleven with its silver sounds," and the watchman was beginning to be heard at a distance telling the same tale, before Mr Elliot or any of them seemed to feel that he had been there long.

Anne could not have supposed it possible that her first evening in Camden Place could have passed so well!

CHAPTER XVI

There was one point which Anne, on returning to her family, would have been more thankful to ascertain even than Mr Elliot's being in love with Elizabeth, which was, her father's not being in love with Mrs Clay; and she was very far from easy about it, when she had been at home a few hours. On going down to breakfast the next morning, she found there had just been a decent pretence on the lady's side of meaning to leave them. She could imagine Mrs Clay to have said, that "now Miss Anne was come, she could not suppose herself at all wanted;" for Elizabeth was replying in a sort of whisper, "That must not be any reason, indeed. I assure you I feel it none. She is nothing to me, compared with you;" and she was in full time to hear her father say, "My dear madam, this must not be. As yet, you have seen nothing of Bath. You have been here only to be useful. You must not run away from us now. You must stay to be acquainted with Mrs Wallis, the beautiful Mrs Wallis. To your fine mind, I well know the sight of beauty is a real gratification."

He spoke and looked so much in earnest, that Anne was not surprised to see Mrs Clay stealing a glance at Elizabeth and herself. Her countenance, perhaps, might express some watchfulness; but the praise of the fine mind did not appear to excite a thought in her sister.

The lady could not but yield to such joint entreaties, and promise to stay.

In the course of the same morning, Anne and her father chancing to be alone together, he began to compliment her on her improved looks; he thought her "less thin in her person, in her cheeks; her skin, her complexion, greatly improved; clearer, fresher. Had she been using any thing in particular?" "No, nothing." "Merely Gowland," he supposed. "No, nothing at all." "Ha! he was surprised at that;" and added, "certainly you cannot do better than to continue as you are; you cannot be better than well; or I should recommend Gowland, the constant use of Gowland, during the spring months. Mrs Clay has been using it at my recommendation, and you see what it has done for her. You see how it has carried away her freckles."

If Elizabeth could but have heard this! Such personal praise might have struck her, especially as it did not appear to Anne that the freckles were at all lessened. But everything must take its chance. The evil of a marriage would be much diminished, if Elizabeth were also to marry. As for herself, she might always command a home with Lady Russell.

Lady Russell's composed mind and polite manners were put to some trial on this point, in her intercourse in Camden Place. The sight of Mrs Clay in such favour, and of Anne so overlooked, was a perpetual provocation to her there; and vexed her as much when she was away, as a person in Bath who drinks the water, gets all the new publications, and has a very large acquaintance, has time to be vexed.

As Mr Elliot became known to her, she grew more charitable, or more indifferent, towards the others. His manners were an immediate recommendation; and on conversing with him she found the solid so fully supporting the superficial, that she was at first, as she told Anne, almost ready to exclaim, "Can this be Mr Elliot?" and could not seriously picture to herself a more agreeable or estimable man. Everything united in him; good understanding, correct opinions, knowledge of the world, and a warm heart. He had strong feelings of family attachment and family honour, without pride or weakness; he lived with the liberality of a man of fortune, without display; he judged for himself in everything essential, without defying public opinion in any point of worldly decorum. He was steady, observant, moderate, candid; never run away with by spirits or by selfishness, which fancied itself strong feeling; and yet, with a sensibility to what was amiable and lovely, and a value for all the felicities of domestic life, which characters of fancied enthusiasm and violent agitation seldom really possess. She was sure that he had not been happy in marriage. Colonel Wallis said it, and Lady Russell saw it; but it had been no unhappiness to sour his mind, nor (she began pretty soon to suspect) to prevent his thinking of a second choice. Her satisfaction in Mr Elliot outweighed all the plague of Mrs Clay.

It was now some years since Anne had begun to learn that she and her excellent friend could sometimes think differently; and it did not surprise her, therefore, that Lady Russell should see nothing suspicious or inconsistent, nothing to require more motives than appeared, in Mr Elliot's great desire of a reconciliation. In Lady Russell's view, it was perfectly natural that Mr Elliot, at a mature time of life, should feel it a most desirable object, and what would very generally recommend him among all sensible people, to be on good terms with the head of his family; the simplest process in the world of time upon a head naturally clear, and only erring in the heyday of youth. Anne presumed, however, still to smile about it, and at last to mention "Elizabeth." Lady Russell listened, and looked, and made only this cautious reply: "Elizabeth! very well; time will explain."

It was a reference to the future, which Anne, after a little observation, felt she must submit to. She could determine nothing at present. In that house Elizabeth must be first; and she was in the habit of such general observance as "Miss Elliot," that any particularity of attention seemed almost impossible. Mr Elliot, too, it must be remembered, had not been a widower seven months. A little delay on his side might be very excusable. In fact, Anne could never see the crape round his hat, without fearing that she was the inexcusable one, in attributing to him such imaginations; for though his marriage had not been very happy, still it had existed so many years that she could not comprehend a very rapid recovery from the awful impression of its being dissolved.

However it might end, he was without any question their pleasantest acquaintance in Bath: she saw nobody equal to him; and it was a great indulgence now and then to talk to him about Lyme, which he seemed to have as lively a wish to see again, and to see more of, as herself. They went through the particulars of their first meeting a great many times. He gave her to understand that he had looked at her with some earnestness. She knew it well; and she remembered another person's look also.

They did not always think alike. His value for rank and connexion she perceived was greater than hers. It was not merely complaisance, it must be a liking to the cause, which made him enter warmly into her father and sister's solicitations on a subject which she thought unworthy to excite them. The Bath paper one morning announced the arrival of the Dowager Viscountess Dalrymple, and her daughter, the Honourable Miss Carteret; and all the comfort of No., Camden Place, was swept away for many days; for the Dalrymples (in Anne's opinion, most unfortunately) were cousins of the Elliots; and the agony was how to introduce themselves properly.

Anne had never seen her father and sister before in contact with nobility, and she must acknowledge herself disappointed. She had hoped better things from their high ideas of their own situation in life, and was reduced to form a wish which she had never foreseen; a wish that they had more pride; for "our cousins Lady Dalrymple and Miss Carteret;" "our cousins, the Dalrymples," sounded in her ears all day long.

Sir Walter had once been in company with the late viscount, but had never seen any of the rest of the family; and the difficulties of the case arose from there having been a suspension of all intercourse by letters of ceremony, ever since the death of that said late viscount, when, in consequence of a dangerous illness of Sir Walter's at the same time, there had been an unlucky omission at Kellynch. No letter of condolence had been sent to Ireland. The neglect had been visited on the head of the sinner; for when poor Lady Elliot died herself, no letter of condolence was received at Kellynch, and, consequently, there was but too much reason to apprehend that the Dalrymples considered the relationship as closed. How to have this anxious business set to rights, and be admitted as cousins again, was the question: and it was a question which, in a more rational manner, neither Lady Russell nor Mr Elliot thought unimportant. "Family connexions were always worth preserving, good company always worth seeking; Lady Dalrymple had taken a house, for three months, in Laura Place, and would be living in style.

She had been at Bath the year before, and Lady Russell had heard her spoken of as a charming woman. It was very desirable that the connexion should be renewed, if it could be done, without any compromise of propriety on the side of the Elliots."

Sir Walter, however, would choose his own means, and at last wrote a very fine letter of ample explanation, regret, and entreaty, to his right honourable cousin. Neither Lady Russell nor Mr Elliot could admire the letter; but it did all that was wanted, in bringing three lines of scrawl from the Dowager Viscountess. "She was very much honoured, and should be happy in their acquaintance." The toils of the business were over, the sweets began. They visited in Laura Place, they had the cards of Dowager Viscountess Dalrymple, and the Honourable Miss Carteret, to be arranged wherever they might be most visible: and "Our cousins in Laura Place," Our cousin, Lady Dalrymple and Miss Carteret," were talked of to everybody.

Anne was ashamed. Had Lady Dalrymple and her daughter even been very agreeable, she would still have been ashamed of the agitation they created, but they were nothing. There was no superiority of manner, accomplishment, or understanding. Lady Dalrymple had acquired the name of "a charming woman," because she had a smile and a civil answer for everybody. Miss Carteret, with still less to say, was so plain and so awkward, that she would never have been tolerated in Camden Place but for her birth.

Lady Russell confessed she had expected something better; but yet "it was an acquaintance worth having," and when Anne ventured to speak her opinion of them to Mr Elliot, he agreed to their being nothing in themselves, but still maintained that, as a family connexion, as good company, as those who would collect good company around them, they had their value. Anne smiled and said, "My idea of good company, Mr Elliot, is the company of clever, well-informed people, who have a great deal of conversation; that is what I call good company."

"You are mistaken," said he gently, "that is not good company; that is the best. Good company requires only birth, education, and manners, and with regard to education is not very nice. Birth and good manners are essential; but a little learning is by no means a dangerous thing in good company; on the contrary, it will do very well. My cousin Anne shakes her head. She is not satisfied. She is fastidious. My dear cousin" (sitting down by her), "you have a better right to be fastidious than almost any other woman I know; but will it answer? Will it make you happy? Will it not be wiser to accept the society of those good ladies in Laura Place, and enjoy all the advantages of the connexion as far as possible? You may depend upon it, that they will move in the first set in Bath this winter, and as rank is rank, your being known to be related to them will have its use in fixing your family (our family let me say) in that degree of consideration which we must all wish for."

"Yes," sighed Anne, "we shall, indeed, be known to be related to them!" then recollecting herself, and not wishing to be answered, she added, "I certainly do think there has been by far too much trouble taken to procure the acquaintance. I suppose" (smiling) "I have more pride than any of you; but I confess it does vex me, that we should be so solicitous to have the relationship acknowledged, which we may be very sure is a matter of perfect indifference to them."

"Pardon me, dear cousin, you are unjust in your own claims. In London, perhaps, in your present quiet style of living, it might be as you say: but in Bath; Sir Walter Elliot and his family will always be worth knowing: always acceptable as acquaintance."

"Well," said Anne, "I certainly am proud, too proud to enjoy a welcome which depends so entirely upon place."

"I love your indignation," said he; "it is very natural. But here you are in Bath, and the object is to be established here with all the credit and dignity which ought to belong to Sir Walter Elliot. You talk of being proud; I am called proud, I know, and I shall not wish to believe myself otherwise; for our pride, if investigated, would have the same object, I have no doubt, though the kind may seem a little different. In one point, I am sure, my dear cousin," (he continued, speaking lower, though there was no one else in the room) "in one point, I am sure, we must feel alike. We must feel that every addition to your father's society, among his equals or superiors, may be of use in diverting his thoughts from those who are beneath him."

He looked, as he spoke, to the seat which Mrs Clay had been lately occupying: a sufficient explanation of what he particularly meant; and though Anne could not believe in their having the same sort of pride, she was pleased with him for not liking Mrs Clay; and her conscience admitted that his wishing to promote her father's getting great acquaintance was more than excusable in the view of defeating her.

CHAPTER XVII

While Sir Walter and Elizabeth were assiduously pushing their good fortune in Laura Place, Anne was renewing an acquaintance of a very different description.

She had called on her former governess, and had heard from her of there being an old school-fellow in Bath, who had the two strong claims on her attention of past kindness and present suffering. Miss Hamilton, now Mrs Smith, had shewn her kindness in one of those periods of her life when it had been most valuable. Anne had gone unhappy to school, grieving for the loss of a mother whom she had dearly loved, feeling her separation from home, and suffering as a girl of fourteen, of strong sensibility and not high spirits, must suffer at such a time; and Miss Hamilton, three years older than herself, but still from the want of near relations and a settled home, remaining another year at school, had been useful and good to her in a way which had considerably lessened her misery, and could never be remembered with indifference.

Miss Hamilton had left school, had married not long afterwards, was said to have married a man of fortune, and this was all that Anne had known of her, till now that their governess's account brought her situation forward in a more decided but very different form. She was a widow and poor. Her husband had been extravagant; and at his death, about two years before, had left his affairs dreadfully involved. She had had difficulties of every sort to contend with, and in addition to these distresses had been afflicted with a severe rheumatic fever, which, finally settling in her legs, had made her for the present a cripple. She had come to Bath on that account, and was now in lodgings near the hot baths, living in a very humble way, unable even to afford herself the comfort of a servant, and of course almost excluded from society.

Their mutual friend answered for the satisfaction which a visit from Miss Elliot would give Mrs Smith, and Anne therefore lost no time in going. She mentioned nothing of what she had heard, or what she intended, at home. It would excite no proper interest there. She only consulted Lady Russell, who entered thoroughly into her sentiments, and was most happy to convey her as near to Mrs Smith's lodgings in Westgate Buildings, as Anne chose to be taken.

The visit was paid, their acquaintance re-established, their interest in each other more than re-kindled. The first ten minutes had its awkwardness and its emotion. Twelve years were gone since they had parted, and each presented a somewhat different person from what the other had imagined. Twelve years had changed Anne from the blooming, silent, unformed girl of fifteen, to the elegant little woman of seven-and-twenty, with every beauty except bloom, and with manners as consciously right as they were invariably gentle; and twelve years had transformed the fine-looking, well-grown Miss Hamilton, in all the glow of health and confidence of superiority, into a poor, infirm, helpless widow, receiving the visit of her former protegee as a favour; but all that was uncomfortable in the meeting had soon passed away, and left only the interesting charm of remembering former partialities and talking over old times.

Anne found in Mrs Smith the good sense and agreeable manners which she had almost ventured to depend on, and a disposition to converse and be cheerful beyond her expectation. Neither the dissipations of the past – and she had lived very much in the world – nor the restrictions of the present, neither sickness nor sorrow seemed to have closed her heart or ruined her spirits.

In the course of a second visit she talked with great openness, and Anne's astonishment increased. She could scarcely imagine a more cheerless situation in itself than Mrs Smith's. She had been very fond of her husband: she had buried him. She had been used to affluence: it was gone. She had no child to connect her with life and happiness again, no relations to assist in the arrangement of perplexed affairs, no health to make all the rest supportable. Her accommodations were limited to a noisy parlour, and a dark bedroom behind, with no possibility of moving from one to the other without assistance, which there was only one servant in the house to afford, and she never quitted the house but to be conveyed into the warm bath. Yet, in spite of all this, Anne had reason to believe that she had moments only of languor and depression, to hours of occupation and enjoyment. How could it be? She watched, observed, reflected, and finally determined that this was not a case of fortitude or of resignation only. A submissive spirit might be patient, a strong understanding would supply resolution, but here was something more; here was that elasticity of mind, that disposition to be comforted, that power of turning readily from evil to good, and of finding employment which carried her out of herself, which was from nature alone. It was the choicest gift of Heaven; and Anne viewed her friend as one of those instances in which, by a merciful appointment, it seems designed to counterbalance almost every other want.

There had been a time, Mrs Smith told her, when her spirits had nearly failed. She could not call herself an invalid now, compared with her state on first reaching Bath. Then she had, indeed, been a pitiable object; for she had caught cold on the journey, and had hardly taken possession of her lodgings before she was again confined to her bed and suffering under severe and constant pain; and all this among strangers, with the absolute necessity of having a regular nurse, and finances at that moment particularly unfit to meet any extraordinary expense. She had weathered it, however, and could truly say that it had done her good. It had increased her comforts by making her feel herself to be in good hands. She had seen too much of the world, to expect sudden or disinterested attachment anywhere, but her illness had proved to her that her landlady had a character to preserve, and would not use her ill; and she had been particularly fortunate in her nurse, as a sister of her landlady, a nurse by profession, and who had always a home in that house when unemployed, chanced to be at liberty just in time to attend her. "And she," said Mrs Smith, "besides nursing me most admirably, has really proved an invaluable acquaintance. As soon as I could use my hands she taught me to knit, which has been a great amusement; and she put me in the way of making these little thread-cases, pin-cushions and card-racks, which you always find me so busy about, and which supply me with the means of doing a little good to one or two very poor families in this neighbourhood. She had a large acquaintance, of course professionally, among those who can afford to buy, and she disposes of my merchandise. She always takes the right time for applying. Everybody's heart is open, you know, when they have recently escaped from severe pain, or are recovering the blessing of health, and Nurse Rooke thoroughly understands when to speak. She is a shrewd, intelligent, sensible woman. Hers is a line for seeing human nature; and she has a fund of good sense and observation, which, as a companion, make her infinitely superior to thousands of those who having only received 'the best education in the world,' know nothing worth attending to. Call it gossip, if you will, but when Nurse Rooke has half an hour's leisure to bestow on me, she is sure to have something to relate that is entertaining and profitable: something that makes one know one's species better. One likes to hear what is going on, to be au fait as to the newest modes of being trifling and silly. To me, who live so much alone, her conversation, I assure you, is a treat."

Anne, far from wishing to cavil at the pleasure, replied, "I can easily believe it. Women of that class have great opportunities, and if they are intelligent may be well worth listening to. Such varieties of human nature as they are in the habit of witnessing! And it is not merely in its follies, that they are well read; for they see it occasionally under every circumstance that can be most interesting or affecting. What instances must pass before them of ardent, disinterested, self-denying attachment, of heroism, fortitude, patience, resignation: of all the conflicts and all the sacrifices that ennoble us most. A sick chamber may often furnish the worth of volumes."

"Yes," said Mrs Smith more doubtingly, "sometimes it may, though I fear its lessons are not often in the elevated style you describe. Here and there, human nature may be great in times of trial; but generally speaking, it is its weakness and not its strength that appears in a sick chamber: it is selfishness and impatience rather than generosity and fortitude, that one hears of. There is so little real friendship in the world! and unfortunately" (speaking low and tremulously) "there are so many who forget to think seriously till it is almost too late."

Anne saw the misery of such feelings. The husband had not been what he ought, and the wife had been led among that part of mankind which made her think worse of the world than she hoped it deserved. It was but a passing emotion however with Mrs Smith; she shook it off, and soon added in a different tone:

"I do not suppose the situation my friend Mrs Rooke is in at present, will furnish much real interest or edify me. She is only nursing Mrs Wallis of Marlborough Buildings; a mere pretty, silly, expensive, fashionable woman, I believe; and of course will have nothing to report but of lace and finery. I mean to make my profit of Mrs Wallis, however. She has plenty of money, and I intend she shall buy all the high-priced things I have in hand now."

Anne had called several times on her friend, before the existence of such a person was known in Camden Place. At last, it became necessary to speak of her. Sir Walter, Elizabeth and Mrs Clay, returned one morning from Laura Place, with a sudden invitation from Lady Dalrymple for the same evening, and Anne was already engaged, to spend that evening in Westgate Buildings. She was not sorry for the excuse. They were only asked, she was sure, because Lady Dalrymple being kept at home by a bad cold, was glad to make use of the relationship which had been so pressed on her; and she declined on her own account with great alacrity: "She was engaged to spend the evening with an old schoolfellow." They were not much interested in anything relative to Anne; but still there were questions enough asked, to make it understood what this old schoolfellow was; and Elizabeth was disdainful, and Sir Walter severe.

"Westgate Buildings!" said he, "and who is Miss Anne Elliot to be visiting in Westgate Buildings? A Mrs Smith. A widow Mrs Smith; and who was her husband? One of five thousand Mr Smiths whose names are to be met with everywhere. And what is her attraction? That she is old and sickly. Upon my word, Miss Anne Elliot, you have the most extraordinary taste! Everything that revolts other people, low company, paltry rooms, foul air, disgusting associations are inviting to you. But surely you may put off this old lady till tomorrow: she is not so near her end, I presume, but that she may hope to see another day. What is her age? Forty?"

"No, sir, she is not one-and-thirty; but I do not think I can put off my engagement, because it is the only evening for some time which will at once suit her and myself. She goes into the warm bath tomorrow, and for the rest of the week, you know, we are engaged."

"But what does Lady Russell think of this acquaintance?" asked Elizabeth.

"She sees nothing to blame in it," replied Anne; "on the contrary, she approves it, and has generally taken me when I have called on Mrs Smith."

"Westgate Buildings must have been rather surprised by the appearance of a carriage drawn up near its pavement," observed Sir Walter. "Sir Henry Russell's widow, indeed, has no honours to distinguish her arms, but still it is a handsome equipage, and no doubt is well known to convey a Miss Elliot. A widow Mrs Smith lodging in Westgate Buildings! A poor widow barely able to live, between thirty and forty; a mere Mrs Smith, an every-day Mrs Smith, of all people and all names in the world, to be the chosen friend of Miss Anne Elliot, and to be preferred by her to her own family connections among the nobility of England and Ireland! Mrs Smith! Such a name!"

Mrs Clay, who had been present while all this passed, now thought it advisable to leave the room, and Anne could have said much, and did long to say a little in defence of her friend's not very dissimilar claims to theirs, but her sense of personal respect to her father prevented her. She made no reply. She left it to himself to recollect, that Mrs Smith was not the only widow in Bath between thirty and forty, with little to live on, and no surname of dignity.

Anne kept her appointment; the others kept theirs, and of course she heard the next morning that they had had a delightful evening. She had been the only one of the set absent, for Sir Walter and Elizabeth had not only been quite at her ladyship's service themselves, but had actually been happy to be employed by her in collecting others, and had been at the trouble of inviting both Lady Russell and Mr Elliot; and Mr Elliot had made a point of leaving Colonel Wallis early, and Lady Russell had fresh arranged all her evening engagements in order to wait on her. Anne had the whole history of all that such an evening could supply from Lady Russell. To her, its greatest interest must be, in having been very much talked of between her friend and Mr Elliot; in having been wished for, regretted, and at the same time honoured for staying away in such a cause. Her kind, compassionate visits to this old schoolfellow, sick and reduced, seemed to have quite delighted Mr Elliot. He thought her a most extraordinary young woman; in her temper, manners, mind, a model of female excellence. He could meet even Lady Russell in a discussion of her merits; and Anne could not be given to understand so much by her friend, could not know herself to be so highly rated by a sensible man, without many of those agreeable sensations which her friend meant to create.

Lady Russell was now perfectly decided in her opinion of Mr Elliot. She was as much convinced of his meaning to gain Anne in time as of his deserving her, and was beginning to calculate the number of weeks which would free him from all the remaining restraints of widowhood, and leave him at liberty to exert his most open powers of pleasing. She would not speak to Anne with half the certainty she felt on the subject, she would venture on little more than hints of what might be hereafter, of a possible attachment on his side, of the desirableness of the alliance, supposing such attachment to be real and returned. Anne heard her, and made no violent exclamations; she only smiled, blushed, and gently shook her head.

"I am no match-maker, as you well know," said Lady Russell, "being much too well aware of the uncertainty of all human events and calculations. I only mean that if Mr Elliot should some time hence pay his addresses to you, and if you should be disposed to accept him, I think there would be every possibility of your being happy together. A most suitable connection everybody must consider it, but I think it might be a very happy one."

"Mr Elliot is an exceedingly agreeable man, and in many respects I think highly of him," said Anne; "but we should not suit."

Lady Russell let this pass, and only said in rejoinder, "I own that to be able to regard you as the future mistress of Kellynch, the future Lady Elliot, to look forward and see you occupying your dear mother's place, succeeding to all her rights, and all her popularity, as well as to all her virtues, would be the highest possible gratification to me. You are your mother's self in countenance and disposition; and if I might be allowed to fancy you such as she was, in situation and name, and home, presiding and blessing in the same spot, and only superior to her in being more highly valued! My dearest Anne, it would give me more delight than is often felt at my time of life!"

Anne was obliged to turn away, to rise, to walk to a distant table, and, leaning there in pretended employment, try to subdue the feelings this picture excited. For a few moments her imagination and her heart were bewitched. The idea of becoming what her mother had been; of having the precious name of "Lady Elliot" first revived in herself; of being restored to Kellynch, calling it her home again, her home for ever, was a charm which she could not immediately resist. Lady Russell said not another word, willing to leave the matter to its own operation; and believing that, could Mr Elliot at that moment with propriety have spoken for himself!—she believed, in short, what Anne did not believe. The same image of Mr Elliot speaking for himself brought Anne to composure again. The charm of Kellynch and of "Lady Elliot" all faded away. She never could accept him. And it was not only that her feelings were still adverse to any man save one; her judgement, on a serious consideration of the possibilities of such a case was against Mr Elliot.

Though they had now been acquainted a month, she could not be satisfied that she really knew his character. That he was a sensible man, an agreeable man, that he talked well, professed good opinions, seemed to judge properly and as a man of principle, this was all clear enough. He certainly knew what was right, nor could she fix on any one article of moral duty evidently transgressed; but yet she would have been afraid to answer for his conduct. She distrusted the past, if not the present. The names which occasionally dropt of former associates, the allusions to former practices and pursuits, suggested suspicions not favourable of what he had been. She saw that there had been bad habits; that Sunday travelling had been a common thing; that there had been a period of his life (and probably not a short one) when he had been, at least, careless in all serious matters; and, though he might now think very differently, who could answer for the true sentiments of a clever, cautious man, grown old enough to appreciate a fair character? How could it ever be ascertained that his mind was truly cleansed?

Mr Elliot was rational, discreet, polished, but he was not open. There was never any burst of feeling, any warmth of indignation or delight, at the evil or good of others. This, to Anne, was a decided imperfection. Her early impressions were incurable. She prized the frank, the open-hearted, the eager character beyond all others. Warmth and enthusiasm did captivate her still. She felt that she could so much more depend upon the sincerity of those who sometimes looked or said a careless or a hasty thing, than of those whose presence of mind never varied, whose tongue never slipped.

Mr Elliot was too generally agreeable. Various as were the tempers in her father's house, he pleased them all. He endured too well, stood too well with every body. He had spoken to her with some degree of openness of Mrs Clay; had appeared completely to see what Mrs Clay was about, and to hold her in contempt; and yet Mrs Clay found him as agreeable as any body.

Lady Russell saw either less or more than her young friend, for she saw nothing to excite distrust. She could not imagine a man more exactly what he ought to be than Mr Elliot; nor did she ever enjoy a sweeter feeling than the hope of seeing him receive the hand of her beloved Anne in Kellynch church, in the course of the following autumn.

CHAPTER XVIII

It was the beginning of February; and Anne, having been a month in Bath, was growing very eager for news from Uppercross and Lyme. She wanted to hear much more than Mary had communicated. It was three weeks since she had heard at all. She only knew that Henrietta was at home again; and that Louisa, though considered to be recovering fast, was still in Lyme; and she was thinking of them all very intently one evening, when a thicker letter than usual from Mary was delivered to her; and, to quicken the pleasure and surprise, with Admiral and Mrs Croft's compliments.

The Crofts must be in Bath! A circumstance to interest her. They were people whom her heart turned to very naturally.

"What is this?" cried Sir Walter. "The Crofts have arrived in Bath? The Crofts who rent Kellynch? What have they brought you?"

"A letter from Uppercross Cottage, Sir."

"Oh! those letters are convenient passports. They secure an introduction. I should have visited Admiral Croft, however, at any rate. I know what is due to my tenant."

Anne could listen no longer; she could not even have told how the poor Admiral's complexion escaped; her letter engrossed her. It had been begun several days back.

February 1st.
My dear Anne,

I make no apology for my silence, because I know how little people think of letters in such a place as Bath. You must be a great deal too happy to care for Uppercross, which, as you well know, affords little to write about. We have had a very dull Christmas; Mr and Mrs Musgrove have not had one dinner party all the holidays. I do not reckon

the Hayters as anybody. The holidays, however, are over at last: I believe no children ever had such long ones. I am sure I had not. The house was cleared yesterday, except of the little Harvilles; but you will be surprised to hear they have never gone home. Mrs Harville must be an odd mother to part with them so long. I do not understand it. They are not at all nice children, in my opinion; but Mrs Musgrove seems to like them quite as well, if not better, than her grandchildren. What dreadful weather we have had! It may not be felt in Bath, with your nice pavements; but in the country it is of some consequence. I have not had a creature call on me since the second week in January, except Charles Hayter, who had been calling much oftener than was welcome. Between ourselves, I think it a great pity Henrietta did not remain at Lyme as long as Louisa; it would have kept her a little out of his way. The carriage is gone today, to bring Louisa and the Harvilles tomorrow. We are not asked to dine with them, however, till the day after, Mrs Musgrove is so afraid of her being fatigued by the journey, which is not very likely, considering the care that will be taken of her; and it would be much more convenient to me to dine there tomorrow. I am glad you find Mr Elliot so agreeable, and wish I could be acquainted with him too; but I have my usual luck: I am always out of the way when any thing desirable is going on; always the last of my family to be noticed. What an immense time Mrs Clay has been staying with Elizabeth! Does she never mean to go away? But perhaps if she were to leave the room vacant, we might not be invited. Let me know what you think of this. I do not expect my children to be asked, you know. I can leave them at the Great House very well, for a month or six weeks. I have this moment heard that the Crofts are going to Bath almost immediately; they think the Admiral gouty. Charles heard it quite by chance; they have not had the civility to give me any notice, or of offering to take anything. I do not think they improve at all as neighbours. We see nothing of them, and this is really an instance of gross inattention. Charles joins me in love, and everything proper.
Yours affectionately,

Mary M.

I am sorry to say that I am very far from well; and Jemima has just told me that the butcher says there is a bad sore-throat very much about. I dare say I shall catch it; and my sore-throats, you know, are always worse than anybody's.

So ended the first part, which had been afterwards put into an envelope, containing nearly as much more.

I kept my letter open, that I might send you word how Louisa bore her journey, and now I am extremely glad I did, having a great deal to add. In the first place, I had a note from Mrs Croft yesterday, offering to convey anything to you; a very kind, friendly note indeed, addressed to me, just as it ought; I shall therefore be able to make my letter as long as I like. The Admiral does not seem very ill, and I sincerely hope Bath will do him all the good he wants. I shall be truly glad to have them back again. Our neighbourhood cannot spare such a pleasant family. But now for Louisa. I have something to communicate that will astonish you not a little. She and the Harvilles came on Tuesday very safely, and in the evening we went to ask her how she did, when we were rather surprised not to find Captain Benwick of the party, for he had been invited as well as the Harvilles; and what do you think was the reason? Neither more nor less than his being in love with Louisa, and not choosing to venture to Uppercross till he had had an answer from Mr Musgrove; for it was all settled between him and her before she came away, and he had written to her father by Captain Harville. True, upon my honour! Are not you astonished? I shall be surprised at least if you ever received a hint of it, for I never did. Mrs Musgrove protests solemnly that she knew nothing of the matter. We are all very well pleased, however, for though it is not equal to her marrying Captain Wentworth, it is infinitely better than Charles Hayter; and Mr Musgrove has written his consent, and Captain Benwick is expected today. Mrs Harville says her husband feels a good deal on his poor sister's account; but, however, Louisa is a great favourite with both. Indeed, Mrs Harville and I quite agree that we love her the better for having nursed her. Charles wonders what Captain Wentworth will say; but if you remember, I never thought him attached to Louisa; I never could see anything of it. And this is the end, you see, of Captain Benwick's being supposed to be an admirer of yours. How Charles could take such a thing into his head was always incomprehensible to me. I hope he will be more agreeable now. Certainly not a great match for Louisa Musgrove, but a million times better than marrying among the Hayters.

Mary need not have feared her sister's being in any degree prepared for the news. She had never in her life been more astonished. Captain Benwick and Louisa Musgrove! It was almost too wonderful for belief, and it was with the greatest effort that she could remain in the room, preserve an air of calmness, and answer the common questions of the moment. Happily for her, they were not many. Sir Walter wanted to know whether the Crofts travelled with four horses, and whether they were likely to be situated in such a part of Bath as it might suit Miss Elliot and himself to visit in; but had little curiosity beyond.

"How is Mary?" said Elizabeth; and without waiting for an answer, "And pray what brings the Crofts to Bath?"

"They come on the Admiral's account. He is thought to be gouty."

"Gout and decrepitude!" said Sir Walter. "Poor old gentleman."

"Have they any acquaintance here?" asked Elizabeth.

"I do not know; but I can hardly suppose that, at Admiral Croft's time of life, and in his profession, he should not have many acquaintance in such a place as this."

"I suspect," said Sir Walter coolly, "that Admiral Croft will be best known in Bath as the renter of Kellynch Hall. Elizabeth, may we venture to present him and his wife in Laura Place?"

"Oh, no! I think not. Situated as we are with Lady Dalrymple, cousins, we ought to be very careful not to embarrass her with acquaintance she might not approve. If we were not related, it would not signify; but as cousins, she would feel scrupulous as to any proposal of ours. We had better leave the Crofts to find their own level. There are several odd-looking men walking about here, who, I am told, are sailors. The Crofts will associate with them."

This was Sir Walter and Elizabeth's share of interest in the letter; when Mrs Clay had paid her tribute of more decent attention, in an enquiry after Mrs Charles Musgrove, and her fine little boys, Anne was at liberty.

In her own room, she tried to comprehend it. Well might Charles wonder how Captain Wentworth would feel! Perhaps he had quitted the field, had given Louisa up, had ceased to love, had found he did not love her. She could not endure the idea of treachery or levity, or anything akin to ill usage between him and his friend. She could not endure that such a friendship as theirs should be severed unfairly.

Captain Benwick and Louisa Musgrove! The high-spirited, joyous-talking Louisa Musgrove, and the dejected, thinking, feeling, reading, Captain Benwick, seemed each of them everything that would not suit the other. Their minds most dissimilar! Where could have been the attraction? The answer soon presented itself. It had been in situation. They had been thrown together several weeks; they had been living in the same small family party: since Henrietta's coming away, they must have been depending almost entirely on each other, and Louisa, just recovering from illness, had been in an interesting state, and Captain Benwick was not inconsolable. That was a point which Anne had not been able to avoid suspecting before; and instead of drawing the same conclusion as Mary, from the present course of events, they served only to confirm the idea of his having felt some dawning of tenderness toward herself. She did not mean, however, to derive much more from it to gratify her vanity, than Mary might have allowed. She was persuaded that any tolerably pleasing young woman who had listened and seemed to feel for him would have received the same compliment. He had an affectionate heart. He must love somebody.

She saw no reason against their being happy. Louisa had fine naval fervour to begin with, and they would soon grow more alike. He would gain cheerfulness, and she would learn to be an enthusiast for Scott and Lord Byron; nay, that was probably learnt already; of course they had fallen in love over poetry. The idea of Louisa Musgrove turned into a person of literary taste, and sentimental reflection was amusing, but she had no doubt of its being so. The day at Lyme, the fall from the Cobb, might influence her health, her nerves, her courage, her character to the end of her life, as thoroughly as it appeared to have influenced her fate.

The conclusion of the whole was, that if the woman who had been sensible of Captain Wentworth's merits could be allowed to prefer another man, there was nothing in the engagement to excite lasting wonder; and if Captain Wentworth lost no friend by it, certainly nothing to be regretted. No, it was not regret which made Anne's heart beat in spite of herself, and brought the colour into her cheeks when she thought of Captain Wentworth unshackled and free. She had some feelings which she was ashamed to investigate. They were too much like joy, senseless joy!

She longed to see the Crofts; but when the meeting took place, it was evident that no rumour of the news had yet reached them. The visit of ceremony was paid and returned; and Louisa Musgrove was mentioned, and Captain Benwick, too, without even half a smile.

The Crofts had placed themselves in lodgings in Gay Street, perfectly to Sir Walter's satisfaction. He was not at all ashamed of the acquaintance, and did, in fact, think and talk a great deal more about the Admiral, than the Admiral ever thought or talked about him.

The Crofts knew quite as many people in Bath as they wished for, and considered their intercourse with the Elliots as a mere matter of form, and not in the least likely to afford them any pleasure. They brought with them their country habit of being almost always together. He was ordered to walk to keep off the gout, and Mrs Croft seemed to go shares with him in everything, and to walk for her life to do him good. Anne saw them wherever she went. Lady Russell took her out in her carriage almost every morning, and she never failed to think of them, and never failed to see them. Knowing their feelings as she did, it was a most attractive picture of happiness to her. She always watched them as long as she could, delighted to fancy she understood what they might be talking of, as they walked along in happy independence, or equally delighted to see the Admiral's hearty shake of the hand when he encountered an old friend, and observe their eagerness of conversation when occasionally forming into a little knot of the navy, Mrs Croft looking as intelligent and keen as any of the officers around her.

Anne was too much engaged with Lady Russell to be often walking herself; but it so happened that one morning, about a week or ten days after the Croft's arrival, it suited her best to leave her friend, or her friend's carriage, in the lower part of the town, and return alone to Camden Place, and in walking up Milsom Street she had the good fortune to meet with the Admiral. He was standing by himself at a printshop window, with his hands behind him, in earnest contemplation of some print, and she not only might have passed him unseen, but was obliged to touch as well as address him before she could catch his notice. When he did perceive and acknowledge her, however, it was done with all his usual frankness and good humour. "Ha! is it you? Thank you, thank you. This is treating me like a friend. Here I am, you see, staring at a picture. I can never get by this shop without stopping. But what a thing here is, by way of a boat! Do look at it. Did you ever see the like? What queer fellows your fine painters must be, to think that anybody would venture their lives in such a shapeless old cockleshell as that? And yet here are two gentlemen stuck up in it mightily at their ease, and looking about them at the rocks and mountains, as if they were not to be upset the next moment, which they certainly must be. I wonder where that boat was built!" (laughing heartily); "I would not venture over a horsepond in it. Well," (turning away), "now, where are you bound? Can I go anywhere for you, or with you? Can I be of any use?"

"None, I thank you, unless you will give me the pleasure of your company the little way our road lies together. I am going home."

"That I will, with all my heart, and farther, too. Yes, yes we will have a snug walk together, and I have something to tell you as we go along. There, take my arm; that's right; I do not feel comfortable if I have not a woman there. Lord! what a boat it is!" taking a last look at the picture, as they began to be in motion.

"Did you say that you had something to tell me, sir?"

"Yes, I have, presently. But here comes a friend, Captain Brigden; I shall only say, 'How d'ye do?' as we pass, however. I shall not stop. 'How d'ye do?' Brigden stares to see anybody with me but my wife. She, poor soul, is tied by the leg. She has a blister on one of her heels, as large as a three-shilling piece. If you look across the street, you will see Admiral Brand coming down and his brother. Shabby fellows, both of them! I am glad they are not on this side of the way. Sophy cannot bear them. They played me a pitiful trick once: got away with some of my best men. I will tell you the whole story another time. There comes old Sir Archibald Drew and his grandson. Look, he sees us; he kisses his hand to you; he takes you for my wife. Ah! the peace has come too soon for that younker. Poor old Sir Archibald! How do you like Bath, Miss Elliot? It suits us very well. We are always meeting with some old friend or other; the streets full of them every morning; sure to have plenty of chat; and then we get away from them all, and shut ourselves in our lodgings, and draw in our chairs, and are snug as if we were at Kellynch, ay, or as we used to be even at North Yarmouth and Deal. We do not like our lodgings the worse, I can tell you, for putting us in mind of those we first had at North Yarmouth. The wind blows through one of the cupboards just in the same way."

When they were got a little farther, Anne ventured to press again for what he had to communicate. She hoped when clear of Milsom Street to have her curiosity gratified; but she was still obliged to wait, for the Admiral had made up his mind not to begin till they had gained the greater space and quiet of Belmont; and as she was not really Mrs Croft, she must let him have his own way. As soon as they were fairly ascending Belmont, he began:

"Well, now you shall hear something that will surprise you. But first of all, you must tell me the name of the young lady I am going to talk about. That young lady, you know, that we have all been so concerned for. The Miss Musgrove, that all this has been happening to. Her Christian name: I always forget her Christian name."

Anne had been ashamed to appear to comprehend so soon as she really did; but now she could safely suggest the name of "Louisa."

"Ay, ay, Miss Louisa Musgrove, that is the name. I wish young ladies had not such a number of fine Christian names. I should never be out if they were all Sophys, or something of that sort. Well, this Miss Louisa, we all thought, you know, was to marry Frederick. He was courting her week after week. The only wonder was, what they could be waiting for, till the business at Lyme came;

then, indeed, it was clear enough that they must wait till her brain was set to right. But even then there was something odd in their way of going on. Instead of staying at Lyme, he went off to Plymouth, and then he went off to see Edward. When we came back from Minehead he was gone down to Edward's, and there he has been ever since. We have seen nothing of him since November. Even Sophy could not understand it. But now, the matter has take the strangest turn of all; for this young lady, the same Miss Musgrove, instead of being to marry Frederick, is to marry James Benwick. You know James Benwick."

"A little. I am a little acquainted with Captain Benwick."

"Well, she is to marry him. Nay, most likely they are married already, for I do not know what they should wait for."

"I thought Captain Benwick a very pleasing young man," said Anne, "and I understand that he bears an excellent character."

"Oh! yes, yes, there is not a word to be said against James Benwick. He is only a commander, it is true, made last summer, and these are bad times for getting on, but he has not another fault that I know of. An excellent, good-hearted fellow, I assure you; a very active, zealous officer too, which is more than you would think for, perhaps, for that soft sort of manner does not do him justice."

"Indeed you are mistaken there, sir; I should never augur want of spirit from Captain Benwick's manners. I thought them particularly pleasing, and I will answer for it, they would generally please."

"Well, well, ladies are the best judges; but James Benwick is rather too piano for me; and though very likely it is all our partiality, Sophy and I cannot help thinking Frederick's manners better than his. There is something about Frederick more to our taste."

Anne was caught. She had only meant to oppose the too common idea of spirit and gentleness being incompatible with each other, not at all to represent Captain Benwick's manners as the very best that could possibly be; and, after a little hesitation, she was beginning to say, "I was not entering into any comparison of the two friends," but the Admiral interrupted her with:

"And the thing is certainly true. It is not a mere bit of gossip. We have it from Frederick himself. His sister had a letter from him yesterday, in which he tells us of it, and he had just had it in a letter from Harville, written upon the spot, from Uppercross. I fancy they are all at Uppercross."

This was an opportunity which Anne could not resist; she said, therefore, "I hope, Admiral, I hope there is nothing in the style of Captain Wentworth's letter to make you and Mrs Croft particularly uneasy. It did seem, last autumn, as if there were an attachment between him and Louisa Musgrove; but I hope it may be understood to have worn out on each side equally, and without violence. I hope his letter does not breathe the spirit of an ill-used man."

"Not at all, not at all; there is not an oath or a murmur from beginning to end."

Anne looked down to hide her smile.

"No, no; Frederick is not a man to whine and complain; he has too much spirit for that. If the girl likes another man better, it is very fit she should have him."

"Certainly. But what I mean is, that I hope there is nothing in Captain Wentworth's manner of writing to make you suppose he thinks himself ill-used by his friend, which might appear, you know, without its being absolutely said. I should be very sorry that such a friendship as has subsisted between him and Captain Benwick should be destroyed, or even wounded, by a circumstance of this sort."

"Yes, yes, I understand you. But there is nothing at all of that nature in the letter. He does not give the least fling at Benwick; does not so much as say, 'I wonder at it, I have a reason of my own for wondering at it.' No, you would not guess, from his way of writing, that he had ever thought of this Miss (what's her name?) for himself. He very handsomely hopes they will be happy together; and there is nothing very unforgiving in that, I think."

Anne did not receive the perfect conviction which the Admiral meant to convey, but it would have been useless to press the enquiry farther. She therefore satisfied herself with common-place remarks or quiet attention, and the Admiral had it all his own way.

"Poor Frederick!" said he at last. "Now he must begin all over again with somebody else. I think we must get him to Bath. Sophy must write, and beg him to come to Bath. Here are pretty girls enough, I am sure. It would be of no use to go to Uppercross again, for that other Miss Musgrove, I find, is bespoke by her cousin, the young parson. Do not you think, Miss Elliot, we had better try to get him to Bath?"

CHAPTER XIX

While Admiral Croft was taking this walk with Anne, and expressing his wish of getting Captain Wentworth to Bath, Captain Wentworth was already on his way thither. Before Mrs Croft had written, he was arrived, and the very next time Anne walked out, she saw him.

Mr Elliot was attending his two cousins and Mrs Clay. They were in Milsom Street. It began to rain, not much, but enough to make shelter desirable for women, and quite enough to make it very desirable for Miss Elliot to have the advantage of being conveyed home in Lady Dalrymple's carriage, which was seen waiting at a little distance; she, Anne, and Mrs Clay, therefore, turned into Molland's, while Mr Elliot stepped to Lady Dalrymple, to request her assistance. He soon joined them again, successful, of course; Lady Dalrymple would be most happy to take them home, and would call for them in a few minutes.

Her ladyship's carriage was a barouche, and did not hold more than four with any comfort. Miss Carteret was with her mother; consequently it was not reasonable to expect accommodation for all the three Camden Place ladies. There could be no doubt as to Miss Elliot. Whoever suffered inconvenience, she must suffer none, but it occupied a little time to settle the point of civility between the other two. The rain was a mere trifle, and Anne was most sincere in preferring a walk with Mr Elliot. But the rain was also a mere trifle to Mrs Clay; she would hardly allow it even to drop at all, and her boots were so thick! much thicker than Miss Anne's; and, in short, her civility rendered her quite as anxious to be left to walk with Mr Elliot as Anne could be, and it was discussed between them with a generosity so polite and so determined, that the others were obliged to settle it for them; Miss Elliot maintaining that Mrs Clay had a little cold already, and Mr Elliot deciding on appeal, that his cousin Anne's boots were rather the thickest.

It was fixed accordingly, that Mrs Clay should be of the party in the carriage; and they had just reached this point, when Anne, as she sat near the window, descried, most decidedly and distinctly, Captain Wentworth walking down the street.

Her start was perceptible only to herself; but she instantly felt that she was the greatest simpleton in the world, the most unaccountable and absurd! For a few minutes she saw nothing before her; it was all confusion. She was lost, and when she had scolded back her senses, she found the others still waiting for the carriage, and Mr Elliot (always obliging) just setting off for Union Street on a commission of Mrs Clay's.

She now felt a great inclination to go to the outer door; she wanted to see if it rained. Why was she to suspect herself of another motive? Captain Wentworth must be out of sight. She left her seat, she would go; one half of her should not be always so much wiser than the other half, or always suspecting the other of being worse than it was. She would see if it rained.

She was sent back, however, in a moment by the entrance of Captain Wentworth himself, among a party of gentlemen and ladies, evidently his acquaintance, and whom he must have joined a little below Milsom Street. He was more obviously struck and confused by the sight of her than she had ever observed before; he looked quite red. For the first time, since their renewed acquaintance, she felt that she was betraying the least sensibility of the two. She had the advantage of him in the preparation of the last few moments. All the overpowering, blinding, bewildering, first effects of strong surprise were over with her. Still, however, she had enough to feel! It was agitation, pain, pleasure, a something between delight and misery.

He spoke to her, and then turned away. The character of his manner was embarrassment. She could not have called it either cold or friendly, or anything so certainly as embarrassed.

After a short interval, however, he came towards her, and spoke again. Mutual enquiries on common subjects passed: neither of them, probably, much the wiser for what they heard, and Anne continuing fully sensible of his being less at ease than formerly. They had by dint of being so very much together, got to speak to each other with a considerable portion of apparent indifference and calmness; but he could not do it now. Time had changed him, or Louisa had changed him. There was consciousness of some sort or other. He looked very well, not as if he had been suffering in health or spirits, and he talked of Uppercross, of the Musgroves, nay, even of Louisa, and had even a momentary look of his own arch significance as he named her; but yet it was Captain Wentworth not comfortable, not easy, not able to feign that he was.

It did not surprise, but it grieved Anne to observe that Elizabeth would not know him. She saw that he saw Elizabeth, that Elizabeth saw him, that there was complete internal recognition on each side; she was convinced that he was ready to be acknowledged as an acquaintance, expecting it, and she had the pain of seeing her sister turn away with unalterable coldness.

Lady Dalrymple's carriage, for which Miss Elliot was growing very impatient, now drew up; the servant came in to announce it. It was beginning to rain again, and altogether there was a delay, and a bustle, and a talking, which must make all the little crowd in the shop understand that Lady Dalrymple was calling to convey Miss Elliot. At last Miss Elliot and her friend, unattended but by the servant, (for there was no cousin returned), were walking off; and Captain Wentworth, watching them, turned again to Anne, and by manner, rather than words, was offering his services to her.

"I am much obliged to you," was her answer, "but I am not going with them. The carriage would not accommodate so many. I walk: I prefer walking."

"But it rains."

"Oh! very little, Nothing that I regard."

After a moment's pause he said: "Though I came only yesterday, I have equipped myself properly for Bath already, you see," (pointing to a new umbrella); "I wish you would make use of it, if you are determined to walk; though I think it would be more prudent to let me get you a chair."

She was very much obliged to him, but declined it all, repeating her conviction, that the rain would come to nothing at present, and adding, "I am only waiting for Mr Elliot. He will be here in a moment, I am sure."

She had hardly spoken the words when Mr Elliot walked in. Captain Wentworth recollected him perfectly. There was no difference between him and the man who had stood on the steps at Lyme, admiring Anne as she passed, except in the air and look and manner of the privileged relation and friend. He came in with eagerness, appeared to see and think only of her, apologised for his stay, was grieved to have kept her waiting, and anxious to get her away without further loss of time and before the rain increased; and in another moment they walked off together, her arm under his, a gentle and embarrassed glance, and a "Good morning to you!" being all that she had time for, as she passed away.

As soon as they were out of sight, the ladies of Captain Wentworth's party began talking of them.

"Mr Elliot does not dislike his cousin, I fancy?"

"Oh! no, that is clear enough. One can guess what will happen there. He is always with them; half lives in the family, I believe. What a very good-looking man!"

"Yes, and Miss Atkinson, who dined with him once at the Wallises, says he is the most agreeable man she ever was in company with."

"She is pretty, I think; Anne Elliot; very pretty, when one comes to look at her. It is not the fashion to say so, but I confess I admire her more than her sister."

"Oh! so do I."

"And so do I. No comparison. But the men are all wild after Miss Elliot. Anne is too delicate for them."

Anne would have been particularly obliged to her cousin, if he would have walked by her side all the way to Camden Place, without saying a word. She had never found it so difficult to listen to him, though nothing could exceed his solicitude and care, and though his subjects were principally such as were wont to be always interesting: praise, warm, just, and discriminating, of Lady Russell, and insinuations highly rational against Mrs Clay. But just now she could think only of Captain Wentworth.

She could not understand his present feelings, whether he were really suffering much from disappointment or not; and till that point were settled, she could not be quite herself.

She hoped to be wise and reasonable in time; but alas! alas! she must confess to herself that she was not wise yet.

Another circumstance very essential for her to know, was how long he meant to be in Bath; he had not mentioned it, or she could not recollect it. He might be only passing through. But it was more probable that he should be come to stay. In that case, so liable as every body was to meet every body in Bath, Lady Russell would in all likelihood see him somewhere. Would she recollect him? How would it all be?

She had already been obliged to tell Lady Russell that Louisa Musgrove was to marry Captain Benwick. It had cost her something to encounter Lady Russell's surprise; and now, if she were by any chance to be thrown into company with Captain Wentworth, her imperfect knowledge of the matter might add another shade of prejudice against him.

The following morning Anne was out with her friend, and for the first hour, in an incessant and fearful sort of watch for him in vain; but at last, in returning down Pulteney Street, she distinguished him on the right hand pavement at such a distance as to have him in view the greater part of the street. There were many other men about him, many groups walking the same way, but there was no mistaking him. She looked instinctively at Lady Russell; but not from any mad idea of her recognising him so soon as she did herself. No, it was not to be supposed that Lady Russell would perceive him till they were nearly opposite. She looked at her however, from time to time, anxiously; and when the moment approached which must point him out, though not daring to look again (for her own countenance she knew was unfit to be seen), she was yet perfectly conscious of Lady Russell's eyes being turned exactly in the direction for him— of her being, in short, intently observing him. She could thoroughly comprehend the sort of fascination he must possess over Lady Russell's mind, the difficulty it must be for her to withdraw her eyes, the astonishment she must be feeling that eight or nine years should have passed over him, and in foreign climes and in active service too, without robbing him of one personal grace!

At last, Lady Russell drew back her head. "Now, how would she speak of him?"

"You will wonder," said she, "what has been fixing my eye so long; but I was looking after some window-curtains, which Lady Alicia and Mrs Frankland were telling me of last night. They described the drawing-room window-curtains of one of the houses on this side of the way, and this part of the street, as being the handsomest and best hung of any in Bath, but could not recollect the exact number, and I have been trying to find out which it could be; but I confess I can see no curtains hereabouts that answer their description."

Anne sighed and blushed and smiled, in pity and disdain, either at her friend or herself. The part which provoked her most, was that in all this waste of foresight and caution, she should have lost the right moment for seeing whether he saw them. A day or two passed without producing anything. The theatre or the rooms, where he was most likely to be, were not fashionable enough for the Elliots, whose evening amusements were solely in the elegant stupidity of private parties, in which they were getting more and more engaged; and Anne, wearied of such a state of stagnation, sick of knowing nothing, and fancying herself stronger because her strength was not tried, was quite impatient for the concert evening. It was a concert for the benefit of a person patronised by Lady Dalrymple. Of course they must attend. It was really expected to be a good one, and Captain Wentworth was very fond of music. If she could only have a few minutes conversation with him again, she fancied she should be satisfied; and as to the power of addressing him, she felt all over courage if the opportunity occurred. Elizabeth had turned from him, Lady Russell overlooked him; her nerves were strengthened by these circumstances; she felt that she owed him attention.

She had once partly promised Mrs Smith to spend the evening with her; but in a short hurried call she excused herself and put it off, with the more decided promise of a longer visit on the morrow. Mrs Smith gave a most good-humoured acquiescence.

"By all means," said she; "only tell me all about it, when you do come. Who is your party?"

Anne named them all. Mrs Smith made no reply; but when she was leaving her said, and with an expression half serious, half arch, "Well, I heartily wish your concert may answer; and do not fail me tomorrow if you can come; for I begin to have a foreboding that I may not have many more visits from you."

Anne was startled and confused; but after standing in a moment's suspense, was obliged, and not sorry to be obliged, to hurry away.

CHAPTER XX

Sir Walter, his two daughters, and Mrs Clay, were the earliest of all their party at the rooms in the evening; and as Lady Dalrymple must be waited for, they took their station by one of the fires in the Octagon Room. But hardly were they so settled, when the door opened again, and Captain Wentworth walked in alone. Anne was the nearest to him, and making yet a little advance, she instantly spoke. He was preparing only to bow and pass on, but her gentle "How do you do?" brought him out of the straight line to stand near her, and make enquiries in return, in spite of the formidable father and sister in the back ground. Their being in the back ground was a support to Anne; she knew nothing of their looks, and felt equal to everything which she believed right to be done.

While they were speaking, a whispering between her father and Elizabeth caught her ear. She could not distinguish, but she must guess the subject; and on Captain Wentworth's making a distant bow, she comprehended that her father had judged so well as to give him that simple acknowledgment of acquaintance, and she was just in time by a side glance to see a slight curtsey from Elizabeth herself. This, though late, and reluctant, and ungracious, was yet better than nothing, and her spirits improved.

After talking, however, of the weather, and Bath, and the concert, their conversation began to flag, and so little was said at last, that she was expecting him to go every moment, but he did not; he seemed in no hurry to leave her; and presently with renewed spirit, with a little smile, a little glow, he said:

"I have hardly seen you since our day at Lyme. I am afraid you must have suffered from the shock, and the more from its not overpowering you at the time."

She assured him that she had not.

"It was a frightful hour," said he, "a frightful day!" and he passed his hand across his eyes, as if the remembrance were still too painful, but in a moment, half smiling again, added, "The day has produced some effects however; has had some consequences which must be considered as the very reverse of frightful. When you had the presence of mind to suggest that Benwick would be the properest person to fetch a surgeon, you could have little idea of his being eventually one of those most concerned in her recovery."

"Certainly I could have none. But it appears... I should hope it would be a very happy match. There are on both sides good principles and good temper."

"Yes," said he, looking not exactly forward; "but there, I think, ends the resemblance. With all my soul I wish them happy, and rejoice over every circumstance in favour of it. They have no difficulties to contend with at home, no opposition, no caprice, no delays. The Musgroves are behaving like themselves, most honourably and kindly, only anxious with true parental hearts to promote their daughter's comfort. All this is much, very much in favour of their happiness; more than perhaps..."

He stopped. A sudden recollection seemed to occur, and to give him some taste of that emotion which was reddening Anne's cheeks and fixing her eyes on the ground. After clearing his throat, however, he proceeded thus:

"I confess that I do think there is a disparity, too great a disparity, and in a point no less essential than mind. I regard Louisa Musgrove as a very amiable, sweet-tempered girl, and not deficient in understanding, but Benwick is something more. He is a clever man, a reading man; and I confess, that I do consider his attaching himself to her with some surprise. Had it been the effect of gratitude, had he learnt to love her, because he believed her to be preferring him, it would have been another thing. But I have no reason to suppose it so. It seems, on the contrary, to have been a perfectly spontaneous, untaught feeling on his side, and this surprises me. A man like him, in his situation! with a heart pierced, wounded, almost broken! Fanny Harville was a very superior creature, and his attachment to her was indeed attachment. A man does not recover from such a devotion of the heart to such a woman. He ought not; he does not."

Either from the consciousness, however, that his friend had recovered, or from other consciousness, he went no farther; and Anne who, in spite of the agitated voice in which the latter part had been uttered, and in spite of all the various noises of the room, the almost ceaseless slam of the door, and ceaseless buzz of persons walking through, had distinguished every word, was struck, gratified, confused, and beginning to breathe very quick, and feel an hundred things in a moment. It was impossible for her to enter on such a subject; and yet, after a pause, feeling the necessity of speaking, and having not the smallest wish for a total change, she only deviated so far as to say:

"You were a good while at Lyme, I think?"

"About a fortnight. I could not leave it till Louisa's doing well was quite ascertained. I had been too deeply concerned in the mischief to be soon at peace. It had been my doing, solely mine. She would not have been obstinate if I had not been weak. The country round Lyme is very fine. I walked and rode a great deal; and the more I saw, the more I found to admire."

"I should very much like to see Lyme again," said Anne.

"Indeed! I should not have supposed that you could have found anything in Lyme to inspire such a feeling. The horror and distress you were involved in, the stretch of mind, the wear of spirits! I should have thought your last impressions of Lyme must have been strong disgust."

"The last hours were certainly very painful," replied Anne; "but when pain is over, the remembrance of it often becomes a pleasure. One does not love a place the less for having suffered in it, unless it has been all suffering, nothing but suffering, which was by no means the case at Lyme. We were only in anxiety and distress during the last two hours, and previously there had been a great deal of enjoyment. So much novelty and beauty! I have travelled so little, that every fresh place would be interesting to me; but there is real beauty at Lyme; and in short" (with a faint blush at some recollections), "altogether my impressions of the place are very agreeable."

As she ceased, the entrance door opened again, and the very party appeared for whom they were waiting. "Lady Dalrymple, Lady Dalrymple," was the rejoicing sound; and with all the eagerness compatible with anxious elegance, Sir Walter and his two ladies stepped forward to meet her. Lady Dalrymple and Miss Carteret, escorted by Mr Elliot and Colonel Wallis, who had happened to arrive nearly at the same instant, advanced into the room. The others joined them, and it was a group in which Anne found herself also necessarily included. She was divided from Captain Wentworth. Their interesting, almost too interesting conversation must be broken up for a time, but slight was the penance compared with the happiness which brought it on! She had learnt, in the last ten minutes, more of his feelings towards Louisa, more of all his feelings than she dared to think of; and she gave herself up to the demands of the party, to the needful civilities of the moment, with exquisite, though agitated sensations. She was in good humour with all. She had received ideas which disposed her to be courteous and kind to all, and to pity every one, as being less happy than herself.

The delightful emotions were a little subdued, when on stepping back from the group, to be joined again by Captain Wentworth, she saw that he was gone. She was just in time to see him turn into the Concert Room. He was gone; he had disappeared, she felt a moment's regret. But "they should meet again. He would look for her, he would find her out before the evening were over, and at present, perhaps, it was as well to be asunder. She was in need of a little interval for recollection."

Upon Lady Russell's appearance soon afterwards, the whole party was collected, and all that remained was to marshal themselves, and proceed into the Concert Room; and be of all the consequence in their power, draw as many eyes, excite as many whispers, and disturb as many people as they could.

Very, very happy were both Elizabeth and Anne Elliot as they walked in. Elizabeth arm in arm with Miss Carteret, and looking on the broad back of the dowager Viscountess Dalrymple before her, had nothing to wish for which did not seem within her reach; and Anne – but it would be an insult to the nature of Anne's felicity, to draw any comparison between it and her sister's; the origin of one all selfish vanity, of the other all generous attachment.

Anne saw nothing, thought nothing of the brilliancy of the room. Her happiness was from within. Her eyes were bright and her cheeks glowed; but she knew nothing about it. She was thinking only of the last half hour, and as they passed to their seats, her mind took a hasty range over it. His choice of subjects, his expressions, and still more his manner and look, had been such as she could see in only one light. His opinion of Louisa Musgrove's inferiority, an opinion which he had seemed solicitous to give, his wonder at Captain Benwick, his feelings as to a first, strong attachment; sentences begun which he could not finish, his half averted eyes and more than half expressive glance, all, all declared that he had a heart returning to her at least; that anger, resentment, avoidance, were no more; and that they were succeeded, not merely by friendship and regard, but by the tenderness of the past. Yes, some share of the tenderness of the past. She could not contemplate the change as implying less. He must love her.

These were thoughts, with their attendant visions, which occupied and flurried her too much to leave her any power of observation; and she passed along the room without having a glimpse of him, without even trying to discern him. When their places were determined on, and they were all properly arranged, she looked round to see if he should happen to be in the same part of the room, but he was not; her eye could not reach him; and the concert being just opening, she must consent for a time to be happy in a humbler way.

The party was divided and disposed of on two contiguous benches: Anne was among those on the foremost, and Mr Elliot had manoeuvred so well, with the assistance of his friend Colonel Wallis, as to have a seat by her. Miss Elliot, surrounded by her cousins, and the principal object of Colonel Wallis's gallantry, was quite contented.

Anne's mind was in a most favourable state for the entertainment of the evening; it was just occupation enough: she had feelings for the tender, spirits for the gay, attention for the scientific, and patience for the wearisome; and had never liked a concert better, at least during the first act. Towards the close of it, in the interval succeeding an Italian song, she explained the words of the song to Mr Elliot. They had a concert bill between them.

"This," said she, "is nearly the sense, or rather the meaning of the words, for certainly the sense of an Italian love-song must not be talked of, but it is as nearly the meaning as I can give; for I do not pretend to understand the language. I am a very poor Italian scholar."

"Yes, yes, I see you are. I see you know nothing of the matter. You have only knowledge enough of the language to translate at sight these inverted, transposed, curtailed Italian lines, into clear, comprehensible, elegant English. You need not say anything more of your ignorance. Here is complete proof."

"I will not oppose such kind politeness; but I should be sorry to be examined by a real proficient."

"I have not had the pleasure of visiting in Camden Place so long," replied he, "without knowing something of Miss Anne Elliot; and I do regard her as one who is too modest for the world in general to be aware of half her accomplishments, and too highly accomplished for modesty to be natural in any other woman."

"For shame! for shame! this is too much flattery. I forget what we are to have next," turning to the bill.

"Perhaps," said Mr Elliot, speaking low, "I have had a longer acquaintance with your character than you are aware of."

"Indeed! How so? You can have been acquainted with it only since I came to Bath, excepting as you might hear me previously spoken of in my own family."

"I knew you by report long before you came to Bath. I had heard you described by those who knew you intimately. I have been acquainted with you by character many years. Your person, your disposition, accomplishments, manner; they were all present to me."

Mr Elliot was not disappointed in the interest he hoped to raise. No one can withstand the charm of such a mystery. To have been described long ago to a recent acquaintance, by nameless people, is irresistible; and Anne was all curiosity. She wondered, and questioned him eagerly; but in vain. He delighted in being asked, but he would not tell.

"No, no, some time or other, perhaps, but not now. He would mention no names now; but such, he could assure her, had been the fact. He had many years ago received such a description of Miss Anne Elliot as had inspired him with the highest idea of her merit, and excited the warmest curiosity to know her."

Anne could think of no one so likely to have spoken with partiality of her many years ago as the Mr Wentworth of Monkford, Captain Wentworth's brother. He might have been in Mr Elliot's company, but she had not courage to ask the question.

"The name of Anne Elliot," said he, "has long had an interesting sound to me. Very long has it possessed a charm over my fancy; and, if I dared, I would breathe my wishes that the name might never change."

Such, she believed, were his words; but scarcely had she received their sound, than her attention was caught by other sounds immediately behind her, which rendered every thing else trivial. Her father and Lady Dalrymple were speaking.

"A well-looking man," said Sir Walter, "a very well-looking man."

"A very fine young man indeed!" said Lady Dalrymple. "More air than one often sees in Bath. Irish, I dare say."

"No, I just know his name. A bowing acquaintance. Wentworth; Captain Wentworth of the navy. His sister married my tenant in Somersetshire, the Croft, who rents Kellynch."

Before Sir Walter had reached this point, Anne's eyes had caught the right direction, and distinguished Captain Wentworth standing among a cluster of men at a little distance. As her eyes fell on him, his seemed to be withdrawn from her. It had that appearance. It seemed as if she had been one moment too late; and as long as she dared observe, he did not look again: but the performance was recommencing, and she was forced to seem to restore her attention to the orchestra and look straight forward.

When she could give another glance, he had moved away. He could not have come nearer to her if he would; she was so surrounded and shut in: but she would rather have caught his eye.

Mr Elliot's speech, too, distressed her. She had no longer any inclination to talk to him. She wished him not so near her.

The first act was over. Now she hoped for some beneficial change; and, after a period of nothing-saying amongst the party, some of them did decide on going in quest of tea. Anne was one of the few who did not choose to move. She remained in her seat, and so did Lady Russell; but she had the pleasure of getting rid of Mr Elliot; and she did not mean, whatever she might feel on Lady Russell's account, to shrink from conversation with Captain Wentworth, if he gave her the opportunity. She was persuaded by Lady Russell's countenance that she had seen him.

He did not come however. Anne sometimes fancied she discerned him at a distance, but he never came. The anxious interval wore away unproductively. The others returned, the room filled again, benches were reclaimed and repossessed, and another hour of pleasure or of penance was to be sat out, another hour of music was to give delight or the gapes, as real or affected taste for it prevailed. To Anne, it chiefly wore the prospect of an hour of agitation. She could not quit that room in peace without seeing Captain Wentworth once more, without the interchange of one friendly look.

In re-settling themselves there were now many changes, the result of which was favourable for her. Colonel Wallis declined sitting down again, and Mr Elliot was invited by Elizabeth and Miss Carteret, in a manner not to be refused, to sit between them; and by some other removals, and a little scheming of her own, Anne was enabled to place herself much nearer the end of the bench than she had been before, much more within reach of a passer-by. She could not do so, without comparing herself with Miss Larolles, the inimitable Miss Larolles; but still she did it, and not with much happier effect; though by what seemed prosperity in the shape of an early abdication in her next neighbours, she found herself at the very end of the bench before the concert closed.

Such was her situation, with a vacant space at hand, when Captain Wentworth was again in sight. She saw him not far off. He saw her too; yet he looked grave, and seemed irresolute, and only by very slow degrees came at last near enough to speak to her. She felt that something must be the matter. The change was indubitable. The difference between his present air and what it had been in the Octagon Room was strikingly great. Why was it? She thought of her father, of Lady Russell. Could there have been any unpleasant glances? He began by speaking of the concert gravely, more like the Captain Wentworth of Uppercross; owned himself disappointed, had expected singing; and in short, must confess that he should not be sorry when it was over. Anne replied, and spoke in defence of the performance so well, and yet in allowance for his feelings so pleasantly, that his countenance improved, and he replied again with almost a smile. They talked for a few minutes more; the improvement held; he even looked down towards the bench, as if he saw a place on it well worth occupying; when at that moment a touch on her shoulder obliged Anne to turn round. It came from Mr Elliot. He begged her pardon, but she must be applied to, to explain Italian again. Miss Carteret was very anxious to have a general idea of what was next to be sung. Anne could not refuse; but never had she sacrificed to politeness with a more suffering spirit.

A few minutes, though as few as possible, were inevitably consumed; and when her own mistress again, when able to turn and look as she had done before, she found herself accosted by Captain Wentworth, in a reserved yet hurried sort of farewell. "He must wish her good night; he was going; he should get home as fast as he could."

"Is not this song worth staying for?" said Anne, suddenly struck by an idea which made her yet more anxious to be encouraging.

"No!" he replied impressively, "there is nothing worth my staying for;" and he was gone directly.

Jealousy of Mr Elliot! It was the only intelligible motive. Captain Wentworth jealous of her affection! Could she have believed it a week ago; three hours ago! For a moment the gratification was exquisite. But, alas! there were very different thoughts to succeed. How was such jealousy to be quieted? How was the truth to reach him? How, in all the peculiar disadvantages of their respective situations, would he ever learn of her real sentiments? It was misery to think of Mr Elliot's attentions. Their evil was incalculable.

CHAPTER XXI

Anne recollected with pleasure the next morning her promise of going to Mrs Smith, meaning that it should engage her from home at the time when Mr Elliot would be most likely to call; for to avoid Mr Elliot was almost a first object.

She felt a great deal of good-will towards him. In spite of the mischief of his attentions, she owed him gratitude and regard, perhaps compassion. She could not help thinking much of the extraordinary circumstances attending their acquaintance, of the right which he seemed to have to interest her, by everything in situation, by his own sentiments, by his early prepossession. It was altogether very extraordinary; flattering, but painful. There was much to regret. How she might have felt had there been no Captain Wentworth in the case, was not worth enquiry; for there was a Captain Wentworth; and be the conclusion of the present suspense good or bad, her affection would be his for ever. Their union, she believed, could not divide her more from other men, than their final separation.

Prettier musings of high-wrought love and eternal constancy, could never have passed along the streets of Bath, than Anne was sporting with from Camden Place to Westgate Buildings. It was almost enough to spread purification and perfume all the way.

She was sure of a pleasant reception; and her friend seemed this morning particularly obliged to her for coming, seemed hardly to have expected her, though it had been an appointment.

An account of the concert was immediately claimed; and Anne's recollections of the concert were quite happy enough to animate her features and make her rejoice to talk of it. All that she could tell she told most gladly, but the all was little for one who had been there, and unsatisfactory for such an enquirer as Mrs Smith, who had already heard, through the short cut of a laundress and a waiter, rather more of the general success and produce of the evening than Anne could relate, and who now asked in vain for several particulars of the company. Everybody of any consequence or notoriety in Bath was well know by name to Mrs Smith.

"The little Durands were there, I conclude," said she, "with their mouths open to catch the music, like unfledged sparrows ready to be fed. They never miss a concert."

"Yes; I did not see them myself, but I heard Mr Elliot say they were in the room."

"The Ibbotsons, were they there? and the two new beauties, with the tall Irish officer, who is talked of for one of them."

"I do not know... I do not think they were."

"Old Lady Mary Maclean? I need not ask after her. She never misses, I know; and you must have seen her. She must have been in your own circle; for as you went with Lady Dalrymple, you were in the seats of grandeur, round the orchestra, of course."

"No, that was what I dreaded. It would have been very unpleasant to me in every respect. But happily Lady Dalrymple always chooses to be farther off; and we were exceedingly well placed, that is, for hearing; I must not say for seeing, because I appear to have seen very little."

"Oh! you saw enough for your own amusement. I can understand. There is a sort of domestic enjoyment to be known even in a crowd, and this you had. You were a large party in yourselves, and you wanted nothing beyond."

"But I ought to have looked about me more," said Anne, conscious while she spoke that there had in fact been no want of looking about, that the object only had been deficient.

"No, no; you were better employed. You need not tell me that you had a pleasant evening. I see it in your eye. I perfectly see how the hours passed: that you had always something agreeable to listen to. In the intervals of the concert it was conversation."

Anne half smiled and said, "Do you see that in my eye?"

"Yes, I do. Your countenance perfectly informs me that you were in company last night with the person whom you think the most agreeable in the world, the person who interests you at this present time more than all the rest of the world put together."

A blush overspread Anne's cheeks. She could say nothing.

"And such being the case," continued Mrs Smith, after a short pause, "I hope you believe that I do know how to value your kindness in coming to me this morning. It is really very good of you to come and sit with me, when you must have so many pleasanter demands upon your time."

Anne heard nothing of this. She was still in the

astonishment and confusion excited by her friend's penetration, unable to imagine how any report of Captain Wentworth could have reached her. After another short silence:

"Pray," said Mrs Smith, "is Mr Elliot aware of your acquaintance with me? Does he know that I am in Bath?"

"Mr Elliot!" repeated Anne, looking up surprised. A moment's reflection shewed her the mistake she had been under. She caught it instantaneously; and recovering her courage with the feeling of safety, soon added, more composedly, "Are you acquainted with Mr Elliot?"

"I have been a good deal acquainted with him," replied Mrs Smith, gravely, "but it seems worn out now. It is a great while since we met."

"I was not at all aware of this. You never mentioned it before. Had I known it, I would have had the pleasure of talking to him about you."

"To confess the truth," said Mrs Smith, assuming her usual air of cheerfulness, "that is exactly the pleasure I want you to have. I want you to talk about me to Mr Elliot. I want your interest with him. He can be of essential service to me; and if you would have the goodness, my dear Miss Elliot, to make it an object to yourself, of course it is done."

"I should be extremely happy; I hope you cannot doubt my willingness to be of even the slightest use to you," replied Anne; "but I suspect that you are considering me as having a higher claim on Mr Elliot, a greater right to influence him, than is really the case. I am sure you have, somehow or other, imbibed such a notion. You must consider me only as Mr Elliot's relation. If in that light there is anything which you suppose his cousin might fairly ask of him, I beg you would not hesitate to employ me."

Mrs Smith gave her a penetrating glance, and then, smiling, said:

"I have been a little premature, I perceive; I beg your pardon. I ought to have waited for official information, But now, my dear Miss Elliot, as an old friend, do give me a hint as to when I may speak. Next week? To be sure by next week I may be allowed to think it all settled, and build my own selfish schemes on Mr Elliot's good fortune."

"No," replied Anne, "nor next week, nor next, nor next. I assure you that nothing of the sort you are thinking of will be settled any week. I am not going to marry Mr Elliot. I should like to know why you imagine I am?"

Mrs Smith looked at her again, looked earnestly, smiled, shook her head, and exclaimed:

"Now, how I do wish I understood you! How I do wish I knew what you were at! I have a great idea that you do not design to be cruel, when the right moment occurs. Till it does come, you know, we women never mean to have anybody. It is a thing of course among us, that every man is refused, till he offers. But why should you be cruel? Let me plead for my... present friend I cannot call him... but for my former friend. Where can you look for a more suitable match? Where could you expect a more gentlemanlike, agreeable man? Let me recommend Mr Elliot. I am sure you hear nothing but good of him from Colonel Wallis; and who can know him better than Colonel Wallis?"

"My dear Mrs Smith, Mr Elliot's wife has not been dead much above half a year. He ought not to be supposed to be paying his addresses to any one."

"Oh! if these are your only objections," cried Mrs Smith, archly, "Mr Elliot is safe, and I shall give myself no more trouble about him. Do not forget me when you are married, that's all. Let him know me to be a friend of yours, and then he will think little of the trouble required, which it is very natural for him now, with so many affairs and engagements of his own, to avoid and get rid of as he can; very natural, perhaps. Ninety-nine out of a hundred would do the same. Of course, he cannot be aware of the importance to me. Well, my dear Miss Elliot, I hope and trust you will be very happy. Mr Elliot has sense to understand the value of such a woman. Your peace will not be shipwrecked as mine has been. You are safe in all worldly matters, and safe in his character. He will not be led astray; he will not be misled by others to his ruin."

"No," said Anne, "I can readily believe all that of my cousin. He seems to have a calm decided temper, not at all open to dangerous impressions. I consider him with great respect. I have no reason, from any thing that has fallen within my observation, to do otherwise. But I have not known him long; and he is not a man, I think, to be known intimately soon. Will not this manner of speaking of him, Mrs Smith, convince you that he is nothing to me? Surely this must be calm enough. And, upon my word, he is nothing to me. Should he ever propose to me (which I have very little reason to imagine he has any thought of doing), I shall not accept him. I assure you I shall not. I assure you, Mr Elliot had not the share which you have been supposing, in whatever pleasure the concert of last night might afford: not Mr Elliot; it is not Mr Elliot that..."

She stopped, regretting with a deep blush that she had implied so much; but less would hardly have been sufficient. Mrs Smith would hardly have believed so soon in Mr Elliot's failure, but from the perception of there being a somebody else. As it was, she instantly submitted, and with all the semblance of seeing nothing beyond; and Anne, eager to escape farther notice, was impatient to know why Mrs Smith should have fancied she was to marry Mr Elliot; where she could have received the idea, or from whom she could have heard it.

"Do tell me how it first came into your head."

"It first came into my head," replied Mrs Smith, "upon finding how much you were together, and feeling it to be the most probable thing in the world to be wished for by everybody belonging to either of you; and you may depend upon it that all your acquaintance have disposed of you in the same way. But I never heard it spoken of till two days ago."

"And has it indeed been spoken of?"

"Did you observe the woman who opened the door to you when you called yesterday?"

"No. Was not it Mrs Speed, as usual, or the maid? I observed no one in particular."

"It was my friend Mrs Rooke; Nurse Rooke; who, by-the-bye, had a great curiosity to see you, and was delighted to be in the way to let you in. She came away from Marlborough Buildings only on Sunday; and she it was who told me you were to marry Mr Elliot. She had had it from Mrs Wallis herself, which did not seem bad authority. She sat an hour with me on Monday evening, and gave me the whole history."

"The whole history," repeated Anne, laughing. "She could not make a very long history, I think, of one such little article of unfounded news."

Mrs Smith said nothing.

"But," continued Anne, presently, "though there is no truth in my having this claim on Mr Elliot, I should be extremely happy to be of use to you in any way that I could. Shall I mention to him your being in Bath? Shall I take any message?"

"No, I thank you: no, certainly not. In the warmth of the moment, and under a mistaken impression, I might, perhaps, have endeavoured to interest you in some circumstances; but not now. No, I thank you, I have nothing to trouble you with."

"I think you spoke of having known Mr Elliot many years?"

"I did."

"Not before he was married, I suppose?"

"Yes; he was not married when I knew him first."

"And... were you much acquainted?"

"Intimately."

"Indeed! Then do tell me what he was at that time of life. I have a great curiosity to know what Mr Elliot was as a very young man. Was he at all such as he appears now?"

"I have not seen Mr Elliot these three years," was Mrs Smith's answer, given so gravely that it was impossible to pursue the subject farther; and Anne felt that she had gained nothing but an increase of curiosity. They were both silent: Mrs Smith very thoughtful. At last:

"I beg your pardon, my dear Miss Elliot," she cried, in her natural tone of cordiality, "I beg your pardon for the short answers I have been giving you, but I have been uncertain what I ought to do. I have been doubting and considering as to what I ought to tell you. There were many things to be taken into the account. One hates to be officious, to be giving bad impressions, making mischief. Even the smooth surface of family-union seems worth preserving, though there may be nothing durable beneath. However, I have determined; I think I am right; I think you ought to be made acquainted with Mr Elliot's real character. Though I fully believe that, at present, you have not the smallest intention of accepting him, there is no saying what may happen. You might, some time or other, be differently affected towards him. Hear the truth, therefore, now, while you are unprejudiced. Mr Elliot is a man without heart or conscience; a designing, wary, cold-blooded being, who thinks only of himself; whom for his own interest or ease, would be guilty of any cruelty, or any treachery, that could be perpetrated without risk of his general character. He has no feeling for others. Those whom he has been the chief cause of leading into ruin, he can neglect and desert without the smallest compunction. He is totally beyond the reach of any sentiment of justice or compassion. Oh! he is black at heart, hollow and black!"

Anne's astonished air, and exclamation of wonder, made her pause, and in a calmer manner, she added, "My expressions startle you. You must allow for an injured, angry woman. But I will try to command myself. I will not abuse him. I will only tell you what I have found him. Facts shall speak. He was the intimate friend of my dear husband, who trusted and loved him, and thought him as good as himself. The intimacy had been formed before our marriage. I found them most intimate friends; and I, too, became excessively pleased with Mr Elliot, and entertained the highest opinion of him. At nineteen, you know, one does not think very seriously; but Mr Elliot appeared to me quite as good as others, and much more agreeable than most others, and we were almost always together. We were principally in town, living in very good style. He was then the inferior in circumstances; he was then the poor one; he had chambers in the Temple, and it was as much as he could do to support the appearance of a gentleman. He had always a home with us whenever he chose it; he was always welcome; he was like a brother. My poor Charles, who had the finest, most generous spirit in the world, would have divided his last farthing with him; and I know that his purse was open to him; I know that he often assisted him."

"This must have been about that very period of Mr Elliot's life," said Anne, "which has always excited my particular curiosity. It must have been about the same time that he became known to my father and sister. I never knew him myself; I only heard of him; but there was a something in his conduct then, with regard to my father and sister, and afterwards in the circumstances of his marriage, which I never could quite reconcile with present times. It seemed to announce a different sort of man."

"I know it all, I know it all," cried Mrs Smith. "He had been introduced to Sir Walter and your sister before I was acquainted with him, but I heard him speak of them for ever. I know he was invited and encouraged, and I know he did not choose to go. I can satisfy you, perhaps, on points which you would little expect; and as to his marriage, I knew all about it at the time. I was privy to all the fors and againsts; I was the friend to whom he confided his hopes and plans; and though I did not know his wife previously, her inferior situation in society, indeed, rendered that impossible, yet I knew her all her life afterwards, or at least till within the last two years of her life, and can answer any question you may wish to put."

"Nay," said Anne, "I have no particular enquiry to make about her. I have always understood they were not a happy couple. But I should like to know why, at that time of his life, he should slight my father's acquaintance as he did. My father was certainly disposed to take very kind and proper notice of him. Why did Mr Elliot draw back?"

"Mr Elliot," replied Mrs Smith, "at that period of his life, had one object in view: to make his fortune, and by a rather quicker process than the law. He was determined to make it by marriage. He was determined, at least, not to mar it by an imprudent marriage; and I know it was his belief (whether justly or not, of course I cannot decide), that your father and sister, in their civilities and invitations, were designing a match between the heir and the young lady, and it was impossible that such a match should have answered his ideas of wealth and independence. That was his motive for drawing back, I can assure you. He told me the whole story. He had no concealments with me. It was curious, that having just left you behind me in Bath, my first and principal acquaintance on marrying should be your cousin; and that, through him, I should be continually hearing of your father and sister. He described one Miss Elliot, and I thought very affectionately of the other."

"Perhaps," cried Anne, struck by a sudden idea, "you sometimes spoke of me to Mr Elliot?"

"To be sure I did; very often. I used to boast of my own Anne Elliot, and vouch for your being a very different creature from..."

She checked herself just in time.

"This accounts for something which Mr Elliot said last night," cried Anne. "This explains it. I found he had been used to hear of me. I could not comprehend how. What wild imaginations one forms where dear self is concerned! How sure to be mistaken! But I beg your pardon; I have interrupted you. Mr Elliot married then completely for money? The circumstances, probably, which first opened your eyes to his character."

Mrs Smith hesitated a little here. "Oh! those things are too common. When one lives in the world, a man or woman's marrying for money is too common to strike one as it ought. I was very young, and associated only with the young, and we were a thoughtless, gay set, without any strict rules of conduct. We lived for enjoyment. I think differently now; time and sickness and sorrow have given me other notions; but at that period I must own I saw nothing reprehensible in what Mr Elliot was doing. 'To do the best for himself,' passed as a duty."

"But was not she a very low woman?"

"Yes; which I objected to, but he would not regard. Money, money, was all that he wanted. Her father was a grazier, her grandfather had been a butcher, but that was all nothing. She was a fine woman, had had a decent education, was brought forward by some cousins, thrown by chance into Mr Elliot's company, and fell in love with him; and not a difficulty or a scruple was there on his side, with respect to her birth. All his caution was spent in being secured of the real amount of her fortune, before he committed himself. Depend upon it, whatever esteem Mr Elliot may have for his own situation in life now, as a young man he had not the smallest value for it. His chance for the Kellynch estate was something, but all the honour of the family he held as cheap as dirt. I have often heard him declare, that if baronetcies were saleable, anybody should have his for fifty pounds, arms and motto, name and livery included; but I will not pretend to repeat half that I used to hear him say on that subject. It would not be fair; and yet you ought to have proof, for what is all this but assertion, and you shall have proof."

"Indeed, my dear Mrs Smith, I want none," cried Anne. "You have asserted nothing contradictory to what Mr Elliot appeared to be some years ago. This is all in confirmation, rather, of what we used to hear and believe. I am more curious to know why he should be so different now."

"But for my satisfaction, if you will have the goodness to ring for Mary; stay: I am sure you will have the still greater goodness of going yourself into my bedroom, and bringing me the small inlaid box which you will find on the upper shelf of the closet."

Anne, seeing her friend to be earnestly bent on it, did as she was desired. The box was brought and placed before her, and Mrs Smith, sighing over it as she unlocked it, said:

"This is full of papers belonging to him, to my husband; a small portion only of what I had to look over when I lost him. The letter I am looking for was one written by Mr Elliot to him before our marriage, and happened to be saved; why, one can hardly imagine. But he was careless and immethodical, like other men, about those things; and when I came to examine his papers, I found it with others still more trivial, from different people scattered here and there, while many letters and memorandums of real importance had been destroyed. Here it is; I would not burn it, because being even then very little satisfied with Mr Elliot, I was determined to preserve every document of former intimacy. I have now another motive for being glad that I can produce it."

This was the letter, directed to "Charles Smith, Esq. Tunbridge Wells," and dated from London, as far back as July, 1803:

Dear Smith,

I have received yours. Your kindness almost overpowers me. I wish nature had made such hearts as yours more common, but I have lived three-and-twenty years in the world, and have seen none like it. At present, believe me, I have no need of your services, being in cash again. Give me joy: I have got rid of Sir Walter and Miss. They are gone back to Kellynch, and almost made me swear to visit them this summer; but my first visit to Kellynch will be with a surveyor, to tell me how to bring it with best advantage to the hammer. The baronet, nevertheless, is not unlikely to marry again; he is quite fool enough. If he does, however, they will leave me in peace, which may be a decent equivalent for the reversion. He is worse than last year.

"I wish I had any name but Elliot. I am sick of it. The name of Walter I can drop, thank God! and I desire you will never insult me with my second W. again, meaning, for the rest of my life, to be only yours truly,

Wm. Elliot.

Such a letter could not be read without putting Anne in a glow; and Mrs Smith, observing the high colour in her face, said:

"The language, I know, is highly disrespectful. Though I have forgot the exact terms, I have a perfect impression of the general meaning. But it shows you the man. Mark his professions to my poor husband. Can any thing be stronger?"

Anne could not immediately get over the shock and mortification of finding such words applied to her father. She was obliged to recollect that her seeing the letter was a violation of the laws of honour, that no one ought to be judged or to be known by such testimonies, that no private correspondence could bear the eye of others, before she could recover calmness enough to return the letter which she had been meditating over, and say:

"Thank you. This is full proof undoubtedly; proof of every thing you were saying. But why be acquainted with us now?"

"I can explain this too," cried Mrs Smith, smiling.

"Can you really?"

"Yes. I have shewn you Mr Elliot as he was a dozen years ago, and I will shew him as he is now. I cannot produce written proof again, but I can give as authentic oral testimony as you can desire, of what he is now wanting, and what he is now doing. He is no hypocrite now. He truly wants to marry you. His present attentions to your family are very sincere: quite from the heart. I will give you my authority: his friend Colonel Wallis."

"Colonel Wallis! you are acquainted with him?"

"No. It does not come to me in quite so direct a line as that; it takes a bend or two, but nothing of consequence. The stream is as good as at first; the little rubbish it collects in the turnings is easily moved away. Mr Elliot talks unreservedly to Colonel Wallis of his views on you, which said Colonel Wallis, I imagine to be, in himself, a sensible, careful, discerning sort of character; but Colonel Wallis has a very pretty silly wife, to whom he tells things which he had better not, and he repeats it all to her. She in the overflowing spirits of her recovery, repeats it all to her nurse; and the nurse knowing my acquaintance with you, very naturally brings it all to me. On Monday evening, my good friend Mrs Rooke let me thus much into the secrets of Marlborough Buildings. When I talked of a whole history, therefore, you see I was not romancing so much as you supposed."

"My dear Mrs Smith, your authority is deficient. This will not do. Mr Elliot's having any views on me will not in the least account for the efforts he made towards a reconciliation with my father. That was all prior to my coming to Bath. I found them on the most friendly terms when I arrived."

"I know you did; I know it all perfectly, but..."

"Indeed, Mrs Smith, we must not expect to get real information in such a line. Facts or opinions which are to pass through the hands of so many, to be misconceived by folly in one, and ignorance in another, can hardly have much truth left."

"Only give me a hearing. You will soon be able to judge of the general credit due, by listening to some particulars which you can yourself immediately contradict or confirm. Nobody supposes that you were his first inducement. He had seen you indeed, before he came to Bath, and admired you, but without knowing it to be you. So says my historian, at least. Is this true? Did he see you last summer or autumn, 'somewhere down in the west,' to use her own words, without knowing it to be you?"

"He certainly did. So far it is very true. At Lyme. I happened to be at Lyme."

"Well," continued Mrs Smith, triumphantly, "grant my friend the credit due to the establishment of the first point asserted. He saw you then at Lyme, and liked you so well as to be exceedingly pleased to meet with you again in Camden Place, as Miss Anne Elliot, and from that moment, I have no doubt, had a double motive in his visits there. But there was another, and an earlier, which I will now explain. If there is anything in my story which you know to be either false or improbable, stop me. My account states, that your sister's friend, the lady now staying with you, whom I have heard you mention, came to Bath with Miss Elliot and Sir Walter as long ago as September (in short when they first came themselves), and has been staying there ever since; that she is a clever, insinuating, handsome woman, poor and plausible, and altogether such in situation and manner, as to give a general idea, among Sir Walter's acquaintance, of her meaning to be Lady Elliot, and as general a surprise that Miss Elliot should be apparently, blind to the danger."

Here Mrs Smith paused a moment; but Anne had not a word to say, and she continued:

"This was the light in which it appeared to those who knew the family, long before you returned to it; and Colonel Wallis had his eye upon your father enough to be sensible of it, though he did not then visit in Camden Place; but his regard for Mr Elliot gave him an interest in watching all that was going on there, and when Mr Elliot came to Bath for a day or two, as he happened to do a little before Christmas, Colonel Wallis made him acquainted with the appearance of things, and the reports beginning to prevail. Now you are to understand, that time had worked a very material change in Mr Elliot's opinions as to the value of a baronetcy. Upon all points of blood and connexion he is a completely altered man. Having long had as much money as he could spend, nothing to wish for on the side of avarice or indulgence, he has been gradually learning to pin his happiness upon the consequence he is heir to. I thought it coming on before our acquaintance ceased, but it is now a confirmed feeling. He cannot bear the idea of not being Sir William. You may guess, therefore, that the news he heard from his friend could not be very agreeable, and you may guess what it produced; the resolution of coming back to Bath as soon as possible, and of fixing himself here for a time, with the view of renewing his former acquaintance, and recovering such a footing in the family as might give him the means of ascertaining the degree of his danger, and of circumventing the lady if he found it material. This was agreed upon between the two friends as the only thing to be done; and Colonel Wallis was to assist in every way that he could. He was to be introduced, and Mrs Wallis was to be introduced, and everybody was to be introduced. Mr Elliot came back accordingly; and on application was forgiven, as you know, and re-admitted into the family; and there it was his constant object, and his only object (till your arrival added another motive), to watch Sir Walter and Mrs Clay. He omitted no opportunity of being with them, threw himself in their way, called at all hours; but I need not be particular on this subject. You can imagine what an artful man would do; and with this guide, perhaps, may recollect what you have seen him do."

"Yes," said Anne, "you tell me nothing which does not accord with what I have known, or could imagine. There is always something offensive in the details of cunning. The manoeuvres of selfishness and duplicity must ever be revolting, but I have heard nothing which really surprises me. I know those who would be shocked by such a representation of Mr Elliot, who would have difficulty in believing it; but I have never been satisfied. I have always wanted some other motive for his conduct than appeared. I should like to know his present opinion, as to the probability of the event he has been in dread of; whether he considers the danger to be lessening or not."

"Lessening, I understand," replied Mrs Smith. "He thinks Mrs Clay afraid of him, aware that he sees through her, and not daring to proceed as she might do in his absence. But since he must be absent some time or other, I do not perceive how he can ever be secure while she holds her present influence. Mrs Wallis has an amusing idea, as nurse tells me, that it is to be put into the marriage articles when you and Mr Elliot marry, that your father is not to marry Mrs Clay. A scheme, worthy of Mrs Wallis's understanding, by all accounts; but my sensible nurse Rooke sees the absurdity of it. 'Why, to be sure, ma'am,' said she, 'it would not prevent his marrying anybody else.' And, indeed, to own the truth, I do not think nurse, in her heart, is a very strenuous opposer of Sir Walter's making a second match. She must be allowed to be a favourer of matrimony, you know; and (since self will intrude) who can say that she may not have some flying visions of attending the next Lady Elliot, through Mrs Wallis's recom-mendation?"

"I am very glad to know all this," said Anne, after a little thoughtfulness. "It will be more painful to me in some respects to be in company with him, but I shall know better what to do. My line of conduct will be more direct. Mr Elliot is evidently a disingenuous, artificial, worldly man, who has never had any better principle to guide him than selfishness."

But Mr Elliot was not done with. Mrs Smith had been carried away from her first direction, and Anne had forgotten, in the interest of her own family concerns, how much had been originally implied against him; but her attention was now called to the explanation of those first hints, and she listened to a recital which, if it did not perfectly justify the unqualified bitterness of Mrs Smith, proved him to have been very unfeeling in his conduct towards her; very deficient both in justice and compassion.

She learned that (the intimacy between them continuing unimpaired by Mr Elliot's marriage) they had been as before always together, and Mr Elliot had led his friend into expenses much beyond his fortune. Mrs Smith did not want to take blame to herself, and was most tender of throwing any on her husband; but Anne could collect that their income had never been equal to their style of living, and that from the first there had been a great deal of general and joint extravagance. From his wife's account of him she could discern Mr Smith to have been a man of warm feelings, easy temper, careless habits, and not strong understanding, much more amiable than his friend, and very unlike him, led by him, and probably despised by him. Mr Elliot, raised by his marriage to great affluence, and disposed to every gratification of pleasure and vanity which could be commanded without involving himself, (for with all his self-indulgence he had become a prudent man), and beginning to be rich, just as his friend ought to have found himself to be poor, seemed to have had no concern at all for that friend's probable finances, but, on the contrary, had been prompting and encouraging expenses which could end only in ruin; and the Smiths accordingly had been ruined.

The husband had died just in time to be spared the full knowledge of it. They had previously known embarrassments enough to try the friendship of their friends, and to prove that Mr Elliot's had better not be tried; but it was not till his death that the wretched state of his affairs was fully known. With a confidence in Mr Elliot's regard, more creditable to his feelings than his judgement, Mr Smith had appointed him the executor of his will; but Mr Elliot would not act, and the difficulties and distress which this refusal had heaped on her, in addition to the inevitable sufferings of her situation, had been such as could not be related without anguish of spirit, or listened to without corresponding indignation.

Anne was shewn some letters of his on the occasion, answers to urgent applications from Mrs Smith, which all breathed the same stern resolution of not engaging in a fruitless trouble, and, under a cold civility, the same hard-hearted indifference to any of the evils it might bring on her. It was a dreadful picture of ingratitude and inhumanity; and Anne felt, at some moments, that no flagrant open crime could have been worse. She had a great deal to listen to; all the particulars of past sad scenes, all the minutiae of distress upon distress, which in former conversations had been merely hinted at, were dwelt on now with a natural indulgence. Anne could perfectly comprehend the exquisite relief, and was only the more inclined to wonder at the composure of her friend's usual state of mind.

There was one circumstance in the history of her grievances of particular irritation. She had good reason to believe that some property of her husband in the West Indies, which had been for many years under a sort of sequestration for the payment of its own incumbrances, might be recoverable by proper measures; and this property, though not large, would be enough to make her comparatively rich. But there was nobody to stir in it. Mr Elliot would do nothing, and she could do nothing herself, equally disabled from personal exertion by her state of bodily weakness, and from employing others by her want of money. She had no natural connexions to assist her even with their counsel, and she could not afford to purchase the assistance of the law. This was a cruel aggravation of actually straitened means. To feel that she ought to be in better circumstances, that a little trouble in the right place might do it, and to fear that delay might be even weakening her claims, was hard to bear.

It was on this point that she had hoped to engage Anne's good offices with Mr Elliot. She had previously, in the anticipation of their marriage, been very apprehensive of losing her friend by it; but on being assured that he could have made no attempt of that nature, since he did not even know her to be in Bath, it immediately occurred, that something might be done in her favour by the influence of the woman he loved, and she had been hastily preparing to interest Anne's feelings, as far as the observances due to Mr Elliot's character would allow, when Anne's refutation of the supposed engagement changed the face of everything; and while it took from her the new-formed hope of succeeding in the object of her first anxiety, left her at least the comfort of telling the whole story her own way.

After listening to this full description of Mr Elliot, Anne could not but express some surprise at Mrs Smith's having spoken of him so favourably in the beginning of their conversation. "She had seemed to recommend and praise him!"

"My dear," was Mrs Smith's reply, "there was nothing else to be done. I considered your marrying him as certain, though he might not yet have made the offer, and I could no more speak the truth of him, than if he had been your husband. My heart bled for you, as I talked of happiness; and yet he is sensible, he is agreeable, and with such a woman as you, it was not absolutely hopeless. He was very unkind to his first wife. They were wretched together. But she was too ignorant and giddy for respect, and he had never loved her. I was willing to hope that you must fare better."

Anne could just acknowledge within herself such a possibility of having been induced to marry him, as made her shudder at the idea of the misery which must have followed. It was just possible that she might have been persuaded by Lady Russell! And under such a supposition, which would have been most miserable, when time had disclosed all, too late?

It was very desirable that Lady Russell should be no longer deceived; and one of the concluding arrangements of this important conference, which carried them through the greater part of the morning, was, that Anne had full liberty to communicate to her friend everything relative to Mrs Smith, in which his conduct was involved.

CHAPTER XXII

Anne went home to think over all that she had heard. In one point, her feelings were relieved by this knowledge of Mr Elliot. There was no longer anything of tenderness due to him. He stood as opposed to Captain Wentworth, in all his own unwelcome obtrusiveness; and the evil of his attentions last night, the irremediable mischief he might have done, was considered with sensations unqualified, unperplexed. Pity for him was all over. But this was the only point of relief. In every other respect, in looking around her, or penetrating forward, she saw more to distrust and to apprehend. She was concerned for the disappointment and pain Lady Russell would be feeling; for the mortifications which must be hanging over her father and sister, and had all the distress of foreseeing many evils, without knowing how to avert any one of them. She was most thankful for her own knowledge of him. She had never considered herself as entitled to reward for not slighting an old friend like Mrs Smith, but here was a reward indeed springing from it! Mrs Smith had been able to tell her what no one else could have done. Could the knowledge have been extended through her family? But this was a vain idea. She must talk to Lady Russell, tell her, consult with her, and having done her best, wait the event with as much composure as possible; and after all, her greatest want of composure would be in that quarter of the mind which could not be opened to Lady Russell; in that flow of anxieties and fears which must be all to herself.

She found, on reaching home, that she had, as she intended, escaped seeing Mr Elliot; that he had called and paid them a long morning visit; but hardly had she congratulated herself, and felt safe, when she heard that he was coming again in the evening.

"I had not the smallest intention of asking him," said Elizabeth, with affected carelessness, "but he gave so many hints; so Mrs Clay says, at least."

"Indeed, I do say it. I never saw anybody in my life spell harder for an invitation. Poor man! I was really in pain for him; for your hard-hearted sister, Miss Anne, seems bent on cruelty."

"Oh!" cried Elizabeth, "I have been rather too much used to the game to be soon overcome by a gentleman's hints. However, when I found how excessively he was regretting that he should miss my father this morning, I gave way immediately, for I would never really omit an opportunity of bring him and Sir Walter together. They appear to so much advantage in company with each other. Each behaving so pleasantly. Mr Elliot looking up with so much respect."

"Quite delightful!" cried Mrs Clay, not daring, however, to turn her eyes towards Anne. "Exactly like father and son! Dear Miss Elliot, may I not say father and son?"

"Oh! I lay no embargo on any body's words. If you will have such ideas! But, upon my word, I am scarcely sensible of his attentions being beyond those of other men."

"My dear Miss Elliot!" exclaimed Mrs Clay, lifting her hands and eyes, and sinking all the rest of her astonishment in a convenient silence.

"Well, my dear Penelope, you need not be so alarmed about him. I did invite him, you know. I sent him away with smiles. When I found he was really going to his friends at Thornberry Park for the whole day tomorrow, I had compassion on him."

Anne admired the good acting of the friend, in being able to shew such pleasure as she did, in the expectation and in the actual arrival of the very person whose presence must really be interfering with her prime object. It was impossible but that Mrs Clay must hate the sight of Mr Elliot; and yet she could assume a most obliging, placid look, and appear quite satisfied with the curtailed license of devoting herself only half as much to Sir Walter as she would have done otherwise.

To Anne herself it was most distressing to see Mr Elliot enter the room; and quite painful to have him approach and speak to her. She had been used before to feel that he could not be always quite sincere, but now she saw insincerity in everything. His attentive deference to her father, contrasted with his former language, was odious; and when she thought of his cruel conduct towards Mrs Smith, she could hardly bear the sight of his present smiles and mildness, or the sound of his artificial good sentiments.

She meant to avoid any such alteration of manners as might provoke a remonstrance on his side. It was a great object to her to escape all enquiry or eclat; but it was her intention to be as decidedly cool to him as might be compatible with their relationship; and to retrace, as quietly as she could, the few steps of unnecessary intimacy she had been gradually led along. She was accordingly more guarded, and more cool, than she had been the night before.

He wanted to animate her curiosity again as to how and where he could have heard her formerly praised; wanted very much to be gratified by more solicitation; but the charm was broken: he found that the heat and animation of a public room was necessary to kindle his modest cousin's vanity; he found, at least, that it was not to be done now, by any of those attempts which he could hazard among the too-commanding claims of the others. He little surmised that it was a subject acting now exactly against his interest, bringing immediately to her thoughts all those parts of his conduct which were least excusable.

She had some satisfaction in finding that he was really going out of Bath the next morning, going early, and that he would be gone the greater part of two days. He was invited again to Camden Place the very evening of his return; but from Thursday to Saturday evening his absence was certain. It was bad enough that a Mrs Clay should be always before her; but that a deeper hypocrite should be added to their party, seemed the destruction of everything like peace and comfort. It was so humiliating to reflect on the constant deception practised on her father and Elizabeth; to consider the various sources of mortification preparing for them! Mrs Clay's selfishness was not so complicate nor so revolting as his; and Anne would have compounded for the marriage at once, with all its evils, to be clear of Mr Elliot's subtleties in endeavouring to prevent it.

On Friday morning she meant to go very early to Lady Russell, and accomplish the necessary communication; and she would have gone directly after breakfast, but that Mrs Clay was also going out on some obliging purpose of saving her sister trouble, which determined her to wait till she might be safe from such a companion. She saw Mrs Clay fairly off, therefore, before she began to talk of spending the morning in Rivers Street.

"Very well," said Elizabeth, "I have nothing to send but my love. Oh! you may as well take back that tiresome book she would lend me, and pretend I have read it through. I really cannot be plaguing myself for ever with all the new poems and states of the nation that come out. Lady Russell quite bores one with her new publications. You need not tell her so, but I thought her dress hideous the other night. I used to think she had some taste in dress, but I was ashamed of her at the concert. Something so formal and arrange in her air! and she sits so upright! My best love, of course."

"And mine," added Sir Walter. "Kindest regards. And you may say, that I mean to call upon her soon. Make a civil message; but I shall only leave my card. Morning visits are never fair by women at her time of life, who make themselves up so little. If she would only wear rouge she would not be afraid of being seen; but last time I called, I observed the blinds were let down immediately."

While her father spoke, there was a knock at the door. Who could it be? Anne, remembering the preconcerted visits, at all hours, of Mr Elliot, would have expected him, but for his known engagement seven miles off. After the usual period of suspense, the usual sounds of approach were heard, and "Mr and Mrs Charles Musgrove" were ushered into the room.

Surprise was the strongest emotion raised by their appearance; but Anne was really glad to see them; and the others were not so sorry but that they could put on a decent air of welcome; and as soon as it became clear that these, their nearest relations, were not arrived with an views of accommodation in that house, Sir Walter and Elizabeth were able to rise in cordiality, and do the honours of it very well. They were come to Bath for a few days with Mrs Musgrove, and were at the White Hart. So much was pretty soon understood; but till Sir Walter and Elizabeth were walking Mary into the other drawing-room, and regaling themselves with her admiration, Anne could not draw upon Charles's brain for a regular history of their coming, or an explanation of some smiling hints of particular business, which had been ostentatiously dropped by Mary, as well as of some apparent confusion as to whom their party consisted of.

She then found that it consisted of Mrs Musgrove, Henrietta, and Captain Harville, beside their two selves. He gave her a very plain, intelligible account of the whole; a narration in which she saw a great deal of most characteristic proceeding. The scheme had received its first impulse by Captain Harville's wanting to come to Bath on business. He had begun to talk of it a week ago; and by way of doing something, as shooting was over, Charles had proposed coming with him, and Mrs Harville had seemed to like the idea of it very much, as an advantage to her husband; but Mary could not bear to be left, and had made herself so unhappy about it, that for a day or two everything seemed to be in suspense, or at an end. But then, it had been taken up by his father and mother. His mother had some old friends in Bath whom she wanted to see; it was thought a good opportunity for Henrietta to come and buy wedding-clothes for herself and her sister; and, in short, it ended in being his mother's party, that everything might be comfortable and easy to Captain Harville; and he and Mary were included in it by way of general convenience. They had arrived late the night before. Mrs Harville, her children, and Captain Benwick, remained with Mr Musgrove and Louisa at Uppercross.

Anne's only surprise was, that affairs should be in forwardness enough for Henrietta's wedding-clothes to be talked of. She had imagined such difficulties of fortune to exist there as must prevent the marriage from being near at hand; but she learned from Charles that, very recently, (since Mary's last letter to herself), Charles Hayter had been applied to by a friend to hold a living for a youth who could not possibly claim it under many years; and that on the strength of his present income, with almost a certainty of something more permanent long before the term in question, the two families had consented to the young people's wishes, and that their marriage was likely to take place in a few months, quite as soon as Louisa's. "And a very good living it was," Charles added: "only five-and-twenty miles from Uppercross, and in a very fine country: fine part of Dorsetshire. In the centre of some of the best preserves in the kingdom, surrounded by three great proprietors, each more careful and jealous than the other; and to two of the three at least, Charles Hayter might get a special recommendation. Not that he will value it as he ought," he observed, "Charles is too cool about sporting. That's the worst of him."

"I am extremely glad, indeed," cried Anne, "particularly glad that this should happen; and that of two sisters, who both deserve equally well, and who have always been such good friends, the pleasant prospect of one should not be dimming those of the other; that they should be so equal in their prosperity and comfort. I hope your father and mother are quite happy with regard to both."

"Oh! yes. My father would be well pleased if the gentlemen were richer, but he has no other fault to find. Money, you know, coming down with money – two daughters at once – it cannot be a very agreeable operation, and it streightens him as to many things. However, I do not mean to say they have not a right to it. It is very fit they should have daughters' shares; and I am sure he has always been a very kind, liberal father to me. Mary does not above half like Henrietta's match. She never did, you know. But she does not do him justice, nor think enough about Winthrop. I cannot make her attend to the value of the property. It is a very fair match, as times go; and I have liked Charles Hayter all my life, and I shall not leave off now."

"Such excellent parents as Mr and Mrs Musgrove," exclaimed Anne, "should be happy in their children's marriages. They do everything to confer happiness, I am sure. What a blessing to young people to be in such hands!

Your father and mother seem so totally free from all those ambitious feelings which have led to so much misconduct and misery, both in young and old. I hope you think Louisa perfectly recovered now?"

He answered rather hesitatingly, "Yes, I believe I do; very much recovered; but she is altered; there is no running or jumping about, no laughing or dancing; it is quite different. If one happens only to shut the door a little hard, she starts and wriggles like a young dab-chick in the water; and Benwick sits at her elbow, reading verses, or whispering to her, all day long."

Anne could not help laughing. "That cannot be much to your taste, I know," said she; "but I do believe him to be an excellent young man."

"To be sure he is. Nobody doubts it; and I hope you do not think I am so illiberal as to want every man to have the same objects and pleasures as myself. I have a great value for Benwick; and when one can but get him to talk, he has plenty to say. His reading has done him no harm, for he has fought as well as read. He is a brave fellow. I got more acquainted with him last Monday than ever I did before. We had a famous set-to at rat-hunting all the morning in my father's great barns; and he played his part so well that I have liked him the better ever since."

Here they were interrupted by the absolute necessity of Charles's following the others to admire mirrors and china; but Anne had heard enough to understand the present state of Uppercross, and rejoice in its happiness; and though she sighed as she rejoiced, her sigh had none of the ill-will of envy in it. She would certainly have risen to their blessings if she could, but she did not want to lessen theirs.

The visit passed off altogether in high good humour. Mary was in excellent spirits, enjoying the gaiety and the change, and so well satisfied with the journey in her mother-in-law's carriage with four horses, and with her own complete independence of Camden Place, that she was exactly in a temper to admire everything as she ought, and enter most readily into all the superiorities of the house, as they were detailed to her. She had no demands on her father or sister, and her consequence was just enough increased by their handsome drawing-rooms.

Elizabeth was, for a short time, suffering a good deal. She felt that Mrs Musgrove and all her party ought to be asked to dine with them; but she could not bear to have the difference of style, the reduction of servants, which a dinner must betray, witnessed by those who had been always so inferior to the Elliots of Kellynch. It was a struggle between propriety and vanity; but vanity got the better, and then Elizabeth was happy again. These were her internal persuasions: "Old fashioned notions... country hospitality... we do not profess to give dinners... few people in Bath do... Lady Alicia never does; did not even ask her own sister's family, though they were here a month: and I dare say it would be very inconvenient to Mrs Musgrove... put her quite out of her way. I am sure she would rather not come; she cannot feel easy with us. I will ask them all for an evening; that will be much better; that will be a novelty and a treat. They have not seen two such drawing rooms before. They will be delighted to come tomorrow evening. It shall be a regular party, small, but most elegant." And this satisfied Elizabeth: and when the invitation was given to the two present, and promised for the absent, Mary was as completely satisfied. She was particularly asked to meet Mr Elliot, and be introduced to Lady Dalrymple and Miss Carteret, who were fortunately already engaged to come; and she could not have received a more gratifying attention. Miss Elliot was to have the honour of calling on Mrs Musgrove in the course of the morning; and Anne walked off with Charles and Mary, to go and see her and Henrietta directly.

Her plan of sitting with Lady Russell must give way for the present. They all three called in Rivers Street for a couple of minutes; but Anne convinced herself that a day's delay of the intended communication could be of no consequence, and hastened forward to the White Hart, to see again the friends and companions of the last autumn, with an eagerness of good-will which many associations contributed to form.

They found Mrs Musgrove and her daughter within, and by themselves, and Anne had the kindest welcome from each. Henrietta was exactly in that state of recently-improved views, of fresh-formed happiness, which made her full of regard and interest for everybody she had ever liked before at all; and Mrs Musgrove's real affection had been won by her usefulness when they were in distress. It was a heartiness, and a warmth, and a sincerity which Anne delighted in the more, from the sad want of such blessings at home. She was entreated to give them as much of her time as possible, invited for every day and all day long, or rather claimed as part of the family; and, in return, she naturally fell into all her wonted ways of attention and assistance, and on Charles's leaving them together, was listening to Mrs Musgrove's history of Louisa, and to Henrietta's of herself, giving opinions on business, and recommendations to shops; with intervals of every help which Mary required, from altering her ribbon to settling her accounts; from finding her keys, and assorting her trinkets, to trying to convince her that she was not ill-used by anybody; which Mary, well amused as she generally was, in her station at a window overlooking the entrance to the Pump Room, could not but have her moments of imagining.

A morning of thorough confusion was to be expected. A large party in an hotel ensured a quick-changing, unsettled scene. One five minutes brought a note, the next a parcel; and Anne had not been there half an hour, when their dining-room, spacious as it was, seemed more than half filled: a party of steady old friends were seated around Mrs Musgrove, and Charles came back with Captains Harville and Wentworth. The appearance of the latter could not be more than the surprise of the moment. It was impossible for her to have forgotten to feel that this arrival of their common friends must be soon bringing them together again. Their last meeting had been most important in opening his feelings; she had derived from it a delightful conviction; but she feared from his looks, that the same unfortunate persuasion, which had hastened him away from the Concert Room, still governed. He did not seem to want to be near enough for conversation.

She tried to be calm, and leave things to take their course, and tried to dwell much on this argument of rational dependence: "Surely, if there be constant attachment on each side, our hearts must understand each other ere long. We are not boy and girl, to be captiously irritable, misled by every moment's inadvertence, and wantonly playing with our own happiness." And yet, a few minutes afterwards, she felt as if their being in company with each other, under their present circumstances, could only be exposing them to inadvertencies and misconstructions of the most mischievous kind.

"Anne," cried Mary, still at her window, "there is Mrs Clay, I am sure, standing under the colonnade, and a gentleman with her. I saw them turn the corner from Bath Street just now. They seemed deep in talk. Who is it? Come, and tell me. Good heavens! I recollect. It is Mr Elliot himself."

"No," cried Anne, quickly, "it cannot be Mr Elliot, I assure you. He was to leave Bath at nine this morning, and does not come back till to-morrow."

As she spoke, she felt that Captain Wentworth was looking at her, the consciousness of which vexed and embarrassed her, and made her regret that she had said so much, simple as it was.

Mary, resenting that she should be supposed not to know her own cousin, began talking very warmly about the family features, and protesting still more positively that it was Mr Elliot, calling again upon Anne to come and look for herself, but Anne did not mean to stir, and tried to be cool and unconcerned. Her distress returned, however, on perceiving smiles and intelligent glances pass between two or three of the lady visitors, as if they believed themselves quite in the secret. It was evident that the report concerning her had spread, and a short pause succeeded, which seemed to ensure that it would now spread farther.

"Do come, Anne" cried Mary, "come and look yourself. You will be too late if you do not make haste. They are parting; they are shaking hands. He is turning away. Not know Mr Elliot, indeed! You seem to have forgot all about Lyme."

To pacify Mary, and perhaps screen her own embarrassment, Anne did move quietly to the window. She was just in time to ascertain that it really was Mr Elliot, which she had never believed, before he disappeared on one side, as Mrs Clay walked quickly off on the other; and checking the surprise which she could not but feel at such an appearance of friendly conference between two persons of totally opposite interest, she calmly said, "Yes, it is Mr Elliot, certainly. He has changed his hour of going, I suppose, that is all, or I may be mistaken, I might not attend;" and walked back to her chair, recomposed, and with the comfortable hope of having acquitted herself well.

The visitors took their leave; and Charles, having civilly seen them off, and then made a face at them, and abused them for coming, began with:

"Well, mother, I have done something for you that you will like. I have been to the theatre, and secured a box for tomorrow night. A'n't I a good boy? I know you love a play; and there is room for us all. It holds nine. I have engaged Captain Wentworth. Anne will not be sorry to join us, I am sure. We all like a play. Have not I done well, mother?"

Mrs Musgrove was good humouredly beginning to express her perfect readiness for the play, if Henrietta and all the others liked it, when Mary eagerly interrupted her by exclaiming:

"Good heavens, Charles! how can you think of such a thing? Take a box for tomorrow night! Have you forgot that we are engaged to Camden Place tomorrow night? and that we were most particularly asked to meet Lady Dalrymple and her daughter, and Mr Elliot, and all the principal family connexions, on purpose to be introduced to them? How can you be so forgetful?"

"Phoo! phoo!" replied Charles, "what's an evening party? Never worth remembering. Your father might have asked us to dinner, I think, if he had wanted to see us. You may do as you like, but I shall go to the play."

"Oh! Charles, I declare it will be too abominable if you do, when you promised to go."

"No, I did not promise. I only smirked and bowed, and said the word 'happy.' There was no promise."

"But you must go, Charles. It would be unpardonable to fail. We were asked on purpose to be introduced. There was always such a great connexion between the Dalrymples and ourselves. Nothing ever happened on either side that was not announced immediately. We are quite near relations, you know; and Mr Elliot too, whom you ought so particularly to be acquainted with! Every attention is due to Mr Elliot. Consider, my father's heir: the future representative of the family."

"Don't talk to me about heirs and representatives," cried Charles. "I am not one of those who neglect the reigning power to bow to the rising sun. If I would not go for the sake of your father, I should think it scandalous to go for the sake of his heir. What is Mr Elliot to me?" The careless expression was life to Anne, who saw that Captain Wentworth was all attention, looking and listening with his whole soul; and that the last words brought his enquiring eyes from Charles to herself.

Charles and Mary still talked on in the same style; he, half serious and half jesting, maintaining the scheme for the play, and she, invariably serious, most warmly opposing it, and not omitting to make it known that, however determined to go to Camden Place herself, she should not think herself very well used, if they went to the play without her. Mrs Musgrove interposed.

"We had better put it off. Charles, you had much better go back and change the box for Tuesday. It would be a pity to be divided, and we should be losing Miss Anne, too, if there is a party at her father's; and I am sure neither Henrietta nor I should care at all for the play, if Miss Anne could not be with us."

Anne felt truly obliged to her for such kindness; and quite as much so for the opportunity it gave her of decidedly saying:

"If it depended only on my inclination, ma'am, the party at home (excepting on Mary's account) would not be the smallest impediment. I have no pleasure in the sort of meeting, and should be too happy to change it for a play, and with you. But, it had better not be attempted, perhaps." She had spoken it; but she trembled when it was done, conscious that her words were listened to, and daring not even to try to observe their effect.

It was soon generally agreed that Tuesday should be the day; Charles only reserving the advantage of still teasing his wife, by persisting that he would go to the play tomorrow if nobody else would.

Captain Wentworth left his seat, and walked to the fire-place; probably for the sake of walking away from it soon afterwards, and taking a station, with less bare-faced design, by Anne.

"You have not been long enough in Bath," said he, "to enjoy the evening parties of the place."

"Oh! no. The usual character of them has nothing for me. I am no card-player."

"You were not formerly, I know. You did not use to like cards; but time makes many changes..."

"I am not yet so much changed," cried Anne, and stopped, fearing she hardly knew what misconstruction. After waiting a few moments he said, and as if it were the result of immediate feeling, "It is a period, indeed! Eight years and a half is a period."

Whether he would have proceeded farther was left to Anne's imagination to ponder over in a calmer hour; for while still hearing the sounds he had uttered, she was startled to other subjects by Henrietta, eager to make use of the present leisure for getting out, and calling on her companions to lose no time, lest somebody else should come in.

They were obliged to move. Anne talked of being perfectly ready, and tried to look it; but she felt that could Henrietta have known the regret and reluctance of her heart in quitting that chair, in preparing to quit the room, she would have found, in all her own sensations for her cousin, in the very security of his affection, wherewith to pity her.

Their preparations, however, were stopped short. Alarming sounds were heard; other visitors approached, and the door was thrown open for Sir Walter and Miss Elliot, whose entrance seemed to give a general chill. Anne felt an instant oppression, and wherever she looked saw symptoms of the same. The comfort, the freedom, the gaiety of the room was over, hushed into cold composure, determined silence, or insipid talk, to meet the heartless elegance of her father and sister. How mortifying to feel that it was so!

Her jealous eye was satisfied in one particular. Captain Wentworth was acknowledged again by each, by Elizabeth more graciously than before. She even addressed him once, and looked at him more than once. Elizabeth was, in fact, revolving a great measure. The sequel explained it. After the waste of a few minutes in saying the proper nothings, she began to give the invitation which was to comprise all the remaining dues of the Musgroves. "Tomorrow evening, to meet a few friends: no formal party." It was all said very gracefully, and the cards with which she had provided herself, the "Miss Elliot at home," were laid on the table, with a courteous, comprehensive smile to all, and one smile and one card more decidedly for Captain Wentworth. The truth was, that Elizabeth had been long enough in Bath to understand the importance of a man of such an air and appearance as his. The past was nothing. The present was that Captain Wentworth would move about well in her drawing-room. The card was pointedly given, and Sir Walter and Elizabeth arose and disappeared.

The interruption had been short, though severe, and ease and animation returned to most of those they left as the door shut them out, but not to Anne. She could think only of the invitation she had with such astonishment witnessed, and of the manner in which it had been received; a manner of doubtful meaning, of surprise rather than gratification, of polite acknowledgement rather than acceptance. She knew him; she saw disdain in his eye, and could not venture to believe that he had determined to accept such an offering, as an atonement for all the insolence of the past. Her spirits sank. He held the card in his hand after they were gone, as if deeply considering it.

"Only think of Elizabeth's including everybody!" whispered Mary very audibly. "I do not wonder Captain Wentworth is delighted! You see he cannot put the card out of his hand."

Anne caught his eye, saw his cheeks glow, and his mouth form itself into a momentary expression of contempt, and turned away, that she might neither see nor hear more to vex her.

The party separated. The gentlemen had their own pursuits, the ladies proceeded on their own business, and they met no more while Anne belonged to them. She was earnestly begged to return and dine, and give them all the rest of the day, but her spirits had been so long exerted that at present she felt unequal to more, and fit only for home, where she might be sure of being as silent as she chose.

Promising to be with them the whole of the following morning, therefore, she closed the fatigues of the present day by a toilsome walk to Camden Place, there to spend the evening chiefly in listening to the busy arrangements of Elizabeth and Mrs Clay for the morrow's party, the frequent enumeration of the persons invited, and the continually improving detail of all the embellishments which were to make it the most completely elegant of its kind in Bath, while harassing herself with the never-ending question, of whether Captain Wentworth would come or not? They were reckoning him as certain, but with her it was a gnawing solicitude never appeased for five minutes together. She generally thought he would come, because she generally thought he ought; but it was a case which she could not so shape into any positive act of duty or discretion, as inevitably to defy the suggestions of very opposite feelings.

She only roused herself from the broodings of this restless agitation, to let Mrs Clay know that she had been seen with Mr Elliot three hours after his being supposed to be out of Bath, for having watched in vain for some intimation of the interview from the lady herself, she determined to mention it, and it seemed to her there was guilt in Mrs Clay's face as she listened. It was transient: cleared away in an instant; but Anne could imagine she read there the consciousness of having, by some complication of mutual trick, or some overbearing authority of his, been obliged to attend (perhaps for half an hour) to his lectures and restrictions on her designs on Sir Walter. She exclaimed, however, with a very tolerable imitation of nature:

"Oh! dear! very true. Only think, Miss Elliot, to my great surprise I met with Mr Elliot in Bath Street. I was never more astonished. He turned back and walked with me to the Pump Yard. He had been prevented setting off for Thornberry, but I really forget by what; for I was in a hurry, and could not much attend, and I can only answer for his being determined not to be delayed in his return. He wanted to know how early he might be admitted tomorrow. He was full of 'tomorrow,' and it is very evident that I have been full of it too, ever since I entered the house, and learnt the extension of your plan and all that had happened, or my seeing him could never have gone so entirely out of my head."

CHAPTER XXIII

One day only had passed since Anne's conversation with Mrs Smith; but a keener interest had succeeded, and she was now so little touched by Mr Elliot's conduct, except by its effects in one quarter, that it became a matter of course the next morning, still to defer her explanatory visit in Rivers Street. She had promised to be with the Musgroves from breakfast to dinner. Her faith was lighted, and Mr Elliot's character, like the Sultaness Scheherazade's head, must live another day.

She could not keep her appointment punctually, however; the weather was unfavourable, and she had grieved over the rain on her friends' account, and felt it very much on her own, before she was able to attempt the walk. When she reached the White Hart, and made her way to the proper apartment, she found herself neither arriving quite in time, nor the first to arrive. The party before her were, Mrs Musgrove, talking to Mrs Croft, and Captain Harville to Captain Wentworth; and she immediately heard that Mary and Henrietta, too impatient to wait, had gone out the moment it had cleared, but would be back again soon, and that the strictest injunctions had been left with Mrs Musgrove to keep her there till they returned. She had only to submit, sit down, be outwardly composed, and feel herself plunged at once in all the agitations which she had merely laid her account of tasting a little before the morning closed. There was no delay, no waste of time. She was deep in the happiness of such misery, or the misery of such happiness, instantly. wo minutes after her entering the room, Captain Wentworth said:

"We will write the letter we were talking of, Harville, now, if you will give me materials."

Materials were at hand, on a separate table; he went to it, and nearly turning his back to them all, was engrossed by writing. Mrs Musgrove was giving Mrs Croft the history of her eldest daughter's engagement, and just in that inconvenient tone of voice which was perfectly audible while it pretended to be a whisper. Anne felt that she did not belong to the conversation, and yet, as Captain Harville seemed thoughtful and not disposed to talk, she could not avoid hearing many undesirable particulars; such as, "how Mr Musgrove and my brother Hayter had met again and again to talk it over; what my brother Hayter had said one day, and what Mr Musgrove had proposed the next, and what had occurred to my sister Hayter, and what the young people had wished, and what I said at first I never could consent to, but was afterwards persuaded to think might do very well," and a great deal in the same style of open-hearted communication: minutiae which, even with every advantage of taste and delicacy, which good Mrs Musgrove could not give, could be properly interesting only to the principals. Mrs Croft was attending with great good-humour, and whenever she spoke at all, it was very sensibly. Anne hoped the gentlemen might each be too much self-occupied to hear.

"And so, ma'am, all these thing considered," said Mrs Musgrove, in her powerful whisper, "though we could have wished it different, yet, altogether, we did not think it fair to stand out any longer, for Charles Hayter was quite wild about it, and Henrietta was pretty near as bad; and so we thought they had better marry at once, and make the best of it, as many others have done before them. At any rate, said I, it will be better than a long engagement."

"That is precisely what I was going to observe," cried Mrs Croft. "I would rather have young people settle on a small income at once, and have to struggle with a few difficulties together, than be involved in a long engagement. I always think that no mutual..."

"Oh! dear Mrs Croft," cried Mrs Musgrove, unable to let her finish her speech, "there is nothing I so abominate for young people as a long engagement. It is what I always protested against for my children. It is all very well, I used to say, for young people to be engaged, if there is a certainty of their being able to marry in six months, or even in twelve; but a long engagement..."

"Yes, dear ma'am," said Mrs Croft, "or an uncertain engagement, an engagement which may be long. To begin without knowing that at such a time there will be the means of marrying, I hold to be very unsafe and unwise, and what I think all parents should prevent as far as they can."

Anne found an unexpected interest here. She felt its application to herself, felt it in a nervous thrill all over her; and at the same moment that her eyes instinctively glanced towards the distant table, Captain Wentworth's pen ceased to move, his head was raised, pausing, listening, and he turned round the next instant to give a look, one quick, conscious look at her.

The two ladies continued to talk, to re-urge the same admitted truths, and enforce them with such examples of the ill effect of a contrary practice as had fallen within their observation, but Anne heard nothing distinctly; it was only a buzz of words in her ear, her mind was in confusion.

Captain Harville, who had in truth been hearing none of it, now left his seat, and moved to a window, and Anne seeming to watch him, though it was from thorough absence of mind, became gradually sensible that he was inviting her to join him where he stood. He looked at her with a smile, and a little motion of the head, which expressed, "Come to me, I have something to say;" and the unaffected, easy kindness of manner which denoted the feelings of an older acquaintance than he really was, strongly enforced the invitation. She roused herself and went to him. The window at which he stood was at the other end of the room from where the two ladies were sitting, and though nearer to Captain Wentworth's table, not very near. As she joined him, Captain Harville's countenance re-assumed the serious, thoughtful expression which seemed its natural character.

"Look here," said he, unfolding a parcel in his hand, and displaying a small miniature painting, "do you know who that is?"

"Certainly: Captain Benwick."

"Yes, and you may guess who it is for. But," (in a deep tone,) "it was not done for her. Miss Elliot, do you remember our walking together at Lyme, and grieving for him? I little thought then... but no matter. This was drawn at the Cape. He met with a clever young German artist at the Cape, and in compliance with a promise to my poor sister, sat to him, and was bringing it home for her; and I have now the charge of getting it properly set for another! It was a commission to me! But who else was there to employ? I hope I can allow for him. I am not sorry, indeed, to make it over to another. He undertakes it;" (looking towards Captain Wentworth,) "he is writing about it now." And with a quivering lip he wound up the whole by adding, "Poor Fanny! she would not have forgotten him so soon!"

"No," replied Anne, in a low, feeling voice. "That I can easily believe."

"It was not in her nature. She doted on him."

"It would not be the nature of any woman who truly loved."

Captain Harville smiled, as much as to say, "Do you claim that for your sex?" and she answered the question, smiling also, "Yes. We certainly do not forget you as soon as you forget us. It is, perhaps, our fate rather than our merit. We cannot help ourselves. We live at home, quiet, confined, and our feelings prey upon us. You are forced on exertion. You have always a profession, pursuits, business of some sort or other, to take you back into the world immediately, and continual occupation and change soon weaken impressions."

"Granting your assertion that the world does all this so soon for men (which, however, I do not think I shall grant), it does not apply to Benwick. He has not been forced upon any exertion. The peace turned him on shore at the very moment, and he has been living with us, in our little family circle, ever since."

"True," said Anne, "very true; I did not recollect; but what shall we say now, Captain Harville? If the change be not from outward circumstances, it must be from within; it must be nature, man's nature, which has done the business for Captain Benwick."

"No, no, it is not man's nature. I will not allow it to be more man's nature than woman's to be inconstant and forget those they do love, or have loved. I believe the reverse. I believe in a true analogy between our bodily frames and our mental; and that as our bodies are the strongest, so are our feelings; capable of bearing most rough usage, and riding out the heaviest weather."

"Your feelings may be the strongest," replied Anne, "but the same spirit of analogy will authorise me to assert that ours are the most tender. Man is more robust than woman, but he is not longer lived; which exactly explains my view of the nature of their attachments. Nay, it would be too hard upon you, if it were otherwise. You have difficulties, and privations, and dangers enough to struggle with. You are always labouring and toiling, exposed to every risk and hardship. Your home, country, friends, all quitted. Neither time, nor health, nor life, to be called your own. It would be hard, indeed" (with a faltering voice), "if woman's feelings were to be added to all this."

"We shall never agree upon this question," Captain Harville was beginning to say, when a slight noise called their attention to Captain Wentworth's hitherto perfectly quiet division of the room. It was nothing more than that his pen had fallen down; but Anne was startled at finding him nearer than she had supposed, and half inclined to suspect that the pen had only fallen because he had been occupied by them, striving to catch sounds, which yet she did not think he could have caught.

"Have you finished your letter?" said Captain Harville.

"Not quite, a few lines more. I shall have done in five minutes."

"There is no hurry on my side. I am only ready whenever you are. I am in very good anchorage here," (smiling at Anne,) "well supplied, and want for nothing. No hurry for a signal at all. Well, Miss Elliot," (lowering his voice,) "as I was saying we shall never agree, I suppose, upon this point. No man and woman, would, probably. But let me observe that all histories are against you... all stories, prose and verse. If I had such a memory as Benwick, I could bring you fifty quotations in a moment on my side the argument, and I do not think I ever opened a book in my life which had not something to say upon woman's inconstancy. Songs and proverbs, all talk of woman's fickleness. But perhaps you will say, these were all written by men."

"Perhaps I shall. Yes, yes, if you please, no reference to examples in books. Men have had every advantage of us in telling their own story. Education has been theirs in so much higher a degree; the pen has been in their hands. I will not allow books to prove anything."

"But how shall we prove anything?"

"We never shall. We never can expect to prove any thing upon such a point. It is a difference of opinion which does not admit of proof. We each begin, probably, with a little bias towards our own sex; and upon that bias build every circumstance in favour of it which has occurred within our own circle; many of which circumstances (perhaps those very cases which strike us the most) may be precisely such as cannot be brought forward without betraying a confidence, or in some respect saying what should not be said."

"Ah!" cried Captain Harville, in a tone of strong feeling, "if I could but make you comprehend what a man suffers when he takes a last look at his wife and children, and watches the boat that he has sent them off in, as long as it is in sight, and then turns away and says, 'God knows whether we ever meet again!' And then, if I could convey to you the glow of his soul when he does see them again; when, coming back after a twelvemonth's absence, perhaps, and obliged to put into another port, he calculates how soon it be possible to get them there, pretending to deceive himself, and saying, 'They cannot be here till such a day,' but all the while hoping for them twelve hours sooner, and seeing them arrive at last, as if Heaven had given them wings, by many hours sooner still! If I could explain to you all this, and all that a man can bear and do, and glories to do, for the sake of these treasures of his existence! I speak, you know, only of such men as have hearts!" pressing his own with emotion.

"Oh!" cried Anne eagerly, "I hope I do justice to all that is felt by you, and by those who resemble you. God forbid that I should undervalue the warm and faithful feelings of any of my fellow-creatures! I should deserve utter contempt if I dared to suppose that true attachment and constancy were known only by woman. No, I believe you capable of everything great and good in your married lives. I believe you equal to every important exertion, and to every domestic forbearance, so long as... if I may be allowed the expression... so long as you have an object. I mean while the woman you love lives, and lives for you. All the privilege I claim for my own sex (it is not a very enviable one; you need not covet it), is that of loving longest, when existence or when hope is gone."

She could not immediately have uttered another

sentence; her heart was too full, her breath too much oppressed.

"You are a good soul," cried Captain Harville, putting his hand on her arm, quite affectionately. "There is no quarrelling with you. And when I think of Benwick, my tongue is tied."

Their attention was called towards the others. Mrs Croft was taking leave.

"Here, Frederick, you and I part company, I believe," said she. "I am going home, and you have an engagement with your friend. Tonight we may have the pleasure of all meeting again at your party," (turning to Anne.) "We had your sister's card yesterday, and I understood Frederick had a card too, though I did not see it; and you are disengaged, Frederick, are you not, as well as ourselves?"

Captain Wentworth was folding up a letter in great haste, and either could not or would not answer fully.

"Yes," said he, "very true; here we separate, but Harville and I shall soon be after you; that is, Harville, if you are ready, I am in half a minute. I know you will not be sorry to be off. I shall be at your service in half a minute."

Mrs Croft left them, and Captain Wentworth, having sealed his letter with great rapidity, was indeed ready, and had even a hurried, agitated air, which shewed impatience to be gone. Anne knew not how to understand it. She had the kindest "Good morning, God bless you!" from Captain Harville, but from him not a word, nor a look! He had passed out of the room without a look!

She had only time, however, to move closer to the table where he had been writing, when footsteps were heard returning; the door opened, it was himself. He begged their pardon, but he had forgotten his gloves, and instantly crossing the room to the writing table, he drew out a letter from under the scattered paper, placed it before Anne with eyes of glowing entreaty fixed on her for a time, and hastily collecting his gloves, was again out of the room, almost before Mrs Musgrove was aware of his being in it: the work of an instant!

The revolution which one instant had made in Anne, was almost beyond expression. The letter, with a direction hardly legible, to "Miss A. E.," was evidently the one which he had been folding so hastily. While supposed to be writing only to Captain Benwick, he had been also addressing her! On the contents of that letter depended all which this world could do for her. Anything was possible, anything might be defied rather than suspense. Mrs Musgrove had little arrangements of her own at her own table; to their protection she must trust, and sinking into the chair which he had occupied, succeeding to the very spot where he had leaned and written, her eyes devoured the following words:

"I can listen no longer in silence. I must speak to you by such means as are within my reach. You pierce my soul. I am half agony, half hope. Tell me not that I am too late, that such precious feelings are gone for ever. I offer myself to you again with a heart even more your own than when you almost broke it, eight years and a half ago. Dare not say that man forgets sooner than woman, that his love has an earlier death. I have loved none but you. Unjust I may have been, weak and resentful I have been, but never inconstant. You alone have brought me to Bath. For you alone, I think and plan. Have you not seen this? Can you fail to have understood my wishes? I had not waited even these ten days, could I have read your feelings, as I think you must have penetrated mine. I can hardly write. I am every instant hearing something which overpowers me. You sink your voice, but I can distinguish the tones of that voice when they would be lost on others. Too good, too excellent creature! You do us justice, indeed. You do believe that there is true attachment and constancy among men. Believe it to be most fervent, most undeviating, in F. W."

"I must go, uncertain of my fate; but I shall return hither, or follow your party, as soon as possible. A word, a look, will be enough to decide whether I enter your father's house this evening or never."

Such a letter was not to be soon recovered from. Half an hour's solitude and reflection might have tranquillized her; but the ten minutes only which now passed before she was interrupted, with all the restraints of her situation, could do nothing towards tranquillity. Every moment rather brought fresh agitation. It was overpowering happiness. And before she was beyond the first stage of full sensation, Charles, Mary, and Henrietta all came in.

The absolute necessity of seeming like herself produced then an immediate struggle; but after a while she could do no more. She began not to understand a word they said, and was obliged to plead indisposition and excuse herself. They could then see that she looked very ill, were shocked and concerned, and would not stir without her for the world. This was dreadful. Would they only have gone away, and left her in the quiet possession of that room it would have been her cure; but to have them all standing or waiting around her was distracting, and in desperation, she said she would go home.

"By all means, my dear," cried Mrs Musgrove, "go home directly, and take care of yourself, that you may be fit for the evening. I wish Sarah was here to doctor you, but I am no doctor myself. Charles, ring and order a chair. She must not walk."

But the chair would never do. Worse than all! To lose the possibility of speaking two words to Captain Wentworth in the course of her quiet, solitary progress up the town (and she felt almost certain of meeting him) could not be borne. The chair was earnestly protested against, and Mrs Musgrove, who thought only of one sort of illness, having assured herself with some anxiety, that there had been no fall in the case; that Anne had not at any time lately slipped down, and got a blow on her head; that she was perfectly convinced of having had no fall; could part with her cheerfully, and depend on finding her better at night. Anxious to omit no possible precaution, Anne struggled, and said:

"I am afraid, ma'am, that it is not perfectly understood. Pray be so good as to mention to the other gentlemen that we hope to see your whole party this evening. I am afraid there had been some mistake; and I wish you particularly to assure Captain Harville and Captain Wentworth, that we hope to see them both."

"Oh! my dear, it is quite understood, I give you my word. Captain Harville has no thought but of going."

"Do you think so? But I am afraid; and I should be so very sorry. Will you promise me to mention it, when you see them again? You will see them both this morning, I dare say. Do promise me."

"To be sure I will, if you wish it. Charles, if you see

Captain Harville anywhere, remember to give Miss Anne's message. But indeed, my dear, you need not be uneasy. Captain Harville holds himself quite engaged, I'll answer for it; and Captain Wentworth the same, I dare say."

Anne could do no more; but her heart prophesied some mischance to damp the perfection of her felicity. It could not be very lasting, however. Even if he did not come to Camden Place himself, it would be in her power to send an intelligible sentence by Captain Harville. Another momentary vexation occurred. Charles, in his real concern and good nature, would go home with her; there was no preventing him. This was almost cruel. But she could not be long ungrateful; he was sacrificing an engagement at a gunsmith's, to be of use to her; and she set off with him, with no feeling but gratitude apparent.

They were on Union Street, when a quicker step behind, a something of familiar sound, gave her two moments' preparation for the sight of Captain Wentworth. He joined them; but, as if irresolute whether to join or to pass on, said nothing, only looked. Anne could command herself enough to receive that look, and not repulsively. The cheeks which had been pale now glowed, and the movements which had hesitated were decided. He walked by her side. Presently, struck by a sudden thought, Charles said:

"Captain Wentworth, which way are you going? Only to Gay Street, or farther up the town?"

"I hardly know," replied Captain Wentworth, surprised.

"Are you going as high as Belmont? Are you going near Camden Place? Because, if you are, I shall have no scruple in asking you to take my place, and give Anne your arm to her father's door. She is rather done for this morning, and must not go so far without help, and I ought to be at that fellow's in the Market Place. He promised me the sight of a capital gun he is just going to send off; said he would keep it unpacked to the last possible moment, that I might see it; and if I do not turn back now, I have no chance. By his description, a good deal like the second size double-barrel of mine, which you shot with one day round Winthrop."

There could not be an objection. There could be only the most proper alacrity, a most obliging compliance for public view; and smiles reined in and spirits dancing in private rapture. In half a minute Charles was at the bottom of Union Street again, and the other two proceeding together: and soon words enough had passed between them to decide their direction towards the comparatively quiet and retired gravel walk, where the power of conversation would make the present hour a blessing indeed, and prepare it for all the immortality which the happiest recollections of their own future lives could bestow. There they exchanged again those feelings and those promises which had once before seemed to secure everything, but which had been followed by so many, many years of division and estrangement. There they returned again into the past, more exquisitely happy, perhaps, in their re-union, than when it had been first projected; more tender, more tried, more fixed in a knowledge of each other's character, truth, and attachment; more equal to act, more justified in acting. And there, as they slowly paced the gradual ascent, heedless of every group around them, seeing neither sauntering politicians, bustling housekeepers, flirting girls, nor nursery-maids and children, they could indulge in those retrospections and acknowledgements, and especially in those explanations of what had directly preceded the present moment, which were so poignant and so ceaseless in interest. All the little variations of the last week were gone through; and of yesterday and today there could scarcely be an end.

She had not mistaken him. Jealousy of Mr Elliot had been the retarding weight, the doubt, the torment. That had begun to operate in the very hour of first meeting her in Bath; that had returned, after a short suspension, to ruin the concert; and that had influenced him in everything he had said and done, or omitted to say and do, in the last four-and-twenty hours. It had been gradually yielding to the better hopes which her looks, or words, or actions occasionally encouraged; it had been vanquished at last by those sentiments and those tones which had reached him while she talked with Captain Harville; and under the irresistible governance of which he had seized a sheet of paper, and poured out his feelings.

Of what he had then written, nothing was to be retracted or qualified. He persisted in having loved none but her. She had never been supplanted. He never even believed himself to see her equal. Thus much indeed he was obliged to acknowledge: that he had been constant unconsciously, nay unintentionally; that he had meant to forget her, and believed it to be done. He had imagined himself indifferent, when he had only been angry; and he had been unjust to her merits, because he had been a sufferer from them. Her character was now fixed on his mind as perfection itself, maintaining the loveliest medium of fortitude and gentleness; but he was obliged to acknowledge that only at Uppercross had he learnt to do her justice, and only at Lyme had he begun to understand himself. At Lyme, he had received lessons of more than one sort. The passing admiration of Mr Elliot had at least roused him, and the scenes on the Cobb and at Captain Harville's had fixed her superiority.

In his preceding attempts to attach himself to Louisa Musgrove (the attempts of angry pride), he protested that he had for ever felt it to be impossible; that he had not cared, could not care, for Louisa; though till that day, till the leisure for reflection which followed it, he had not understood the perfect excellence of the mind with which Louisa's could so ill bear a comparison, or the perfect unrivalled hold it possessed over his own. There, he had learnt to distinguish between the steadiness of principle and the obstinacy of self-will, between the darings of heedlessness and the resolution of a collected mind. There he had seen everything to exalt in his estimation the woman he had lost; and there begun to deplore the pride, the folly, the madness of resentment, which had kept him from trying to regain her when thrown in his way.

From that period his penance had become severe. He had no sooner been free from the horror and remorse attending the first few days of Louisa's accident, no sooner begun to feel himself alive again, than he had begun to feel himself, though alive, not at liberty.

"I found," said he, "that I was considered by Harville an engaged man! That neither Harville nor his wife entertained a doubt of our mutual attachment. I was startled and shocked. To a degree, I could contradict this instantly; but, when I began to reflect that others might have felt the same – her own family, nay, perhaps herself – I was no longer at my own disposal. I was hers in honour if she wished it. I had been unguarded. I had not thought seriously on this subject before. I had not considered that my excessive intimacy must have its danger of ill consequence in many ways; and that I had no right to be trying whether I could attach myself to either of the girls, at the risk of raising even an unpleasant report, were there no other ill effects. I had been grossly wrong, and must abide the consequences."

He found too late, in short, that he had entangled himself; and that precisely as he became fully satisfied of his not caring for Louisa at all, he must regard himself as bound to her, if her sentiments for him were what the Harvilles supposed. It determined him to leave Lyme, and await her complete recovery elsewhere. He would gladly weaken, by any fair means, whatever feelings or speculations concerning him might exist; and he went, therefore, to his brother's, meaning after a while to return to Kellynch, and act as circumstances might require.

"I was six weeks with Edward," said he, "and saw him happy. I could have no other pleasure. I deserved none. He enquired after you very particularly; asked even if you were personally altered, little suspecting that to my eye you could never alter."

Anne smiled, and let it pass. It was too pleasing a blunder for a reproach. It is something for a woman to be assured, in her eight-and-twentieth year, that she has not lost one charm of earlier youth; but the value of such homage was inexpressibly increased to Anne, by comparing it with former words, and feeling it to be the result, not the cause of a revival of his warm attachment.

He had remained in Shropshire, lamenting the blindness of his own pride, and the blunders of his own calculations, till at once released from Louisa by the astonishing and felicitous intelligence of her engagement with Benwick.

"Here," said he, "ended the worst of my state; for now I could at least put myself in the way of happiness; I could exert myself; I could do something. But to be waiting so long in inaction, and waiting only for evil, had been dreadful. Within the first five minutes I said, 'I will be at Bath on Wednesday,' and I was. Was it unpardonable to think it worth my while to come? and to arrive with some degree of hope? You were single. It was possible that you might retain the feelings of the past, as I did; and one encouragement happened to be mine. I could never doubt that you would be loved and sought by others, but I knew to a certainty that you had refused one man, at least, of better pretensions than myself; and I could not help often saying, 'Was this for me?'"

Their first meeting in Milsom Street afforded much to be said, but the concert still more. That evening seemed to be made up of exquisite moments. The moment of her stepping forward in the Octagon Room to speak to him: the moment of Mr Elliot's appearing and tearing her away, and one or two subsequent moments, marked by returning hope or increasing despondency, were dwelt on with energy.

"To see you," cried he, "in the midst of those who could not be my well-wishers; to see your cousin close by you, conversing and smiling, and feel all the horrible eligibilities and proprieties of the match! To consider it as the certain wish of every being who could hope to influence you! Even if your own feelings were reluctant or indifferent, to consider what powerful supports would be his! Was it not enough to make the fool of me which I appeared? How could I look on without agony? Was not the very sight of the friend who sat behind you, was not the recollection of what had been, the knowledge of her influence, the indelible, immoveable impression of what persuasion had once done... was it not all against me?"

"You should have distinguished," replied Anne. "You should not have suspected me now; the case is so different, and my age is so different. If I was wrong in yielding to persuasion once, remember that it was to persuasion exerted on the side of safety, not of risk. When I yielded, I thought it was to duty, but no duty could be called in aid here. In marrying a man indifferent to me, all risk would have been incurred, and all duty violated."

"Perhaps I ought to have reasoned thus," he replied, "but I could not. I could not derive benefit from the late knowledge I had acquired of your character. I could not bring it into play; it was overwhelmed, buried, lost in those earlier feelings which I had been smarting under year after year. I could think of you only as one who had yielded, who had given me up, who had been influenced by any one rather than by me. I saw you with the very person who had guided you in that year of misery. I had no reason to believe her of less authority now. The force of habit was to be added."

"I should have thought," said Anne, "that my manner to yourself might have spared you much or all of this."

"No, no! your manner might be only the ease which your engagement to another man would give. I left you in this belief; and yet, I was determined to see you again. My spirits rallied with the morning, and I felt that I had still a motive for remaining here."

At last Anne was at home again, and happier than any one in that house could have conceived. All the surprise and suspense, and every other painful part of the morning dissipated by this conversation, she re-entered the house so happy as to be obliged to find an alloy in some momentary apprehensions of its being impossible to last. An interval of meditation, serious and grateful, was the best corrective of everything dangerous in such high-wrought felicity; and she went to her room, and grew steadfast and fearless in the thankfulness of her enjoyment.

The evening came, the drawing-rooms were lighted up, the company assembled. It was but a card party, it was but a mixture of those who had never met before, and those who met too often; a commonplace business, too numerous for intimacy, too small for variety; but Anne had never found an evening shorter. Glowing and lovely in sensibility and happiness, and more generally admired than she thought about or cared for, she had cheerful or forbearing feelings for every creature around her. Mr Elliot was there; she avoided, but she could pity him. The Wallises, she had amusement in understanding them. Lady Dalrymple and Miss Carteret – they would soon be innoxious cousins to her. She cared not for Mrs Clay, and had nothing to blush for in the public manners of her father and sister. With the Musgroves, there was the happy chat of perfect ease; with Captain Harville, the kind-hearted intercourse of brother and sister; with

Lady Russell, attempts at conversation, which a delicious consciousness cut short; with Admiral and Mrs Croft, everything of peculiar cordiality and fervent interest, which the same consciousness sought to conceal; and with Captain Wentworth, some moments of communications continually occurring, and always the hope of more, and always the knowledge of his being there.

It was in one of these short meetings, each apparently occupied in admiring a fine display of greenhouse plants, that she said:

"I have been thinking over the past, and trying impartially to judge of the right and wrong, I mean with regard to myself; and I must believe that I was right, much as I suffered from it, that I was perfectly right in being guided by the friend whom you will love better than you do now. To me, she was in the place of a parent. Do not mistake me, however. I am not saying that she did not err in her advice. It was, perhaps, one of those cases in which advice is good or bad only as the event decides; and for myself, I certainly never should, in any circumstance of tolerable similarity, give such advice. But I mean, that I was right in submitting to her, and that if I had done otherwise, I should have suffered more in continuing the engagement than I did even in giving it up, because I should have suffered in my conscience. I have now, as far as such a sentiment is allowable in human nature, nothing to reproach myself with; and if I mistake not, a strong sense of duty is no bad part of a woman's portion."

He looked at her, looked at Lady Russell, and looking again at her, replied, as if in cool deliberation:

"Not yet. But there are hopes of her being forgiven in time. I trust to being in charity with her soon. But I too have been thinking over the past, and a question has suggested itself, whether there may not have been one person more my enemy even than that lady? My own self. Tell me if, when I returned to England in the year eight, with a few thousand pounds, and was posted into the Laconia, if I had then written to you, would you have answered my letter? Would you, in short, have renewed the engagement then?"

"Would I!" was all her answer; but the accent was decisive enough.

"Good God!" he cried, "you would! It is not that I did not think of it, or desire it, as what could alone crown all my other success; but I was proud, too proud to ask again. I did not understand you. I shut my eyes, and would not understand you, or do you justice. This is a recollection which ought to make me forgive every one sooner than myself. Six years of separation and suffering might have been spared. It is a sort of pain, too, which is new to me. I have been used to the gratification of believing myself to earn every blessing that I enjoyed. I have valued myself on honourable toils and just rewards. Like other great men under reverses," he added, with a smile. "I must endeavour to subdue my mind to my fortune. I must learn to brook being happier than I deserve."

CHAPTER XXIV

Who can be in doubt of what followed? When any two young people take it into their heads to marry, they are pretty sure by perseverance to carry their point, be they ever so poor, or ever so imprudent, or ever so little likely to be necessary to each other's ultimate comfort. This may be bad morality to conclude with, but I believe it to be truth; and if such parties succeed, how should a Captain Wentworth and an Anne Elliot, with the advantage of maturity of mind, consciousness of right, and one independent fortune between them, fail of bearing down every opposition? They might in fact, have borne down a great deal more than they met with, for there was little to distress them beyond the want of graciousness and warmth. Sir Walter made no objection, and Elizabeth did nothing worse than look cold and unconcerned. Captain Wentworth, with five-and-twenty thousand pounds, and as high in his profession as merit and activity could place him, was no longer nobody. He was now esteemed quite worthy to address the daughter of a foolish, spendthrift baronet, who had not had principle or sense enough to maintain himself in the situation in which Providence had placed him, and who could give his daughter at present but a small part of the share of ten thousand pounds which must be hers hereafter.

Sir Walter, indeed, though he had no affection for Anne, and no vanity flattered, to make him really happy on the occasion, was very far from thinking it a bad match for her. On the contrary, when he saw more of Captain Wentworth, saw him repeatedly by daylight, and eyed him well, he was very much struck by his personal claims, and felt that his superiority of appearance might be not unfairly balanced against her superiority of rank; and all this, assisted by his well-sounding name, enabled Sir Walter at last to prepare his pen, with a very good grace, for the insertion of the marriage in the volume of honour.

The only one among them, whose opposition of feeling could excite any serious anxiety was Lady Russell. Anne knew that Lady Russell must be suffering some pain in understanding and relinquishing Mr Elliot, and be making some struggles to become truly acquainted with, and do justice to Captain Wentworth. This however was what Lady Russell had now to do. She must learn to feel that she had been mistaken with regard to both; that she had been unfairly influenced by appearances in each; that because Captain Wentworth's manners had not suited her own ideas, she had been too quick in suspecting them to indicate a character of dangerous impetuosity; and that because Mr Elliot's manners had precisely pleased her in their propriety and correctness, their general politeness and suavity, she had been too quick in receiving them as the certain result of the most correct opinions and well-regulated mind. There was nothing less for Lady Russell to do, than to admit that she had been pretty completely wrong, and to take up a new set of opinions and of hopes.

There is a quickness of perception in some, a nicety in the discernment of character, a natural penetration, in short, which no experience in others can equal, and Lady Russell had been less gifted in this part of understanding than her young friend. But she was a very good woman, and if her second object was to be sensible and well-judging, her first was to see Anne happy. She loved Anne better than she loved her own abilities; and when the awkwardness of the beginning was over, found little hardship in attaching herself as a mother to the man who was securing the happiness of her other child.

Of all the family, Mary was probably the one most immediately gratified by the circumstance. It was creditable to have a sister married, and she might flatter herself with having been greatly instrumental to the connexion, by keeping Anne with her in the autumn; and as her own sister must be better than her husband's sisters, it was very agreeable that Captain Wentworth should be a richer man than either Captain Benwick or Charles Hayter. She had something to suffer, perhaps, when they came into contact again, in seeing Anne restored to the rights of seniority, and the mistress of a very pretty landaulette; but she had a future to look forward to, of powerful consolation. Anne had no Uppercross Hall before her, no landed estate, no headship of a family; and if they could but keep Captain Wentworth from being made a baronet, she would not change situations with Anne.

It would be well for the eldest sister if she were equally satisfied with her situation, for a change is not very probable there. She had soon the mortification of seeing Mr Elliot withdraw, and no one of proper condition has since presented himself to raise even the unfounded hopes which sunk with him.

The news of his cousins Anne's engagement burst on Mr Elliot most unexpectedly. It deranged his best plan of domestic happiness, his best hope of keeping Sir Walter single by the watchfulness which a son-in-law's rights would have given. But, though discomfited and disappointed, he could still do something for his own interest and his own enjoyment. He soon quitted Bath; and on Mrs Clay's quitting it soon afterwards, and being next heard of as established under his protection in London, it was evident how double a game he had been playing, and how determined he was to save himself from being cut out by one artful woman, at least.

Mrs Clay's affections had overpowered her interest, and she had sacrificed, for the young man's sake, the possibility of scheming longer for Sir Walter. She has abilities, however, as well as affections; and it is now a doubtful point whether his cunning, or hers, may finally carry the day; whether, after preventing her from being the wife of Sir Walter, he may not be wheedled and caressed at last into making her the wife of Sir William.

It cannot be doubted that Sir Walter and Elizabeth were shocked and mortified by the loss of their companion, and the discovery of their deception in her. They had their great cousins, to be sure, to resort to for comfort; but they must long feel that to flatter and follow others, without being flattered and followed in turn, is but a state of half enjoyment.

Anne, satisfied at a very early period of Lady Russell's meaning to love Captain Wentworth as she ought, had no other alloy to the happiness of her prospects than what arose from the consciousness of having no relations to bestow on him which a man of sense could value. There she felt her own inferiority very keenly. The disproportion in their fortune was nothing; it did not give her a moment's regret; but to have no family to receive and estimate him properly, nothing of respectability, of harmony, of good will to offer in return for all the worth and all the prompt welcome which met her in his brothers and sisters, was a source of as lively pain as her mind could well be sensible of under circumstances of otherwise strong felicity. She had but two friends in the world to add to his list, Lady Russell and Mrs Smith. To those, however, he was very well disposed to attach himself. Lady Russell, in spite of all her former transgressions, he could now value from his heart. While he was not obliged to say that he believed her to have been right in originally dividing them, he was ready to say almost everything else in her favour, and as for Mrs Smith, she had claims of various kinds to recommend her quickly and permanently.

Her recent good offices by Anne had been enough in themselves, and their marriage, instead of depriving her of one friend, secured her two. She was their earliest visitor in their settled life; and Captain Wentworth, by putting her in the way of recovering her husband's property in the West Indies, by writing for her, acting for her, and seeing her through all the petty difficulties of the case with the activity and exertion of a fearless man and a determined friend, fully requited the services which she had rendered, or ever meant to render, to his wife.

Mrs Smith's enjoyments were not spoiled by this improvement of income, with some improvement of health, and the acquisition of such friends to be often with, for her cheerfulness and mental alacrity did not fail her; and while these prime supplies of good remained, she might have bid defiance even to greater accessions of worldly prosperity. She might have been absolutely rich and perfectly healthy, and yet be happy. Her spring of felicity was in the glow of her spirits, as her friend Anne's was in the warmth of her heart. Anne was tenderness itself, and she had the full worth of it in Captain Wentworth's affection. His profession was all that could ever make her friends wish that tenderness less, the dread of a future war all that could dim her sunshine. She gloried in being a sailor's wife, but she must pay the tax of quick alarm for belonging to that profession which is, if possible, more distinguished in its domestic virtues than in its national importance.

THE END

GRANDES CLÁSSICOS EM EDIÇÕES BILÍNGUES

A ABADIA DE NORTHANGER
Jane Austen
A CASA DAS ROMÃS
Oscar Wilde
A CONFISSÃO DE LÚCIO
Mário de Sá-Carneiro
A DIVINA COMÉDIA
Dante Alighieri
A MORADORA DE WILDFELL HALL
Anne Brontë
A VOLTA DO PARAFUSO
Henry James
AO REDOR DA LUA: AUTOUR DE LA LUNE
Jules Verne
AS CRÔNICAS DO BRASIL
Rudyard Kipling
AO FAROL: TO THE LIGHTHOUSE
Virginia Woolf
ARSÈNE LUPIN: LADRÃO E CAVALHEIRO
Maurice Leblanc
BEL-AMI
Guy de Maupassant
CONTOS COMPLETOS
Oscar Wilde
DA TERRA À LUA : DE LA TERRE À LA LUNE
Jules Verne
DOM CASMURRO
Machado de Assis
DRÁCULA
Bram Stoker
EMMA
Jane Austen
FRANKENSTEIN, OU O MODERNO PROMETEU
Mary Shelley
GRANDES ESPERANÇAS
Charles Dickens
JANE EYRE
Charlotte Brontë
LADY SUSAN
Jane Austen
MANSFIELD PARK
Jane Austen
MEDITAÇÕES
John Donne
MEMÓRIAS PÓSTUMAS DE BRÁS CUBAS
Machado de Assis
MOBY DICK
Herman Melville
NORTE E SUL
Elizabeth Gaskell
O AGENTE SECRETO
Joseph Conrad
O CORAÇÃO DAS TREVAS
Joseph Conrad
O CRIME DE LORDE ARTHUR
SAVILE E OUTRAS HISTÓRIAS
Oscar Wilde
O ESTRANHO CASO DO DOUTOR
JEKYLL E DO SENHOR HYDE
Robert Louis Stevenson

O FANTASMA DE CANTERVILLE
Oscar Wilde
O FANTASMA DA ÓPERA
Gaston Leroux
O GRANDE GATSBY
F. Scott Fitzgerald
O HOMEM QUE FALAVA JAVANÊS E
OUTROS CONTOS SELECIONADOS
Lima Barreto
O HOMEM QUE QUERIA SER REI E
OUTROS CONTOS SELECIONADOS
Rudyard Kipling
O MORRO DOS VENTOS UIVANTES
Emily Brontë
O PRÍNCIPE FELIZ E OUTRAS HISTÓRIAS
Oscar Wilde
O PROCESSO
Franz Kafka
O RETRATO DE DORIAN GRAY
Oscar Wilde
O RETRATO DO SENHOR W. H.
Oscar Wilde
O RIQUIXÁ FANTASMA E OUTROS
CONTOS MISTERIOSOS
Rudyard Kipling
O ÚLTIMO HOMEM
Mary Shelley
OS LUSÍADAS
Luís de Camões
OS SOFRIMENTOS DO JOVEM WERTHER
Johann Wolfgang Von Goethe
OS TRINTA E NOVE DEGRAUS
John Buchan
OBRAS INACABADAS
Jane Austen
ORGULHO E PRECONCEITO
Jane Austen
ORLANDO
Virginia Woolf
PERSUASÃO
Jane Austen
RAZÃO E SENSIBILIDADE
Jane Austen
SOB OS CEDROS DO HIMALAIA
Rudyard Kipling
SONETOS
Luís de Camões
SONETOS COMPLETOS
William Shakespeare
TEATRO COMPLETO - VOLUME I
Oscar Wilde
TEATRO COMPLETO - VOLUME II
Oscar Wilde
UM CÂNTICO DE NATAL
Charles Dickens
UMA DEFESA DA POESIA E OUTROS ENSAIOS
Percy Shelley
WEE WILLIE WINKLE E OUTRAS HISTÓRIAS
PARA CRIANÇAS
Rudyard Kipling